KB005695

황금방울새 2

* 이 도서의 국립중앙도서관 출판예정도서목록(CIP)은 서지정보유통지원시스템 홈페이지(http://seoji.nl.go.kr)와 국가자료공동목록시스템(http://www.nl.go.kr/korisnet)에서 이용하실 수 있습니다.
(CIP제어번호: CIP2015014096)

The Goldfinch

황금방울새 2

도나 타트 장편소설

허진 옮김

은행나무

차례

1권

1부

2부

3부

2권

4부

5부

일러두기

1. 이 책에 나오는 여러 나라의 언어는 작품 특성상 뜻풀이를 하지 않고 음독과 그 원문, 혹은 영문 표기를 함께 실었습니다. 작품 이해를 위해 필요한 경우에만 제한적으로 그 뜻을 밝혔습니다.
2. 1의 경우와 원문에서 강조를 위해 이탤릭체로 표기한 부분들은 모두 이탤릭체로 표기하였습니다.
3. 본문의 주는 모두 옮긴이의 것입니다.

4부

우리를 아버지와 아들로 만드는 것은

살과 피가 아니라 마음이다.

—실러

9장
가능성의 모든 것

1

8년 뒤 어느 날 오후—학교를 떠나 호비 아저씨를 도와서 일을 하게 된 후—내가 뉴욕 은행에서 막 나와서 기분이 상해 생각에 잠긴 채 매디슨가를 걷고 있는데 누가 내 이름을 불렀다.

나는 돌아섰다. 목소리는 친숙했지만 누군지 알아볼 수 없었다. 남자는 삼십 대 정도로 나보다 키가 컸고 기분이 언짢아 보이는 회색 눈에 빛바랜 금발 머리가 어깨까지 내려왔다. 그의 옷—거칠고 보풀이 인 숄칼라 트위드 스웨터—은 도시의 거리보다는 진흙투성이 시골길에 더 어울릴 것 같았다. 그리고 부당한 특권을 누리는 사람의 뭐라 설명할 수 없는 표정, 친구 집 소파에서 자고, 약을 하고, 부모의 돈을 상당히 낭비한 사람 같은 표정이었다.

"나 플랫이야." 그가 말했다. "플랫 바버."

"플랫." 깜짝 놀라서 잠시 말문이 막혔던 내가 말했다. "오랜만이다. 세상에." 이 멀쩡하고 정중해 보이는 행인에게서 예전의 못된 라크로스 선수를 알아보기는 힘들었다. 오만함은 사라지고 공격성이 번득이지도 않았다. 이제 플랫은 지쳐 보였고 눈빛에는 불안과 체념이 담겨 있었다. 바람난 아내 때문에 걱정하는 교외의 불행한 남편이나 수치스러운 사건을 겪은 이류 학교 교사라고 해도 될 것 같았다.

"아, 그래. 플랫. 잘 지냈어?" 불편한 침묵 끝에 내가 조금 물러서며 말했다. "아직 뉴욕에 살아?"

"응." 플랫이 한 손으로 뒷목을 잡으며 무척 불편한 표정으로 말했다. "사실 얼마 전에 새 일을 시작했어." 곱게 나이 들었다고 할 수는 없었다. 예전에 플랫은 남매들 중에서 가장 뚜렷한 금발이었고 제일 잘생겼었지만 이제 턱이 두툼해지고 배가 나온 데다가 얼굴은 거칠어져서 심술궂은 *융폴크** 미소년 같은 미모는 사라지고 없었다. "학술 출판사에서 일하고 있어. 블레이크-배로스라는 곳인데, 본사는 케임브리지에 있고 뉴욕에 사무실을 냈거든."

"잘됐네." 나는 들어본 적 없는 출판사였지만 안다는 듯이 고개를 끄덕이면서, 주머니 속의 잔돈을 만지작거리며 벌써 빠져나갈 궁리를 하고 있었다. "어, 진짜 반갑다. 앤디는 어때?"

플랫의 얼굴에서 표정이 사라지는 듯했다. "너 몰라?"

"음—" 내가 머뭇거렸다. "MIT에 갔다고 들었어. 1년인가 2년 전에 길에서 윈 템플을 우연히 만났거든. 앤디가 연구 장학금을 받았다던데— 천체물리학이었나?" 물끄러미 보는 플랫의 시선에 불편해진 내가 초조하게 말했다. "그러니까, 내가 학교 애들이랑 별로 연락 안 해서……."

플랫이 한 손으로 뒷머리를 쓸었다. "미안하다. 우리가 너한테 연락할 방법을 몰랐나 봐. 아직도 좀 정신이 없어. 그래도 지금쯤은 들었을 줄 알았

* Jungvolk : 나치 독일의 청소년단 히틀러유겐트 중 열 살에서 열네 살 사이 소년들로 이루어진 조직.

어."

"뭘 들어?"

"앤디가 죽었어."

"앤디가?" 플랫이 반응이 없어서 내가 다시 말했다. "말도 안 돼."

플랫의 얼굴에 찡그린 표정이 얼핏 떠올랐지만 내가 보자마자 사라졌다. "그래. 정말 끔찍했어, 안타까운 일이었지. 앤디도 그렇고 아빠도 그렇고."

"뭐?"

"5개월 전에. 아빠랑 앤디가 물에 빠져 죽었어."

"그럴 수가." 내가 보도를 내려다보았다.

"배가 뒤집혔어. 노스이스트 항구 근처에서. 진짜 별로 멀리 나가지도 않았는데 말이야. 아예 나가질 말았어야 했는데, 아빠가— 아빠가 어떤지 너도 알지—"

"세상에." 아이들이 이제 막 학교를 마치고 나와서 뛰어다니는 어수선한 봄날 오후에 나는 재미없는 장난을 당한 것처럼 어안이 벙벙하고 혼란스러운 기분으로 거기 서 있었다. 지난 몇 년 동안 나는 앤디를 자주 생각했고 한두 번은 만날 뻔도 했지만 내가 뉴욕으로 돌아온 후 다시 연락을 하지 못했다. 나는 언젠가 앤디와 우연히 마주칠 것이라고 굳게 믿었다. 윈, 제임스 빌리어스, 마르티나 리흐트블라우, 그 밖에 같이 학교에 다니던 여러 아이들을 마주쳤던 것처럼 말이다. 나는 전화를 걸어서 안부를 전할까 종종 생각했지만 어째서인지 결국 하지 못했다.

"괜찮아?" 플랫이 말했다. 뒷목을 주무르는 그는 나만큼이나 불편해 보였다.

"음—" 내가 생각을 추스르려고 고개를 돌려 가게 유리창을 보자 투명한 유령이 된 내가 나를 마주 보았고 유리 안에서 사람들이 나를 스쳐 지나갔다.

"이런." 내가 말했다. "믿을 수가 없어. 무슨 말을 해야 할지 모르겠다."

"길거리에서 갑자기 이런 소식을 전해서 미안하다." 플랫이 턱을 문지르며 말했다. "너 얼굴이 병자처럼 파리해 보여."

병자처럼 파리해 보인다. 바버 씨가 즐겨 쓰던 표현이었다. 바버 씨가 플랫의 방에서 서랍을 뒤적이던 모습, 나에게 불을 피워주겠다고 말하던 모습이 고통스럽게 떠올랐다. *세상에, 정말 엄청난 일이 벌어졌구나.*

"아저씨도 돌아가셨다고?" 깊은 잠을 자고 있는데 누가 흔들어 깨운 것처럼 내가 눈을 깜빡이며 말했다. "그 말인 거야?"

플랫은 순간적으로 내가 알던 예전의 오만한 모습이 떠오르는 표정으로 턱을 들고 주변을 둘러보더니 손목시계를 흘긋 보았다.

"야, 잠깐 시간 있어?" 플랫이 말했다.

"음—"

"한잔하자." 그가 손을 들어서 내가 움찔할 정도로 어깨를 세게 치며 말했다. "3번가에 조용한 데가 있어. 어때?"

2

우리는 거의 텅 빈 술집—햄버거 냄새가 나고 떡갈나무 패널을 댄 벽에 아이비리그 교기들을 걸어둔 한때 유명했던 술집—에 앉았고, 플랫이 불안하고 단조로운 말투로 너무 조용하게 웅얼웅얼 이야기해서 그의 말을 따라가려면 긴장해야 했다.

"아빠 말이야." 플랫이 진라임을 내려다보며 말했다. 바버 부인이 즐겨 마시던 술이었다. "우린 다들 그 얘길 잘 안 하려고 하지만— 아무튼. 할머니는 화학적 불균형이라고 불렀지. 조울증이야. 첫 번째 발작인지 발병인지, 뭐라고 부르든 아무튼 처음으로 그런 건 아빠가 하버드 로스쿨에 다닐 때였어, 그래서 2학년에 못 올라갔지. 말도 안 되는 계획에, 이상한 열정에……. 수업 시간에 지나치게 경쟁심을 불태우면서 자기 순서도 아닌데 이야기하고, 19세기 포경선 에식스 호에 대해서 서사시 한 권 분량쯤 되는 시를 썼는데 진짜 말도 안 되는 내용이었지. 그런 다음 확실히 누구보다도 아빠를 안정시켜주던 룸메이트가 한 학기 동안 독일로 떠났고— 음. 할아버지가 기차를 타고 보스턴에 가서 아빠를 데려와야 했어. 아빠는 코먼웰스가 새뮤얼 엘리엇 모리슨 동상 앞에서 불을 붙이려다가 체포됐는데, 경찰이 체포하려고 했더니 저항했대."

"아저씨한테 문제가 있는 건 알았지만 그 정도인 줄은 몰랐네."

"음." 플랫이 자기 술잔을 물끄러미 보다가 급히 들이켰다. "우리가 태어나기 훨씬 전 일이야. 엄마랑 결혼을 하고 나서 좀 바뀌었고 한동안 약을 드셨지만, 할머니는 그런 일들을 겪은 후로 아빠를 안 믿었어."

"그런 일들이라니?"

"아, 물론 우린 손자니까 할머니랑 잘 지냈어." 플랫이 얼른 덧붙였다. "아빠가 젊었을 때 어떤 사고를 쳤는지 넌 상상도 못 할 거야……. 돈도 수없이 날리고, 온갖 소동에 난동을 피우고, 성년도 안 된 여자애들이랑 지독한 문제를 일으키고……. 아빠는 울면서 미안하다고 사과하지만 그런 일이 또다시 반복되는 거야……. 할머니는 할아버지가 심장마비를 일으킨 건 아빠 때문이라고 늘 뭐라 했어, 본인 사무실에서 아빠랑 말싸움을 하다가 심장마비를 일으키셨거든. 하지만 약을 먹으면 아빠는 순한 양 같았어. 진짜 좋은 아빠에— 음— 너도 알지. 우리한테는 정말 잘해주셨지."

"정말 좋으셨어. 내가 알 때는 말이야."

"그래." 플랫이 어깨를 으쓱했다. "그랬을 거야. 아빠는 엄마랑 결혼한 다음 한동안 안정을 찾았거든. 그러다가— 무슨 일이 있었는지 나도 모르겠어. 아빠가 정말 말도 안 되는 투자를 하셨지, 그게 첫 번째 신호였어. 밤늦게 아는 사람들한테 창피한 전화를 하고, 뭐 그런 거지. 아빠 사무실에서 인턴으로 일하던 대학생 여자애한테 반하기도 하고— 엄마가 아는 집 애였는데 말이야. 정말 힘들었어."

무슨 이유에선지 나는 플랫이 바버 부인을 '엄마'라고 부르는 것을 듣고 믿을 수 없을 만큼 감동을 받았다. "전혀 몰랐어." 내가 말했다.

플랫이 얼굴을 찌푸렸다. 앤디와 닮은 부분이 눈에 확 띄는 절망적이고 단념한 표정이었다. "우리도 잘 몰랐어— 우리, 애들은 말이야." 플랫이 엄지손가락으로 식탁보에 선을 그리며 씁쓸하게 말했다. "'아빠는 아프시단다.' 우린 그 말밖에 못 들었어. 아빠가 입원했을 때 난 학교에 가 있었잖아, 통화할 때 아빠는 절대 안 바꿔주더라고. 몇 주 동안, 또 몇 주 동안 계속 아빠가 아프다고 하기에 난 아빠가 돌아가셨는데 나한테 말을 안 하는 줄 알았어."

"나도 다 기억나. 끔찍했지."

"다라니, 뭐?"

"그, 음, 신경성 문제들 말이야."

"그래, 뭐—" 플랫의 눈에 분노의 빛이 갑자기 떠올라서 나는 깜짝 놀랐다. "그게 '신경성 문제'인지 말기 암인지 다른 무슨 빌어먹을 이유가 있는지 *내가* 어떻게 알았겠어? '앤디는 너무 예민해……. 앤디는 도시에서 지내는 게 나아……. 우리 생각에 앤디는 기숙사에서 잘 못 지낼 것 같아…….' 음, 내가 할 수 있는 말은, 엄마랑 아빠는 내가 신발 끈을 혼자 묶을 수 있는 나이가 되자 곧장 짐을 싸서 *나*를 프린스조지라는 삼류 승마 학교로 보내버렸다는 거야. 하지만 아, 진짜, 성격이 변하는 경험이었어, 그로턴에 가기 전의 준비로는 완벽했지. 거긴 일곱 살부터 열세 살까지 아주 어린 애들만 받거든. 네가 광고 책자를 봤어야 해, 버지니아 사냥지니 뭐니 써 있었지만, 사진에 나오는 것처럼 막 푸른 언덕이 펼쳐져 있거나 만날 말을 타는 것도 아니었어. 난 마구간에서 말한테 밟혀서 어깨가 부러지는 바람에 한동안 진입로가 보이는 양호실에 있었는데, 들어오는 차는 한 대도 없었어. *아무도 날 보러 오지 않았어*, 할머니까지도. 게다가 의사가 술주정뱅이라서 어깨를 잘못 맞추는 바람에 지금도 어깨가 안 좋아. 그 빌어먹을 시절 때문에 말이 아직도 싫다니까."

"*어쨌든*—" 그는 의식적으로 말투를 바꾸었다. "아빠 문제가 완전히 곪아서 터지려고 할 때쯤에 난 거기서 쫓겨나서 그로턴으로 보내졌고, 아빠도 멀리 보내졌지. 지하철에서 무슨 사건이 있었던 것 같아……. 그 부분은 아빠 말이랑 경찰 말이 좀 달라. *그런데*—" 플랫이 특유의 냉소적인 표정으로 눈썹을 찌푸렸다. "아빠를 정신병자 양성소로 보낸 거야! 8주 동안. 허리띠도, 신발 끈도, 뾰족한 물건도 반입 불가. 하지만 거기서 아빠한테 충격요법을 쓴 게 효과가 있었나 봐. 병원에서 나왔을 때 아빠는 완전 새사람이 돼 있었거든. 음— 너도 기억나지? 뭐, 올해의 아버지상 감이었으니까."

"그래서—" 나는 거리에서 바버 씨를 만났던 불쾌한 순간이 떠올랐지만 그 이야기는 꺼내지 않기로 했다. "어떻게 됐어?"

"음, 누가 알겠어. 몇 년 전부터 아빠가 또 문제를 일으키기 시작했고, 다시 입원해야 했어."

"어떤 문제?"

"아—" 플랫이 요란하게 한숨을 쉬었다. "비슷해, 당황스러운 전화를 하고, 공공장소에서 폭발하고 등등. 물론 아빠한테는 문제가 없었어. 아주 멀쩡했지. 건물을 수리하면서 문제가 시작됐는데, 아빠는 수리를 반대했어. 망치질과 톱질이 끊이지 않는다고, 온갖 회사들이 도시를 다 망친다고, 처음엔 다 맞는 말이었지. 그런데 일이 점점 커지더니 아빠는 언젠가부터 항상 미행을 당하고 있다고, 사진을 찍히고 감시당한다고 생각하기 시작했어. 사람들한테 말도 안 되는 편지를 써 보냈는데, 그중에는 회사 고객들도 있었지……. 요트 클럽에서도 성가시게 굴고……. 여러 회원들이 불평을 했어. 심지어 몇몇 오랜 친구들도 그랬지만, 누가 그 사람들을 탓할 수 있겠어? 어쨌든, 두 번째로 입원을 했다가 돌아온 아빠는— 전혀 다른 사람이 돼 있었어. 감정 기복은 덜했지만, 집중을 못 하고 늘 정말 짜증 나게 굴었지. 6개월쯤 전에 아빠는 의사를 바꾸고 회사에서 휴가를 얻어서 메인 주로 가셨어. 해리 삼촌이 작은 섬에 집을 하나 가지고 있거든. 거긴 간병인밖에 없었고, 아빠는 바다 공기가 자기한테 좋다고 했어. 우리가 돌아가면서 아빠를 찾아가서 함께 지냈지……. 그때 앤디는 보스턴 MIT에 있었는데, 아빠를 돌보는 건 정말 싫어했지만 불행히도 우리보다 가까웠기 때문에 자주 떠맡게 됐어."

"아저씨는 거기, 어—" 난 *정신병자 양성소*라는 말은 하고 싶지 않았다. "전에 가셨던 데 다시 안 들어가셨어?"

"음, 누가 돌려보낼 수 있었겠냐? 본인이 원하지도 않는데 입원시키는 건 쉬운 일이 아니야. 특히 자기에게 문제가 있다고 인정하지 않으면 더욱 그렇지. 그때 아빠가 바로 그랬거든. 게다가 우린 다들 약이 문제라고, 새 약이 듣기 시작하면 완전히 나으실 거라고 생각했어. 간병인한테 항상 확인하면서 아빠가 식사는 잘하시는지, 약도 잘 드시는지 챙겼고, 아빠는 의사랑 매일 통화했어— 그러니까, 의사가 괜찮다고 했다고." 플랫이 방어적으로 말했다. "아빠가 하고 싶은 대로 해도 된다고, 운전도 하고 수영도 하고 배도 타도 된다고 했어. 그렇게 늦은 오후에 바다로 나가는 게 좋은 생각은 아니었겠지만 출발할 땐 상태가 별로 나쁘지 않았어. 너도 우리 아빠 알잖아. 용맹한 바다 사나이, 뭐 그런 거. 극적인 말투에 무모한 행동."

"맞아." 나는 바버 씨가 '산뜻한 바다'로 배를 타고 나갔다가 노리스터*가 몰려오는 바람에 세 주에 비상사태가 선포되고 대서양 연안에 전력 공급이

* nor'easter : 미국 동해안 북부와 캐나다에 부는 폭풍.

중단되었고, 앤디는 뱃멀미로 구토를 하면서 배에서 물을 퍼냈다는 이야기를 수없이 많이 들었다. 비스듬히 기운 밤, 어둠과 억수 같은 빗속의 좌초. 바버 씨가—버진메리를 마시거나 베이컨과 달걀로 일요일 아침 식사를 할 때 떠들썩하게 웃으면서—허리케인이 와서 아이들과 함께 롱아일랜드사운드 근처 바다에서 바람에 휩쓸렸는데 무전기까지 고장 나는 바람에 바버 부인이 파크가의 성 이그나티우스 로욜라 성당 신부님에게 전화를 걸면서 밤새도록 잠도 안 자고 기도를 했고(그 바버 부인이!), 마침내 바다에 나간 해안경비대에서 전화가 왔다는 이야기를 들려준 적도 몇 번이었다. ("거센 바람이 불자마자 그녀는 로마로 달아났다네, 안 그래요, 여보? 하!")

"아빠는—" 플랫이 슬픈 듯이 고개를 저었다. "엄마는 맨해튼이 섬이 아니었다면 아빠가 여기서 1분도 살지 못했을 거라는 말을 자주 했어. 아빠는 육지에서는 불행했어. 항상 물을 그리워했지. 아빤 바다를 보고 바다 냄새를 맡아야 했어. 어렸을 때 아빠랑 자동차를 타고 코네티컷에서 보스턴까지 갔던 때가 생각나. 84번 도로를 타고 곧장 가는 대신 한참을 돌고 돌아서 해안을 따라 달렸지. 아빠는 항상 대서양을 생각했어. 바다에 대해서는, 바다가 가까워질수록 구름이 어떻게 변하는지, 뭐 그런 것은 바로바로 알아챘지." 플랫은 시멘트 같은 회색 눈을 잠깐 감았다가 떴다. "아빠의 여동생도 물에 빠져서 돌아가신 거 알지?" 그가 너무나 감정 없는 목소리로 말했기 때문에 나는 잠시 잘못 들은 줄 알았다.

나는 무슨 말을 해야 할지 몰라서 눈을 깜빡였다. "아니. 몰랐어."

"음, 그랬어." 플랫이 무미건조하게 말했다. "킷시의 이름을 고모에게서 따왔지. 이스트리버의 배에서 파티를 하다가 뛰어내렸어. 다들 원래는 장난이었을 거라고 해, '사고'였다고 말이야. 하지만, 그러니까 내 말은, 그러면 안 되는 건 누구나 알잖아. 거친 조류가 고모를 물속으로 잡아당겼어. 다른 사람이 고모를 구하려고 뛰어들었다가 같이 죽었대. 또 60년대에 아빠의 삼촌인 웬들 할아버지는 본토까지 헤엄을 치겠다고 술김에 내기를 했지. 그러니까 내가 하려는 말이 뭐냐면, 아빠는 물이 자기 생명의 근원이니 젊음의 샘이니 뭐 그런 거라고 슬픈 목소리로 계속 얘기하셨는데, 그래, 물론 맞는 말이었어. 하지만 바다는 아빠의 삶만이 아니라 죽음이기도 했던 거야."

나는 대답하지 않았다. 바버 씨는 늘 배 이야기를 했지만 특별히 설득력이 있거나 초점이 있거나 요트라는 실제 해상 스포츠에 대한 정보를 제공하는 건 아니었고, 항상 그 이야기 자체가 장엄한 절박함과 소용돌이치는 재앙으로 전율하고 있었다.

"그리고—" 플랫이 입을 꾹 다물었다. "물론 최악은 아빠가 스스로 바다에서만큼은 불멸의 존재라고 생각했다는 거야. 포세이돈의 아들! 가라앉지 않는 자! 아빠는 바다가 거칠수록 더 좋아했어. 태풍이 치면 흥분했지. 저기압이 아빠한테는 웃음 가스나 마찬가지였어. 물론 문제의 그날에는…… 파도가 일렁였지만 따뜻했어, 바다에 나가고 싶은 화창하고 쨍한 가을날이었지. 앤디는 가기 싫다고 짜증을 냈어, 감기 때문에 몸이 안 좋은 데다가 컴퓨터로 뭔가 복잡한 일을 한창 하던 중이었거든. 하지만 진짜 *위험하다*고 생각한 사람은 아무도 없었어. 아빠를 데리고 나가서 진정시키고 부둣가 식당에 가서 뭘 좀 드시게 할 계획이었지. 봐—" 플랫이 초조하게 다리를 꼬았다. "거긴 아빠랑 우리 두 사람밖에, 앤디와 나밖에 없었고 솔직히 말해서 아빠는 약간 제정신이 아니었어. 전날 밤부터 갇혀 있던 터라 말이 거칠어지고 진짜 좀 흥분하셨어. 앤디는 할 일도 있고 아빠를 견딜 수 없을 것 같아서 엄마한테 전화를 했고, 엄마가 나한테 전화를 한 거야. 내가 그쪽으로 가서 페리를 탈 때쯤 아빠는 아주 우울했지. 거친 물보라니 흩날리는 연기니 난폭한 초록 대서양이니 하면서 악을 쓰셨어. 완전히 날뛰셨지. 원래 앤디는 아빠가 그럴 때 진정시키지 못했기 때문에 자기 방에 들어가서 문을 잠그고 있었는데, 내가 도착하기 전에 앤디가 아빠 약으로 거의 파티를 했던 것 같아.

지금 생각해보면, 그래, 너무 생각이 없었어. 하지만— 너도 알잖아, 난 한 손으로도 배를 몰 수 있었어. 아빠가 집 안을 미친 듯이 휘젓고 다니는데, 내가 어떻게 하겠어, 완력을 써서 가두기라도 해? 그리고 또, 너도 앤디 알잖아, 앤디는 먹는 건 신경을 안 써. 찬장은 텅 비고 냉장고에는 냉동 피자밖에 없고……. 잠깐 배를 타고 나가서 부두에서 뭘 먹는 게 좋은 생각 같았다니까, 알겠어? '뭘 좀 드시게 해.' 아빠가 너무 흥분하면 엄마는 그렇게 말했지. '음식으로 진정시키기'. 그게 항상 첫 번째 방어법이었어. 자리에 앉히고 커다란 스테이크를 드시게 하는 거야. 가끔은 그렇게만 해도 평온해지셨지. 그리고, 내 말은— 난 육지로 나간 다음에도 아빠가 얌전해지지 않으면 스테이크하우스보다 응급실로 가야겠다 싶었거든. 내가 앤디에게 같이 가자고 한 건 안전을 위해서였어. 도와줄 사람이 있으면 좋겠다 싶었던 거지. 솔직히 전날 늦게까지 밖에서 놀아서 아빠가 말하는 만반의 출항 준비가 돼 있지 않았거든." 플랫이 말을 멈추고 양 손바닥을 트위드 바지에 문질렀다. "음. 앤디는 바다를 별로 안 좋아했어. 너도 알겠지만."

"기억나."

플랫이 주춤했다. "고양이도 앤디보다는 헤엄을 잘 쳤을 거야. 그러니까, 솔직히 말해서, 앤디는 뇌성마비 환자나 저능아를 빼면 내가 본 애들 중에서 제일 서툴렀어……. 아아, 앤디가 테니스 치는 걸 너도 봤어야 하는 건데. 우린 앤디가 장애인 올림픽에 나가야 된다고, 그럼 모든 경기를 휩쓸 거라는 농담을 하곤 했지. 하지만 앤디도 배를 많이 타봤으니까, 모르는 일이잖아. 아빠가 아주 멀쩡한 상태는 아니니까 한 사람이라도 더 데리고 가는 게 현명한 것 같았어, 알지? 우린 쉽게 배를 조종할 수 있었어— 그러니까, *괜찮았어*, 정말 괜찮았을 거야, 내가 하늘을 주의 깊게 지켜보기만 했어도.

바람이 불었고, 우리가 주돛을 풀려고 하는데 아빠가 팔을 마구 흔들면서 별들 사이의 빈 공간이 어쩌고저쩌고하면서 완전히 정신 나간 소리를 하더니, 큰 파도에 균형을 잃고 배에서 떨어졌어. 우리는, 앤디랑 나는 아빠를 배 위로 끌어 올리려고 했는데— 그러다가 배의 방향을 잘못 트는 바람에 거대한 파도를 정통으로 맞았어. 높고 가파른 파도가 갑자기 덮치는 바람에 우린 떨어지고 배는 뒤집혀버렸지. 물이 그렇게 차가운 건 아니었지만 수온이 12도쯤이라도 물속에 오래 있으면 저체온증이 올 수 있는데, 불행히도 우리가 그랬고, 그러니까 아빠는, 아빠는 저체온증이 너무 심했어—"

친절한 여대생 종업원이 한 잔씩 더 마실 건지 물어보려고 플랫의 등 뒤로 다가오기에 내가 시선을 맞추고서 고개를 살짝 저어 말렸다.

"문제는 저체온증이었어. 아빠는 너무 말라서 몸에 지방이 하나도 없었으니까 그 정도 수온에 한 시간 반만 허우적거려도 끝장이었던 거야. 움직이면 열을 더 빨리 빼앗기거든. 앤디는—" 플랫은 종업원이 뒤에 서 있는 것을 느꼈는지 고개를 돌리고 손가락 두 개를 들어 *한 잔씩 더*라고 신호를 보냈다. "앤디의 구명조끼는, 으음, 밧줄에 매달려서 끌려오던 구명조끼가 발견됐어."

"아, 세상에."

"떨어지면서 구명조끼가 머리 위로 빠졌나 봐. 가랑이에 묶는 끈이 있는데, 약간 불편해서 다들 싫어하지. 아무튼, 앤디의 구명조끼는 밧줄에 제대로 묶여 있었지만, 가랑이 끈을 제대로 안 묶었나 봐, 그 멍청한 놈이. 으음, 그러니까 무슨 말이냐면 말이야." 플랫이 높아진 목소리로 말했다. "아주 전형적이야. 그치? 귀찮아서 제대로 묶지도 못하다니. 앤디는 항상 그런 바보였다니까—"

나는 갑자기 커진 플랫의 목소리를 의식하면서 초조하게 종업원을 흘끔거렸다.

"세상에." 플랫이 갑자기 테이블을 밀면서 뒤로 기대어 앉았다. "난 앤디한테 너무 못되게 굴었어. 진짜 나쁜 놈이었어."

"플랫." 나는 *아니, 그렇지 않아*라고 말하고 싶었지만, 그건 사실이 아니었다.

플랫이 나를 올려다보며 고개를 저었다. "그러니까, 아아." 플랫의 눈은 취기에 텅 비어 보였다. 앤디와 내가 자주 하던 컴퓨터 게임(에어 캐브 Ⅱ : 캄보디아 침략)에 나오는 휴이 헬리콥터 조종사 같았다.

"내가 앤디한테 한 짓을 생각하면 절대 나 자신을 용서할 수 없어, 절대로."

"이런." 불편한 침묵 끝에 내가 말했다. 손등 뼈가 툭 튀어나온 플랫의 양손이 테이블 위에 놓여 있었다. 여러 해가 지났지만 아직도 뭉툭하고 사나워 보였고, 예전의 잔인함이 남아 있었다. 앤디와 나 모두 학교 아이들의 괴롭힘을 견뎌야 했지만 플랫의—창의적이고 가학적이고 희열에 빠진—괴롭힘은 고문에 가까웠다. 앤디의 음식에 침을 뱉고 장난감을 부수는 정도는 뻔한 수준이었지만 플랫은 어항에서 꺼낸 거피 시체와 인터넷에서 찾은 시체 해부 사진을 앤디의 베개에 올려놓고, 앤디가 자고 있을 때 이불을 젖혀서 그 위에 오줌을 누고(그런 다음 *앤드로이드가 침대에 오줌 쌌어!*라고 외쳤다), 아부그레이브 교도소에서처럼 앤디의 머리를 욕조에 밀어 넣고, 울면서 헐떡이는 앤디의 얼굴을 놀이터 모래판에 처박았다. 또 앤디가 숨을 쌕쌕거리면서 애원을 하는데도 천식용 흡입기를 머리 위 높이 들고서 *줄까? 줄까?*라고 말했다. 플랫과 허리띠, 시골집 다락방, 묶인 손, 대충 만든 올가미가 등장하는 끔찍한 이야기도 있었다. 정말 추악했다. 앤디가 희미하고 감정 없는 특유의 목소리로 이렇게 말한 생각이 났다. *내가 마룻바닥을 발로 차는 소리를 보모가 듣지 못했으면 형은 날 죽였을 거야.*

가벼운 봄비가 술집 창을 두드리고 있었다. 플랫이 빈 잔을 내려다보더니 일어섰다.

“우리 엄마 만나러 가자.” 그가 말했다. “엄마가 정말 보고 싶어 하셔.”

“지금?” 당장 가자는 뜻이라는 걸 깨닫고 내가 말했다.

“아, 제발 가자. 지금이 안 되면 나중에라도. 거리에서 우연히 만났을 때 누구나 하는 그런 약속 말고. 엄마한테는 정말 의미가 클 거야.”

“음—” 이제 내가 손목시계를 볼 차례였다. 나는 몇 가지 볼일이 있었고, 사실 생각할 것도 많은 데다가 누구에게도 말할 수 없는 다급한 걱정거리도 있었다. 하지만 날이 저물고 있었고 보드카 때문에 정신이 혼미했으며 오후는 미끄러지듯 흘러갔다.

“제발.” 플랫이 계산서를 달라고 손짓하면서 말했다. “널 우연히 만났는데 그냥 보냈다고 하면 엄마가 날 절대로 용서 안 하실 거야. 잠깐만 들렀다 가면 안 돼?”

3

현관에 들어서자 어린 시절로 돌아가는 문으로 발을 디딘 것 같았다. 도자기, 조명을 받은 풍경화들, 실크 갓을 씌워 은은히 빛나는 램프, 모든 것이 엄마가 죽은 날 바버 씨가 문을 열어주었을 때와 똑같았다.

“아니, 아니야.” 내가 습관처럼 동그란 장식용 볼록거울을 지나서 거실을 향해 걸어가자 플랫이 말했다. “이쪽이야.” 플랫은 아파트 안쪽으로 가고 있었다. “요즘은 거의 격식을 차리지 않아서— 엄마는 보통 여기서 사람들을 만나. 만날 일이 있으면 말이지만…….”

나는 바버 부인의 사실(私室) 근처에 한 번도 가본 적이 없었지만 가까이 갈수록 바버 부인의 향수 냄새—하얀 과일꽃 향기에 특이하게도 파우더 향이 섞인 그 냄새는 착각할 수가 없었다—가 열린 창에서 나부끼는 커튼처럼 짙게 느껴졌다.

“예전만큼 자주 나가시지 않아.” 플랫이 조용히 말했다. “거창한 저녁 식사나 행사 같은 건 전혀 없고 일주일에 한 번 정도 손님을 초대해서 차를 마시거나 친구랑 저녁을 먹으러 가시는 정도야. 그게 다야.”

플랫이 문을 두드리고 귀를 기울였다. “엄마?” 플랫이 불렀다. 그리고 대답이 어렴풋이 들리자 문을 아주 조금 열었다. “손님을 데리고 왔어요. 내가 길에서 누굴 만났는지 짐작도 못 하실 거예요…….”

중년 부인의 방답게 1980년대에 유행한 살구색으로 꾸민 거대한 방이었다. 입구 바로 안쪽에 소파와 낮은 의자들이 놓인 응접실 같은 구역이 있었다. 장식품과 자수 쿠션이 많고 18세기 거장들의 소묘가 열 점 정도 있었다. 〈이집트로의 피신〉, 〈야곱과 천사〉, 대부분 렘브란트 화풍이었지만 성 베드로의 발을 씻기는 그리스도를 그린 작은 갈색 펜화는 그 솜씨가 너무나 능숙한 것이 (지친 듯 굽은 그리스도의 등과 드리워진 옷, 성 베드로의 얼굴에 나타난 멍하고 복잡한 슬픔) 진짜 렘브란트의 그림일지도 몰랐다.

내가 그림을 더 자세히 보려고 몸을 숙였다. 방 저쪽에서 탑 모양 갓을 씌운 램프가 찰칵 켜졌다. “시오니?” 바버 부인의 목소리가 들렸고, 바로 거기 어마어마하게 큰 침대 위 베개 더미에 바버 부인이 기대어 앉아 있었다.

“너구나! 이게 무슨 일이니!” 바버 부인이 나를 향해 두 팔을 벌리고 말했다. “다 컸네! 도대체 어디 있었니? 지금은 뉴욕에 살고?”

“네. 돌아온 지 좀 됐어요. 정말 멋져 보이세요.” 전혀 그렇게 보이지 않았지만 나는 의무적으로 덧붙였다.

“너도!” 바버 부인이 양손으로 내 손을 잡았다. “정말 잘생겼네! 난 완전 엉망이야.” 바버 부인은 기억보다 늙은 것 같았지만 또 젊어 보이기도 했다. 얼굴이 아주 창백한 데다 립스틱도 바르지 않았고 눈꼬리에는 주름이 생겼지만 피부는 여전히 희고 매끄러웠다. 은빛이 도는 금발 머리(예전에도 은

빛이었을까, 아니면 머리가 센 걸까?)는 빗질도 하지 않은 채 느슨하게 어깨까지 내려와 있었다. 바버 부인은 반달 모양 안경을 쓰고 눈꽃송이 모양의 커다란 다이아몬드 브로치로 고정시킨 침실용 공단 재킷을 입고 있었다.

"뱃사람의 늙은 과부처럼 여기 누워서 자수나 놓고 있는데, 네가 찾아오다니." 바버 부인이 무릎 위 아직 끝내지 못한 자수 천을 가리키며 말했다. 발치의 옅은 색 캐시미어 덮개 위에서 잠을 자던 개—요크셔테리어였다—두 마리 중 작은 개가 나를 보고 벌떡 일어나서 미친 듯이 짖기 시작했다.

바버 부인이 개들—나머지 한 마리도 법석을 떨었다—을 진정시키려고 애쓰는 동안 나는 초조하게 미소를 지으며 주위를 둘러보았다. 침대—머리판에 천을 씌운 킹사이즈 침대—는 현대적이었지만 바버 부인의 방에는 내가 어릴 적에는 주의 깊게 볼 줄 몰랐을 흥미로운 골동품들이 잔뜩 있었다. 이 방은 고심하여 장식한 거실에서 사라진 물건들이 모여드는 이 아파트의 사르가소 해가 분명했다. 소파와 짝이 맞지 않는 탁자들, 작은 아시아 장식품들, 눈이 휘둥그레지는 은 종 수집품들. 내가 선 곳에서 보기에는 덩컨 파이프*로 보이는 마호가니 게임 탁자가 있고 그 위에는 (싸구려 칠보 재떨이와 수많은 컵 받침들 사이에) 박제 홍관조가 놓여 있었다. 좀먹고 약해진 홍관조는 깃털이 녹처럼 붉은빛으로 바랬고 고개는 심하게 구부러졌으며 먼지 낀 까만 구슬 눈이 무서웠다.

"팅어링, 쉿, 조용히 해, 안 돼. 얘가 팅어링이야." 바버 부인이 발버둥치는 개를 안고 말했다. "못된 애지, 안 그러니? 한순간도 가만히 있질 않아. 분홍색 리본을 단 애는 클레먼타인이야. 플랫." 바버 부인이 개 짖는 소리보다 목소리를 높여 불렀다. "플랫, 개 좀 부엌으로 데려갈래? 손님이 오면

* Duncan Phyfe : 19세기의 유명한 미국 가구 제작자.

정말 귀찮게 군다니까." 바버 부인이 나에게 말했다. "조련사라도 불러야겠어……."

바버 부인이 자수 놓던 천을 둘둘 말아서 뚜껑에 스크림쇼**가 달린 타원형 바구니에 넣는 동안 나는 침대 옆 안락의자에 앉았다. 의자의 천은 무척 낡았고 흐릿한 줄무늬가 눈에 익었다. 원래 거실 의자로 쓰다가 침실로 떠밀려온 것이다. 아주 여러 해 전, 앤디네 집에서 하룻밤 잔 나를 데리러 온 엄마가 앉았던 바로 그 의자였다. 손가락으로 천을 쓸어보았다. 밝은 초록색 피코트를 입은 엄마가 의자에서 일어나 나를 반기던 모습이 보였다. 그 코트는 지나가던 사람들마다 엄마를 붙잡고 어디서 샀느냐고 물어볼 만큼 감각적이었지만 앤디네 집에는 전혀 어울리지 않았다.

"시오?" 바버 부인이 말했다. "뭐 좀 마실래? 차는 어떠니? 아니면 좀 센 걸 줄까?"

"아니, 괜찮아요."

바버 부인이 브로케이드 덧이불을 톡톡 두드렸다. "이리 와서 옆에 앉으렴. 널 보고 싶구나."

"전—"

친밀하면서도 격식을 차린 바버 부인의 말투에서 끔찍한 슬픔이 전해졌다. 우리가 서로 마주 보는 순간, 지나간 모든 시간이, 비 오는 봄날 오후, 복도의 검은 의자, 공기처럼 가볍게 내 뒷머리에 닿는 바버 부인의 손길이 뒤섞여 새로 정의되고 유리처럼 선명하게 이 순간에 집중되었다.

"와줘서 정말 기뻐."

"아주머니." 나는 침대로 다가가서 조심스럽게 한쪽 엉덩이만 걸치며 말했다. "세상에. 믿을 수가 없어요. 이제야 소식을 들었어요. 정말 마음이 아

** scrimshaw : 고래 이빨이나 조가비에 그림을 새긴 장식.

파요."

바버 부인이 울지 않으려고 애쓰는 어린애처럼 입술을 꾹 다물었다. "그래." 그녀가 말했다. "음." 둘 사이에 끔찍하고 깨뜨릴 수 없을 듯한 침묵이 흘렀다.

"정말 마음이 아파요." 나는 얼마나 서툴게 말했는지 깨닫고, 더 크게 말하면 내 깊은 슬픔을 전달할 수 있다는 듯이 다급히 한 번 더 말했다.

바버 부인이 슬프게 눈을 깜빡였다. 나는 어떻게 해야 할지 몰라서 손을 뻗어 바버 부인의 손에 얹었고, 우리는 불편할 정도로 오랫동안 그렇게 앉아 있었다.

결국 먼저 말을 꺼낸 사람은 바버 부인이었다. "아무튼." 내가 무슨 말이든 하려고 허둥대는 동안 바버 부인은 단호하게 눈물 한 방울을 얼른 닦아냈다. "죽기 사흘 전에도 네 얘기를 했어. 앤디가 약혼을 했었거든. 일본 여자애랑."

"말도 안 돼. 정말이에요?" 나는 슬펐지만 약간 미소를 짓지 않을 수 없었다. 앤디가 일본어를 선택한 것은 일본 무녀를 그린 팬서비스 그림과 세일러 교복을 입은 야한 만화 여자 주인공들을 좋아하기 때문이었다.

"일본에서 온 일본인이에요?"

"그랬지. 짹짹거리는 목소리에 동물 봉제 인형 같은 작은 가방을 든 아주 작은 여자애였어. 아, 나도 본 적이 있단다." 바버 부인이 눈살을 찌푸리며 말했다. "피에르에서 차와 샌드위치를 먹으면서 앤디가 통역을 했지. 물론 장례식에도 왔었어, 그 여자애. 이름이 미야코였는데, 아무튼. 문화도 다르고 뭐 그렇지만, 일본인은 감정을 잘 드러내지 않는다는 말이 정말 맞더라."

작은 클레먼타인이 기어 와서 바버 부인의 어깨에 모피 칼라처럼 몸을 둘렀다. "사실 한 마리 더 키울까 생각 중이야." 바버 부인이 손을 뻗어 개를 쓰다듬으며 말했다. "어떻게 생각하니?"

"모르겠어요." 나는 당황했다. 어떤 문제에 대해서든 다른 사람의, 특히 내 의견을 구한다는 것은 정말 바바 부인답지 않았다.

"얘네 둘이 정말 큰 위안이 되어주었거든. 장례식이 끝나고 일주일 후에 오랜 친구 마리아 메르세데스 드 라 페레이라가 갑자기 얘들을 데리고 왔지 뭐니. 리본을 묶은 바구니에 강아지 두 마리가 담겨 있었지. 처음에는 망설였지만 사실 이보다 더 사려 깊은 선물을 받아본 적이 없는 것 같아. 예전엔 앤디 때문에 개를 키울 수가 없었어. 알레르기가 정말 심했잖아. 기억나지?"

"네."

플랫—죽은 새와 산탄총 탄피가 들어갈 만큼 크고 축 처진 주머니가 달린 사냥터 관리인 옷 같은 트위드 재킷을 아직도 입고 있었다—이 돌아왔다. 그가 의자를 당겼다. "음, 엄마." 플랫이 아랫입술을 깨물었다.

"그래, 플래티푸스." 딱딱한 침묵. "일은 잘했니?"

"그럼요." 플랫이 스스로를 설득하려는 것처럼 고개를 끄덕였다. "네. 정말 정말 바빴어요."

"그 말을 들으니 기쁘구나."

"새로 나올 책 때문에요. 빈회의에 대한 책이에요."

"또?" 바바 부인이 나를 향해 고개를 돌렸다. "너는, 시오?"

"네?" 나는 바느질 바구니 뚜껑의 스크림쇼(포경선이었다)를 보면서 불쌍한 앤디를 생각하고 있었다. 검은 물, 목구멍에 느껴지는 소금기, 현기증과 발버둥. 제일 싫어하는 곳에서 죽는다는 공포와 잔인함. *근본적인 문제는 내가 배를 경멸한다는 거예요.*

"얘기 좀 해봐. 넌 요즘 뭐 하니?"

"음, 골동품을 취급해요. 대부분 미국 가구죠."

"설마!" 바바 부인은 무척 기뻐했다. "이렇게 완벽할 수가!"

"네, 그리니치빌리지예요, 제가 가게를 운영하고 판매를 관리하고 있어요. 파트너는—" 나는 파트너라는 말이 아직 너무 생소하고 익숙하지 않았다. "사업 파트너인 제임스 호바트 씨는 장인이에요. 복원 작업을 하시죠. 언제 한번 놀러 오세요."

"아, 근사해. 골동품이라니!" 바버 부인이 탄성을 발했다. "음— 내가 오래된 물건을 얼마나 좋아하는지 너도 알지? 우리 애들도 흥미를 좀 가졌으면 좋았을 텐데. 난 항상 적어도 한 명은 그랬으면 했거든."

"음, 킷시가 있잖아요." 플랫이 말했다.

"정말 의문이야." 바버 부인이 플랫의 말을 못 들은 척 말을 이었다. "내 자식들 중 단 한 명도 예술가적 기질이 없다니. 정말 이상하지 않니? 네 명 다 문외한이라니까."

"아, 왜 그러세요." 내가 최대한 장난스럽게 말했다. "토디랑 킷시가 피아노 레슨 하던 거 기억나는데요. 앤디는 스즈키 바이올린 교실에 다녔고요."

바버 부인이 아니라며 손사래를 쳤다. "오, 너도 내 말이 무슨 뜻인지 알잖니. 우리 애들은 *시각적인* 감각이 없어. 그림이든 인테리어든 그런 건 볼 줄을 몰라. 음—" 바버 부인이 다시 내 손을 잡고 악수했다. "네가 어렸을 때 복도에 걸린 그림들을 유심히 보는 모습이 자주 눈에 띄었지. 넌 항상 제일 좋은 그림으로 다가갔어. 프레더릭 처치의 풍경화, 피츠 헨리 레인, 라파엘 필, 아니면 존 싱글턴 코플리— 너도 알지, 보닛을 쓴 소녀의 작은 타원형 초상화?"

"그게 코플리였어요?"

"그럼. 조금 전에는 렘브란트의 그림을 보더구나."

"진짜 렘브란트예요?"

"그래. 그거, 세족식 그림만. 나머지는 렘브란트 학파고. 우리 애들은 평생 저 그림들이랑 한집에 살았지만 티끌만 한 관심도 보인 적이 없어, 안 그러니, 플랫?"

"사람마다 뛰어난 분야가 다른 거라고 생각하고 싶네요."

내가 목을 가다듬고 말했다. "있잖아요, 진짜 인사만 하려고 들른 거예요. 다시 만나서 정말 기뻐요. 두 사람 다요." 내가 플랫을 대화에 끼우려고 그를 보면서 말했다. "더 즐거운 상황이었다면 좋았겠지만요."

"이따가 저녁 먹고 가지 않을래?"

"죄송해요." 내가 걱정스럽게 말했다. "오늘은 안 될 것 같아요. 그래도, 잠깐 들러서 아주머니를 뵙고 싶었어요."

"그럼 다음에 다시 저녁 먹으러 올래? 점심? 아니면 술?" 바버 부인이 웃었다. "아무거나 너 좋은 걸로."

"그럼요, 저녁 먹으러 올게요."

바버 부인이 입맞춤을 받으려고 뺨을 내밀었는데, 내가 어렸을 때는 자기 아이들에게도 한 번도 그런 적이 없었다.

"네가 우리 집에 다시 오다니, 얼마나 반가운지 모르겠어! 예전처럼 말이야." 바버 부인이 내 손을 잡고 거기에 얼굴에 꾹 기대며 말했다.

4

현관문을 나설 때 플랫이 이상한 악수—갱단이나 대학 사교 클럽의 인사법, 혹은 국제 수화 같기도 했다—를 했기 때문에 나는 어떻게 응해야 할지 몰랐다. 손을 빼고 달리 어떻게 해야 할지 몰라서 당황하면서 플랫과 주먹을 맞부딪쳤다. 바보 같았다.

"그래, 플랫. 이렇게 우연히 만나다니, 반가웠어." 어색한 침묵이 흐른 후에 내가 말했다. "전화해."

"저녁 식사 말이야? 아, 그래. 너만 괜찮으면 집에서 먹을 거야, 엄마는 자주 나가는 걸 별로 안 좋아하시거든." 플랫이 재킷 주머니에 양손을 넣었다. 그러더니 충격적인 말을 했다. "나 요즘 케이블 자주 만나는데, 네 옛날 친구 말이야. 사실은 내가 원하는 것보다 약간 더 자주 보는 편이지. 널 만났다고 하면 궁금해하겠다."

"톰 케이블 말이야?" 내가 믿을 수 없다는 듯 웃었지만 웃음이라 할 수도 없었다. 같이 정학을 당하고 나서 엄마가 죽었을 때 톰 케이블이 나를 밀어냈던 안 좋은 기억 때문에 아직도 거북했다. "걔랑 연락해?" 내가 물었지만 플랫은 대답이 없었다. "몇 년 동안 톰은 생각도 못 했는데."

플랫이 싱글싱글 웃었다. "사실은 예전에 말이야, 난 톰 케이블이랑 친하게 지내는 네가 앤디처럼 따분한 애를 견딜 수 있다는 게 이상하다고 생각했어." 그가 문틀에 구부정하게 기대어 조용히 말했다. "뭐, 내가 신경을 썼다는 건 아니지만. 아아, 앤디는 데리고 나가서 약이라도 같이 할 친구가 정말 필요했어."

따분한 앤디. 앤드로이드. 반쪽 불알. 여드름쟁이. 스펀지밥 똥 싼 바지.

"아니야?" 플랫이 나의 멍한 시선을 잘못 해석하고 아무렇지 않게 말했다. "난 네가 그때 마리화나 피우는 줄 알았는데. 케이블은 한창때 확실히 마리화나를 피웠잖아."

"분명히 내가 떠난 뒤였을 거야."

"음, 그럴지도." 나는 플랫이 나를 보는 시선이 별로 마음에 들지 않았다. "엄마는 확실히 네가 벌레 한 마리도 못 죽일 애라고 생각했지만, 난 네가 케이블이랑 친구라는 걸 알았지. 케이블은 좀도둑이었어." 그가 날카롭게—예전의 기분 나쁜 플랫을 연상시키는 표정으로—웃었다. "난 네가 우리 집에서 지낼 때 킷시랑 토디한테 네가 뭘 훔쳐갈지도 모르니까 문을 잠가 두라고 했었지."

"그래서 그랬던 거야?" 나는 돼지 저금통 사건을 몇 년 동안이나 잊고 있었다.

"음, 그러니까, 케이블 친구였잖아." 플랫이 천장을 흘끔 보았다. "봐, 난 걔 누나 조이랑 만났었거든, 와아, 걔도 진짜 걸작이었어."

"그래." 나는 열두 살 때 조이 케이블—열여섯 살이고 가슴이 컸다—이 햄프턴스의 집 복도에서 작은 티셔츠와 검정색 티팬티 차림으로 나를 스치며 지나갔던 것을 뚜렷하게 기억했다.

"슬로피 조!* 엉덩이가 끝내줬는데. 온수 풀장 옆에서 알몸으로 당당하게 걸어 다니던 거 생각나? 아무튼, 케이블 말이야. 아빠가 다니던 햄프턴스 클럽에서 남자 탈의실 사물함을 뒤지다가 걸렸는데, 그때 겨우 열두 살인가 열세 살인가 그랬을 거야. 그게 네가 떠나고 나서라는 거지, 어?"

"그럴걸."

"그런 일이 그쪽 클럽 여러 군데에서 있었어. 규모가 큰 대회가 열리거나 할 때 사물함이 있는 데로 몰래 들어가서 닥치는 대로 훔친 거지. 그다음에, 아마 그때는 대학생이었을 텐데— 아, 젠장, 어디더라, 메이드스톤은 아닌데— 아무튼, 케이블이 여름에 클럽하우스 바에서 아르바이트를 했거든. 매력적인 데다 말도 잘하니까— 음, 알잖아. 나이 든 사람들한테 접근해서 전쟁 얘기나 뭐 그런 걸 듣고 그랬지. 담배에 불도 붙여주고, 농담에 웃어주고. 가끔 노인들을 현관까지 부축해줬는데, 다음 날 보면 지갑이 없는 거야."

"음, 난 몇 년 동안 한 번도 못 만났어." 내가 쌀쌀맞게 말했다. 플랫의 말투가 마음에 들지 않았다. "아무튼, 걔 요즘 뭐 해?"

"음, 알잖아. 예전이랑 똑같지, 뭐. 사실은 걔가 요즘 킷시를 가끔 만나는데, 진짜 말릴 수 있으면 좋겠어. 아무튼." 플랫이 말투를 약간 바꿨다. "너무

* sloppy joe : 간 고기와 소스를 버무려 빵 사이에 끼운 햄버거의 이름이지만 그대로 해석하면 '단정치 못한 조'라는 뜻도 된다.

오래 붙잡았네. 킷시랑 토디한테 너 만났다고 빨리 얘기해주고 싶다. 특히 토디한테. 네가 토디한테 깊은 인상을 남겼나 봐, 항상 네 얘기야. 다음 주에 올 건데, 분명히 널 만나고 싶어 할 거야."

5

나는 머리를 식히려고 택시를 타는 대신 걸었다. 깨끗하고 촉촉한 봄날이었다. 햇살이 비구름을 뚫고 나왔고 수많은 회사원들이 횡단보도에 몰려들었다. 그러나 나에게 뉴욕의 봄은 항상 독을 품은 계절이어서, 수선화와 잎이 돋는 나무에 핏방울과 옅은 물보라 같은 공포와 환영이 뒤섞여서 엄마의 죽음을 상기시켰다(잰드라라면 *끵장해! 재밌어!*라고 했을 것이다). 앤디의 소식을 들으니 누군가가 엑스레이 스위치를 켜서 모든 것을 네거티브 필름으로 바꾼 것 같아서, 수선화와 개를 산책시키는 사람들과 모퉁이에서 호루라기를 부는 교통경찰들 사이에서도 내 눈에는 죽음밖에 보이지 않았다. 거리는 죽은 자들로 가득했고 시체들이 버스에서 쏟아져 내려 일을 마치고 서둘러 집으로 돌아가고 있었다. 백 년 후에는 치아 충전재와 심박 조절기와 아마도 천 몇 조각과 뼈밖에 남지 않으리라.

생각지도 못했다. 앤디에게 전화를 할까 수백만 번 생각하면서도 실행에 옮기지 못한 것은 부끄러웠기 때문이었다. 내가 옛날 친구들 누구에게도 연락을 하지 않은 것은 사실이었지만 가끔 학교 애들을 우연히 마주쳤고, 친구였던 마르티나 리흐트블라우도 그랬다(나는 이전 해에 마르티나와 별로 만족스럽지 않은 연애를 잠깐 했는데, 남들 몰래 접이식 소파에서 세 번 잔 게 다였다). 마르티나 리흐트블라우가 앤디 이야기를 했었다. 앤디는 지금 매사추세츠에 있다는데, 너 아직 앤디랑 연락해? 아, 맞아, 옛날이나 지금이나 괴짜인데 지금은 대놓고 그러니까 복고풍 같기도 하고 좀 멋져 보인달까? 코카콜라 병처럼 두꺼운 안경에다가 주황색 코듀로이 바지를 입고 머리는 다스베이더의 헬멧처럼 자르고 다녀.

와, 앤디 말이지. 나는 앤디 생각에 애틋하게 고개를 저으며 마르티나의 맨 어깨 너머로 손을 뻗어 그녀의 담배를 하나 집었다. 그때 나는 앤디를 만나면 얼마나 좋을까, 뉴욕에 없다니 아쉽다, 언제 명절 때 앤디가 집에 오면 전화를 해야겠다고 생각했다.

하지만 하지 않았다. 나는 과대망상 때문에 페이스북을 하지 않았고 뉴스도 거의 보지 않긴 했지만, 그래도 어떻게 그 소식을 듣지 못했는지 알 수가 없었다. 다만 최근 몇 주 동안 나는 가게 걱정에 다른 생각은 거의 할 수가 없었다. 재정적인 걱정이 있는 것은 아니었다. 우리는 말 그대로 돈을 척척 벌어들이고 있었고 호비 아저씨가 (아저씨는 거의 파산 직전이었었다) 나를 구세주라 믿고 파트너로 삼겠다고 고집을 피울 정도였다. 나는 상황을 고려했을 때 파트너가 된다는 것이 썩 내키지 않았다. 하지만 내가 거절하려 하자 아저씨는 내가 이익을 나눠 가져야 한다고 더욱 단호하게 주장했다. 내가 거절할수록 아저씨는 더욱 완고해졌다. 아저씨는 특유의 관대함으로 내가 내켜하지 않는 것을 '겸손'이라고 말했지만 내가 정말 걱정하던 것은 파트너가 되면 가게의 비공식적인 일들이 공식적으로 보일지도 모른다는 사실이었다. 불쌍한 호비 아저씨가 알면 완전히 충격에 빠질 일들이었다. 물론 아저씨는 전혀 몰랐다. 내가 어느 고객에게 고의로 위작을 팔았는데 고객이 사실을 알아내서 난리를 치고 있었던 것이다.

돈을 돌려주는 것은 상관없었다. 사실 유일한 해결책은 손해를 보면서 물건을 다시 사들이는 것이었다. 예전에는 그 방법이 잘 통했다. 나는 심하게 변형하거나 완전히 다시 만든 가구를 진품으로 팔았다. 만약 수집가가 호바트와 블랙웰의 흐릿한 불빛 밑에서 본 가구를 집으로 가져갔다가 뭔가 이상하다는 사실을 알아차리면 (호비 아저씨는 "항상 손전등을 가지고 다녀라. 골동품 가게가 대부분 어두운 데에는 다 이유가 있는 거야"라고 일찌감치 조언해주었다) 나는—착오에 한탄하면서, 물건이 진품이라는 확신은 굽히지 않고—원래 판매했던 조건 그대로 수집가가 낸 가격에 10퍼센트를 더해서 사겠다고 용감하게 제안했다. 그러면 나는 자기 상품에 흠이 없다고 굳게 믿으면서도 고객의 행복을 위해서 말도 안 되는 일까지 기꺼이 하는 좋은 사람으로 보였고, 고객은 대개 누그러져서 가구를 그냥 갖겠다고 했다. 하지만 의심 많은 수집가들이 내 제안을 받아들인 적도 서너 번 있었다. 그들이 깨닫지 못한 사실은—상당한 가치가 있음을 분명히 보여주는 가격으로 그의 소유에서 내 소유로 넘어옴으로써—위작이 하룻밤 사이에 출처를 얻는다는 것이었다. 상품이 내 손으로 돌아오면 나는 그것이 저명한 아무개의 수집품이었음을 보여주는 증거 문서들을 갖게 되었다. 나는 아무개 씨(유명한 수집가가 아니라면 취미로 수집하는 배우나 의상 디자이너가 이상적이었다)에게서 위작을 재구매하면서 웃돈을 얹어주어야 했지만, 거기서 끝이 아니라 다시 팔았고, 갑절의 값을 받은 적도 있었다. 치펀데일과 이선 앨런*도 구분 못 하는 월스트리트의 돈 많은 바보들은 자신이 구매한 덩컨 파이프 책상이나 뭐 그런 가구가 유명한 자선사업가/인테리어 장식가/브로드웨이의 유명한 인물/기타 등등인 아무개 씨의 수집품이었음을 입증하는 '공식 문서'에 더없이 흥분했다.

지금까지는 이 방법이 통했다. 다만 이번에는, 이번 아무개 씨인 루셔스 리브라는 어퍼이스트사이드의 대단한 스위스인은 미끼를 물지 않았다. 나는 그가 a) 고의로 속였다(사실이었다), b) 호비 아저씨도 한패이며 사실 아저씨가 흑막이다, 라고 생각하는 것 같아서 곤란했는데, 두 번째 생각은 진실과 정반대였다. 나는 전부 나 때문에 벌어진 실수라고 주장하면서 난

* Ethan Allen : 1932년에 창립된 북미의 가구 회사.

국을 타개하려 했지만—흠흠, 손님, 솔직히 호비 아저씨에 대해서는 오해하신 겁니다, 제가 이 일을 시작한 지 얼마 안 돼서 그런 거니까 너무 나쁘게 생각하지는 말아주시지요, 호비 아저씨의 작품이 워낙 훌륭하다 보니 가끔은 이런 착오도 생길 수 있지 않겠습니까, 네?—옷을 잘 차려입은 직업 및 나이 미상의 리브 씨("루셔스라고 부르게")는 누그러지지 않았다. "그럼 제임스 호바트가 이 가구를 만들었다는 사실은 부인하지 않는 거군?" 하버드 클럽에서 만나 잔뜩 긴장된 분위기에서 단둘이 점심을 먹을 때 그가 음흉하게 의자에 기대어 앉아서 소다수 컵 테두리를 손가락으로 쓸면서 말했다.

"제 말 좀 들어보세요—" 나는 루셔스 리브의 영역에서 만난 것이 전략적으로 실수임을 깨달았다. 그는 이곳 종업원들을 잘 알았고, 메모장에 연필로 써서 주문을 했으며, 여기서는 내가 이것저것 드셔보시라며 관대하게 제안할 수도 없었다.

"아니면, 토머스 애플렉** 가구에서— 그래, 맞아, 애플렉이겠지, 아무튼 필라델피아 가구에서 호바트가 불사조 장식을 가져다가 진짜 골동품이지만 장식이 없다면 별로 뛰어날 것도 없는 같은 시대의 이층장에 고의로 붙인 건가? 우리 지금 같은 가구에 대해서 이야기하고 있는 것 아닌가?"

"부탁드릴게요, 설명할 기회를 주시면—" 창가 자리에 앉아 있어 햇빛이 눈을 직통으로 비추는 탓에 나는 땀을 흘리면서 안절부절못했다.

"그렇다면 어떻게 고의로 속인 게 아니라고 주장할 수 있지? 호바트와 자네 모두 말일세."

"제 말 좀 들어보세요—" 종업원이 주위를 맴돌고 있었고 나는 그가 다른 데로 가버렸으면 싶었다. "제 실수입니다. 이미 말씀드린 것처럼요. 그리고 돈을 얹어서 되사겠다는 제안도 드렸고요. 그 외에 저에게 뭘 바라시는지

** Thomas Affleck : 필라델피아 치펀데일 양식을 전문으로 만든 18세기 미국 가구 제작자.

모르겠습니다."

그러나 차분한 말투에도 불구하고 나는 부풀어 오르는 불안에 감싸여 있었다. 내가 수표를 준 지 12일이 지났는데도 루셔스 리브가 아직 그것을 은행에 맡기지 않았다는 사실—플랫을 우연히 만나기 직전에 은행에 가서 확인했다—도 불안했다.

나는 루셔스 리브가 뭘 원하는지 몰랐다. 호비 아저씨는 가구 수리를 시작한 뒤부터 사실상 평생 동안 부품을 떼어내고 모양을 심하게 바꾼 가구들을 만들어왔다(아저씨는 그것을 '체인질링*'이라고 불렀다). 브루클린 네이비야드의 창고는 30년 넘은 꼬리표가 달린 가구들로 가득했다. 처음으로 혼자 창고에 가서 본격적으로 둘러보았을 때 나는 진짜 헤플화이트와 진짜 셰러턴 같은 가구들을 발견하고 번개 맞은 것처럼 놀랐다. 꼭 보물이 굴러다니는 알리바바의 동굴 같았다. 창고는 벙커처럼 전화 수신이 안 됐기 때문에 나는 곧장 밖으로 나가서 바람 부는 하역장에 서서 손가락으로 한쪽 귀를 막고서 전화를 걸었다. "아, 세상에, 아니야." 핸드폰을 통해서 들리는 호비 아저씨의 목소리가 뚝뚝 끊겼다. "내 말 믿어, 그게 진짜였으면 벌써 오래전에 크리스티 미국 가구부에 전화를 했을 거야."

여러 해 동안 호비 아저씨의 체인질링에 감탄했고 일부 작업을 돕기도 해놓고, 본 적 없는 형태의 가구들에 속아서 (아저씨가 즐겨 쓰는 표현에 따르면) 말도 안 되는 억측을 했다니 충격이었다. 우리 가게에는 미술관에 전시해도 될 수준이지만 복원할 수 없을 만큼 손상되거나 부서진 가구들이 종종 들어왔다. 이 우아하고 낡은 잔해들을 굶어 죽어가는 어린아이나 학대당한 고양이처럼 여기면서 슬퍼하는 호비 아저씨로서는 살릴 수 있는 부분(여기는 꽃대기 장식 한 쌍, 저기는 섬세하고 둥글게 깎인 다리 한 세트)

* changeling : 요정이 인간의 아이를 데려가면서 바꿔치기 해놓는 아이.

을 살려서 목수와 가구장이로서의 재능으로 다시 조립해서 아름답고 젊은 프랑켄슈타인을 만드는 것이 의무와 마찬가지였고, 결과물은 영 기이할 때도 있었지만 진품이 만들어진 시대의 아주 충실한 모델일 때도 있어서 진품과 구별이 안 되기도 했다.

산, 페인트, 골드사이즈**와 유연, 밀랍과 때와 티끌. 소금물로 녹슬게 만든 낡은 못. 질산을 바른 새 호두나무 목재. 사포를 문질러 닳게 만든 서랍 레일, 몇 주 동안 태양등을 쐬어 백 년 된 목재처럼 만든 새 목재. 호비 아저씨는 부서진 헤플화이트 식탁 의자 다섯 개만 있으면, 원래 가구를 분해하고 (손상된 같은 시대 가구에서 구한 나무로) 부품을 따라 만든 뒤, 원래 가구의 부품 반과 새 부품 반을 섞어서 재조립하여 튼튼하고 정말 진품처럼 보이는 여덟 개 세트를 만들어낼 수 있었다. (아저씨는 손가락으로 의자 다리를 쓸면서 이렇게 말했다. "의자 다리는 말이야, 보통 밑부분이 찌그러지고 닳지. 옛날 나무를 쓰더라도 잘 어우러지게 하려면 새로 자른 다리 바닥을 체인으로 마모시켜야 해…… 아주아주 가볍게, 너무 심하게 마모시키라는 말이 아니야…… 특유의 모양도 넣어야 돼, 보통 앞다리가 뒷다리보다 더 많이 찌그러지니까, 알겠어?") 나는 아저씨가 산산조각 난 18세기 찬장에서 구해낸 나뭇조각들로 덩컨 파이프 본인이 만든 듯한 탁자를 만드는 것도 봤다. ("이 정도면 될까?" 호비 아저씨는 본인이 어떤 기적을 일으켰는지 모르는 것처럼 초조하게 뒤로 물러나며 말했다.) 또는 아저씨가 평범한 가구에 동시대의 웅장하고 낡은 잔해에서 구해낸 장식을 더하면—루셔스 리브의 '치펀데일' 이층장처럼—걸작과 거의 구분할 수 없는 작품이 탄생했다.

아저씨보다 더 실용적이고 덜 양심적인 사람이라면 계산된 이익을 위해 이 기술을 이용하여 큰 재산을 만들었을 것이다(혹은, 정곡을 찌르는 그리

** gold size : 바니시의 일종인 초벌용 투명 도료.

사의 말처럼 "5천짜리 창녀보다 더 멋지게 세상을 엿 먹였을" 것이다). 하지만 내가 아는 한 호비 아저씨는 체인질링을 진품으로 속여서 팔 생각을, 아니 체인질링을 판다는 생각 자체를 하지 않았다. 그리고 아저씨는 가게 일에 전혀 흥미가 없었기 때문에 나는 현금을 벌어들이고 지출을 해결하는 일에 상당히 자유롭게 착수할 수 있었다. 나는 한 투자 은행가의 부인인 젊고 순진한 캘리포니아 출신 여성에게 이스라엘 색*이나 받을 법한 가격에 '셰러턴' 소파 하나와 등받이에 리본 장식이 된 의자 한 세트를 팔아서 밀린 주택세 수십만 달러를 낼 수 있었다. 그런 다음 식탁 세트 하나와 '셰러턴' 긴 의자 하나를 팔아서—그 정도로 어리석진 않았지만 골동품상으로서 웰티 씨와 호비 아저씨의 의심할 수 없는 명성에 눈이 먼 시골 고객이 샀다—가게 빚을 다 갚을 수 있었다.

"아주 편리하군." 루셔스 리브가 유쾌하게 말했다. "사업적인 부분은 다 자네에게 맡긴다고? 자기 작업장에서 이 위조품들을 만들면서 자네가 그걸 어떻게 처리하는지는 나 몰라라 한다고?"

"제가 제안을 했잖습니까. 여기 가만히 앉아서 그런 이야기를 듣고만 있지는 않겠습니다."

"그럼 왜 계속 앉아 있나?"

내가 호비 아저씨의 체인질링을 진짜로 팔고 있다는 것을 아저씨가 알면 깜짝 놀랄 것이다, 그 사실에는 추호의 의심도 없었다. 우선, 아저씨는 오히려 소소한 오류에, 업계 사람들만이 아는 장난에 창의적으로 공을 들였고, 고의로 위조품을 만드는 사람들처럼 재료를 항상 까다롭게 고르지도 않았다. 하지만 나는 진품보다 20퍼센트 정도 싸게 팔면 상대적으로 경험이 많은 구매자들까지 쉽게 속일 수 있다는 사실을 깨달았다. 사람들은 유리한

* Israel Sack : 저명한 미국 골동품상으로 동명의 회사를 세웠다.

거래라는 생각이 들면 좋아했다. 다섯 명 중 네 명은 보고 싶지 않은 부분을 보고도 그냥 지나쳤다. 나는 손으로 자른 단판, 훌륭한 고색, 명예로운 상처 등 뛰어난 부분에 이목을 집중시키는 방법을 알았다. 말하자면 뛰어난 사이머 곡선**(18세기 조각가 호가스는 '미의 선'이라고 불렀다)을 손가락으로 쓸어 보임으로써, 밝은 조명에서 보면 정확하게 일치하지 않는 나뭇결이 눈에 띌지도 모르는 뒷면 수리 부분에서 시선을 돌리는 것이다. 호비 아저씨는 자기 이익에 심각한 손해를 끼쳐가면서까지 가르쳐주려고 열심이어서 고객들에게 가구 아래쪽을 살펴보라고 처음부터 말했지만 나는 그런 제안을 잘 하지 않았다. 하지만 고객이 아래쪽을 보고 싶어 할 경우에 대비해서 나는 가구 주변 바닥을 아주, 아주 더럽게 해놓았고 하필이면 내가 가지고 있는 손전등 빛은 아주, 아주 약했다. 뉴욕에는 돈이 아주 많은 사람과 시간이 촉박한 실내장식가가 아주 많았고, 그런 사람들은 경매 카탈로그에서 비슷해 보이는 가구의 사진을 보여주면 무척 싸게 사는 줄 알고 만족스럽게 덥석 사들였는데, 다른 사람의 돈을 쓰는 경우에는 더욱 그랬다. 또 다른 수법—아는 게 더 많은 다른 고객을 끌기 위해서 고안한 수법—은 가게 뒤쪽에 물건을 숨겨놓고 거기에서 진공청소기의 먼지를 뒤집어씌워서 (즉석 고가구!) 참견하기 좋아하는 고객이 직접 가구들을 둘러보다가 앗, 여기 먼지 쌓인 잡동사니 밑에 셰러턴 긴 의자가 있잖아! 하고 발견하게 만드는 것이었다. 이런 사기꾼들—나는 이런 부류를 속이는 것이 아주 즐거웠다—을 다루는 수법은 그들이 흥분으로 손을 떨거나 서두르지 않는 척하면서 어마어마한 현금을 인출하러 은행으로 달려갈 때에도 멍청한 척, 따분한 척하면서 책에 몰두하고 내가 어떤 물건을 가지고 있는지 모르는 것처럼 굴어서 그 사람들이 *나*를 속이고 있다고 생각하게 만드는 것이었다.

** cyma curve : S자와 비슷하게 반대 방향으로 구부러지는 두 곡선으로 이루어진 곡선.

고객이 중요한 사람이거나 호비 아저씨와 관계가 있는 사람이면 나는 항상 판매용 가구가 아니라고 말했다. 쌀쌀맞게 "판매용이 아닙니다"라고 말하는 것이 낯선 고객을 대할 때 좋은 시작이 되는 경우도 많았다. 그렇게 하면 내가 찾는 부류의 구매자가 얼른, 그것도 현금으로 거래를 하려고 애썼을 뿐 아니라 문제가 생겼을 때 내가 거래를 중간에 파기할 수 있는 핑계도 되었다. 주로 이런 일을 방해하는 것은 좋지 않은 타이밍에 호비 아저씨가 가게에서 어슬렁거리는 것이었다. 또 좋지 않은 타이밍에 드프리스 부인이 갑자기 찾아와도 일이 잘못될 수 있었고, 실제로 그런 적도 있었다. 거래가 성사되기 직전에 드프리스 부인이 오는 바람에 나는 거래를 잠깐 중단할 수밖에 없었는데, 그러자 영화감독의 아내인 그 고객은 기분이 상해서 기다리다 지쳐서 나간 다음 돌아오지 않았다. 호비 아저씨가 손댄 부분은 대부분 적외선이나 자외선, 전문적인 분석을 하지 않는 한 육안으로는 잘 보이지 않았다. 호비 아저씨를 찾는 사람들은 본격적인 수집가가 많았지만, 예를 들면 앤 여왕 시대에 전신 거울 같은 것은 만들어진 적이 없다는 사실을 절대 모르는 사람들도 많이 왔다. 하지만 고객이 부정확한 부분—예를 들면 제작자나 시대에 맞지 않는 가구나 목재—을 알아차릴 만큼 잘 아는 경우에도 한두 번 정도는 대담하게 말로 얼버무리기도 했다. 고객의 특별 주문으로 만들어진 가구라서 엄밀히 말하면 일반 제품보다 더 귀하다고 주장했던 것이다.

나는 심란한 마음으로 덜덜 떨면서 거의 무의식적으로 공원으로 향했고, 초등학교 때 겨울날 오후에 앤디와 내가 종종 파카를 입고 앉아서 엄마가 동물원에 갔다 온 우리를 마중하러 오거나 영화관으로 데려가기를 기다리던 호수로 걸어갔다. *십칠 시에 집결 지점에 집합!* 하지만 불행히도 이때쯤의 나는 거기 앉아서 약을 파는 바이크 메신저* 제롬을 기다리는 경우가 많

* 자전거를 타고 서류나 작은 물건을 배달하는 배달부.

았다. 여러 해 전 잰드라에게서 훔친 약 때문에 나는 나쁜 길로 빠졌다. 나는 몇 년 동안이나 옥시콘틴, 록시코돈, 모르핀, 구할 수 있을 때는 딜라우디드**까지 거리에서 샀다. 지난 몇 달 동안 나는 (대체로) 하루는 약을 먹고 하루는 약을 먹지 않는 일정을 유지했는데(그러나 '먹지 않는다'는 것은 몸에 탈이 나지 않을 정도로만 약을 먹는다는 뜻이었다) 그날은 공식적으로 '먹지 않는' 날이었지만 나는 점점 더 우울해졌고 플랫과 마신 보드카도 점점 깼기 때문에 약이 없는 걸 알면서도 계속 몸을 더듬고 외투와 양복 재킷 주머니를 뒤졌다.

나는 대학에서 칭찬받을 만하거나 눈에 띄는 성과를 거두지 못했다. 라스베이거스에서 보낸 시절 탓에 나는 어떤 일이든 열심히 하지 못하는 사람이 되었다. 나는 스물한 살(학업을 끝낼 때까지 원래의 예상 기간인 4년이 아니라 6년이 걸렸다)에 별로 우수하지 않은 성적으로 마침내 학교를 마쳤다. 상담 선생님은 이렇게 말했다. "솔직히 말해서 석사과정에서 널 뽑을 가능성이 많아 보이지는 않아. 특히 넌 학자금 지원에 크게 의지해야 할 테니 더욱 그렇지."

하지만 괜찮았다. 나는 내가 뭘 하고 싶은지 알았다. 나는 열일곱 살 때 호비 아저씨가 가게를 열기로 결심한 아주 드문 어느 오후에 우연히 가게에 올라갔다가 골동품상으로 첫발을 내디뎠다. 그즈음 나는 호비 아저씨의 재정 문제를 의식하기 시작했다. 그리샤는 아저씨가 물건을 팔지 않고 계속 모을 경우 다가올 비참한 결과에 대해서 너무 솔직하게 말했다. ("사람들이 와서 문에다 퇴거 통지서를 붙이는 날에도 호비는 지하실에서 그림을 그리고 조각을 새기고 있겠지.") 복도 탁자 위 크리스티 카탈로그와 오래된 콘서트 프로그램 들 사이에 국세청에서 날아온 봉투(미납 통지서, 미납액

** 모두 처방전이 필요한 마약성 진통제들이다.

독촉장, 2차 독촉장)가 쌓이기 시작했지만 호비 아저씨는 어쩌다가 친구가 찾아오지 않는 한 가게를 30분 이상 열려고 하지 않았다. 그리고 그 친구가 돌아갈 시간이 되면 아저씨가 진짜 고객을 내쫓고 가게를 닫는 경우도 종종 있었다. 학교에서 돌아오면 거의 매일 가게 문에 '닫힘' 표지판이 걸려 있고 사람들이 창문 안을 기웃거리고 있었다. 최악은, 호비 아저씨가 억지로 몇 시간 정도 문을 열 때에도 순진하게 문을 열어둔 채 금전등록기도 제대로 단속하지 않고 차를 만들러 가는 버릇이 있다는 것이었다. 운송 기사인 마이크가 선견지명을 발휘해서 은 제품과 보석이 든 케이스를 잠가두었지만 마졸리카 도자기와 크리스털 제품 여러 개가 제 발로 걸어 나가버렸고, 문제의 그날도 어쩌다 가게에 올라갔더니 체육관에서 필라테스 수업을 막 마치고 나온 듯한 편안한 옷차림의 애 엄마가 서진을 가방에 넣고 있었다.

"850달러입니다." 내가 말했다. 여자가 내 목소리에 딱 멈추더니 공포에 질려 고개를 들었다. 사실 250달러짜리 서진이었지만 그녀는 한마디 말도 없이 신용카드를 내밀었고 나는 계산을 했다. 아마 웰티 할아버지가 죽은 후 처음으로 이윤이 남는 거래였을 것이다. 호비 아저씨의 친구들(주요 고객들)은 아저씨를 구슬리면 안 그래도 너무 싼 가격을 거의 범죄 수준까지 낮출 수 있다는 사실을 너무나 잘 알았기 때문이다. 마이크도 가끔 가게 일을 도왔지만 말도 안 될 정도로 높은 가격을 부르고 흥정을 거부했기 때문에 결국 거의 못 팔았다.

"잘했다!" 내가 지하실로 내려가서 비싼 물건을 팔았다고 말하자 아저씨가 작업용 램프 불빛 속에서 기쁜 듯이 눈을 깜빡거리며 말했다. (나는 은 찻주전자를 팔았다고 했다. 그 여자의 돈을 강탈한 것처럼 보이기 싫었고, 아저씨가 자신이 작은 것들이라고 부르는 물건에 관심이 없다는 것도 알았고, 그런 물건이 가게 재고의 많은 부분을 차지한다는 것도 골동품 관련 책들을 정독하며 알아채고 있었기 때문이었다.) "보는 눈이 있는 고객이군. 웰티가 널 봤으면 문간에 버려진 아기를 본 것처럼 좋아했을 거야, 하! 웰티의 은 제품에 관심을 갖다니!"

그때부터 나는 호비 아저씨가 아래층에서 바쁘게 일하는 오후에 교과서를 들고 가게에 앉아 있는 습관이 생겼다. 처음에는 그냥 재미로 시작했다. 휴게실에서 커피나 마시고 발터 베냐민에 대한 강의를 들어야 하는 끔찍한 학교생활에서는 재미를 전혀 찾을 수 없었던 것이다. 하지만 호바트와 블랙웰은 웰티 할아버지가 죽은 뒤 몇 년 동안 도둑들 사이에서 손쉬운 표적으로 유명해진 것이 틀림없었다. 잘 차려입은 좀도둑과 절도범 들을 물고 늘어져서 큰돈을 강탈하는 것에는 들치기와는 정반대의 짜릿함이 있었다.

물론 배운 것도 있었다. 그것은 아주 서서히 찾아왔지만 사실 이 사업에서 가장 중요한 교훈으로, 아무도 말해주지 않는 비밀이었고 직접 배워야 했다. 바로 골동품 거래에서는 '적절한' 가격이라는 게 없다는 사실이었다. 객관적인 가치—정가표—는 무의미했다. 아무것도 모르는 고객이 돈을 들고 오면 (대부분이 그랬다) 책에서 뭐라고 하든, 전문가가 뭐라고 하든, 최근에 크리스티 경매장에서 비슷한 품목이 얼마에 팔렸든 상관없었다. 물건은, *어떤* 물건이든, 우리가 누군가에게서 받아낼 수 있는 돈만큼의 가치를 지닌 것이다.

결국 나는 가게를 돌아다니면서 일부는 (고객이 나에게 와서 가격을 물어보도록) 가격표를 떼고 일부는 가격표를 바꾸었다. 하지만 전부는 아니고 일부였다. 내가 실행과 착오를 통해 깨달은 바에 따르면, 적어도 4분의 1은 낮은 가격을 유지하되 나머지는 최대 4백이나 5백 퍼센트까지 올리는 것이 비결이었다. 비정상적으로 낮은 가격이 몇 년간 유지된 덕분에 충성스러운 고객층이 생겼는데, 4분의 1은 낮은 가격을 유지함으로써 그러한 고객층을 유지하는 동시에 싼 가격의 좋은 물건을 찾아다니는 사람들에게 잘 살펴보면 아직 그런 물건을 찾을 수 있다는 확신을 주었다. 또 이 경우 일종의 비뚤어진 마력에 의해서 표시된 가격이 비교적 정당해 보였다. 무슨 이유에선지 어떤 사람들은 몇백 달러(적절하지만 싼 가격)에 팔리는 더 평이하지만 비슷한 제품이 옆에 있으면 마이센 도자기 찻주전자에 1천 5백 달러를 기꺼이 지불하는 경향이 있었다.

모든 일은 그렇게 시작되었다. 그렇게 해서 여러 해에 걸친 침체 끝에 호바트와 블랙웰은 나의 빈틈없는 감독하에 이익을 내기 시작했다. 하지만 돈 때문만은 아니었다. 나는 그런 게임이 좋았다. 나는 호비 아저씨—아저씨는 가게에 들어오는 사람들 모두 본인만큼 가구에 매료되어 있다는 잘못된 생각을 가지고 가구의 흠과 장점을 있는 그대로 보여줬다—와 정반대의 요령이 나에게 있음을 깨달았다. 그것은 바로 혼란스럽고 알쏭달쏭하게 만드는 것, 사람들이 가치가 떨어지는 물건을 사고 싶어 하게 만드는 능력이었다. 물건을 치켜세우면서 팔 때는 (한발 물러나서 속이기 쉬운 고객이 덫으로 걸어 들어오게 놔둘 때와 반대로) 고객을 평가하여 그들이 투사하고 싶은 이미지를, 즉 실제 모습(잘난 척하는 실내장식가나 뉴저지의 주부, 남들 눈을 의식하는 동성애자)이 아니라 사람들에게 보이고 싶어 하는 모습을 파악하는 것에 승부가 달려 있었다. 아주 훌륭해 보이는 사람도 교묘한 속임수일 뿐이었고, 다들 무대 세트를 꾸미고 있었다. 비결은 내 앞에 서 있는 자신감 없는 사람이 아니라 투사된 환상 속의 인물—감식가, 안식이 있고 여유롭게 인생을 즐기는 사람—에게 말을 거는 것이었다. 약간 머뭇거리면서 직접적으로 말하지 않는 것이 나았다. 나는 곧 옷 입는 법(보수와 유행의 경계)을 배우고 공손함과 오만함의 정도를 조금씩 조정하면서 까다로운 고객과 그렇지 않은 고객을 다루는 법을 배웠다. 어떤 유형의 고객이든 골동품에 대한 지식이 어느 정도 있다고 가정하고 얼른 비위를 맞추다가 딱 적절한 순간에 얼른 흥미를 잃은 척하거나 한발 물러나는 것이었다.

그러나 루셔스 리브의 경우에는 내가 완전히 당했다. 나는 그가 무엇을 원하는지 몰랐다. 사실 그는 내 사과를 너무나도 단호하게 거부하고 모든 분노를 호비 아저씨에게 돌렸기 때문에 나는 원한이나 증오로 인한 계략에 걸려든 것이 아닌가 생각하기 시작했다. 나는 루셔스 리브의 이름을 언급함으로써 호비 아저씨에게 나의 비밀을 드러내고 싶지는 않았다. 물론 누구보다도 선의가 가득하고 이 세상 사람 같지 않은 호비 아저씨에게 그토록 지독한 원한을 품을 수 있는 자가 있을 거라고 생각하기는 어려웠지만 말이다. 인터넷을 검색해봤지만 루셔스 리브는 지루한 사교면에 몇 번 언급되었을 뿐 아무 정보도 없었고, 하버드나 하버드 클럽과 관련된 정보도 없었으며, 5번가에 위치한 상당히 좋은 집 주소밖에 나오지 않았다. 그에게는 내가 파악할 수 있는 가족도, 직업이나 눈에 보이는 생활 수단도 없었다. 루셔스 리브에게 수표를 써준 것은 멍청한 짓, 나의 지나친 욕심이었다. 나는 그 가구에 혈통서를 만들어줄 생각밖에 없었지만 이제는 냅킨 밑에 현금 봉투를 숨겨서 탁자 위로 슬쩍 밀어도 그가 이 일을 없던 걸로 해주리라는 확신이 없었다.

나는 외투 주머니에 주먹 쥔 손을 넣고 서 있었다. 봄날의 습기 때문에 안경에 김이 서렸고, 나는 불행한 기분으로 진흙탕 호수를, 슬퍼 보이는 갈색 오리 몇 마리와 갈대밭에서 흔들리는 비닐봉지를 바라보았다. 벤치에는 대부분 기증자의 이름—루스 클라인 부인을 추모하며 등—이 적혀 있었지만 엄마의 벤치, 우리의 집결 지점은 이 구역에서 유일하게 익명으로 기증된 벤치였고 '가능성의 모든 것'이라는 수수께끼 같으면서도 우호적인 메시지가 적혀 있었다. 이것은 내가 태어나기도 전부터 엄마의 벤치였다. 엄마는 뉴욕 생활 초기에 일이 없는 오후면 도서관에서 빌린 책을 가지고 여기에 앉아서 시간을 보냈고, 현대 미술관 이용권이나 파리 극장의 영화표 값이 필요할 때면 점심도 걸렀다. 저 멀리 호수 뒤쪽 인적이 드물고 어두운 길 근처 어수선하고 버려진 땅은 앤디와 내가 엄마의 재를 뿌린 곳이었다. 도시의 규정을 어기고 몰래 뿌리자고, 그것도 바로 그 지점에 뿌리자고 설득한 사람은 바로 앤디였다. *음, 그러니까, 우린 여기서 너희 엄마를 자주 만났잖아.*

그래, 하지만 쥐약을 뿌린다잖아. 표지판 좀 봐.

얼른 가. 지금은 괜찮아. 아무도 안 와.

엄마는 바다사자도 좋아했어. 항상 저기까지 걸어가서 바다사자를 봤는데.

그래도 설마 너희 엄마를 거기에다 뿌리고 싶다는 건 아니겠지? 비린내 나잖아. 게다가 그 단지가 내 방에 있으면 소름 돋는단 말이야.

6

"세상에." 호비 아저씨가 불빛 아래에서 내 얼굴을 자세히 보면서 말했다. "종잇장처럼 새하얗다. 어디 아픈 건 아니지?"

"음—" 호비 아저씨는 팔에 외투를 걸치고 외출하려던 참이었고 아저씨 뒤에는 단추를 다 채운 보겔 부부가 악의적인 미소를 짓고 있었다. 내가 가게를 맡은 후부터 보겔 부부(혹은 그리샤의 표현대로라면 '승냥이들')와 나의 관계는 상당히 식었다. 나는 그들이 호비 아저씨에게서 훔친 것이나 다름없는 수많은 물건들을 염두에 두고 보겔 부부가 약간이라도 관심이 있을 것 같은 물건에 프리미엄을 붙여놓았다. 보겔 부인은 바보가 아니었으므로 호비 아저씨에게 직접 전화를 걸었지만, 나는 보통 (여러 가지 방법 중에서도) 이미 팔린 가구인데 꼬리표 붙이는 걸 깜빡했다고 설명함으로써 보겔 부인을 꺾었다.

"저녁은 먹었고?" 호비 아저씨는 사람이 좋기만 하고 주변 상황을 잘 몰랐기 때문에 이제 보겔 부부와 내가 서로를 별로 존중하지 않는다는 사실을 아직 짐작도 못 했다. "저녁 먹으러 나가는 길인데, 같이 가자."

"고맙지만 괜찮아요." 나를 뚫어질 듯 바라보는 보겔 부인의 시선과 차가운 억지 미소, 우유 짜는 여자처럼 매끈하지만 나이가 들어가는 얼굴과 마노 조각 같은 눈을 의식하면서 내가 말했다. 평소에 나는 한술 더 떠서 그녀의 면전에서 같이 미소를 지으면서 즐거움을 느꼈지만 그날은 가차 없는 복도 불빛 밑에서 몸이 끈적끈적하고 녹초가 되어서 초라해진 기분이었다. "음, 오늘은 그냥 집에서 먹을래요. 고마워요."

"몸이 안 좋니?" 보겔 씨가 무뚝뚝하게 말했다. 머리가 벗겨져가는 중서부 출신으로, 무테안경에 리퍼코트를 깔끔하게 차려입고 있었다. 그는 만약 주택 담보 대출금이 밀렸는데 담당 은행원으로 만난다면 운수가 사납다는 생각이 들 것 같은 사람이었다. "아쉽구나."

"만나서 정말 반가웠어." 보겔 부인이 한 발 다가와서 내 소매에 통통한 손을 얹으며 말했다. "피파랑 재밌게 지냈니? 나도 보면 좋았을 텐데, 피파가 남자 친구 때문에 너무 바빠서 말이야. 그 사람은 어떤 것 같아? 이름이 뭐더라—" 고개를 돌려 호비 아저씨를 본다. "엘리엇인가요?"

"에버렛." 호비 아저씨가 무덤덤하게 말했다. "괜찮은 아이죠."

"네." 내가 외투를 벗으려고 돌아섰다. 피파가 런던에서 '에버렛'과 함께 비행기를 타고 온 것은 내 평생 최악의 충격이었다. 날짜와 시간을 헤아리고 불면과 흥분으로 몸을 떨며 5분마다 손목시계를 보다가 초인종 소리에 달려 나가서 문을 활짝 열었더니, 피파가 겉만 번드르르한 영국 남자와 손을 잡고 서 있는 것이 아닌가!

"뭐 하는 사람이에요? 같은 음악가?"

"정확히는 음악 도서관 사서예요." 호비 아저씨가 말했다. "요즘은 컴퓨터니 뭐니 그런 게 많으니까 정확히 어떤 일을 하는지는 모르지만."

"아, 시오는 틀림없이 잘 알 거예요." 보겔 부인이 말했다.

"아뇨, 그렇지도 않아요."

"사이버 사서인가?" 보겔 씨가 평소와 달리 큰 소리로 말하면서 재미있다는 듯이 쿡쿡 웃었다. 그러더니 나에게 말했다. "요즘 젊은 애들은 도서관에 발 한 번 들이지 않고도 학교를 마칠 수 있다고 하던데, 진짜 그런가?"

"저도 모르죠." 음악 도서관 사서라니! 나는 텅 빈 표정으로 (뒤틀리는 속을 안고 모든 것이 끝난 기분으로) 축축하고 영국인다운 그의 손을 잡기 위해서 안간힘을 다해야 했다. *안녕, 에버렛이라고 해. 네가 시오구나. 얘기 정말 많이 들었어.* 어쩌고저쩌고. 그동안 나는 대검에 찔린 군인처럼 문 앞에 얼어붙어서 나에게 죽음의 경험을 관통시킨 낯선 남자를 빤히 보았다. 그는 날씬하고 천진난만하고 활기찬 남자로 순진하고 온순하고 화가 날 정도로 유쾌했고, 십 대처럼 청바지와 후드티를 입고 있었다. 우리 둘만 거실에 남겨지고 그가 얼른 미안하다는 듯한 미소를 짓자 나는 분노가 치밀어 올라서 아무 생각도 안 났다.

두 사람이 머무는 동안 1분 1초가 고문이었다. 어쨌든 나는 그것을 견뎌냈다. 나는 최대한 두 사람과 멀리 떨어져 있으려 했지만(본심을 드러내지 않는 데 익숙한 나였지만 에버렛에게는 정중하게 대할 수가 없었다. 분홍빛 도는 피부, 초조한 웃음, 셔츠 소맷부리 밖으로 튀어나온 털, 에버렛의 모든 것이 그에게 달려들어 영국인 특유의 말 이빨 같은 이가 빠지도록 패고 싶게 만들었다. 나는 탁자 맞은편에 앉은 에버렛을 노려보면서 골동품을 다루는 안경잡이가 달려들어서 불알을 박살내버린다면 놀라지 않을까? 라고 음울하게 생각했다) 아무리 애를 써도 피파에게서 떨어질 수가 없었다. 나는 눈에 띄게 주변을 서성이면서 그런 나 자신을 미워했고, 피파 근처에 있으면 고통스러울 만큼 좋았다. 아침 식사를 하러 나온 피파의 맨발, 맨 다리, 그녀의 목소리. 피파가 머리 위로 스웨터를 벗을 때 우연히 본 하얀 겨드랑이. 내 소매에 얹힌 피파의 손이 주는 고뇌. "안녕, 자기. 안녕, 귀

염둥이." 내 등 뒤로 다가와 두 손으로 내 눈을 가리는 그녀. 놀랐지! 피파는 나에 대해서, 내가 하는 일에 대해서 속속들이 알고 싶어 했다. 피파가 앤 여왕 시대의 2인용 소파에 앉은 내 옆으로 파고들자 우리의 다리가 닿았다. 세상에. 너 뭐 읽고 있었어? 네 아이팟 봐도 돼? 그 멋진 손목시계는 어디서 났어? 피파가 나에게 미소를 지을 때마다 천국이 나타났다. 하지만 내가 피파와 단둘이 있을 구실을 만들 때마다 에버렛이 탁 탁 탁 다가와서 수줍은 듯 웃으며 피파의 어깨에 팔을 둘렀고, 모든 것이 산산조각 났다. 옆방에서 들리는 말소리, 터지는 웃음소리. 두 사람이 내 이야기를 하나? 피파의 허리에 손을 감다니! 그녀를 '핍스'라고 부르다니! 에버렛의 방문이 아주 약간이나마 참을 만했던, 혹은 재미있던 유일한 순간은 나이가 들어서 영역 의식이 강해진 팝칙이 갑자기 뛰어올라서 그의 엄지손가락을 물었을 때였다. "아, 이런!" 호비 아저씨는 서둘러 소독약을 가지러 가고, 피파는 초조해하고, 에버렛은 괜찮은 척하려 했지만 크게 기분 상한 것이 분명했다. 정말, 개는 대단해요! 난 개가 정말 좋아요! 하지만 엄마의 알레르기가 심해서 한 번도 키운 적은 없어요. 에버렛은 피파의 옛날 학교 친구의 '가난한 친척'(그의 표현이다)이었다. 어머니는 미국인이고, 형제자매가 많고, 아버지는 케임브리지 대학에서 알 수 없는 수학적/철학적 뭔가를 가르쳤다. 에버렛은 피파와 마찬가지로 채식주의자였고 달걀이나 유제품도 먹지 않는 '철저한 채식주의로 넘어가기 직전'이었다. 아연실색하게도 두 사람은 같은 아파트에 살았고(!), 물론 뉴욕에 머무는 동안에도 에버렛은 피파의 방에서 함께 지냈다. 에버렛은 닷새 밤 내내 거기에 있었고, 나는 분노와 슬픔 때문에 극도로 불쾌해서 잠을 이루지 못하고 옆방에서 들리는 침구의 부스럭거림, 한숨과 속삭임 하나하나에 귀를 쫑긋 세웠다.

하지만—나는 호비 아저씨와 보겔 부부에게 손을 흔들며 *즐거운 시간 보내세요!*라고 인사하고 우울하게 돌아섰다—내가 무엇을 기대할 수 있었을까? '에버렛'이 있으면 피파는 나에게 조심스럽고 친절한 말투를 썼고, 나는 분노가 치밀어 뼛속까지 스며들었다. 피파가 누구 만나는 사람이 있느냐고 물었을 때 나는 "아니, 없어"라고 대답했지만 사실 같이 자는 여자가 두 명 있었고, 둘은 서로를 몰랐다(나는 이 사실이 우울하면서도 확실히 자랑스러웠다). 한 명은 남자 친구가 다른 도시에 살고 있었고 한 명은 약혼자가 있지만 그에게 질려서 나와 함께 침대에 있을 때면 약혼자의 전화를 차단했다. 둘 다 예뻤고 약혼자를 두고 바람을 피우는 여자는 정말 아름다웠지만—앳된 캐럴 롬바드 같았다—내게는 둘 다 진짜가 아니었다. 피파의 대체물일 뿐이었다.

나는 내 감정에 짜증이 났다. '상심해서'(불행히도 이게 제일 처음 떠오른 말이었다) 아무 일도 못 하고 빈둥거리는 것은 멍청하고, 감상적이고, 경멸스럽고, 나약했다. 아아, 흑흑, 걘 런던에 사는데, 그것도 다른 사람이랑 같이 살잖아, 가서 와인이나 마시고 캐럴 롬바드랑 한 번 자고 잊자. 하지만 피파가 계속 떠올라 나를 괴롭혔고, 나는 치통을 잊을 수 없는 것처럼 피파를 잊을 수 없었다. 마음대로 되지 않고, 절망적이고, 충동적인 감정이었다. 벌써 몇 년 동안 잠에서 깼을 때 피파가 제일 먼저 떠올라서 잠드는 마지막 순간까지 마음속을 떠다녔으며 낮 동안에도 거슬릴 정도로, 끈질기게, 항상 고통스러운 충격과 함께 나를 찾아왔다. 런던은 몇 시일까? 나는 항상 더하고 빼면서 시차를 계산하고, 핸드폰에서 런던 날씨를 강박적으로 찾아보았다. 기온 11.5도, 밤 10시 12분, 약한 비. 나는 '약'을 구하러 시내로 가다가도 그리니치와 7번가 모퉁이의 공사용 가림판에 가려진 세인트빈센트 병원 옆에 서서 피파는 어디 있을까 생각했다. 택시 뒷좌석에 앉아 있을까, 저녁을 먹으러 나갔을까, 내가 모르는 사람들과 술을 마시고 있을까, 내가 한 번도 보지 못한 침대에서 자고 있을까? 나의 공상에 자세한 정보가 절실히 필요했기에 나는 피파의 아파트 사진을 정말 정말 보고 싶었지만 보여달라고 하기가 부끄러웠다. 나는 피파의 침구는 어떤 것일까 생각하면서 학생답게 짙은 색의 빨지 않은 이불이 헝클어진 둥지를, 밤색이나 보라색 베개 때문에 더 창백해 보이는 주근깨 난 얼굴을 고통스럽게 상상했다. 영국의 비가 피파의 창가를 두드리겠지. 내 방 바깥 복도에 늘어선 피파의 사진들—나이도 생김새도 각각 다른 수많은 피파들—은 매일 고문이었고, 항상 놀랍고 항상 새로웠다. 시선을 피하려고 애를 쓰다가 실수로 얼핏 고개를 들면 다른 사람의 농담에 웃거나 내가 아닌 누군가에게 미소를 짓는 피파가 항상 거기에 있었고, 그것은 항상 새로운 고통, 심장에 곧장 꽂히는 타격이었다.

그리고 이상한 점은 다른 사람들은 대부분 피파를 내가 보는 것처럼 보지 않는다는 것이었다. 오히려 피파의 비정상적인 걸음걸이와 강렬한 빨강 머리, 창백한 얼굴 때문에 이상해 보인다고 생각했다. 어떤 멍청한 이유가 됐든 간에 나는 이 세상에서 피파의 진가를 아는 사람은 나밖에 없다고 항상 자부했었다. 내가 피파를 얼마나 아름답다고 생각하는지 알면 그녀는 놀라고 감동받을 것이고, 어쩌면 자신을 아주 새로운 시각으로 보게 될지도 모른다고 말이다. 하지만 그런 일은 결코 일어나지 않았다. 나는 분노를 느끼며 피파의 결점에 생각을 집중하면서 볼품없던 시기에 덜 예뻐 보이는 각도에서 찍은 사진을 일부러 열심히 관찰했다. 긴 코, 홀쭉한 뺨, (눈동자는 가슴이 찢어질 듯한 색이었지만) 옅은 속눈썹 때문에 발가벗은 듯한 눈. 허클베리 핀처럼 평범했다. 그러면서도 이 모든 면이 나에게는 너무나 감미롭고 특별해서 나는 절망에 빠졌다. 피파가 아름다웠다면 나와 같은 부류가 아니라고 스스로를 위로할 수 있었을 것이다. 내가 피파의 평범한 외모에도 사로잡히고 마음이 흔들린다는 것은 불길하게도 육체적인 애정보다 더욱 구속적인 사랑, 몇 년 동안이나 퍼덕거리면서 앓아누울지도 모르는 영혼의 구렁텅이를 암시했다.

나의 가장 깊숙하고 흔들림 없는 부분에서는 구실 따위 소용없었다. 피파는 잃어버린 왕국, 내가 엄마와 함께 잃은 상처 입지 않은 나 자신이었다. 피파가 수집하던 옛날 밸런타인 카드와 자수가 놓인 중국식 옷부터 닐스야드레머디스*의 작은 향수병들까지 그녀의 모든 것이 엄청나게 매력적이었다. 피파가 저 먼 곳에서 살고 있는 미지의 삶에는 항상 환하고 마술 같은 면이 있었다. 보 스위스 23 뤼 드 통북투(Vaud Suisse, 23 rue de Tombouctou), 블렌하임 크레센트 W11 2EE(Blenheim Crescent W11 2EE), 내가 한 번도 본 적 없는 나라의 가구 딸린 방들. 이 에버렛이라는 놈(본인의 표현에 따르면 '교회의 쥐처럼 가난'했다)은 피파의 돈, 아니 웰티의 돈을 쓰면서 사는 게 분명했고, 내가 마지막 학기에 헨리 제임스에 대한 과제물에 쓴 것처럼 젊은 미국을 등쳐먹는 늙은 유럽이었다.

에버렛에게 수표를 주면서 피파를 내버려두라고 하면 어떨까? 시간이 느릿느릿 흐르는 서늘한 오후에 혼자 가게에 앉아 있으면 그런 생각이 떠올랐다. 오늘 *밤 당장 떠나면 5만을 주고, 피파를 두 번 다시 만나지 않겠다면 10만을 주지*. 에버렛에게는 분명히 돈이 중요했다. 뉴욕에 머무는 동안 그는 항상 초조하게 주머니를 뒤졌고 끊임없이 현금 출금기를 찾았으며 세상에, 그것도 한 번에 겨우 20달러씩 찾았다.

절망적이었다. 나에게는 피파가 정말 중요했지만 음악 도서관 씨에게는 그 반만큼도 중요할 리가 없었다. 우리는 하나였다. 그것은 꿈처럼 이상적이고 마술과도 같았으며 이론의 여지가 없는 사실이었다. 내 마음 구석구석 피파에 대한 생각이 반짝반짝 넘쳐나면서 그 존재조차 몰랐던 기적 같은 내 마음속 다락방에, 오직 피파와의 관계에서만 존재하는 경치에 빛을 쏟아부었다. 내가 피파와 함께하는 한 가지 방법은 그녀가 제일 좋아하는

* Neal's Yard Remedies : 영국의 유기농 화장품 브랜드.

아르보 패르트를 트는 것이었다. 피파가 최근에 읽은 소설을 언급하면 나는 굶주린 듯 그 책을 움켜쥐고 그녀의 생각 속으로 들어갔다. 그것은 일종의 텔레파시였다. 가게를 거쳐 가는 어떤 물건들—플레옐 피아노, 낯설고 작고 흠집이 난 러시아제 카메오**—은 그녀와 내가 당연히 함께하는 삶을 실제로 보여주는 물건 같았다. 나는 피파에게 30쪽짜리 이메일을 썼지만 보내지 않고 지웠고, 멍청해 보이지 않으려고 만든 공식에 따라서 항상 피파가 보낸 메일보다 세 줄 짧은 메일을 보냈고 내가 피파의 답장을 기다린 시간보다 하루 더 지나서 답장을 보냈다. 나는 가끔 침대에 누워서—탄식 속에 약에 취해 관능적인 공상 속을 헤매며—피파와의 길고 솔직한 대화를 이어갔다. 나는 우리가 서로의 뺨에 손을 대고 *우리는 떨어질 수 없어, 우린 절대 헤어질 수 없어*라고 (진부하게) 이야기하는 상상을 했다. 피파가 욕실에서 앞머리를 다듬고 나면 나는 스토커처럼 쓰레기통에서 가을 낙엽 같은 머리카락을 가져다 모았다. 그리고 더욱 소름끼치게도 건초 같은 피파의 냄새, 채식주의자의 땀이 밴 빨지 않은 셔츠도 가져왔다.

절망적이었다. 아니, 절망적인 것 이상이었다. 모욕적이었다. 피파가 오면 나는 항상 내 방문을 조금 열어두었는데, 그다지 교묘하다고 할 수 없는 초대였다. (너무 연약해서 땅 위를 잘 걷지 못하는 작은 인어공주처럼) 발을 끄는 사랑스러운 발걸음조차도 나를 미치게 만들었다. 피파는 모든 것에 엮여 있는 황금 실, 아름다움을 확대해 온 세상을 오직 그녀와만 관련된 것으로 바꾸는 렌즈였다. 두 번인가 나는 피파에게 입을 맞추려고 했다. 한 번은 취해서 택시에 같이 탔을 때였고, 한 번은 공항에서 앞으로 몇 달 (또는 몇 년이 될지 누가 알겠는가) 동안 피파를 다시는 볼 수 없다는 생각에 절박했을 때였다. "미안." 내가 한 박자 늦게 말했다.

** cameo : 보석이나 조가비, 산호 등에 조각을 새긴 장신구.

"괜찮아."

"아니, 정말이야, 나는—"

"있잖아—" 사랑스럽고 모호한 미소. "괜찮아. 그런데 곧 탑승 시작이야." (사실 그렇지 않았다.) "가봐야 돼. 잘 지내, 알았지?"

잘 지내. 피파는 '에버렛'이라는 사람에게서 도대체 뭘 보는 걸까? 나는 피파가 나보다 이 미지근하고 끈적끈적한 남자를 더 좋아한다니 도대체 내가 얼마나 지루해 보이는 걸까 생각할 수밖에 없었다. *언젠가, 우리가 아이를 가지면*……. 에버렛은 반 농담으로 말했지만 나는 피가 차게 식는 것 같았다. 그는 기저귀 가방이나 패드가 달린 이런저런 아기 용품들을 들고 다니는 모습이 쉽게 상상되는 그런 별 볼 일 없는 놈이었다……. 나는 피파에게 더 적극적으로 다가가지 않은 나 자신을 나무랐지만, 사실 피파가 아주 약간이라도 희망을 주지 않는 한 내가 더 열심히 쫓아다닐 방법이 없었다. 이미 충분히 당황스러웠다. 호비 아저씨는 피파의 이름이 언급될 때마다 일부러 무덤덤한 목소리로 조심스럽게 이야기했다. 나는 피파를 향한 갈망을 금방이라도 극복할 수 있다고 굳게 믿었지만 그것은 몇 년 동안 떨어지지 않는 심한 감기와도 같았다. 보겔 부인처럼 기분 나쁜 여편네도 그 사실을 알았다. 피파가 나를 유혹하거나 그런 건 아니었고 오히려 반대였다. 피파가 나를 조금이라도 좋아했다면 학교를 졸업한 다음 유럽에 남는 대신 뉴욕으로 돌아왔을 것이다. 그리고, 어리석게도 왠지 모르게, 나는 처음 이 집에 와서 피파의 침대에 앉았을 때 날 보던 그녀의 시선을 아직도 잊을 수가 없었다. 어린 시절 어느 날 오후의 기억이 몇 년 동안이나 나를 지탱해주었다. 어미 잃은 동물처럼 엄마가 없는 외로움 때문에 병든 나에게 피파가 각인된 것 같았다. 사실 한심한 생각이었다. 피파는 약에 취한 데다가 머리를 다쳐서 멍한 상태였고 누구든 그 방으로 맨 처음 걸어 들어간 사람을 끌어안을 준비가 되어 있었다.

나의 '오프스'*—제롬은 그렇게 불렀다—는 낡은 담배 케이스에 들어 있었다. 나는 비축해둔 옛날 옥시콘틴 한 알을 서랍장 대리석 상판에 대고 뭉개서 크리스티 명함으로 그것을 몇 줄로 나눈 다음—지갑에서 제일 빳빳한 지폐를 말아서—기대 때문에 촉촉해진 눈으로 상판 위로 몸을 숙였다. 폭탄 투하. 펑. 목구멍 저 깊은 곳에 쓴맛이 느껴지더니 안도감이 몰려왔다. 심장에 달콤하고 익숙한 타격이 느껴지자 나는 침대에 벌렁 누웠다. 그것은 깡통처럼 쩔겅이는 불행이 아니라 아리면서도 반짝거리는 순수한 기쁨이었다.

7

내가 앤디네 집에 저녁을 먹으러 간 것은 비가 몰아치고 태풍이 부는 밤이었고 바람이 너무 심해서 우산도 제대로 들 수 없었다. 6번가에는 택시가 한 대도 없었고 행인들은 고개를 숙이고 비스듬하게 들이치는 빗줄기를 헤치며 지나갔으며 지하철 승강장은 축축한 벙커 같았고 콘크리트 천장에서 물방울이 단조롭게 똑똑 떨어졌다.

렉싱턴가로 나갔더니 사람은 없고 빗방울이 춤을 추면서 보도를 콕콕 찔렀다. 거리의 모든 소음을 증폭시키는 듯 맹렬한 비였다. 택시들이 요란하게 물을 튀겼다. 나는 역에서 나와 가게를 몇 개 지나 시장으로 들어가서 백합을, 한 다발은 너무 보잘것없어서 세 다발 샀다. 작고 난방이 너무 센 가게에서 백합 향이 기분 나쁘게 나를 덮쳤는데, 나는 금전등록기 앞에 서서야 그 이유를 깨달았다. 그 향기는 바로 엄마의 장례식에서 맡았던 기분 나쁘고 역겨운 단내였다. 나는 가게에서 나와 파크가를 향해서 물이 철벅거리는 보도

* opes : 원래는 아편의 줄임말이다.

를 달려가면서—양말은 질척거리고 차가운 비가 얼굴을 세차게 때렸다—꽃을 샀다는 사실 자체를 후회하며 쓰레기통에 버릴 뻔했지만 비가 너무 세차서 속도를 잠시도 늦출 수 없었기 때문에 계속 달렸다.

현관 앞에 서 있으니—머리카락은 딱 달라붙고 방수가 되어야 할 비옷은 욕조에 들어갔다 나온 것처럼 흠뻑 젖었다—문이 갑자기 활짝 열리고 커다란 덩치에 순진한 얼굴을 한 대학생 같은 애가 나왔고, 나는 잠시 후에야 그게 토디임을 깨달았다. 물을 뚝뚝 떨어뜨려서 미안하다는 말을 하기도 전에 토디가 나를 꽉 끌어안고 등을 툭 쳤다.

"세상에." 토디가 나를 데리고 거실로 들어가면서 말했다. "외투 줘. 그리고 그것도. 엄마가 진짜 좋아하시겠다. 만나서 진짜 반가워! 얼마만이지?" 토디는 플랫보다 더 크고 건장했고 머리카락은 앤디네 가족답지 않게 골판지처럼 좀 더 짙은 금발이었으며 미소도 다른 식구들과 달리 환하고 밝아 비꼬는 기색은 전혀 없었다.

"음—" 토디는 우리가 오래전부터 친밀하고 사이좋은 관계였다는 듯이 따뜻한 태도였지만 사실 우리는 그런 사이가 아니었기 때문에 나는 무척 어색했다. "정말 오랜만이다. 이제 대학 다니겠네?"

"응. 조지타운에 다녀. 주말이라서 온 거야. 정치학을 공부하는데, 나중에는 비영리단체에 가고 싶어, 청소년 관련 단체 같은 데 말이야." 학생회 임원처럼 준비된 미소를 보니 한때는 플랫의 미래일 줄 알았던 우등생으로 자란 것이 분명했다. "그리고, 음, 너무 이상하게 들리지 않았으면 좋겠는데, 부분적으로는 형 덕분인 것 같아."

"응?"

"음, 무슨 말이냐면, 불우한 환경의 청소년을 위해서 일하고 싶다는 거 말이야. 그때 깊은 인상을 받았거든. 그러니까, 몇 년 전에 우리 집에서 같이 살았잖아. 그 일로 진짜 눈이 떠졌어, 형 상황 말이야. 그러니까, 3학년 때였나, 암튼 형 때문에 언젠가는 그런 일을 하고 싶다고, 아이들을 돕는 일을 하고 싶다고 생각했어."

"와." 나는 *불우한 환경*이라는 말이 걸렸지만 이렇게 말했다. "허, 진짜 멋지다."

"그리고, 진짜, 정말 재밌어. 가진 게 없는 아이들에게 내가 받은 혜택을 돌려줄 방법이 정말 많거든. 그러니까, 형이 워싱턴에 대해서 얼마나 아는지 모르지만 소외된 동네가 정말 많아. 장애 위험 아동에게 독해와 수학을 가르치는 공공 프로젝트에 참여 중인데, 이번 여름에는 해비타트랑 아이티에 갈 생각이야—"

"시오?" 나무 마룻바닥에 단정한 구두 소리가 또각또각 울리고 내 소매에 손가락 끝이 가볍게 닿더니 어느새 킷시가 나를 안았고 나는 밝은 금발 머리를 내려다보며 미소 짓고 있었다.

"아, 완전 흠뻑 젖었네." 킷시가 나를 잡은 팔을 쭉 뻗으며 말했다. "이것 좀 봐. 도대체 어떻게 온 거야? 헤엄쳐 왔어?" 킷시는 길고 잘생긴 코와 환하고 약간 멍해 보이는 맑은 눈빛이 바버 씨를 닮았고, 헝클어진 머리에 교복을 입고 얼굴을 붉히며 배낭을 가지고 낑낑거리던 아홉 살 때와 똑같았다. 하지만 킷시가 나를 바라보자 나는 킷시가 얼마나 차갑고 냉정하리만큼 아름답게 자랐는지 깨닫고 머릿속이 텅 비는 것 같았다.

"난—" 나는 혼란을 감추려고 비옷과 꽃을 부산스럽게 정리하는 토디를 보았다. "미안, 너무 묘해서. 그러니까— 특히 너 말이야." (토디에게 말했다.) "마지막으로 봤을 때 너 몇 살이었지? 일곱 살? 여덟 살?"

"그러게 말이야." 킷시가 말했다. "조그만 생쥐가 짠 하고 사람이 된 것 같지, 응? 플랫—" 플랫이 거실로 천천히 걸어 들어왔다. 존 싱의 연극에 등장하는 우울한 어부처럼 면도도 제대로 하지 않고 트위드 재킷과 거친 도니골 스웨터를 입고 있었다.

"음—" 플랫이 어색한 듯 수염 그루터기가 남은 뺨을 문지르며 나에게 말했다. "엄마 방에서 먹을 거야. 괜찮지? 에타가 그쪽에 식탁을 차려놨어."

킷시가 눈썹을 찌푸렸다. "아, 젠장. 음, 괜찮겠지 뭐. 개들은 부엌으로 데려갈 거지? 이쪽으로—" 킷시가 내 손을 잡더니 몸을 과감히 기대고 유난스럽게 얼른 복도로 끌고 들어갔다. "마실 거 한잔 줘야겠다, 필요할 거야." 킷시의 고정된 시선과 숨 가쁜 듯한 표정은 앤디와 약간 비슷했다. 그녀는 천식으로 항상 벌어져 있던 앤디의 입을 애교 있게 바꾼 듯 벌어진 입술로 촉망받는 여배우처럼 속삭였다. "엄마가 식당이나 적어도 부엌으로 불렀으면 했는데. 엄마 은신처는 너무 소름끼치거든. 뭐 마실래?" 킷시가 식료품실 옆에 유리잔과 얼음 통이 차려진 바를 향했다.

"저 스톨리치나야가 좋을 것 같은데. 얼음도 부탁해."

"정말? 진짜 괜찮겠어? 우린 아무도 안 마시는데— 아빠는 항상 *이런 걸* 주문했단 말이지." 킷시가 스톨리치나야 보드카 병을 잡으면서 말했다. "이 상표를 좋아하셨거든……. 냉전 분위기가 난다고 말이야……. 어떻게 읽는다고?"

"스톨리치나야."

"진짜 러시아어 같다. 난 흉내도 못 내겠어." 킷시가 구스베리 같은 회색빛 눈으로 나를 보며 말했다. "있잖아, 안 올까 봐 걱정했어."

"날씨가 그 정도로 나쁘진 않았어."

"그래, 하지만—" 킷시가 눈을 깜빡이고 또 깜빡였다. "우릴 싫어하는 줄 알았어."

"싫어한다고? 아니야."

"안 싫어해?" 킷시가 웃자 그 안에서 백혈병 환자 같던 앤디의 파리함이 매혹적이리만치 아름답게 바뀌더니 디즈니 공주처럼, 솜사탕처럼 반짝거렸다. "나 너무 못되게 굴었잖아!"

"신경 안 썼어."

"다행이다." 지나치게 긴 침묵이 흐르고 킷시가 술잔을 바라봤다. "우리가 너무 끔찍하게 굴었어." 킷시가 솔직하게 말했다. "토드랑 나 말이야."

"무슨 소리야. 그땐 어렸잖아."

"그렇긴 하지만—" 킷시가 아랫입술을 깨물었다. "그렇게 어리석게 구는 게 아니었어. 특히 그런 사건이 있었는데 말이야. 그리고 이제…… 아빠랑 앤디가 그렇게 되니까……."

나는 기다렸다. 킷시는 생각에 형태를 부여하려고 애를 쓰는 것 같았지만 그 대신 와인(화이트 와인이었다. 피파는 레드 와인을 마셨다)을 한 모금 홀짝이더니 내 손목을 톡 치며 말했다. "엄마가 기다리셔. 하루 종일 들떠 있었어. 이제 들어갈까?"

"그럼." 나는 바버 씨가 '여성분들'에게 그랬던 것처럼 한 손으로 킷시의 팔꿈치를 가볍게 잡고 복도로 이끌었다.

8

그날 밤은 과거와 현재가 뒤섞인 꿈 같았다. 내 어린 시절의 세계는 어떤 면은 경이로울 만큼 그대로였고 어떤 면은 슬프게 변해 있었다. 과거의 크리스마스 유령과 미래의 크리스마스 유령이 함께 주최하는 저녁 모임 같았다. 앤디의 빈자리라는 못난 상처가 계속 눈에 띄었고(앤디랑 내가 그랬었지? 그때 기억나? 앤디가……), 그 밖의 모든 것이 낯설고 초라해졌지만(바버 부인 방에서 접이식 탁자를 펴고 포트파이를 먹다니?), 그날 저녁의 가장 이상한 부분은 집으로 돌아왔다는 느낌이 핏속 깊이 스며들었다는 점이었다. 부엌에 인사를 하러 갔더니 에타까지도 앞치마를 풀고 달려와서 나를 끌어안았다. 오늘 *저녁은 원래 쉬는 건데 널 보고 싶어서 남아 있었어.*

토디("이젠 토드라고 불러줘")가 아빠 대신 상석을 차지하고 앉아서 약간 틀에 박힌 듯하지만 확실히 진심 어린 매력으로 대화를 이끌었다. 하지만 바버 부인은 나 이외에 다른 사람들과의 대화에 별로 관심이 없었다. 바버 부인과 나는 앤디 이야기도 조금 했지만 주로 바버 집안의 가구에 대해서 이야기했다. 몇 점은 1940년대에 이스라엘 색에서 산 것이었지만 대부분 식민지 시대부터 집안에 전해져 내려오는 것들이었다. 바버 부인은 식사를 하다 말고 자리에서 일어나 내 손을 잡고 밖으로 나가서 1760년대부터 자기 어머니 집안에 전해져 내려온 의자 한 세트와 마호가니 로우보이—앤 여왕 시대, 매사추세츠 주 세일럼에서 제작—를 보여주기도 했다. (세일럼? 바버 부인 조상인 핍스 가문이 마녀사냥꾼들이었나? 아니면 마녀였을까?* 바버 가족은 앤디—아리송한 데가 있었고, 소외되고, 혼자서도 잘 지내고, 거짓말을 못 하고, 악의도 카리스마도 전혀 없었다—만 빼면 토드까지 포함해서 전부 약간 으스스한 면, 공손하면서도 못돼 보이는 조심스럽고 교활한 면이 있었다. 그렇기에 그들의 조상이 깊은 밤 숲에 모여서 청교도의 가면을 벗어던지고 이교도의 모닥불을 피운 후 떠들썩한 소동을 벌이는 모습은 쉽게 상상이 갔다.) 킷시와 나는 이야기를 많이 나누지 않았다. 우리는 바버 부인 때문에 대화를 할 수 없었지만 킷시 쪽을 흘끔 볼 때마다 그녀가 나를 보고 있음을 알 수 있었다. 우리는 저녁 식사를 마치고 나서 자리를 옮겨서 술을 마셨고, 진라임을 큰 잔으로 다섯 잔(여섯 잔?) 마시고 목소리가 탁해진 플랫이 나를 한쪽으로 불러서 말했다. "항우울제를 먹고 있어."

"어?" 내가 깜짝 놀라 말했다.

"킷시 말이야. 엄마는 그런 건 손도 안 대려고 해."

* 17세기 말에 세일럼에서 마녀 재판이 일어나 20명이 처형되었다.

"음—" 플랫이 내 의견을 묻거나 무슨 말이든 하기를 바라는 것 같아서 그의 낮은 목소리가 불편했다. "난 별로였지만 킷시한테는 좀 효과가 있으면 좋겠다."

플랫이 무슨 말을 하려다가 생각을 고친 것 같았다. "아—" 그가 약간 뒤로 물러섰다. "꿋꿋하게 버티고 있지. 그런데 좀 힘들어했어. 키츠는 앤디와도 아빠와도 아주 가까웠거든. 아마 가족 중에서 킷시가 앤디랑 제일 가까웠을 거야."

"아, 그래?" 나라면 어린 시절 두 사람의 관계를 '가깝다'고 묘사하지 않겠지만, 징징거리거나 놀리긴 했어도 플랫이나 토디보다는 킷시가 가까이 있을 때가 많았다.

플랫이 한숨을 쉬자 진 냄새가 확 풍겨서 나는 쓰러질 뻔했다. "응. 웰즐리 여자 대학을 다니다가 지금은 휴학 중인데, 복학을 할지 말지 잘 모르겠어. 뉴욕 뉴스쿨 대학에서 수업을 좀 들을 수도 있고 취직을 할지도 몰라. 그 사건 이후로 매사추세츠에서 지내는 게 힘든가 봐. 앤디랑 킷시는 케임브리지에서 진짜 자주 만났거든. 킷시는 그날 아빠를 돌보러 가지 않은 게 마음에 걸리는 것 같아. 다른 가족들보다 아빠랑 더 잘 지냈는데, 파티가 있어서 앤디한테 전화해서 대신 가달라고 부탁했다가……. 음."

"이런." 나는 깜짝 놀라서 얼음 집게를 들고 멍하니 서 있었다. 내 인생을 망친 *내가 왜 그랬을까*와 *혹시 만약에*라는 독약이 또 다른 사람의 인생을 망치고 있다고 생각하자 속이 좋지 않았다.

"그래." 플랫이 다시 진을 한 잔 가득 따르면서 말했다. "힘든 일이지."

"음, 자책하면 안 돼. 그러면 안 돼. 터무니없는 생각이야." 나는 술잔 너머로 나를 보는 플랫의 눈물을 머금은 눈, 죽은 듯한 그 눈 때문에 신경이 곤두섰다. "내 말은, 킷시가 배에 탔으면 앤디가 아니라 걔가 죽었을 거야."

"아니, 안 죽었을 거야." 플랫이 단호하게 말했다. "키츠는 배를 진짜 잘

타거든. 반사 신경도 좋고, 아주 어렸을 때부터 분별력이 정말 뛰어났어. 앤디는— 앤디는 궤도 공명인지 뭔지, 아무튼 집에서 노트북으로 하던 작업을 생각하느라 그 급박한 순간에 정신을 놓고 있었던 거야. 빌어먹을, 진짜 딱 앤디답지." 플랫은 내가 이 말에 놀라는 것을 눈치채지 못한 듯 침착하게 말을 이었다. "아무튼 킷시는 요즘 아무것도 안 해, 너라면 이해하겠지? 킷시한테 같이 저녁이라도 먹자고 해봐, 그러면 엄마가 엄청 기뻐하실 거야."

9

열한 시가 넘어 앤디네 집에서 나올 무렵에는 비가 그쳤다. 거리는 물기로 유리같이 매끄러웠고 케네스(뱃살이 좀 찐 것만 빼면 여전히 슬퍼 보이는 눈, 맥주 냄새 등 별로 달라진 것이 없었다)가 야간 경비를 서고 있었다. "가끔 보고 지내자, 응?" 그가 말했다. 어릴 적 앤디네 집에서 하룻밤 자고 나서 엄마가 데리러 왔을 때도 늘 나에게 하던 말이었고, 똑같이 무기력하고 반 박자 느린 목소리였다. 큰 재난이 일어나서 맨해튼이 연기로 자욱해진다 해도 케네스는 넝마가 된 제복 차림으로 문 앞에서 친절하게 몸을 느릿느릿 흔들고, 위층 아파트에서는 앤디네 가족이 〈내셔널 지오그래픽〉을 태워서 집을 덥히고 깡통에 든 게살을 먹고 진을 마시면서 살 것만 같았다.

앤디의 죽음은 끓어 넘칠 듯한 독약처럼 그날 저녁을 가득 채웠지만 여전히 너무나 거대해서 받아들이기 힘들었다. 하지만 이상하게도 이제 와서 생각해 보니 앤디의 죽음은 정말 불가피하고 기묘하게도 예측 가능했다는 생각이 들었다. 앤디는 태어날 때부터 타고난 치명적인 결함에 시달린 것 같았다. 겨우 여섯 살 때—자주 공상에 잠기고, 비틀거리고, 천식에 시달리고, 서툴렀다—에도 작고 허약한 앤디에게서는 막연한 불행과 때 이른 죽음이 뚜렷하게 보였다. 언제나 등에 *저를 발로 차세요*라는 표지를 달고 있는 것처럼 말이다.

한편 앤디의 세상이 앤디가 없는데도 삐걱거리며 돌아간다는 사실 역시 놀라웠다. 나는 길가의 물웅덩이를 풀쩍 뛰어 넘으면서 겨우 몇 시간이 모든 것을 바꾸어놓을 수 있다는 것이, 아니 과거의 파편이 상하고 좀먹긴 해도 절대 사라지지 않고 살아서 반짝거리며 현재에 포함되어 있다는 것이 정말 이상하다고 생각했다. 앤디는 아무도 없던 나에게 친절을 베풀었다. 그러므로 내 최소한의 도리는 앤디의 어머니와 여동생에게 친절을 베푸는 것이었다. 그 당시에는 깨닫지 못했지만 지금은 분명히 알 수 있다, 나는 자신의 불행에만 몰두하던 마비 상태를 벌써 몇 년 전에 벗어나 있었다. 아노미와 의식의 소멸, 관성과 마비 사이를 오가며 나 자신의 심장을 갉아먹고 있는 것 같았지만 내가 몰랐을 뿐 그 사이사이에 작고 편안하고 일상적인 다정함들이 수없이 많이 있었다. *다정함*이라는 말 자체가 무의식으로부터 떠오르는 것과 같았다. 병원에서 수많은 디지털 기계들 사이로 목소리를, 사람을 인식하기 시작하는 것처럼 말이다.

10

제롬이 종종 말했던 것처럼 이틀에 한 번이라고 해도 습관은 습관이었고, 더구나 나는 이틀에 한 번이라는 규칙을 아주 엄격하게 지키지도 않았다. 뉴욕의 매일은 지하철이나 군중과 관련된 갖가지 공포로 가득했다. 폭발의 갑작스러움은 결코 잊을 수 없었고 나는 항상 무슨 일이 일어나지 않는지 살폈지만, 내 시야를 조금 벗어난 곳에서 일이 벌어질 것만 같았고, 공공장소에서 사람들이 특정한 형태로 모여 있으면 전쟁처럼 긴박한 느낌이 닥쳐오곤 했다. 누군가가 이상한 방식으로 내 앞으로 끼어들거나 특정한 방향으로 빨리 걷기만 해도 나는 맥박이 빨라지고 계속해서 나를 가격하는 공포를 느끼면서 제일 가까운 공원 벤치로 비틀비틀 걸어갔다. 통제 불가능에 가까운 불안을 가라앉히기 위해서 먹기 시작한 아빠의 진통제는 너무나 황홀한 탈출구였고, 나는 곧 간식을 먹듯 진통제를 먹기 시작했다. 처음에는 주말에만 먹는 간식이었지만 곧 학교에 다녀와서 먹는 간식이 되었고, 그다음에는 기분이 나쁘거나 지루할 때(불행히도 그럴 때는 아주 많았다)마다 나를 반기는 천상의 기쁨이 되었다. 나는 너무 시시하고 약해 보여서 무시했던 작은 알약들이 말 그대로 한 움큼씩 먹던 바이코딘과 페르코세트보다 열 배는 강력하다는 사실을 그제야 깨달았다. 옥시콘틴과 코카인은 사람을 가차 없이 죽일 만큼 강력했지만 당시의 나는 그 정도로 죽지 않았다. 마침내 열여덟 번째 생일 직전에 끝이 없을 것 같던 소중한 약이 다 떨어져서 이제 거리에서 살 수밖에 없었다. 나는 몇 주마다 수천 달러어치씩 샀기 때문에 마약상들조차도 주의를 줬다. 잭(제롬의 전임자)은 더러운 빈백*에 앉아서 내가 은행 창구에서 이제 갓 찾아온 백 달러짜리 지폐를 세면서 계속 나를 꾸짖었다. "차라리 돈을 태우는 게 낫지." 헤로인은 한 봉지에 15달러로 더 쌌다. 나는 헤로인을 하지 않았지만—잭이 맥도널드 쿼터파운더 버거 포장지 뒷면에 대고 굳이 계산을 해준 바에 따르면—헤로인은 한 달에 450달러 정도였으니 훨씬 더 합리적인 지출이었다.

하지만 나는 누가 줄 때에만 헤로인을 조금 했다. 헤로인을 아주 좋아했고 끊임없이 갈구했지만 절대 사지 않았다. 한번 시작하면 절대 끊지 못할 것 같았다. 반면에 조제약은 습관을 통제할 수 있을 뿐 아니라 내가 매일 아래층으로 내려가서 가구를 팔아야 할 좋은 이유가 되었기 때문에 비싼 가격이 오히려 도움이 되었다. 약쟁이는 일상생활을 제대로 하지 못한다는 것은 근거 없는 통념일 뿐이었다. 마약을 주사하는 것은 또 다른 문제겠지

* bean bag : 큰 자루 모양의 천에 충전재를 넣어 만든 의자.

만 나처럼 길거리에서 비둘기가 푸드덕거리기만 해도 놀라고 사실상 경직과 뇌성마비에 가까울 정도의 외상 후 스트레스 장애로 고통받는 사람에게 약은 뭔가를 할 뿐 아니라 잘하게 해주는 열쇠였다. 술을 마시면 주의력이 떨어지고 집중하지 못한다. 오후 세 시에 자기 연민에 빠져서 술집 J. G. 멜론에 앉아 있는 플랫 바버만 봐도 그랬다. 우리 아빠의 경우 술을 끊고 나서도 얻어터진 권투 선수처럼 부자연스러웠고 손가락에 버터를 바른 것처럼 전화나 주방 타이머 같은 것들을 잘 떨어뜨렸으며 소위 말하는 알코올성 뇌질환이 있었다. 심한 음주로 정신적 손상을, 결코 낫지 않는 신경학적 증상을 갖게 된 것이다. 아빠는 생각의 논리가 아주 이상했고 어떤 종류든 장기적인 직업을 유지하지 못했다. 나는— 음, 난 여자 친구도 없고 약과 관련 없는 친구도 딱히 없었지만 하루에 열두 시간씩 일했고, 무슨 일이 있어도 심한 스트레스를 받지 않았으며, 톰브라운 양복을 입고 미소를 지으면서 참을 수 없는 사람들과 사교적으로 어울렸고, 일주일에 두 번 수영을 하고 가끔 테니스를 치고 설탕과 가공식품을 멀리했다. 나는 느긋하고 단정했고 쭉 뻗은 막대처럼 날씬했으며 자기 연민을 비롯해서 그 어떤 부정적인 생각에도 빠지지 않았다. 뛰어난 판매원이었고—모두가 그렇게 말했다—사업이 아주 잘됐기 때문에 약에 쓰는 돈이 별로 아깝지 않았다.

몇 가지 실수가 없었다는 뜻은 아니다. 다리 위에서 얼음에 미끄러질 때처럼 눈 몇 번 깜빡였을 뿐인데 모든 것이 갑자기 통제를 벗어나는 예상치 못한 순간들이 있었고, 그래서 나는 상황이 얼마나 심하게, 얼마나 빨리 잘못될 수 있는지 알았다. 돈이 문제가 아니었다. 복용량이 점점 많아지고, 가구를 팔았다는 사실이나 청구서 보내는 것을 잊어버리고, 약을 너무 많이 해서 흐리멍덩하고 좀 정신 나간 상태로 내려가면 호비 아저씨가 나를 이상하게 보는 것이 문제였다. 저녁 파티도 그렇고, 고객들도……. 죄송해요, 저한테 말씀하신 거예요? 방금 뭐라고 하셨어요? 아니, 그냥 조금 피곤해서요, 몸이 좀 안 좋은 것 같아요, 조금 일찍 자러 가는 게 좋겠어요. 나는 엄마의 옅은 색 눈동자를 물려받았기 때문에 갤러리 개장식 같은 곳에서는 선글라스를 끼지 않는 한 약 때문에 수축된 동공을 숨길 수가 없었다. 호비 아저씨의 친구들은 아무도 눈치채지 못한 것 같았지만 (가끔) 더 젊고 세상 물정에 밝은 동성애자 몇 명은 달랐다. "나쁜 아이네." 격식을 차린 저녁 식사 자리에서 고객의 보디빌더 남자 친구가 내 귀에 이렇게 속삭이는 바람에 나는 혼비백산했다. 그리고 나는 어느 경매 회사 회계부에 가는 것이 두려웠는데, 직원 한 사람—나보다 나이가 많은 영국인으로 역시 중독자였다—이 항상 추근댔기 때문이었다. 물론 여자들과도 마찬가지였다. 같이 자는 여자들 중 한 명—패션 인턴—은 워싱턴스퀘어의 소형견 놀이터에 팝칙을 데리고 갔다가 만났는데, 공원 벤치에 앉은 지 30초 만에 우리 둘이 같은 처지임이 밝혀졌다. 나는 걷잡을 수 없다는 생각이 들 때마다 약을 줄였고 몇 번은 완전히 끊기도 했다. 제일 길게는 6주간 끊은 적도 있었다. 나는 아무나 할 수 있는 일은 아니라고 스스로에게 말했다. 훈련의 문제일 뿐이었다. 하지만 스물여섯 살의 봄이었던 이즈음, 나는 벌써 3년 넘게 사흘 이상 약을 안 먹은 적이 없었다.

나는 원할 경우 영원히 약을 끊을 방법을 생각해두었다. 바로 복용량 급격히 줄이기, 일주일간의 시간별 계획, 다량의 설사약(로페라마이드) 복용이었다. 소진된 신경전달물질을 보충하기 위해서 마그네슘 보충제와 체내 흡수가 쉬운 아미노산을 먹고, 잠을 이루기 위해서 단백질 파우더, 전해질 파우더, 멜라토닌(그리고 마리화나)뿐 아니라 패션 인턴이 효과가 있다고 말한 다양한 약초 팅크와 물약, 감초 뿌리와 엉겅퀴, 쐐기풀과 홉 열매와 블랙커민 씨 기름, 쥐오줌풀 뿌리와 황금초 추출물을 먹는 것이었다. 내가 건강식품 가게 쇼핑백에 필요한 물건을 전부 넣어서 옷장 뒤에 놓아둔 지 1년 반이 넘었다. 마리화나는 이미 오래전에 다 떨어졌고 그 외에는 대부분

건드리지도 않았다. (내가 반복적으로 깨닫게 된) 문제는 서른여섯 시간 동안 약을 먹지 않은 뒤, 몸이 반발을 일으키기 시작하고 약에 취하지 않은 앞으로의 삶이 감옥 복도처럼 황량하게 눈앞에 펼쳐져 있을 때, 내가 너무나 어리석게도 저버린 환상적인 깃털 매트리스로 곧장 돌아가는 대신 그 어둠 속으로 걸어 들어가려면 정말로 강력한 이유가 있어야 한다는 점이었다.

앤디네 집에 다녀온 날 밤 나는 약효가 긴 모르핀 알약을 삼켰다. 죄책감을 느끼며 집으로 돌아와서 마음을 정리할 필요가 있을 때의 습관이었다. 뭔가 느낌이 올 만한 양에는 훨씬 못 미쳤지만 너무 심란해서 잠을 못 이루지 않도록 술기운에 약 기운을 조금 더하기 위해서였다. 다음 날 아침, 나는 풀이 죽어서 (보통 약을 끊으려 할 때 이 정도 단계에서 속이 안 좋은 채 일어나면 급속도로 기가 죽었다) 협탁 대리석 상판에 록시코돈 30밀리그램을, 다시 60밀리그램을 부수어서 짧게 자른 빨대로 흡입했다. 남은 알약(2천 달러 어치가 넘었다)을 버리기 싫었던 나는 자리에서 일어나 옷을 입고 식염수 스프레이로 코를 씻은 다음 제롬이 말하는 '금단현상'이 너무 불편해질 경우에 대비해서 약효가 긴 모르핀을 몇 알 더 챙기고 약이 든 레드 브레스트 플레이크 담배 케이스를 주머니에 넣고—아침 여섯 시라서 호비 아저씨는 아직 일어나지 않았다—택시를 타고 창고로 갔다.

24시간 운영하는 창고는 접수대에서 멍한 눈빛으로 텔레비전을 보고 있는 직원만 빼면 마야의 공동묘지 같았다. 나는 마음을 졸이며 승강기를 향해서 걸었다. 7년 동안 나는 이 창고에 딱 세 번 발을 들였는데, 늘 두렵고 용기가 나지 않아서 위층의 사물함까지 가지도 못하고 로비에서 얼른 임대료만 현금으로 내고 돌아갔다. 한 번에 2년 치씩, 주 법률에 따른 최대 기간이었다.

화물 승강기를 타려면 카드 키가 있어야 했는데 다행히 잊지 않고 챙겨 왔다. 하지만 불행히도 카드가 제대로 작동하지 않아서 데스크 직원이 너무 피곤해서 눈치채지 못하기를 바라면서 문 열린 승강기 안에 서서 몇 분

동안 카드기와 씨름한 끝에, 마침내 강철 문이 쉭쉭 소리를 내면서 닫혔다. 나는 누군가 보고 있는 듯한 기분 때문에 초조해서 모니터에 비친 흐릿한 내 그림자를 외면하려고 최선을 다하면서 8층으로 올라갔다. 8D, 8E, 8F, 8G. 가벼운 블록으로 쌓은 벽과 길게 늘어선 특징 없는 문들은 조립식 '영원'과도 같았다. 색이라고는 베이지밖에 없고 먼지도 결코 쌓이지 않으리라.

8R, 열쇠 두 개와 번호식 자물쇠, 7522. 라스베이거스 보리스의 집 전화번호 마지막 네 자리였다. 딸깍 금속성 소리가 나면서 사물함이 살짝 열렸다. 패러건 스포츠 용품점 쇼핑백에서 덜렁거리는 소형 텐트 가격표(킹 캐노피, $43.99)는 내가 텐트를 산 8년 전 그날처럼 빳빳하고 새것 같았다. 쇼핑백에서 비어져 나온 베갯잇의 질감에 나는 관자놀이에 전기가 오른 것처럼 찌릿했다. 하지만 나는 무엇보다도 냄새에 놀랐다. 좁은 공간에 갇혀 있었던 탓에 마스킹 테이프가 내뿜는 플라스틱 냄새와 수영장 냄새가 당황스러울 정도로 강렬했다. 내가 몇 년 동안 떠올리지도 생각지도 않았던 감정을 환기하는 냄새, 라스베이거스의 내 방과 어린 시절로 나를 단숨에 데려가는 폴리비닐의 독특하고 지독한 냄새였다. 화학약품과 새 양탄자 냄새, 그림을 침대 머리판 뒤에 테이프로 붙여놓은 방에서 잠이 들거나 아침에 깰 때마다 콧속에서 느껴지던 똑같은 접착제 냄새. 나는 몇 년 동안이나 그림 포장을 제대로 벗기지도 않았는데, 이그잭토 제도 칼로 10분에서 15분은 낑낑거려야 벗길 수 있을 것 같았다. 나는 그곳에 어쩔 줄 모르고 서서(예전에 잠이 든 채로 피파의 침실 문 앞까지 걸어갔다가 정신을 차렸을 때처럼 기억이 나지 않고 혼란스러웠는데, 내가 무슨 생각이었는지, 뭘 하려 했는지 전혀 알 수 없었다) 광란에 가까운 충동에 사로잡혔다. 이렇게 오랜 시간이 지나서 그림과 겨우 손바닥 하나만큼의 거리를 두고 서 있으니 갑자기 존재하는지도 몰랐던 위험한 갈망이 나를 감쌌다. 어둠 속에서 미라처럼 둘둘 싸인 뭉치는—조금밖에 보이지 않았지만—너덜너덜하고 안쓰

럽고 이상하게도 사람 같아서, 생명이 없는 물체가 아니라 어둠 속에 꽁꽁 묶인 채 절망에 빠져 소리를 지르지도 못하고 구원을 꿈꾸지도 못하는 불쌍한 생명체 같았다. 나는 열다섯 살 이후로 그림을 이렇게 가까이 한 적이 없었고, 잠깐 동안 그림을 낚아채서 겨드랑이에 끼고 걸어 나가고 싶은 충동을 억누르는 것 외에는 아무것도 할 수 없었다. 하지만 등 뒤에서 쉿쉿 소리를 내는 보안 카메라가 느껴졌다. 나는 빠르고 딱딱한 움직임으로 담배 케이스를 블루밍데일 쇼핑백에 떨어뜨린 다음 문을 닫고 열쇠를 잠갔다. "진짜 약을 끊고 싶으면 변기에 넣고 물을 내려." 제롬의 화끈한 여자 친구 미야는 이렇게 충고했다. "그러지 않으면 너도 모르게 새벽 두 시에 창고 회사에 가 있을걸." 하지만 어지러움을 느끼며 멍하니 문을 나설 때 내가 생각한 것은 결코 약이 아니었다. 과거에서 온 위성 신호가 갑자기 터져서 다른 전파를 모두 압도한 것처럼 포장에 싸인 외롭고 비참한 그림이 머리끝에서부터 발끝까지 나를 덮쳤다.

11

그동안 (가끔) 약을 먹지 않은 날도 있었기에 복용량이 많이 늘어나지는 않았지만 약을 끊자 예상보다 더 빨리 불편해졌고, 점차적인 적응을 위해 놔두었던 약을 먹어도 며칠 동안 기분이 무척 나빴다. 속이 메슥거려서 아무것도 먹을 수 없었고 재채기가 멈추지 않았다. "단순한 감기예요. 괜찮아요." 내가 호비 아저씨에게 말했다.

"아니야, 속도 안 좋잖아. 독감이야." 호비 아저씨가 단호하게 말했다. 아저씨는 비글로 약국에서 베나드릴과 이모디엄*을 더 사고 제퍼슨 마켓에서

* 각각 항히스타민제와 설사약이다.

크래커와 진저에일을 사서 막 들어온 참이었다. "이럴 이유가 하나도 없는데— 재채기까지 하잖아! 내가 너라면 얌전히 병원에 가겠다."

"그냥 바이러스예요." 호비 아저씨는 강철 같은 성격이라서 본인이 아플 때는 쓰디쓴 페르네트브랑카*를 마시고 계속 일했다.

"그럴지도 모르지만, 며칠 동안 거의 아무것도 안 먹었잖아. 가만 앉아서 괴로워하면서 자진해서 비참해질 필요는 없다고."

하지만 일을 하면 불편함을 잊을 수 있었다. 10분 간격으로 오한이 찾아왔고 그다음에는 땀이 났다. 콧물과 눈물이 흐르고 전기가 오른 것처럼 욱신거렸다. 날씨가 바뀌자 가게에는 사람들과 중얼거리는 소리, 움직임이 가득했다. 거리에서 꽃을 피우는 나무들은 황홀함을 하얗게 터뜨리는 것 같았다. 금전등록기를 만지는 내 손은 대체로 흔들림 없었지만 나는 속으로 몸부림치고 있었다. 미야는 이렇게 말했었다. "첫 번째 로데오는 아무것도 아니야. 세 번째, 네 번째가 되면 차라리 죽고 싶다는 생각이 들걸." 배 속이 낚싯바늘에 걸린 물고기처럼 팔딱이며 부글거렸다. 따끔따끔 아프고 근육이 움찔거렸고, 밤이면 침대에 누워도 편안하게 가만히 누워 있질 못했다. 나는 가게 문을 닫고 밤이 되면 참기 힘들 정도로 뜨거운 욕조에 들어가 진저에일을 한 잔 들고 거의 다 녹아가는 얼음을 관자놀이에 대고서 벌건 얼굴로 재채기를 해댔고, 팝칙 — 예전에는 앞발로 욕조 모서리를 짚고 서는 것을 좋아했지만 이제 다리가 뻣뻣하고 삐걱거려서 그렇게 할 수 없었다—은 욕실 매트에 앉아서 나를 불안한 눈으로 바라보았다.

이런 증상들은 전부 내가 걱정했던 것만큼 나쁘지는 않았다. 하지만 미야가 '정신적인 것'이라고 부르는 문제가 이렇게까지 힘들 줄은 전혀 예상도 하지 못했는데, 축축하고 무시무시한 검은 장막과 같았다. 견딜 수 없었

* 이탈리아산 식전주.

다. 약을 하는 친구들—미야와 제롬, 패션 인턴—은 대부분 약을 시작한 지 나보다 오래되었다. 그 친구들이 약에 취해 둘러앉아서 약을 끊었던 경험을 이야기할 때면 (약을 끊는다는 이야기를 견딜 수 있는 건 약에 취했을 때밖에 없는 것 같았다) 다들 육체적인 증상이 힘든 게 아니라고, 나처럼 약을 한 지 얼마 안 됐어도 '꿈도 못 꿔본' 우울증이 찾아올 것이라고 여러 번 말했지만 나는 거울 위로 몸을 숙이면서 예의 바른 미소를 짓고 *내기 할래?*라고 생각했다.

하지만 *우울증*은 적절한 단어가 아니었다. 그것은 개인적인 범위를 훌쩍 넘어선 슬픔과 불쾌함을 모두 아우르는 추락이었다. 태초부터 지금까지 모든 인간과 인간의 모든 노력이 정말 구역질나고 혐오스러웠다. 생물학적 질서에 대한 몸서리쳐지는 혐오감. 노화, 병, 죽음. 누구도 벗어날 수 없는 것들. 아름다운 사람들도 곧 썩기 시작할 물렁물렁한 과일과 마찬가지였다. 하지만 어쨌든 사람들은 여전히 섹스를 하고 번식을 하고 무덤의 새로운 먹이를 내질렀다. 그것이 일종의 구원이나 선(善), 또는 아무튼 도덕적으로 존경할 만한 일이라는 듯이 고통에 시달릴 새로운 존재를 점점 더 많이 생산했고 무고한 존재들을 승자 없는 게임에 끌어들였다. 몸부림치는 아기들과 자부심 넘치는 표정으로 터벅터벅 걸어가는 호르몬에 중독된 엄마들. *아, 정말 귀엽기도 하지. 아유우.* 앞으로 어떤 지옥이 기다리고 있는지도 모르고 소리를 지르며 놀이터를 뛰어다니는 아이들. 그들을 기다리는 것은 지루한 일과 터무니없는 주택 담보 대출금과 잘못된 결혼과 점점 빠지는 머리카락과 고관절 치환술과 텅 빈 집에서 마시는 외로운 커피와 장루를 달고 병원을 배회하는 것이다. 대부분의 사람들은 이따금 인간 상황의 근본적인 잔학성을 더 비밀스럽거나 덜 혐오스러워 보이게 만드는 얄팍한 광택제와 교묘한 무대 조명에 만족하는 것 같았다. 사람들은 도박을 하고 골프를 치고 정원에 꽃을 심고 주식을 거래하고 섹스를 하고 새 차를 사고 요가를 하고 일을 하고 기도를 하고 집을 다시 꾸미고 뉴스에 흥분하고 아이들 때문에 법석을 떨고 이웃의 소문을 수군거리고 식당 리뷰 기사를 열심히 읽고 자선단체를 세우고 정치가를 후원하고 U.S. 오픈에 참석하고 여행을 하고 온갖 기기와 장치로 정신을 딴 데 쏟으면서 정보와 문자메시지와 통화와 오락에 쉼 없이 푹 빠져 우리가 어디에 있는지, 어떤 사람인지 잊으려고 애썼다. 하지만 밝은 빛 아래에서는 그럴듯하게 꾸밀 수 없었다. 머리끝부터 발끝까지 전부 썩었다. 직장에 시간을 쏟아붓고, 평균 자녀 수만큼의 아이를 충실하게 낳고, 정년 퇴임 파티에서 예의 바르게 미소를 짓고, 요양원에서 침대 시트를 씹고 통조림 복숭아를 먹다가 숨이 막힌다. 태어나지 않는 것이, 아무것도 원하지 않고 어떤 희망도 갖지 않는 것이 더 나았다. 이렇게 머릿속으로 뒤척이며 몸부림을 치다 보면 어떤 이미지들, 혹은 반쯤 꿈 같은 것이 계속 섞여 들었는데, 그것은 몸이 약해지고 비쩍 마른 팝칙이 옆으로 누워서 숨을 쉬느라 가슴만 오르락내리락하는 모습이었다. 내가 어딘가에서 팝칙을 잃어버리거나 혼자 두고 먹이 주는 것을 잊어서 팝칙이 죽어가고 있었다. 나는 팝칙이 내 방에 같이 있을 때에도 깜짝 놀라 고개를 번쩍 들고 죄책감을 느끼면서 팝칙이 어디 있지, 하고 생각했다. 그러다가 또 번쩍 고개를 들고 둘둘 말린 채 금속 관(棺)에 갇혀 있는 베갯잇을 퍼뜩 떠올렸다. 이제는 내가 수년 전에 그림을 창고에 맡긴 이유, 애초에 그것을 내가 가지고 있던 이유, 미술관에서 가지고 나온 이유가 기억나지 않았다. 시간 때문에 흐릿해졌다. 그것은 존재하지 않는 세계의 일부였다. 아니, 내가 두 세계에 살고 있고 창고의 사물함은 실제 세계가 아니라 상상 속 세계의 일부인 것 같았다. 창고의 사물함을 잊는 것, 혹은 그것이 존재하지 않는 척하는 것은 쉬웠다. 나는 사물함을 열어보면 그림이 사라지고 없는 것은 아닐까 반쯤 생각했지만 또 그렇지 않다는 사실도 알았다. 내가 그림을 그곳에 넣어둔 이상 그것은 내가 죽여서 지하실에 묻은 사람의 시체처럼 어둠 속에 갇혀서 영원히 나를 기다릴 것이다.

8일째 되는 날 아침에 나는 네 시간 동안 잠을 설치다가 땀에 흠뻑 젖어 깼다. 내면이 텅 비어버리고 평생 그 어느 때보다도 절망적이었지만 팝칙과 동네를 한 바퀴 돌고 부엌으로 가서 호비 아저씨가 준 회복식—수란과 영국식 머핀—을 먹을 만큼은 안정을 찾았다.

"진작 그러지." 호비 아저씨는 아침을 다 먹고 느긋하게 설거지를 하고 있었다. "백합처럼 새하얬잖아. 일주일 동안 탄산음료랑 크래커만 먹으면 나라도 그렇게 되겠다. 너한테 필요한 건 햇볕을 쬐고 바람도 좀 쐬는 거야. 개를 데리고 나가서 좀 오래 걸어 다녀야 돼."

"그러게요." 하지만 나는 조용하고 어두운 가게로 곧장 가고 싶을 뿐 어디에도 갈 생각이 없었다.

"상태가 너무 안 좋은 것 같아서 방해하지 않았는데 말이야." 아저씨가 상냥하게 고개를 기울이면서 사무적인 목소리로 말을 꺼내자 나는 거북한 마음에 고개를 돌려 접시를 물끄러미 보았다. "네가 쉬는 동안 집으로 전화가 몇 통 왔어."

"아, 그래요?" 나는 핸드폰을 끄고 서랍 속에 넣어두고서 제롬한테서 메시지가 왔을까 봐 들여다보지도 않았다.

"정말 착한 여자애였는데—" 아저씨가 안경 너머로 메모장을 보면서 말했다. "데이지 호슬리?" (데이지 호슬리는 캐럴 롬바드의 본명이었다.) "일 때문에 바쁘다더라." (약혼자가 왔으니 잠시 조용히 지내라는 암호였다.) "연락하고 싶으면 문자메시지를 보내래."

"네, 알았어요. 고마워요, 아저씨." 데이지가 정말 결혼을 한다면 6월에 워싱턴 국립 대성당에서 성대한 결혼식이 거행될 것이고, 남자 친구(그녀는 BF라고 불렀다)와 함께 워싱턴에서 살 것이다.

"힐데슬리 부인도 전화했어, 벚나무 서랍장 때문에. 윗면이 보닛형인 것 말고 다른 서랍장 말이야. 8천이라고 괜찮은 가격을 부르기에 좋다고 했는데, 괜찮지? 내가 보기에는 3천 달러 가치도 없지만 말이야. 또 어떤 남자가 두 번 전화했는데— 루셔스 리브라던가?"

나는 커피를 마시다가 숨이 막힐 뻔했지만—며칠 만에 커피를 마실 수 있게 되었다—호비 아저씨는 눈치채지 못한 것 같았다.

"번호를 남겼어. 무슨 일인지 네가 알 거라더라. 아—" 아저씨가 갑자기 자리에 앉더니 손바닥으로 탁자를 탁탁 쳤다. "그리고 바버 씨네 집 애가 전화했어!"

"킷시요?"

"아니—" 아저씨가 차를 한 모금 꿀꺽 마셨다. "플랫인가? 그 이름이 맞나?"

12

약도 안 먹고 루셔스 리브를 마주할 생각을 하니 나는 당장 창고로 달려가고 싶었다. 앤디네의 경우, 플랫과 별로 이야기를 하고 싶지 않았는데 다행히도 킷시가 받았다.

"저녁 식사에 초대하려고." 킷시가 바로 말했다.

"뭐라고?"

"우리가 말 안 했나? 아, 내가 전화를 했어야 하는 건데! 아무튼, 그때 만나서 엄마가 정말 좋아하셨어. 또 언제 올 건지 알고 싶으시대."

"음—"

"초대장이라도 보내야 돼?"

"음, 그런 셈이지."

"목소리가 좀 이상한데?"

"미안, 어, 독감에 걸렸거든."

"정말? 세상에. 우린 다들 아주 잘 지냈으니까 우리한테 옮은 건 아닌가 봐. 뭐라고?" 킷시가 뒤에서 들리는 불분명한 목소리를 향해서 말했다. "자……. 플랫이 전화기를 뺏으려고 해. 곧 다시 통화하자."

"어이, 동생." 플랫이 전화를 받아서 말했다.

"안녕." 나는 관자놀이를 문지르면서, 플랫이 나를 *동생*이라고 부르는 게 얼마나 이상한지 생각하지 않으려고 애쓰면서 말했다.

"난—" 발걸음 소리, 문 닫히는 소리. "바로 본론에 들어가고 싶은데."

"응?"

"가구 얘기야." 플랫이 진지하게 말했다. "우리 집 가구를 좀 팔아줄 수 있을까?"

"물론이지." 나는 자리에 앉았다. "어떤 걸 팔려고 하시는데?"

"음." 플랫이 말했다. "있잖아, 될 수 있으면 이 문제로 엄마를 귀찮게 하고 싶지 않아. 엄마가 팔려고 할지 모르겠어, 무슨 말인지 알지?"

"어?"

"음, 그러니까, 엄마는 그런 물건이 너무 많거든……. 메인 주랑 창고에도 있는데 아마 두 번 다시 보지도 않으실 거야, 알지? 가구만이 아니야. 은 제품이랑 동전 수집품……. 꽤 대단할 것 같은 도자기들도 있지만, 솔직히 말해서 내가 보기엔 완전 똥이야. 은유가 아니라 진짜 말 그대로 소똥 덩어리 같다니까."

"음, 팔려는 이유를 물어봐야 할 것 같은데?"

"음, 꼭 팔아야 되는 건 아니야." 플랫이 얼른 말했다. "하지만 문제는, 엄마가 말도 안 되는 골동품들에 너무 집착하게 됐다는 거야."

내가 눈을 문질렀다. "플랫—"

"그러니까, 그냥 자리만 차지하고 있잖아. 고작해야 잡동사니들인데. 대부분은 내 거야, 동전이랑 낡은 종이랑 그런 거 말이야. 할머니가 나한테 물려줬거든." 플랫이 활기차게 말했다. "솔직히 말할게. 지금까지 거래하던 사람이 있는데, 사실 너랑 거래하고 싶어. 넌 우리를 알고 엄마도 잘 아니까 가격을 제대로 쳐줄 거 아냐."

"그렇지." 내가 얼버무렸다. 그 뒤로 뭔가를 기다리는 듯 끝없는 침묵이 뒤따랐다. 꼭 우리가 대본을 보면서 이야기를 하고 있고 플랫은 내가 나머지 대사를 할 것이라 굳게 믿으면서 기다리는 것 같았다. 내가 어떻게 거절할까 생각하고 있는데 호비 아저씨의 크고 멋지게 갈겨 쓴 글씨로 적힌 루셔스 리브의 이름과 번호가 눈에 들어왔다.

"음, 그게 좀 복잡해." 내가 말했다. "그러니까, 물건을 직접 보고 나서 이야기하는 게 좋겠어. 응, 그래 — " 플랫은 사진이 어쩌고 하면서 나를 설득하려 했다. "그런데 사진만으로는 충분하지가 않아서 말이야. 그리고 동전이나 도자기류는 안 다뤄. 특히 동전은 동전만 취급하는 사람한테 가야 돼." 플랫은 여전히 자기 말만 하려 했다. "몇천 달러쯤 필요한 거면 내가 도와줄 수 있을 것 같은데."

내가 이 말을 하자마자 플랫이 입을 다물었다. "그래?"

나는 안경 아래로 콧대를 잡았다. "있잖아, 내가 어떤 가구에 출처를 만들어 주려고 했었거든? 그런데 진짜 악몽이야, 그 사람이 날 가만 놔두질 않아. 가구를 도로 사들이려고 했는데 그 사람은 소란을 피우고 싶은 것 같아. 왜 그러는지는 나도 모르겠어. 아무튼, 내가 이 가구를 다른 수집가한테서 샀다는 증빙 서류를 만들 수 있으면 도움이 될 것 같은데."

"음, 엄마는 너라면 껌뻑 죽잖아." 플랫이 씁쓸하게 말했다. "네가 바라는 건 뭐든 해주실걸."

"음, 그게 말이야." 호비 아저씨는 아래층에서 홈 파는 기계를 돌리고 있었지만 그래도 나는 목소리를 낮췄다. "이거 진짜 비밀이야, 알겠지?"

"당연하지."

"어머니를 끌어들일 이유는 없을 것 같아. 내가 옛날 날짜로 매매 증서만 쓰면 되거든. 하지만 그 사람이 물어볼 게 있다고 하면—분명히 있겠지—형 이름을 대면 어떨까 해서. 형 번호를 알려주는 거지. 장남인데 어머니가 최근에 가족을 잃어서 뭐 어쩌고 그렇게 설명하는 거야."

"그 사람이 누군데?"

"이름은 루셔스 리브. 들어본 적 있어?"

"아니."

"음— 혹시나 해서 말해두는데, 그 사람이 어머니를 알 가능성이 전혀 없는 건 아니야. 만난 적이 있을지도 모르고."

"그건 별문제 아냐. 엄마는 요즘 거의 아무도 안 만나거든." 잠시 침묵이 흐르고 플랫이 담배에 불붙이는 소리가 들렸다. "그럼— 전화가 오면 어떻게 하면 돼?"

내가 이층장에 대해서 설명해주었다. "이메일로 사진 보내줄게. 제일 큰 특징은 꼭대기에 붙어 있는 불사조 조각이야. 전화가 오면 그냥 메인 주의 집에 있던 건데 몇 년 전에 어머니가 나한테 파셨다고만 말하면 돼. 어머니는 어느 가구상한테서 샀는데, 그 사람은 폐업을 하고 몇 년 전에 죽었고 이름은 기억이 안 난다고, 알아봐야 한다고 해. 그래도 계속 물어보면—" 나는 벼룩시장에서 1960년대 영수증 용지를 샀는데, 정말 놀랍게도 차 얼룩을 묻히고 낮은 온도의 오븐에 몇 분만 넣어두면 더 오래된 것처럼 만들 수 있었다. "매매 증서 만드는 건 쉬워."

"알았어."

"그래. 아무튼—" 나는 담배를 더듬어 찾았지만 없었다. "이 일만 알아서 해주면— 그러니까 전화가 왔을 때 내 말이 맞다고만 해주면— 가구 가격의 10퍼센트를 줄게."

"그게 얼만데?"

"7천 달러."

플랫이 웃었다. 이상하게도 행복하고 여유롭게 들렸다. "아빠가 항상 그랬지. 골동품상은 다 사기꾼이라고 말이야."

13

나는 안도감에 취해서 전화를 끊었다. 바버 부인에게는 이류나 삼류 골동품도 있지만 중요한 가구도 많았기 때문에 플랫이 그녀 몰래 자기가 무슨 짓을 하고 있는지도 모르고 물건들을 팔고 있다고 생각하자 마음에 걸렸다. '궁지'에 대해서 말하자면, 확실치 않은 문제에 휘말리고 있다는 냄새를 풍긴 사람이 있다면 그건 플랫이었다. 나는 몇 년 동안 플랫의 퇴학 사건에 대해서 생각하지 않았지만, 당시 다들 너무나 애를 쓰면서 입을 다문 걸로 봐서 플랫이 상당히 심각한 일을, 통제된 환경이 아니었다면 경찰까지 등장했을지도 모르는 일을 저질렀을 가능성이 높아 보였다. 이상하게도 그 점 때문에 오히려 마음이 놓였다. 플랫이 돈을 받으면 입을 다물 것이라고 믿을 수 있기 때문이었다. 게다가—이 생각을 하면 정말 기뻤다—루셔스 리브가 위압감을 느끼거나 무서워하게 만들 수 있는 사람이 있다면 그건 바로 세계 최고의 속물이자 나름대로 깡패인 플랫이었다.

"리브 씨?" 그가 전화를 받자 내가 예의 바르게 말했다.

"루셔스라고 부르게."

"음, 그렇게 하죠, 루셔스." 그의 목소리를 듣자 분노가 치밀어 몸이 차가워졌다. 하지만 플랫이 내 편이었기에 나는 필요 이상으로 건방지게 말했다. "전화하셨다고 해서요. 무슨 생각이십니까?"

"아마도 자네 생각과는 다르겠지." 금방 대답이 돌아왔다.

"다르다고요?" 나는 그의 말투에 놀랐지만 충분히 여유롭게 말했다. "그럼 알려주시죠."

"직접 만나서 얘기하는 게 자네에게도 좋을 텐데."

"좋습니다. 시내에서 만나죠." 내가 얼른 말했다. "지난번에는 친절하게도 잘 아시는 클럽에 데려가주셨으니까요."

14

내가 선택한 레스토랑은 트라이베카에 있었다. 호비 아저씨나 아저씨 친구들을 우연히 만날 걱정이 없을 정도로 중심가였고 (내 바람으로는) 루셔스 리브를 불편하게 만들 정도로 젊은 사람들이 많았다. 소음, 조명, 대화, 인정사정없이 몸으로 밀어대는 사람들. 나는 오랜만에 감각이 무뎌지지 않았기 때문에 냄새에 완전히 압도되었다. 와인과 마늘과 향수와 땀. 주방에서 서둘러 내오는 지글지글 끓는 레몬그라스 닭고기 요리, 청록색 의자들, 내 옆자리의 밝은 주황색 원피스를 입은 여자, 이 모든 것들이 내 눈에다가 공업용 화학약품을 뿌리는 것 같았다. 초조해서 배 속이 부글거렸다. 주머니에서 제산제를 하나 꺼내서 씹고 있다가 시선을 들었더니 문신을 한, 기린을 닮은 아름다운 안내원이—표정 없이 느릿느릿하게—루셔스 리브에게 내 자리를 무심하게 가리켜 보였다.

"아, 안녕하세요." 내가 일어나지도 않고 말했다. "정말 반갑습니다."

그는 먼 곳을 둘러보고 있었다. "정말 여기 앉아야 하나?"

"안 됩니까?" 내가 온화하게 말했다. 나는 일부러 사람들이 많이 지나다니는 중앙 테이블을 골랐다. 소리를 질러야 할 정도로 시끄럽지는 않았지만 불쾌할 정도로는 시끄러웠다. 게다가 나는 눈에 햇빛이 바로 비치는 자리를 남겨두었다.

"진짜 어이가 없군."

"아, 죄송합니다. 이 자리가 마음에 안 드시면……." 자기 자리로 돌아가서 멍하니 건들거리며 혼자만의 생각에 빠져 있던 어린 기린을 향해서 내가 고갯짓을 했다.

레스토랑은 만석이었기에 루셔스 리브가 한발 물러서서 자리에 앉았다. 그의 말과 행동은 빈틈없고 고상했으며 양복은 나이를 생각하면 비교적 유행에 따라 맞춘 것이었지만, 그의 표정 때문에 복어—또는 만화에 나오는 근육질 장사나 자전거펌프로 부풀린 기마경찰 풍선—가 생각났다. 갈라진 턱, 둥근 반죽 같은 코, 찢어진 틈 같은 팽팽한 입술이 전부 얼굴 중앙에 모여 있었고 얼굴은 불룩하니 부어오르고 혈압이 높은 것처럼 벌겋게 빛났다.

나는 음식—아치형 버팀목처럼 생긴 바삭한 만두에 구운 파를 곁들인 아시아 퓨전 음식이었는데, 표정을 보니 썩 마음에 들지 않는 것 같았다—이 나온 다음 루셔스 리브가 하고 싶은 말을 꺼내기를 기다렸다. 웰티의 옛날 영수증 용지에 5년 전 날짜로 쓴 가짜 매매 증서의 먹지 사본이 안주머니에 들어 있었지만 꼭 필요할 때가 되어야 내놓을 생각이었다.

루셔스 리브는 포크를 달라고 했다. 그는 '전갈 새우'라는 약간 무시무시한 요리에서 가늘게 썬 야채들로 이루어진 구조물들을 빼서 한쪽으로 치웠다. 그러더니 나를 보았다. 햄 같은 분홍색 얼굴에 작고 날카롭고 밝은 파란색 눈. "난 미술관에 대해서 알아." 그가 말했다.

"뭘 안다는 거죠?" 내가 깜짝 놀라서 주저하다가 말했다.

"아, 왜 이러나. 무슨 얘긴지 다 알면서."

척추 끝을 찌르는 두려움이 느껴졌지만 나는 신중하게 접시에만 시선을 집중했다. 흰 쌀과 볶은 야채, 메뉴 중에서 가장 평범한 요리였다. "음, 괜찮으시다면 그 이야기는 하고 싶지 않군요. 고통스러운 화제라서요."

"그래, 그렇겠지."

그가 도발적이고 비꼬는 듯한 말투로 말했기에 나는 날카로운 눈빛으로 올려다보았다. "어머니가 돌아가셨거든요. 그 얘기를 하시는 거라면요."

"그래, 그랬지." 긴 침묵. "웰턴 블랙웰도 죽었고."

"맞습니다."

"음, 그러니까 말이야, 온 신문에 다 났었지. 공식 기록이 다 남아 있다고. 하지만 말이야—" 그가 혀로 윗입술을 재빨리 훑었다. "내가 궁금한 건 이거야. 제임스 호바트는 왜 온 도시 사람들에게 그 이야기를 하고 또 할까? 자네가 파트너의 반지를 들고 불쑥 나타났다는 얘기 말이야. 입을 다물고 있었으면 아무도 연관성을 깨닫지 못했을 텐데."

"무슨 말씀이신지 모르겠군요."

"내가 무슨 말을 하는지 아주 잘 알잖아. 자네는 내가 원하는 걸 가지고 있지. 사실, 많은 사람들이 원하는 걸 말이야."

나는 젓가락을 입으로 가져가다가 손을 멈췄다. 자리에서 일어나 밖으로 나가고 싶은 충동이 제일 먼저 솟구쳤지만 그것이 얼마나 멍청한 짓인지도 곧바로 떠올렸다.

루셔스 리브가 의자에 기대어 앉았다. "아무 말도 안 하는군."

"말도 안 되는 소리니까요." 내가 젓가락을 내려놓으며 날카롭게 대답했다. 그리고 문득—나의 다급한 손짓 때문에—아빠가 생각났다. 아빠라면 어떻게 대처했을까?

"아주 당황한 것 같군. 왜 그럴까."

"이층장과 무슨 상관이 있는지 모르겠군요. 저는 그것 때문에 만난 줄 알았는데요."

"내가 무슨 말 하는지 잘 알잖아."

"아니요." 나는 의아해하는 것처럼 웃었고, 그럴듯하게 들렸다. "안됐지만 모르겠군요."

"내가 확실히 말하길 바라나? 바로 이 자리에서? 좋아, 그렇게 하지. 자네는 웰턴 블랙웰과 그의 조카와 함께 32호 전시실에 있었어, 그리고 자네는—" 약을 올리듯 느릿느릿한 미소. "유일하게 거기서 걸어 나왔지. 32호 전시실에서 또 뭐가 사라졌는지 우리 둘 다 알잖아, 안 그런가?"

온몸의 피가 발로 쏠리는 것 같았다. 주변에서, 사방에서 은 식기가 달그락거리는 소리, 웃음소리, 웅웅거리는 목소리가 타일 벽을 맞고 튀어 올랐다.

"알겠나?" 리브가 잘난 척하며 말했다. 그러더니 다시 먹기 시작했다. "아주 간단하잖아. 그러니까, 분명히 말이야." 그가 포크를 내려놓으며 꾸짖듯이 말했다. "분명히 아무도 추측하지 못할 거라 생각하지는 않았겠지? 자네가 그 그림을 가지고 나왔고, 블랙웰의 파트너에게 반지를 가져갔을 때 그림도 준 거야, 이유는 나도 모르겠지만— 그래, 맞아." 그가 말했다. 내가 목소리를 높여 말을 막으려 하자 루셔스가 의자를 약간 옮기고 손을 들어 눈을 비추는 햇빛을 가렸다. "결국은 제임스 호바트가 자네의 보호자가 되었지. 자네는 피보호자가 됐고. 호바트는 자네가 가지고 온 작은 기념품을 여기저기 맡기면서 그걸 이용해서 돈을 벌었어."

돈을 번다고? 호비 아저씨가? "맡긴다고요?" 내가 말했다. 그러고는 아차 싶어서 다시 말했다. "뭘 맡긴다는 겁니까?"

"음, 무슨 말인지 전혀 모르겠다는 연기가 이제 슬슬 질리는군."

"아니, 진심입니다. 도대체 무슨 말씀을 하시는 겁니까?

리브는 무척 만족스러운 듯이 입을 꾹 다물었다.

"정말 뛰어난 그림이야." 그가 말했다. "아름답고 파격적인 작품이지— 아주 독특해. 마우리츠하위스 미술관에서 그 그림을 처음 봤을 때를 잊을 수가 없어……. 미술관의 다른 작품들과는 정말 전혀 달랐지. 아니, 내 생각엔 그 시대의 어떤 그림과도 달라. 1600년대에 그려졌다고 믿기 힘들 정도지. 작은 그림 중에서는 역사상 가장 위대한 그림이야, 안 그런가? 뭐라더라."

그가 날 조롱하려는 듯 말을 잠시 멈췄다. "수집가가 뭐라고 했더라— 있잖아, 그 그림을 재발견한 미술 비평가, 프랑스인 말이야. 1890년대에 어느 귀족의 창고에 파묻혀 있던 그림을 발견하고서 '처절한 노력'을 했지." 리브는 손가락으로 따옴표를 그렸다. "그걸 손에 넣기 위해서 말이야. '잊지 마, 난 무슨 대가를 치르더라도 이 작은 황금방울새를 가져야겠어.' 물론 내가 하려던 말은 그게 아니야. 유명한 말 있잖아. 분명 자네도 알겠지. 이렇게 오래됐으니까 자네도 그림에 대해서, 그림의 역사에 대해서 잘 알 거야."

나는 냅킨을 내려놓았다. "무슨 말씀을 하시는지 모르겠군요." 나는 조금도 굽히지 않고 계속 이렇게 말하는 것밖에 달리 아무것도 할 수 없었다. 아빠는—유명한 영화에 갱단의 변호사로 딱 한 장면 나왔을 때—총을 맞기 직전의 장면에서 고객에게 이렇게 충고했다. *부인하고, 부인하고, 또 부인하라.*

하지만 그 사람들이 날 봤어요.

다른 사람이었을 거야.

목격자가 세 명 있어요.

신경 쓰지 마. 전부 잘못 본 거야. "제가 아니었어요"라고만 하면 돼.

하루 종일 반대 증언을 할 사람들을 데려올 거예요.

좋아. 그러라고 해.

누군가가 블라인드를 내려서 우리 탁자에 호랑이 줄무늬 같은 그림자가 졌다. 루셔스는 거만하게 나를 보면서 밝은 주황색 새우를 찍어서 먹었다.

"내 말은, 난 계속 생각해봤지." 그가 말했다. "자네가 날 도울 수 있을지도 몰라. 그 정도 크기에 수준이 비슷한 그림이 또 뭐가 있을까? 아마 그 작고 사랑스러운 벨라스케스 그림이겠지. 있잖아, 로마 메디치가의 별장 풍경화. 물론 희소성을 논외로 한다면 말이지만."

"다시 말씀해보시죠, 우리 지금 무슨 얘길 하는 거죠? 무슨 말씀을 하시려는 건지 전혀 모르겠군요."

"음, 원한다면 계속 모르는 척해." 루셔스 리브가 냅킨으로 입을 닦으면서 부드럽게 말했다. "아무도 안 속으니까. 하지만 한 가지만 말하지, 깡패들에게 맡겨서 담보로 여기저기 내돌린 건 정말 무책임한 행동이었어."

내가 정말로 놀란 표정을 짓자 그의 얼굴에도 놀라움 같은 것이 잠깐 떠올랐다. 하지만 마찬가지로 순식간에 사라졌다.

"그렇게 귀중한 물건을 그런 사람들한테 믿고 맡기면 안 되지." 리브가 바쁘게 씹으며 말했다. "길거리의 폭력배라니— 무식한 놈들이잖아."

"정말 말도 안 되는 소리를 하시는군요." 내가 쏘아붙였다.

"아닌가?" 루셔스 리브가 포크를 내려놓았다. "음, 내 제안은— 자네가 내 말을 알아들을 생각이 있다면 말이지만— 내가 그걸 사겠다는 거야."

스트레스를 받으면 종종 그랬듯이 이명—오래된 폭발의 메아리—이, 착륙하는 비행기처럼 높게 웅웅거리는 소리가 들리기 시작했다.

"액수를 말해야 하나? 음. 50만이면 충분할 것 같은데, 내가 지금 당장이라도 신고할 수 있다는 점을 고려하면 말이야." 그가 주머니에서 핸드폰을 꺼내서 물잔 옆에 놓았다. "자네 사업은 끝나는 거지."

나는 눈을 감았다가 떴다. "여보세요, 몇 번이나 말씀해야 합니까? 무슨 생각인지 전혀 모르겠지만—"

"무슨 생각인지 정확히 말해주지, 시어도어. 내가 생각하는 건 보존하는 것, 잘 보관하는 거야. 자네나 자네 동업자들은 그런 걱정은 하지도 않는 것 같지만. 제일 현명한 행동이 뭔지 자네도 분명히 깨닫게 될 거야. 자네를 위해서도, 그림을 위해서도 말이야. 돈은 확실히 벌었겠지만 이렇게 위험한 상태로 그림을 계속 내돌리는 건 무책임한 짓이야, 안 그런가?"

나는 이 말을 듣고 정말로 혼란스러웠지만, 그게 오히려 다행인 것 같았다. 뭘 하려는지 건지, 괴상하게 꾸물거리더니 리브가 양복의 안주머니에 손을 넣는데—

"필요한 건 없으십니까?" 갑자기 남자 모델 같은 종업원이 나타났다.

"네, 네, 괜찮습니다."

종업원은 미끄러지듯이 식당을 가로질러 아름다운 안내원과 이야기를 나누었다. 리브가 주머니에서 접힌 종이 뭉치를 꺼내서 식탁보 위에 올리고 내 쪽으로 밀었다.

인터넷 페이지를 인쇄한 종이였다. 나는 얼른 살펴보았다. FBI…… 국제기관…… 일제 검거 실패…… 수사…….

"이게 도대체 뭡니까?" 내 목소리가 너무 커서 옆자리의 여자가 깜짝 놀랐다. 점심 식사에 열중한 리브는 아무 말도 하지 않았다.

"아니, 정말로 말입니다. 이게 저랑 무슨 상관이죠?" 나는 초조하게 종이를 훑어보았다. 불법행위에 의한 사망 소송…… 마이애미 임시직 알선소 소속 가사도우미 카르멘 우이도브로 씨가 집을 덮친 요원들의 총에 맞아 사망. 나는 이 기사가 나랑 무슨 상관이냐고 다시 물으려다가 딱 멈췄다.

> 소실된 것으로 알려진 유럽 거장의 회화(〈황금방울새〉, 카렐 파브리티우스, 1654년)가 콘트레라스와의 거래에서 담보물로 이용되었다는 소문이 있었지만 불행히도 사우스플로리다 외국인 노동자 합숙소 일제 검거 작전에서는 발견되지 않았다. 마약단속국은 공식 성명을 발표해 이 문제를 '어설프게', '아마추어처럼' 다루었다는 FBI 예술품 범죄부의 비판에 대해서 우이도브로 부인의 사고사에 대해서는 사과하지만, 도난 예술품들이 마약 밀매와 무기 거래에서 투자금을 받을 때 일종의 유통증권으로 종종 이용된다 해도 단속국 요원들은 도난 미술품을 확인하거나 되찾도록 훈련받은 사람들이 아니라고 항변했다. 마약단속국 홍보부의 터

너 스타크 대변인은 '이처럼 긴급한 상황에서 우리의 최우선 과제는 우리 요원과 민간인을 안전하게 보호하면서 미국 약물 규제법을 어긴 큰 사건을 고발하는 것이다'라고 말했다. 이 사건 이후에 특히 우이도브로 씨의 불법행위에 의한 사망 소송이 제기되면서 퍼진 분노로 인해 연방 기관 간 더욱 긴밀한 협력의 필요성이 대두되었다. 인터폴 예술품 범죄부의 홉스테드 폰 몰트케 대변인은 어제 취리히에서 열린 기자회견에서 '전화 한 통이면 충분했는데도 이 사람들은 범인들을 체포해서 유죄 판결을 받는 것밖에 생각하지 않았다. 이제 그림은 다시 지하로 숨었고 다시 나올 때까지 수십 년이 걸릴 수도 있으니 참 안타까운 일이다'라고 밝혔다.

도난 회화나 조각품의 밀수는 전 세계적으로 약 60억 달러 규모의 시장을 이루고 있는 것으로 추정된다. 그림의 목격이 확인된 것은 아니지만 수사관들은 이 희귀한 네덜란드 거장의 그림을 이미 외국으로 빼돌려서 함부르크로 옮겼을 것이라고 추측하고 있으며, 경매장에서 받을 수 있는 수백만 달러에 비하면 극히 적은 액수로 그곳에서 여러 사람의 손을 거칠 가능성이 높은 것으로…….

나는 종이를 내려놓았다. 리브는 먹던 것을 멈추고 교활한 미소를 지으며 나를 보고 있었다. 서양배 모양 얼굴에 떠오른 그 점잔을 빼는 작은 미소 때문이겠지만, 나는 갑작스럽게 웃음을 터뜨렸다. 라스베이거스의 쇼핑몰에서 우리를 쫓아오던 (그리고 거의 잡을 뻔했던) 뚱뚱한 경비원이 식당가의 젖은 타일에 미끄러져 엉덩방아를 찧자 보리스와 내가 마구 웃었던 때처럼 억눌려 있던 두려움과 안도가 터져 나왔다.

"어때?" 리브가 말했다. 그 이상한 새우 때문에 입가가 주황색으로 얼룩져 있었다. "재밌는 거라도 찾았나?"

하지만 내가 할 수 있는 일은 고개를 저으며 레스토랑 바깥을 내다보는 것밖에 없었다. "세상에." 내가 눈을 닦으며 말했다. "무슨 말을 해야 할지 모르겠군요. 당신은 분명히 망상에 시달리고 있거나— 아, 모르겠습니다."

리브는 대단하게도 전혀 당황한 것처럼 보이지는 않았지만 기분이 좋지 않은 것은 분명했다.

"아, 이런." 내가 고개를 저으며 말했다. "죄송합니다. 웃으면 안 되는 거였는데. 하지만 이렇게 황당한 일은 처음이라서요."

리브가 냅킨을 접어서 내려놓았다. "거짓말쟁이군." 그가 쾌활하게 말했다. "거짓말로 빠져나갈 수 있다고 생각하겠지만, 그렇지 않아."

"불법행위로 인한 사망 소송? 플로리다 외국인 노동자 합숙소라고요? 뭐죠? 정말로 이게 저랑 관련이 있다고 생각하십니까?"

리브가 밝은 파란색의 작은 눈으로 나를 맹렬하게 쏘아보았다. "이성적으로 굴어. 난 네가 빠져나갈 길을 제안하고 있는 거야."

"*빠져나갈* 길이라고요?" 마이애미, 함부르크, 그런 지명만 들어도 나는 어이가 없어서 웃음이 터졌다. "어디서 빠져나간다는 거죠?"

리브가 냅킨으로 입술을 닦았다. "그렇게 재밌어하니 기쁘군." 그가 매끄럽게 말을 이었다. "난 여기 언급된 예술품 범죄부에 전화해서 자네와 제임스 호바트에 대해서, 또 둘이서 꾸미고 있는 책략에 대해서 아는 걸 전부 다 말할 만반의 준비가 되어 있거든. 자, 어쩔 텐가?"

나는 종이를 내던지고 의자에 기대어 앉았다. "마음껏 전화하세요. 얼마든지. 다른 문제에 대해서 이야기하고 싶으시면 언제든지 저한테 전화하시고요."

15

나는 자리를 박차고 나온 기세로 내가 어디로 가고 있는지도 모른 채 걸었다. 서너 블록을 지나자 몸이 너무 격렬하게 떨리기 시작해서 커낼가 남쪽의 작고 지저분한 공원으로 들어가 벤치에 앉아야 했다. 과호흡 때문에 무릎 사이에 고개를 파묻고 턴불앤아서에서 산 정장 겨드랑이가 땀으로 흠뻑 젖은 나는 버튼을 하나 잘못 눌러서 천만 달러를 날리고서 약에 취한 증권사 신입 직원 같았다(뚱한 자메이카인 유모들과 신문으로 부채질을 하면서 나를 의심스럽게 흘끔거리는 나이 많은 이탈리아인들에게는 분명 그렇게 보였을 것이다).

길 건너에 부부가 운영하는 잡화점이 있었다. 나는 호흡이 진정되자 잡화점으로 가서—온몸이 축축하고, 상냥한 봄바람 속에서 혼자 소외된 기분을 느끼면서—냉장 진열장에 든 펩시콜라를 하나 산 다음 잔돈도 받지 않고 나와서 공원의 나무 그늘로, 검고 더러운 벤치로 돌아갔다. 비둘기들이 높이 날아올라 날갯짓을 하고 있었다. 자동차들이 굉음을 내며 터널로 들어갔다. 다른 구, 다른 도시, 쇼핑몰과 공원 도로를 향하는 주간 도로의 거대하고도 기계적인 흐름이었는데, 이 웅웅거리는 소리에는 유혹적이며 극심한 외로움이, 바다처럼 사람을 부르는 듯한 느낌이 있었다. 나는 아빠가 계좌의 돈을 전부 찾고, 세탁소에서 셔츠를 찾고, 자동차에 휘발유를 채우고 한마디 말도 없이 떠나게 했던 충동을 처음으로 이해했다. 태양이 내리쬐는 고속도로, 뱅뱅 돌아가는 라디오 다이얼, 곡물 저장고와 배기가스, 보이지 않는 악처럼 펼쳐진 광대한 땅.

어쩔 수 없이 제롬이 생각났다. 그는 3호선 종점에서 몇 블록 떨어진 애덤클레이턴파월가에 살았지만, 우리가 가끔 만나던 브러더 J라는 바가 110번가에 있었다. 노동자들이 많이 가는 음침한 술집으로, 주크박스에서는 빌 위더스 노래가 흘러나오고 바닥은 끈적거리고 새벽 두 시에 알코올중독이 직업인 사람들이 세 잔째 버번위스키를 앞에 두고 쓰러져 있었다. 하지만 제롬은 천 달러 이하로는 조제약을 팔지 않았으니, 헤로인 몇 봉지야 기꺼이 주겠지만 그냥 택시를 타고 브루클린 다리로 바로 가는 게 훨씬 덜 귀찮을 것 같았다.

치와와를 데리고 있는 노파, 아이스바를 두고 싸우는 어린애들. 커낼가 위쪽 저 멀리에서 정신없는 사이렌 소리가 울렸고, 전혀 보이지 않는 곳에서 들려오는 그 소리가 내 귓속의 울림과 충돌하자 전쟁이 벌어져서 미사일이 날아오는 듯한 웅웅거림이 길게 이어졌다.

나는 양손으로 귀를 막고 (이명에는 전혀 도움이 되지 않았고 오히려 소리를 증폭시켰다) 미동도 없이 앉아서 생각을 하려고 애썼다. 이층장을 속여서 팔겠다는 어설픈 책략이 어이없게도 나를 역습했다. 그냥 호비 아저씨에게 가서 내가 한 짓을 인정해야 할 것이다. 별로 유쾌한 일은 아니었고 사실은 정말 싫었지만 내 입으로 직접 말하는 게 나을 것이다. 아저씨의 반응은 상상도 안 됐다. 나는 골동품밖에 모르기 때문에 다른 판매직을 구하기는 힘들겠지만 꼭 그래야 한다면 공방에 일자리를 얻어서 액자에 금박을 입히거나 실을 감는 실패를 만들 정도의 손재주는 있었다. 복원 작업은 보수가 많진 않지만 골동품을 어느 정도 그럴듯하게 수리하는 법을 아는 사람이 너무 적었으므로 분명 누군가는 나를 써줄 것이다. 신문 기사는, 그것을 읽으니 너무 혼란스러워서 이상한 영화 속으로 걸어 들어간 것 같았다. 어떤 면에서는 아주 분명했다. 어느 진취적인 사기꾼이 내 〈황금방울새〉 모작을 만들었고(크기와 기술 면에서 모작을 만들기가 그다지 까다롭지는 않았다), 가짜 그림이 돌아다니다가 마약 거래 담보물이 되었고, 아무것도 모르는 수많은 마약계 거물과 연방 요원 들이 진품이라고 착각한 것이다. 하지만 기사 내용이 아무리 말도 안 되는 엉터리라고 해도, 또 그림이나 나에 대한 관련성이 부족하다고 해도, 리브가 연관 지은 사항은 옳았다. 내가 갑자기 집으로 찾아왔다는 이야기를 호비 아저씨가 얼마나 많은 사람들에게 했는지, 또 그 이야기를 들은 사람들이 다른 사람들에게 얼마나 많이 이야기했을지 누가 알겠는가? 하지만 지금까지는 누구도, 호비 아저씨조차도, 내가 웰티의 반지를 가지고 있었으니 그 그림이 있는 전시실에 있었을 것이라고 연관 짓지 못했다. 아빠의 표현을 따르자면 이것이 바로 모든 일의 핵심이었다. 그것이 바로 나를 감옥으로 보낼 이야기였다. 프랑스의 어느 미술품 도둑은 겁을 먹어서 훔친 그림들(크라나흐, 바토, 코로의 작품들)을 불태웠지만 겨우 26개월의 징역을 살았다. 하지만 그건 프랑스였고 9·11 테러 직후였다. 연방 반테러법의 새로운 법규에 따르면 미술품 절도범은 '문화적 가공물 약탈'이라는 더욱 심각한 추가 죄목을 갖게 됐다. 특히 미국에서는 처벌이 훨씬 더 엄격해진 상황이었다. 그리고 나의 개인적인 삶은 여러 번의 정밀 조사를 무사히 넘길 만한 것이 아니었다. 운이 좋아도 5년에서 10년 정도는 받으리라.

솔직히 말하자면, 나는 그런 처벌을 받을 만했다. 어떻게 그걸 계속 숨길 수 있을 거라고 생각했을까? 나는 몇 년 동안이나 그림을 처리하고 싶었고 원래 속한 곳에 돌려주고 싶으면서도 돌려주지 못할 핑계만 계속 찾았다. 신문지에 싸여서 봉인되어 있는 그림을 생각하면 나 자신을 잃고 멍해졌다. 멀리 꽁꽁 숨겨두자 그림은 힘이 오히려 더 커지고 더욱 생생하고 끔찍한 형태를 갖게 된 것 같았다. 아무튼 그림은 수의를 입고 창고 사물함에 묻혀서도 스스로 그곳에서 벗어나 거짓 신문 기사에 모습을 드러냈고 전 세계 사람들의 마음에서 번쩍이는 빛이 되었다.

16

"호비 아저씨." 내가 말했다. "곤란한 일이 생겼어요."

아저씨가 옻칠 서랍장을 손보다가 시선을 들었다. 검은색 바탕에 수탉과 두루미, 금탑이 보였다. "내가 도울 수 있는 일이니?" 아저씨는 수용성 아크릴 도료로 두루미의 날개 테두리를 그리고 있었다. 원래 사용된 셸락바니시와는 많이 달랐지만, 아저씨가 나에게 제일 먼저 가르쳐준 복원의 첫 번째 원칙은 되돌릴 수 없는 것은 절대 하지 말라, 였다.

"사실 문제는요, 저 때문에 아저씨까지 곤란해졌다는 거예요. 고의는 아니었어요."

"음—" 아저씨의 붓은 흔들림이 없었다. "바버라 기버리한테 라인벡의 집 꾸미는 걸 돕겠다고 약속한 거라면 혼자 알아서 해라. '차크라*의 색'이라니, 그런 건 들어본 적도 없어."

"아니에요—" 나는 재밌게 혹은 대수롭지 않게 대꾸할 말을 생각했지만—'트리피**'라는 딱 맞는 별명을 가진 기버리 부인은 대체로 유머가 솟는 샘이었다—아무것도 떠오르지 않았다. "그건 아니에요."

호비 아저씨가 허리를 펴고 붓을 귀에 꽂은 다음 요란한 무늬의 손수건으로 이마를 두드렸다. 손수건은 아프리카 제비꽃이 토해놓은 것처럼 화려한 보라색으로, 뉴욕 북부 어느 정신 나간 노파의 이스테이트 세일이나 뭐 그런 데서 발견한 것이었다. "그럼 무슨 일인데?" 아저씨가 물감을 섞는 컵받침으로 손을 뻗으면서 침착하게 말했다. 내가 이십 대가 되자 우리의 세대 차이로 인한 격식은 사라졌고, 아저씨와 나는 동등한 관계, 아빠가 살아있다 해도 그 사이에서는 상상하기 힘든 관계가 되었다. 나는 항상 안절부절못하면서 아빠의 상태가 얼마나 엉망인지 알아내려 애썼을 것이고 직접적인 대답을 얻어낼 확률이 얼마나 되는지 계산했을 것이다.

"전—" 나는 의자가 덜 말라서 끈적거리지 않는지 확인한 다음 자리에 앉았다. "아저씨, 제가 멍청한 실수를 저질렀어요. 아니, 진짜 멍청한 실수예

* Chakra : 산스크리트어로 '바퀴'라는 뜻으로, 과학적으로 규명될 수 없는 인간 정신의 중심부를 말한다.

** Trippy : 몽롱하게 기분이 좋다는 뜻.

요." 아저씨가 관대하게 괜찮다며 손사래를 치기에 내가 말했다.

"음—" 아저씨가 스포이트로 갈색을 띤 노란색 안료를 컵 받침에 떨어뜨렸다. "멍청한 건지는 잘 모르겠지만, 지난주에 바서만 부인의 테이블 상판을 뚫는 드릴 날을 본 순간 하루를 완전히 망치긴 했지. 상태가 좋은 윌리엄 3세와 메리 2세 시대 양식의 테이블이었는데. 내가 구멍을 메워서 바서만 부인은 모르겠지만, 정말이지 끔찍한 순간이었다."

아저씨가 자꾸 딴 얘기를 해서 더 힘들었다. 나는 속이 울렁거리고 머리가 몽롱해지는 것을 느끼면서 루셔스 리브와 이층장 이야기를 단도직입적으로 설명하기 시작했지만 플랫과 나눈 이야기와 내 안주머니에 든 옛날 날짜의 영수증 이야기는 빼놓았다. 일단 시작하니 멈출 수가 없었다. 나는 시골 경찰서의 밝은 조명 밑에서 중얼중얼 이야기를 털어놓는 고속도로 살인범처럼 계속 말하고 또 말했다. 어느 순간 호비 아저씨가 일을 멈추고 붓을 귀에 꽂았다. 아저씨는 내가 아주 잘 아는 표정으로, 눈썹을 찌푸리고, 차갑게, 웅크린 들꿩 같은 표정으로 가만히 들었다. 그러다가 귀에 꽂은 담비 털 붓을 빼서 물을 묻힌 다음 수건에 닦았다.

"시오." 아저씨가 한 손을 들고 눈을 감으며 말했다. 나는 어쩔 줄 몰라서 수표를 현금으로 바꾸지 않았다고, 막다른 지경에 처했다고, 입장이 좋지 않다고 계속 중언부언 설명했다. "그만해라. 무슨 일인지 알겠으니까."

"정말 죄송해요." 내가 중얼거렸다. "그런 짓을 절대 하면 안 되는 거였는데. *절대로*. 하지만 진짜 악몽 같아요. 그 사람은 화가 나서 앙심을 품고 있는데, 왜 그런지 몰라도 우리 두 사람을 다 노리는 것 같아요. 그러니까, 이번 일이랑은 다른 이유 때문에 말이에요."

"음." 호비 아저씨가 안경을 벗었다. 이어진 침묵 속에서 아저씨가 뭐라고 대답할지 고민하면서 신중하게 생각하는 모습을 보니 얼마나 혼란스러운지 느껴졌다. "이미 벌어진 일은 어쩔 수 없어. 악화시켜서 좋을 게 없지. 하지만—" 아저씨가 말을 멈추고 생각에 잠겼다. "그 남자가 누군지는 모르겠지만, 그 서랍장이 애플렉이라고 생각했다면 돈은 많아도 감각은 없는 사람이군. 7만 5천을 내다니— 그만큼 받았다고?"

"네."

"음, 그 남자는 머리 검사를 좀 받아야 되겠다, 내가 할 말은 그것밖에 없어. 그 정도로 상태가 좋은 가구는 10년에 한두 번 나올까 말까야. 그렇게 갑자기 짠 하고 등장하지도 않고."

"맞아요, 하지만—"

"그리고, 진짜 애플렉은 훨씬 더 비싸다는 건 그 *어떤* 바보도 아는 사실이야. 알아보지도 않고 그런 가구를 사는 사람이 어디 있어? 그렇다면 백치지." 아저씨가 내 말을 무시하고 계속 말했다. "게다가, 그 사람이 너한테 전화를 했을 때 넌 똑바로 처신한 거야. 돈을 돌려주려고 했는데 그 사람이 안 받은 거잖아, 그렇다고 했지?"

"돈을 돌려주려고 한 게 아니에요. 그걸 다시 사들이려고 했어요."

"그 사람이 낸 것보다 더 큰 금액에 말이지! 그 사람이 고소라도 한다 치면 그게 어떻게 보이겠어? 물론 고소하지도 않겠지만 말이다."

이어진 침묵 속에서, 작업용 램프의 엄정한 불빛 속에서 나는 우리 두 사람 모두 이제 어떻게 해야 할지 전혀 모른다는 사실을 뚜렷하게 알 수 있었다. 팝칙—호비 아저씨가 낮은 탁자의 발 모양이 새겨진 다리 사이에 접어서 놓아준 수건 위에서 낮잠을 자고 있었다—이 자면서 움찔거리더니 뭐라고 웅얼거렸다.

"그러니까 내 말은—" 호비 아저씨가 말했다. 아저씨는 손에 묻은 얼룩을 닦아내고 유령처럼, 자기 일에 몰두한 유령처럼 뻣뻣하게 붓을 향해 손을 뻗었다. "물건을 파는 건 내 분야가 아니었어, 너도 알겠지. 하지만 난 이 사업에 오래 몸담아 왔다. 그리고 가끔 말이야—" 아저씨가 붓을 재빨리 털었다. "과장과 사기의 경계는 정말 아주 모호하지."

나는 옻칠 서랍장에 시선을 고정시킨 채 불안하게 기다렸다. 그것은 보스턴 변두리의 은퇴한 선장 집에 들어갈 아름다운 물건이었다. 스크림쇼와 개오지 조개껍데기, 미혼의 자매가 십자수로 수놓은 구약성서의 이야기들, 저녁에 고래기름을 태우는 냄새, 나이 드는 것의 고즈넉함, 그런 것들이 떠올랐다.

호비 아저씨가 다시 붓을 내려놓았다. "아, 시오." 아저씨가 반쯤 화를 내면서 말했다. 손등으로 이마를 문질러서 검은 얼룩이 생겼다. "내가 그 일은 나 몰라라 하고 널 혼낼 줄 알았니? 넌 그 친구한테 거짓말을 했어. 그런 다음 일을 바로잡으려고 했지. 하지만 그 친구는 팔고 싶어 하질 않아. 더 이상 네가 뭘 할 수 있겠어?"

"그거 하나만이 아니었어요."

"뭐라고?"

"애초에 시작하지 말아야 했어요." 나는 아저씨의 눈을 마주 볼 수가 없었다. "처음에는 각종 요금을 내려고, 우리 문제를 해결하려고 그랬어요. 그다음에는, 그러니까 어떤 작품들은 *놀라워요*, 나까지 속을 정도였어요. 그런 작품들이 창고에서 자리만 차지하고 있는데—"

나는 믿을 수 없다는 표정을, 높아지는 목소리, 분노의 폭발을 기대했었는지 몰랐다. 그러나 더 나빴다. 화를 내면 대처할 수 있다. 하지만 아저씨는 한마디도 하지 않고 슬픔에 빠진 복잡한 표정으로 작업용 불빛을 등지고 서서 나를 바라보기만 했고, 아저씨의 뒤쪽 벽에는 연장들이 프리메이슨* 상징처럼 진열되어 있었다. 아저씨는 내가 해야만 하는 이야기를 하는 동안 조용히 듣고 있다가 마침내 평소보다 더 조용하고 힘없는 목소리로

* 중세의 석공 길드에서 비롯된 비밀 단체로, 직각자와 컴퍼스가 그려진 상징을 쓴다.

입을 열었다.

"좋다." 아저씨는 알레고리 속 인물—검은 앞치마를 두르고 그림자에 반쯤 가려진 수수께끼 목수—같았다. "좋아. 그러면 이 일을 어떻게 해결할 생각이지?"

"전—" 내가 예상했던 반응이 아니었다. 나는 호비 아저씨가 화낼 것을 걱정하면서 (아저씨는 마음이 넓고 웬만해서는 화를 잘 안 냈지만 화를 낼 줄 모르는 것은 절대 아니었다) 온갖 핑계와 변명을 준비했는데, 이상할 정도로 침착한 아저씨 앞에 서자 변명을 할 수가 없었다. "뭐든 아저씨 말대로 할게요." 어렸을 때 이후로 이렇게 부끄럽고 굴욕적인 느낌은 처음이었다. "제 잘못이니까 제가 다 책임질게요."

"음. 그렇게 나간 가구들이 있단 말이지." 아저씨는 말하면서 생각을 정리하는지 반쯤은 스스로에게 말하고 있었다. "다른 사람한테 연락 온 적은 없니?"

"네."

"얼마 동안 했니?"

"아—" 최소 5년이었다. "일이 년 정도요?"

아저씨가 움찔했다. "이런, 세상에. 아니, 아니다." 아저씨가 얼른 말했다. "솔직히 말해줘서 고맙다. 하지만 이제부터 부지런히 움직여야겠구나. 고객들에게 연락을 해서 좀 미심쩍은 부분이 있다고 말해라. 전부 다 말할 건 없고 그냥 의문이 생겼다고, 출처가 좀 의심스럽다고만 하고, 지불한 돈을 돌려주고 되사겠다고 해. 제안에 응하지 않으면— 괜찮아, 제안은 했으니까. 하지만 제안에 응하면 네가 책임져야 돼, 알겠니?"

"네." 내가 아저씨에게 말하지 않은 것, 아니 말할 수 없었던 것은 그중 4분의 1을 변상할 돈도 없다는 점이었다. 우리는 하루아침에 파산할 것이다.

"여러 점이라고 했지. 어떤 가구? 얼마나 많아?"

"모르겠어요."

"모른다고?"

"음, 알아요, 다만—"

"시오, 제발." 아저씨는 이제 화가 났다. 그러자 오히려 안심이 됐다. "이제 그만하고 솔직하게 말해."

"그게— 장부에 기록하지 않고 현금으로 거래했어요. 그러니까 제 말은, 아저씨는 알 수가 없었어요, 아저씨가 장부를 봤어도—"

"시오, 여러 번 묻게 하지 마라. 몇 점이니?"

"아—" 내가 한숨을 쉬었다. "열두 점? 아마 그 정도요?" 호비 아저씨의 얼굴에 충격을 받은 표정이 떠오르는 것을 보고 마지막 말을 얼른 덧붙였다. 사실 그 세 배 정도였지만 나는 사기를 당한 사람들 대부분이 골동품을 잘 몰라서 사실을 파악하지 못하거나 돈이 많아서 신경 쓰지 않을 거라고 꽤 굳게 믿었다.

"세상에, 시오." 아저씨가 너무 놀라서 아무 말도 못하다가 입을 열었다. "열두 *점*이라고? 그 정도 가격은 아니겠지? 애플렉만큼은 아니지?"

"아니, 아니에요." 내가 얼른 말했다(하지만 사실 몇 점은 그 두 배의 가격에 팔았다). "그리고 단골한테는 안 팔았어요." 적어도 이 말은 사실이었다.

"그럼 누구한테 팔았지?"

"캘리포니아 쪽요. 영화계 사람들— 기술 분야 사람들한테 팔았어요. 월스트리트 쪽도 있고. 하지만 헤지 펀드 같은 걸로 돈을 번 젊은 사람들이었어요. 눈먼 돈이죠."

"명단은 있고?"

"정확하게 적어놓은 명단은 없지만, 그래도—"

"연락은 가능해?"

"그게, 있잖아요, 아저씨, 좀 복잡해요. 왜냐면—" 나는 싼값에 세러턴 진품을 찾아냈다고, 나를 속였다고 생각하면서 복제품을 가지고 서둘러 사라진 사람들은 걱정하지 않았다. 그런 경우에는 이른바 매수자 위험 부담 원칙이 적용되고도 남았다. 그런 경우에는 내가 진품이라고 말한 적이 없었다. 걱정스러운 것은 내가 의도적으로 판매한 고객들, 고의로 속인 사람들이었다.

"기록은 남기지 않았다고."

"네."

"하지만 알고는 있지? 추적할 수 있지?"

"어느 정도는요."

"'어느 정도'라. 무슨 말인지 모르겠는데."

"서류가 있어요— 운송 서류요. 그걸 모아보면 돼요."

"전부 되살 여유는 있고?"

"그게—"

"살 수 있어? 그렇다는 거야, 아니라는 거야?"

"그게—" 사실대로 아니라고 말할 수는 없었다. "좀 빠듯해요."

아저씨가 눈을 비볐다. "음, 빠듯하더라도 전부 되사야 해. 선택의 여지가 없어. 허리띠를 졸라매자. 한동안 힘들어도— 세금을 체납하더라도 말이야." 내가 아저씨를 빤히 보자 아저씨가 말했다. "단 한 점이라도 진품인 척 돌아다니게 놔둘 순 없으니까. 세상에—" 아저씨가 믿을 수 없다는 듯 고개를 저었다. "도대체 어떻게 한 거야? 그렇게 뛰어난 위작도 아닌데! 일부 재료는 아무거나 손에 잡히는 대로 쓴 거야. 대충 고친 건데—"

"사실은요—" 사실 호비 아저씨의 작품은 꽤 진지한 수집가들도 속일 만큼 훌륭했지만, 지금 그 말을 꺼내는 게 좋은 생각은 아닐 것 같았다.

"—그리고 말이야, 문제는 네가 진품이라면서 판매한 가구 중 하나가 잘못되면 전부 잘못된다는 거야. 전부 의심을 받는 거야. 이 가게를 거쳐 간 가구의 막대 하나하나까지 말이야. 네가 그런 생각은 했는지 모르겠다."

"아—" 그런 생각도 했다, 그것도 아주 많이. 나는 루셔스 리브와의 점심 식사 이후로 단 한 순간도 그 생각을 하지 않은 적이 없었다.

호비 아저씨가 너무 오랫동안 침묵을 지켰기 때문에 나는 점점 초조해지기 시작했다. 하지만 아저씨는 한숨을 쉬고 눈을 문지르더니 몸을 약간 등지고 수그린 채 작업을 다시 시작했다.

나는 벚나무 가지에 검은 테두리를 그리는 아저씨의 붓을 말없이 보았다. 이제 옛날과는 모든 게 달랐다. 호비 아저씨와 나는 동업자였고 세금도 함께 냈다. 나는 아저씨의 뜻을 실행에 옮기는 사람이었다. 나는 아파트를 얻어서 나가는 대신 위층에서 살면서 한 달에 몇백 달러 정도 명목적인 집세를 아저씨에게 냈다. 나에게 집이, 가족이 있다면 그건 바로 아저씨였다. 내가 아래층으로 내려가서 아저씨를 도와 풀을 붙이는 것은 호비 아저씨에게 정말로 내 도움이 필요해서가 아니라 죔쇠를 찾아서 뒤적거리고 크게 틀어놓은 말러의 음악 때문에 목소리를 높여서 서로에게 외치는 것이 즐거워서였다. 가끔 밤에 아저씨와 함께 화이트호스에 가서 클럽 샌드위치를 먹으면서 술을 한잔 마실 때면 나에게는 그때가 하루 중 최고의 순간이었다.

"응?" 내가 아직 뒤에 서 있는 것을 알고 호비 아저씨가 작업에서 눈을 떼지도 않고 말했다.

"죄송해요. 이렇게까지 될 줄은 몰랐어요."

"시오." 붓이 멈췄다. "너도 잘 알 거야. 지금은 많은 사람들이 네 등을 두드리며 대단하다고 하겠지. 그리고 솔직히 말하면 나도 그런 생각이 들긴 해. 정말 솔직히 네가 어떻게 해냈나 싶어. 웰티도— 웰티는 너랑 비슷해서 고객들이 정말 좋아했어. 뭐든지 팔 수 있었지. 하지만 그런 웰티도 더 좋은 작품도 못 팔아서 힘들 때가 있었어. 진짜 헤플화이트, 진짜 치펀데일을 말이야! 처치할 수가 없었지! 그런데 이런 잡동사니로 저 위에서 그렇게 큰돈을 벌다니!"

"잡동사니가 아니에요." 내가 단 한 번이라도 진실을 말하게 된 것을 기뻐하며 말했다. "대부분 정말 뛰어나요. 저도 속을 정도였어요. 아저씨는 본인이 만들어서 모르는 거예요. 정말 그럴듯해요."

"그래, 하지만—" 아저씨가 할 말을 잃은 듯 말을 멈췄다. "가구를 모르는 사람들, 그런 사람들이 가구에 돈을 쓰게 만드는 건 힘든 일이야."

"그렇죠." 예전에 정말 훌륭한 앤 여왕 시대의 하이보이가 하나 있었는데, 돈이 부족한 시절, 나는 최저 20만 달러 정도의 적정 가격에 팔려고 절박하게 애를 썼었다. 서랍장은 몇 년 동안이나 가게에 있었다. 그러나 최근에는 괜찮은 제안이 몇 번 들어와도 전부 거절했다. 그 정도로 흠잡을 데 없는 가구가 조명이 잘된 가게 입구에 서 있는 것만으로도 뒤에 묻혀 있는 모작이 돋보였기 때문이다.

"시오, 넌 정말 놀라워. 네 일에서만큼은 천재야, 그건 의문의 여지가 없어. 하지만—" 아저씨의 말투가 다시 확신을 잃었다. 아저씨가 어떻게든 앞으로 나아가려고 애쓰는 것이 느껴졌다. "음, 그러니까 내 말은, 골동품상은 이름으로 먹고사는 거야. 명예 제도라는 거지. 너도 모르지는 않을 거야. 얘기는 퍼지게 되어 있어. 그러니까, 내 말은—" 아저씨가 붓에 물감을 묻히고 서랍장을 가까이서 바라봤다. "사기라고 증명하기는 힘들겠지만 네가 문제를 해결하지 않으면 언젠가 이게 다시 튀어나와서 우리를 덮칠 거야." 아저씨의 손은 전혀 떨리지 않았고 붓이 그리는 선은 확실했다. "심하게 고친 가구라……. 자외선램프를 쓸 필요도 없어, 너도 아마 깜짝 놀랄 거다. 누가 그 가구를 조명이 밝은 방으로 옮기면……. 사진만 찍어봐도 육안으로는 보이지 않는 나뭇결의 차이가 드러나. 네가 판 가구를 누가 카메라로 찍기라도 하면, 세상에, 크리스티나 소더비의 임포턴트 아메리카나 경매*에

* 미국 순수예술 및 장식예술 작품에 대한 경매전을 말한다.

내놓기로 결심하기라도 하면……."

침묵이 흘렀다. 그것은 우리 두 사람 사이에서 부풀어 올라 점점 심각하고 깨뜨릴 수 없는 침묵이 되었다.

"시오." 붓이 멈췄다가 다시 움직였다. "널 두둔하려는 건 아니지만— 내가 몰랐다고 생각하지는 마, 너한테 그 자리를 맡긴 건 바로 나잖아. 저 위에서 네 맘대로 하게 놔뒀지. 네가 물고기와 빵의 기적을 일으키기를 기대하면서 말이야. 넌 아주 젊어, 그래." 내가 끼어들려고 하자 아저씨가 약간 돌아서면서 퉁명스럽게 말을 이었다. "그래, 넌 젊고 내가 신경 쓰고 싶지 않은 사업적 측면에 아주아주 뛰어난 재능을 가지고 있지. 게다가 넌 이 가게를 멋지게 흑자로 돌려놓았어. 난 아주 편하게 모래에 머리를 박고 모른 척하고 있었던 거야. 위층에서 일이 어떻게 돌아가는지 말이야. 그러니까 나도 너만큼 책임이 있어."

"아저씨, 진짜 맹세해요. 전 절대로—"

"왜냐면 말이다—" 아저씨가 뚜껑이 열린 물감 병을 집어 들고 뭐였는지 기억이 안 난다는 듯 라벨을 본 다음 다시 내려놓았다. "음, 현실이라기엔 너무 멋졌어, 안 그러냐? 보기만 해도 든든한 그 많은 돈이 쏟아져 들어오다니 말이야. 그런데 내가 자세히 따져보기라도 했어? 아니잖아. 내가 몰랐다고 생각하지 마. 네가 위층에서 부지런히 그런 수작을 부리지 않았다면 지금 우린 아마 이 집을 임대로 내놓고 새로 살 집을 알아보고 있을 거야. 그러니까 자, 이제 새롭게 시작하는 거야. 다 지워버리고 있는 그대로 받아들이자. 한 번에 가구 한 점씩. 우리가 할 수 있는 건 그것밖에 없어."

"아저씨, 확실히 해두고 싶어요—" 아저씨가 침착해서 나는 괴로웠다. "제 책임이에요. 책임 소재가 문제가 된다면 말이에요. 그냥 알아두셨으면 해서요."

"알았다." 붓을 터는 아저씨의 손길은 오랜 연습에 능숙하고 반사적이었지만 어딘가 불안했다. "그래도 그 얘긴 이제 그만하자, 알겠지? 아니—" 내가 무슨 말을 하려고 했지만 아저씨가 막았다. "이제 그만하자. 네가 그 일을 처리하다가 구체적으로 무슨 일이 생기면 내가 최선을 다해서 돕겠지만, 그게 아니라면 그 일에 대해서 더 이상 이야기하고 싶지 않아. 알겠니?"

바깥에는 비가 내렸다. 지하실은 차갑고 습했고 땅 밑의 불쾌한 한기가 느껴졌다. 나는 뭘 해야 할지, 혹은 무슨 말을 해야 할지 몰라서 아저씨를 보며 서 있었다.

"부탁이다. 난 화난 게 아니야, 그냥 작업을 계속하고 싶어서 그래. 괜찮을 거야. 이제 올라가라." 내가 여전히 가만 서 있자 아저씨가 말했다. "부탁한다, 응? 이건 정말 까다로운 작업이야, 집중하지 않으면 엉망이 될 거야."

17

나는 요란하게 삐걱거리는 계단을 말없이 지나 위층으로 올라가서 양쪽에 늘어선 피파의 사진들을 감히 보지 못하고 지나쳤다. 작업실에 들어갈 때는 쉬운 이야기를 먼저 한 다음 더 충격적인 이야기를 털어놓을 생각이었다. 하지만 내가 너무 파렴치하고 비열한 사람이 된 기분이어서 그럴 수가 없었다. 아저씨는 그림에 대해서 모를수록 더 안전할 것이다. 어떻게 봐도 아저씨를 이 일에 끌어들이는 것은 잘못이었다.

하지만 나는 얘기할 수 있는 사람, 믿을 수 있는 사람이 있으면 좋겠다고 생각했다. 사라진 명작에 대한 기사가 몇 년에 한 번씩은 나오는 듯했는데, 내 〈황금방울새〉와 판 데르 아스트의 대여 작품 두 점 외에도 중요한 중세 작품 몇 가지와 수많은 이집트 골동품들이 사라졌다. 학자들이 논문을 썼고 책도 나왔다. 이 사건은 FBI 웹사이트에서 10대 예술 범죄 중 하나로 언급되었다. 예전에 나는 대부분의 사람들이 29호 전시실과 30호 전시실에서 판 데르 아스트 작품을 가져간 사람이 내 그림도 훔쳤다고 추정한다는 사실에서 큰 위안을 얻었다. 32호 전시실의 시체는 거의 다 무너진 입구 쪽에서 발견되었다. 수사관들은 상인방이 무너질 때까지 10초에서 어쩌면 최대 30초 정도의 시간이 있었을 것이라고 추측했는데, 몇 사람이 탈출할 수 있을 정도의 시간이었다. 흰 장갑을 끼고 솔로 털면서 폐허가 된 32호 전시실을 아주 조심스럽게 정밀 조사한 결과 〈황금방울새〉 액자는 그대로 발견되었지만 ("우리가 잃어버린 대체할 수 없는 문화적 유산을 상기시키기 위해서" 빈 액자는 헤이그 마우리츠하위스 미술관 벽에 걸렸다) 그림의 조각은 발견되지 않았고, 파편도, 오래된 못 조각도, 이 그림 특유의 납-주석 안료의 흔적도 발견되지 않았다. 하지만 〈황금방울새〉는 나무에 그린 그림이었으므로 액자에서 떨어진 뒤 폭발의 중심지였던 기념품 가게의 다소 규모가 큰 화재에 불탔을 거라는 주장도 있었다(고맙게도 어느 말 많은 유명 역사학자가 이것을 강력하게 주장했다). 나는 PBS 다큐멘터리에서 그 역사학자를 보았다. 그는 마우리츠하위스 미술관의 빈 액자 앞을 의미심장하게 성큼성큼 서성였고, 카메라는 미디어를 잘 아는 그의 강렬한 눈에 고정되어 있었다. "이 작은 명작이 델프트의 화약 공장 폭발에서 살아남았지만 몇 세기 후 인간이 초래한 또 다른 폭발 사건에서 결국 그 운명을 맞이했다는 것은 O. 헨리나 기 드 모파상의 작품에나 나올 법한, 현실이라기에는 참 이상하게 뒤얽힌 운명이라고 할 수 있습니다."

나에 대한 공식적인 이야기—여러 자료에 그렇게 실렸고 사실로 받아들여졌다—는 폭탄이 터졌을 때 〈황금방울새〉 전시실과 조금 떨어진 다른 전시실에 있었다는 것이었다. 지난 몇 년 동안 여러 작가가 나를 인터뷰하려고 했지만 나는 모두 거절했다. 하지만 많은 사람들이 24호 전시실에서 엄마의 최후를, 새틴 트렌치코트를 입은 아름다운 검은 머리 여인의 최후를 목격했고, 그들 중 대부분이 내가 엄마 옆에 있었다고 주장했다. 24호 전시실에서는 어른 네 명과 어린이 세 명이 죽었다. 나 역시 기절해서 땅에 쓰러져 있었는데 혼란스러운 소동 속에서 사람들이 나를 못 봤다는 것이 널리 받아들여지는 이야기였다.

하지만 웰티의 반지는 내 위치가 어디였는지 알려주는 물질적인 증거였다. 호비 아저씨는 웰티의 죽음에 대해서 이야기하는 것을 별로 좋아하지 않았기 때문에 나로서는 다행이었지만, 가끔—자주는 아니고 보통 밤늦게 술을 몇 잔 마시면—과거를 회상했다. "내 기분이 어땠을지 상상이 가? 정말 기적이야, 그때 그—" 언젠가 누군가는 연관성을 찾아낼 것이다. 나는 그 사실을 늘 알고 있었지만 몇 년 동안이나 약에 몽롱하게 취해서 그 위험을 무시한 채 둥둥 떠다니며 살았다. 아무도 신경 쓰지 않을지도 몰라. 어쩌면 아무도 모를 거야.

나는 침대에 앉아서 창밖의 10번가를 물끄러미 바라보았다. 막 일을 마치고 나오는 사람들, 저녁을 먹으러 나가는 사람들, 새된 웃음소리. 창문 바로 앞의 가로등이 그리는 흰색 원 속에서 가느다란 비가 비스듬히 내리쳤다. 모든 것이 불안하고 황량하게 느껴졌다. 나는 약이 정말 너무나 필요했다. 내가 술을 한잔 하려고 침대에서 일어나는데 가로등 불빛 바로 밖에서, 거리를 오가는 사람들 사이에서, 이상하게 꼼짝도 없이 빗속에 혼자 서 있는 사람이 눈에 띄었다.

30초가 지나도 그는 여전히 거기 서 있었다. 나는 불을 끄고 창가로 다가갔다. 그러자 실루엣은 마치 대답이라도 하는 것처럼 가로등 불빛이 전혀 비치지 않는 곳으로 사라졌다. 어둠 속이라 이목구비가 뚜렷이 보이지는 않았지만 어떤 사람인지 충분히 알 수 있었다. 높고 굽은 어깨, 짧은 다리와 아일랜드인처럼 두꺼운 몸통. 청바지와 후드티, 묵직한 부츠. 한동안 그는 미동도 없이 서 있었다. 육체노동자 같은 그 실루엣은 이 시간이면 사진작가 조수들과 옷을 잘 차려입은 커플들, 저녁 식사 데이트를 하러 가는 들뜬 대학생들이 가득한 이 거리에 어울리지 않았다. 잠시 후 남자가 뒤로 돌았다. 그러고는 빠르고 초조하게 걸어갔다. 남자가 다음 불빛의 웅덩이에 발을 내딛을 때 주머니에서 핸드폰을 꺼내고 전화를 거는 모습이 보였다. 그는 고개를 숙이고 다른 데 정신을 팔고 있다.

나는 커튼을 내렸다. 헛것이 보인다고 생각했다. 사실 나는 항상 헛것을 보았다. 그것은 현대의 도시에서는 삶의 일부였다. 잘 보이지 않는 공포의 씨앗, 재난, 놀라서 펄쩍 뛰게 만드는 자동차 경적 소리, 항상 무슨 일이 벌어질 것 같은 예감, 연기 냄새, 와장창 깨지는 유리. 하지만 이것이 내 상상일 뿐이라는 백 퍼센트의 확신이 들면 좋을 것 같았다.

모든 것이 쥐 죽은 듯 고요했다. 레이스 커튼 사이로 들어온 가로등 불빛이 벽에 찌그러진 거미줄 문양을 만들었다. 지금까지 나는 그것이, 그림을 간직하는 것이 실수라는 사실을 늘 알고 있었지만 아직도 가지고 있었다. 가지고 있어서 좋을 게 하나도 없었다. 그림이 나에게 좋은 일을 가져오거나 기쁨을 준 것도 아니었다. 라스베이거스에 있을 때는 원할 때면 언제나, 아프거나 졸리거나 슬플 때, 이른 아침과 한밤중에, 가을이나 여름에, 다른 날씨와 다른 햇빛 속에서 늘 그림을 볼 수 있었다. 미술관에서 그림을 보는 것도 좋지만 다양한 빛과 분위기와 계절에 그림을 보는 것은 수천 가지의 방법으로 그림을 보는 것과 마찬가지였다. 빛으로 만들어졌으며 빛 속에서만 살던 그림을 어둠 속에 가두는 것은 내가 설명할 수 있는 것보다 훨씬 더 많은 면에서 잘못이었다. 아니, 단순한 잘못이 아니라 미친 짓이었다.

나는 부엌에서 얼음 잔을 가지고 나와서 찬장의 보드카를 따른 다음 내 방으로 돌아왔다. 재킷 주머니에서 아이폰을 꺼낸 나는 제롬의 호출기 번호 첫 세 자리를 반사적으로 누르다가 관두고 앤디네 집으로 전화를 걸었다.

에타가 받았다. "시오!" 그녀가 기쁜 듯이 말했다. 뒤에서 부엌 텔레비전 소리가 들렸다. "캐서린이랑 통화하려고?" 가족과 아주 친한 친구들만 킷시라고 불렀고 다른 사람들에게는 캐서린이었다.

"있어요?"

"저녁 먹고 들어올 거야. 네 전화 많이 기다렸어."

"음—" 기쁜 마음이 드는 건 어쩔 수 없었다. "그럼 제가 전화했다고 전해 주시겠어요?"

"또 언제 올 거니?"

"곧 가려고요. 플랫 있어요?"

"아니—나갔어. 전화 왔었다고 플랫한테 꼭 전해줄게. 곧 또 와야 한다, 알았지?"

나는 전화를 끊고 침대에 앉아서 보드카를 마셨다. 필요하면 플랫에게 전화할 수 있다고 생각하자 마음이 놓였다. 그림 때문은 아니었다. 나는 그 문제에 대해서는 플랫을 믿지 않았다. 하지만 루셔스 리브의 서랍장에 대해서는 믿을 수 있었다. 리브가 서랍장에 대해서 한마디도 하지 않은 것이 불길했다.

하지만 그가 뭘 할 수 있겠는가? 생각하면 할수록 리브가 자기 속셈을 노골적으로 털어놓은 것은 자기 힘을 지나치게 믿어서인 것 같았다. 가구를 빌미로 나를 추궁해서 그에게 좋을 것이 무엇인가? 내가 체포되고, 그림이 제자리로 돌아가서 그의 손이 영영 닿지 못하게 되면 그가 얻는 것이 무엇인가? 루셔스 리브가 그림을 원한다면 한발 물러서서 내가 그를 그림으로 이끌도록 기다리는 수밖에 없었다. 딱 하나 나에게 유리한 점은 리브는 그림이 어디 있는지 모른다는 것이었다. 리브는 얼마든지 사람을 고용해서 나를 미행할 수 있지만 내가 창고에 가지 않는 한 그림을 쫓을 방법이 없었다.

10장
백치

1

"아, 시오!" 크리스마스를 앞둔 어느 금요일 오후, 킷시가 엄마의 에메랄드 귀걸이 한 짝을 들고 빛에 비춰 보며 말했다. 우리는 오전 내내 티파니에서 은 제품과 도자기를 본 다음 프레즈에서 긴 점심 식사를 했다. "정말 아름다워! 다만……." 킷시의 이마에 주름이 잡혔다.

"응?" 오후 세 시였지만 식당은 아직도 그릇이 부딪히는 소리가 났고 사람이 많았다. 주머니에서 귀걸이를 꺼내 식탁보 위에 올려놓은 건 킷시가 전화를 걸러 간 사이였다.

"음, 다만— 어떨까 싶어서." 킷시는 사고 싶은지 아닌지 확신이 들지 않는 신발을 보는 것처럼 눈썹을 찌푸렸다. "내 말은— 정말 근사해! 고마워! 하지만…… 괜찮을까? 그날 하기에?"

"음, 네 마음이지." 내가 짜증과 당혹스러움을 감추려고 블러디메리로 손을 뻗어서 한 모금 꿀꺽 마시며 말했다.

"왜냐면, 에메랄드잖아." 킷시가 귀걸이 하나를 한쪽 귀에 대보면서 생각에 잠겨 그쪽 방향을 곁눈질했다. "정말 마음에 들어! 하지만—" 그녀가 귀걸이를 다시 높이 들자 머리 위에서 쏟아지는 빛을 받아 반짝거렸다. "사실 에메랄드는 나한테 어울리는 보석이 아니야. 좀 튈지도 몰라, 안 그래? 흰색 드레스에? 내 피부색에? 옅은 초록색이라니! 엄마도 초록색은 못 하셔."

"네 생각대로 해."

"아, 화났구나."

"아니야."

"맞아! 나 때문에 기분 상했잖아!"

"아니야, 그냥 피곤해서 그래."

"기분이 진짜 안 좋아 보여."

"제발 킷시, 나 피곤해." 우리는 아파트를 찾으려고 정말 영웅적인 노력을 기울이고 있었는데, 좌절로 가득한 그 과정을 우리는 대체로 기분 좋게 견뎠지만 다른 사람들의 버려진 삶이 들러붙은 헐벗은 공간과 텅 빈 방들을 보니 (나로서는) 어린 시절의 불쾌한 메아리가 자꾸 울렸다. 이삿짐 상자들, 부엌 냄새, 삶이 빠져나가버린 어둑한 침실들은 그보다 더 심해서 (분명히) 나에게만 들리는 어떤 불길한 기계음이 도처에서 박동했고, 부동산 중개인들이 돌아다니면서 불을 켜고 스테인리스 가전제품을 설명할 때 잘 닦인 표면에 부딪쳐서 경쾌하게 울리는 그들의 목소리조차도 헐떡이는 불안을 쫓기에는 역부족이었다.

왜 그랬을까? 우리가 본 아파트가 전부 비극적인 이유로 빈 것은 아니었지만 왠지 모르게 나는 그런 생각이 들었다. 우리가 본 거의 모든 공간에서 맡은 이혼, 파산, 병과 죽음의 향기는 분명 망상이었다. 게다가 사실이든 상상이든 이전 세입자의 문제가 어떻게 나와 킷시에게 해를 끼친단 말인가?

"낙담하지 마." 호비 아저씨가 말했다(아저씨도 나처럼 공간과 물건의 영혼, 시간이 남긴 영향에 예민했다). "일이라고 생각해봐. 잡동사니 상자를 정리하는 것처럼. 이를 갈면서 계속 보다 보면 딱 맞는 집을 찾을 거야."

아저씨 말이 맞았다. 집을 찾는 내내 나는 유쾌하게 굴었고 킷시도 마찬가지였다. 나는 외로운 유대인 노파들의 유령이 깃든, 2차 대전 전에 지어진 우울한 빈집들과 길 건너편에서 저격총이 나를 겨누고 있다는 생각을 떨칠 수 없을 것 같은 차가운 유리 건물들을 힘을 내서 돌아다녔다. 누군들 아파트 사냥이 재밌을 것이라고 기대하겠는가.

이에 반해 티파니에 가서 킷시와 함께 결혼 선물 목록을 작성하는 것은 기분 전환일 될 것 같았다. 결혼 컨설턴트를 만나고 우리 마음에 드는 물건을 고른 다음 손을 잡고 기분 좋게 나와서 크리스마스 점심을 먹으러 가는 것이다. 하지만 생각과 달리 크리스마스를 앞둔 금요일에 맨해튼에서 가장 붐비는 상점을 돌아다니는 스트레스에 나는 현기증이 났다. 승강기에도 계단에도 사람이 꽉꽉 차서 수많은 관광객들과 함께 떠밀려 다녔고, 크리스마스를 맞이해서 쇼핑을 하러 나온 사람들은 손목시계와 스카프와 핸드백과 작은 탁상시계와 에티켓 책과 티파니 블루의 필요도 없는 온갖 물건들을 사려고 진열장을 대여섯 겹으로 둘러싼 채 서로 떠밀고 있었다. 우리는 몇 시간 동안이나 5층을 힘겹게 돌아다녔는데, 우리를 따라다니던 결혼 컨설턴트는 흠잡을 데 없는 서비스를 제공하고 자신감 있는 태도로 우리의 선택을 도우려고 너무 열심히 애를 썼기 때문에 약간 스토킹을 당하는 느낌을 피할 수 없었다("도자기 디자인은 두 분 모두에게 '우린 부부로서 이런 사람이에요'라고 말하는 것을 골라야 해요……. 두 분의 스타일을 대표하는 중요한 물건이죠"). 킷시는 이 세트 저 세트를 신나게 살폈다. 금색 띠! 아니, 파란색! 잠깐…… 처음 본 게 뭐였죠? 팔각형은 너무 과할까요? 컨설턴트는 계속 설명을 늘어놓았다. 도시적인 기하학 도안…… 낭만적인 꽃무늬…… 시대를 타지 않는 우아함…… 눈부신 화려함……. 나는 계속 그래, 그거 좋은데, 그것도 괜찮다, 네가 고르는 건 뭐든지 다 좋아, 키츠, 라고 말했지만 컨설턴트는 더 많은 세트를 보여주고 금도금이니 손으로 그린 테두리 장식이니 하며 각 세트의 장점을 나에게 상냥하게 설명했다. 그녀는 나에게서 어느 하나가 더 마음에 든다는 뚜렷한 신호를 끌어내려는 것이 분명했는데, 결국 나는 진심을 말하지 않으려고 혀를 깨물어야 할 정도였다. 뛰어난 명장의 솜씨지만 내가 보기에는 기본적으로 다 똑같았기 때문에 킷시가 이 문양을 선택하든 저 문양을 선택하든 정말 조금의 차이도 없다고 말이다. 새것이며 매력도 없고, 손으로 들어봐도 생명이 느껴지지 않고, 게다가 비쌌다. 어제 만든 접시가 8백 달러라고? 접시 한 장에? 이 차갑고 반짝이는 새 접시 가격의 일부만 있어도 18세기에 만든 아름다운 세트를 살 수 있었다.

"하지만 모든 세트가 *정확히* 똑같이 마음에 들 리는 없잖아! 그래, 확실히, 난 자꾸 아르데코풍에 마음이 가네." 킷시가 끈기 있게 서성이는 판매원에게 말했다. "난 이게 마음에 들지만, 우리 두 사람한테는 안 맞을지도 몰라요." 그러더니 나에게 말했다. "어떻게 생각해?"

"너 하고 싶은 대로 해. 뭐든 다 좋아, 진짜야." 킷시가 가만히 서서 내 의견을 존중한다는 눈빛으로 나를 보면서 눈을 깜빡였지만 나는 이렇게 말하고는 주머니에 손을 넣고 시선을 돌렸다.

"굉장히 불안해 보이는데? 뭐가 좋은지 말해주면 안 돼?"

"알겠어, 하지만—" 진열장의 새 상품들은 빛나는 식기가 빛나는 미래, 비극 없는 미래에 대한 무언의 약속인 듯 반짝거렸는데, 나는 지금까지 주인이 죽거나 가정이 깨져서 팔려온 수많은 도자기들을 상자에서 꺼내왔기 때문에 그런 식기들을 보자 뭔가 말할 수 없는 슬픔을 느꼈다.

"시누아가 좋아, 나일 강의 새들이 좋아? 말해, 시오. 분명 둘 중 하나가 더 나을 거 아냐."

"둘 다 좋은 선택이에요. 재미있으면서도 고급스럽거든요. 이쪽은 단순해서 매일 사용하기 좋고요." 컨설턴트가 도우려는 듯이 말했다. 그녀는 *단순하다*는 말이 수세에 몰린 까다로운 신랑을 다룰 때 제일 중요한 키워드라고 생각하는 게 틀림없었다. "정말 정말 단순하고 중성적이에요." 결혼 선물 목록을 작성할 때 보통 신랑은 일상적으로 사용할 도자기를 고르고(집에서 친구들이랑 미식축구 결승전을 볼 때 이걸 쓰면 되겠네, 하하) '격식을 차리는 식기'는 전문가, 즉 여자에게 맡기는 것 같았다.

"괜찮네요." 두 사람이 내 말을 기다린다는 사실을 깨닫고 내가 이렇게 말했는데, 의도한 것보다 좀 더 쌀쌀맞게 들렸다. 나는 단순하고 현대적인 흰색 도자기에 열정을 느끼기 힘들었고, 접시 한 장에 4백 달러라면 더욱 그랬다. 내가 가끔 리츠 타워 아파트에 가서 만나는 매력적이고 나이 많은 여인들, 마리메코 옷에 터번 같은 모자와 표범 모양 팔찌를 하고 목소리가 굵직한, 마이애미로 이주하려는 미망인들이 떠올랐다. 그런 아파트에는 70년대에 실내장식가들을 통해서 산 연기를 쐬어 만든 검은 유리와 크롬강 가구들이 가득했는데, 괜찮은 앤 여왕 시대 가구를 살 수 있을 정도의 값을 치른 물건들이었다. 하지만 (나는 주저하며 알려주어야 했다) 그 가치는 유지되지 못했고 구매한 가격의 절반에 되팔기도 힘들었다.

"도자기는요—" 결혼 컨설턴트가 무난한 매니큐어를 바른 손가락으로 접시 가장자리를 쓸었다. "제가 담당하는 예비부부는 순은과 순도 높은 크리스털, 도자기 제품을 이런 식으로 생각하셨으면 좋겠어요. 하루를 마무리하는 의식으로 말이에요. 가족들이 와인을 마시면서 함께 즐거운 시간을 보내는 거죠. 고급 도자기 세트는 결혼 생활에 영원한 로맨스와 스타일을 더하는 아주 좋은 방법이죠."

"그렇군요." 나는 이렇게 말했지만 이 감상적인 이야기에 질겁했다. 프레즈에서 블러디메리를 두 잔이나 마셔도 그 맛이 완전히 씻기지 않았다.

킷시는 미심쩍다는 표정으로 귀걸이를 보고 있었다. "음, 있잖아. 나 결혼식 때 이거 할래. 정말 아름다워. 게다가 당신 엄마 거였잖아."

"네가 하고 싶은 걸 하면 좋겠어."

"내 생각을 말해줄까?" 킷시가 장난스럽게 탁자 너머로 손을 뻗어 내 손을 잡았다. "당신한테 필요한 건 낮잠이야."

"바로 그거야." 나는 킷시의 손바닥에 얼굴을 기대고, 내가 얼마나 운이 좋은지 되새겼다.

2

정말 순식간의 일이었다. 앤디네 집에서 저녁을 먹고 두 달도 지나지 않아 나는 킷시를 거의 매일 만나서 긴 산책과 저녁 식사(가끔은 매치65나 르빌보케에 갔고 가끔은 부엌에서 샌드위치를 먹었다)를 하면서 옛날이야기를 나누었다. 우리는 앤디에 대해서 이야기했고, 모노폴리 게임을 했던 비 오는 일요일들("두 사람 정말 나빴어……, 셜리 템플이 헨리 포드와 J. P. 모건을 상대하는 거나 마찬가지였잖아……"), 우리가 〈포카혼타스〉 대신 〈헬보이〉를 보여줘서 킷시를 울렸던 밤, 그리고 고역스럽게도—어린 남자애들에게는 고역스러운 일이었다—타이와 코트를 차려 입고 요트 클럽에 뻣뻣하게 앉아 있던 밤들에 대해서 이야기했다. 요트 클럽에서 저녁을 먹을 때면 우리는 라임을 넣은 코카콜라를 마셨고 바버 씨는 초조하게 식당을 두리번거리다가 제일 마음에 들어 하던 웨이터 아마데오를 찾아내서 사비에르 쿠가트*처럼 우스꽝스러운 스페인어를 연습하곤 했다. 그 밖에도 학교 친구들, 파티 등등 항상 이야깃거리가 있었다. 이거 기억나? 저거 기억나? 우리가 그거 했던 거 기억나? 항상 술이나 마시고 잠이나 잘 뿐 같이

* Xavier Cugat: 스페인계 미국인 가수 겸 배우.

이야기할 화제가 없는 캐럴 롬바드와는 달랐다.

킷시와 내가 아주 다른 사람이 아니었다는 건 아니지만, 그건 괜찮았다. 호비 아저씨가 아주 예리하게 지적했듯이 결국 결혼이란 원래 정반대인 두 사람이 하나가 되는 것이 아닌가. 나는 그녀의 삶에 새로운 면을 더하고 그녀는 내 삶에 새로운 면을 더해야 하는 것이 아닐까? 게다가 (나는 스스로를 설득했다) '이제는 앞으로 나아갈 때, 과거를 놓아줄 때', 나에게는 잠겨 있는 정원 앞에서 돌아설 때가 아닐까? 결코 가질 수 없는 것 때문에 슬퍼하는 대신 '현재를 살고, 지금 당장에 초점을 맞춰야' 하는 것 아닐까? 몇 년 동안이나 나는 헛된 슬픔의 온실에서 허우적거렸다. 피파 피파 피파, 기쁨과 절망. 끝이 없었다. 나는 사실상 아무 의미도 없는 일 때문에 하늘 위의 별들 사이로 붕 뜨기도 하고 말도 나오지 않는 절망에 빠지기도 했다. 내 전화기에 피파의 이름이 뜨거나 '사랑을 보내며'라고 서명한 이메일(피파는 수신자가 누구든 모든 메일에 그렇게 서명했다)이 오면 나는 며칠씩 날아갈 듯한 기분이었지만 피파가 호비 아저씨랑 통화를 하면서 나를 바꿔달라고 하지 않으면(사실 그래야 할 이유는 없었다) 말도 안 될 만큼 좌절했다. 나는 망상에 사로잡혀 있었고, 그렇다는 사실을 나도 알았다. 더 나쁜 것은, 피파를 향한 나의 사랑이 수면 아래에서는 엄마와 엄마의 죽음, 내가 엄마를 잃었고 이제는 되찾을 수 없다는 사실과 뒤섞여 질퍽이고 있다는 점이었다. 구원하고 구원받고 싶다는, 과거로 돌아가서 삶을 바꾸고 싶다는 그 맹목적이고 유아적인 갈망이 피파에게 탐욕스럽게 들러붙어 있었다. 그것은 어딘가 불안정하고 구역질나는 것이었다. 나는 존재하지 않는 것들을 보고 있었다. 좀 더 나가면 나는 트레일러 촌에 혼자 살면서 쇼핑몰에서 본 소녀를 스토킹하는 남자와 다를 것이 없었다. 사실 피파와 나는 1년에 겨우 두 번 정도 만났다. 우리는 메일과 문자를 주고받았지만 그리 정기적이지는 않았다. 피파가 뉴욕에 오면 우리는 서로 책을 빌려주고 같이 영화를 보러 갔다. 우리는 친구였지만 그 이상은 아니었다. 피파와 특별한 관계가 되고 싶다는 나의 바람은 아주 비현실적이었지만 계속되는 비참함과 괴로움은 너무나 끔찍한 현실이었다. 근거도 없고 희망도 없고 보답받지 못하는 집착으로 내 남은 인생을 허비해야 할까?

자유로워지겠다는 것은 의식적인 결정이었다. 자유로워지려면 덫에서 벗어나기 위해 자기 다리를 물어뜯는 동물처럼 내 모든 것을 걸어야 했다. 그리고, 어쨌든 나는 해냈다. 내 맞은편에는 킷시가, 유쾌하고 구스베리 같은 회색 눈으로 나를 보는 킷시가 있었다.

우리는 함께 즐거운 시간을 보냈다. 서로 잘 지냈다. 킷시가 뉴욕에서 여름을 보내는 것은 처음이었다. "평생 진짜 처음이야." 메인 주의 별장은 닫혔고 해리 삼촌과 사촌들은 캐나다 매들린 제도로 가고 없었다. "그리고 난 여기서 아무것도 안 하면서 엄마랑 지내고 있지. 아, *제발*, 나랑 뭐든지 하자. 이번 주말에 나랑 해변에 안 갈래?" 그래서 주말이면 우리는 이스트햄프턴으로 가서 프랑스에 여름을 보내러 간 킷시의 친구 집에서 지냈다. 주중에는 일을 마친 다음 시내에서 킷시를 만나 노천카페에서 미지근한 와인을 마셨다. 인적이 드문 트라이베카의 밤, 뜨거운 보도, 내 담배의 불꽃을 날리는 지하철 환풍구의 뜨거운 바람. 영화관은 항상 시원했고, 킹콜 바와 그랜드센트럴의 오이스터 바도 마찬가지였다. 킷시는 일주일에 이틀은 모자를 쓰고, 장갑을 끼고, 잭퍼셀 스니커즈에 단정한 치마를 입고, 의약품 수준의 강력한 선블록을 머리끝에서 발끝까지 뿌린 다음(앤디와 마찬가지로 햇빛 알레르기였다) 골프 클럽 세트를 넣을 수 있게 특별히 개조한 검정색 미니 쿠퍼를 타고 혼자 시네콕 골프장이나 메이드스톤 골프장으로 가서 오후를 보냈다. 앤디와 달리 킷시는 재잘거리며 들떠서, 초조하게 웃고 자기 농담에도 웃음을 터뜨려서 바버 씨의 산만한 에너지가 얼핏 보였지만, 아저씨와 달리 도를 지나친 느낌, 아이러니한 느낌은 없었다. 킷시가 파우더를 바르고 애교 점을 그리면 그 하얀 피부와 분홍색 뺨, 신이 나서 더듬거리는 말투가 베르사유의 시녀를 연상시켰다. 킷시는 도시에서든 시골에서든 짧은 리넨 시프트원피스*를 입고 할머니가 주신 빈티지 악어가죽 가방을 들고 다녔고, 휘청거리며 신고 다니던 고통스러울 정도로 높은 크리스티앙 루부탱 ("진짜 아파!") 안쪽에는 춤을 추거나 수영을 하려고 벗었다가 잊어버릴 경우에 대비해서 이름과 주소를 테이프로 붙여두었다. 은색 구두, 자수 구두, 리본이 달리고 끝이 뾰족한 구두는 한 켤레에 천 달러 정도였다. "심술쟁이!" 다음 날 일을 해야 해서 내가 새벽 세 시에 택시를 잡으려고 비틀비틀 내려가자 럼 코크를 마시고 만취한 킷시가 계단 아래를 향해서 외쳤다.

결혼을 하자고 말한 사람은 킷시였다. 파티에 가는 길, 하늘색 드레스와 샤넬 No. 19. 파크가로 나왔을 때 우리는 위층에서 마신 칵테일 때문에 약간 취한 상태였다. 문밖으로 나서는 순간 가로등이 탁 켜져서 우린 깜짝 놀라 걸음을 멈추고 마주 보았다. *우리* 때문에 켜진 거야? 그 순간이 너무 재미있어서 우리는 정신없이 웃기 시작했다. 꼭 우리가 빛을 내는 것 같았다, 파크가 전체에 전력을 제공하는 것 같았다. 킷시가 내 손을 잡고 "우리가 뭘 해야 하는 줄 알아, 시오?"라고 말했을 때 나는 킷시가 뭐라고 말할지 정확히 알았다.

"그럴까?"

"응, 그러자! 알지? 엄마가 정말 행복해하실 거야."

우리는 날짜를 정하지도 않았다. 교회의 일정과 꼭 참석해야 하는 사람들의 일정 때문에, 다른 누군가의 경기일이나 마감일이나 뭐 그런 것 때문에 날짜가 자꾸 바뀌었다. 그러므로 어떻게 해서 결혼식이 점점 그렇게 큰

* 허리에 절개선이 없는 원피스.

일—수백 명의 손님, 수천 달러의 비용, 브로드웨이 쇼 같은 의상과 연출—이 되었는지, 갑자기 우리 결혼식이 왜 그렇게 대단한 작품이 되었는지 나도 잘 몰랐다. 나는 가끔 신부의 어머니 때문에 결혼식이 걷잡을 수 없이 커지는 경우가 많다는 사실을 알았지만 우리의 경우에는 바버 부인에게 혐의를 뒤집어씌울 수 없었다. 바버 부인은 자기 방에 틀어박혀 자수 바구니만 안고 있었고 전화를 받거나 초대에 응하지도 않았으며 미용실에도 가지 않았다. 예전에는 반드시 이틀에 한 번 점심을 먹으러 나가기 전에 오전 열한 시로 일정을 잡아서 머리를 하던 그녀가 말이다.

"엄마가 기뻐하시겠지?" 우리가 바버 부인의 방으로 서둘러 들어갈 때 킷시가 뾰족하고 작은 팔꿈치로 내 갈비뼈를 치면서 속삭였다. 바버 부인이 우리 소식을 듣고 기뻐하던 장면(킷시는 *자기가 말해, 그럼 엄마가 더 기뻐할 거야*라고 말했다)은 아무리 곱씹어도 절대 지겹지 않았다. 깜짝 놀란 눈빛, 차갑고 지친 얼굴에서 무방비 상태로 환하게 피어나던 기쁨. 한 손은 나를, 한 손은 킷시를 잡고 있었지만 그 아름다운 미소—나는 그 미소를 결코 잊지 못할 것이다—는 온전히 나를 향한 것이었다.

내가 누군가를 그토록 행복하게 해줄 수 있을지 누가 알았을까? 또는, 나 자신이 그렇게 행복할지 누가 알았을까? 내 기분은 새총처럼 날았고, 여러 해 동안 갇혀서 마비되어 있던 내 심장은 유리잔에 갇힌 벌처럼 쌩쌩 여기저기 부딪쳤다. 모든 것이 눈부시고 날카롭고 혼란스럽고 이상했다. 하지만 그것은 여러 해 동안 약 기운 속에서 썩은 이처럼 나를 괴롭히던 둔중한 불행, 무언가를 망쳤다는 기분 더럽고 메스꺼운 통증과는 전혀 다른 깨끗한 통증이었다. 그 명확함은 정말 기분 좋았다. 모든 것을 흐릿하게 만드는 얼룩진 안경을 벗은 것 같았다. 여름 내내 나는 사실상 무아지경 상태였다. 나는 얼얼하고 멍하고 힘이 넘쳤고, 진을 마시고 칵테일새우를 먹고 상쾌한 테니스 공 소리를 듣는 나날이 계속되었다. 나는 킷시, 킷시, 킷시 생각밖에 할 수 없었다!

그리고 4개월이 지나 12월이 되었다. 아침은 상쾌했고 공기 중에 크리스마스 음악이 떠돌았다. 킷시와 나는 약혼을 했다. 나는 얼마나 운이 좋은가! 하지만 너무 완벽한 것 같았다. 하트와 꽃, 뮤지컬 같은 결말. 속이 안 좋았다. 이유는 알 수 없지만 여름 내내 나를 들뜨게 만들었던 에너지의 돌풍이 나를 때려눕혔고, 10월 중순이 되자 사방으로 끝없이 퍼지는 이슬비 같은 슬픔에 빠트렸다. 나는 몇 명(킷시, 호비 아저씨, 바버 부인)을 제외하면 다른 사람들과 함께 있는 것이 싫었고 다른 사람의 말에 집중할 수 없었으며 고객에게도 이야기를 할 수 없었고, 가구에 가격표를 붙이지도 못했고, 지하철도 타지 못했다. 인간의 모든 활동이 무의미하고 불가해했고, 인간은 시커멓게 우글거리는 야생의 개미 떼 같았다. 어디를 보아도 빛은 흔적도 없었다. 8주 동안 의무적으로 삼킨 항우울제는 조금도 도움이 되지 않았고, 그 전에 먹은 약도 마찬가지였다(나는 온갖 종류의 항우울제를 먹었지만 나비가 날아다니는 데이지 꽃밭이 아니라 심한 두통과 자살 충동에 이르는 불행한 20퍼센트에 속하는 것이 분명했다). 때로 내가 주변을 겨우 인식할 정도라도 어둠이 걷히면 새벽의 침실 가구들처럼 익숙한 형체들을 알아볼 수 있었지만 늘 일시적일 뿐이었다. 아침은 결코 오지 않고 항상 내가 어디 있는지 파악하기도 전에 다시 캄캄해졌고, 나는 눈에 잉크를 들이부은 것 같은 어둠 속을 다시 헤맸다.

나는 왜 그렇게 길을 잃은 기분이 드는지 몰랐다. 나는 아직 피파를 잊지 못했고 영원히 잊지 못할지 모른다는 사실도 알았다. 그것은 내가 평생 지고 가야 하는 짐, 가질 수 없는 사람을 사랑한다는 슬픔이었다. 하지만 당장 눈앞의 어려움은 불편할 정도로 빨라지는 사교 생활의 속도(아무튼 내가 느끼기에는 그랬다)를 맞추는 것이었다. 이제 킷시와 나는 저녁 시간을 단둘이 즐기면서 기운을 되찾거나 어두운 식당 칸막이 자리에 손을 잡고 나란히 앉아서 시간을 보낼 수 없었다. 그 대신 거의 매일 밤 만찬에 참석하거나 킷시의 친구들과 함께 붐비는 레스토랑에서 식사를 했다. (신경과민에, 약도 못 하고, 시냅스 하나 남김없이 전부 지쳐버린) 내가 버거운 행사에 참석해 적절한 사교적 열의를 드러내기란 쉬운 일이 아니었다. 특히 일을 마치고 지친 몸으로는 더욱 그랬다. 게다가 결혼식 준비를 시작하니 내가 킷시만큼 열정적으로 흥미를 보여야만 하는 사소한 일들이 눈덩이처럼 불어나서 온갖 카탈로그와 물건 들이 휴지처럼 훨훨 날아다니는 것 같았다. 킷시의 경우에는 그게 직업이나 다름없었다. 문구점과 꽃집에 가고, 음식을 맡길 업체를 검색하고, 직물 견본과 조각 케이크 상자와 케이크 샘플을 모으고, 색상 표에서 전부 똑같아 보이는 아이보리와 라벤더 색조들 중에 뭘 고를지 함께 봐달라고 조르고, 신부 들러리들과의 '여자끼리' 모여서 하룻밤을 보내는 모임과 나를 위한 '남자들의 주말'(플랫이 주최했을까? 적어도 술을 마시고 취해도 된다는 기대는 할 수 있었다) 일정을 조정했다. 거기에 신혼여행 계획, 잔뜩 쌓아놓은 번들거리는 소책자까지(피지가 좋을까, 낸터킷 섬이 좋을까? 미코노스 아니면 카프리?). 나는 킷시에게 말할 때만 나오는 상냥한 목소리로 "다 근사해"라고 했지만 앤디네 가족과 바다에 얽힌 사연을 생각할 때 킷시가 무시무시한 바다 한가운데의 섬이 아니라 빈이나 파리, 프라하 같은 곳에 관심을 갖지 않는 것이 이상해 보였다.

하지만 나는 앞날을 이토록 확신한 적이 없었다. 가끔 이 길이 옳다고 스스로 상기할 때는 킷시만이 아니라 바버 부인도 같이 떠올렸다. 바버 부인이 행복해하는 모습에 나는 확신이 들었고 몇 년 동안이나 까칠하게 말라 있던 심장 혈관에 영양이 전해지는 기분이 들었다. 우리의 결혼 소식을 듣고 나서부터 바버 부인은 눈에 띄게 밝아지고 근심이 사라졌다. 그녀가 아파트를 돌아다니기 시작했고, 립스틱을 살짝 발라서 생기가 돌았으며, 부인과 나의 아주 평범한 대화조차도 차분하고 안정적이고 평화로운 빛으로 물들어서 우리 주변 공간을 넓히고 나의 가장 어두운 구석구석까지 차분히 비췄다.

"이렇게 다시 행복해질 거라고는 생각도 못 했단다." 어느 날 저녁 식사 자리에서 바버 부인이 조용히 고백했다. 킷시가 종종 그러듯 갑자기 벌떡 일어서더니 전화를 받으러 달려 나가고 나와 바버 부인만 그녀의 방에 남아서 카드 게임 테이블 앞에 앉아 아스파라거스와 연어 스테이크를 어색하게 찔러보고 있을 때였다. "왜냐면— 넌 항상 앤디에게 상냥했잖니. 앤디에게 기운을 주고 자신감을 줬어. 앤디는 확실히 너랑 있을 때 제일 잘 지냈어. 이제 네가 정식으로 우리 가족이 된다니, 법적 가족이 된다니 난 정말 기쁘구나. 왜냐면 말이야— 아, 이런 말을 하면 안 될지도 몰라, 내가 지금 순간적인 마음으로 이렇게 말하더라도 기분 나빠하지 않으면 좋겠어. 하지만 난 항상 널 내 자식처럼 생각했단다, 알고 있었니? 네가 아주 어렸을 때부터 말이야."

내가 너무나 놀랍고도 감동적인 이 말을 듣고 제대로 대답하지 못하자 —나는 허둥거리며 말을 더듬었다—그런 내가 불쌍했는지 바버 부인이 화제를 돌렸다. 하지만 나는 그때를 떠올릴 때마다 마음 가득 따뜻한 빛이 차올랐다. (비열할지도 모르지만) 마찬가지로 기분 좋은 기억은 내가 피파에게 전화로 결혼 소식을 알리자 잠깐이나마 충격을 받은 듯한 침묵이 흐른 것이었다. 나는 마음속으로 그 순간을 계속 떠올리면서 그녀의 충격 속 침묵을 음미했다. "어?" 피파가 정신을 차리고 말했다. "아, 시오, 정말 잘됐다! 빨리 만나보고 싶어!"

"아, *정말 멋진* 애야." 나는 악의적으로 말했다. "난 어렸을 때부터 항상 킷시를 사랑했어."

그것은 정말 진실이었고, 나는 여전히 여러 가지 방식으로 그 사실을 깨달아가고 있었다. 과거와 현재의 상호작용은 아주 관능적이었다. 나는 아홉 살의 킷시가 열세 살의 괴짜 같은 나를 경멸하던 기억에서 끝없는 기쁨을 끌어냈다(킷시는 저녁 식탁에서 내 옆자리에 앉아야 할 때면 눈을 굴리면서 입술을 삐죽거렸다). 또 어렸을 때 우리를 알던 친구들이 충격을 숨기지 못할 때면 나는 더욱 즐거웠다. 네가? 킷시 바버랑? 정말? 킷시라고? 나는 이런 심술궂은 즐거움이, 전혀 가능하지 않을 것 같은 상황이 정말 좋았다. 나는 바버 부인이 잠든 후에 킷시의 방으로 몰래 들어갔다. 어렸을 때 내가 들어가지 못하게 킷시가 잠가두었던 바로 그 방이었다. 똑같은 분홍색 리넨 벽지, 앤디와 함께 지내던 그때와 하나도 달라지지 않은 방, 직접 *출입 금지, 방해하지 마시오*라고 쓴 표지판. 내가 그녀를 뒷걸음질 쳐 들어가게 만들고, 킷시가 우리 뒤로 문을 잠그고, 내 입에 손가락을 대고 내 입술을 따라 그리고, 맨 처음 그녀의 침대 위로 쓰러졌던 그 달콤한 순간. 쉿, 엄마가 자고 있어!

나는 매일 내가 정말 운이 좋은 사람이라고 여러 번 되뇌었다. 킷시는 절대 지치지 않았고, 절대 불행하지 않았다. 킷시는 매력적이고, 열정적이고, 애정이 넘쳤다. 그녀는 아름다웠고, 거리에서 사람들이 돌아보게 만드는, 흰 설탕처럼 반짝거리는 매력이 있었다. 사교적이고, 세상일에 열심히 참여하고, 늘 재미있고 즉흥적인—호비 아저씨는 "귀여운 바보!"라고 부르면서 무척 예뻐했다—킷시를 보면서 나는 감탄했다. 킷시는 한 줄기 상쾌한 바람이었다! 모두가 킷시를 사랑했다. 주변을 쉽게 전염시키는 킷시의 한없는 가벼움에도 불구하고 그녀가 무슨 일에도 크게 감동하지 않는다고 지적하는 것은 아주 시시한 트집이라는 것을 나는 알았다. 저 귀여운 캐럴 롬바드도 옛날 남자 친구들 얘기를 하거나 학대당한 애완동물에 대한 뉴스를 보거나 고향인 시카고에서 구식 술집이 폐점되었다는 소식을 들으면 눈물을 글썽거렸다. 하지만 킷시는 어떤 일이 있어도 딱히 다급해지거나 감정적으로 변하지 않았고 심지어는 놀라지도 않는 것 같았다. 이 점에서 그녀는 엄마와 오빠를 닮았다. 그러나 누가 심각한 이야기를 꺼내면 바버 부인이나 앤디는 그냥 가만히 있었지만 킷시는 경박한 말을 하거나 그 이야기가 아무것도 아닌 것처럼 말했다. (나는 사람들이 바버 부인에 대해서 묻자 킷시가 약간 장난처럼 한숨을 내쉬고 코를 찡그리면서 "아, 재미없어"라고 말하는 것을 들은 적이 있었다.) 그러고 보면—생각만 해도 우울하고 메스껍지만—나는 킷시가 앤디와 바버 씨 일로 슬퍼한다는 증거를 계속 찾으려 했고, 그런 기색이 없다는 사실에 괴로워하기 시작했다. 킷시는 두 사람의 죽음에 아무런 영향도 받지 않은 걸까? 언젠가는 그 일에 대해서 이야기라도 해야 하는 게 아닐까? 한편으로 나는 킷시의 용감함에, 비극 앞에서도 턱을 꼿꼿이 들고 계속 나아가는 그런 태도에 감탄했다. 어쩌면 킷시는 정말 정말 조심스럽고 진짜 빈틈이 없어서 괜찮은 척 완벽한 연기를 하고 있는지도 몰랐다. 하지만 반짝거리는 얕고 푸른 여울—처음 흘깃 보았을 때는 너무나 매력적이었다—은 아직 깊은 바다로 이어지지 않았고, 그래서 가끔 나는 헤엄을 칠 수 있을 만큼 깊은 물속으로 들어가고 싶지만 무릎까지 오는 얕은 물에서만 철벅거리는 사람처럼 어쩔 줄 몰랐다.

킷시가 내 손목을 톡톡 두드렸다. "왜?"

"바니스 백화점 가자. 그러니까, 이왕 여기까지 왔잖아? 홈스 백화점 둘러볼까? 거기서 선물 목록을 작성하면 엄마가 안 좋아하시겠지만, 기분 전환 삼아서 일상적인 그릇은 덜 전통적인 걸 골라도 괜찮을 것 같아."

"안 돼." 나는 잔으로 손을 뻗어서 남은 술을 마저 마셨다. "시내에 나가봐야 돼, 너만 괜찮으면. 고객을 만나기로 했어."

"오늘 밤에 우리 집 쪽으로 올 거야?" 킷시는 이스트 70번가의 예술 기관에서 일하면서 사무실에서 멀지 않은 곳에 아파트를 하나 빌려서 두 명의 룸메이트와 함께 쓰고 있었다.

"잘 모르겠어. 저녁 식사를 하러 갈지도 몰라. 빠져나올 수 있으면 갈게."

"칵테일 마시러 올래? 응? 아니면, 식사 끝나고 술 마시러 갈 때라도 오든지. 잠깐 얼굴이라도 비치지 않으면 다들 실망할 거야. 찰스랑 베트랑—"

"노력해볼게. 약속해. 저거 잊지 말고." 내가 식탁보 위에 아직 놓여 있던 귀걸이를 고갯짓으로 가리키면서 말했다.

"아! 그럼! 당연하지!" 킷시는 죄책감을 느끼는 것처럼 이렇게 말하더니 귀걸이를 집어서 잔돈 한 움큼을 던지듯 가방에 던져 넣었다.

3

나는 킷시와 함께 크리스마스 연휴의 인파 속으로 걸어 들어가면서 불안하고 슬픈 느낌이 들었다. 리본으로 장식한 건물들과 반짝이는 창문들은 괴로운 슬픔을 더할 뿐이었다. 어두운 겨울 하늘, 보석과 모피가 가득한 잿빛 협곡 같은 거리, 부의 힘과 우울함.

난 뭐가 잘못된 걸까? 킷시와 함께 매디슨가를 건너면서 생각했다. 킷시의 분홍색 프라다 외투가 사람들 틈에서 화사하게 오르락내리락했다. 킷시가 앤디와 바버 씨 생각에 빠져 있지 않은 것이, 자기 삶을 살아가고 있는 것이 나는 왜 불만일까?

하지만—킷시의 팔꿈치를 잡아주고 환한 미소로 답례를 받으면서—나는 다시 짧은 안도감을 느꼈고 근심을 잠시 잊었다. 내가 트라이베카 레스토랑에 루셔스 리브를 두고 나온 지 8개월이 지났다. 아직 가짜 가구 때문에 연락이 온 적은 없었지만, 나는 연락이 오면 실수를 인정할 준비가 되어 있었다. 이 일을 한 지 얼마 안 돼서 미숙했습니다, 자, 여기 돈을 돌려드리겠습니다, 사과를 받아주십시오. 나는 밤이면 잠 못 이루고 누워서 혹시 문제가 생긴다 해도 흔적을 많이 남기지는 않았으니 다행이라고 스스로를 위로했다. 나는 꼭 필요한 서류만 작성했고 작은 가구일 경우에는 할인을 해줄 테니 현금 거래를 하자고 제안했다.

하지만. 그래도. 시간문제일 뿐이었다. 일단 한 명이 나서면 눈사태처럼 불어날 것이다. 호비 아저씨의 명성을 해치는 것만으로도 충분히 나쁘지만 변상 요청이 너무 많이 들어와서 돈을 돌려주지 못하게 되면 바로 소송이 시작될 것이고, 거기서 호비 아저씨가 사업체의 공동 소유주로 거론될 것이다. 아저씨는 내가 뭘 하는지 몰랐다고 법정을 설득하기 힘들 것이다. 특히 내가 임포턴트 아메리카나 경매전 수준의 값을 받고 판매한 경우는 더욱 그랬다. 그리고 나는 그런 상황이 될 경우에 호비 아저씨가 목소리를 높여서 자신을 변호할 것인지도 확신이 서지 않았다. 그것이 나 혼자 버티게 내버려둔다는 뜻이라면 말이다. 가구를 산 사람들 대부분 돈이 너무 많아서 신경을 쓰지 않는다는 것은 너무 당연한 사실이었다. 하지만. 그래도. 언제쯤 누군가가 (예를 들어) 헤플화이트 식탁 의자의 바닥을 살펴봤다가 의자마다 다 다르다는 사실을 발견할까? 나뭇결이 이상하고 다리가 서로 다르다는 것을 깨달을까? 아니면, 탁자만 감정을 받았다가 베니어판이 1770년대에는 사용되지 않았거나 만들어지지 않은 유형임을 알게 될까? 나는 매일 모조품을 팔았다는 사실이 제일 처음 수면 위로 드러나는 것은 언제 어디서일까 생각했다. 변호사에게서 편지가 올까, 소더비 미국 가구부에서 전화가 올까, 실내장식가나 수집가가 나에게 따지려고 가게로 들이닥칠까, 호비 아저씨가 아래층으로 내려와서 *있잖아, 문제가 생겼는데 잠깐 시간 있니?* 하고 말할까.

결혼을 파탄 낼 수 있는 이러한 책임 문제가 결혼식 전에 알려지면 어떻게 될지 알 수 없었다. 감히 생각도 할 수 없었다. 결혼식 자체가 취소될지도 모른다. 하지만 결혼식 후에 문제가 드러난다면 킷시에게, 또 바버 부인에게는 더욱 잔인할 것 같았다. 무엇보다 앤디네 가족이 바버 씨가 죽기 전보다 사정이 좋지 않았기 때문이었다. 현금 흐름에 문제가 있었다. 돈은 신탁에 묶여 있었다. 바버 부인은 일부 고용인을 시간제로 바꾸고 나머지는 내보내야 했다. 그리고—내가 아파트에 있던 더 많은 골동품에 관심을 갖게 하려고 플랫이 털어놓았듯이—바버 씨는 마지막에 약간 정신이 나가서 괴물 같은 상업 은행인 비스타 은행에 '감상적인 이유'(바버 씨의 고조할아버지가 은행장이었던 매사추세츠의 초기 은행 중 한 곳이 비스타와 합병했지만 그 은행의 이름은 사라진 지 이미 오래였다)로 자산의 50퍼센트 이상을 투자했다. 불행히도 비스타 은행은 배당금 지급을 멈추더니 바버 씨가 돌아가시기 직전에 파산했다. 그 뒤로 바버 부인은 한때 그토록 관대하게 베풀던 자선단체 지원을 급격히 줄였다. 그리고 킷시는 취직을 했다. 또한 플랫이 술에 취하면 종종 나에게 상기시켰듯이, 고상한 소규모 출판사의 편집장이라는 그의 자리는 한창때 바버 부인이 가정부에게 주던 돈보다도 월급이 적었다. 나는 상황이 나빠지면 바버 부인이 나를 힘껏 도와줄 것이라고 꽤 확신했다. 그리고 킷시는 내 배우자로서 좋든 싫든 도와야 했다. 하지만 그건 내가 두 사람에게 쓰기에는 너무 비열한 수법이었고, 특히 호비 아저씨가 나를 아낌없이 칭찬하는 바람에 앤디네 가족 모두(특히 점점 줄어드는 재산 때문에 걱정하던 플랫)는 내가 킷시를 구하기 위해서 나타난 재테크의 귀재쯤 된다고 굳게 믿었기 때문에 더욱 그랬다. "넌 돈 버는 방법을 알잖아." 플랫은 킷시가 지금껏 어울리던 게으름뱅이들 대신 나와 결혼한다고 해서 다들 무척 흥분했다는 이야기를 하다가 불쑥 말했다. "킷시는 모르지."

하지만 가장 큰 걱정거리는 루셔스 리브였다. 이층장 문제에 대해서 연락이 없었지만 여름부터 성가신 편지들이 오기 시작했다. 손으로 썼고 서명은 없었으며, 테두리가 파란 카드 윗부분에 코퍼플레이트체로 '**루셔스 리브**'라고 적혀 있었다.

내가 어떤 기준으로 보아도 공정하고 합리적인 제안을 한 지 이제 3개월이 다 되어가는군. 어떤가, 내 제안이 아주 합리적이라는 결론이 나오지 않았나?

그다음 편지.

8주가 더 지났군. 자네는 내 딜레마를 이해할 수 있겠지. 난 점점 더 실망하고 있네.

그리고 3주 후, 딱 한 줄이 왔다.

자네의 침묵은 받아들일 수 없네.

나는 이 편지들 때문에 괴로웠지만 생각하지 않으려고 애썼다. 편지가 기억날 때마다—무척 자주, 식사를 하면서 포크를 입으로 가져가다가도 불쑥 떠올랐다—꿈을 꾸다가 한 대 맞고 벌떡 일어난 기분이 들었다. 나는 그때 레스토랑에서 리브가 펼친 주장이 완전히 말도 안 됐다고 나 자신에게 상기시키려 했지만 소용없었다. 어떤 식으로든 그에게 대응하는 것은 어리석은 짓이었다. 유일한 방법은 거리에서 마주친 난폭한 거지를 무시하듯 그를 무시하는 것이었다.

하지만 그 뒤 불안한 일 두 가지가 순식간에 잇달아서 일어났다. 어느 날 내가 위층으로 올라가서 호비 아저씨에게 점심을 나가서 먹을지 물었다. "그래, 잠깐만." 아저씨는 코끝에 안경을 걸치고 탁자에 놓인 우편물을 살피고 있었다. "흐음." 아저씨가 봉투를 돌려 앞면을 보면서 말했다. 그러고는 열어서 카드를 보았다. 아저씨가 팔을 쭉 뻗어서 안경 너머로 그것을 보고 다시 가까이에서 보았다.

"이것 좀 봐라." 아저씨가 나에게 카드를 건넸다. "이게 뭐니?"

카드에는 너무나 익숙한 루셔스 리브의 글씨체로 딱 두 문장이 적혀 있었다. 인사말도, 서명도 없었다.

언제쯤이면 이렇게 시간을 끄는 것이 비합리적이라는 걸 알겠소? 이렇게 꼼짝할 수 없는 상태를 계속 끌어봤자 두 사람 모두에게 이득이 될 것이 없으니 내가 당신의 젊은 파트너에게 제안한 것을 진행하지 않겠소?

"아, 이런." 내가 탁자 위에 카드를 내려놓고 시선을 피하면서 말했다. "제발."

"뭐냐?"

"그 사람이에요. 이층장을 산 사람."

"아, 그 사람." 아저씨가 말했다. 호비 아저씨는 안경을 고쳐 쓰고 나를 조용히 보았다. "그 사람이 수표를 현금으로 바꿨니?"

내가 머리를 쓸어 넘겼다. "아니요."

"이 제안이라는 게 뭐냐? 무슨 소리를 하는 거냐?"

"아저씨—" 나는 싱크대로 가서 물을 한 잔 마셨다. 아빠가 마음을 정리할 시간이 필요할 때 쓰던 수법이었다. "아저씨를 귀찮게 하고 싶지 않았는데, 이 남자가 진짜 큰 골칫거리예요. 요즘 전 편지를 뜯어보지도 않고 버려요. 편지가 또 오면 아저씨도 쓰레기통에 버리세요."

"이 사람이 원하는 게 뭐냐?"

"음—" 수돗물 소리가 시끄러웠다. 나는 유리잔에 물을 받았다. "음." 나는 돌아서서 이마를 닦았다. "진짜 미친 소리예요. 말씀드린 것처럼 저는 수표를 써서 가구 값으로 줬어요. 그 사람이 낸 것보다 더 많이요."

"그런데 뭐가 문제냐?"

"아—" 나는 물을 한 모금 삼켰다. "그 사람은 딴 속셈이 있어요. 그 사람은, 음, 그 사람은 우리가 여기 지하실에서 조립 라인이라도 돌리고 있는 줄 알아요. 자기도 끼고 싶대요. 그러니까, 제가 써준 수표를 현금으로 바꾸는 대신 말이에요. 어떤 나이 많은 여자를 구해놨는데, 간호사가 24시간 붙어 있대요. 리브는 우리가 그 할머니의 아파트를 이용해서, 어—"

호비 아저씨가 눈썹을 찌푸렸다. "심으라고?"

"맞아요." 나는 이렇게 말하면서 아저씨가 그 말을 꺼내줘서 다행이라고 생각했다. '심는다'는 것은 위작이나 질 떨어지는 골동품을 개인 가정—주로 노인이 사는 집—에 미리 가져다 놓고 임종 침상에 모여든 사기꾼들에게 파는 사기를 말했다. 밑바닥 사기꾼들은 산소 텐트에 들어가 있는 노파를 벗겨먹는 데 열중해서 자기들이 속고 있다는 사실을 눈치채지 못했다. "전 돈을 돌려주려고 했는데— 그가 그런 제안을 했어요. 가구를 제공하래요. 5 대 5로 나누자고 했어요. 그 이후로 계속 절 괴롭히고 있어요."

호비 아저씨는 멍한 표정이었다. "말도 안 돼."

"맞아요." 나는 눈을 감고 엄지와 검지로 코를 잡았다. "그런데 아주 고집이 세요. 그래서 아저씨한테는—"

"여자는 누구냐?"

"나이 많은 친척인지 뭔지, 뭐 모르죠."

"이름이 뭐야?"

내가 컵을 관자놀이에 댔다. "몰라요."

"여기 사람? 뉴욕이래?"

"아마도요." 나는 이런 식으로 이어지는 질문이 싫었다. "아무튼— 편지는 그냥 버리세요. 먼저 말씀 안 드려서 죄송해요, 정말 걱정 끼쳐드리고 싶지 않았어요. 무시하다 보면 지쳐서 나가떨어질 거예요."

호비 아저씨가 카드를 보고 나를 봤다. "이건 내가 가지고 있으마." 내가 무슨 말을 하려고 하자 아저씨가 날카롭게 말했다. "아니야. 이건 경찰에 신고하고도 남을 일이야. 서랍장은 상관없어— 아니, 아니." 아저씨가 손을 들어 내 말을 막으며 말했다. "무시하는 걸로는 안 될 거야. 넌 실수를 바로잡으려고 했지만 이 사람은 너한테 범죄를 강요하고 있어. 얼마나 됐지?"

"모르겠어요. 한두 달 정도?" 호비 아저씨가 나를 계속 바라보았기 때문에 내가 마지못해 말했다.

"리브라고 했지." 아저씨가 눈썹을 찌푸리며 카드를 유심히 보았다. "모이라에게 물어보마." 모이라는 드프리스 부인의 이름이었다. "편지가 또 오면 나한테 말해라."

"물론이죠."

나는 혹시라도 드프리스 부인이 루셔스 리브를 안다면, 또는 그에 대한 이야기를 들어봤다면 어떻게 될지 상상도 할 수 없었지만 다행히 그 뒤로 아무 말도 없었다. 호비 아저씨 앞으로 온 편지가 아주 애매했던 게 그나마 다행이었다. 하지만 편지에 숨겨져 있는 위협은 아주 분명했다. 리브가 경찰에 전화를 하겠다는 위협을 실행에 옮길까 봐 걱정하는 것은 어리석었다. 왜냐면—나는 스스로에게 상기시키고 또 상기시켰다—내가 그림을 찾아 오게 만드는 것이 그가 그림을 손에 넣을 유일한 기회였기 때문이다.

하지만 이런 일이 생기자 거꾸로 그림을 가까이 두고 원할 때마다 보고 싶은 마음이 더욱 커졌다. 불가능한 일이라는 것은 알았지만 나는 계속 그 생각을 했다. 어디를 보아도 그 생각이 떠올랐고, 킷시와 아파트를 보러 갈 때마다 나는 그림을 숨길 만한 장소가 있는지 보았다. 높은 찬장, 가짜 벽난로, 아주 긴 사다리를 놓아야만 닿는 넓은 서까래, 쉽게 비틀어 열 수 있을 것 같은 바닥 널. 밤이면 나는 침대에 누워서 어둠을 물끄러미 바라보면서 그림을 안전하게 보관할 수 있는 특수 제작 방재 금고를 그려보거나 더 터무니없이 온도가 자동으로 조절되고 번호 자물쇠로만 열 수 있는 '푸른 수염의 방' 같은 것을 상상하기도 했다.

내 거야, 내 거. 두려움, 숭배, 비장(秘藏). 물신숭배자의 기쁨과 두려움. 나는 어리석은 줄 알면서도 혼자서 몰래 보려고 그림의 사진을 컴퓨터와 핸드폰에 내려받았다. 디지털로 바뀐 붓놀림, 도트와 픽셀로 압축한 17세기의 햇빛 조각, 하지만 색이 온전하고 두껍게 칠한 물감의 느낌이 풍성할수록 나는 진짜 그림에, 그 무엇으로도 대체할 수 없고 황홀하며 빛이 씻어 내린 듯한 그 실체에 굶주렸다.

먼지 하나 없는 공간. 24시간 보안. 나는 어떤 여자를 20년 동안 지하실에 가두었던 오스트리아 남자를 떠올리지 않으려고 애썼지만 불행히도 그 사람이 생각나는 비유였다. 내가 죽으면? 버스에 치이면? 볼썽사나운 포장 때문에 쓰레기인 줄 알고 소각로에 던져지면? 나는 몇 번인가 창고 회사에 익명으로 전화를 걸어서 내가 강박적으로 웹사이트에서 확인해서 이미 알고 있는 사실을, 즉 온도와 습도가 예술 작품 보존에 적절한 범위인지를 확인했다. 가끔 잠에서 깨면 모든 것이 꿈 같았지만 나는 그렇지 않음을 금방 기억해냈다.

하지만 생쥐가 마룻바닥을 재빨리 가로지르기를 기다리는 고양이처럼 나를 기다리고 있을 리브 때문에 창고로 갈 생각을 하는 것조차 불가능했다. 나는 가만히 앉아 있어야 했다. 불행히도 3개월 후면 창고 임대료 만기일이 돌아왔다. 나는 이 상황에서 임대료를 내가 직접 내러 갈 이유가 없다고 생각했다. 문제는 그리샤나 그 동료들 중 누군가가 대신 가서 임대료를 내도록 하는 것이었는데, 나는 그들이 아무것도 묻지 않고 해줄 것이라고 굳게 믿었다. 하지만 두 번째 불행이 찾아왔다. 며칠 전 가게에서 혼자 한 주를 마무리하며 영수증 액수를 더해보고 있는데 그리샤가 갑자기 나타나서 나는 깜짝 놀랐다. 그리샤가 고개를 갸웃거리며 다가와서 말했다. "마조르, 잠깐 앉아야겠어."

"아, 네?"

"너 갇혔어?"

"뭐라고요?" 그리샤가 쓰는 말은 이디시어와 빈민굴에서 쓰는 러시아어의 중간쯤이었고 브루클린 방언과 랩에서 들은 속어가 뒤섞여서 나왔기 때문에 가끔 그가 쓰는 표현은 내가 이해할 수 있는 영어가 아니었다.

그리샤가 요란하게 코웃음을 쳤다. "내 말을 못 알아들었군. 별문제 없냐고 물은 거야. 경찰 쪽이랑."

"잠깐만요." 나는 이렇게 말하고—숫자를 한창 더하는 중이었다—계산기에서 고개를 들었다. "잠깐만, 무슨 말이에요?"

"비난하거나 평가하려는 게 아니야, 넌 내 형제나 다름없잖아. 그냥 알고 싶어서, 괜찮아?"

"왜? 무슨 일인데요?"

"어떤 사람들이 가게 근처를 돌아다니면서 지켜보던데. 무슨 일인지 알아?"

"누가요?" 내가 창밖을 흘끔 보았다. "뭐죠? 언제요?"

"묻고 싶은 건 나야. 내 사촌 겐카가 무슨 일을 좀 하고 있거든, 그래서 내가 차를 몰고 버러파크에 가서 걜 만나야 되는데 걱정돼서. 그 사람들이 날 쫓아올까 봐 말이야."

"아저씨를요?" 내가 자리에 앉았다.

그리샤가 어깨를 으쓱했다. "지금까지 네다섯 번 정도 봤어. 어제는 트럭에서 내리다가 한 명이 또 현관 앞에서 어슬렁거리는 걸 봤는데, 길을 건너서 스윽 가버리더라고. 청바지 차림에 나이가 좀 있었는데, 아주 편한 차림이었어. 겐카는 자기랑 전혀 상관없는 일인데도 겁을 먹었어. 말했지만 우리가 무슨 일을 좀 하는 중이거든. 겐카가 너한테 뭐 아는 거 없는지 물어

보래. 그 사람들, 말은 안 걸고 가만히 서서 지켜보기만 하더라고. 슈바챠랑 관련이 있나 싶어서." 그리샤가 조심스럽게 말했다.

"아니에요." 슈바챠는 제롬을 말하는 거였는데, 나는 몇 달이나 그를 만나지 않았다.

"그럼 됐어. 너한테 이런 말 하긴 싫지만, 경찰이 캐고 다니는 걸지도 몰라. 마이크— 걔도 눈치챘는데, 자기 양육비 때문인 줄 알아. 그런데 그 남자는 그냥 어슬렁거리기만 하지 아무 짓도 안 해."

"언제부터 그랬어요?"

"글쎄? 최소 한 달은 된 것 같아. 마이크 말로는 더 오래됐대."

"다음에 또 그 사람이 보이면 저한테 누군지 짚어주세요, 알았죠?"

"사설탐정일지도 몰라."

"왜요?"

"그 남자가 어떤 면에서 전직 경찰에 더 가까워 보이거든. 마이크는 그렇게 생각하고 있어. 아일랜드 사람들은 경찰을 잘 알아보거든. 마이크 말로는 나이가 좀 많아 보였다고 하던데, 은퇴한 경찰이라던가?"

"그렇군요." 내가 창밖에서 본 건장한 체격의 남자를 생각하며 말했다. 그 뒤로도 그 남자가, 혹은 비슷한 사람이 영업시간 중에 문 앞을 서성이는 모습을 네댓 번 목격했지만, 호비 아저씨나 고객과 함께 있었기 때문에 대면하기가 불편했다. 후드티에 부츠를 신은 그 남자는 아무 해도 끼치지 못할 것 같아 보이긴 했지만 확신할 수는 없었다. 한번은—그때는 진짜 겁이 났다—그와 비슷한 사람이 앤디네 집 건물 앞에서 서성이는 것을 보았지만 자세히 살펴보니 착각이었다.

"그 사람이 얼쩡거린 지는 좀 됐어. 하지만 이번에는—" 그리샤가 잠깐 말을 멈췄다가 다시 이었다. "보통 때 같으면 아무 말도 안 했을 거야, 별일 아닐지도 모르니까. 하지만 어제는……."

"뭔데요? 말해봐요." 내가 말했다. 그리샤가 목을 주무르면서 죄책감을 느끼는 사람처럼 시선을 돌렸다.

"딴 남자였어. 다른 사람이야. 전에 가게 앞에서 서성이는 걸 본 적 있어. 바깥에서 말이야. 그런데 어제는 가게 안으로 들어와서 네 이름을 대면서 널 찾더라고. 근데 생긴 게 아주 마음에 안 들었어."

나는 의자에 털썩 기댔다. 안 그래도 루셔스 리브가 언제 고개를 들고 직접 찾아올까 생각하던 참이었다.

"내가 그 남자랑 얘기한 건 아니야, 난 밖에 있었거든." 그리샤가 고개를 끄덕이며 말했다. "그래. 트럭에 짐을 싣고 있었지. 그런데 그 남자가 안으로 들어가는 걸 봤어. 눈에 띄는 남자야. 옷을 잘 차려입었지만 고객 같지는 않았어. 네가 점심을 먹으러 가고 마이크 혼자 가게에 있었는데 남자가 들어오더니 시어도어 데커가 있냐고 묻더래. 음, 넌 없었으니까 마이크가 없다고 말했지. '어디 있지요?' 하면서 너에 대해 이것저것 물었대. 네가 여기서 일하는지, 어디 사는지, 일한 지 얼마나 됐는지, 지금 어디 있는지, 별걸 다 물었대."

"호비 아저씨는 어디 있었어요?"

"그 사람은 호비를 찾지 않았어, 널 찾았지. 그런 다음에 — " 그리샤가 책상 상판에 손가락으로 선을 그렸다. "그 남자가 나와서 가게를 한 바퀴 돌더라고. 여기 보고, 저기 보고, 다 둘러봤어. 길 건너에서 그 모습을 보고 있자니, 좀 이상했지. 마이크는 별일 아닐지도 모른다고, 개인적인 일인지도 모른다고 생각해서 너한테 얘기 안 한 거야. '끼어들지 않는 게 낫다'고 생각해서 말이야. 하지만 나도 그 사람을 봤는데, 네가 알아야 할 것 같더라고. 왜냐면, 선수끼리는 알아보는 법이니까 말이야, 무슨 뜻인지 알지?"

"어떻게 생겼어요?" 내가 물었다. 그리샤가 대답하지 않아서 내가 다시 물었다. "나이가 많아요? 덩치 크고? 백발?"

그리샤가 성난 목소리로 말했다. "아니, 아니, 아니야." 그는 단호하고 확고하게 고개를 저었다. "노인 따위가 아니야."

"그럼 어떻게 생겼는데요?"

"절대로 싸움에 말려들고 싶지 않은 사람. 그렇게 생겼어."

이어진 침묵 속에서 그리샤가 쿨 담배에 불을 붙여 나에게 한 대 권했다. "자, 이제 내가 어떻게 해야 돼, 마조르?"

"뭘요?"

"나랑 겐카가 걱정해야 되느냐고."

"아닐 거예요. 그럼요." 나는 그리샤가 당당하게 쳐든 손에 약간 어색하게 손바닥을 부딪치며 말했다. "부탁 하나만 들어줄래요? 누구든지 다시 보이면 와서 나한테 말 좀 해줘요."

"그러지." 그리샤가 말을 멈추고 나를 유심히 보았다. "나랑 겐카가 걱정할 필요 없는 거 확실하지?"

"음, 난 두 사람이 뭘 하는지도 모르잖아요, 안 그래요?"

그리샤가 주머니에서 더러운 손수건을 꺼내서 붉어진 코를 문질렀다. "그 대답은 마음에 안 드는군."

"음, 어쨌든 조심해요. 혹시 모르니까요."

"마조르, 너도."

4

나는 킷시에게 거짓말을 했다. 사실 할 일은 없었다. 우리는 바니스에서 나와서 5번가 모퉁이에서 입맞춤을 한 다음 킷시는 크리스털 제품을 보러—우리는 크리스털 제품까지 가지도 못했다—티파니 쪽으로 돌아갔고 나는 6호선을 타러 갔다. 하지만 나는 너무 허탈하고 마음이 산란하고 정신이 없고 피곤하고 몸이 좋지 않아서 역으로 쏟아져 들어가는 쇼핑객들 사이로 들어가는 대신 걸음을 멈추고 블루밍데일 하역장 바로 맞은편 서브웨이인 호텔의 더러운 창문을 들여다보았다. 그곳은 시간 왜곡으로 1945년 영화 〈잃어버린 주말〉에서 튀어나온 것 같았고, 아빠가 술을 마시고 다니던 때와 전혀 달라진 게 없었다. 바깥에는 누아르 영화에 나올 법한 네온사인이 있었고 안에는 더러운 붉은 벽, 끈적끈적한 탁자, 부서진 바닥 타일, 강렬한 클로록스 세제 냄새, 어깨에 행주를 얹고 눈이 충혈된 채 혼자 바에 앉은 손님에게 술을 따라주는 바텐더가 오목거울에 비친 모습 전부 그대로였다. 엄마와 내가 블루밍데일에서 아빠를 잃어버렸던 때가 기억난다. 엄마는 백화점에서 나와서 곧장 길을 건너 여기서 아빠를 찾았는데 당시의 나는 그게 굉장히 신기했다. 아빠는 씩씩거리는 나이 많은 트럭 기사와 노숙자처럼 보이는 두건 두른 노인과 함께 4달러짜리 독한 술을 털어 넣고 있었다. 술집 문 안쪽에서 기다리던 나는 퀴퀴한 맥주 냄새에 압도되었고, 따뜻하고 비밀스러운 어두움에, 〈환상 특급〉에 나올 것 같은 반짝이는 주크박스와 저 멀리서 깜빡거리는 〈벅 헌터〉 게임 기계에 매료되었다. "아, 늙은 남자들과 절망의 냄새야." 엄마는 내 손을 잡고 쇼핑백을 들고 술집에서 나올 때 코를 찡그리면서 비꼬듯 말했다.

아빠를 위해서 조니워커블랙을 한 잔 마시자. 어쩌면 두 잔. 안 될 게 뭔가? 어둡고 으슥한 바는 따뜻하고 친근해 보였고, 한순간이라도 자신이 누구이며 어쩌다가 여기 오게 되었는지 잊게 만드는 감상적이고 취한 분위기가 있었다. 하지만 나는 술집에 들어가기 직전에, 안으로 들어가려다가 바텐더가 나를 흘깃 보는 순간에 문 앞에서 몸을 돌려 그곳을 지나쳤다.

렉싱턴가. 축축한 바람. 그날 오후는 으스스하고 눅눅했다. 나는 머리를 비우려고 51번가 정류장과 42번가 정류장을 지나친 다음에도 계속 걸었다. 재처럼 흰 아파트 블록들. 거리의 수많은 사람, 저 높이 펜트하우스 발코니에서 반짝이는 크리스마스트리, 가게에서 흘러나오는 기분 좋은 크리스마스 음악. 나는 사람들 사이를 누비면서 이미 죽은 듯한 느낌, 이 거리에 혹은 이 도시에 담길 수 없는 거대한 회색빛 보도 위를 걷고 있는 듯한 이상한 느낌이 들었고, 영혼이 육체에서 떨어져 나와서 과거와 현재 사이의 안개 낀 어딘가에서 다른 영혼들 사이를 떠다니는 것 같았다. 파란불과 빨간불, 내 눈앞에서 이상하리만치 혼자 외롭게 헤매는 행인들, 이어폰을 꽂고 멍하니 앞을 보는 표정 없는 얼굴들, 소리 없이 움직이는 입술들, 짓눌리고 막힌 도시의 소음, 거리의 소음을 내리누르는 화강암 색깔의 하늘, 쓰레기와 신문, 콘크리트와 이슬비, 바위처럼 묵직하고 칙칙한 회색 겨울.

성공적으로 술집을 피한 나는 영화를 볼까 생각했다. 흥행이 끝나가는 영화의 거의 텅 빈 오후 상영관에서 고독한 시간을 보내면 정신을 차릴 수 있을지도 모른다고. 하지만 어지러움을 느끼면서 추위 때문에 코를 훌쩍이며 2번가와 32번가 사이의 극장에 도착했더니 보고 싶던 프랑스 경찰 영화는 이미 시작했고 신원 오인과 관련된 스릴러 영화도 마찬가지였다. 남은 것은 수많은 크리스마스 영화들과 참을 수 없는 로맨틱 코미디들뿐이었다. 포스터 속에는 엉망진창이 된 신부들, 싸우는 신부 들러리들, 산타 모자를 쓰고 양팔에 엉엉 우는 아이를 안고서 어쩔 줄 모르는 아빠가 있었다.

택시가 하나둘 영업을 마치기 시작했다. 어두운 저녁의 거리, 저 높이 외로운 사무실과 고층 아파트가 불을 밝히고 있었다. 나는 몸을 돌려서 어디로 가는지, 왜 가는지 뚜렷한 생각도 없이 시내를 향해 계속 흘러갔다. 걷고 있으려니 나를 조금씩 없애는 느낌, 나를 한 올 한 올 풀고 있다는 이상하면서도 매혹적인 느낌이 들었다. 32번가를 건너서 러시아워의 행인들 틈에 휩쓸릴 때에도 한 순간에서 다음 순간으로 나아가는 것만으로 나에게서 누더기와 자투리가 떨어져 나가는 것 같았다.

열 블록인가 열두 블록 떨어진 다음 영화관도 마찬가지였다. CIA 영화는 시작했고 평이 괜찮은 1940년대 여배우의 자전적 영화도 마찬가지였다. 프랑스 경찰 영화는 한 시간 반은 있어야 시작했다. 사이코패스 영화나 떠들썩한 가족 영화를 보고 싶은 게 아니라면(보고 싶지 않았다) 신부와 총각 파티와 산타 모자와 픽사 애니메이션밖에 없었다.

17번가 영화관 앞에 도착했을 때 나는 매표소에서 멈추지 않고 계속 걸었다. 나는 유니언스퀘어를 건너다가 갑자기 덮쳐온 알 수 없는 사악한 소용돌이에 휩쓸려서 제롬에게 전화를 걸기로 결심했다. 이 결심에는 신비스러운 기쁨, 성스러운 굴욕이 있었다. 이렇게 급하게 연락해도 제롬에게 약이 있을까? 아니면 평범한 길거리 마약을 사야 할까? 상관없었다. 나는 몇 달이나 약을 끊었지만 왠지 모르게 크리스마스의 불빛, 크리스마스의 인파, 우울한 장례식 음악처럼 끊임없이 들리는 크리스마스의 종소리, 킷시가 케이츠페이퍼리에서 산 분홍색 공책—**나의 신부 들러리, 나의 손님, 나의 좌석 배치도, 나의 꽃, 나의 거래처, 나의 체크 리스트, 나의 케이터링**이라는 색인표가 붙어 있었다—에 아주 합리적으로 대응하는 방법은 약을 먹고 호비 아저씨 집의 내 방에서 꾸벅꾸벅 졸다가 정신을 잃는 것 같았다.

나는 재빨리 뒷걸음질 치다가—신호등이 바뀌는 바람에 차 앞으로 뛰어들 뻔했다—비틀거리면서 쓰러지기 직전에 균형을 잡았다. 성대하고 공개적인 결혼식에 대한 근거 없는 공포—막힌 공간, 폐소공포증, 갑작스러운 움직임, 사방에 존재하는 공포 유발 인자—를 계속 생각해봤자 소용없었다. 왠지 모르지만 지하철 타는 것은 그렇게 괴롭지 않았다. 나의 공포는 사람이 많은 건물과 더욱 관련이 많았다. 항상 무슨 일이 일어날 것만 같았다. 피어오르는 연기, 인파의 가장자리에서 재빨리 달려가는 남자. 나는 관객이 열 명에서 열다섯 명을 넘는 영화관에 앉아 있는 것도 견딜 수 없었기에 돈을 다 지불한 표를 들고 바로 돌아서서 나오곤 했다. 어쨌든, 사람들이 꽉꽉 들어찬 교회에서 성대하게 거행되는 의식은 플래시몹처럼 불쑥불쑥 생각났다. 나는 아마도 자낙스를 몇 알 삼키고 결혼식 내내 땀을 흘릴 것이다.

하지만 또, 나는 결혼식이 끝나면 허리케인을 만난 배처럼 나를 태우고 점점 더 소란스러워지는 사교 활동이 더뎌지기를 바랐다. 내가 정말 원하는 것은 킷시를 독차지하여 단둘이 저녁을 먹고 침대에서 영화를 보던 평화로운 여름날로 돌아가는 것밖에 없었다. 끊임없는 초대와 모임에 나는 지쳐가고 있었다. 회오리바람처럼 변덕스러운 킷시의 명랑한 친구들, 행복한 삶을 위해서 눈을 질끈 감고 버티는 북적거리는 저녁과 소란스러운 주말 들. 린지? 아, 롤리인가? 미안……. 여기는— 프리다? 안녕, 프리다, 그리고…… 트레브? 트래브? 만나서 반가워. 나는 골동품 농장 테이블 옆에 예의 바르게 서서 킷시의 친구들이 시골집에 대해서, 남녀공학 기숙사에 대해서, 학군에 대해서, 운동에 대해서 잡담을 나누는 동안 감각이 사라질 때까지 술을 마셨다. 맞아, 젖은 문제없이 끊었는데 사실 최근에 낮잠 스케줄에 큰 변화가 있었잖아, 큰애가 프리케이*를 시작했거든, 코네티컷의 가을은 색이 정말 고와, 정말 놀랍지, 아 그래, 물론이지, 우린 여자애들이랑 다 같이 1년에 한 번씩 여행을 가지만 남자들끼리도 1년에 두 번씩 여행을 가, 베일, 아니면 저 아래 카리브 해까지도 가고, 작년에는 스코틀랜드에 제물낚시를 하러 갔었는데 진짜 근사한 골프 코스를 우연히 발견했잖아, 그런데 아 맞다, 시오, 골프 안 치지? 스키 안 타지? 배 안 타지? 그렇군.

"아쉽지만 그래." 킷시의 친구들은 이런 군중심리가 있었기 때문에 (자기들만 아는 농담을 하고 다들 아이폰 주변에 둘러앉아서 휴가 때 찍은 동영상을 보았다) 그중 한 사람이 혼자 영화를 보러 가거나 혼자 술집에서 술을 먹는 것은 상상하기 힘들었다. 특히 남자들의 사이좋은 단체 의식 때문에 나는 가끔 취업 면접을 보고 있는 기분이 조금 들었다. 그리고 임신한 여자들은

* pre-K : 유치원에 가기 전 여섯 살 이하 어린이들의 교육 프로그램.

또 어떤가? "아, 시오! 정말 귀엽지!" 킷시는 친구의 갓난아이를 나에게 불쑥 내밀었고, 나는 정말로 무서워서 성냥불에 덴 것처럼 펄쩍 뛰어 물러났다.

"아, 시간이 좀 걸리는 남자들도 있어." 내가 불편해하는 모습을 보고 레이스 골드파브가 거실 한쪽에서 보모들이 지켜보는 가운데 바닥을 구르며 울부짖는 아기들에게 지지 않게 목소리를 높이며 자랑스럽게 말했다. "하나 가르쳐줄까, 시오? 자기 자식을 처음으로 품에 안으면 말이야—" (임신 중인 아내의 배를 두드리며) "마음이 살짝 내려앉는다니까. 내가 우리 귀여운 블레인을 처음 안았을 때 어땠는지 알아?" (얼굴이 끈적끈적하고 그의 발치에서 보기 싫게 비틀거리는 아이였다.) "이 크고 푸른 눈을 봤을 때 어땠는지 알아? 이 아름다운 하늘색 눈 말이야. 그때 난 *변했어*. *사랑*에 빠졌지. 아, 우리 귀여운 아가, 넌 내게 모든 것을 가르쳐주려고 태어났구나! 뭐 그런 기분이었다니까. 진심으로 하는 말인데, 얘가 웃는 모습을 처음 봤을 땐 완전 녹아버렸잖아, 다들 그래, 그렇지, 로런?"

"그렇군." 나는 예의 바르게 말하고는 부엌으로 가서 큰 잔에 보드카를 가득 따랐다. 우리 아빠도 임신한 여자들을 무척 싫어했고(사실 도를 넘는 경솔한 말 때문에 해고된 적도 있었는데, 맥주나 마시면서 하는 농담이 직장에서는 잘 통하지 않았다), '녹아내린다'는 사회적 통념과는 거리가 멀어서 어린애든 아기든 견디지를 못했으며, 애정이 넘치는 부모—멍청하게 미소를 지으며 자기 배를 쓰다듬는 여자들, 갓난아기를 품에 안은 남자들—와는 거리가 멀어서 학교 행사나 애들 파티에 어쩔 수 없이 참석하면 마약 밀매자처럼 구석에 우울하게 숨어 있거나 밖으로 나가서 담배를 피웠다. 분명 나는 그런 아버지를 닮은 것 같았고, 데커 할아버지 역시 마찬가지였을지도 몰랐다. 생식에 대한 격렬한 혐오가 내 핏속에서 시끄럽게 윙윙거리고 있었다. 그건 타고난 것, 내장된 것, 유전적인 것 같았다.

내내 고개만 끄덕이는 저녁. 그늘진 목으로 고개를 까딱거리는 행복. 아니,

괜찮아요, 호비 아저씨, 벌써 먹었어요. 책 들고 바로 자러 가려고요. 그 친구들이 하는 이야기들, 심지어 남자들이 하는 이야기도 싫었다. 나는 골드파브의 집에서 하룻밤을 보내고 완전히 녹초가 되어서 똑바로 걷지도 못했다.

애스터플레이스 거리—아프리카 북을 치는 사람들, 말싸움을 하는 취객들, 노점에서 피어오르는 향—가 가까워지자 나는 기분이 좋아졌다. 내성이 분명 많이 약해졌을 것이다, 그 생각을 하니 기분이 좋았다. 일주일에 한두 알, 사람들과 어울려야 하는 아주 힘든 때만, 진짜 진짜 필요할 때만 먹자고 생각했다. 나는 약을 안 먹는 대신 술을 지나치게 많이 마셨지만 별 효과도 없었다. 하지만 약을 먹으면 긴장이 풀려서 너그러워지고 뭐든지 할 의욕이 생겼고, 참을 수 없는 상황에서 지루하거나 어이없는 헛소리를 해도 열심히 귀를 기울이면서 밖으로 나가거나 머리에 총을 쏴버리고 싶다는 생각도 떠올리지 않고 몇 시간이든 기분 좋게 참을 수 있었다.

하지만 나는 제롬에게 전화를 건 지 무척 오래였다. 내가 스케이트 가게 문 앞에 멈춰서 제롬에게 전화를 걸자 곧장 음성 사서함으로 연결되었다. 제롬의 것 같지 않은 기계 메시지가 흘러나왔다. 전화번호를 바꿨나 생각했지만 두 번째 통화도 실패하자 슬슬 걱정이 되기 시작했다. 제롬 같은 사람—제롬의 전임자 잭도 그랬다—은 정기적으로 연락을 하다가도 갑자기 사라질 수 있었다.

나는 어떻게 해야 할지 몰라서 톰킨스스퀘어를 향해 세인트마크스 거리를 걸어가기 시작했다. '24시간 영업'. '21세 이상만 입장할 수 있습니다'. 빽빽한 고층 건물들과 멀리 떨어진 시내는 바람이 더 매서웠지만 하늘이 활짝 트여 있어서 숨쉬기가 더 편했다. 핏불 한 쌍을 산책시키는 근육질 남자들, 골반부터 밑단까지 딱 붙는 원피스를 입고 문신을 한 베티 페이지*

* Bette Page : 1950년대의 유명한 핀업 모델.

같은 여자들, 바짓단이 질질 끌리는 바지에 테이프를 감은 신발을 신고 핼러윈 호박 등처럼 이가 군데군데 빠진 낙오자들. 가게 바깥 선반에 늘어놓은 선글라스와 해골 팔찌와 여장 남자가 쓸 것 같은 색색의 다양한 가발. 어딘가 주사기를 무료로 교환해주는 곳이 한 군데, 혹은 한 군데 이상 있겠지만 어딘지 잘 몰랐다. 사람들의 말이 사실이라면 윌스트리트 사람들은 늘 거리에서 약을 샀지만 나는 사정에 밝지 못해서 어디로 가야 하는지, 혹은 누구에게 접근해야 하는지 몰랐다. 게다가 뿔테 안경에 얌전한 머리 모양을 하고 킷시와 함께 결혼 선물로 받을 도자기를 고르러 가느라 옷을 차려입은 나 같은 낯선 사람에게 누가 약을 팔겠는가?

불안한 마음. 사람들의 눈을 피해야 한다는 강박관념. 이 거리의 사람들은 모두—나처럼—영혼의 뒷골목을, 속삭임과 그림자, 이 손에서 저 손으로 옮겨 가는 돈, 암호, 신호, 또 다른 자아, 평범한 삶을 한껏 드높이고 살 가치가 있는 것으로 만들어주는 숨겨진 위안을 알았다.

나는 위치를 파악하려고 싸구려 초밥 가게 앞에 멈춰 섰다. 제롬은 어떤 술집에 대해서, 빨간 차양이 달린 술집에 대해서 이야기했었다. 세인트마크스 근처였는데, A가였나? 제롬은 나를 만날 때 항상 거기에서 오거나 다른 곳이면 거기에 잠깐 들렀다가 왔다. 카운터 뒤의 바텐더는 약을 거리에서 사지 않아도 된다면 돈을 두 배로 내는 것쯤은 신경 쓰지 않는 단골을 상대했다. 이름도 기억났다, 바텐더의 이름은 카트리나였다!

하지만 이 동네는 한 집 건너 한 집이 술집이었다. 나는 A가를 걸어 내려가 1번가로 갔다. 아주 흐리게나마 빨간색이라고 할 만한 차양—햇볕에 바랜 적갈색이었지만 한때는 빨간색이었을 것이다—이 걸린 첫 번째 술집으로 들어가서 물었다. "카트리나가 여기서 일합니까?"

"아닌데요." 바에 서 있던 짙은 빨강 머리가 나를 보지도 않고 파인트 컵을 꺼내면서 말했다.

쇼핑 카트를 끌고 다니는 여자 노숙자들이 보따리에 머리를 얹고 잠들어 있었다. 반짝이는 성모상과 죽은 자들의 날* 조형물이 번쩍이는 가게 진열장. 소리 없이 날갯짓을 하는 회색 비둘기 떼.

"사실은 하고 싶죠, 사실은 하고 싶을 거예요." 낮은 목소리가 내 귓가에 속삭였다.

고개를 돌리니 원숙하고 건장한 흑인이 금 앞니를 드러내고 활짝 미소를 지으며 내 손에 명함을 쥐여 주었다. '문신 보디아트 피어싱'.

나는 웃음을 터뜨리고—그 역시 온몸을 들썩이며 웃었다, 둘 다 그 말이 왜 웃긴지 알았다—명함을 주머니에 넣은 다음 계속 걸었다. 하지만 잠시 후 나는 그에게 내가 원하는 것을 어디서 찾을 수 있는지 묻지 않은 것을 후회했다. 그 남자가 나에게 말해줄지는 몰랐지만 어디서 살 수 있는지는 알 것 같았다.

보디 피어싱. 지압 발마사지. 금 삽니다, 은 삽니다. 생기 없는 아이들을 수없이 스쳐 지나서 조금 더 걸어가니 레게 머리를 한 창백한 여자애가 너무 낡아서 뭐라 써 있는지 읽을 수 없는 판지를 들고 지저분한 강아지와 함께 서 있었다. 나는 무거운 마음으로 돈을 꺼내려고 주머니에 손을 넣었는데, 킷시가 준 머니클립이 너무 빡빡해서 지폐를 꺼내기가 힘들었다. 나는 주머니를 더듬다가 아이들이 전부 나를 보고 있음을 깨닫고 "어이!"라고 외치면서 물러났다. 개가 으르렁거리며 달려들어서 바늘 같은 이빨로 내 바짓단을 덥석 물었다.

아이들, 노점상, 헤어네트를 쓰고 현관 계단에 앉아서 핸드폰으로 통화를 하는 요리사, 모두 깔깔 웃었다. 나는 바지를 잡아당기고—더 큰 웃음이 터졌다—돌아서서 놀란 마음을 진정시키고 눈에 띈 술집—검은 차양에 빨간

* 죽은 자들을 기리는 멕시코의 명절로, 해골 조형물을 만들어 장식한다.

색이 섞여 있었다—으로 들어가서 바텐더에게 말했다. "카트리나가 여기서 일합니까?"

바텐더가 잔을 닦던 손을 멈췄다. "카트리나요?"

"네, 난 제롬 친구인데요."

"카트리나요? 카티아가 아니라?" 바에 앉은 동유럽 남자들이 조용해졌다.

"아마도요, 아—?"

"성이 뭐죠?"

"음—" 가죽 재킷을 입은 남자가 턱을 내리고 등받이 없는 의자에서 돌아앉더니 벨라 루고시** 같은 눈빛으로 나를 빤히 보았다.

바텐더가 나를 계속 쳐다보고 있었다. "당신이 찾는 여자 말인데요. 그 여자한테 뭘 원하는 거죠?"

"음, 사실, 난—"

"머리카락이 무슨 색이죠?"

"어— 금발인가? 아니면— 사실은—" 바텐더의 표정을 보니 나는 분명히 곧 쫓겨날 것 같았다. 아니면 더 나빠질 수도 있었다. 바 뒤쪽에 놓인 톱으로 자른 루이스빌슬러거 야구방망이를 보자 눈이 번쩍 뜨였다. "착각했네요, 아무것도 아닙니다—"

술집을 나와서 한참 걸어가는데 뒤에서 외치는 소리가 들렸다. "포터!"

나는 그 자리에 우뚝 섰다. 뒤에서 다시 외치는 소리가 들렸다. 믿을 수가 없었다. 나는 뒤를 돌아보았고, 여전히 무슨 일인지 믿지 못하고 가만히 서 있는 동안 사람들이 양방향으로 우리를 스치고 지나갔다. 그가 사람들을 헤치고 웃으면서 다가와 나를 끌어안았다.

"보리스." 뾰족하고 검은 눈썹, 쾌활한 검은 눈. 키가 더 크고 얼굴은 더

** Bela Lugosi : 드라큘라 역할을 자주 맡았던 헝가리계 미국 배우.

움푹 꺼진 보리스는 검정색 긴 외투를 입고 있었고, 눈 위의 옛날 상처 말고도 못 보던 상처가 두어 개 더 있었다. "와아."

"그래, 너도 '와아'다!" 보리스가 나를 잡은 팔을 쭉 뻗었다. "하! 이것 좀 봐! 오랜만이다, 응?"

"난—" 너무 놀라서 말이 안 나왔다. "너 여기서 뭐 해?"

"그래, 나야말로 묻자—" 보리스가 뒤로 물러나서 나를 훑어보더니 자기 것이라도 되는 것처럼 거리를 가리키며 말했다. "넌 여기서 뭐 하고 있어? 여기는 도대체 어떻게 온 거야?"

"뭐?"

"나 저번에 너희 가게에 갔었잖아!" 보리스가 머리를 거칠게 넘겼다. "너 만나러!"

"너였어?"

"그럼 누구겠어? 내가 어디 있는지 어떻게 알았어?"

"난—" 내가 믿을 수 없어서 고개를 저었다.

"날 찾아온 게 아니야?" 보리스가 놀라며 물러섰다. "아니야? 우연이야? 오다가다 만난 거라고? 진짜 대단하다! 너 얼굴이 왜 이렇게 창백해?"

"뭐?"

"끔찍해 보여!"

"꺼져."

"아." 보리스가 내 목에 팔을 두르며 말했다. "포터, 포터! 눈 밑이 시커매!" 그는 손가락 끝으로 한쪽 눈 밑을 훑었다. "그래도 양복은 좋네. 야—" 보리스가 나를 놓아주고 엄지와 검지로 내 관자놀이를 탁 쳤다. "똑같은 안경이냐? 안경도 안 바꿨어?"

"난—" 나는 고개를 저을 뿐 아무 말도 할 수 없었다.

"뭐?" 보리스가 양손을 뻗었다. "내가 널 만나서 반가워한다고 뭐라 하는 건 아니지?"

내가 웃었다. 어디서부터 말을 시작해야 할지 몰랐다. "왜 번호 안 남겼어?" 내가 말했다.

"그럼 나한테 화난 거 아니야? 영원히 미워하는 거 아니야?" 보리스는 웃지 않았지만 즐거운 듯 아랫입술을 깨물고 있었다. "너 설마 — " 보리스가 고갯짓으로 거리를 가리켰다. "나랑 싸우고 싶다거나 그런 건 아니지?"

"안녕하세요." 차가운 눈빛에 늘씬한 몸매가 두드러지는 검은색 청바지를 입은 여자가 미끄러지듯 다가와서 보리스의 옆에 섰다. 태도를 보니 왠지 보리스의 여자 친구나 아내라는 생각이 들었다.

"그 유명한 포터군요." 그녀가 손등 뼈까지 오는 은반지를 낀 길고 하얀 손을 내밀며 말했다. "만나서 반가워요. 당신 얘기 다 들었어요." 그녀는 보리스보다 약간 더 컸고 머리카락은 길고 흐늘거렸으며 검은 옷을 입은 몸은 비단뱀처럼 우아했다. "난 미리엄이에요."

"미리엄? 안녕하세요! 진짜 이름은 시오예요."

"알아요." 내 손을 잡은 미리엄의 손이 차가웠다. 그녀의 손목 안쪽에 파란색 오각형 별 문신이 보였다. "하지만 이 사람은 당신을 포터라고 부르죠."

"내 얘기를 해요? 아, 그래요? 뭐라고 하던가요?" 몇 년 동안 아무도 나를 포터라고 부르지 않았다. 그녀의 부드러운 목소리에 옛날 그 책에 나오는 잊고 있던 단어, 뱀과 사악한 마법사들의 언어 파슬텅*이 떠올랐다.

내 어깨에 팔을 두르고 있던 보리스는 그녀가 다가오자 마치 누가 암호를 말한 것처럼 팔을 풀었다. 시선이 오갔고 — 가게에서 같이 물건을 훔치던 시절에 우리는 단 한 마디 말도 없이 눈빛만으로 *가자* 또는 *저기 온다*라는 뜻을 전달할 수 있었기에 나는 그것이 얼마나 중요한 시선인지 바로 알

* Parseltongue : 해리 포터 시리즈에 나오는 뱀들의 언어.

아보았다—보리스가 난처한 듯 손가락으로 머리카락을 빗어 넘기더니 다시 강렬한 시선으로 나를 보았다.

"근처에 있을 거야?" 보리스가 뒷걸음질을 치며 물었다.

"어디 근처?"

"이 근처."

"뭐, 있어도 되고."

"난—" 보리스가 걸음을 멈추고 눈썹을 찡그리면서 내 뒤쪽 거리를 보았다. "너랑 얘기하고 싶어. 근데 지금은—" 걱정스러운 표정이었다. "좀 어려울 것 같아. 아마 한 시간쯤 걸리려나?"

미리엄이 나를 흘깃 보면서 우크라이나어로 뭐라고 말했다. 짧은 대화가 오갔다. 그런 다음 미리엄이 이상할 정도로 친근하게 내 팔짱을 끼더니 나를 데리고 걷기 시작했다.

"저기예요." 그녀가 가리켰다. "저쪽으로 따라 내려가요, 네다섯 블록 정도. 2번가 쪽에 술집이 있어요. 오래된 폴란드 술집이에요. 보리스가 거기로 갈 거예요."

5

거의 세 시간이 지난 후에도 나는 폴란드 술집의 빨간 플라스틱 부스에 앉아 있었다. 크리스마스 조명이 번쩍이고 주크박스에서는 펑크록과 크리스마스 폴카가 뒤섞인 귀에 거슬리는 음악이 쿵쿵 울렸다. 나는 기다리다 지쳐서 보리스가 정말 오는 건지, 집에 가는 게 좋을지 생각했다. 나는 보리스에 대해서 아무것도 몰랐다. 모든 일이 너무 빨리 일어났다. 예전에 별다른 이유 없이 구글에서 보리스를 검색해본 적이 있었지만 약간의 단서도 나오지 않았는데, 그러고 보면 보리스가 컴퓨터로 추적 가능한 삶을 살고 있다고 상상하기도 어려웠다. 보리스는 어디에서 무엇을 하고 있다 해도 놀랍지 않았다. 병원 바닥을 닦을 수도 있고, 외국의 어느 정글에서 총을 들고 다닐 수도 있고, 거리에서 담배꽁초를 줍고 있을 수도 있었다.

초저녁 할인 시간이 거의 끝나가고 있었다. 나이 많고 배 나온 폴란드 남자들과 투덜거리는 오십 대 불량배들 사이로 학생 몇 명과 예술가 같은 사람들이 드문드문 있었다. 나는 세 잔째 보드카를 비웠다. 이 가게는 잔이 커서 한 잔을 더 시키는 건 어리석은 짓이었다. 나는 뭔가 먹어야 한다는 것을 알았지만 배가 고프지 않았고, 시간이 갈수록 기분이 더 황량하고 음울해졌다. 이렇게 여러 해가 지난 후에 만났는데 보리스에게 바람을 맞는다고 생각하니 믿을 수 없을 만큼 우울했다. 그래도 차분하게 생각해보니, 적어도 약을 구해야겠다는 생각에서 벗어났다 싶었다. 약을 지나치게 많이 먹지도 않았고 쓰레기통에 토하지도 않았고 돈을 뜯기거나 잠복근무 중이던 경찰에 쫓기지도 않았고—

"포터." 보리스였다. 그가 내 맞은편에 앉으면서 얼굴을 가린 머리카락을 넘기는 손짓을 보자 과거가 되살아났다.

"이제 가려던 참이었어."

"미안." 여전히 비열해 보이지만 매력적인 미소. "할 일이 좀 있었어. 미리엄이 설명 안 했어?"

"응, 안 했어."

"음. 내가 뭐 회계 사무실 같은 데서 일하는 건 아니니까. 저기—" 보리스가 탁자 위에 양 손바닥을 대고 몸을 숙이며 말했다. "화내지 마! 너랑 우연히 만날 줄 몰랐단 말이야! 최대한 빨리 온 거야! 진짜로 뛰어왔다니까!" 보리스가 내 쪽으로 몸을 뻗더니 손을 살짝 구부려서 내 뺨을 가볍게 쳤다. "세상에! 진짜 오랜만이지! 정말 반갑다! 넌 안 반가워?"

보리스는 자라면서 잘생겨졌다. 제일 볼품없던 시절에도 보리스는 항상 사람들이 좋아할 만한 영리한 면이 있었다. 눈빛이 생생하고 머리가 잘 돌아갔다. 이제는 미숙하고 굶주린 듯한 느낌이 사라지고 모든 것들이 조화로웠다. 피부는 햇볕에 상했지만 옷은 딱 맞았고, 이목구비는 날카롭고 배짱 있어 보였으며, 직업 피아니스트 같으면서도 기병 용사 같은 분위기가 있었다. 그리고 작고 삐뚤삐뚤하던 회색 치아가 보통의 새하얗고 고른, 미국인다운 치아로 바뀐 것이 눈에 띄었다.

보리스가 내 시선을 깨닫고 엄지손톱으로 그림자 진 앞니를 가볍게 튀겼다. "새로 했어."

"알아봤어."

"스웨덴 치과에 가서 했지." 보리스가 손짓으로 웨이터를 부르며 말했다. "한재산 썼어. 아내가 계속 그러는 거야. 보리아, 당신 입이 너무 보기 싫어! 난 절대로 안 하려고 했지만, 지금까지 쓴 돈 중에서 제일 잘 쓴 것 같아."

"결혼은 언제 했어?"

"어?"

"같이 와도 되는데."

보리스는 깜짝 놀란 것 같았다. "뭐, 미리엄 말이야? 아니, 아니야—" 그가 양복 재킷 주머니에서 전화기를 꺼내 만지작거렸다. "미리엄은 내 아내가 아니야! 자—" 보리스가 핸드폰을 건넸다. "*이 여자*가 내 아내야. 너 뭐 마셔?" 보리스가 나에게 물은 다음 웨이터에게 폴란드어로 말했다.

아이폰에는 눈 쌓인 통나무집 사진이 띄워져 있었는데, 집 앞에는 아름다운 금발 머리 여자가 스키를 신고 서 있었고 옆에는 성별이 잘 구분이 되지 않을 정도로 꽁꽁 싸맨 금발 머리의 작은 아이 두 명이 역시 스키를 신고 서 있었다. 스냅사진이라기보다는 요구르트나 버처뮤즐리* 같은 스위스

* Bircher Muesli : 곡물과 견과류, 생과일, 우유, 요구르트 등을 섞어서 먹는 아침 식사 요리.

건강식품 광고처럼 보였다.

나는 깜짝 놀라서 보리스를 올려다보았다. 그는 익숙한 러시아식 제스처로 시선을 피했다. *그래, 뭐 보다시피.*

“*부인?* 진짜로?”

“그래.” 보리스가 눈썹을 올리며 말했다. “그리고 우리 애들이야. 쌍둥이.”

“말도 안 돼.”

“그러게.” 보리스가 후회하듯 말했다. “내가 어렸을 때, 너무 어렸을 때 태어났어. 좋은 시절은 아니었는데— 아내는 애들을 보내기 싫어했어. ‘보리아, 어떻게 그럴 수가 있어?’ 거기다 대고 내가 뭐라고 하겠어? 솔직히 난 애들을 잘 몰라. 사실 막내 아이는, 그 사진에 안 나왔는데, 한 번도 못 봤어. 갠 아마, 얼마나 됐지? 한 6주 정도 됐나?”

“뭐?” 나는 다시 사진을 보면서 이 건강해 보이는 북유럽 가족과 보리스를 연결시키려고 애썼다. “이혼했어?”

“아니, 아냐. 아니야.” 보드카와 얼음이 담긴 유리병, 작은 유리잔 두 개가 나오자 보리스가 우리 두 사람에게 한 잔씩 따랐다. “아스트리드랑 애들은 대부분 스톡홀름에서 지내. 가끔 겨울에 스키를 타러 애스펀에 오기도 하고. 아스트리드는 스키 챔피언이야, 열아홉 살 때 올림픽 선수가 됐지.”

“아, 그래?” 나는 그 말에 놀란 것처럼 보이지 않으려고 최선을 다하며 말했다. 자세히 보면 확연히 드러났는데, 아이들은 너무 밝은 금발 머리에 너무 말라 보여서 조금이라도 보리스와 연관 짓기가 힘들었다.

“응. 응.” 보리스가 아주 진지하게, 고개를 열심히 끄덕이면서 말했다. “아스트리드는 항상 스키를 탈 수 있는 곳에서 살아야 하고— 너도 알잖아, 난 빌어먹을 눈이 너무 싫어, 하! 아스트리드의 아버지는 완전 극우야, 근본적으로 나치나 다름없지. 내 생각엔 말이야, 그런 아버지가 있으니 아스트리드가 우울증에 걸린 것도 놀랄 일이 아니야! 진짜 가증스러운 노친네라니까! 하지만 아주 불행하고 비참한 사람들이야, 전부, 스웨덴 사람들 모두 말이야. 술을 마시면서 웃다가도 순식간에 우울해져서 한마디도 안 한다니까. *지엥쿠예(Dziękuję)*." 작은 접시들이 담긴 쟁반을 들고 다시 나타난 웨이터에게 보리스가 말했다. 흑빵, 감자 샐러드, 청어 두 종류, 사워크림과 오이, 양배추 말이, 절인 알이었다.

"여기서 음식도 파는지 몰랐네."

"안 팔아." 보리스가 빵에 버터를 바르고 소금을 뿌리면서 말했다. "근데 배가 너무 고파서. 옆집에서 뭐 좀 가져오라고 했지." 보리스가 잔을 내 잔에 부딪치며 말했다. "*스토 라트(sto lat)*!" 예전부터 우리가 건배를 할 때 외치던 말이었다.

"*스토 라트*." 보드카는 향기로웠고 뭔지 모르겠지만 씁쓸한 허브 향이 첨가되어 있었다.

"그래서—" 내가 음식을 먹으면서 말했다. "미리엄은?"

"어?"

나는 우리가 어린 시절에 하던 것처럼 양 손바닥을 내밀었다. *설명해봐*.

"아, 미리엄! 내 밑에서 일해! 그런 걸 오른팔이라고 하나? 하지만 분명히 말해두는데, 미리엄은 웬만한 남자보다 훨씬 나아. 아 진짜, 대단한 여자라니까. 하나 더 말해두자면, 미리엄을 좋아하는 사람이 많지는 않아. 같은 무게의 황금만큼 가치 있는 여자야. 자, 자." 보리스가 내 잔을 다시 채워서 밀어주며 말했다. "*자 브스트레후(Za vstrechu)*!" 그가 나를 향해 자기 잔을 들었다. "우리 만남을 위하여!"

"내가 건배할 차례 아니야?"

"맞아." 그가 내 잔에 잔을 부딪쳤다. "나 배고파 죽겠는데 네가 너무 오래 끌어서."

"그럼, 우리의 만남을 위하여!"

"우리의 만남을 위하여! 그리고 운명을 위하여! 우리를 다시 만나게 해준 운명을 위하여!"

같이 술잔을 비우자마자 보리스가 음식에 달려들었다. "정확히 무슨 일을 하는 거야?" 내가 물었다.

"이것저것." 보리스는 여전히 배가 고픈 순진한 아이처럼 게걸스럽게 먹었다. "여러 가지. 그럭저럭 사는 거지, 뭐."

"어디 살아? 스톡홀름?" 보리스가 대답하지 않아서 내가 덧붙였다.

보리스가 손을 쫙 펴서 흔들었다. "여기저기."

"예를 들어서—"

"어, 알잖아. 유럽, 아시아, 북미, 남미……."

"넓은데."

"음." 보리스가 입안 가득 청어를 넣고 턱에 묻은 사워크림 방울을 닦으며 말했다. "작은 사업체도 가지고 있어, 무슨 말인지 알지?"

"뭐라고?"

보리스가 맥주를 한 모금 꿀꺽 마시며 청어를 넘겼다. "너도 알잖아. 공식적으로는 청소 회사야. 대부분 폴란드 출신이지. 회사 이름도 중의적이고 근사하지. '폴리시 청소 서비스'.* 알겠어?" 보리스가 절인 알을 깨물었다. "우리 모토가 뭔지 알아? '완전히 없애드립니다'야, 하!"

나는 그 점에 대해서는 아무 말도 하지 않기로 했다. "그럼 지금까지 계속 미국에 있었던 건가?"

"아, 아니야!" 보리스가 다시 보드카를 두 잔 따르고 나를 향해 잔을 들었다. "많이 돌아다녔어. 미국에 들어오는 건 1년에 6주에서 8주 정도고. 나머지는—"

* 폴리시(polish)는 '폴란드의'라는 뜻도 있지만 '반짝거리게 닦다'라는 뜻도 된다.

"러시아?" 내가 보드카를 마시고 손등으로 입을 닦으며 말했다.

"꼭 그렇진 않아. 북유럽 쪽이지. 스웨덴, 벨기에. 가끔 독일도 가고."

"네가 돌아간 줄 알았어."

"어?"

"왜냐면— 음. 소식을 한 번도 못 들었으니까."

"아." 보리스가 부끄럽다는 듯 코를 문질렀다. "엉망이었거든. 너희 집에서— 그 마지막 날 밤 기억나?"

"물론이지."

"음. 내 평생 그렇게 많은 약은 처음 봤어. 코카인이 15그램은 되는 것 같았는데, 하나도, 4분의 1그램도 안 팔았어. 많이 나눠 줬지, 물론— 학교에서 인기가 아주 많았지, 하! 다들 날 진짜로 좋아하더라고! 하지만 대부분은— 내 코로 들어갔어. 그리고 또 우리가 찾은 봉지 말이야. 온갖 알약이 들어 있던 거, 기억나? 작은 초록색 알약? 어떤 건 아주 심각한 말기 암 환자나 먹는 진통제였어. 그런 걸 정말로 먹었다면 너희 아빠는 진짜로 미친 중독자였던 거야."

"그래, 나도 결국 좀 먹었어."

"그럼 너도 알겠네! 그 멋진 초록색 옥시콘틴은 이제 더 이상 나오지도 않아! 완전 마약 타도를 외치고 있으니, 주사도 못 맞고 들이마시지도 못하지! 근데 너희 아빠는? 그러니까— 술을 마시다가 *그런 걸로* 넘어갔다고? 차라리 노숙하는 주정뱅이가 되는 게 나아. 처음 먹었을 땐 겨우 한 알 먹고 기절했다니까, 코트쿠가 거기 없었으면—" 보리스가 손가락으로 목을 그었다. "*꽥.*"

"그래." 내가 호비 아저씨네 집에서 책상에 머리를 박고 기절했던 그때, 아주 기분이 좋았지만 어리석었던 때를 떠올리며 말했다.

"아무튼—" 보리스가 보드카를 한입에 꿀꺽 삼키고 두 잔을 다시 채웠다.

"잰드라가 판매를 하고 있었더라고. 아, *그거* 말고, 그건 너희 아빠 거였어. 본인이 먹을 거. 그거 말고 다른 건 잰드라가 직장에서 팔던 거였어. 스튜어트랑 리사라는 부부 기억나? 완전 멀쩡한 부동산 중개인 같은 사람들 있었잖아. 그 사람들이 잰드라한테 돈을 대고 있었어."

내가 포크를 내려놓았다. "어떻게 알아?"

"잰드라가 말해줬거든! 잰드라가 약을 잃어버리고 나니까 그 사람들이 험악해졌던 것 같아. 그 변호사같이 생긴 놈이랑 데이지 토트백이나 들고 다닐 것 같은 여자, 너희 집에 왔을 땐 진짜 착하고 친절했잖아……. 머리를 쓰다듬으면서…… '우리가 할 수 있는 일이 있으면……' '불쌍한 잰드라……' '너무 안됐어……' 그러다가 약이 사라지니까— 휴. 이야기가 다른 거지! 잰드라한테 그 이야기를 들으니까 진짜 미안하더라, 우리 때문이잖아! 잰드라는 난리가 난 거지! 그때는—" 보리스가 코를 살짝 튀겼다. "완전 여기까지 묻혔던 셈이지. 끝장이었어."

"잠깐, 잰드라가 너한테 그런 얘기를 다 했다고?"

"그래. 너 떠나고 나서. 내가 잰드라랑 살 때."

"어, 보충 설명이 좀 필요하겠는데."

보리스가 한숨을 쉬었다. "음, 좋아. 이야기가 길어. 우리 못 본 지 한참 됐으니까, 그치?"

"잰드라랑 살았다고?"

"으음— 왔다 갔다 했어. 사오 개월 정도? 잰드라가 리노로 돌아가기 전까지. 그 뒤로는 연락이 끊겼고. 아빠는 오스트레일리아로 돌아가고, 코트쿠랑 나도 끝나기 직전이었고—"

"진짜 이상했겠네."

"음— 뭐 그랬지." 보리스가 초조하게 말했다. "있잖아—" 그가 뒤로 기대어 앉으며 다시 웨이터를 손짓해 불렀다. "난 상태가 아주 나빴어. 며칠 동안 잠을 못 잤지. 코카인 하고 나서 약 기운이 떨어지면 어떤지 알잖아, 끔찍하지. 난 혼자였고 진짜 무서웠어. 영혼의 병 같은 그거 알지? 숨은 가쁘고, 엄청 무섭고, 죽음이 손을 내밀어서 날 데려갈 것 같은 기분 있잖아. 힘도 없고— 기분도 더럽고— 무서워서 덜덜 떨리는 그 기분. 죽기 직전의 새끼 고양이처럼 말이야! 게다가 크리스마스라서 다들 어디론가 떠나고 없었지! 여기저기 수없이 전화를 돌렸는데 아무도 안 받고— '리'라는 사람한테도 갔는데, 그 수영장 딸린 집에서 가끔 놀다 자고 그랬으니까, 근데 그 사람도 없고 문은 잠긴 거야. 걷고 또 걷고, 거의 비틀거리며 돌아다녔지. 춥고 무서웠어! 아무도 집에 없고! 그래서 잰드라 집으로 갔어. 코트쿠가 나랑 말도 안 할 때였거든."

"야, 진짜 용기가 대단하다. 난 백만 달러를 준다고 해도 다시는 안 갔을 텐데."

"알아, 약을 좀 먹어야 했지. 하지만 *너무* 외롭고 아팠어. 입술은 덜덜 떨리고 말이야. 가만히 누워서 시계를 보면서 심장박동을 세고 싶은 그런 거 있잖아? 그런데 누울 데가 없는 거야. 시계도 없고. 눈물이 날 지경이었지! 뭘 해야 할지도 모르겠고! 잰드라가 아직 그 집에 사는지 어떤지도 몰랐어. 하지만 불이 켜져 있었고—그게 거리의 유일한 불이었어—유리문으로 보니까 잰드라가 그 돌핀스 셔츠를 입고 부엌에서 마르가리타를 만들고 있더라고."

"잰드라는 어쨌고?"

"하! 처음엔 안 들여보내주려고 했지! 문을 막고 서서 한참 동안 소리를 질렀어, 온갖 욕을 퍼부으면서 말이야! 그런데 그때 내가 울기 시작한 거야. 그러다가 거기서 좀 지내도 되느냐고 물으니까 뭐랬는지 알아?" 보리스가 어깨를 으쓱했다. "그러라고 하더라."

"뭐라고?" 내가 보리스가 따라준 잔으로 손을 뻗으며 말했다. "그냥 그 집에서 같이 지냈다는 거야, 아니면—"

"난 무서웠어! 잰드라가 자기 방에서 자라 그랬고! TV에 크리스마스 영화를 틀어놓고!"

"흐음." 보리스는 내가 자세히 물어보기를 바라는 것 같았지만 재밌어하는 표정을 보니 잰드라의 방에서 잤다는 얘기조차 믿어야 할지 말아야 할지 판단이 서지 않았다. "음, 안 쫓겨났다니 다행이네, 뭐. 내 욕은 안 했어?"

"음, 했지, 조금." 보리스가 낄낄 웃었다. "사실은 엄청 했어! 왜냐면, 그러니까, 화내지 마, 내가 다 너 때문이라고 했거든."

"뭐, 내가 도움이 됐다니 다행이다."

"당연히 도움이 됐지!" 보리스가 흥겹게 내 잔에 자기 잔을 부딪쳤다. "진짜 고맙다! 만약에 네가 나처럼 했어도 난 신경 안 썼을 거야. 그런데 솔직히, 불쌍한 잰드라는 나를 보고 반가웠던 것 같아. *누구라*도 찾아갔으면 그랬겠지. 그러니까 말이야— " 보리스가 한 잔을 단번에 넘겼다. "제정신이 아니더라고……. 나쁜 친구들……. 잰드라는 완전 혼자였어. 술을 엄청 마셨고 출근하는 걸 무서워했지. 잰드라가 무슨 일을 당해도 이상할 게 없었어, 아주 쉽지— 이웃도 없잖아. 진짜 소름 돋아. 왜냐면 보보 실버는— 음, 보보는 사실 그렇게 나쁜 사람은 아니었어. '좋은 사람'이라던데? 사람들이 괜히 그렇게 부르는 게 아니야! 잰드라는 그 사람을 죽을 만큼 무서워했지만 실버는 잰드라한테 너희 아빠 빚을 갚으라고 안 했어. 뭐 아무튼, 심각하게 쫓아다니지는 않았어. 전혀. 아저씨 빚이 상당했는데. 잰드라한테 한 푼도 없다는 걸 실버도 알았나 봐. 너희 아빠도 잰드라를 완전 엿 먹인 거니까. 관대해질 만도 하지. 순무에서 피를 짜낼 순 없는 거잖아. 하지만 그 사람들, 잰드라의 친구라는 사람들은 은행가처럼 비열했어. 어떤 건지 알지? '너 나한테 줄 돈 있잖아.' *진짜* 심하고 완전 끈질기더라, 무섭던데. 실버보다 더했다니까! 게다가 그렇게 큰돈도 아니었는데, 잰드라는 돈이 쪼들리는데 친구들은 진짜 고약하게 굴고, 아주—" 보리스는 머리를 약간 옆으로 기울이고 공격적으로 손가락질을 하면서 흉내 냈다. "'시끄러워, 우린 못 기다려. 무슨 수를 찾는 게 좋을걸.' 막 그러더라고. 아무튼, 그때 내가 돌아가서 오히려 잘된 거지, 그땐 내가 도울 수 있었으니까."

"어떻게 도와?"

"내가 가져갔던 돈을 돌려줬어."

"안 썼어?"

"음, 아니." 보리스가 이성적으로 설명했다. "썼지. 그런데— 다른 일이 좀 있었거든. 그러니까 코카인이 떨어지자마자 내가 어떻게 했는지 알아? 그 돈을 가지고 총기 가게의 지미를 찾아가서 약을 더 샀어. 음, 나랑 앰버를 위해서, 우리 둘만 위해서. 걘 정말 정말 아름답고, 진짜 순진하고 특별한 애였어. 나이도 아주 어려서 겨우 열네 살인가 뭐 그랬어! MGM 그랜드에 갔던 그날 밤에 우린 아주 친해졌어, KT네 아빠 스위트룸 욕실 바닥에 앉아서 계속 이야기를 했지. 키스도 안 했어! 얘기만 하고 또 하고! 난 울 뻔했어. 서로한테 정말로 마음을 연 거지. 그리고—" 보리스가 가슴에 손을 얹었다. "마침내 아침이 왔을 땐 정말 슬펐어, 왜 끝나야 할까? 우린 거기 앉아서 끝도 없이 이야기를 나눌 수 있었는데! 그것만으로 완벽하고 행복했는데! 우린 그 정도로 가까워졌어, 단 하룻밤 만에 말이야. 아무튼— 그래서 지미를 찾아갔던 거야. 지미는 진짜 쓰레기 같은 코카인을 팔았지, 스튜어트랑 리사의 코카인에 반도 못 미쳐. 근데 다들 알게 된 거야, 주말에 MGM 그랜드에서 내가 약을 줬다는 얘기를 다 들어서 완전 난리가 났지. 그래서 애들이 날 찾아왔어. 그러니까, 학교에 돌아간 첫날에 열두 명쯤이 날 찾아왔지. 나한테 돈을 던지는 거야. '그거 좀 줄래…… 그거 좀 줄래…… 우리 형이 찾아서 그러는데 그거 좀 줘봐…… 난 주의력결핍장애가 있어서, 숙제 하려면 그게 필요해…….' 얼마 뒤에 보니까 3학년 미식축구 선수들이랑 농구 팀 반이 나한테 그걸 사고 있더라고. 여자애들도 엄청 많았어……. 앰버랑 KT 친구들이랑…… 조던 친구들도 있고…… 라스베이거스 대학 학생들까지! 처음 몇 봉지를 팔았을 땐 손해였어, 돈을 얼마나 달라고 해야 할지 몰라 싸게 팔면서 다들 날 좋아했으면 했거든, 그래, 그랬지. 하지만 파는 방법을 알고 나서는 완전 부자가 됐어! 지미는 나한테 엄청 싸게 줬어, 자기도 덕분에 돈을 많이 벌었으니까. 약을 파는 지미 같은 사람들이 무서워서 직접 못 사는 애들한테 내가 약을 판 거니까 지미한테도 엄청 도움이 됐지. KT…… 조던…… 그 여자애들은 돈이 진짜 많았어! 항상 날 찾아왔지. 코카인은 엑스터시랑 달라— 엑스터시도 팔았는데, 그건 오락가락했어. 엄청 팔리다가 며칠 동안 하나도 안 팔리기도 하고. 하지만 코카인은 단골이 많고 다들 일주일에 두세 번은 전화를 했어. 그러니까, KT만 해도—"

"와아." 이렇게 오랜 세월이 지났는데도 그녀의 이름을 듣자 마음이 찡했다.

"그래! KT를 위하여!" 우리는 잔을 높이 들고 마셨다.

"진짜 예뻤는데!" 보리스가 잔을 꽝 내려놓았다. "근처에 가면 어지러웠어. 같은 공기를 마시는 것만으로도 말이야."

"걔랑 잤어?"

"아니……. 아, 시도는 했는데……. 근데 완전히 취해서 분위기 좋았을 때 걔가 자기 남동생 방에서 손으로 해주긴 했어."

"아, 아, 진짜 내가 그때 떠난 게 잘못이었네."

"진짜야. 난 걔가 지퍼를 내리기도 전에 팬티에다 쌌다니까. 그리고 KT는 용돈이—" 보리스가 술이 빈 내 잔으로 손을 뻗었다. "한 달에 2천 달러였어! 그것도 옷값으로만! 근데 KT는 이미 옷이 많으니까, 더 필요하겠어? 아무튼, 크리스마스쯤 됐을 때 난 막 그런 영화에 들어간 것 같았어, 챙챙 소리가 나면서 달러 표시가 막 뜨는 거 있잖아. 전화가 끊임없이 울렸어. 모든 아이들의 최고의 친구! 한 번 본 적도 없는 여자애들이 나한테 키스하고 목에 걸고 있던 금목걸이를 빼주고 그러는 거야! 난 할 수 있는 약은 다 했어. 밤이고 낮이고, 가루를 내 손바닥만큼 길게 늘어놓고 했는데도 사방에 돈이 넘쳤어. 우리 학교의 스카페이스*였지! 어떤 애는 나한테 오토바이를 주고 어떤 애는 중고차를 주더라. 바닥에 던져놨던 옷을 집어 들면 주머니에서 수백 달러가 떨어졌어— 어디서 난 건지도 모르는데 말이야."

"얘기를 따라가질 못하겠다, 너무 엄청나."

"음, 그러게 말이야! 그냥 난 이렇게 배운다는 얘기야. 사람들은 경험이 좋은 선생이라고 하고 보통은 그렇지만, 그 경험 때문에 내가 안 죽은 게 다행이야. 가끔…… 어쩌다 맥주 마시고…… 약을 한두 번 하거든? 하지만 요즘은 대체로 썩 안 좋아해. 너무 지쳤나 봐. 만약에 5년 전쯤에 날 만났으면 어땠을지 알아? 완전히—" 보리스가 양 볼을 쏙 빨아들였다. "이랬을 거야. 하지만—" 웨이터가 청어와 맥주를 들고 다시 나타났다. "내 얘긴 됐고. 넌—" 보리스가 나를 위아래로 훑어보았다. "어때? 잘 지내고 있는 거 같은데?"

"응, 괜찮아, 그런 거 같아."

"하!" 보리스가 부스에 양팔을 걸치고 뒤로 기댔다. "진짜 웃긴 세상이지, 응? 골동품을 판다고? 그 나이 많은 게이랑? 그 사람이 끌어들인 거야?"

"맞아."

"대단한 일이라던데."

"맞아."

보리스가 나를 또 훑어보았다. "행복하냐?"

"뭐, 아주 행복한 건 아냐."

* 미국의 유명한 갱단 두목 알 카포네의 별명으로, 금주법 시절에 술을 파는 등 여러 가지 불법행위로 큰돈을 벌었다.

"그럼 들어봐! 좋은 생각이 있어! 나랑 일하자!"

나는 웃음을 터뜨렸다.

"농담 아니야! 아니지, 절대 아니지." 내가 무슨 말을 하려고 했지만 보리스가 무게를 잡고 말을 막으며 술을 새로 따라서 내 쪽으로 밀었다. "얼마 받아? 진짜로. 내가 두 배 줄게."

"아니야, 난 *내* 일이 좋아—" 발음이 과장되게 나왔다. 내가 이 정도로 취했나? "내가 *하는* 일이."

"그래?" 보리스가 나를 향해 잔을 들었다. "그럼 왜 안 행복한데?"

"그 얘긴 하기 싫어."

"왜 싫어?"

내가 됐다는 뜻으로 손을 저었다. "그냥." 몇 잔이나 마셨는지 기억이 나지 않았다. "그냥 그래."

"일 때문이 아니면 뭔데?" 보리스가 당당하게 고개를 젖히며 술잔을 비운 다음 새로 나온 청어를 먹기 시작했다. "돈 문제야? 아님 여자?"

"둘 다 아니야."

"그럼 여자군." 보리스가 의기양양하게 말했다. "그럴 줄 알았어."

"보리스—" 내가 남은 보드카를 마시고 탁자를 탁 쳤다. 난 정말 천재였다, 미소가 멈추지 않았다. 지난 몇 년 동안 떠오른 생각 중 최고였다! "술은 이제 됐어. 자— 가자! 너 진짜 진짜 놀랄 거야."

"*가자니?*" 보리스가 눈에 띄게 신경을 곤두세웠다. "어딜?"

"같이 가. 보면 알아."

"난 여기가 좋은데."

"보리스—"

보리스가 뒤로 기대어 앉았다. "됐어, 포터." 보리스가 양손을 들며 말했다. "진정해."

"보리스!" 나는 모두가 화를 낼 만한 말이라는 듯이 술집에 가득한 사람들을 보고 다시 보리스를 봤다. "여기 앉아 있는 거 지겨워! 나 *여기 몇 시간이나 있었다고*."

"하지만—" 보리스가 짜증을 냈다. "너 때문에 오늘 밤 다 비웠단 말이야! 할 일도 많은데! 갈 거야?"

"그래! 너도 따라와. 왜냐면—" 내가 두 팔을 활짝 폈다. "깜짝 놀랄 걸 봐야지—"

"깜짝 놀랄 거?" 보리스가 냅킨을 뭉쳐서 내던졌다. "뭔데?"

"곧 알게 될 거야." 보리스는 왜 이러는 걸까? 즐기는 방법을 잊었나? "이제 가자, 여기서 나가자."

"왜? 지금?"

"그냥!" 술집은 어둡고 시끄러웠다. 나는 평생 이렇게 굳게 확신한 적이 없었다. 내가 정말로 똑똑한 것 같아서 기분이 좋았다. "가자. 마셔!"

"진짜 꼭 이래야 돼?"

"너도 좋아할 거야. 약속해. 가자!" 나는 손을 뻗어서 나름대로 친근하게 보리스의 어깨를 흔들었다. "야, 농담 아니야, 생각도 못 할 만큼 좋은 일이야, 너 진짜 깜짝 놀랄 거야."

보리스가 팔짱을 끼고 기대어 앉아 의심스럽다는 듯이 나를 보았다. "너 나한테 엄청 화난 거 같은데."

"보리스, 무슨 소리야." 너무 취한 내가 비틀비틀 일어나서 탁자에 기대어 숨을 돌렸다. "잔말 말고 그냥 가자."

"지금 너랑은 어디에도 가면 안 될 거 같은데."

"그래?" 내가 반쯤 감은 눈 한쪽으로 보리스를 보았다. "갈 거야, 말 거야?"

보리스가 냉정하게 나를 보았다. 그러더니 엄지와 검지로 콧대를 잡고 말했다. "어디로 가는지 말 안 할 거지."

"응."

"그럼 내 기사 불러도 돼?"

"기사?"

"응. 두세 블록 떨어져서 기다리고 있어."

"말도 안 돼." 내가 시선을 돌리고 웃었다. "*기사*도 있어?"

"같이 가도 되는 거지, 그럼?"

"안 될 게 뭐 있어?" 짧은 침묵 후에 내가 말했다. 취하기도 했지만 보리스의 태도에 멈칫할 수밖에 없었다. 보리스는 이상하고 뭔가를 계산하는 듯 알 수 없는 분위기로 나를 보고 있었다. 한 번도 본 적 없는 모습이었다.

보리스가 남은 보드카를 마시고 일어섰다. "아주 좋아." 그러고는 불을 붙이지 않은 담배를 손가락 끝으로 빙빙 돌렸다. "그럼 이 말도 안 되는 일은 얼른 끝내자고."

6

내가 호비 아저씨의 집 현관문을 열 때 보리스는 열쇠로 자물쇠를 열면 어마어마한 폭발이 일어날 거라고 생각하는 사람처럼 멀찍이 떨어져 서 있었다. 보리스의 기사는 집 앞에 겹주차를 해놓고 과시하듯 구름 같은 배기가스를 뿜고 있었다. 우리가 차에 타자 보리스와 기사는 우크라이나어로만 대화를 했다. 나는 대학에서 러시아어 회화를 두 학기나 들었지만 하나도 알아들을 수 없었다.

"들어와." 나는 미소를 참지 못했다. 이 바보 같은 보리스는 무슨 생각을 한 걸까, 내가 자기를 덮치거나 납치라도 하려는 줄 알았나? 하지만 보리스는 두 주먹을 외투 주머니에 넣고서 여전히 길거리에 서서 겐카인지 규리인지 교르기인지 아무튼 내가 이름을 까먹은 기사를 어깨 너머로 보고 있었다.

"왜 그래?" 내가 말했다. 내가 덜 취했다면 보리스의 과대망상에 화가 났겠지만 그때는 그냥 웃긴다고만 생각했다.

"다시 말해봐, 우리가 여기 왜 와야 하는데?" 보리스가 여전히 멀찍이 떨어져서 말했다.

"보면 알아."

"너 여기 살아?" 보리스가 의심스러운 듯이, 응접실 안쪽을 보며 말했다. "여기가 네 집이야?"

내가 문 앞에서 생각보다 더 시끄럽게 군 것이 분명했다. "시오?" 집 안쪽에서 호비 아저씨가 불렀다. "너니?"

"네." 아저씨는 저녁 식사 모임이 있는지 양복에 타이 차림이었다. 제길, 손님이 있나? 새벽 세 시는 된 것 같았는데 이제 겨우 저녁 시간임을 깨닫고 나는 깜짝 놀랐다.

보리스가 양손을 외투 주머니에 넣은 채 문을 활짝 열어두고 조심스럽게 나를 따라 들어와서는 유약을 바르지 않은 커다란 항아리들과 샹들리에를 보았다.

"아저씨." 내가 말했다. 호비 아저씨가 놀란 눈을 하고 복도까지 나왔고 뒤따라 드프리스 부인이 걱정스러운 표정으로 재빨리 다가왔다. "아저씨, 안녕하세요, 제가 말씀드렸었죠—"

"*팝칙!*"

충성스럽게 복도를 지나 현관문으로 따라오던 자그마한 흰 뭉치가 딱 멈췄다. 그러더니 팝칙은 높은 소리로 짖으며 최대한 빨리 뛰어왔고 (하지만 이제는 전혀 빠르지 않았다) 보리스가 함성을 지르고 웃음을 터뜨리며 털썩 무릎을 꿇었다.

"아!" 보리스가 팝칙을 잡아채서 번쩍 들자 녀석이 발버둥을 쳤다. "너 살쪘네! 얘 살쪘어!" 보리스가 화를 내듯이 말했고 팝칙은 폴짝폴짝 뛰어 보리스의 얼굴에 뽀뽀를 했다. "네가 살찌웠구나! 그래, 안녕, *포우스티시카(poustyshka)*, 복슬이, 안녕! 나 기억하지, 응?" 보리스는 뒤로 쓰러져서 사지를 쭉 뻗고 껄껄 웃었고 팝칙은 기뻐서 소리를 지르면서 보리스 주변을 뛰어다녔다. "얘가 날 기억하네!"

호비 아저씨가 안경을 고쳐 쓰고 재미있다는 표정으로 옆에 서 있었고, 드프리스 부인은 별로 재미없다는 표정으로 호비 아저씨 뒤에 서서 보드카 냄새를 풍기는 손님이 양탄자 위에서 개와 뒹구는 모습을 보며 얼굴을 약간 찌푸렸다.

"설마 이건 아니겠지." 보리스가 양복 재킷 주머니에 손을 넣으며 말했다. "이게 네가 말한—"

"바로 이거야."

7

우리는 집에 오래 있지 않았다. 호비 아저씨는 몇 년 동안 보리스 얘기를 많이 들었기 때문에 한잔하러 가자! 라고 했고 보리스 역시 흥미롭고 궁금한 것 같았다. 카메이왈라그의 주디처럼 보리스가 옛날에 알던 수수께끼의 인물이 나타났다면 나도 그랬을 것이다. 하지만 우리는 술에 취해서 너무 떠들썩했고, 미소를 짓고 있지만 반지를 낀 작은 손을 무릎에 얹고 별로 말이 없는 드프리스 부인은 기분이 상한 것 같았다.

그래서 우리는 밖으로 나갔다. 신이 난 팝칙이 종종거리며 따라왔고, 보리스는 기뻐서 소리를 지르며 차를 향해 다음 블록에서 우리를 태우라는 손짓을 보냈다. 그러고는 포퍼에게 말했다. "그래, *포우스티시카*, 그래, 우리

거야! 우리 차야!"

보리스의 기사가 갑자기 보리스만큼이나 영어를 잘하게 된 것 같았다. 우리 셋은, 아니 뒷다리로 서서 앞발로 유리창을 짚고 웨스트사이드 고속도로 불빛을 진지하게 보고 있던 포퍼까지 우리 넷은 모두 친구가 되었다. 보리스는 팝칙에게 빠르게 무슨 말을 하면서 끌어안고 뒷덜미에 입을 맞췄고, 동시에 규리(기사)에게 영어와 러시아어를 섞어가면서 내가 정말 멋진 사람이라고, 어린 시절의 친구이자 자기 심장에 흐르는 피라고, (규리는 몸을 돌려 뒷좌석으로 왼손을 뻗어 나와 근엄하게 악수를 했다) 그리고 이 넓은 세상에서 이렇게 오랫동안 헤어졌던 두 친구가 다시 만나다니 인생은 정말 소중한 것이라고 말했다.

"그럼요." 규리가 우울하게 말하면서 휴스턴가로 너무 빠르게 꺾는 바람에 내가 문 쪽으로 미끄러졌다. "나랑 바딤도 그랬죠. 난 매일 바딤을 애도해요. 너무 슬퍼서 밤에 자다가도 벌떡 일어나서 애도하죠. 바딤은 형제나 마찬가지였어요 — " 그가 나를 흘깃 보았다. 규리가 횡단보도로 뛰어들자 길 가던 사람들이 사방으로 흩어졌고 깜짝 놀란 얼굴들이 바깥에서 유리를 물들였다. "형제보다 더 중요한 친구였어요. 보리아랑 나처럼요. 하지만 바딤은—"

"끔찍한 일이었어." 보리스가 낮은 목소리로 나에게 말하고 다시 규리에게 말했다. "그래그래, 끔찍했지."

"우린 바딤이 너무 일찍 땅으로 돌아가는 모습을 봤어요. 라디오에서 나오는 그 노래가 맞아요. 그 노래 알아요? 〈피아노 맨〉 부른 가수 노래? '착한 사람만이 일찍 죽는다'."

"바딤은 거기서 우리를 기다리고 있을 거야." 보리스가 좌석 너머로 손을 뻗어 규리의 어깨를 톡톡 두드리며 위로했다.

"그래요, 나도 바딤에게 그러라고 했어요." 규리가 이렇게 중얼거리면서 어떤 차 앞으로 갑자기 끼어드는 바람에 안전벨트가 나를 꽉 조였고 팝칙은 공중에 붕 떴다. "그건 아주 깊은 문제죠— 말로는 기릴 수가 없지요. 인간의 혀로는 표현할 수가 없어요. 하지만 결국—삽으로 흙을 퍼서 그를 안식처로 보내면서—나는 내 영혼으로 말했어요. '잘 가라, 바딤. 나도 곧 갈 테니까 문을 잡고 기다려. 네가 있는 거기에 내 자리도 하나 맡아놔.' 하지만 신께서는—" 나는 침착한 표정을 잃지 않으려고 애를 쓰면서 팝칙을 무릎에 앉혀서 꽉 잡고 생각했다. *아, 제발 좀 앞을 똑바로 보라고.* "표도르, 나 좀 도와줘요, 난 신에 대해서 아주 궁금한 게 두 가지 있어요. 당신은 대학교수잖아요." (뭐라고?) "그러니까 해답을 줄 수 있을지도 몰라요. 첫 번째 의문은—" 백미러 속에서 규리의 눈과 내 눈이 마주쳤고, 그가 손가락을 쭉 뻗어 들어 올렸다. "신은 유머 감각이 있을까요? 두 번째로 궁금한 건, 신의 유머 감각은 잔인할까요? 신은 벌레를 가지고 노는 잔인한 어린애처럼 우리를 재미로 가지고 놀면서 고문하는 걸까요?"

"어—" 규리의 강한 시선이 저 앞의 모퉁이가 아니라 나를 보고 있어서 깜짝 놀랐다. "음, 글쎄요, 나도 모르겠네요. 그렇지 않기를 바라지만요."

"앤 그런 걸 물어볼 만한 상대가 아니야." 보리스가 나에게 담배를 권하고 앞좌석의 규리에게도 한 개비를 건네면서 말했다. "신은 시오를 무척 괴롭혔지. 고통이 고귀한 자를 만든다면 앤 왕자라고. 자, 규리—" 보리스가 구름 같은 담배 연기 속에서 뒤로 기댔다. "부탁이 있어."

"뭐든지 말해요."

"우리 내린 다음에 걔 좀 봐줄래? 뒷좌석에 태우고 어디든 가고 싶어 하는 데로 드라이브 좀 하고 와."

클럽은 퀸스에 있었는데, 정확히 어딘지는 나도 설명할 수 없었다. 빨간 양탄자가 깔린 앞쪽 클럽은 감옥에서 막 나온 사람이 할아버지의 뺨에 입을 맞추는 장소로 어울릴 것 같은 곳으로, 번쩍이는 금색 천으로 멋을 부린 식탁들 둘레에 루이 16세 양식 의자를 놓고 술꾼들이 대가족 모임을 하듯 둘러앉아서 먹고 마시고 담배를 피우고 소리를 지르고 서로 등을 두드렸다. 래커를 바른 것처럼 반질반질한 짙은 붉은색 벽에는 이상한 전구와 색색의 알루미늄으로 만든 소비에트 시대의 크리스마스 장식—수탉, 둥지를 튼 새들, 빨간 별들과 로켓선, 소련 국기와 천박한 키릴 문자 슬로건(*친애하는 스탈린이여, 새해를 축하합니다*)—과 크리스마스 화환이 화려하면서도 대충 장식한 것처럼 걸려 있었다. 보리스(자동차 뒷좌석에서 병째 마셨기 때문에 역시 많이 취했다)는 나에게 어깨동무를 하고 젊은이든 늙은이든 눈에 띄는 모든 사람에게 러시아어로 나를 형제라고 소개했는데, 사람들은 내가 보리스의 진짜 형제라는 줄 알았는지 여자고 남자고 전부 나를 끌어안고 입을 맞추고 크리스털 얼음 통에서 커다란 보드카 병을 들어 술을 따라주려고 했다.

우리는 겨우겨우 클럽 뒤쪽에 도착했다. 독사 같은 눈빛에 머리를 밀고 턱뼈까지 키릴 문자 문신을 새긴 깡패가 검은 벨벳 커튼 앞을 지키고 있었다. 안으로 들어가자 음악이 쿵쿵거렸고 땀, 애프터셰이브, 마리화나와 코이바 시가 연기 때문에 공기가 탁했다. 아르마니, 운동복, 다이아몬드와 백금 롤렉스 시계들. 나는 이렇게 많은 남자들이 이렇게 많은 금붙이를 걸친 모습을 본 적이 없었다. 금반지, 금 체인, 금 앞니. 이국적이고 뒤죽박죽이면서 환하게 반짝거리는 꿈을 꾸는 것 같았다. 이제 너무 많이 취해서 불편한 단계에 다다른 나는 눈의 초점을 맞출 수도 없어서 나를 끌고 다니는 보리스에게 몸을 맡기고 고개를 꾸벅이면서 사람들 사이를 누빌 뿐 아무것도 할 수 없었다. 밤이 깊어지자 미리엄이 그림자처럼 다시 나타났다. 그녀는 내 뺨에 음산하고 무시무시한 입맞춤을 했다. 일종의 의식(儀式) 같은 몸짓에 시간이 멈춘 듯하더니, 그녀와 보리스가 사라지고 나는 잔뜩 취한 채로 줄담배를 피우는 러시아 국적자들 사이에 남겨졌다. 그들은 내가 누군지 아는 것 같았고

("표도르!") 내 등을 탁 치면서 술을 따라주고, 음식을 권하고, 말버러를 권하고, 대답을 기대하지도 않으면서 러시아어로 친근하게 소리쳤다.

내 어깨에 얹히는 손. 누군가가 내 안경을 벗기고 있었다. "누구세요?" 내가 갑자기 내 무릎에 앉으려는 낯모르는 여자에게 물었다.

재나라고 해요. 안녕, 재나! 뭐 하고 있었어요? 그냥 있었어요, 당신은요? 인공적으로 살갗을 태운 포르노 스타 같은 여자였고 확대 수술을 한 가슴이 원피스 밖으로 흘러나올 것만 같았다. 우리 집안에는 예언자의 피가 흘러요. 손금을 읽어드릴까요? 어어, 물론이죠. 그녀는 영어를 잘했지만 클럽이 소란스러워서 무슨 말을 하는지 알아듣기 어려웠다.

"당신은 타고난 철학자군요." 그녀가 핫핑크색 매니큐어를 바른 손톱 끝으로 내 손바닥을 훑었다. "아주아주 지적이에요. 부침이 심하고— 살면서 많은 일들을 조금씩 해봤군요. 하지만 당신은 외로워요. 평생 함께할 여자를 꿈꿔요, 맞죠?"

그 뒤, 보리스가 다시 나타났다. 혼자였다. 그가 의자를 빼서 자리에 앉았다. 내가 새로 사귄 친구와 보리스 사이에 우크라이나어로 짧고 유쾌한 대화가 오갔고, 그녀는 보리스에게서 담배를 하나 얻고 그의 뺨에 입을 맞춘 다음에야 내 안경을 도로 씌워주고 떠났다.

"저 여자 알아?" 내가 보리스에게 말했다.

"난생처음 보는데?" 보리스가 담배에 불을 붙이며 말했다. "우리 이제 나가도 돼. 네가 가고 싶으면. 규리가 밖에서 기다리고 있어."

8

늦은 시각이었다. 소란스러운 클럽에서 빠져나와서 자동차 뒷좌석에 앉으니(은은하게 빛나는 콘솔, 소리를 낮춘 라디오) 마음이 가라앉았다. 우리는 보리스의 무릎에서 깊이 잠든 팝칙과 함께 몇 시간이나 웃고 떠들며 차를 타고 돌아다녔다. 규리도 맞장구를 치면서 브루클린의 '벽돌집'(공영 단지)에서 자라는 것이 어땠는지 쉰 목소리로 고래고래 이야기를 했고, 보리스와 나는 미지근한 보드카를 병째 마시고 보리스가 외투 주머니에서 꺼낸 코카인을 몇 번 들이마셨다. 보리스는 가끔 규리에게도 코카인을 넘겼다. 에어컨을 틀었는데도 차 안은 열기로 가득했다. 보리스는 얼굴에 땀이 흐르고 귀가 빨갛게 불타올랐다. "있잖아." 그가 말했다. 재킷을 이미 벗은 보리스는 커프스단추를 떼서 주머니에 넣고 셔츠 소매를 걷었다. "제대로 옷 입는 법을 가르쳐준 건 너희 아버지였어. 진짜 고맙게 생각하고 있지."

"그래, 아빠가 우리한테 많은 걸 가르치셨지."

"맞아." 보리스가 고개를 열심히 끄덕이면서 반어법이 아니라 진심으로 말했다. 그가 손날로 코를 닦았다. "아저씨는 항상 신사 같아 보였어. 그러니까— 아까 그 클럽 사람들은 가죽 재킷에 벨루어 운동복에, 이민국에서 막 빠져나온 사람 같잖아. 평범하게 입는 게 훨씬 나아, 너희 아버지처럼, 좋은 재킷을 입고 좋지만 *클라스니(klássnyy)*한 시계, 그러니까 잘 어울리는 간소한 시계를 차는 거지."

"맞아." 그런 것을 알아보는 것이 내 일이었기에 나는 보리스의 손목시계를 벌써 알아봤다. 유럽 바람둥이들이 즐겨 차는 5만 달러 정도의 스위스제 시계. 너무 요란해서 내 취향은 아니었지만 클럽에서 본 금과 백금에 보석이 박힌 커다란 시계들에 비하면 아주 얌전한 시계였다. 보리스의 위팔 안쪽에 새겨진 파란색 다비드의 별 문신이 얼핏 보였다.

"그건 뭐야?"

보리스가 손목을 들어 보여주었다. "IWC*야. 좋은 손목시계는 은행에 맡

* International Watch Company : 스위스의 시계 제조사.

겨 놓은 현금이나 마찬가지야. 비상시에는 전당포에 맡기거나 시계를 직접 걸 수도 있지. 이건 백금이지만 스테인리스처럼 보여. 실제 가격보다 저렴해 보이는 시계를 차는 게 나아."

"아니, 문신 말이야."

"아." 보리스가 소매를 더 걷고 후회하는 표정으로 자기 팔을 내려다보았지만, 나는 더 이상 문신을 보고 있지 않았다. 밝지 않은 차 안이었지만 나는 주사 자국을 보면 알았다. "별 말하는 거야? 이야기가 길어."

"하지만 — " 나는 주사 자국에 대해서 물어볼 만큼 어리석지는 않았다. "너 유대인 아니잖아."

"아니지!" 보리스가 소매를 다시 내리며 화를 내듯 말했다. "당연히 아니야!"

"그럼 왜 그랬냐고 물어야 할 것 같은데……."

"보보 실버한테 내가 유대인이라고 했거든."

"뭐?"

"실버 밑에서 일하고 싶었으니까! 그래서 거짓말을 했어."

"장난 아니네."

"그래! 그랬다니까! 실버는 잰드라 집에 자주 왔어. 밖에서 기웃거리면서 뭐 수상한 점이 없는지, 말하자면 너희 아빠가 사실 살아 있는 게 아닌지 캐고 다녔지. 어느 날 내가 용기를 내서 실버에게 말을 걸었어. 일을 하고 싶다고 말이야. 문제가 걷잡을 수 없이 커져서 지미와의 관계를 끊어야 했거든. 학교에서 문제가 있었어, 어떤 애들은 재활원에 들어가고 어떤 애들은 퇴학당했지. 음, 한동안 다른 일을 해야 했어. 그래, 내 성은 유대식이 아니지만 러시아에서는 유대인들이 보리스라는 이름을 많이 쓴단 말이야. 그래서 생각했지, 안 될 게 뭐 있어? 실버가 어떻게 알겠어? 난 문신을 새기는 게 좋은 방법이라고 생각했어 — 실버에게 내가 괜찮은 놈이라는 확신을 주기 위해서 말이야. 나한테 몇백 달러 빚진 사람이 문신을 새겨줬지. 그런 다음에 아주 슬픈 이야기를 지어냈어. 엄마가 폴란드 유대인이라서 가족이 강제수용소에 끌려갔고 어쩌고 뭐 그런 얘기를 말이야. 그런데 참 멍청한 게, 난 전혀 몰랐었는데 문신이 유대 법률에 어긋난다는 거야. 왜 웃냐?" 보리스가 방어적으로 말했다. "나 같은 사람은 실버한테 쓸모가 있어, 알아? 영어랑 러시아어, 폴란드어, 우크라이나어를 하잖아. 배울 만큼 배웠고. 아무튼, 실버는 내가 유대인이 아니라는 걸 바로 알았어, 내 면전에서 대놓고 웃었지. 그래도 나를 받아줬어, 아주 친절했지."

"어떻게 우리 아빠를 죽이려던 남자 밑에서 일할 수가 있냐?"

"실버는 너희 아버지를 죽이고 싶었던 게 아니야! 그건 사실이 아니야, 공정하지도 않고. 그냥 겁을 주려던 거였어! 아무튼— 그래, 난 결국 실버 밑에서 일했어. 거의 1년 동안."

"무슨 일을 했는데?"

"믿든 말든 네 마음이지만 더러운 일은 아니었어! 그냥 조수였지. 메시지를 전달하고 여기저기 심부름 다니고 그런 거 말이야. 개들 산책도 시키고! 세탁물 찾아오고! 힘든 시기에 보보는 나에게 정말 착하고 관대한 친구였어, 거의 아버지에 가까웠지. 네 눈앞에서 가슴에 손을 얹고 말할 수 있어, 이건 진심이야. 우리 아빠보다도 더 내 아버지 같았어. 보보는 항상 나를 공정하게 대했어, 아니, 공정한 것 이상이었어. 난 보보한테서, 그 사람의 행동을 보면서 많이 배웠어. 그러니까 난 보보를 위해서 이런 별쯤은 얼마든지 달고 살 수 있어. 그리고 이건—" 보리스가 이두근까지 소매를 걷어서 가시에 찔린 장미와 키릴 문자를 새긴 문신을 보여주었다. "이건 내 평생의 사랑 카티아를 위한 거야. 내가 아는 그 어떤 여자보다도 더 사랑했지."

"너 누구한테나 그렇게 말하잖아."

"그래, 하지만 카티아에 대해서는 진심이야! 그녀를 위해서는 유리 조각

위를 걸을 수도 있어! 지옥을, 지옥 불 위를 걸을 수도 있다고! 목숨도 바칠 거야, 기꺼이! 난 이 땅의 누구도 카티아만큼 사랑하지 않을 거야, 비슷하게도 안 돼. 카티아 단 하나였어. 카티아와 단 하루만 살 수 있으면 난 기꺼이 죽을 거야. 하지만—" 소매를 내린다. "절대 사람 이름을 문신으로 새기면 안 돼, 그러면 그 사람을 잃게 되니까. 이 문신을 새길 땐 난 너무 어려서 그걸 몰랐어."

9

캐럴 롬바드가 뉴욕을 떠난 뒤로는 처음 하는 코카인이었으므로 잠이 올 리가 없었다. 아침 여섯 시 반에 규리는 팝칙을 태우고 로워이스트사이드를 돌고 있었고("얘를 델리에 데려갈 겁니다! 베이컨에그와 치즈 먹으러요!") 우리는 약에 취해서 벽에 그라피티가 휘갈겨 있고 아침 햇살이 들어오지 못하도록 창문에 삼베를 붙여둔 C가의 어느 눅눅한 24시간 술집에서 수다를 떨고 있었다. '알리바바 클럽, 한 잔에 3달러, 할인 오전 열 시부터 정오까지'. 우리는 맥주를 마시고 뻗으려고 애쓰고 있었다.

"내가 대학에서 뭘 했는지 알아?" 내가 보리스에게 말했다. "1년 동안 러시아어 회화를 들었어. 순전히 너 때문에. 사실 진짜 못했어. 읽을 정도 실력은 절대 안 됐어, 그러니까, 《예브게니 오네긴》을 읽을 정도의 실력은 안 됐어. 사람들이 그러잖아, 그건 러시아어로 읽어야 한다고, 번역으로는 뜻이 안 통한다고. 그런데— 네 생각 많이 했어! 네가 했던 사소한 말도 다 기억하고— 온갖 일들이 떠올랐지— 아, 저거 들어봐, 〈컴피 인 노티카〉다, 들려? 팬더베어 노래잖아! 그 앨범 완전 잊고 있었네. 아무튼, 나는 러시아 문학, 번역으로 읽는 러시아 문학 기말 과제로 《백치》에 대해서 썼는데— 그러니까, 그 책을 읽는 내내 널 생각했어, 너 내 방에서 아빠 담배를 피우면서 그거 읽었잖아. 머릿속으로 네가 말한다고 상상하니까 이름이 훨씬 쉽게 외워지더라고……. 사실 책 한 권을 다 네 목소리로 들은 거나 마찬가지야! 라스베이거스에 살 때 네가 6개월 동안인가 《백치》를 읽었잖아, 기억나? 러시아어로. 오랫동안 너 그 책만 읽었어. 잰드라 때문에 아래층에 못 내려가서 한참 동안 안네 프랑크처럼 내가 음식을 갖다줬잖아? 아무튼, 나는 《백치》를 영어로 읽었지만, 나도 그렇게 되고 싶었어, 있잖아, 러시아어를 읽을 정도로 말이야. 절대 그렇게 안 됐지만."

"빌어먹을 학교." 보리스가 아무런 감동도 없이 말했다. "러시아어 하고 싶으면 나랑 모스크바에 가자. 2개월이면 술술 나올걸."

"그럼, 무슨 일 하는지 말해줄 거야?"

"말했잖아. 이것저것 한다니까. 그냥 먹고살 만큼." 그런 다음 탁자 밑으로 나를 찼다. "넌 이제 좋아 보인다, 어?"

"허?" 앞쪽 공간에는 우리 말고 딱 두 사람 더 있었다. 아름다운 사람들, 이 세상 사람 같지 않을 만큼 창백한 남자와 여자로, 둘 다 짧고 검은 머리에 시선은 서로에게 고정되어 있었고, 남자는 여자의 손을 잡고 그 손목 안쪽을 잘근잘근 깨물었다. *피파*. 나는 괴로움에 통증을 느끼며 그녀를 떠올렸다. 런던은 점심시간이 다 됐는데. 뭘 하고 있을까?

"아까 만났을 때 보니까 너 강물에 뛰어들러 가는 사람 같더라."

"미안, 힘든 날이었어."

"그래도 집 좋던데." 보리스가 말했다. 그의 자리에서는 커플이 보이지 않았다. "두 사람이 파트너야?"

"아니야! 그런 거 아냐."

"그런 뜻 아니야!" 보리스가 꾸짖듯이 나를 보았다. "세상에, 포터, 민감하게 굴지 마! 어쨌든 그 사람이 부인이잖아, 그 아줌마, 아니야?"

"응." 내가 의자에 기대어 앉으며 초조하게 말했다. "음, 비슷한 거야." 호비 아저씨와 드프리스 부인의 관계는 아직 심오한 수수께끼였고, 드프리스 부인과 드프리스 씨의 아직 끝나지 않은 혼인 관계도 마찬가지였다. "벌써 몇 년 전에 남편이 죽은 줄 알았는데 아니었어. 드프리스 부인은—" 내가 몸을 앞으로 숙이고 코를 문질렀다. "있잖아, 부인은 업타운에 살고 아저씨는 다운타운에 살아. 근데 둘이 항상 붙어 있어……. 드프리스 부인은 코네티컷에 집이 한 채 있는데, 가끔 주말에 둘이서 거기에 갈 때도 있어. 아주머니는 결혼을 했는데— 그래도 말이지. 남편은 한 번도 못 봤어. 아직 잘 모르겠어. 솔직히 말해서 그냥 사이좋은 친구일지도 몰라. 이런 얘기만 계속해서 미안. 내가 왜 이런 얘기를 너한테 다 하고 있는지 진짜 모르겠네."

"그 아저씨가 너한테 사업을 가르쳤다며! 좋은 사람 같아. 진짜 신사."

"허?"

"너희 사장 말이야."

"아저씨는 사장 아니야! 사업 파트너지." 약의 반짝임이 사라지고 있었다. 귓가에서 피가 도는 소리가 귀뚜라미 울음소리처럼 날카롭고 높게 들렸다. "사실 대충 판매 쪽 일은 내가 다 맡고 있어."

"미안!" 보리스가 양손을 들며 말했다. "그렇게 무섭게 말할 건 없잖아. 그냥 나랑 같이 일하자고 말하려던 거야."

"내가 뭐라고 답해야 되냐?"

"시오, 난 너한테 빚을 갚고 싶어. 나한테 일어난 좋은 일들을 너랑 나누고 싶어. 왜냐면." 보리스가 거만하게 내 말을 막으며 말했다. "모든 게 다 네 덕분이니까. 포터, 내 인생에서 일어난 좋은 일은 전부 다 네 덕분이야."

"뭐? 내가 널 마약 사업에 끌어들였다는 거야? 와, 그렇군." 내가 보리스의 담배를 가져다가 한 개비에 불을 붙이고 담뱃갑을 다시 밀면서 말했다. "알게 돼서 다행이네, 내가 진짜 자랑스럽다, 고맙다."

"마약 사업이라고? 누가 마약 사업이래? 난 너한테 보상을 하고 싶어! 내가 한 짓에 대해서. 분명히 말하지만, 진짜 멋지다니까. 우리 같이 하면 진짜 재밌을 거야."

"에스코트 서비스* 하냐? 그런 거야?"

"야, 뭐 하나 말해도 돼?"

"그래, 좀 해봐라."

"내가 너한테 한 짓은 정말 미안해."

"잊어버려. 신경 안 써."

"네 덕분에 내가 큰 이익을 봤으니까 너도 나눠 쓰면 좋잖아? 좋은 부분을 너도 가져가는 거야."

"야, 나도 하나 말해줄까, 보리스? 난 위험한 일에는 관련되고 싶지 않아. 기분 상하라고 하는 말은 아니야." 내가 말했다. "하지만 난 안 좋은 일에서 벗어나려고 엄청 노력하는 중이고, 아까 말한 것처럼 이제 약혼도 했어, 상황이 달라. 난 정말로—"

"그럼 왜 내 도움을 받지 않으려는 거야?"

"그런 뜻이 아니야. 내 말은— 음, 자세히 설명할 순 없지만 난 하면 안 되는 짓을 했어, 그걸 바로잡고 싶어. 그러니까, 어떻게 바로잡을 수 있을지 알아내려고 애쓰는 중이야."

"잘못된 일을 바로잡는 건 힘들지. 그런 기회가 자주 오는 건 아니거든. 가끔은 걸리지 않는 것밖에 아무것도 할 수 없어."

아름다운 커플이 자리에서 일어나 손에 손을 잡고 구슬 커튼을 젖히며 흐릿하고 차가운 새벽을 향해서 나갔다. 나는 두 사람이 나가고 나서 짤랑거리며 물결치는 구슬을, 여자의 엉덩이 움직임을 따라 흔들리는 구슬을 보았다.

* Escort Service : 사교 모임 동반자를 알선하는 일로, 보통 성매매를 의미한다.

보리스가 뒤로 기대어 앉았다. 그가 내 눈에 시선을 고정시켰다. "너한테 돌려주려고 노력했어." 그가 말했다. "돌려줄 수 있으면 좋을 텐데."

"뭐?"

보리스가 얼굴을 찡그렸다. "음— 그래서 내가 가게에 간 거야. 알잖아. 너도 분명히 들었을 거야, 마이애미 사건. 네가 뉴스를 보고 어떻게 생각할까 걱정했어— 그리고 솔직히, 나를 통해서 너한테까지 추적이 이어질까 봐 조금 무서웠어, 알지? 이젠 괜찮아, 그 정도는 아니야. 하지만— 그래도. 그 일에 휘말렸어, 맞아— 그래도 상황이 좀 이상하다는 건 *알았어*. 본능을 믿었어야 하는 건데. 나는—" 보리스가 더 흡입하려고 열쇠로 약을 조금 떴다. 가게에는 우리밖에 없었다. 문신을 새긴 작은 몸집의 종업원인지 여주인인지는 허름한 뒷방으로 사라졌는데, 얼핏 보기로는 중고로 산 것 같은 소파에 사람들이 모여 앉아서 1970년대 포르노 상영회를 하는 것 같았다. "아무튼, 끔찍했어. 알아챘어야 하는 건데. 사람들이 다치고 나도 겨우 도망쳤어. 하지만 난 소중한 교훈을 얻었지. 항상 실수인 게— 자, 잠깐만, 반대쪽도 하고— 내가 늘 말하지만, 모르는 사람이랑 거래하는 건 *항상* 실수야." 보리스가 코를 잡아서 막고 탁자 밑으로 봉지를 건넸다. "알면서도 항상 잊어버리지. 큰 건은 모르는 사람이랑 하지 마라! 절대로! 딴 사람들이 '아, 그 사람 괜찮아' 뭐 그럴 수는 있어— 그럼 난, 나는 믿고 싶어, 그게 내 본성이야. 하지만 나쁜 일은 그렇게 일어나는 거야. 봐, 내 친구들은 내가 잘 알지, 물론. 하지만 친구의 친구들은? 아주 잘 알지는 못해! 그런 식으로 에이즈에 걸리는 거잖아, 안 그래?"

실수였다. 나는 들이마시는 순간부터 벌써 알았다. 약을 더 하는 건 실수였다. 이미 너무 많이 해서 턱이 조이고 관자놀이에서 피가 고동쳤다. 약 기운이 떨어질 때의 불쾌한 증상이 번져서 덜덜 떨리는 판유리처럼 불안정했다.

"아무튼." 보리스가 말했다. 그는 테이블 밑에서 발을 탕탕 구르고 안절부절못하면서 빠르게 말하고 있었다. "어떻게 되찾을지 열심히 생각했어, 계속. 생각해, 생각해, 생각해! 물론 이젠 나도 그걸 못 쓰게 됐지. 호되게 당한 거야. 물론—" 보리스가 초조하게 자세를 바꿨다. "그래서 널 만나러 간 건 아니야, 엄밀히 말하면. 너한테 사과하고 싶다는 생각도 있었어. 내 목소리로 직접 '미안해'라고 말하고 싶었어. 왜냐면— 솔직히 미안하니까. 그리고 한편으로는 뉴스에 별별 얘기가 다 나왔으니까— 너한테 걱정하지 말라고 얘기하고 싶은 생각도 있었지. 어쩌면 네가, 음, 네가 뭐라고 생각하는지 모르겠다. 다만, 네가 온갖 이야기를 들으면서 무슨 일인지도 모르고 걱정하고 있다고 생각하니까 정말 싫더라고. 너한테까지 추적이 이어질까 봐 걱정할 거 아냐. 마음이 정말 안 좋더라고. 그래서 너랑 얘기하고 싶었던 거야. 넌 확실히 빠졌다고 말하려고— 너랑 내 관계는 아무도 몰라. 또 하나 꼭 하고 싶은 말은, 그걸 되찾으려고 진짜 진짜 애를 쓰고 있다는 거야. 아주 열심히. 왜냐면—" 보리스가 세 손가락으로 이마를 짚었다. "난 그걸로 한재산 벌었으니까, 다시 너 혼자 그걸 차지하면 좋겠어, 진짜로— 있잖아, 그것 자체를, 옛날을 생각해서 그냥 가지고 있는 거야. 정말 네 걸로 삼아서, 옷장이나 뭐 그런 데 넣어놓고 옛날처럼 꺼내서 보고 그러는 거야, 응? 네가 그걸 얼마나 좋아하는지 아니까. 사실은 나도 좋아하게 됐지만."

나는 보리스를 물끄러미 보았다. 새롭게 퍼지는 약 기운 속에서, 보리스의 말이, 드디어, 이해가 되기 시작했다. "보리스, 너 무슨 얘길 하는 거야?"

"알잖아."

"아니, 몰라."

"내 입으로 말하게 하지 마."

"보리스—"

"말하려고 했어. 가지 말라고 내가 빌었잖아. 딱 하루만 더 기다렸어도 돌려줬을 거야."

구슬 커튼이 바람 때문에 아직도 짤랑거리면서 물결쳤다. 구불구불 잔물결 치는 유리구슬. 나는 보리스를 물끄러미 바라보면서 이 꿈과 저 꿈이 부딪치는 어지럽고 모호한 느낌 속에서 꼼짝도 할 수 없었다. 괴로웠던 그 정오에 트라이베카의 식당에서 식기가 달그락거리던 소리, 테이블 건너편에서 싱글거리며 나를 보던 루셔스 리브.

"아니야." 내가 콕콕 찌르는 식은땀을 느끼며 의자에 앉은 채로 뒤로 물러나면서, 손으로 얼굴을 덮으면서 말했다. "아니야."

"뭐야, 너희 아빠가 가져간 줄 알았어? 네가 그렇게 생각하길 바라긴 했어. 아저씨 빚이 장난 아니었으니까. 그리고 그 전에도 네 걸 훔치려고 했고."

내가 얼굴을 덮은 손을 끌어 내리고 보리스를 보았다. 말이 안 나왔다.

"내가 바꿔치기했어. 그래. 나야. 아는 줄 알았어. 야, 미안해!" 내가 여전히 그를 보면서 입을 벌리고 앉아 있자 보리스가 말했다. "내 사물함에 넣어놨었어. 야, 장난이었어. 음—" 그가 약간 미소를 지으며 말했다. "그렇다고만 할 수는 없겠지만. 그래도 일종의 장난이었어. 하지만— 내 말 들어봐—" 보리스가 내 주의를 끌려고 탁자를 톡톡 쳤다. "맹세해, 내가 가지려던 건 아니었어. 그럴 생각은 없었어. 아저씨가 그렇게 될지 어떻게 미리 알았겠어? 네가 하룻밤만 더 있었으면—" 보리스가 양팔을 들었다. "너한테 줬을 거야, 진짜 맹세해. 하지만 떠나는 널 붙잡을 수가 없었어. 가야 된다고 그랬잖아! 즉시! 가야 된다고! 지금이야, 보리스, 지금! 아침까지 기다리려고도 안 했잖아! 가야 돼, 가야 돼, 지금 바로! 내가 무슨 짓을 했는지 너한테 말하기가 무서웠어."

내가 보리스를 물끄러미 보았다. 목이 너무 메마르고 심장이 너무 빨리 뛰어서 나는 가만히 앉아 심장박동이 느려지기를 바랄 뿐 아무 생각도 할 수 없었다.

"화났구나." 보리스가 체념한 듯 말했다. "날 죽이고 싶지."

"나한테 무슨 말이 하고 싶은 거야?

"난—"

"*바꿔치기했다*니, 무슨 뜻이야?

"있잖아—" 보리스가 초조하게 주변을 살폈다. "미안하다니까! 우리 둘이서 다시 약을 하면 안 좋을 줄 알았어. 아주 불쾌하게 끝날 줄 알았다니까! 하지만—" 그가 몸을 앞으로 숙이고 탁자에 손바닥을 올렸다. "그것 때문에 진짜 마음이 안 좋았어, 진짜로. 아니면 내가 널 만나러 왔겠냐? 거리에서 네 이름을 소리쳐 불렀겠냐고. 너한테 갚고 싶다고도 했잖아? 진심이야. 너한테 보상할 거야. 왜냐면, 봐라, 그림이 나한테 한재산 벌어줬으니까, 그게 내—"

"그럼 내가 업타운에 맡긴 꾸러미에는 뭐가 들어 있는 거야?"

"뭐?" 보리스가 말했다. 그런 다음 눈살을 찌푸리더니 의자에 기대어 앉으며 입을 떡 벌리고 나를 보았다. "농담이지? 지금까지 한 번도—"

하지만 나는 대답할 수 없었다. 입술이 움직였지만 아무 소리도 나오지 않았다.

보리스가 탁자를 쾅 쳤다. "이 바보야, 그럼 한 번도 안 뜯어봤단 말이야? 어떻게 그럴 수가—"

나는 양손에 얼굴을 묻고 아무 대답도 하지 않았고 보리스는 탁자 너머로 손을 뻗어 내 어깨를 흔들었다.

"진짜?" 보리스가 나와 눈을 마주치려고 애쓰면서 다급하게 말했다. "안 봤어? 한 번도 안 열어봤어?"

뒷방에서 텅 비고 공허한 여자 비명 소리가 희미하게 들렸고 마찬가지로 공허한 남자의 웃음소리도 들렸다. 그런 다음 바에서 믹서가 전기톱처럼 요란하게, 너무 오래 돌아갔다.

"너 몰랐어?" 마침내 소란이 가라앉자 보리스가 말했다. 뒷방에서 웃음소리와 박수 소리가 들렸다. "어떻게 그럴 수가—"

하지만 나는 한마디도 할 수 없었다. 벽 위의 복잡한 그라피티, 스티커와 낙서, 눈 대신 X자가 그려진 술 취한 사람들. 뒷방에서는 여러 사람이 쉰 목소리로 *더*, *더*, *더*라고 외쳤다. 너무나 많은 일들이 한꺼번에 뇌리를 스쳐서 나는 숨 쉬는 것도 힘들었다.

"지금까지 계속?" 보리스가 반쯤 찌푸린 얼굴로 말했다. "그러니까 너 한 번도—"

"아, 세상에."

"괜찮아?"

"내가—" 나는 고개를 저었다. "내가 그걸 가지고 있는 건 어떻게 알았어? 어떻게 알았어?" 보리스가 말이 없어서 내가 재차 물었다. "내 방을 뒤진 거야? 내 물건을?"

보리스가 나를 보았다. 그러더니 양손으로 머리를 넘기고 말했다. "넌 취하면 기절하는 유형이야, 포터. 알아?"

"헛소리하지 마." 나는 믿을 수가 없어서 아무 말도 못하다가 이렇게 말했다.

"아니, 진짜야." 보리스가 조심스럽게 말했다. "난 알코올중독이야. 나도 알아! 처음 술을 마신 열 살 때부터 그랬어. 하지만 넌, 포터— 넌 우리 아빠 같아. *아빠*는 술을 마시고 의식을 잃고 나서도 걸어 다니면서 기억도 못 하는 행동을 했지. 차를 부수고, 나를 패고, 싸움에 휘말리고, 코가 깨지고. 아니면 전혀 다른 곳에서, 기차역 벤치 같은 데 누워 있다가 잠에서 깨—"

"난 그런 짓 안 해."

보리스가 한숨을 쉬었다. "그래그래. 하지만 넌 기억 못 하잖아. 우리 아빠처럼. 네가 나쁜 짓을, 폭력적인 행동을 했다는 건 아니야, 넌 우리 아빠처럼 폭력적이진 않아. 하지만 있잖아, 그러니까— 아, 그때 우리가 맥도널드에 있는 놀이방에, 애들 놀이방에 갔을 때 네가 그 푹신푹신한 기구에서 너무 취해서 거기 여자가 경찰을 불렀어. 그래서 내가 얼른 데리고 나와서 30분 동안 월마트에 서서 연필을 살펴보는 척하다가 버스로, 버스 정류장으로 돌아갔는데, 그날 밤 너 전혀 기억 안 나지? 하나도 모르지? '맥도널드라니, 보리스? 무슨 맥도널드?' 아니면—" 보리스가 내 말을 막고 요란하게 코를 훌쩍이면서 말했다. "아니면, 네가 완전 취해서 날 데리고 '사막 산책' 간 날은? 그래, 우리 산책 가자. 좋아. 근데 넌 너무 취해서 제대로 걷지도 못했고, 기온은 40도였어. 넌 걷다가 지쳐서 모래에 누웠어. 그러더니 거기서 죽을 테니까 내버려두고 가라는 거야. '날 두고 가, 보리스, 날 그냥 놔둬.' 그건 기억나?"

"요점을 말해."

"내가 무슨 말을 하겠냐? 넌 불행했어. 항상 의식을 잃을 때까지 술을 마셨지."

"너도 그랬잖아."

"그래, 기억나. 계단에서 기절했지, 머리를 박고. 생각나? 일어나 보니 맨 땅이고, 집에서 몇 킬로미터나 떨어져 있고, 발은 덤불 사이로 내밀고 있는데, 거기까지 어떻게 갔는지 난 기억도 못 했잖아? 제길, 한번은 한밤중에 스피르세츠카야한테 이메일을 보낸 적도 있어. 완전 취해서 정신이 나가서는, 당신은 정말 아름답고 난 당신을 정말로 사랑한다고 썼어. 그걸 보낼 땐 진심이었지. 다음 날 숙취에 절어서 학교에 갔는데 선생님이 '보리스, 보리스, 할 얘기가 있어.' 그러는 거야. 음, 무슨 일인데요? 그랬더니 선생님이 아주 부드럽고 친절하게 굴면서 좋은 말로 나를 단념시키려 하더라니까. 이메일? 무슨 이메일요? 아무것도 기억이 안 나는 거야! 내가 얼굴이 새

빨개져서 서 있는데 선생님이 시집 복사한 걸 주면서 또래 애들을 사랑해야 한다고 그러는 거야! 그래— 난 멍청한 짓을 수도 없이 많이 했어. 너보다 더 바보 같은 짓을! 하지만 난 있잖아—" 보리스가 담배를 만지작거리며 말했다. "난 즐기려고 그런 거고 즐거웠어. 넌 죽고 싶어 했고. 그게 차이야."

"왜 네가 화제를 바꾸려 한다는 생각이 드는 걸까?"

"널 판단하려는 게 아니야! 그냥— 그때 우리 정신 나간 짓 많이 했잖아. 아마 넌 기억 못 하는 일들을. 아니, 아니야!" 보리스가 내 얼굴에 떠오른 표정을 보고 얼른 고개를 저으며 말했다. "그 *얘기*가 아니야. 하지만 내가 한 침대에서 잔 남자는 너밖에 없어!"

화가 나서 컥컥대는 웃음이 튀어나왔다. 꼭 기침을 하거나 뭔가 목에 걸린 것 같았다.

"그건—" 보리스가 상관없다는 듯이 의자에 기대에 앉아 코를 움켜쥐었다. "후아. 그 나이 땐 가끔 그런 일도 있는 거야. 우린 어렸고 여자가 필요했잖아. 넌 그걸 다르게 생각했을지도 모르지만. 하지만, 아니야, 기다려." 보리스가 표정을 바꾸며 말했다. 나는 의자를 밀어젖히고 자리에서 일어나려 했다. "잠깐만." 보리스가 내 소매를 잡으며 다시 말했다. "이러지 마, 제발, 내 말 좀 들어봐. 우리가 〈닥터 노〉 봤던 날 기억 안 나지?"

나는 의자 등받이에 걸려 있던 외투를 집어 들다가 보리스의 말에 딱 멈췄다.

"기억나?"

"기억나야 돼? 왜?"

"기억 못 하는 거 알아. 널 시험해보곤 했으니까. 〈닥터 노〉 이야기를 꺼내면서 농담을 하는 거지. 네가 뭐라고 하는지 보려고."

"〈닥터 노〉가 어쨌다고?"

"널 만난 지 얼마 안 됐을 때였어!" 보리스의 무릎이 미친 듯이 위아래로 움직였다. "앤 보드카를 별로 안 마셔봤구나, 생각했지— 넌 얼마나 따라야 하는지 전혀 몰랐으니까. 커다란 잔을, 그래, 물잔 같은 걸 들고 오기에 미쳤구나 싶었어. 기억 안 나?"

"그런 밤은 수없이 많았잖아."

"넌 기억 못 해. 난 네가 토한 걸 치우고 네 옷을 빨래 더미에 던져놓았지만 넌 전혀 몰랐지. 넌 울면서 별별 얘기를 다 했어."

"어떤 얘기?"

"그러니까……." 보리스가 초조한 표정을 지었다. "너희 엄마가 너 때문에 죽었다고…… 네가 죽었어야 했다고……. 죽으면 엄마를 만날 수 있다고, 어둠 속에 함께 있을 거라고……. 이런 얘기를 계속하는 건 아무 의미도 없어, 널 기분 나쁘게 하고 싶진 않아. 넌 엉망이었어, 시오. 대체로는 같이 있으면 즐거웠지! 뭐든지 하겠다고 하고! 하지만 엉망이었어. 아마 병원에 가야 하는 상태였을 거야. 지붕에 기어 올라가서 수영장에 뛰어들다니? 목이 부러질 수도 있었어, 정신 나간 짓이야! 한밤중에 가로등이 없어서 하나도 안 보이는데 도로에 누워서 차가 와서 치기를 기다렸고, 난 너를 억지로 일으켜서 집으로 끌고 갔지—"

"그 빌어먹을 도로에 몇 시간 동안 누워 있었어도 차는 한 대도 안 지나갔을 거야. 거기서 자도 됐을걸. 침낭 들고 가서."

"이런 얘기 길게 하기 싫어. 넌 제정신이 아니었어. 너 때문에 우리 둘 다 죽을 수도 있었다고. 어느 날 밤에는 네가 성냥을 가지고 와서 집에 불을 지르려고 했어, 그건 기억나?"

"그냥 장난이었어." 내가 초조하게 말했다.

"양탄자는? 소파에 커다랗게 탄 자국은? 그것도 장난이었어? 잰드라가 못 보게 내가 쿠션을 돌려놨었잖아."

"그 쓰레기 같은 소파가 너무 싸구려라서 방염 처리도 안 돼 있었던 거잖아."

"그래그래, 맘대로 생각해. 아무튼, 그날 밤 우리는 〈닥터 노〉를 보고 있었어, 넌 봤지만 난 안 본 영화였지. 난 정말 재밌게 보고 있었고 넌 완전히 브 가브노(v gavno)였어. 그 섬에서 완전 멋진 장면 있잖아, 버튼을 누르면 훔친 그림이 나오는 거, 알아?"

"아아, 이런."

보리스가 킬킬 웃었다. "네가 그랬다니까! 세상에! 진짜 멋졌지. 넌 너무 취해서 비틀거리면서 보여줄 게 있다고 했어! 진짜 멋진 거라고! 최고라고! 텔레비전을 막고 섰지. 아니, 진짜야! 내가 영화를, 그것도 제일 재밌는 장면을 보고 있는데 넌 입을 도대체 다물지를 않는 거야. 꺼져! 그랬더니 네가 완전 화가 나서 '엿 먹어' 그러고서는 엄청 시끄럽게 탕탕 소리를 내면서 갔어. 그러더니 그림을 가지고 내려왔지." 보리스가 웃었다. "웃긴 건, 난 분명히 거짓말일 거라고 생각했어. 세계적으로 유명한 미술관에 걸려 있던 작품이라고? 말도 안 돼. 그런데— 진짜였어. 누가 봐도 알 수 있었지."

"네 말 안 믿어."

"음, 진짜야. 난 알아봤어. 왜냐면, 그 정도의 위작을 그릴 수 있다고? 그러면 라스베이거스는 지구 역사상 가장 아름다운 도시겠다! 아무튼— 진짜 웃겼어! 난 보급소에서 사탕이나 사과를 훔치는 법을 자랑스럽게 가르쳐주고 있었는데, 넌 세계적인 걸작을 훔쳤다니."

"안 훔쳤어."

보리스가 킬킬거렸다. "그래그래, 네가 다 설명했어. 안전하게 보관하는 거라고. 일생일대의 중요한 임무라고. 네가 그랬지." 보리스가 앞으로 몸을 기울이며 말했다. "너 진짜 안 열어봤어? 지금까지 한 번도? 너 무슨 문제 있냐?"

"네 말 안 믿어." 내가 다시 말했다. "*언제* 가져간 거야?" 내가 묻자 보리스가 눈을 굴리며 시선을 피했다. "어떻게?"

"있잖아, 아까도 말했지만—"

"도대체 네 말을 한마디라도 어떻게 믿으란 거야?"

보리스가 다시 눈을 굴렸다. 그가 외투 주머니에서 아이폰을 꺼내더니 사진을 하나 띄웠다. 그러고는 맞은편에 앉은 나에게 건넸다.

그것은 그림의 뒷면이었다. 앞면의 복제품은 어디서나 구할 수 있다. 하지만 뒷면은 지문만큼이나 변별적이었다. 갈색과 붉은색의 두꺼운 봉인 밀랍, 불규칙하게 조각조각 붙은 유럽 라벨들(로마숫자와 깃털 펜으로 가늘고 길게 쓴 서명)은 증기선에 탈 때 쓰던 골동품 트렁크나 오래된 국제 협정서 같은 분위기를 풍겼다. 뭉개진 노란색과 갈색 라벨들이 마치 낙엽처럼 풍성하게 켜켜이 쌓여 있었다.

보리스가 전화기를 주머니에 다시 넣었다. 우리는 한참 동안 침묵 속에 앉아 있었다. 그러다 보리스가 담배에 손을 뻗었다.

"이제 믿냐?" 그가 입술 끝으로 연기를 내뿜으며 말했다.

내 머릿속에서 원자들이 따로따로 빙빙 돌고 있었다. 이미 원자들이 부딪치면서 불꽃이 튀기기 시작했고, 태풍 직전의 어두운 공기처럼 걱정과 불안이 밀려왔다. 우리는 한참 동안 우울하게 서로를 보았다. 산꼭대기에서 티베트 승려 두 명이 맞닥뜨린 것처럼 외로움과 외로움이 만나서 화학작용을 일으키며 진동했다.

곧 내가 말없이 일어나서 외투를 집어 들었다. 보리스도 벌떡 일어났다.

"잠깐만." 보리스가 이렇게 말했지만 나는 어깨로 그를 치고 지나갔다. "포터? 화내지 마. 너한테 보상하겠다는 거 있잖아? 진심이야—"

"포터?" 보리스가 다시 불렀지만 나는 찰랑거리는 구슬 커튼을 헤치고 거리로, 지저분한 회색빛 새벽을 향해서 나갔다. 택시 한 대가 서 있을 뿐, C

가는 텅 비어 있었다. 내가 택시를 보고 반가운 만큼 택시도 내가 반가웠는지 쏜살같이 달려와서 내 앞에 섰다. 나는 보리스가 무슨 말을 더 하기 전에 얼른 택시에 올라 늘어선 쓰레기통 옆에 외투를 입고 선 보리스를 버려두고 떠났다.

10

턱이 아릴 정도로 이를 갈면서 금방이라도 폭발할 것처럼 뛰는 심장을 안고 창고에 도착했을 때는 오전 여덟 시 반이었다. 요식적인 햇빛, 늘 그렇듯 요란스럽고 위협적으로 빛나는 아침이 지나고 있었다. 10시 15분에 나는 호비 아저씨 집의 내 방에 앉아 있었고, 내 마음은 추진력이 떨어진 팽이처럼 비틀거리며 구불구불 돌았다. 양탄자에는 쇼핑백 두 개가 널려 있었다. 한 번도 쓰지 않은 소형 텐트. 아직도 라스베이거스의 내 방 냄새가 나는 베이지색 퍼케일 베갯잇. 변기에 버려야 하는 각종 옥시코돈과 모르핀 진통제로 가득한 담배 케이스. 이그잭토 제도 칼로 힘들게, 20분 동안이나 섬세한 작업을 거쳐서, 손가락 끝에서 박동을 느끼면서, 힘을 너무 많이 줘서 실수로 그림에 흠집을 낼까 봐 걱정하면서, 마침내 옆면을 깊숙이 다 자른 다음 떨리는 손으로 조심스럽게 한 겹 한 겹 뜯어낸 포장 테이프 뭉치. 하지만 안에서 나온 것은 골판지 사이에 끼워서 신문으로 둘둘 만 낙서투성이 시민론 연습 책(《민주주의, 다양성, 그리고 당신!》)이었다.

환한 표정을 짓고 있는 여러 문화권의 사람들. 표지에는 미국 국기 앞에서 아시아 아이들, 라틴계 아이들, 아프리카계 미국인 아이들, 미국 원주민 아이들, 이슬람교식 머릿수건을 쓴 여자애 하나와 휠체어에 탄 백인 아이 하나가 손에 손을 잡고 미소를 짓고 있었다. 교과서 안에서는 서로 다른 민족들이 지역사회에 행복하게 참여하고, 가난한 도심 지역 아이들이 저소득

층 주택단지에 서서 물뿌리개를 들고 화분의 나무에 물을 주고, 그 나무의 가지들은 각각 정부의 서로 다른 부문을 나타내고 있었다. 보리스는 시민 의식이 뛰어나고 활기차면서도 지루한 이 책 속 세상에 단검을 그린 다음 자기 이름을 써 넣고, 코트쿠의 이니셜을 쓴 다음 하트와 장미로 장식하고, 교활하게 한쪽을 엿보는 눈을 그려놓았고, 그림 밑 연습 문제는 일부만 풀어놓았다.

> 인간에게 왜 정부가 필요한가? *이데올로기를 강요하고, 죄인을 벌하고, 민족의 평등과 형제애를 증진하기 위해서*
> 미국 시민의 의무는 무엇인가? *의회에 투표하고, 다양성을 즐기고, 국가의 적과 싸운다*

고맙게도 호비 아저씨는 외출 중이었다. 나는 약을 삼켰지만 효과가 없어서 침대에서 몸부림치고 뒤척이면서 반쯤 꿈을 꾸는 상태로 고문 같은 두 시간—생각은 사방으로 튀고, 지칠 만큼 심장이 빨리 뛰고, 마음속에서 보리스의 목소리가 계속 울렸다—을 보낸 다음 억지로 일어나서 방에 어질러진 것들을 치우고, 샤워를 하고, 면도를 했다. 코피가 계속 흐르는 바람에 윗입술이 치과 의자에 앉아 있을 때처럼 무감각해서 면도를 하다가 베었다. 그런 다음 커피를 한 주전자 만들고 부엌에서 퀴퀴한 스콘을 하나 찾아서 억지로 먹었고, 정오쯤에는 가게로 내려와 문을 열었다. 시간이 딱 맞아서 비닐 망토 비옷을 입은 우편배달부 아주머니를 붙잡아 우편물을 가로챌 수 있었지만(아주머니는 약간 놀란 표정으로 입술이 베이고 피 묻은 크리넥스를 들고 눈물범벅이 된 내게서 멀찍이 떨어져 서 있었다) 그녀가 라텍스 장갑을 낀 손으로 우편물을 건네줄 때 깨달았다. 무슨 소용이지? 루셔스 리브는 얼마든지 호비 아저씨에게 편지를 써도—인터폴에 전화를 해도

—된다, 이제 아무 상관 없다.

비가 오고 있었다. 행인들은 몸을 숙이고 빠르게 걸었다. 비가 창문을 세차게 두드렸고 길가의 비닐 쓰레기봉투에 방울방울 맺혔다. 나는 책상 앞 곰팡내 나는 안락의자에 앉아서 마음을 단단히 다잡으면서 적어도 어둑한 가게와 빛바랜 실크들에서, 어린 시절의 비 오는 날 어두운 교실처럼 달곰씁쓸한 우울함에서 위안을 얻으려고 했지만 도파민의 강타에 쓰러진 몸은 죽음을 앞둔 사람처럼 덜덜 떨렸다. 그것은 배 속에서 먼저 느껴지고 이마 안쪽에서 두근거리는 슬픔, 내가 가두어버려서 마음속에서 울부짖는 어둠이었다.

주변이 거의 보이지 않는 터널 시야. 나는 몇 년 동안이나 격리된 채 흐리멍덩하게 부유하듯 살았기에 어떤 현실도 밀고 들어올 수 없었다. 어린 시절 이후 나는 망상의 느긋한 물결에 휩싸여 있었다. 라스베이거스의 꺼끌꺼끌한 양탄자에 약에 취해 누워서 천장의 선풍기를 보면서 웃어댔던 그 시절부터. 이제는 더 이상 웃지 않았다. 백 년쯤 뒤늦게 얼굴을 찌푸리며 땅에 머리를 박는 립 밴 윙클 같았다.

괜찮아질 방법이 있을까? 전혀 없었다. 어떤 면에서 보리스는 그림을 가져감으로써 나에게 호의를 베푼 것이었다. 적어도 사람들은 대부분 그렇게 생각할 것이다. 나는 풀려났다. 이제 누구도 나를 탓할 수 없다. 내 문제의 아주 많은 부분이 단번에 해결됐다. 나는 제정신을 가진 사람이라면 누구든 그림이 자기 손에서 떠났다는 사실에 안도하리라는 사실을 잘 알면서도 그 어느 때보다도 더 큰 절망과 자기혐오, 수치심에 불타올랐다.

따뜻하고 고단한 가게. 나는 가만있을 수가 없어서 일어났다 앉았다가, 창가로 걸어갔다가 돌아왔다. 모든 것이 공포로 흠뻑 젖었다. 유약을 바르지 않은 도자기 어릿광대가 앙심을 품은 눈으로 나를 보았다. 가구들조차 구역질나고 균형이 맞지 않는 것 같았다. 업타운의 창고 회사에 숨겨둔 비밀 때문에 내가 더 나은 사람, 더 현명한 사람, 더 고귀하고 소중하고 살 가치가 있는 사람이 된다고 생각하다니, 어떻게 그럴 수 있었을까? 하지만 나는 그렇게 생각했다. 나는 그림으로 인해 덜 유한하고 덜 평범한 사람이 되었다고 생각했다. 그림은 그 증거이자 버팀목이었다. 그림은 내가 살아가는 수단이자 전부였다. 그것은 대성당을 지탱하는 쐐기돌이었다. 나를 받쳐주던 그림이 내 인생에서 순식간에 사라지고, 내가 성인이 된 이후로 항상 그 거대하고 야만적이고 숨겨져 있는 기쁨에 의지해왔다는 사실을 깨닫는 것은 정말 끔찍했다. 그것은 내 인생 전체가 언제라도 자신을 산산조각 낼 수 있는 비밀 위에 균형을 잡으며 서 있다는 깨달음이었다.

11

두 시쯤 집으로 돌아온 호비 아저씨가 손님처럼 종소리를 울리며 안으로 들어왔다.

"음, 어젯밤에는 정말 깜짝 놀랐다." 비 때문에 뺨이 상기된 아저씨가 비옷을 벗고 물기를 털었다. 아저씨는 경매장에 갔다 왔는지 윈저 매듭 타이를 매고 낡았지만 멋진 양복을 입고 있었다. "보리스라니!" 기분이 좋은 걸 보니 경매장에서 일이 잘된 듯싶었다. 아저씨는 경쟁이 센 물건은 노리지 않았지만 자신이 원하는 것을 잘 알았고 아무도 경쟁하지 않는 더딘 경매에서 멋진 물건들을 잔뜩 낙찰받아 올 때가 많았다. "둘이 대단한 밤을 보냈구나?"

"아." 나는 구석에 웅크리고 앉아서 차를 마시고 있었다. 두통이 어마어마했다.

"그렇게 얘기를 많이 듣고 나서 직접 만나니까 재밌더라. 책 속의 등장인물을 만난 것 같았어. 난 항상 보리스가 〈올리버 트위스트〉에 나오는 영악한 다저 같은 애라고 상상했는데. 알지? 그 개구쟁이 꼬마. 배우 이름이 뭐더라. 본명은 잭 뭐였는데. 너덜너덜한 외투를 입고 뺨에 흙을 묻히고 다니는 애 있잖아."

"그때는 보리스도 충분히 더러웠어요."

"으음, 디킨스는 다저가 나중에 어떻게 됐는지 말해주지 않아. 자라서 존경받는 사업가가 됐을지도 모르지. 게다가 포퍼가 완전히 정신 나갔었잖아? 난 그렇게 행복해하는 동물은 처음 봤어. 아, 맞다—" 아저씨는 반쯤 돌아서서 외투를 벗느라 정신이 없어서 내가 포퍼라는 이름을 듣고 조용해진 것을 눈치채지 못했다. "잊기 전에 말해줘야지, 킷시한테서 전화 왔었다."

나는 대답하지 않았다. 할 수 없었다. 포퍼를 까맣게 잊고 있었다.

"좀 늦게— 열 시쯤에. 네가 보리스를 우연히 만나서 들어왔다가 나갔다고 했는데, 괜찮지?"

"당연하죠." 순식간에 나쁜 방향으로만 튀는 생각을 그러모으려고 애쓰느라 잠시 침묵한 다음에 내가 말했다.

"알려줄 게 있는데 말이야." 호비 아저씨가 손가락을 입술에 댔다. "무슨 얘길 전해달라고 했는데. 뭐랬더라……. 기억이 안 나네." 아저씨는 약간 흠칫하면서 머리를 흔들었다. "전화해봐라. 오늘 밤 저녁 모임이 있대, 그건 기억나. 누구네 집이라고 했는데. 여덟 시 저녁 식사! 그건 기억이 나는데, 어디였는지 모르겠네."

"롱스트리트네 집이에요." 내가 말했다. 가슴이 쿵쾅쿵쾅 뛰었다.

"그런 것 같다. 아무튼, 보리스! 정말 재밌었어— 아주 매력적이던데. 뉴욕에 얼마나 있을 거래? 얼마나 머물 거라던?" 내가 아무 대답도 하지 않자 아저씨가 상냥하게 한 번 더 물었다. 나는 공포에 질려서 거리를 내다보고 있었기 때문에 아저씨에게는 내 얼굴이 보이지 않았다. "저녁 초대를 해야지, 응? 시간 날 때 하루 이틀 저녁 시간 좀 내달라고 하지 그러냐? 그러니까, 네가 좋으면 말이다." 내가 역시 아무 대답도 하지 않자 아저씨가 말했다. "너 하고 싶은 대로 해. 알려만 다오."

12

약 두 시간 후에도 나는—완전히 녹초가 되어서 극심한 두통으로 눈물을 줄줄 흘리면서—포퍼를 되찾을 방법을 미친 듯이 생각하는 동시에 포퍼가 사라진 이유를 꾸며냈다가 포기하기를 반복하고 있었다. 가게 앞에 묶어놨었다고 할까? 그랬는데 누가 채 갔다고? 너무 뻔한 거짓말이었다. 비가 퍼붓고 있었다는 사실은 둘째 치더라도 포퍼는 너무 늙고 목줄을 매길 싫어해서 바로 앞 소화전까지도 끌고 갈 수 없었다. 미용을 맡겼다고 할까? 하지만 포퍼의 미용사는 세실리아라는 나이 많고 욕심이 많아 보이는 여자였는데, 자기 아파트에서 미용을 한 다음 항상 세 시까지 포퍼를 데려다 주었다. 병원에 갔다고 할까? 포퍼가 아프지 않다는 사실은 둘째 치더라도(그리고 포퍼가 아프다면 왜 내가 말을 안 했겠는가?) 호비 아저씨는 웰티 할아버지와 체시가 살아 있을 때부터 아는 병원에 포퍼를 데리고 다녔다. 맥더못 선생님의 병원은 바로 저 아래였다. 그러니 내가 포퍼를 다른 병원에 데리고 갈 이유가 어디 있겠는가?

나는 끙끙거리며 자리에서 일어나 창가로 걸어갔다. 계속 막다른 골목이었다. 한두 시간 안에 호비 아저씨가 당혹스러워하며 가게를 둘러볼 것이다. "포퍼 어디 있지? 포퍼 봤니?" 그걸로 끝이다. 무한 반복이었다. 알트 키와 탭 키를 눌러서 벗어날 수도 없다. 컴퓨터를 강제 종료하고 다시 켜서 실행할 수는 있겠지만 게임은 같은 곳에서 멈춰버릴 것이다. "포퍼 어디 있지?" 치트 코드*는 없다. 게임은 끝이다. 그 순간을 넘길 방법은 없다.

* cheat code : 컴퓨터 게임에서 비정상적인 방법으로 데이터를 조작하는 명령어.

억수 같던 비가 보슬비로 잦아들자 보도가 반짝반짝 빛나고 차양에서 물이 똑똑 떨어졌고, 거리의 모든 사람들이 이 순간을 틈타 비옷을 입고 개를 산책시키러 달려 나온 것 같았다. 어딜 보나 개였다. 투박하게 움직이는 양치기 개 품종, 검정색 푸들, 테리어, 리트리버, 나이 많은 프렌치 불도그와 만족스러운 표정으로 고개를 쳐든 닥스훈트 한 쌍. 개들은 앞서거니 뒤서거니 하며 거리를 가로질러 뽐내며 걸었다. 나는 애를 태우며 의자로 돌아와 앉아서 크리스티의 하우스 세일 카탈로그**를 집어 들고 초조하게 한 장씩 넘기기 시작했다. 끔찍한 모더니즘 수채화, 버펄로 두 마리가 싸우는 보기 싫은 빅토리아 시대 청동상이 2천 달러라니, 터무니없었다.

호비 아저씨에게 뭐라고 할까? 포퍼는 나이가 많고 귀가 잘 안 들려서 가끔 이상한 곳에서 잠들었다가 우리가 불러도 바로 듣지 못했지만 곧 포퍼가 저녁을 먹을 시간이었다. 금방 호비 아저씨가 위층을 돌아다니면서 소파 뒤와 피파의 방처럼 포퍼가 자주 가는 곳을 살피는 소리가 들릴 것이다. "팝스키? 자, 이리 와! 저녁 시간이다!" 모르는 척할 수 있을까? 나도 집 안을 돌아다니면서 같이 찾는 척할까? 모르겠다는 듯이 머리를 긁을 수 있을까? 수수께끼처럼 사라졌다고? 버뮤다 삼각지대처럼? 심장이 점점 가라앉는 것을 느끼며 더 우울한 생각을 하고 있을 때 가게 종이 울렸다.

"내가 키우려던 참이야."

보리스가 바닥에 내려주자 포퍼—축축한 것만 빼면 모험을 하고 온 것 치고는 별로 나빠 보이지 않았다—는 의례적으로 다리에 힘을 주더니 곧 종종거리며 다가왔고, 나는 포퍼의 머리를 들고 턱을 긁었다.

"널 전혀 안 찾던데?" 보리스가 말했다. "둘이서 즐거운 낮 시간을 보냈지."

"뭐 했는데?" 긴 침묵 뒤에 내가 말했다. 다른 말이 생각나지 않았다.

** 크리스티에서 발간하는 저명인사나 유서 깊은 집안의 물건들만을 소개하는 카탈로그를 말한다.

"잤어, 대부분은. 규리가 우릴 내려준 다음에—" 보리스가 거뭇해진 눈가를 긁으면서 하품을 했다. "우리 둘이서 꿀 같은 낮잠을 잤지. 옛날에 팝칙이 몸을 둥글게 말던 거 기억나지? 내 머리 위에 무슨 모피 모자처럼 몸을 말고 잤잖아?" 팝칙은 내 머리에는 절대로 턱을 올리지 않았고 보리스에게만 그렇게 했다. "그런 다음에 일어나서 샤워하고 산책을 나갔지. 멀리는 안 갔어, 멀리 가는 건 싫어하더라고— 그리고 전화를 몇 통 하고, 둘이서 베이컨 샌드위치를 먹고 집으로 돌아왔지. 저기, 미안해!" 보리스는 충동적으로 말해놓고 내가 아무 대답도 없자 손으로 헝클어진 머리를 넘겼다. "진심이야. 내가 바로잡을게, 완벽히 끝낼게. 진짜야."

우리 둘 사이에 내리누르는 듯한 침묵이 흘렀다.

"아무튼, 어젯밤엔 재밌었냐? *난* 재밌던데. 정말 대단한 외출이었어! 오늘 아침에는 별로 신나진 않았지만. 무슨 말 좀 해봐." 내가 아무 대답도 하지 않자 보리스가 불쑥 말했다. "하루 종일 기분이 정말 별로였어."

포퍼가 킁킁거리며 물그릇으로 다가가더니 평화롭게 물을 마시기 시작했다. 아주 오랫동안 포퍼가 할짝할짝 물을 마시는 소리밖에 나지 않았다.

"진짜, 시오—" 보리스가 가슴에 손을 올렸다. "마음이 너무 안 좋아. 내 기분은— 내가 얼마나 부끄러운지— 말로 표현할 수가 없다." 내가 아무 말도 하지 않자 보리스가 더욱 진지하게 말했다. "그래, 인정할게, 난 마음 한구석으로 나 자신에게 물어봤어. '왜 모든 걸 망쳤니, 보리스, 왜 그놈의 입을 열었어.' 하지만 내가 어떻게 너한테 거짓말을 하고 모르는 척 넘어갈 수 있겠어? 적어도 그건 인정해줘야지, 응?" 보리스가 두 손을 비비며 초조하게 말했다. "난 겁쟁이가 아니야. 너한테 말했잖아. 인정했잖아. 네가 무슨 일인지도 모르고 걱정하는 건 싫었어. 어떻게든 내가 보상할게, 약속해."

"왜—" 호비 아저씨는 아래층에서 진공청소기를 돌리느라 바빴지만 나는 그래도, 아래층의 잰드라에게 말다툼 소리가 들리지 않기를 바랄 때처럼 똑같이, 분노하면서도 목소리를 낮췄다. "왜—"

"뭐가 왜야?"

"도대체 왜 가져갔어?"

보리스가 거리낄 게 없다는 듯 눈을 깜빡였다.

"왜냐면 유대인 마피아가 너희 집을 노리고 있었으니까, 그래서다!"

"아니, 그래서가 아니잖아."

보리스가 한숨을 쉬었다. "음, 부분적으론 그래서였어— 어느 정도는. 너희 집에 있었으면 안전했겠어? 아니잖아! 학교에서도 마찬가지고. 그래서 낡은 교과서를 신문으로 싸서 같은 두께가 될 때까지 테이프로 감아서—"

"왜 가져갔냐고 물었어."

"내가 무슨 말을 하겠냐. 나 원래 도둑놈이잖아."

포퍼는 아직도 요란하게 물을 마시고 있었다. 나는 보리스가 포퍼와 그 즐거웠다는 외출을 하는 동안 물을 줘야겠다는 생각이나 했을까 싶어서 화가 치밀어 올랐다.

"그리고—" 보리스가 가볍게 어깨를 으쓱했다. "갖고 싶었어. 그래. 누가 안 갖고 싶겠어?"

"왜 갖고 싶었는데? 돈 때문에?" 내가 물었지만 보리스는 대답하지 않았다.

보리스가 얼굴을 찌푸렸다. "당연히 아니지. 그런 건 못 팔아. 하지만, 인정해야겠지, 사오 년 전이었나, 아주 곤란할 때 팔 뻔한 적도 있어. 아주아주 싼 값에, 거저 주는 거나 마찬가지로 말이야. 그냥 빨리 없애고 싶었거든. 그때 안 팔아서 다행이야. 그땐 진짜 궁지에 몰려서 현금이 급히 필요했거든. 하지만—" 보리스가 코를 심하게 훌쩍이더니 코를 닦았다. "그런 걸 팔려고 했다간 바로 잡히지. 알잖아. 하지만 일종의 유통증권이라면— 얘기가 달라! 그걸 담보물로 잡고 물건을 미리 주거든. 그러면 물건을 판 다음에 원금이랑 그 사람들 몫을 주고 그림을 돌려받으면 끝이야. 알겠어?"

내가 아무 말 없이 책상 위에 펼쳐진 크리스티 카탈로그를 다시 넘기기 시작했다.

"그런 말 있잖아." 보리스의 목소리는 슬프면서도 구슬리는 것 같았다. "'기회가 도둑을 만든다'. 네가 제일 잘 알잖아? 점심값을 찾아서 네 사물함을 뒤지다가 그걸 발견하고 생각했지. 뭐지? 여보세요? 이건 뭐야? 몰래 빼내서 감추는 건 쉬웠어. 그런 다음에 코트쿠의 기술 교실에 낡은 교과서를 들고 가서 크기와 두께를 똑같이 만들었어. 테이프까지 똑같은 걸 썼어! 코트쿠가 도와줬지. 하지만 이유는 말 안 했어. 그런 일은 코트쿠한테 절대 말하면 안 되거든."

"네가 그걸 훔쳤다니 아직도 못 믿겠어."

"저기, 변명은 하지 않을게. 그래, 내가 가져갔어. 하지만—" 보리스가 애교를 부리듯이 미소를 지었다. "내가 정직하지 않다고 할 수 있어? 내가 거짓말이라도 했어?"

"응." 나는 믿을 수가 없어서 잠시 침묵을 지킨 다음 이렇게 말했다. "응, 넌 거짓말을 한 거야."

"직접적으로 물어본 적은 없잖아! 그랬으면 말했을 거야!"

"보리스, 그건 말도 안 돼. 넌 거짓말을 했어."

"음, 지금은 안 하잖아." 보리스가 체념하여 주변을 둘러보며 말했다. "지금쯤이면 알고 있을 줄 알았지! 그게 몇 년 전인데! 내가 한 짓인 줄 알 거라고 생각했어!"

내가 계단으로 천천히 걸어가자 팝칙이 따라왔다. 이제 호비 아저씨가 진공청소기를 껐기 때문에 거대한 침묵만이 남았고, 나는 우리 얘기가 아저씨에게 들리기를 바라지 않았다.

"아주 정확한 건 아니지만—" 보리스가 질펀하게 코를 풀고 크리넥스를 확인하다가 움찔했다. "유럽 어딘가에 있다고 꽤 굳게 확신하고 있어." 그가 크리넥스를 뭉쳐서 주머니에 넣었다. "제노바에 있을 확률도 아주 약간 있지만 벨기에나 독일에 있을 확률이 제일 높아. 네덜란드에 있을지도 모르고. 그쪽 사람들은 그림에 더 쉽게 감명받으니까 그걸로 협상하기도 더 좋거든."

"별로 좁은 범위는 아닌 것 같은데."

"야, 무슨 소리야! 남아메리카가 아닌 게 다행이라고! 남아메리카로 갔으면 두 번 다시 못 볼 거야, 장담해."

"그게 사라졌다고 들은 것 같은데."

"그냥 어쩌면 어디 있는지 알아낼 수도 있을 거 같다는 말이야. *어쩌면*. 되찾을 방법을 안다는 것과는 아주 다르지. 그 사람들이랑 거래한 건 처음이었단 말이야."

"어떤 사람들?"

보리스가 불안한 듯 아무 말 없이 바닥을 보았다. 쇠로 만든 작은 불도그 조각상, 책 더미, 수많은 작은 양탄자.

"골동품에 오줌은 안 싸냐?" 보리스가 팝칙을 고갯짓으로 가리키며 물었다. "근사한 가구들에?"

"안 싸."

"너희 집에서는 아무 데나 싸고 다녔잖아. 아래층 양탄자 전체에서 개 오줌 냄새가 났지. 우리가 그 집에서 지내기 전에는 잰드라가 잘 안 데리고 나가서 그랬나 봐."

"무슨 사람들?"

"어?"

"네가 거래한 적 없다는 사람들."

"복잡해. 원한다면 설명할게." 보리스가 황급히 덧붙였다. "하지만 우리 둘 다 피곤한 것 같고, 지금은 때가 아닌 것 같아. 전화 몇 통 해서 알아보고 가르쳐줄게, 응? 알아보고 돌아와서 얘기할게, 약속해. 그런데—" 보리스가 손가락으로 자기 윗입술을 톡톡 쳤다.

"뭐?" 내가 깜짝 놀라 말했다.

"거기. 코 밑에."

"면도하다가 베였어."

"아." 보리스는 망설이는 표정으로 거기 서 있었다. 금방이라도 더 열띤 사과를 쏟아내거나 울음을 터뜨릴 것 같았지만, 우리 사이의 침묵은 어딘가 단호했기에 보리스는 그저 주머니에 손을 찔러 넣었다. "음."

"음."

"그럼 나중에 보자."

"그래." 하지만 보리스가 문밖으로 걸어 나갔을 때, 그리고 창가에 서서 차양에서 떨어지는 물방울을 피해 느긋하게 걸어가는 그의 모습을 내가 지켜볼 때—내 시야에서 벗어났다고 생각하자마자 발걸음이 느긋하고 가벼워졌다—나는 그것이 내가 보는 보리스의 마지막 모습일 확률이 아주 높다고 느꼈다.

13

나는 죽을 것만 같은 기분이었고 불쾌한 편두통에 너무 괴로워서 앞도 거의 보이지 않았기 때문에 가게 문을 열어두는 것은 별 의미가 없었다. 그래서 해가 나고 사람들이 거리로 나오기 시작했지만 나는 표지판을 돌려 '닫힘'으로 표시하고는—느릿느릿 따라오는 포퍼와 함께—안구 뒤쪽에서 망치질을 하는 듯한 고통에 욕지기를 느끼면서 무거운 몸을 이끌고 위층으로 올라갔고, 저녁때까지 몇 시간 동안 기절했다.

킷시와 나는 7시 45분에 앤디네 아파트에서 만나서 롱스트리트네 집에 가기로 했지만 나는 조금 일찍 도착했다. 저녁을 먹으러 가기 전에 잠깐 킷시와 단둘이 시간을 보내고 싶기도 했고 바버 부인에게 보여줄 것도 있었기 때문이었다. 호비 아저씨가 사들인 유품 중에서 바버 부인이 좋아할 만한, 꽤 보기 힘든 〈렘브란트 시대의 조판 기술〉 전시회 도록을 발견했던 것이다.

내가 부엌으로 가서 에타에게 노크를 해달라고 하자 에타가 말했다. "아니, 아니야. 일어나서 돌아다니고 계셔. 차를 가져다드린 지 15분도 안 됐어."

바버 부인의 경우 '일어나서 돌아다니고 있다'는 말은 파자마 차림에 강아지가 물어뜯은 슬리퍼를 신고 낡은 오페라 코트 같은 옷을 걸치고 있다는 뜻이었다. "아, 시오!" 바버 부인이 말했다. 그녀의 얼굴이 무방비하고 솔직하게 활짝 펴졌기 때문에 가슴이 뭉클했다. 앤디가 이따금 — 우편으로 22밀리미터 나글러 망원경 렌즈가 도착하거나 칼을 휘두르는 가슴 큰 아가씨들이 기사와 마법사 등등과 뒹구는 실사 포르노 사이트를 발견했을 때 — 정말로 기뻐하던 모습이 떠올랐다. "시오, 넌 정말 특이하고 좋은 애야!"

"이건 없겠죠?"

"없어 —" 바버 부인이 즐거워하며 도록을 넘겼다. "넌 정말 완벽해! 진짜, 절대 못 믿겠지만 대학 다닐 때 보스턴에서 이 전시회를 봤어."

"대단한 전시회였겠어요." 내가 안락의자에 앉으며 말했다. 나는 한 시간 전에 생각했던 것보다 훨씬 더 기분이 좋았다. 그림도 지긋지긋하고, 두통도 지긋지긋하고, 롱스트리트 가족과 저녁 식사를 해야 한다는 생각은 너무나 절망적이었다. 나는 총으로 머리통을 쏴버리고 싶은 생각밖에 없는 상황에서 뜨거운 게살 소스와 경제에 대한 생각을 장황하게 늘어놓는 포러스트를 어떻게 견딜 수 있을까 싶었다. 그래서 나는 킷시에게 전화를 걸어서 아프다는 핑계를 대고 빠져나와 그녀의 아파트로 가서 침대에 누워서 저녁을 보내자고 애걸하려 했다. 하지만 킷시는 전화를 받지 않았고 문자나 이메일에 답도 없었고, 메시지는 곧장 음성 사서함으로 넘어갔다. 외출할 때면 종종 그랬기에 나는 화가 났다. 언젠가 내가 연락이 안 될 때가 너무 많다고 불평하자 킷시는 "전화기를 새로 사야겠어, 뭔가 문제가 있다니까"라고 짜증을 부렸다. 그래서 길을 가다가 킷시에게 애플스토어에 들러서 전화기를 새로 사자고 말한 적도 여러 번 있었지만 킷시는 항상 줄이 너무 길다든지, 가야 할 곳이 있다든지, 그럴 기분이 아니라든지, 배가 고프다든지, 목이 마르다든지, 화장실에 가야 한다는 핑계를 대면서 다음에 사자고 했다.

나는 눈을 꼭 감고 침대에 걸터앉아서 킷시와 연락이 닿지 않아 곤두선 마음으로(내가 연락할 일이 있을 때는 절대 연락이 안 되는 것 같았다) 포러스트에게 직접 전화해서 아프다고 말할까도 생각했었다. 하지만 기분이 나쁘니 킷시가 더욱 보고 싶었고, 내가 좋아하지 않는 사람들과 저녁 식탁에 둘러앉아서 맞은편에 앉은 모습만 본다 해도 좋았다. 그래서 — 억지로 침대에서 일어나 업타운으로 가서 그날 저녁 최악의 시간을 견디기 위해서 — 예전의 나에게는 별것도 아닌 양의 진통제를 삼켰고, 약이 두통을 없애지는 못했지만 놀랄 정도로 기분이 나아졌던 것이다. 나는 몇 달 동안 이렇게 기분 좋은 적이 없었다.

"오늘 킷시랑 저녁 먹으러 나가니?" 바버 부인이 내가 가져온 도록을 여전히 즐겁게 넘겨 보다가 말했다. "포러스트 롱스트리트?"

"네."

"너랑 앤디랑 같은 반이었지?"

"네, 맞아요."

"걔도 정말 못되게 굴지 않았었니?"

"음—" 나는 행복감 때문에 관대해졌다. "꼭 그렇진 않았어요." 우둔하고 느린 포러스트("선생님, 나무도 식물인가요?")는 나와 앤디를 다재다능하게 집중적으로 괴롭힐 만큼 똑똑하지 않았다. "하지만 네, 그 애들이랑 어울리긴 했어요. 아시죠? 템플, 사프, 카바노프랑 셰퍼넌 말이에요."

"그래. 템플. *걘* 확실히 기억나. 그리고 케이블이라는 애도."

"네?" 내가 조금 놀라며 말했다.

"*걘* 확실히 잘못 자랐어." 바버 부인이 도록에서 고개도 들지 않고 말했다. "빚으로 살면서…… 일도 진득하게 못 하고 법적인 문제까지 있다고 하더구나. 부정수표를 썼대. 걔네 엄마가 고소를 막느라 고생하는 것 같아. 그리고 윈 템플." 내가 케이블은 사실 그렇게 공격적으로 괴롭히지 않았다고 설명하기도 전에 바버 부인이 고개를 들고 말했다. "걔 때문에 앤디가 샤워장에서 머리를 벽에 부딪쳤지."

"네, 맞아요." 사실 샤워장 사건에서 주로 떠오르는 부분은 앤디가 타일에 부딪쳐 뇌진탕을 일으킨 것이 아니라 셰퍼넌과 카바노프가 나를 억지로 눕히고 막대형 데오도런트를 내 엉덩이에 밀어 넣으려고 했던 것이었다.

바버 부인—외투를 우아하게 걸치고 썰매를 타고 크리스마스 파티에 가는 사람처럼 무릎에 숄을 덮고 있었다—은 여전히 도록을 넘기고 있었다. "템플이라는 애가 뭐라고 했는지 아니?"

"네?"

"템플이란 애 말이야." 바버 부인의 시선은 도록을 보고 있었다. 칵테일파티에서 만난 낯선 사람에게 이야기하는 것처럼 밝은 목소리였다. "걔가 뭐라고 변명했는지 아니? 왜 앤디를 밀어서 기절시켰냐고 물었더니 말이야."

"아뇨, 몰라요."

"걔가 그랬지, '신경에 거슬려서요'라고. 지금은 변호사라더구나. 법정에서는 성질을 좀 죽여야 할 텐데."

"윈이 제일 못된 건 아니었어요." 늘어진 침묵이 흐른 뒤에 내가 말했다.

"전혀 아니에요. 카바노프랑 셰퍼넌이—"

"개네 엄만 듣고 있지도 않았어. 핸드폰으로 문자를 보내고 있었지. 고객인데 아주 급한 일이라나."

나는 셔츠 소맷동을 보았다. 보통 나는 일을 끝내고 나면 신경 써서 깨끗한 셔츠로 갈아입었다. 약에 취한 세월이 (골동품 사기를 치던 세월은 물론이고) 가르쳐준 교훈이 있다면 빳빳한 셔츠와 세탁소에서 막 찾은 양복이 수많은 죄를 감춰준다는 것이었다. 하지만 모르핀 알약 때문에 정신이 없어서 *햇살은…… 나에게 오랫동안 힘을 주었지*……라는 엘리엇 스미스의 노래를 흥얼거리며 방 안을 돌아다니면서 별로 신경을 쓰지 않고 옷을 입었고, (이제 보니) 한쪽의 소맷동이 제대로 채워져 있지 않았다. 게다가 내가 고른 매듭단추는 보라색과 파란색으로 짝짝이였다.

"음, 우린 소송을 할 수도 있었어." 바버 부인이 무심하게 말했다. "왜 안 했는지 몰라. 챈스는 소송을 하면 앤디가 학교에서 더 힘들어질 것 같다고 했지."

"음—" 눈에 띄지 않게 소맷동을 가다듬을 수가 없었다. 택시에 탄 다음에 정리해야지 싶었다. "샤워장에서 있었던 일은 사실 셰퍼넌 잘못이었어요."

"그래, 앤디도 그렇게 말했어, 템플이라는 애도 그렇고. 하지만 실제로 때린 사람, 뇌진탕을 일으킨 사람이 누군지는 명백하지—"

"셰퍼넌은 아주 교활했어요. 템플을 앤디 쪽으로 밀었죠— 싸움이 시작됐을 때 셰퍼넌은 로커룸 반대편에서 카바노프랑 다른 애들이랑 배꼽이 빠져라 웃고 있었어요."

"음, 그건 모르겠지만 데이비드는—" 데이비드는 셰퍼넌의 이름이었다. "갠 다른 애들이랑 전혀 달랐어. 항상 아주 착하고, 아주 예의 발랐거든. 우리 집에도 자주 초대했는데, 갠 항상 앤디를 끼워주려고 했어. 다른 애들이 어땠는지 너도 알잖니, 생일 파티도 그렇고—"

"맞아요. 하지만 셰퍼넌은 항상 앤디에게 앙심을 품고 있었어요. 셰퍼넌의 엄마가 앤디랑 친하게 지내라고 늘 강요했거든요. 앤디를 *억지로* 초대하라고 하고, 이 집에 *억지로* 보내고."

바버 부인이 한숨을 쉬고 잔을 내려놓았다. 재스민 차였는데 내 자리까지 향기가 났다.

"음, 모르겠다. 넌 나보다 더 앤디를 잘 알았으니까." 바버 부인이 갑자기 이렇게 말하면서 자수가 놓인 외투 옷깃을 여몄다. "난 앤디를 있는 그대로 받아들이지 못했지만 어떤 면에서는 제일 예뻐했어. 항상 앤디를 다른 사람으로 만들려고 하지 않았다면 좋았을 텐데. 확실히 넌 앤디를 있는 그대로 받아들였지. 걔 아빠나 나보다, 그리고 걔 형보다도. 여기 보렴." 바버 부인이 거의 변함없는 말투로 이야기했고, 서늘한 침묵이 뒤따랐다. 바버 부인은 여전히 책장을 넘기고 있었다. "베드로 성인이야. 예수님을 찾아온 아이들을 쫓아내고 있지."

나는 순순히 자리에서 일어나서 바버 부인 뒤로 빙 돌아갔다. 나도 아는 작품이었다. 모건 미술관이 소장하고 있는 명작 중 하나인 드라이포인트 동판화로, '백 길더 판화'라는 별명으로 불렸다. 전설에 따르면 렘브란트는 본인이 그것을 되사기 위해 백 길더를 내야 했다.

"렘브란트는 정말 꼼꼼했어. 종교적인 주제를 다룰 때도 그랬어, 실제로 성인이 내려와서 모델이 되어준 것 같지. 여기 이 두 베드로 성인은—" 바버 부인이 벽에 걸린 펜화를 가리켰다. "완전히 다른 작품이고 제작연도도 한참 차이 나지만 육체와 영혼이 모두 같은 사람이야. 여러 명이 늘어서 있어도 골라낼 수 있을 것 같지 않니? 좀 벗겨진 머리. 똑같은 얼굴— 순종적이고 진지하지. 선한 품성이 얼굴에 그대로 드러나지만 항상 근심과 불안이 실룩거려. 미묘한 배신의 그늘이 말이야."

바버 부인은 여전히 도록을 내려다보고 있었지만 나는 우리 옆에 놓인 테이블 위의 은테 액자 속 앤디와 바버 씨의 사진을 보고 있었다. 스냅사진에 불과했지만 삶의 무상함과 죽음이라는 운명을 보여준다는 점에서는 어떤 네덜란드 회화의 거장도 이보다 더 교묘한 구도를 잡을 수 없었다. 앤디와 바버 씨는 어두운 배경 앞에서 벽걸이 촛대에 놓인 초를 끄고 있고, 바버 씨는 모형 배에 손을 올리고 있다. 해골에 손을 올리고 있었다면 더욱 비유적이거나 오싹한 효과가 있었을 것이다. 위쪽에는 네덜란드 바니타스* 화가들이 사랑했던 모래시계 대신 로마숫자가 새겨진 을씨년스럽고 좀 불길한 시계가 있었다. 검은 시곗바늘은 11시 55분을 가리키고 있다. 시간이 다 되어가고 있었다.

"엄마—" 플랫이 불쑥 들어오다가 나를 보고 깜짝 놀라서 멈췄다.

"물론 노크 같은 거 할 필요 없어, 플랫." 바버 부인이 도록에서 고개도 들지 않고 말했다. "넌 항상 환영이니까."

"저는—" 플랫이 눈을 휘둥그레 뜨고 나를 보았다. "킷시 때문에요." 그는 당황한 것 같았다. 플랫이 야전 외투의 벨로즈 주머니**에 손을 넣었다. "붙잡혀 있대요." 플랫이 바버 부인에게 말했다.

바버 부인이 깜짝 놀란 것 같았다. "아." 두 사람이 마주 보았고 말이 아닌 무언의 어떤 것이 오가는 듯했다.

"붙잡혀 있다고요?" 내가 두 사람을 번갈아 보면서 붙임성 있게 말했다. "어디에요?"

아무도 대답하지 않았다. 플랫이 바버 부인에게 시선을 고정한 채 입을 삐끔거렸다. 바버 부인이 도록을 슬며시 옆으로 치우고 내 쪽은 보지도 않으면

* vanitas : 16, 17세기에 네덜란드와 플랑드르 정물화에서 많이 사용된 주제로, 해골, 모래시계, 연기, 썩기 시작하는 과일, 꽃 등을 그려 삶의 덧없음과 무의미함을 표현했다.

** 옆으로 주름을 잡아 넉넉한 풀무(bellows) 모양의 주머니.

서 말했다. "음, 있잖아, 킷시는 오늘 골프를 치러 간 게 아닐까 싶은데."

"정말요?" 내가 조금 놀라며 말했다. "골프를 치기에는 날씨가 나쁘지 않아요?"

"차가 밀려서요." 플랫이 바버 부인을 흘깃 보고 열심히 말했다. "갇혀 있어요. 고속도로가 엉망이래요. 포러스트한테 전화했대." 그가 나를 보면서 말했다. "저녁 식사를 조금 미뤘다는데."

"음, 이건 어떨까?" 잠시 침묵이 흐른 후 바버 부인이 생각에 잠겨 말했다. "너랑 시오는 나가서 술을 한잔하는 게 어떠니? 그래—" 그녀가 플랫에게 단호하게 말한 다음 문제가 정리되었다는 듯이 손을 모았다. "아주 좋은 생각인 것 같아. 둘이 나가서 한잔하렴. 그리고 너!" 바버 부인이 미소를 띠고 나를 보며 말했다. "넌 정말 천사야! 이 책 정말 고맙다." 바버 부인이 내 손을 꽉 잡으며 말했다. "세상에서 제일 멋진 선물이야."

"하지만—"

"응?"

"킷시가 돌아와서 준비를 해야 하지 않을까요?" 약간 혼란스러운 침묵 끝에 내가 말했다.

"뭐라고?" 두 사람이 나를 보고 있었다.

"골프를 쳤다면서요? 그러면 옷을 갈아입어야 하지 않겠어요? 골프복을 입고 포러스트네 집에 가고 싶진 않을 거예요." 내가 두 사람을 번갈아 보면서 말했지만 아무도 대답하지 않았다. 그래서 다시 말했다. "전 집에서 기다려도 괜찮아요."

바버 부인이 생각에 잠겨 입을 꼭 다물었다. 눈꺼풀이 무거워 보였다. 나는 불현듯 깨달았다. 피곤하신 거였다. 바버 부인이 꼭 여기 앉아서 나를 상대해줄 필요는 없었지만 예의를 차리느라 그렇게 말할 수 없었던 것이다.

"하지만." 내가 두 사람의 눈을 의식하며 일어나서 말했다. "시간이 있으니까 칵테일 한 잔 정도 하는 것도 좋을 것 같아요—"

바로 그때 하루 종일 조용했던 핸드폰이 주머니 속에서 시끄럽게 울렸다. 문자메시지였다. 나는 더듬더듬—너무 피곤해서 주머니가 어디 있는지도 몰랐다—핸드폰을 찾았다.

물론 킷시가 보낸 이모티콘이 가득한 문자였다. ♥♥ 안녕, 팝시 ♥ 한 시간쯤 늦어! ⊗!✘✐✿❃✌!!! 아직 출발한 건 아니겠지! 포러스트랑 셀리아가 저녁을 늦추기로 했어. 9시에 봐, 최고로 사랑해! 키츠 ♥✘♥✘♥✘♥

14

대엿새가 지난 후에도 나는 보리스와 함께 보낸 저녁에서 완전히 회복하지 못했다. 고객들을 상대하고 경매에 참가하고 개인 소장품을 둘러보느라 바쁘기도 했고 거의 매일 밤 킷시와 진 빠지는 행사에도 참여해야 했기 때문이었다. 휴일 파티와 옷을 차려입고 가야 하는 저녁 식사 자리에 참석하고 메트로폴리탄 오페라하우스에서 〈펠레아스와 멜리장드〉를 감상하는 등등 여러 가지 일로 나는 아침 여섯 시에 일어나서 밤 열두 시가 훨씬 넘어서야 잠자리에 들었고 새벽 두 시가 넘어서 들어온 적도 있었기 때문에 혼자 있는 시간이, (그리고 더 나쁘게는) 킷시와 단둘이 보내는 시간이 거의 없었다. 보통은 이런 일이 계속되면 미칠 것 같았지만 지금으로서는 피로와 싸우느라 생각할 시간이 별로 없는 게 오히려 다행이었다.

나는 킷시가 여자 친구들과 놀러 나가기로 한 화요일을 일주일 내내 기대했다. 킷시를 만나기 싫어서가 아니라 호비 아저씨도 저녁 약속이 있던 터라 혼자서 냉장고에 남은 음식을 먹고 일찍 잠자리에 드는 것을 고대했던 것이다. 하지만 폐점 시간인 저녁 일곱 시에도 아직 할 일이 남아 있었다. 기적처럼 어떤 실내장식가가 나타나서 웰티 할아버지 시절부터 서랍장 위에서 먼지만 모으던 비싸고, 유행도 아니고, 팔 수도 없는 백랍 제품에 대해서 문의한 것이다. 나는 백랍 제품을 잘 몰라서 〈앤티크〉 과월호에서 필요한 기사를 찾고 있었는데, 가게 문을 닫은 지 5분도 지나지 않아서 보리스가 달려와 유리문을 두드렸다. 비가 세차게 내리고 있었다. 심한 비 때문에 보리스는 외투 속의 알아볼 수 없는 그림자에 불과했지만 창문을 두드리는 특이한 박자 때문에 알았다. 옛날에도 그는 라스베이거스 우리 집을 한 바퀴 빙 둘러 파티오로 와서 유리창을 힘차게 두드리곤 했다.

가게 안으로 들어온 보리스가 격렬하게 몸을 털자 물이 튀었다. "나랑 업타운에 좀 갈래?" 보리스가 단도직입적으로 말했다.

"바빠."

"그래?" 보리스가 따뜻하면서도 화가 난 목소리, 아이처럼 상처받은 티가 분명히 나는 목소리로 말했기 때문에 내가 책장 앞에서 돌아섰다. "왜냐고 안 물어볼 거야? 가고 싶을 텐데."

"업타운 어디?"

"내가 누구랑 얘기를 하러 가는 길이거든."

"그 얘기라는 게—"

"맞아." 보리스가 코를 훌쩍이면서 닦고 밝게 말했다. "바로 그거야. 톨리를 데리고 가면 되니까 네가 꼭 가야 하는 건 아니야. 하지만 여러 가지 이유 때문에 너도 같이 가면 좋겠다 싶어서— 팝칙, 그래그래!" 보리스가 몸을 숙여서 인사를 하려고 터덜터덜 걸어온 개를 안아 들며 말했다. "반갑다! 얘 베이컨 좋아하더라." 보리스가 포퍼의 귀 뒤를 긁고 뒷목에 자기 코를 문지르면서 나에게 말했다. "베이컨 구워 줘봤어? 빵도 잘 먹어, 베이컨 기름에 적셔 주면."

"누구랑 얘기를 한다는 거야? 뭐 하는 사람인데?"

보리스가 물이 뚝뚝 떨어지는 머리카락을 넘겼다. "아는 사람. 이름은 호르스트야. 미리엄의 오랜 친구지. 호르스트도 이번 건 때문에 손해를 봤는데— 솔직히 우리를 도울 수 있을 것 같진 않지만 미리엄이 한 번 더 얘기해본다고 손해 볼 건 없지 않냐는 거야. 그 말이 맞는 것 같아서."

15

규리가 운전석에서 소리를 쳐야 ("날씨 한번 이상하네요!") 뒷좌석의 우리에게 들릴 정도로 비가 세차게 내렸다. 업타운으로 가는 길에 보리스가 낮은 목소리로 호르스트에 대해서 이야기해주었다. "정말 정말 슬픈 이야기야. 호르스트는 독일인이야. 똑똑한 사람이지, 아주 똑똑하고 예민해. 집안도 대단하고……. 전에 설명을 들었는데 까먹었어. 미국인의 피가 섞인 아버지가 호르스트한테 큰돈을 남겼는데 어머니가 재혼할 때—" 여기서 보리스는 예전 나치와 관련이 있고 세계적으로 유명한 사업체 이름을 댔다. "몇백만이야. 그 사람들 돈이 얼마나 많은지 넌 믿지도 못할 거야. 돈더미에서 뒹군다니까. 정말 엄청난 돈이지."

"그래, 진짜 슬픈 얘기네, 알겠다."

"음— 호르스트는 심한 중독자야. 너, 나 알잖아—" 보리스가 달관했다는 듯 어깨를 으쓱했다. "난 다른 사람을 판단하거나 비난하지 않아. 하고 싶은 대로 하라고 해, 난 상관없으니까! 하지만 호르스트는— 아주 슬픈 경우야. 약쟁이 여자랑 사랑에 빠져서 그 여자 때문에 약을 하게 됐지. 그 여자는 가진 걸 다 뺏고서 돈이 떨어지니까 떠났어. 호르스트의 가족은— 그 사람들은 벌써 몇 년 전에 인연을 끊었지. 호르스트는 아직도 그 나쁜 년 때문에 마음을 썩이고 있어. 그 여자 아마 마흔 다 됐을 거야. 이름은 울리카라고 하는데, 호르스트한테 돈이 조금 생기면 잠깐 돌아와. 그런 다음 다시 떠나는 거지."

"호르스트가 이 일이랑 무슨 상관인데?"

"호르스트의 동료인 자샤가 만든 건수였거든. 내가 자샤를 만나봤는데 괜찮아 보이더라고— 내가 뭘 알았겠어? 호르스트는 자샤 친구들이랑 직접 일해본 적이 없다고 했는데, 내가 제대로 알아봤어야 하는 건데 마음이 급해서 제대로 알아보질 않았어. 그랬더니—" 보리스가 양팔을 들었다. "윽! 미리엄 말이 맞았어— 그 여자는 항상 맞는 말만 한다니까— 미리엄 말을 들었어야 하는 건데."

빗물이 차창을 타고 흘러내렸다. 수은처럼 묵직한 비가 우리를 차 안에 가두었고, 바깥에서는 빛이 굉음 속에서 깜박거리며 녹아내렸다. 라스베이거스에서 아빠가 보리스와 나를 뒷좌석에 태운 채 세차를 했던 때가 떠올랐다.

"호르스트는 보통 사업 상대에 대해서 까다롭게 구니까 괜찮을 줄 알았지. 그런데— 호르스트는 말을 아주 신중하게 한단 말이지. 그냥 '다르다'고만 하더라고. '특이하다'나. 그게 무슨 말이야? 그런데 내가 직접 내려가보니까— 미친놈들이었어. 그러니까, 닭들한테 총을 쏠 정도로 미친놈들 말이야. 그런 상황에서는 보통 차분하게, 조용하게 지내잖아! 그런데 그 사람들은 꼭, TV를 너무 많이 보거나 뭐 그랬나? 그래서 그렇게 해야 되는 줄 알았나? 보통 그런 상황일 때는 다들 예의를 엄청 차리면서 은밀하게, 아주 조용히 지내는데! 미리엄이 그랬어, 총은 생각도 하지 말라고. 그 말이 옳았지! 마이애미에서 닭을 키우다니 그게 무슨 미친 짓이야? 사소한 일이라고 해도— 게다가 거긴 집집마다 자쿠지가 있는 동네, 테니스장도 있고 뭐 그런 동네라고. 무슨 말인지 알지? 누가 그런 동네에 살면서 마당에다 닭을 키워? 닭이 내는 소리 때문에 이웃이 신고라도 하면 어쩌려고! 하지만 그땐 이미—" 보리스가 어깨를 으쓱했다. "내가 내려갔잖아. 이미 한 배를 탄 거였어. 난 걱정 말자고 스스로를 애써 다독였지만, 결국 내 생각이 맞았어."

"어떻게 됐는데?"

"나도 잘 몰라. 약속한 물건의 반을 받았고 나머지 반은 일주일 안에 오기로 돼 있었거든. 드문 방식은 아니야. 그런데 그 사람들이 체포되는 바람에 나머지 반도 못 받고 그림도 못 받았어. 호르스트는— 음, 호르스트도 그림을 찾으려고 했어, 완전 파랗게 질렸었지. 아무튼 지난번에 얘기했을 때보다 정보가 더 들어와 있으면 좋겠네."

16

규리가 앤디네 집에서 그리 멀지 않은 60번가 근처에 우리를 내려놓고 갔다. "여기야?" 내가 호비 아저씨의 우산을 털면서 말했다. 우리는 센트럴 파크를 마주 보는 커다란 석회석 주택 앞에 서 있었다. 검은 철문에 거대한 사자 머리 쇠고리가 달려 있었다.

"그래— 호르스트 아버지 집이야— 가족들이 호르스트를 여기서 쫓아내려고 법적으로 애쓰고 있지만, 실컷 애쓰라지, 하."

우리는 초인종을 누르고 들어가서 승강기를 타고 2층으로 올라갔다. 향과 마리화나, 스파게티 소스를 끓이는 냄새가 났다. 흐느적거리는 금발 여자—짧게 자른 머리에 눈이 작고 얼굴은 낙타처럼 평화로웠다—가 문을 열었다. 옛날에 길거리에서 흔히 볼 수 있던 개구쟁이나 신문팔이 소년처럼 하운드투스 무늬 바지, 발목까지 올라오는 부츠, 지저분한 내복 셔츠와 멜빵 차림이었다. 그리고 코끝에 벤프랭클린 금속 테 안경이 얹혀 있었다.

여자는 말 한마디 없이 문을 열어준 다음 가버렸고 우리는 어둑어둑하고 음울하고 무도회장만큼 큰 객실에 남겨졌다. 프레드 애스테어 영화에 나오는 상류사회의 세트를 오랫동안 방치해둔 것 같은 객실이었다. 높은 천장, 바스러지는 회반죽 벽, 그랜드피아노. 때가 탄 샹들리에는 크리스털이 반 정도 부서지거나 없어졌고, 할리우드 영화에 나올 법한 회전 계단에는 담배꽁초가 흩어져 있었다. 웅웅거리는 수피교 음악이 배경음악처럼 깔렸다. *알라후 알라후 알라후 하크. 알라후 알라후 알라후 하크(Allā-hu Allā-hu Allā-hu Haqq. Allā-hu Allā-hu Allā-hu Haqq).* 벽에는 누군가 실제 크기로 계단을 오르는 사람을 그려놓은 일련의 목탄 누드화가 영화 프레임처럼 이어졌다. 객실에는 지저분한 방석, 길거리의 쓰레기통을 뒤져서 가져온 듯한 의자 몇 개와 탁자 몇 개뿐, 가구가 거의 없었다. 벽에 빈 액자들과 숫양의 머리뼈가 걸려 있었다. 애니메이션 영화를 틀어놓은 텔레비전은 간질 발작을 일으키는 것처럼 깜빡깜빡 지직대면서 글자와 경주용 자동차가 섞인 기하학적인 화면을 보여주고 있었다. 텔레비전과 금발 머리 여자가 사라진 문을 빼면 유일한 광원인 램프가 다 녹은 초, 컴퓨터 선, 빈 맥주병과 부탄가스 깡통, 상자에 담겨 있거나 흩어져 있는 오일 파스텔, 해설 도록 몇 권, 나보코프의 《절망》과 하이데거의 《존재와 시간》 등 표지가 뜯겨 나간 독일어와 영어 책, 스케치북, 미술 책, 재떨이와 불에 탄 은박지, 지저분해 보이는 베개와 그 위에서 졸고 있는 회색 줄무늬 고양이에게 뚜렷하고 하얀 빛을 동그랗게 비추고 있었다. 문 위에는 독일 슈바르츠발트의 사냥용 산장에서 가져온 기념품 같은 수사슴 뿔이 걸려 뾰족뾰족한 그림자를 천장에 넓게 드리워 북유럽 같고 동화 같으면서 사악한 느낌을 풍겼다.

옆방에서 대화하는 소리가 들렸다. 침대 시트로 창문을 가려놓았지만 가로등에서 퍼져 나온 보라색 빛이 들어올 정도로 얇았다. 주변을 둘러보자 꿈속처럼 낯설고 어둡고 이상한 물체들이 모양을 드러냈다. 우선 임시변통으로 만든 칸막이—빈민가 공동주택처럼 낚싯줄로 천장에 매달아둔 양탄자—는 자세히 보니 태피스트리였고, 그것도 18세기나 그 이전의 괜찮은 작품이었다. 내가 경매장에서 본 추정가 4만 파운드 이상의 프랑스 아미앵 태피스트리와 거의 똑같았다. 그리고 벽에 걸린 액자가 모두 빈 것은 아니었다. 몇몇 액자에는 그림이 들어 있었는데, 그중 하나는 흐린 조명에서 봐도 코로의 작품이 분명했다.

내가 자세히 보려고 다가가려고 하는데 서른 살부터 쉰 살 사이의 몇 살이라고 해도 이상하지 않은 남자가 문 앞에 나타났다. 지친 표정, 긴 팔다리, 뒤로 빗어 넘긴 곧은 모래색 머리카락. 그는 무릎이 튀어나온 검정색 펑크 청바지와 지저분한 영국 코만도 스웨터, 몸에 잘 안 맞는 양복 재킷을 입고 있었다.

"안녕하십니까." 남자가 독일어의 흔적이 희미하게 느껴지는 영국식 억양으로 나에게 조용히 말했다. "당신이 포터겠군요." 그런 다음 보리스에게 말했다. "와줘서 고마워. 두 사람 다 좀 있다 가. 캔디랑 니얼이 울리카랑 저녁을 만들고 있어."

태피스트리 뒤쪽 내 발치 근처에서 뭔가가 움직이기에 내가 얼른 물러섰다. 바닥에 둘둘 말린 무언가와 침낭 같은 것들이 널려 있고 노숙자 냄새가 났다.

"고맙지만 금방 가야 돼." 보리스가 고양이를 집어 들어 귀 뒤를 긁어주며 말했다. "그래도 와인은 좀 마실게, 고마워."

호르스트는 말없이 자기 잔을 보리스에게 건네고 독일어로 옆방을 향해서 뭐라 외쳤다. 그런 다음 나에게 말했다. "골동품상이라고요?" 텔레비전이 내는 빛 속에서 창백하고 동공이 수축되어 갈매기 같은 그의 눈이 깜빡이지도 않고 강렬하게 빛났다.

"맞아요." 내가 불안하게 말했다. 또 다른 여자—보브 스타일의 갈색 머리에 굽이 높은 검정색 부츠를 신고 우윳빛 허벅지에 새겨진 검은 고양이 문신이 보일 정도로 짧은 치마를 입고 있었다—가 와인 병과 호르스트와 내가 쓸 잔 두 개를 들고 나타났다. "어, 고맙습니다."

"*당케*(Danke)." 호르스트가 여자에게 말한 다음 보리스에게 물었다. "두 사람, 약 좀 줄까?"

"지금은 됐어." 보리스가 말했다. 갈색 머리 여자가 자리를 뜰 때 보리스가 몸을 숙여서 얼른 입을 맞췄다. "궁금한 게 있어서. 자샤한테서 무슨 소식 없어?"

"자샤 말이지—" 호르스트가 방석에 털썩 앉아 담배에 불을 붙였다. 찢어진 청바지와 전투화 때문에 제목 아래에 이름이 나오는* 1940년대의 할리우드 성격파 배우, 비극적인 바이올린 연주자나 삶에 지친 학식 있는 난민 역할로 알려진 중부 유럽 출신 이류 배우의 닳고 닳은 버전 같았다. "물건이 아일랜드로 가는 중인 것 같아. 내 의견을 묻는다면 좋은 소식이라고 하겠어."

"아일랜드는 아닐 것 같은데."

"나도 의심스럽지만 사람들 얘기를 들어보니 지금까지는 맞아떨어져." 호르스트는 중독자 특유의 불규칙적이고 조용하면서 기묘한 말투였지만 발음이 부정확하지는 않았다. "그러니까— 곧 정보가 더 들어올 거야. 그러길 바라고 있어."

"니얼 친구들이야?"

"아니. 니얼은 들어본 적도 없대. 하지만 그게 시작이지."

와인은 맛없었다. 슈퍼마켓에서 파는 시라였다. 나는 방바닥에 널브러진 사람들 근처에 있고 싶지 않았기 때문에 어슬렁어슬렁 걸어가서 낡은 탁자 위에 놓인 석고상들을 살펴보았다. 남자의 토르소, 바위에 기대어 서서 천을 늘어뜨린 비너스, 샌들을 신은 발. 흐릿한 조명 아래에서 보니 펄페인트에서 파는 평범한 석고상—화실에서 학생들이 스케치용으로 쓰는 제품—같았지만 발 조각 윗부분을 손끝으로 쓸었더니 매끄럽고 결이 없는 대리석

* 영화 포스터에서 제목 밑에 나오는 출연진을 가리키는 것으로, 주연이나 스타는 아니라는 것을 뜻한다.

특유의 유연함이 느껴졌다.

"왜 아일랜드로 가져가는 건데?" 보리스가 초조하게 말했다. "거기 무슨 수집가들이 있어? 다들 아일랜드로 물건을 가지고 들어가는 게 아니라 거기서 빼내려고 하는 줄 알았는데."

"맞아. 하지만 자샤 생각에는 그 남자가 그림을 이용해서 빚을 청산한 것 같대."

"그럼 거기 그 사람 연줄이 있는 거야?"

"그런 것 같아."

"믿기 힘든데."

"뭐가, 연줄이 있다는 게?"

"아니, 빚 말이야. 그 사람은— 6개월 전만 해도 거리에서 휠캡이나 훔치던 사람 같던데."

호르스트가 어깨를 살짝 으쓱했다. 졸린 눈, 주름진 이마. "모르지. 그런지 아닌지 확신할 수 없지만, 대충 때려 맞히고 싶진 않아. 그렇다고 내가 손목이라도 걸어야 하나?" 그가 느긋하게 바닥에 재를 털면서 말했다. "아니지."

보리스가 와인 잔을 보며 얼굴을 찌푸렸다. "그 사람은 아마추어였어. 내 말 믿어. 당신도 직접 보면 알았을 거야."

"그래. 하지만 도박을 좋아한대. 자샤가 그랬어."

"어쩌면 자샤가 더 많이 알고 있을 것 같지 않아?"

"아니." 호르스트는 마치 반쯤은 스스로에게 말하는 듯했다. "'기다려봐.' 내가 들은 말은 그것뿐이야. 만족스럽지 못한 대답이지. 내 생각엔 애초부터 수상했어. 하지만 내가 말했듯이, 우린 이번 일의 정확한 원인을 아직 몰라."

"그건 그렇고, 자샤는 어제 돌아온다고?" 방 안의 어둑한 빛 때문에 라스베이거스 시절, 잠에서 깬 후에도 남아 있던 꿈처럼 모호한 분위기가 느껴졌다. 몽롱한 담배 연기, 바닥에 떨어진 더러운 옷가지들, 블라인드의 흔들림에 따라서 흰색과 파란색으로 번갈아 바뀌는 보리스의 얼굴.

"다음 주. 전화할게. 그때 직접 얘기해봐."

"그래. 우리가 같이 얘기해야 될 것 같은데."

"그래, 내 생각도 그래. 나중에는 우리 둘 다 더 잘 알게 되겠지……. 이런 일이 일어날 필요가 없었어……. 하지만 아무튼— " 호르스트가 천천히 목을 긁다가 멍하니 말했다. "내가 자샤를 너무 몰아붙이지 않으려고 조심하는 건 이해하지?"

"자샤에게는 아주 편리하겠군."

"의심하고 있군. 말해봐."

"내 생각엔 말이야." 보리스가 얼른 문간을 보았다.

"응?"

"내 생각에는— " 보리스가 목소리를 낮췄다. "당신은 걔한테 너무 물러. 그래그래— " 보리스가 두 손을 올렸다. "알아. 하지만— 자샤가 아는 놈이 흔적도 없이 사라졌는데 자샤는 아무것도 모른다니, 너무 편리하잖아!"

"음, 일리가 있네." 호르스트가 말했다. 그는 아이들이 가득한 방에 혼자 있는 어른처럼 주변과 동떨어져서 반쯤 다른 곳에 가 있는 것 같았다. "이 문제 때문에 골치가 아파— 우리 모두 그렇지. 나도 당신만큼이나 이 일을 해결하고 싶어. 하지만 우리가 아는 한 그 남자는 경찰이었어."

"아니." 보리스가 단호하게 말했다. "아니었어. 경찰 아니야. 내가 알아."

"음— 솔직히 말하면 나도 꼭 그렇게 생각하진 않아. 이 일은 우리가 아는 것보다 더 복잡하게 얽혀 있어. 하지만 난 희망을 버리지 않고 있어." 호르스트가 제도용 책상 위의 나무 상자를 집어서 안을 뒤적거렸다. "두 사람 다 진짜 아무것도 안 해?"

나는 시선을 피했다. 사실은 정말로 하고 싶었다. 또 코로의 그림도 보고 싫었지만 바닥에 널브러진 사람들 사이를 걸어 다니고 싶지는 않았다. 나는 방 저쪽 편 징두리 벽널에 기대어놓은 여러 점의 그림을 그제야 봤다. 정물화 한 장과 작은 풍경화 몇 점이었다.

"가서 봐요, 보고 싶으면." 호르스트가 말했다. "레핀은 위작이지만 클라에스와 베르험은 판매용입니다. 관심이 있으시다면."

보리스가 웃으면서 호르스트의 담배에 손을 뻗었다. "이 친구는 그쪽이 아니야."

"아닙니까?" 호르스트가 상냥하게 말했다. "둘 다 사면 좋은 값에 줄 수 있는데. 판매자가 저걸 없애고 싶어 해서."

내가 가까이 다가가서 보았다. 초와 반쯤 빈 와인 잔을 그린 정물.

"클라에스 헤다인가요?"

"아니— 피터르입니다. 하지만—" 호르스트가 상자를 치우고 내 옆에 서서 전선이 달린 탁상용 램프를 높이 들어 두 그림에 강렬한 빛을 비췄다. "이쪽—" 그가 손가락으로 공중에서 곡선을 따라 그렸다. "여기 불빛이 비친 것 보이죠? 탁자 가장자리, 천이 늘어진 곳 말입니다. 헤다가 컨디션이 나쁜 날에 그린 그림 같기도 하지요."

"아름다운 작품이군요."

"그래요. 나름대로 아름다워요." 호르스트 가까이 서 있으니 씻지 않은 더러운 냄새와 중국식 궤 안에서 날 듯한 강렬하고 퀴퀴한 수입품 가게 냄새가 났다. "요즘 취향에는 약간 평범하죠. 고전 양식을 따르고 있어요. 지나치게 꾸민 듯하죠. 하지만 베르험은 아주 훌륭합니다."

"베르험은 위작이 많죠." 내가 별 뜻 없이 말했다.

"그래요—" 풍경화를 비추는 램프 불빛은 푸르스름하고 기괴했다. "하지만 이건 사랑스러워요……. 이탈리아, 1655년……. 황토색이 아름답죠, 안 그렇습니까? 내 생각에 클라에스 작품은 너무 초기 작품이라 별로 대단하지 않아요. 하지만 둘 다 출처는 확실하죠. 두 작품을 같이 소장하면 좋을 겁니다……. 두 그림은 한 번도 떨어진 적이 없어요. 아버지와 아들이죠. 유서 깊은 네덜란드 가문에 같이 전해져 내려오다가 전쟁 후에 결국 오스트리아로 흘러갔어요. 피터르 클라에스는…….” 호르스트가 램프를 더 높이 들었다. “솔직히 클라에스는 아주 들쑥날쑥합니다. 기법이 뛰어나고 얼핏 보기에는 훌륭하지만, 이 그림은 뭔가 약간 어긋나 있어요, 그렇지 않습니까? 구성이 맞질 않아요. 통일성이 좀 없죠. 게다가—” 그가 엄지손가락으로 캔버스가 내뿜는 지나치게 밝은 빛을 가리켰다. 바니시를 지나치게 많이 바른 것이다.

“그렇군요. 그리고 여기도—” 나는 너무 열심히 닦아서 물감이 뭉개지고 부서진 곡선을 공중에서 따라 그렸다.

“그래요.” 호르스트가 상냥하고 졸린 표정으로 대답했다. “아주 정확합니다. 아세톤이죠. 누구 짓인지 몰라도 쏴버려야 되는 건데. 하지만 보관 상태가 별로 좋지 않은 이런 중급 그림은 무명 화가의 작품이라도 명작보다 더 가치가 있어요. 반어적이지만, 아무튼 *나한텐* 그렇습니다. 특히 풍경화는 더욱 그렇죠. 팔기가 아주아주 쉬우니까. 당국에서 지나친 관심을 갖지도 않고…… 설명만으로는 알아보기도 힘들고……. 그래도 20만 정도는 나가죠. 하지만, 파브리티우스는—” 길고 느긋한 침묵. “가치가 전혀 달라요. 내 손을 거친 것 중에서 가장 놀라운 그림이죠, 아주 확실하게 말할 수 있습니다.”

“그래, 그러니까 우리가 이렇게 되찾고 싶어 하는 거잖아.” 보리스가 어둠 속에서 투덜거렸다.

“정말 뛰어나죠.” 호르스트가 조용히 말을 이었다. “이런 정물화는—” 그가 느릿느릿 손(끝이 까만 손톱, 여기저기 흉터가 남아 있는 손등의 정맥)을 흔들며 클라에스의 작품을 가리켰다. “음, 과도한 눈속임 그림이에요. 기술적 능력은 뛰어나지만 지나치게 정제되어 있죠. 강박적일 만큼 정확해요. 그래서 죽은 듯한 느낌이 나지요. 나튀르 모르트라고 부르는 것도 아주 당연해요, 안 그렇습니까? 하지만 파브리티우스는……." 호르스트가 무릎을 휘청거리며 뒷걸음질 쳤다. "〈황금방울새〉에 대한 이론은 나도 잘 압니다, 아주 익숙하죠. 사람들은 그걸 눈속임 그림이라고 부르는데, 얼핏 보면 그런 식으로 보이기는 해요. 하지만 난 예술사가의 말에는 신경 안 씁니다. 진실은, 일부 눈속임 그림처럼 만든 부분도 있다는 거죠……. 벽과 홰, 황동에 비치는 빛의 번득임, 그리고…… 진짜 생명이 느껴지는 가슴 깃털이 그렇죠. 부푼 솜털 말입니다. 아주 부드러워요. 클라에스라면 죽은 것처럼 느껴질 만큼 정확하게 마무리를 추구했을 거고— 판 호흐스트라턴 같은 화가는 한발 더 나아가서 관에 마지막 못을 박듯이 정확하게 그렸을 거예요. 하지만 파브리티우스는…… 그는 눈속임 그림이라는 장르를 가지고 놀고 있어요……. 위대한 화가다운 방식으로 눈속임 그림이라는 개념에 반격한 거죠……. 작품의 다른 부분—머리나 날개 부분—은 전혀 살아 있는 것 같지도 않고 보이는 그대로의 모습도 아니에요, 파브리티우스는 이미지를 일부러 조각내서 자기가 어떻게 그렸는지 우리에게 보여주고 있습니다. 물감을 바른 부분, 덧이은 부분, 형태가 뚜렷하고 아주 열심히 그렸어요, 특히 목선은 물감이 확실히 느껴지고 아주 추상적이죠. 그렇기 때문에 파브리티우스가 그의 시대보다는 우리 시대의 천재인 겁니다. 그의 그림에는 이중성이 있어요. 흔적이 보이죠, 물감이 그대로 보여요. 그러면서도 살아 있는 새가 보이는 겁니다."

"그렇군, 음." 보리스가 스포트라이트 뒤쪽 어둠 속에서 라이터를 탁 닫으면서 신음 소리를 냈다. "물감 자국이 없으면 볼 것도 없었겠지."

"정확해." 호르스트가 뒤로 돌았다. 그림자가 얼굴을 갈랐다. "파브리티우스의 작품은 일종의 장난 같은 거야. 걸작의 핵심은 장난이야. 위대한 대가

들은 전부 그렇지. 렘브란트. 벨라스케스. 티치아노. 다들 장난을 가미하거든. 본인이 즐기는 거야. 환영을 만들고 속임수를 이용하는 거지. 하지만 한 걸음 다가가서 보잖아? 그러면 붓 자국이 보여. 추상적이고 이 세상 것 같지 않지. 전혀 다른 아름다움, 훨씬 심오한 아름다움이야. 파브리티우스는 그 작은 그림 때문에 가장 위대한 화가 반열에 드는 거야. 〈황금방울새〉가 어떤 줄 알아? 파브리티우스는 그렇게 작은 공간에다가 기적을 일으켰어. 인정해, 물론 난 정말 놀랐어—" 그가 몸을 돌려 나를 바라봤다. "그 작품을 처음 내 손으로 들었을 때 말입니다. 그 무게 때문에요."

"그렇죠—" 호르스트가 그렇게 사소한 부분을, 어린 시절의 꿈과 연상 작용이 얽힌 감정적인 이유로 내게 이상하리만치 중요한 부분을 알아보았다고 생각하니 어렴풋이 고마운 느낌이 들지 않을 수 없었다. "판이 생각보다 두껍죠. 중량이 있어요."

"중량. 맞아. 바로 그 단어예요. 그리고 배경은— 내가 어렸을 때 본 것보다 덜 노랗더군요. 그림을 한 번 청소했어요, 아마 90년대 초였을 겁니다. 복원 작업을 하고 나자 빛이 더 많이 보이죠."

"분명히 말하기가 힘들군요. 전 비교 대상이 없으니까."

"음." 호르스트가 말했다. 보리스가 내뿜는 담배 연기가 어둠 속에서 실처럼 풀려 나와서 우리를 비추는 둥근 조명이 자정의 카바레 무대 조명처럼 느껴졌다. "내가 틀렸을지도 모르죠. 처음 봤을 때 열두 살 정도였으니까."

"저도 처음 봤을 때 그 정도 나이였습니다."

"음." 호르스트가 체념한 듯 눈썹을 긁었다. 손등에는 동전만 한 멍 자국들이 있었다. "아버지가 딱 한 번 출장에 나를 데리고 갔을 때였는데, 그땐 그림이 헤이그에 있었죠. 이사회 회의실은 정말 추웠어요. 나뭇잎 하나 흔들리지 않고. 오후에 나는 드리블리트 놀이동산에 가고 싶었지만 아버지는 마우리츠하위스에 데려갔죠. 그리고— 정말 대단한 미술관이고 위대한 그림도 많았지만 내가 기억나는 건 당신의 그 방울새밖에 없어요. 아이에게 감명을 주는 그림이죠, 안 그렇습니까? *데어 디스털핑크*(*Der Distelfink*). 처음에는 그런 이름으로, 독일어 제목으로 알았어요."

"응, 응, 그래." 어둠 속에서 보리스가 지루한 목소리로 말했다. "텔레비전 교육 채널 같네."

"현대미술도 취급합니까?" 침묵이 이어지자 내가 물었다.

"음—" 호르스트가 겨울처럼 황량하고 피로한 시선을 나에게 고정시켰다. '취급하다'는 정확한 표현이 아니었기 때문에 호르스트는 내 단어 선택을 재미있어하는 것 같았다. "가끔. 얼마 전에는 쿠르트 슈비터스를 가지고 있었죠. 스탠턴 맥도널드-라이트도— 그 화가 압니까? 멋진 화가죠. 나한테 어떤 작품이 들어오느냐에 달려 있습니다. 솔직히 말해서— 그림은 취급 안 합니까?"

"아주 드물죠. 미술상이 저보다 먼저 가져가거든요."

"아쉽군요. 우리 사업에서는 쉽게 처리하는 게 중요해서. 서류만 그럴듯하게 만들 수 있으면 팔아치울 수 있는 중급 작품이 많이 있습니다."

톡 쏘는 마늘 냄새. 부엌에서 팬이 달그락거렸다. 모로코의 수크 시장처럼 오줌 냄새와 향냄새가 떠돌았다. 높낮이가 없이 단조로운 수피교 음악의 음울하고 끊임없는 찬송이 우리 주변을 떠돌며 소용돌이쳤다.

"아니면 여기 레핀도 있고. 아주 괜찮은 위작이죠. 어떤 친구가 있어요, 캐나다인인데 꽤 재밌는 친구입니다. 그 사람이 마음에 들 거예요— 주문을 받아서 만들어요. 폴락, 모딜리아니— 원한다면 기꺼이 소개하죠. 그런 건수가 나한테는 돈이 별로 안 되지만 위작 하나가 괜찮은 집 소장품 판매전에 나오면 한몫 단단히 벌 수 있습니다." 호르스트가 이어진 침묵 속에서 부드럽게 말했다. "오래된 작품들 중에는 이탈리아 작품이 많지만 내가 선호하는 건— 보시다시피 북부에 치우쳐 있어요. 자— 이 베르험 작품이 아주 좋은 예인데, 부서진 돌기둥과 소젖 짜는 여인들밖에 없는 이런 이탈리아식 풍경화들은 현대적인 취향에 별로 맞지 않아요, 안 그런가요? 나는 저기 있는 판 호이언을 훨씬 더 좋아합니다. 슬프게도 판매용은 아니지요."

"판 호이언이라고요? 저라면 코로라고 맹세할 수 있을 것 같은데요."

"여기서는 그렇게 보일 수도 있어요." 호르스트는 판 호이언과 코로가 비교되자 재미있어했다. "아주 비슷한 화가들이지요— 고흐도 그렇게 말했으니까요. 그 편지 아십니까? 판 호이언을 '네덜란드의 코로'라고 했던? 부드러운 안개, 안개 속에 펼쳐진 듯한 느낌이 비슷하죠, 무슨 말인지 알겠죠?"

"어디서—" 나는 미술상이 보통 묻듯이 *어디서 났습니까?*라고 물으려다가 얼른 입을 닫았다.

"놀라운 화가죠. 작품을 정말 많이 그렸어요. 이건 특히 아름다운 작품입니다." 그가 수집가다운 자부심을 드러내며 말했다. "자세히 보면 재미있는 세부 사항이 아주 많아요— 작은 사냥꾼, 짖고 있는 개. 또— 아주 전형적이지만— 배의 선미에 서명을 했어요. 아주 매력적이죠. 괜찮으시다면—" 그가 고갯짓으로 태피스트리 뒤의 형체들을 가리켰다. "가보세요. 저 사람들은 괜찮을 겁니다."

"아니, 하지만—"

"아니요." 그가 한 손을 들며 말했다. "이해합니다. 가져다드릴까요?"

"네, 보고 싶군요."

"난 저 그림을 좋아하게 됐어요, 보내기 싫을 거예요. 판 호이언도 미술상이었죠. 네덜란드 대가 중에는 그런 사람들이 많았죠. 얀 스테인. 페르메이르. 렘브란트. 하지만 얀 판 호이언은—" 그가 미소를 지었다. "여기 이 친구 보리스와 같았죠. 뭐든지 손을 댔어요. 그림, 부동산, 튤립 선물매매."

이 말을 들은 보리스가 어둠 속에서 불만스러운 소리를 내면서 무슨 말을 하려는데 갑자기 말라빠지고 머리가 지저분한 스물두 살쯤 되는 남자가 구식 수은온도계를 입에 물고 부엌에서 휘청거리며 나오더니 호르스트가 높이 든 램프 불빛에 손으로 눈을 가렸다. 그는 이상하고 두툼한, 여성용 같은 니트 카디건을 입고 있었는데, 목욕 가운처럼 거의 무릎까지 내려왔다. 남자는 아프고 제정신이 아닌 것 같았고, 소매를 올린 채 손가락 두 개로 팔 안쪽을 문지르고 있었는데, 갑자기 무릎이 옆으로 꺾이더니 바닥에 쓰러졌다. 체온계가 휙 날아서 나무 마룻바닥에 유리 부딪치는 소리를 내며 떨어졌지만 깨지지는 않았다.

"이게 무슨……?" 보리스가 담배를 비벼 끄면서 벌떡 일어서자 무릎에 앉아 있던 고양이가 그림자 속으로 쏜살같이 뛰어갔다. 호르스트가 얼굴을 찌푸리면서 램프를 바닥에 내려놓자 벽과 천장에 비친 불빛이 미친 듯이 흔들렸다. "아아." 그가 눈앞을 가린 머리카락을 쓸어 올리며 짜증 난다는 듯이 말하더니 무릎을 꿇고 청년을 살펴보았다. "돌아가." 문간에 여자들과 검은 머리에 차갑고 주의 깊어 보이는 건장한 남자 한 명, 열여섯 살 정도밖에 안 됐을 듯한 흐리멍덩한 사립학교 남학생 두 명이 나타나자 호르스트가 성가시다는 듯이 말했다. 모두 멍하니 보면서 가만히 서 있자 호르스트가 손을 저었다. "부엌으로 가! 울리카—" 호르스트가 금발 머리 여자에게 말했다. "*할트 지 추뤼크*(*Halt sie zurück*)."

태피스트리가 흔들리고 그 뒤에서 담요를 둘러싼 사람들이 졸린 목소리로 말했다. *에? 바스 이스트 로스?*(*eh? was ist los?*)

"*루어, 슐라프트 바이터*(*Ruhe, schlaft weiter*)." 금발 머리가 이렇게 소리친 다음 호르스트를 향해 아주 빠른 독일어로 급하게 말하기 시작했다.

하품과 신음. 저 멀리서 일어나 앉은 담요 뭉치가 비틀거리며 미국식 영어로 징징거렸다. "어? 클라우스? 저 여자가 뭐래?"

"입 닥치고 다시 잠이나 자."

보리스가 외투를 집어 들어 입었다. "포터." 겁에 질린 내가 바닥에 누워서 꼴깍거리며 숨을 쉬는 청년을 멍하니 보며 아무 대답도 하지 않자 보리스가 다시 불렀다. "포터." 그가 내 팔을 잡았다. "자, 가자."

"그래, 미안. 나중에 얘기해야겠다. *샤이세*(Schiesse)." 호르스트가 유감스러운 듯 이렇게 말하고 청년의 축 처진 어깨를 흔들었다. 별 확신 없이 아이를 꾸짖는 부모 같은 말투였다. "*두머 비셔*(Dummer Wischer)! *둠코프*(Dummkopf)! 얘 얼마나 한 거야, 니얼?" 문간에 다시 나타나 냉정한 시선으로 보고 있던 건장한 남자에게 호르스트가 물었다.

"내가 어떻게 알아." 아일랜드인이 험악하게 고개를 옆으로 젓혔다.

"가자, 포터." 보리스가 내 팔을 잡았다. 호르스트가 청년의 가슴에 귀를 대보았고 금발 머리가 다시 나타나서 그 옆에 무릎을 꿇고 앉아 기도를 확인했다.

그들이 독일어로 다급하게 의논하는 동안 아미앵 태피스트리 뒤에서 웅성웅성 부스럭거리는 소리가 점점 커지더니 태피스트리가 갑자기 굽이쳤다. 시든 꽃들, 페트 샹페트르*, 샘물과 덩굴 식물 사이에서 흥겹게 노는 방탕한 님프들. 내가 나무 뒤에서 그들을 교활하게 훔쳐보는 사티로스를 물끄러미 보고 있는데 갑자기 다리에 뭔가가 느껴졌고, 밑에서 손이 불쑥 나와 바짓가랑이를 잡는 바람에 깜짝 놀랐다. 담요를 쓰고 바닥에 누워 있던 지저분한 사람—태피스트리 바로 아래로 벌겋게 부은 얼굴만 겨우 보였다—이 졸음이 느껴지지만 당당한 목소리로 나에게 물었다. "저 사람 후작이에요, 그거 알아요?"

내가 바지를 잡아당겨 그의 손을 뿌리치고 물러섰다. 바닥에 누운 청년이 머리를 살짝 돌리며 물에 빠져 죽어가는 듯한 소리를 냈다.

"포터." 보리스가 내 외투를 집어 들어 내 얼굴에 들이밀었다. "자! 가자!

* fête champêtre : 18세기에 유행하던 일종의 야유회.

차오(*Ciao*)." 보리스가 턱을 들고 부엌을 향해 외친 다음(귀여운 검은 머리가 문간으로 쏙 나와서 손을 흔들었다. *안녕, 보리스! 안녕!*) 뒤에서 나를 밀면서 문밖으로 나갔다. "*차오, 호르스트!*" 그가 손을 귀에 대고 나중에 전화하라는 손짓을 하면서 말했다.

"*차우*(*Tschau*) 보리스! 이렇게 돼서 미안! 곧 얘기하자! 일으켜." 호르스트가 이렇게 말하자 아일랜드인이 와서 청년의 반대쪽 팔을 잡았다. 두 사람은 발이 축 처져서 발가락이 끌리는 청년을 일으켜서—문간에 서 있던 사람들이 얼른 비켰고 십 대 소년 두 명이 깜짝 놀라 얼른 뒤로 물러났다—불이 켜진 옆방으로 끌고 갔고, 거기에서는 보리스의 갈색 머리 여자가 작은 유리병에 든 약을 주사기에 넣고 있었다.

17

우리는 갑작스러운 정적에 휩싸여 승강기를 타고 내려갔다. 톱니가 돌아가고 도르래가 삐걱거리는 소리밖에 들리지 않았다.

바깥으로 나가 보니 비는 이미 그쳤다. "가자." 보리스가 초조하게 거리를 흘깃거리면서 외투 주머니에서 전화기를 꺼냈다. "건너자, 이쪽으로—"

"뭐야." 내가 말했다. 서두르면 파란불 안에 건널 수 있었다. "911에 전화하는 거야?"

"아니, 아니." 보리스가 딴생각에 잠겨서 코를 닦고 주변을 둘러보면서 말했다. "여기 서서 차 기다리기 싫어서 공원 반대편으로 데리러 오라고 하려고. 공원을 가로질러서 가자. 가끔 어떤 애들은 주사를 너무 많이 놔." 보리스가 말했다. 그러더니 걱정스럽게 저택 쪽을 바라보는 나를 보고 다시 말했다. "걱정 마. 괜찮을 거야."

"괜찮아 보이지 않던데."

"아니야, 숨도 쉬고 있었고, 호르스트한테 나르칸*이 있어. 그거 맞으면 바로 깰 거야. 마술 같다니까, 본 적 있어? 그걸 맞으면 바로 약이 깨는 단계로 들어가거든. 기분은 더럽지만 그래도 죽진 않으니까."

"응급실에 데려가야 돼."

"왜?" 보리스가 이성적으로 말했다. "응급실에서 뭘 해주는데? 나르칸을 놓지, 바로 그거야. 호르스트가 응급실 의사보다 더 빨리 주사를 놓을 수 있어. 그래— 토하면서 약에서 깨면 머리에 칼을 맞은 기분이 들겠지만 구급차를 타고 가면 사람들이 셔츠를 찢어서 벗기고, 마스크를 씌우고, 정신을 차리게 하려고 뺨을 때리고, 경찰이 오고, 모두가 가혹하고 차갑게 취급하지, 그것보단 나아. 내 말 믿어, 나르칸을 맞는 건 아주 지독한 경험이라서 충분히 비참해. 병원의 환한 조명 속에서 정신을 차렸더니 다들 못마땅하고 적대적인 표정으로 '마약중독자'니 '과다 복용'이니 하면서 똥 취급을 하고, 이상한 표정으로 바라보고, 집에 가고 싶어도 보내주지 않고 정신병동으로 보내거나 사회복지사가 쳐들어와서 '더 큰 삶의 의미'가 있니 없니 이야기를 늘어놓고, 무엇보다도 경찰의 반가운 방문이— 잠깐만." 보리스가 전화기에 대고 우크라이나어로 말하기 시작했다.

어둠. 가로등의 부연 빛무리 아래 공원 벤치들은 비 때문에 매끈하게 젖어서 똑똑똑 물방울을 떨어뜨렸고, 나무는 흠뻑 젖은 검정색이었다. 나뭇잎이 쌓인 작은 길은 축축하게 젖어 있었고 회사원들 몇 명이 각자 서둘러 집으로 돌아가고 있었다. 주머니에 손을 찔러 넣은 채 고개를 숙이고 땅을 보던 보리스가 전화를 끊고 낮은 목소리로 혼자 투덜거렸다.

"미안, 뭐라고?" 내가 곁눈질로 보리스를 보면서 말했다.

보리스가 입술을 꽉 다물고 고개를 젓혔다. "울리카." 그가 음울하게 말했

* Narcan : 헤로인 중독 해독제.

다. "그 나쁜 년. 아까 문 열어준 여자가 울리카야."

내가 이마를 닦았다. 초조하고 속이 좋지 않았고 갑자기 식은땀이 나기 시작했다. "저 사람들은 어떻게 알아?"

보리스가 어깨를 으쓱했다. "호르스트?" 그가 낙엽을 발로 차서 뿌리면서 말했다. "몇 년 전부터 알았어. 호르스트를 통해서 미리엄을 알게 됐고— 미리엄을 소개해준 걸 무척 고맙게 생각하고 있지."

"그리고—"

"뭐?"

"바닥에 쓰러진 애는?"

"걔? 쓰러진 애?" 보리스가 *누가 알겠어?*라는 표정을 지었다. "저 사람들이 보살필 거야, 걱정하지 마. 가끔 그런 일도 생겨. 항상 별문제 없었어. 진짜로." 보리스가 더 진지한 목소리로 말했다. "왜냐면— 있잖아, 내 말 좀 들어봐." 그가 팔꿈치로 내 옆구리를 쿡쿡 찔렀다. "호르스트 주변에는 얼쩡거리는 애들이 많아— 자주 바뀌지, 늘 새로운 애들이야. 대체로 대학생이나 고등학생 정도의 나이고. 대부분 돈 많은 애들이야, 신탁 기금을 가지고 있지. 집에서 그림이나 미술품 같은 걸 가지고 와서 거래를 하고 싶어 해. 호르스트를 찾아와야 한다는 걸 알아. 왜냐면—" 보리스가 고개를 뒤로 젖혀 머리카락을 넘겼다. "호르스트도 어렸을 때, 그러니까 1980년대쯤에 이 근처에 교복 재킷을 입어야 하는 비싼 남학교에 다녔거든. 여기서 별로 안 멀어. 전에 호르스트가 같이 택시 타고 가다가 보여줬어. 아무튼—" 보리스가 코를 훌쩍였다. "바닥에 쓰러진 애 있잖아? 걘 거리를 떠도는 가난한 애가 아니야. 그 사람들이 무슨 일이 생기게 놔두지 않을 거야. 본인이 교훈을 얻었기만을 바라야지. 그런 일을 겪고 나면 정신을 차리는 애들이 많거든. 나르칸을 한 번 맞고 나면 평생 그 정도로 약을 하는 일은 없을 거야. 게다가 캔디가 간호사니까 정신이 돌아오면 잘 돌볼 거야. 캔디 기억나? 갈색 머리?" 내가 대답하지 않자 보리스가 내 갈비뼈를 찌르며 말했다. "그 여자 봤어?" 보리스가 킬킬 웃었다. "이렇게—" 보리스가 몸을 굽혀서 손가락으로 무릎뼈를 따라서 그 여자가 신고 있던 부츠 선을 그렸다. "끝내준다니까. 니얼, 그 아일랜드인 있잖아, 그 남자한테서 뺏을 수만 있으면 뺏을 텐데. 전에 단둘이서 코니아일랜드에 간 적이 있는데, 그렇게 즐거운 시간은 처음이었어. 그 여자는 스웨터 짜는 걸 좋아한대. 상상이 되냐?" 보리스가 곁눈질로 슬쩍 나를 보면서 말했다. "그런 여자가— 그 여자가 스웨터 짜는 걸 좋아할 것처럼 보이냐? 그런데 그렇다는 거야! 나한테 하나 만들어 주겠다고 했다니까! 진짜 진지했어! '보리스, 언제 스웨터 하나 짜 줄게요. 색깔만 알려줘요, 만들어 줄게요!'"

보리스는 내 기분을 풀어주려 애쓰고 있었지만 나는 아직 충격에서 헤어나오지 못했기 때문에 아무 말도 할 수 없었다. 우리는 한동안 고개를 숙인 채 걸었고 어두운 공원 길을 따라 터벅터벅 걷는 우리의 발소리밖에 들리지 않았다. 발소리는 우리를 둘러싼 거대한 도시의 밤 너머로 끝없이 울려 퍼지는 것 같았고 자동차 경적과 사이렌 소리가 1킬로미터쯤 떨어진 곳에서 들려오는 듯했다.

"음." 보리스가 다시 나를 흘끔거리면서 말했다. "그래도 이제 알아냈잖아, 어?"

"뭐?" 내가 깜짝 놀라 말했다. 나는 아직도 그 청년에 대해서, 나 역시 죽을 뻔했던 때에 대해서 생각하고 있었다. 호비 아저씨의 집 위층 욕실에서 정신을 잃는 바람에 개수대 가장자리에 머리가 부딪쳐서 깨진 적도 있었고, 캐럴 롬바드의 집 부엌에서 정신을 잃었다가 깨어 보니 캐럴이 나를 흔들면서 4분 안에 깨서 다행이라고, 5분이 지나도 정신이 돌아오지 않으면 911에 전화를 하려 했다고 소리쳤던 적도 있었다.

"거의 확실해. 그림을 가져간 사람은 자샤야."

"누구?"

보리스가 얼굴을 찡그렸다. "울리카의 남동생이야, 아주 웃기지." 보리스가 좁은 가슴 앞으로 팔짱을 끼며 말했다. "남매가 아주 똑같다니까. 자샤랑 호르스트는 꽤 가까워— 자샤를 나쁘게 말해도 호르스트는 절대 듣지 않을 거야. 자샤를 좋아하지 않기는 힘들지— 다들 좋아해— 자샤는 울리카보다 더 친근하지만, 나랑은 성격이 잘 안 맞았어. 사람들 말이, 호르스트는 두 사람한테 빠지기 전까지 악기의 현처럼 곧은 사람이었대. 철학 공부도 하고……. 아버지 회사를 물려받을 예정이었는데……. 봐, 지금은 이러고 있잖아. 그러니까, 난 자샤가 호르스트한테 반기를 들 거라고는 절대 생각 안 했어, 백 년이 지나도 불가능한 일이지. 여기까지 무슨 말인지 알겠어?"

"아니."

"음, 호르스트는 자샤의 말이 금쪽같다고 생각하지만 난 그렇게 믿지 않아. 그림이 아일랜드에 있다고 생각하지도 않고. 아일랜드 사람인 니얼도 그렇게 생각 안 할걸. 그 여자, 울리카가 돌아와서 너무 짜증나. 내 생각을 있는 그대로 말할 수가 없거든. 왜냐면—" 보리스가 양손을 주머니 깊이 찔러 넣었다. "자샤가 감히 이런 짓을 하다니, 좀 놀랐어. 호르스트한테는 감히 말할 수 없지만, 그것 말고는 설명이 안 돼. 잘못된 거래, 체포, 경찰과의 충돌, 그 모든 게 자샤가 그림을 들고 튈 핑계였던 것 같아. 호르스트한테 의지해서 먹고사는 사람이 수십 명은 돼. 호르스트는 너무 착하고 사람을 잘 믿거든. 영혼이 유순해서 사람들의 제일 좋은 면을 믿는 거야. 음, 호르스트는 자샤와 울리카가 자기 걸 훔쳐가게 내버려둘지 몰라도 내 걸 훔쳐간다면 난 가만 놔두지 않겠어."

"으음." 나는 호르스트를 잠깐 만났을 뿐이지만 특별히 영혼이 유순한 것 같지는 않았다.

보리스가 얼굴을 찌푸리면서 웅덩이의 물을 튀겼다. "하지만 문제가 하나 있어. 자샤의 동료 있잖아. 날 함정에 빠뜨린 놈. 본명을 몰라. 본인은 '테리'라고 했지만 말도 안 돼. 본명을 안 쓰는 건 나도 마찬가지지만, 캐나다인 '테리'라니? 어림없는 소리! 갠 체코 공화국 출신이야, 나만큼이나 '테리 화이트'라는 이름이 안 어울린다고! 내가 보기에 그 자식은 감옥에서 이제 막 나온 범죄자야, 아무것도 모르고 교육도 안 받은 단순한 망나니 말이야. 자샤가 자기편으로 이용해먹으려고 어디서 데리고 와서 거래를 제안한 대가로 한몫 줬겠지— 쥐꼬리만큼. 하지만 '테리'가 어떻게 생겼는지도 알고 안트베르펜에 연줄이 있다는 사실도 알아. 내가 체리한테 전화를 해서 알아보라고 할 거야."

"체리라고?"

"그래— 내 부하 빅터의 *클리츠카*(*kliytchka*)야, 코가 빨개서 그렇게 부르는데, 걔 이름이 러시아식으로 하면 비탸(Vitya)인데, 러시아어로 체리랑도 비슷하거든. 그리고 러시아에 〈겨울 체리〉라는 유명한 드라마가 있는데, 음, 설명하긴 어려워. 내가 이 프로그램을 가지고 놀리면 비탸는 질색을 하지. 아무튼— 체리는 모르는 사람이 없고 모르는 일이 없어. 내부의 대화를 전부 들어서 알아. 무슨 일이 일어나면 2주 전에 체리한테 다 들을 수 있어. 그러니까 네 방울새는 전혀 걱정할 거 없어, 알았지? 우리가 해결할 거야, 확실해."

"'해결한다'는 게 무슨 뜻인데—"

보리스가 화난 것처럼 말했다. "여긴 좁은 동네야, 무슨 소린지 알아? 그림 가격에 대한 호르스트의 말은 옳아. *그 그림은 아무도 안 살 거야*. 팔 수가 없으니까. 하지만— 암시장이나 물물교환 시장에서는 어떨까? 끝없이 팔려 다닐 수 있지! 가치가 크고 휴대도 편리하잖아. 호텔 방에서 이리저리 넘겨지는 거야. 약, 무기, 여자, 현금— 뭐든지 말이야."

"여자?"

"여자, 남자, 갖고 있는 거 아무거나. 자, 봐봐." 보리스가 한 손을 들었다. "난 그런 일엔 안 껴. 어렸을 때 나도 팔릴 뻔했거든. 우크라이나에는 그런 뱀 같은 자들이 득시글거려. 적어도 옛날에는 그랬어. 길모퉁이마다, 기차역마다 도사리고 있었지. 어리고 불행할 때는 그게 괜찮은 거래처럼 느껴져. 평범해 보이는 남자가 런던이나 뭐 그런 데 일자리를 소개해주겠다면서 비행기 표랑 여권을 주는 거야— 하. 정신을 차려보면 손목에 사슬이 묶인 채로 지하실에 갇혀 있지. 난 그런 일에는 절대 안 낄 거야. 나쁜 짓이야. 하지만 없는 일은 아니야. 그림이 우리 손에서, 호르스트 손에서 사라지고 나면— 그림을 이용해서 무슨 거래를 할지 누가 알겠어? 이쪽에서 그걸 잡고 있다가 저쪽에서 잡고 있다가 하니까. 요점이 뭐냐면—" 보리스가 검지를 들었다. "네 그림이 돈 많고 힘 있는 사람의 컬렉션으로 사라지지는 않을 거라는 말이야. 너무 유명하거든. 아무도 사고 싶어 하지 않아. 왜 사고 싶겠어? 그걸로 뭘 할 수 있는데? 아무것도 못 해. 경찰이 찾아내지 않는 한은 말이야. 그리고 경찰은 아직 못 찾았어, 그건 확실해—"

"경찰이 찾으면 좋겠다."

"음—" 보리스가 코를 재빨리 문질렀다. "그래, 너 참 고상하다. 하지만 지금 내가 아는 사실은 그림이 이제 움직일 거라는 사실이야. 비교적 작은 범위 안에서만 말이야. 빅터 체리는 대단한 친군데 나한테 큰 빚이 있어. 그러니까, 힘내!" 보리스가 내 팔을 잡으며 말했다. "그렇게 창백하고 아픈 표정 짓지 말고! 금방 또 연락할게, 약속해."

18

나는 보리스와 헤어진 가로등 밑에 서서 ("집까지 못 태워주겠다! 늦었어! 어디 좀 가야 돼!") 아직도 마음을 진정시키지 못한 채 위치를 파악하려고 주변을 둘러보았다. 바로크 시대의 무시무시한 광기를 보여주는 듯한 알윈 코트*의 천박한 회색 건물 정면이 보였다. 건물 정면 조각에 비치는 조명, 1층 프랑스 레스토랑 페트로시앙 출입문에 달린 크리스마스 장식은 깊숙이 묻혀 있던 기억을 자극했다. 12월, 털모자를 쓴 엄마. *시오, 저기 모퉁이 돌아서 아침에 먹을 크루아상 사 올게……*.

딴생각에 빠져 있던 탓에 빠른 걸음으로 길모퉁이를 돌던 남자와 곧장 부딪쳤다. "조심해요!"

"미안합니다." 내가 몸을 덜덜 떨면서 말했다. 그 남자의 잘못이었지만—핸드폰에 대고 시끄럽게 떠드느라 앞을 제대로 보지 않았다—지나가던 사람들은 못마땅한 표정으로 나를 보았다. 나는 숨을 쉬는 것도 힘들고 혼란스러워서 이제 어떻게 할지 생각하려고 애썼다. 지하철을 타도 괜찮겠다 싶으면 그걸 타고 호비 아저씨네 집으로 갈 수도 있었지만, 킷시의 아파트가 더 가까웠다. 킷시는 룸메이트인 프랜시, 에밀리와 함께 놀러 나갔겠지만(보통 셋이서 영화를 보러 가는데 경험상 전화나 문자는 소용없었다) 열쇠가 있으니 집에 들어가서 술 한잔 마시고 누워서 킷시를 기다리면 되겠지 싶었다.

비가 멈추고 폭풍 구름 사이로 겨울 달이 말간 얼굴을 드러냈다. 나는 동쪽을 향해서 걸어가면서 가끔 멈춰 서서 택시를 잡으려고 애썼다. 평소에는 전화도 없이 킷시의 아파트에 찾아가는 일이 별로 없었는데, 내가 킷시의 룸메이트들을 별로 좋아하지 않았고 그들도 나를 별로 좋아하지 않았기 때문이었다. 하지만 프랜시나 에밀리, 부엌에서 딱딱하게 주고받는 이야기는 싫었지만 킷시의 아파트는 내가 뉴욕에서 정말로 안전하다고 느끼는 몇 안 되는 장소 중 하나였다. 킷시의 집에 가면 누구도 나를 찾지 못했다.

* Alwyn Court : 1900년대 초에 세워진 맨해튼의 12층짜리 아파트 건물.

그 방은 항상 임시적인 거처라는 느낌이었다. 킷시는 옷을 많이 가져다놓지 않고 침대 발치 짐칸에 놓인 여행 가방에 든 물건만 가지고 살았다. 그리고 이유를 설명할 수는 없었지만 나는 편안하고 휑한 그 아파트의 익명성이 좋았다. 추상적인 무늬의 깔개, 가격이 괜찮은 디자인 가게에서 산 현대적인 가구로 경쾌하지만 여유 있게 장식한 아파트였다. 킷시의 침대는 편안했고, 독서 등도 괜찮았으며, 화면이 커다란 플라스마 텔레비전이 있었기 때문에 우리는 침대에서 뒹굴면서 영화를 볼 수 있었다. 그리고 스테인리스스틸 냉장고에는 후무스*와 올리브, 케이크와 샴페인, 좀 우스운 채식 포장 샐러드와 여섯 가지 아이스크림까지 여자들이 좋아하는 음식이 항상 가득했다.

나는 주머니를 뒤져서 열쇠를 찾은 다음 아무 생각 없이 문을 열다가(먹을 게 뭐가 있을까, 배달을 시킬까? 킷시는 저녁을 먹었을 테니 기다리는 건 의미가 없겠지, 그런 생각을 하고 있었다) 현관문이 안전 고리에 걸리는 바람에 코를 찧을 뻔했다.

나는 문을 닫고 너무 이상해서 잠시 가만히 서 있었다. 다시 문을 열어보았지만 덜컹거리며 멈췄다. 빨간 소파, 건축물 그림 액자, 커피 테이블에서 타고 있는 촛불.

"저기요?" 내가 불렀다. 그리고 한 번 더 불렀다. "저기요?" 목소리를 높여서 부르자 안에서 인기척이 들렸다.

이웃 사람들이 깰 정도로 시끄럽게 문을 두드리자 아주 길게 느껴지는 시간이 흐른 뒤에 에밀리가 문 앞으로 와서 문틈으로 내다보았다. 그녀는 집에서 입는 볼품없는 스웨터와 엉덩이가 더 커 보이는 요란한 무늬의 바지를 입고 있었다. "킷시 없어." 에밀리가 체인도 풀지 않고 딱 잘라 말했다.

* hummus : 으깬 병아리콩에 올리브유, 레몬즙, 마늘 등을 섞은 음식.

"그래, 나도 알아." 내가 초조하게 말했다. "괜찮아."

"언제 올지 몰라." 처음 만났을 때 에밀리는 얼굴이 통통한 아홉 살 소녀였고, 내 면전에서 앤디네 아파트 문을 쾅 닫았었다. 에밀리는 내가 킷시에게 어울리지 않는다고 생각했고 그 사실을 결코 숨기지 않았다.

"음, 나 좀 들여보내줄래?" 내가 짜증이 나서 말했다. "안에서 킷시를 기다릴게."

"미안해. 지금은 때가 별로 안 좋아." 에밀리는 어렸을 때처럼 밀밭 같은 갈색 머리를 짧게 자르고 앞머리를 내리고 있었다. 2학년 때와 똑같은 턱을 보니 앤디가 생각났다. 앤디가 그녀를, 가래침 에미, 아밀라아제 에미를 얼마나 싫어했는지 생각났다.

"이건 말도 안 돼. 어서. 들여보내줘." 내가 짜증을 내며 다시 말했지만 에밀리는 무표정한 얼굴로 문틈 사이에 서서 내 눈을 똑바로 보지도 않고 내 얼굴 옆면 어딘가를 보고 있었다. "저기, 에밀리, 킷시 방에 조용히 누워 있을게—"

"나중에 다시 오는 게 좋을 것 같아. 미안." 믿을 수 없다는 듯 침묵이 흐르고, 에밀리가 마침내 이렇게 말했다.

"있잖아, 네가 뭘 하고 있었든 상관없어." 다른 룸메이트인 프랜시는 적어도 나와 어울리려는 척이라도 했다. "널 방해하려는 건 아니야, 그냥—"

"미안. 그냥 가는 게 좋겠어. 왜냐면, 왜냐면, 있지, 여긴 내가 사는 집이야." 에밀리가 나보다 목소리를 높이며 말했다.

"세상에. 왜 이렇게 심각하게 구는데?"

"—나 여기 산다고." 에밀리가 불편한 듯 눈을 깜빡였다. "여기 내 집이야, 당신이 아무 때나 쳐들어올 순 없어."

"그만 좀 해!"

"그리고, 그리고—" 에밀리도 심란한 것 같았다. "저기, 어쩔 수 없어. 지금은 정말 때가 안 좋아. 그냥 가는 게 나을 것 같아. 알겠어? 미안." 에밀리가 내 눈앞에서 문을 닫으며 말했다. "파티에서 봐."

"뭐?"

"두 사람 약혼 파티 말이야." 에밀리가 문을 조금 열고 나를 보면서 말했고 나는 그녀가 다시 문을 닫기 직전에 푸른 눈이 흔들리는 것을 눈치챘다.

19

갑작스럽게 내려앉은 정적 속에서 나는 한동안 복도에 가만히 서서 닫힌 현관문의 렌즈 구멍을 물끄러미 보았다. 침묵 속에서 나는 에밀리가 문 반대쪽에 붙어 서서 나만큼이나 힘들게 숨을 쉬는 소리가 들린다고 상상했다.

그래, 됐어, 신부 들러리에서 넌 뺄 거야. 나는 이렇게 생각하면서 돌아서서 일부러 요란하게 터덜터덜 계단을 내려왔고 화가 나는 동시에 이상하게도 기분이 좋아졌다. 이것은 에밀리에 대한 나의 냉정한 평가를 전부 확인하고도 남는 사건이었다. 에밀리가 '퉁명스럽게' 굴어서 미안하다고 킷시가 나에게 사과한 적이 한 번 이상 있었지만 이번 일은, 호비 아저씨가 즐겨 쓰는 표현에 따르면, 정말 꼴불견이었다. 에밀리는 왜 다른 애들과 같이 영화를 보러 가지 않았을까? 남자랑 같이 있었나? 에밀리는 발목이 두껍고 별로 매력적이라고 할 수 없었지만 남자 친구가 있었다. 빌이라는 이름의 시티 은행 간부였다.

검고 번쩍이는 거리. 나는 로비에서 나오자마자 바로 옆 꽃가게 앞에 서서 메시지를 확인한 다음 혹시나 싶어서 시내로 가기 전에 킷시에게 문자를 보냈다. 막 영화를 보고 나오는 길이라면 만나서 같이 저녁을 먹고 술 한잔하면서(단둘이, 여자 친구들은 빼고. 이 사건은 너무 이상해서 그래야 할 것 같았다) 에밀리가 왜 그랬는지 가늠해보고 그에 대해 농담도 나눌 수 있으리라.

조명이 비치는 창문. 차가운 진열장이 내뿜는 영안실 같은 빛. 안개가 응결되어 물이 흐르는 유리창 너머에서 환풍기 바람에 난초의 날개 같은 가지가 떨렸다. 유령처럼 하얗고, 달빛 같고, 천사 같았다. 앞쪽에는 더 묘한 난들이 있었는데, 몇천 달러나 하는 것도 있었다. 털이 숭숭하고 핏줄이 보이고 주근깨와 독니와 핏빛 반점과 악마 같은 얼굴을 가진 식물들이었고, 시체의 곰팡이 같은 색부터 멍든 것 같은 자홍색까지 빛깔은 다양했다. 이끼가 모피처럼 덮인 화분에서 회색 뿌리가 뱀처럼 기어 나온 아주 인상 깊은 검정색 난도 하나 있었다. (킷시는 내가 크리스마스 선물로 뭘 사려고 했는지 제대로 짐작하고서 이렇게 말했었다. "제발, 시오, 그건 꿈도 꾸지 마. 걔들은 정말 멋지지만 내가 손을 대는 순간 죽어버릴 거야.")

새로운 메시지는 없었다. 나는 재빨리 킷시에게 문자를 보내고(전화 좀 해, 할 말 있어. 방금 진짜 웃긴 일이 있었어. 사랑해.) 아직 영화관에서 나오지 않았는지 확인하려고 전화를 한 번 더 걸었다. 하지만 전화가 곧장 음성 사서함으로 넘어가는 순간, 가게 안의 초록색 정글 위로 유리창에 비친 모습에 나는 내 눈을 의심하며 뒤돌아봤다.

킷시였다. 분홍색 프라다 외투를 입은 킷시가 고개를 숙이고 내가 아는 남자와 끌어안고서 뭔가를 속삭이고 있었다. 나는 그를 몇 년 만에 보는 것이었지만 바로 알아보았다. 어깨를 늘어뜨리고 슬렁슬렁 걷는 걸음걸이도 그대로였다. 톰 케이블. 곱슬곱슬한 갈색 머리는 아직도 길었고, 학교 다닐 때 마리화나를 피우는 돈 많은 아이들의 복장(트레통 스니커즈에 크고 올이 굵은 아란 스웨터만 입었다) 그대로였으며, 킷시와 내가 가끔 와인을 사러 가는 가게의 쇼핑백을 어깨에 걸치고 있었다. 하지만 내가 놀란 것은, 무엇보다도 나와 다닐 때는 늘 손을 잡고 약간 거리를 두고 앞에서 나를 끌고 가면서 런던 브리지*를 하는 아이처럼 팔을 경쾌하게 흔들던 킷시가 톰 케이블에게는 슬픈 표정으로 딱 달라붙어 있었기 때문이었다. 내가 이해할 수 없는 이 광경을 멍하니 보고 있는데—두 사람은 신호를 기다리고 있었고, 버스가 휙 지나갔으며, 두 사람은 서로에게 너무 열중하여 나를 알아차리지 못했다—킷시에게 조용히 이야기하던 케이블이 그녀의 머리카락을 헝클어뜨리더니 몸을 돌려 그녀를 끌어당겨 입을 맞추었다. 킷시는 나와의 그 어떤 입맞춤보다 더 슬프고 부드럽게 반응했다.

게다가 내 눈에 비친—두 사람이 길을 건너기 시작했기 때문에 나는 얼른 등을 돌렸지만 불이 켜진 가게 유리창으로 두 사람이 아주 잘 보였고, 두 사람은 내가 서 있는 곳에서 몇 미터 떨어지지 않은 킷시의 아파트 현관으로 들어갔다—킷시는 심란한 표정에 낮은 목소리로 이야기하고 있었다. 그녀는 감정이 가득 실린 허스키하고 낮은 목소리로 무슨 이야기를 하면서 케이블에게 기대어 그의 소매에 뺨을 묻었고 케이블은 사랑스럽다는 듯 그녀의 어깨를 꽉 끌어안고 팔을 꽉 쥐었다. 킷시의 말을 알아들을 수는 없었지만 말투로 보아 너무나 분명했다. 킷시는 슬퍼하고 있었지만 그와 함께 있다는 기쁨을 숨길 수 없었고, 케이블 역시 그녀와 함께 있다는 기쁨을 숨기지 못했다. 지나가던 낯선 사람이라도 분명히 알 수 있었을 것이다. 그리고—두 사람이 내 옆을 미끄러지듯 지날 때 서로에게 기댄 사랑이 넘치는 유령 한 쌍이 어두운 유리창에 비쳤고—킷시가 손을 들어 뺨에 묻은 눈물을 재빨리 닦아내는 모습이 보였다. 나는 너무 놀라서 눈을 깜빡거렸다. 어쨌거나, 믿을 수 없게도 킷시가 처음으로 울고 있었다.

* 〈런던 다리가 무너지네〉라는 노래를 부르면서 두 사람이 손을 높이 맞잡고 마주 보고 서 있으면 다른 사람들이 그 사이를 지나가는 놀이.

20

나는 거의 밤새 잠을 이루지 못했다. 다음 날 나는 가게를 열러 내려갔다가 딴생각에 정신이 팔려서 30분 동안 허공만 바라보고 있다가 '닫힘' 표지판을 뒤집는 것을 잊었다는 사실을 깨달았다.

일주일에 두 번씩 햄프턴스로 가는 킷시. 이상한 번호가 뜨면 재빨리 끊는 전화. 저녁 식사를 하다가 전화기를 보고 얼굴을 찡그리며 끊어버리는 킷시. "아, 에밀리야. 아, 엄마야. 아, 텔레마케터야, 내 번호가 목록에 있나 봐." 한밤중에 오는 문자, 해저에서 들려오는 듯한 삑 소리, 깜빡깜빡 벽을 비추는 수중 음파탐지기 같은 푸른빛, 맨 엉덩이로 침대에서 벌떡 일어나 전화기를 꺼버리는 킷시, 어둠 속에서 번쩍이는 흰 다리. "아, 잘못 걸린 전화야. 아, 토디야, 어디서 취했나 봐."

게다가, 나는 가슴이 철렁 내려앉았다. 바버 부인. 나는 바버 부인이 곤란한 상황에 티 나지 않게 개입한다는 것을—막후에서 미묘한 문제를 해결하는 그 능력을—잘 알았고, 내가 아는 한 바버 부인이 나에게 직접적인 거짓말을 한 적은 없었지만 정보를 숨기거나 교묘하게 속인 것은 분명했다. 온갖 사소한 일들이 떠올랐다. 예를 들면 몇 달 전 내가 앤디네 집에 갔을 때 로비에서 연락이 오자 바버 부인은 인터콤을 통해서 낮고 다급한 목소리로 경비원에게 대답했다. *아니, 상관없어요, 올려 보내지 말아요. 못 올라오게 하세요.* 그런 다음 30초도 안 돼서 킷시가 문자를 확인하더니 벌떡 일어나서 갑자기 팅어링과 클레멘타인을 데리고 산책을 다녀오겠다고 했다! 나는 그 일에 대해서 아무 생각도 없었지만 분명 바버 부인의 얼굴에 서늘하고 불쾌한 빛이 스쳤고, 킷시가 나가고 문이 찰칵 닫히자 바버 부인은 새삼 따뜻하고 강렬한 시선으로 나를 보며 내 손을 꼭 잡았다.

우리는 오늘 밤에 만나기로 되어 있었다. 킷시를 데리고 그녀의 친구 생일 파티에 갔다가 나중에 또 다른 친구의 파티에 들르기로 했다. 오늘 킷시에게서 전화는 없었지만 조심스러운 문자가 하나 오긴 했었다. 시오, 뭐해? 난 일하고 있어. 전화해줘. 내가 여전히 이해가 되지 않아서 문자메시지를 물끄러미 보면서 답을 보내야 할까 말까 생각하고 있을 때—내가 무슨 말을 할 수 있을까?—보리스가 갑자기 가게 문을 열고 들어왔다. "새로운 소식이 들어왔어."

"아, 그래?" 내가 다른 생각을 하느라 잠시 틈을 두고 말했다.

보리스가 이마를 닦았다. "여기서 얘기해도 돼?" 그가 주변을 둘러보며 말했다.

"어—" 나는 머리를 비우려고 고개를 흔들었다. "당연하지."

"오늘은 머리가 잠에서 안 깨네." 보리스가 눈을 비비며 말했다. 머리가 사방으로 뻗쳐 있었다. "커피 마셔야겠다. 아니, 시간 없어." 보리스가 한 손을 들며 흐리멍덩하게 말했다. "앉을 시간도 없고 잠깐 서서 얘기할 시간밖에 없어. 하지만 좋은 소식이야, 그림의 행방에 대해서 괜찮은 단서를 찾았어."

"어떻게?" 나는 안개 같은 킷시 생각에서 갑자기 벗어났다.

"음, 곧 알게 될 거야." 보리스가 얼버무렸다.

"어디에—" 나는 생각을 집중하려고 안간힘을 썼다. "무사해? 어디에 보관 중이래?"

"그건 대답할 수 없어."

"그거—" 생각을 그러모으기가 힘들었다. 나는 심호흡을 하고 엄지손가락으로 책상에 선을 그리며 마음을 진정시킨 다음 고개를 들었다.

"응?"

"온도랑 습도를 알맞게 조절해야 돼. 너도 알지?" 내가 아닌 다른 사람 목소리 같았다. "축축한 차고나 뭐 그런 데 두면 안 된다고."

보리스가 예전처럼 비웃듯이 입을 꾹 다물었다. "나 믿어, 호르스트는 그림을 자기 애처럼 소중하게 다뤘어. 하지만—" 보리스가 눈을 감았다. "이 자식들에 대해서는 그렇게 말할 수가 없지. 슬프지만 걔들을 천재라고 할 순 없거든. 피자 화덕 뒤나 뭐 그런 데 숨기지 않을 정도의 머리는 있길 바라야지. 농담이야." 내가 공포에 질려 입을 떡 벌리는 것을 보고 보리스가 거만하게 말했다. "하지만 내가 들은 바로는 식당에, 혹은 식당 근처에 있대. 아무튼 식당이 있는 건물에 말이야. 그건 나중에 이야기하자." 그러면서 그가 한 손을 들어 올리며 이렇게 말했다.

"여기?" 나는 믿기지 않아 또다시 말을 잇지 못하다가 말했다. "뉴욕에?"

"나중에. 그 얘긴 나중에 해도 돼. 그런데 문제가 또 있어." 보리스가 내 머리 뒤쪽으로 가게 안을 둘러보면서 목소리를 낮추고 다급하게 말했다. "들어봐, 잘 들어. 사실은 이 말을 하러 왔어. 호르스트가— 호르스트는 오늘 나한테 전화를 걸어서 물어볼 때까지 네 이름을 몰랐어. 너 루셔스 리브라는 사람 알아?"

내가 자리에 앉았다. "왜?"

"호르스트가 그러는데, 그 사람을 멀리하래. 호르스트는 네가 골동품상인 건 알았지만 네 이름을 듣기 전까지는 그쪽이랑 연결을 못 지었어."

"그쪽이 뭔데?"

"호르스트가 자세히 설명을 안 했어. 네가 그 루셔스라는 사람이랑 무슨 연관이 있는지 모르지만, 그 사람이랑 절대로 엮이지 말래. 너한테 바로 알려줘야 할 것 같아서 온 거야. 그 사람이 다른 일로 호르스트를 크게 배신해서 호르스트가 마틴을 시켜서 그 사람을 쫓고 있대."

"마틴?"

보리스가 손을 저었다. "넌 본 적 없어. 봤으면 기억했을 거야. 그렇고말고. 아무튼, 너 같은 일을 하는 사람이 루셔스라는 작자랑 엮여서 좋을 게 없대."
"알아."
"그 사람이랑 무슨 일인데? 물어봐도 돼?"
"난—" 나는 설명할 수가 없어서 다시 고개를 저었다. "복잡해."
"음, 그 사람이 너한테 무슨 원한이 있는지는 모르겠지만, 내 도움이 필요하면 당연히 도와줄게. 꼭 나한테 부탁해. 호르스트도 마찬가지일 거야. 널 좋아하니까. 어제 호르스트가 그렇게 열심히, 많이 얘기하는 걸 보니 좋더라! 호르스트가 자기 진짜 모습을 드러내고 자기 관심사에 대해서 대화를 나눌 수 있는 사람은 많지 않을 거야. 안됐지. 아주 똑똑해, 호르스트는. 줄 수 있는 것도 많고. 하지만—" 보리스가 손목시계를 흘끔 보았다. "미안, 무례하게 굴긴 싫지만, 갈 데가 있어서— 그럼 문제는 아주 희망적이야! 내 생각에는, 아마도 되찾을 수 있을 것 같아! 그럼—" 보리스가 일어서서 의기양양하게 주먹으로 가슴을 쳤다. "힘내! 금방 또 연락할게."
"보리스?"
"어?"
"여자가 바람을 피우고 있다면 어떻게 할 거야?
밖으로 나가려던 보리스가 깜짝 놀라서 다시 나를 보았다. "뭐?"
"여자가 바람을 피우는 것 같으면 말이야."
보리스가 얼굴을 찌푸렸다. "확실한 건 아니고? 증거는 없어?"
"없어." 내가 엄밀히 말하면 그렇지 않다는 사실을 깨닫기도 전에 불쑥 말했다.
"그러면 물어봐야지, 단도직입적으로." 보리스가 단호하게 말했다. "여자가 절대 예상 못 할 친근하고 무방비한 순간에 말이야. 침대에서라든지. 적당한 때를 잡으면 여자가 거짓말을 해도 알 수 있어. 진짜면 기가 죽을 거야."
"이 여자는 안 그래."

보리스가 웃었다. "그럼 좋은 여자를 만난 거네! 드문 여자야! 예뻐?"
"응."
"돈 많아?"
"응."
"똑똑해?"
"아마 다들 그렇다고 할 거야, 응."
"차가운 여자야?"
"약간."
보리스가 웃었다. "그 여자를 사랑하는구나. 너무 많이는 아닌 것 같고."
"왜 그렇게 말해?"
"미친 듯이 화를 내지도 않고 난리를 피우지도 않고 슬퍼하지도 않잖아! 네 손으로 그 여자 목을 조르겠다고 펄펄 뛰지 않잖아! 그건 네 영혼이 그 여자의 영혼과 너무 깊이 얽혀 있지 않다는 뜻이거든. 좋은 거야. 내 경험을 생각해보면, 너무 사랑하는 사람과는 멀리 떨어져 있는 게 좋아. 네가 너무 사랑하는 사람이 바로 널 죽일 사람이거든. 이 세상에서 행복하게 살기 위해서 필요한 여자는 자기 삶이 있고 너에게도 네 삶을 갖게 해주는 여자야."
보리스는 내 어깨를 두 번 탁탁 친 다음 떠났고, 나는 더럽혀진 내 삶에 새삼 절망을 느끼며 은 상자를 물끄러미 바라보았다.

21

그날 밤 나에게 문을 열어준 킷시는 사실 별로 침착해 보이지 않았다. 그녀는 여러 가지 이야기를 한꺼번에 쏟아냈다. 사고 싶은 드레스가 있어서 입어봤는데 결정을 못 내려서 일단 미뤘고, 메인 주에 폭풍이 불어서 나무가 정말 많이 쓰러졌는데 섬에 있는 오래된 나무들도 다 쓰러졌다더라고,

해리 삼촌한테서 그 전화를 받고 정말 너무 슬펐다고. "아, 자기야—" 사랑스럽게 팔랑거리면서 와인 잔을 꺼내려고 발뒤꿈치를 든다. "좀 꺼내줄래? 응?" 룸메이트인 에밀리와 프랜시는 현명하게도 내가 도착하기 전에 남자친구들과 함께 급히 도망갔는지 흔적도 없었다. "아, 괜찮아— 닿았어. 들어봐, 진짜 좋은 생각이 났어. 신시아네 집에 들르기 전에 커리 먹자. 먹고 싶어 죽겠어. 자기가 데려갔던 렉스 호텔의 그 은신처 같은 가게 뭐였지? 자기가 좋아하는 데 있잖아. 가게 이름이 뭐더라? 마할 뭐였나?"

"그 싸구려 식당 말이야?" 내가 차갑게 말했다. 나는 굳이 외투를 벗지도 않았다.

"뭐라고?"

"기름진 로건조시*가 나오는 가게 말이야. 늙은 사람들이 많아서 우울해진다며. 블루밍데일 백화점 세일 때문에 몰려온 사람들도 많고." 잘 마할 레스트랑(원래 '레스트랑'이라고 잘못 쓰여 있다)은 렉스 호텔 상점가 2층의 지저분하고 눈에 잘 띄지 않는 인도 요리점으로, 내가 어렸을 때 이후로 조금도 변하지 않았다. 파파덤**도, 가격도, 물기 때문에 창가 쪽이 분홍색으로 변색된 양탄자도, 웨이터까지 모두 그대로였다. 내가 엄마와 함께 영화를 보고 난 다음 사모사***나 망고 아이스크림을 먹으러 가던 어린 시절에 본 중후하고 행복이 넘치고 상냥한 얼굴들 그대로였다. "그래, 좋지, 뭐. '맨해튼에서 제일 슬픈 식당'이잖아. 진짜 좋은 생각이네."

킷시가 나를 돌아보며 얼굴을 찌푸렸다. "마음대로 해. 발루치가 더 가까워. 아니면— 자기가 원하는 대로 해."

"아, 그래?" 나는 주머니에 손을 넣은 채 문틀에 기대어 서 있었다. 세계적

* rogan josh : 양고기 등의 고기에 여러 가지 채소와 그레이비소스 등을 넣은 요리.

** pappadum : 양념이 된 반죽을 얇게 구운 것.

*** samosa : 양념한 감자, 양파, 콩 등과 간 고기를 반죽으로 싸서 튀기거나 구운 요리.

인 수준의 거짓말쟁이와 몇 년이나 산 덕분에 나는 가차 없었다. "*내가* 원하는 거? 거참 웃기네."

"미안. 커리를 먹으면 좋을 것 같았어. 관둬."

"됐어. 이제 그만해도 돼."

킷시가 공허한 미소를 지으며 올려다보았다. "뭐라고?"

"그러지 마. 무슨 얘긴지 아주 잘 알잖아."

킷시는 아무 말도 하지 않았다. 예쁜 이마에 주름이 잡혔다.

"이젠 걔랑 있을 때 전화기를 켜놔야 한다는 것 정도는 깨달았겠지. 분명히 네가 밖에 있을 때 에밀리가 너한테 전화하려고 했을 테니까."

"미안, 무슨 소린지—"

"킷시, 내 눈으로 봤어."

"아, 왜 그래." 잠시 침묵이 흐른 후 킷시가 눈을 깜빡이며 말했다. "진심은 아니지? 톰 이야기 하는 건 아니지, 응? 진짜 왜 그래, 시오." 끔찍한 침묵이 흘렀다. "톰은 아주 옛날부터, 오랜 친구야. 정말 친해서—"

"그래, 그렇게 보이더라."

"—그리고 에밀리의 친구이기도 해, 그리고, 그리고, 내 말은." 킷시는 정신없이 눈을 깜빡이면서 불공평하게 박해받고 있다는 분위기를 풍겼다. "어떻게 보였을지 알아, 톰을 좋아하지 않는 것도, 그럴 만한 이유가 있다는 것도 알아. 왜냐면, 자기 어머니가 돌아가셨을 때 얘기 들었거든, 물론 톰이 정말 잘못했어. 하지만 그땐 아직 어렸고, 톰도 자기 행동에 대해서 아주 미안하게 생각한대—"

"*미안하게 생각한다고?*"

"—하지만, 하지만 어제 톰한테 정말 안 좋은 일이 있었어." 킷시가 대사를 읊다가 방해받은 여배우처럼 재빨리 말을 이었다. "톰한테 굉장히 안 좋은 일인데—"

"걔랑 내 얘기 했어? 둘이 앉아서 내 얘기 하면서 동정한 거야?"

"—그래서 톰이 우리를, 에밀리랑 나 둘 다를 만나려고 갑자기 찾아온 거야, 영화를 보러 나가기 직전에 말이야. 그래서 다른 애들만 외출하고 우리는 집에 남았어. 못 믿겠으면 에밀리한테 물어봐도 돼. 톰은 기분이 정말 안 좋았는데, 달리 갈 데가 없었대. 개인적인 일인데, 얘기할 상대가 필요했던 것뿐이야, 그러니 우리가 어쩌겠어—"

"설마 내가 그 말을 믿을 거라고 생각하는 건 아니지?"

"내 말 좀 들어봐. 에밀리가 뭐라고 했는지 몰라도—"

"말해봐. 케이블 어머니는 아직도 이스트햄프턴에 집을 가지고 계신가? 보모를 해고한 뒤에, 아니 보모가 그만둔 다음에 항상 케이블을 컨트리클럽에 데리고 가서 몇 시간 동안 방치했던 기억이 나는데. 테니스 레슨, 골프 레슨. 골프를 꽤 잘 치겠네, 안 그래?"

"맞아." 킷시가 차갑게 말했다. "그래, 꽤 잘 쳐."

"천박한 말을 할 수도 있겠지만 안 할래."

"시오, 이러지 말자."

"내 생각을 말해줄까? 싫어? 사소한 부분 몇 가지는 다를지도 모르지만, 기본적으로는 내 생각이 맞을 거야. 네가 톰을 만났었다는 거 알고 있었어. 길에서 우연히 만났을 때 플랫이 그랬거든, 플랫도 그렇게 좋아하는 것 같진 않던데. 아, 그래." 킷시가 끼어들려고 해서 내가 내 기분만큼이나 무정하고 감정 없는 말투로 얼른 말했다. "맞아. 핑계 댈 필요 없어. 여자애들은 항상 케이블을 좋아했지. 재밌잖아, 마음만 내키면 아주 즐겁게 해주니까. 최근에 부정수표도 좀 쓰고 컨트리클럽에서 물건도 좀 훔치고 그 밖에 내가 들은 사건만 해도 여러 가지가 있지만—"

"—사실이 아니야! 거짓말이야! 누구의 물건도 훔친 적 없어—"

"—그리고 너희 어머니와 아버지도 톰을 그렇게 좋아하지는 않았지, 아니면 아예 싫어하셨든지. 그러다가 아버지랑 앤디가 죽어서 넌 톰과 계속 만날 수가 없었던 거야, 어쨌든 공식적으로는 말이야. 엄마가 너무 싫어하시니까. 그리고 플랫이 지적한 것처럼, 아주 여러 번—"

"이제 더 이상 안 만날게."

"그럼 인정하는 거군."

"우리가 결혼할 때까지는 상관없을 줄 알았어."

"어째서?"

킷시는 머리카락을 넘길 뿐 아무 말도 하지 않았다.

"상관없을 줄 알았다고? 왜? 내가 끝까지 모를 줄 알았어?"

킷시가 화를 내며 나를 올려다보았다. "넌 정말 차가워, 알아?"

"내가?" 나는 시선을 피하며 웃었다. "지금 차가운 사람이 나라는 거야?"

"아, 그래. '억울한 피해자'에 '대단히 높은 원칙'을 가지고 계시지."

"어떤 사람들보다는 높은 것 같군."

"넌 이걸 완전히 즐기고 있어."

"절대 아니야."

"아, 그래? 싱글싱글 웃는 얼굴만 봐서는 모르겠는데?"

"그럼 내가 어떻게 해야 돼? 아무 말도 하지 마?"

"더 이상 안 만나겠다고 했잖아. 사실 한참 전에 톰에게 안 만나겠다고 말했어."

"하지만 톰이 고집을 부렸겠지. 널 사랑하니까. 아니라는 대답은 받아들이지 않겠다고."

경악스럽게도 킷시는 얼굴을 붉혔다. "그래."

"불쌍한 우리 키츠."

"얄밉게 굴지 마."

"불쌍하기도 하지." 내가 다시 한 번 비아냥거리면서 말했다. 달리 할 말이 생각나지 않아서였다.

킷시가 와인 따개를 찾아서 서랍을 뒤지다가 돌아서서 황량한 눈빛으로 나를 보며 말했다. "내 말 들어봐. 이해해주기를 바라진 않지만, 잘못된 상대랑 사랑에 빠진다는 건 정말 힘들어."

나는 아무 말도 하지 않았다. 나는 안으로 들어오면서 킷시를 보자 몸이 차갑게 식을 정도로 화가 났기 때문에 킷시는 나에게 상처를 줄 힘이 없다고, 또는—절대로—동정심을 느끼게 할 힘이 없다고 스스로를 설득하려고 했다. 하지만 킷시의 말이 얼마나 옳은지 나보다 더 잘 아는 사람이 있었을까?

"내 말 좀 들어봐." 킷시가 와인 따개를 내려놓으며 다시 말했다. 틈새를 발견하고 파고든 것이다. 테니스 경기에서 상대방의 약점을 가차 없이 파악하고서…….

"가까이 오지 마."

너무 흥분했다. 말투가 잘못됐다. 뭔가 잘못되어 가고 있었다. 나는 냉정하게 모든 것을 통제하고 싶었다.

"시오, 제발." 킷시가 내 소매를 잡고 있었다. 코는 분홍색으로 변하고 눈에 눈물이 고여 빨갰다. 계절마다 찾아오는 알레르기로 고생하던 불쌍한 앤디 같았다, 진심으로 불쌍해 보이는 평범한 사람 같았다. "미안해. 정말이야. 정말 진심으로 미안해. 뭐라 말해야 할지 모르겠어."

"아, 그래?"

"응. 너무 큰 잘못을 했어."

"잘못이라. 그렇게 말할 수도 있겠지."

"그리고, 그러니까, 톰을 좋아하지 않는 거 알아—"

"그게 무슨 상관이지?"

"시오. 그게 우리보다, 이 모든 것보다 중요해? 아니야, 아니란 걸 알잖아." 킷시가 얼른 말했다. "생각해보면 알 거야. 그리고—" 킷시는 잠깐 말을 멈췄다가 돌진했다. "곤란하게 만들려는 건 아닌데, 난 당신 일들을 다 알지만 상관 안 해."

"내 일들?"

"아, 제발." 킷시가 지친 듯이 말했다. "수준 낮은 친구들이랑 어울리면서 온갖 약을 하잖아. 하지만 난 상관없어."

뒤에서 라디에이터가 탕 소리를 내더니 시끄럽게 덜걱거리기 시작했다.

"봐. 우린 서로 딱 맞아. 이 결혼은 우리 두 사람한테 절대적으로 옳은 일이야. 자기도 알고 나도 알아. 왜냐면— 그러니까, 있잖아, 내가 알아. 말 안 해도 돼. 그리고 진심으로— 나랑 만나면서 자기도 나아졌잖아, 안 그래? 많이 바로잡았잖아."

"아, 그래? '바로잡았다'고? 그게 무슨 뜻이야?"

"저기—" 킷시가 화를 내며 말했다. "아닌 척해도 소용없어, 시오. 마르티나도 그렇고— 에밀리랑— 테사 마골리스, 기억나?"

"제길." 나는 테사에 대해서 아는 사람이 있을 줄 몰랐다.

"다들 나를 설득하려고 했어. '그 사람 멀리해, 좋은 사람이지만 마약 중독자야'라고. 테사가 에밀리에게 그랬대, 당신이 자기 부엌 식탁에서 헤로인 흡입하는 걸 보고 헤어졌다고."

"헤로인 아니었어." 내가 흥분하며 말했다. 모르핀 알약을 부순 것이었는데, 코로 흡입하는 것은 아주 나쁜 생각이었다, 약만 낭비했다. "아무튼, 테사는 아무 가책도 없이 약을 했어, 항상 나한테 구해달라고 했다니까—"

"시오, 그건 다른 얘기야. 자기도 알잖아. 엄마는—" 킷시가 나보다 목소리를 높이며 말했다.

"—아, 그래? 달라?" 내가 더욱 목소리를 높였다. "어떻게 다른데? 어떻게?"

"—엄마는, 내가 맹세할 수 있어— 내 말 좀 들어봐, 시오— 엄마는 자기를 정말 정말 좋아해. 정말로. 당신이 나타나서 엄마를 구해줬어. 이제 엄마는 얘기도 하고, 식사도 하고, 뭔가에 관심도 갖고, 공원도 산책하고, 자기가 오는 걸 기대해. 예전에 어떠셨는지 당신은 상상도 못 할 거야. 당신은 이제 우리 가족이야." 킷시가 자기에게 유리한 부분을 밀어붙이며 말했다. "정말이야. 왜냐면, 내 말은, 앤디가—"

"*앤디?*" 내가 씁쓸하게 웃었다. 앤디는 제정신이 아닌 자기 가족에 대해서 환상이 전혀 없었다.

"시오, 이러지 마." 킷시는 이제 완전히 회복했다. 친근하고 이성적이었고, 단도직입적인 태도는 바버 씨를 생각나게 했다. "이게 옳은 일이야. 결혼 말이야. 우린 잘 어울려. 우리만이 아니라 관련된 모든 사람들에게 타당한 결혼이야."

"아, 그래? 모든 사람들?"

"그래." 이제 완벽하게 침착했다. "이러지 마, 무슨 말인지 알잖아. 왜 이 정도 문제 때문에 일을 망쳐야 해? 아무튼 우린 함께 있으면 더 나은 사람이 되잖아, 안 그래? 우리 둘 다 그렇지 않아? 그리고—" 창백하고 희미한 미소. 바버 부인이 보였다. "우린 좋은 한 쌍이야. 서로 좋아하고 같이 잘 지내잖아."

"가슴보다는 머리라는 거군."

"그렇게 표현하고 싶다면, 그래." 킷시가 동정심과 애정을 그대로 드러내면서 나를 보며 말하자 나는 뜻밖에도 분노가 사라지는 것을 느꼈다. 은 종이 울리듯 명확하고 침착한 킷시의 총명함 때문이었다. "자—" 그녀가 발뒤꿈치를 들고 내 뺨에 입 맞췄다. "서로한테 좋은 사람, 충실한 사람, 친절한 사람이 되자. 그리고 같이 행복하게, 재밌게 살자."

22

그리고 나는 킷시의 집에서 밤을 보냈다. 우리는 음식을 배달시킨 다음 침대로 갔다. 어떤 면에서는 아무것도 변하지 않은 척하는 것이 너무 쉬웠지만 (왜냐면, 어떻게 보면 우리는 계속 그런 척하고 있었던 게 아닐까?) 또 어떤 면에서는 우리의 관계를 짓누르는 알 수 없는 그 모든 것, 말하지 않은 그 모든 것에 나는 질식할 것만 같았다. 킷시는 내 옆에 몸을 웅크리고 잠들었지만 나는 잠을 이루지 못하고 누워서 크나큰 외로움을 느끼며 창밖을 물끄러미 바라보았다. 그날 저녁의 침묵(킷시가 아니라 나 때문이었다. 극단적인 상황에서도 킷시는 결코 말을 잃지 않았다)과 줄어들지 않을 것 같은 우리 사이의 거리 때문에 나는 열여섯 살 때, 줄리의 곁에만 가면 무슨 말을 할지, 어떤 행동을 해야 할지 전혀 알 수 없었던 그때가 생생하게 떠올랐다. 줄리는 절대 여자 친구라고 부를 수 있는 상대가 아니었지만 내가 처음으로 그 비슷한 감정을 느낀 여자였다. 우리는 허드슨의 주류 판매점 앞에서 만났다. 내가 돈을 들고 나 대신 가게에 들어가서 무슨 술이든 한 병 사다 줄 사람을 기다리고 있었는데 그녀가 모퉁이를 돌아 갑자기 나타났던 것이다. 터벅거리는 걸음걸이에 시골 소녀 같은 생김새, 1900년대 초원의 집을 돌보는 아내처럼 소박하면서도 기분 좋은 얼굴이었지만 옷차림은 생김새와 어울리지 않게 초현대적이고 박쥐 같았다. "얘, 꼬마야—" 줄리가 봉투에서 자기 와인을 꺼냈다. "여기 잔돈. 아니, 괜찮아. 천만에. 이렇게 추운데 밖에 서서 마실 거니?" 그녀는 나보다 거의 열두 살이 많은 스물일곱 살이었고, 얼마 전에 캘리포니아에서 경영 대학원을 졸업한 남자 친구가 있었다. 남자 친구가 돌아온 다음에는 절대 그녀에게 접근하거나 어떤 식으로든 연락하지 말아야 한다는 것에는 전혀 의문의 여지가 없었다. 우리 둘 다 알았다. 줄리는 나에게 아무 말도 할 필요가 없었다. 나는 드물게도(나에게는 그렇게 느껴졌다) 만나러 와도 좋다고 허락받은 날이면 내 안에 담아놓기에는 너무나 큰 감정과 이야기 때문에 터질 것 같은 가슴을 안고 줄리의 스튜디오 아파트 5층까지 껑충껑충 뛰어 올라갔다. 하지만 항상 줄리가 문을 여는 순간 그녀에게 하려던 말은 사라져버렸고, 나는 단 2분도 평범한 사람처럼 대화를 나누지 못했다. 나는 주머니에 손을 넣고 나 자신을 증오하면서 세 발짝 뒤에 서서 말없이 간절하게 서성였지만 그녀는 아무렇지 않은 모습으로 쉽게 이야기했고, 바닥에 빨랫감이 널려 있어서 미안하다고, 또는 맥주 한 팩 사다놓는 걸 잊어버려서 미안하다고 사과하면서—지금이라도 내려가서 사 올까?—맨발로 스튜디오를 걸어 다녔다. 그러다가 나는 무슨 얘기를 하고 있는 줄리에게 말 그대로 달려들어서 침대 겸용 소파 위로 쓰러뜨렸는데, 가끔은 너무 거칠어서 내 안경이 날아갈 때도 있었다. 나는 모든 것이 너무 좋아서 죽을지도 모른다고 생각했지만 끝나고 나면 잠을 못 이루고 누워서 공허함에, 덧이불 위에 놓인 줄리의 하얀 팔에, 바깥에서 들어오는 가로등 불빛에 괴로워하면서 줄리가 일어나서 옷을 입고 출근을 해야 하는 여덟 시가 될까 봐 두려워했다. 줄리는 윌리엄스버그의 바에서 일했는데, 나는 아직 어려서 그녀를 보러 갈 수도 없었다. 사실 나는 줄리를 사랑하지도 않았다. 나는 그녀에게 넋을 잃었고, 그녀에게 집착했고, 그녀의 자신감이 부러웠고, 심지어는 그녀가 약간 무섭기도 했다. 하지만 줄리가 나를 사랑하지 않는 것처럼 나도 그녀를 사랑하지는 않았다. 나는 킷시 역시 사랑하는지 확신하지 못했고(적어도 내가 한때 그녀를 사랑하고 싶었던 방식으로 사랑하지는 않았다), 그러면서도 이미 겪어본 일에 마음이 무척 좋지 않다는 사실이 놀라웠다.

23

킷시와의 일 때문에 나는 보리스가 왔던 것을 잠시 잊고 있었지만 잠이 들자 꿈속에서 그 일이 슬금슬금 돌아왔다. 나는 두 번이나 잠에서 깨어 벌떡 일어나 앉았다. 첫 번째 꿈에서는 문이 활짝 열리면서 창고 회사의 사물함으로 이어졌고, 바깥에서는 스카프를 맨 여자들이 구제 옷 더미를 놓고 싸우고 있었다. 그러고는 다시 까무룩 잠이 들어서 같은 꿈을 꾸었는데, 이번에는 창고가 위쪽이 뚫린 채 아주 얇은 커튼으로 가려진 공간이었고, 그 너머에서 푸른 들판이 펼쳐지고 흰색 긴 원피스를 입은 여자들이 있었다. (이상하게도) 죽음과 무시무시한 의식이 가득한 그 이미지에 나는 숨을 헐떡이며 잠에서 깼다.

전화기를 확인하니 새벽 네 시였다. 나는 30분 동안 괴로워하다가 맨몸으로 어둠 속에서 일어나 앉아서—프랑스 영화 속의 범죄자가 된 기분이었다—담배에 불을 붙이고 새벽이라서 말 그대로 텅 빈 렉싱턴가를 물끄러미 내다보았다. 택시들은 이제 영업을 시작하거나 끝내는 중이었다. 하지만 미래를 암시하는 듯한 꿈은 흩어지기를 거부하고 유독한 수증기처럼 공기 중을 떠돌았고, 꿈속의 비현실적인 위험에, 그 무방비하고 위험한 느낌에 심장이 아직도 두근거렸다.

총 맞을 짓이야. 나는 (창고 회사 안내문이 힘차고 전문가 같은 말투로 보장했듯이) 그림이 미술품 관리 규정 범위에 속하는 기온 21도, 습도 50퍼센트의 환경에서 1년 내내 안전하게 보관되어 있다고 믿을 때에도 무척 걱정했다. 그런 물건은 아무 데나 보관하면 안 된다. 추워도, 더워도, 습해도, 직사광선을 받아도 안 된다. 그림은 꽃집의 난초처럼 정확하게 조절된 환경이 필요하다. 그림의 숭배자인 나는 그림이 피자를 굽는 화덕 뒤에 내팽개쳐져 있다는 생각만 해도 버스 기사가 불쌍한 포퍼를 비 내리는 황무

지의 도로가로 쫓아낼 것이라고 생각했을 때와 조금 다르지만 거의 똑같은 공포심으로 심장이 두근거렸다.

보리스는 그림을 얼마 동안 가지고 있었을까? 보리스인데? 호르스트는 미술 애호가를 자처하지만 그의 아파트를 보면 미술품을 아주 꼼꼼하게 관리하는 것 같지는 않았다. 재난이 일어날 가능성이 넘쳐났다. 소문에 따르면 렘브란트가 그린 유일한 해양 풍경화인 〈갈릴리바다*의 폭풍우〉는 다름 아니라 관리를 제대로 못 해서 사라졌다. 페르메이르의 명작 〈연애편지〉는 호텔 웨이터가 액자에서 잘라내어 매트리스 밑에 숨기는 바람에 칠이 벗겨지고 구깃구깃해졌다. 피카소의 〈가난〉과 고갱의 〈타히티 풍경〉은 웬 얼간이가 공중화장실에 숨기는 바람에 물에 젖어서 손상되었다. 내가 강박적으로 읽은 이야기들 중에서 끊임없이 생각나던 것은 카라바조의 〈성 프란체스코와 성 로렌초가 함께한 그리스도의 탄생〉이었다. 이 그림은 성 로렌초 예배당에서 도둑맞았는데, 액자에서 떼어낼 때 너무 대충 잘라냈기 때문에 절도를 의뢰한 수집가는 그림을 보고 울음을 터뜨리면서 거절했다고 한다.

나는 킷시의 전화기가 평소 있던 자리에 없다는 사실을 알아차렸다. 평소에 킷시는 아침에 일어나자마자 손이 닿도록 창틀의 충전기에 전화기를 꽂아두었다. 가끔 나는 한밤중에 잠에서 깼다가 어둠 속에서, 킷시가 덮고 있는 이불 밑에서, 침대보로 만든 그녀의 비밀 둥지에서 파란 핸드폰 불빛이 빛나는 것을 보았다. 내가 잠이 덜 깬 채로 뒤척이면서 뭘 하고 있냐고 물으면 킷시는 '아, 몇 시인지 보려고'라고 말했다. 나는 전원이 꺼진 전화기가 악어가죽 가방 안에서 킷시가 평소에 가지고 다니는 립글로스와 명함, 향수 샘플, 굴러다니는 잔돈, 킷시가 빗을 꺼낼 때마다 떨어지는 구겨진 20달러 지폐들 사이에 깊이 처박혀 있는 모습을 상상했다. 케이블은 거기

* 명칭과 달리 실제로는 큰 호수이다.

로, 그 향기로운 잡동사니 사이로 밤마다 계속 전화를 하고 수많은 문자와 음성 메시지를 남길 것이고 킷시는 아침에 그것을 발견할 것이다.

두 사람은 무슨 얘기를 했을까? 서로 무슨 말을 했을까? 참 이상하게도 두 사람이 어울리는 모습은 쉽게 상상이 갔다. 경쾌한 잡담과 교활한 공모. 침대에서 케이블은 킷시를 바보 같은 별명으로 부르고 비명을 지를 때까지 간질이겠지.

나는 담배를 비벼 껐다. 형체도, 감각도, 의미도 없었다. 킷시는 내가 침대에서 담배 피우는 것을 싫어했지만 서랍장의 리모주 도자기 상자에서 찌부러진 담배꽁초를 발견해도 할 말이 없을 것 같았다. 우리는 가끔 세상의 아주 작은 부분에 초점을 맞추고 가까이 있는 것들을 열심히 보면서 그것을 통해서 세상을 이해할 수 있다. 그림이 사라져버린 후 나는 광대함에 빠져 소멸해버린 기분이었다. 예측할 수 있는 시간과 공간의 광대함만이 아니라 우리가 서로를 품에 안고 있을 때에도 존재하는 그 줄어들지 않는 거리에서도. 나는 밀려오는 현기증을 느끼면서 내가 가봤던 곳과 가보지 못한 곳들, 광대하고 알 수 없는 잃어버린 세계, 음침한 미로 같은 도시와 골목들, 멀리 흘러가는 재와 냉담한 광활함, 사라진 연결 고리들, 잃어버려 결코 찾지 못하는 것들, 강력한 물결에 휩쓸려 저 바깥 어딘가를 떠다니는 내 그림을 생각했다. 영혼의 작은 부분을, 검은 바다에서 아래위로 흔들리는 희미한 불꽃을 생각했다.

24

다시 잠들 수 없었던 나는 킷시를 깨우지 않고 어둠 속에서 덜덜 떨며 옷을 입은 다음 태양이 뜨기 전 쌀쌀하고 컴컴한 시간에 밖으로 나왔다. 룸메이트 중 한 명이 들어와서 샤워를 하고 있었는데, 둘 중 누구든 절대 나가는 길에 마주치고 싶지 않았다.

F선 전철에서 내리자 하늘이 부옇게 밝아오고 있었다. 매서운 추위 속에서 우울한 기분으로 죽을 만큼 피곤한 몸을 끌고 집에 도착한 나는 옆문으로 들어가서 내 방으로 터덜터덜 걸어간 다음, 더러워진 안경을 쓴 채, 담배와 섹스와 커리와 킷시가 뿌리는 샤넬 No. 19 냄새를 풍기면서 잠깐 멈춰서서 팝칙에게 인사를 했다. 유난히 흥분한 팝칙이 복도를 재빨리 달려와 내 발치에서 뱅글뱅글 돌면서 주머니에 들어 있던 넥타이를 잡아당겼다. 덕분에 나는 문 뒤의 걸이에 넥타이를 걸 수 있었다. 그때 부엌에서 목소리가 들려왔고, 나는 피가 얼어붙는 것 같았다. "시오? 너야?"

모퉁이 너머에서 빨강 머리가 비죽 나왔다. 커피 잔을 손에 든 그녀였다.

"미안, 놀랐어? 그럴 생각은 아니었는데." 나는 꼼짝도 없이 멍하니 서 있었고, 피파는 행복한 듯 나지막한 소리를 내면서 나를 향해 양팔을 내밀었으며, 우리 발치에서는 팝칙이 신이 나서 낑낑거리며 깡충깡충 뛰어다녔다. 피파는 잘 때 입는 줄무늬 파자마 바지와 긴소매 티셔츠, 호비 아저씨의 낡은 스웨터를 걸치고 있었고, 아직 헝클어진 시트와 침대 냄새가 났다. 아, 세상에. 나는 이렇게 생각하면서 눈을 감고 밀려오는 행복과 두려움을, 천국에서 불어오는 바람을 느끼며 피파의 어깨에 얼굴을 묻었다. 세상에.

"얼굴 보니까 정말 좋다!" 거기 피파가 있었다. 피파의 머리카락. 피파의 눈. 피파. 보리스처럼 물어뜯은 손톱과 손가락을 너무 자주 빠는 아이처럼 튀어나온 아랫입술, 달리아꽃처럼 헝클어진 빨강 머리. "어떻게 지냈어? 보고 싶었어!"

"난—" 모든 결심이 순식간에 사라졌다. "너 여기서 뭐 해?"

"몬트리올로 가는 중이었어!" 훨씬 더 어린 소녀처럼 활기차게 웃는 소리, 놀이터에서나 들릴 것 같은 소란한 웃음. "거기서 며칠 지내면서 샘을 만난 다음에 캘리포니아에 가서 에버렛을 만나려고." (샘은 또 누구지?) "아무튼 비행기 항로가 변경되는 바람에—" 피파가 커피를 한 모금 꿀꺽 마시고 말없이 권하더니(*너도 마실래? 됐어?*) 한 모금 더 마셨다. "뉴어크 공항에 꼼짝 못하고 처박혀 있다 보니 뭐 어때, 싶더라고. 그냥 이참에 두 사람을 만나려고 뉴욕으로 왔어."

"허. 굉장한데." 두 *사람*. 나도 포함되었다.

"크리스마스 때 못 올 테니까 잠깐 들르는 것도 재밌을 것 같아서. 게다가 네 파티도 내일이잖아. 결혼이라니! 축하해!" 피파가 내 팔에 손끝을 얹고 까치발을 하면서 몸을 쭉 펴서 뺨에 입을 맞추자 그 입맞춤이 나의 전신을 관통했다. "약혼녀는 언제 보여줄 거야? 호비 아저씨 말로는 진짜 매력적이라던데. 행복하니?"

"난—" 내가 너무 놀라서 피파의 입술이 닿았던 곳에 손을 대자 그녀의 입술이 눌린 느낌이 아직도 반짝이는 것이 느껴졌지만, 내 모습이 어떻게 보일지 깨닫고 얼른 손을 내렸다. "응. 고마워."

"만나서 진짜 좋다. 좋아 보이네."

피파는 내가 그녀를 보고 얼마나 멍해졌는지, 얼마나 어지러운지, 얼마나 깜짝 놀랐는지 모르는 것 같았다. 어쩌면 눈치챘지만 내 감정을 상하게 하고 싶지 않은 건지도 몰랐다.

"호비 아저씨는 어디 계셔?" 내가 말했다. 궁금해서가 아니라 피파와 단둘이 집에 있다는 것이 사실이라기에는 너무 좋아서, 그리고 약간 두렵기도 해서였다.

"아—" 피파가 눈을 굴렸다. "빵 가게에 다녀오겠다고 고집을 부리셔서. 귀찮게 그러실 필요 없다고 했지만, 아저씨가 어떤지 너도 알잖아. 내가 어렸을 때 엄마랑 웰티 외삼촌이 자주 사주시던 블루베리 비스킷을 사주고 싶으시대. 그걸 아직 만든다는 것도 안 믿겨— 아저씨 말로는 매일 만드는 건 아니래. 너 진짜 커피 안 마셔?" 스토브 쪽으로 걸어가는 피파는 다리를 아주 조금밖에 절지 않았다.

정말 놀라웠다. 피파가 하는 얘기가 하나도 들리지 않았다. 피파와 함께 있으면 항상 그랬다, 그녀는 모든 것을 압도했다. 피파의 피부, 피파의 눈, 피파의 쉰 듯한 목소리, 불꽃처럼 붉은 머리카락. 가끔 고개를 갸웃거리면 꼭 혼자서 콧노래를 부르고 있는 것처럼 보였다. 부엌 불빛이 피파의 존재가 발산하는 빛과 섞여서 색과 신선함과 아름다움이 더해졌다.

"너 주려고 시디 구웠는데!" 피파가 고개를 돌려 어깨 너머로 나를 봤다. "가져왔으면 좋았을걸. 여기 올 줄 몰라서. 돌아가면 우체국에 들러서 꼭 보내줄게."

"나도 너 줄 시디 있어." 내 방에는 피파에게 줄 시디가 잔뜩 쌓여 있었다. 피파가 생각나서 샀지만 너무 많아서 보내는 것도 우스웠기에 보내지 않았다. "책도 있고." *그리고 보석도.* 나는 일부러 말하지 않았다. *스카프와 포스터와 향수와 레코드판과 연 만들기 세트와 탑 모형도.* 18세기 토파즈 목걸이. 《오즈의 오즈마》 초판. 그런 물건들을 사는 것은 내가 피파를 생각하는 방법, 그녀와 함께하는 방법이었다. 그렇게 산 물건들의 일부는 킷시에게 주었다. 완전히 미친 사람처럼 보일 테니 내가 지난 몇 년 동안 피파를 위해서 산 어마어마한 물건 더미를 전부 들고 나올 수는 없었다.

"책? 아, 잘됐다. 챙겨 온 책을 비행기에서 다 읽어버려서 다른 책이 필요했거든. 바꿔 읽으면 되겠다."

"그러자." 맨발. 분홍색으로 물든 귀. 둥글게 파인 티셔츠 목선의 진주처럼 하얀 피부.

"내가 가져온 책은《토성의 고리》야. 에버렛이 너도 좋아할 거래. 참, 안부 전해달래."

"아, 그래, 나도." 나는 에버렛과 내가 친구라도 되는 것처럼 구는 피파의 태도가 싫었다. "난, 어—"

"뭐?"

"사실—" 숙취에 시달리는 것도 아닌데 손이 떨렸다. 나는 피파가 못 보기만을 바랐다. "사실은, 방에 잠깐 갔다 올게, 괜찮지?"

피파가 깜짝 놀란 표정으로 손끝으로 이마를 쳤다. *나도 참 바보같이.* "아, 그래, 미안! 난 여기 있을게."

나는 방으로 들어가서 문을 닫을 때까지 숨도 쉬지 않았다. 양복은 어제 입은 것치고는 괜찮았지만 머리는 더러웠고 샤워를 해야 했다. 면도를 할까? 셔츠를 갈아입을까? 알아볼까? 내가 피파 때문에 방으로 달려와서 씻으려고 하는 게 이상해 보일까? 피파 몰래 욕실로 가서 양치질을 할 수 있을까? 하지만 갑자기 내가 문을 닫은 채 방에 앉아서 피파와 함께 보낼 소중한 시간을 낭비하고 있다는 당황스러운 깨달음이 몰려왔다.

나는 다시 일어서서 문을 열었다. "피파." 내가 복도에 대고 소리쳤다.

피파의 머리가 다시 나타났다. "어, 시오."

"저녁에 나랑 영화 보러 갈래?"

약간 놀란 기색이었다. "음, 그래. 뭐?"

"글렌 굴드에 대한 다큐멘터리야. 진짜 보고 싶었어." 사실 나는 이미 봤고, 영화를 보는 내내 극장에 앉아서 피파가 나와 함께 있다고 상상하면서 여러 대목에서 피파가 어떻게 반응할지, 또 영화를 보고 나서 우리가 얼마나 멋진 대화를 나눌지 생각했다.

"재밌을 것 같아. 몇 시?"

"일곱 시쯤. 확인해볼게."

25

나는 피파와 저녁 시간을 함께 보낼 생각에 너무나 들떠서 하루 종일 유체 이탈 상태나 마찬가지였다. 나는 아래층 가게(사실 크리스마스 고객들을 상대하느라 바빠서 계획에 완전히 집중할 수 없었다)에서 뭘 입을지(캐주얼한 차림이어야 한다, 정장은 안 된다, 너무 고민한 것처럼 보이면 안 된다), 저녁은 어디에서 먹을지—너무 근사해도 안 되고 피파가 경계심을 느끼게 만들거나 내가 의식적으로 고른 것처럼 보여도 안 되지만, 특별하고 매력적이면서 우리가 이야기를 나눌 수 있을 만큼 조용하고 필름포럼에서 너무 멀지 않은 곳이어야 했다—생각했다. 피파는 오랜만에 뉴욕에 왔으니 새로운 곳에 가고 싶을지도 모르지만 ("아, 여기? 응, 괜찮지. 너도 마음에 든다니 다행이다, 나도 우연히 발견한 데야.") 그 무엇보다도 (음식이나 위치보다도 *조용한 분위기*가 제일 중요했다, 소리를 지르면서 대화를 나누어야 하는 곳에는 절대로 가고 싶지 않았다) 미리 예약하지 않아도 들어갈 수 있는 곳이어야 했다. 게다가 채식이라는 문제도 있었다. 사랑스러운 곳. 경계심이 들 만큼 비싸지 않은 곳. 너무 애쓴 것처럼 보여서도 안 된다. 별생각 없이, 아무 계획 없이 고른 것 같아야 한다. 빌어먹을, 피파는 에버렛처럼 능력도 없는 남자랑 도대체 어떻게 사는 걸까? 옷도 이상하고 토끼 이빨에 항상 깜짝 놀란 눈인데? 그가 생각하는 가슴 설레는 데이트란 건강식품을 파는 가게 뒤쪽 카운터에 앉아서 현미밥과 해초를 먹는 것일 텐데?

하루가 느릿느릿 흘러갔다. 그리고 마침내 여섯 시가 되었고, 호비 아저씨가 피파와 외출했다가 혼자 돌아와서 가게에 고개를 내밀었다.

"그래!" 잠시 침묵이 흐른 다음 아저씨가 경쾌하지만 조심스러운 목소리로 말했다. (불길하게도) 집으로 돌아온 엄마가 점차 흥분해서 조증 상태가 되기 직전의 아빠를 발견했을 때의 말투를 생각나게 하는 목소리였다. 아저씨는 내가 피파를 어떻게 생각하는지 알았다. 나는 한 번도 말한 적 없고 단 한 마디도 입 밖에 낸 적 없었지만, 아저씨는 그냥 알았다. 그리고 몰랐다 해도 내가 말 그대로 불꽃을 튀기고 있었으니 아저씨의 눈에도 (아니,

지나가던 낯선 사람에게도) 완벽하게 잘 보였을 것이다. "별일 없니?"

"좋아요! 오늘 어땠어요?"

"아, 근사했지." 아저씨가 안도하며 말했다. "유니언스퀘어에서 점심을 먹었어. 바에 앉아서 먹으면서 너도 같이 왔으면 좋았겠다고 했지. 그러고는 모이라 집에 갔다가 셋이서 아시아 협회까지 걸어갔고, 피파는 크리스마스 쇼핑을 하러 갔어. 피파가 그러던데, 네가, 어, 너 오늘 밤에 피파랑 외출하기로 했다면서?" 아저씨는 아무렇지 않은 척했지만 불안정한 십 대 아들이 자동차를 끌고 나가도 괜찮을까 걱정하는 부모처럼 불안해 보였다. "필름포럼에?"

"맞아요." 내가 초조하게 말했다. 아저씨는 내가 글렌 굴드 영화를 봤다는 사실을 알았기 때문에 나는 피파와 글렌 굴드 영화를 보기로 했다고 말하기 싫었다.

"둘이서 글렌 굴드 영화를 볼 거라던데?"

"음, 어, 한 번 더 보고 싶어서요. 벌써 봤다고 말하지 마세요." 내가 충동적으로 말했다. "혹시, 어—"

"아니, 아니야—" 아저씨가 급히 자세를 바로잡고 말했다. "말 안 했다."

"그럼, 음—"

호비 아저씨가 코를 문질렀다. "음, 분명히 재미있을 거야. 나도 진짜 보고 싶은데. 아, 오늘밤은 안 되지만." 그러고는 얼른 덧붙였다. "다음에 봐야지."

"아—" 실망한 것처럼 보이려고 열심히 애를 썼지만 생각처럼 잘되지 않았다.

"아무튼. 가게 봐줄까? 올라가서 씻고 준비해야지? 필름포럼까지 걸어가려면 늦어도 여섯 시 반에는 나가야 되잖아."

26

나는 영화관으로 걸어가면서 나도 모르게 콧노래를 흥얼거리고 미소를 지었다. 모퉁이를 돌아 극장 앞에 서 있는 피파가 시야에 들어오자 너무 초조해져서 나는 잠깐 멈춰 마음을 가다듬은 다음 얼른 달려가서 인사를 하고 가방을 들어주었다(쇼핑 때문에 짐이 잔뜩 늘어나서 그날 하루 무엇을 했는지 재잘재잘 이야기하는 그녀). 추위 때문에 피파와 바짝 붙어서 줄을 서서 기다리다가 그녀의 장갑 낀 손을 잡고 빨간 양탄자와 우리를 기다리는 저녁 시간을 향해 안으로 들어갈 때는 완벽한, 정말 완벽한 천국이었다. "아, 팝콘 먹을래?" "그래!" (카운터로 뛰어 가는 나.) "여기 팝콘 진짜 맛있어—" 그리고 함께 상영관으로 걸어 들어가면서 나는 아무렇지도 않게 그녀의 등에 손을 살짝 얹었다. 매끄러운 외투의 감촉, 완벽한 갈색 외투와 완벽한 회색 모자와 완벽하고도 완벽한 조그마한 빨강 머리. "여기— 통로 쪽? 통로 쪽이 좋아?" 나는 피파가 어떤 자리를 좋아하는지 조심스럽게 짐작할 수 있을 만큼 영화를 몇 번(다섯 번) 같이 봤고, 더군다나 몇 년에 걸쳐 티가 나지 않도록 조심하면서 피파의 취향, 좋아하는 것과 싫어하는 것, 습관에 대해서 아저씨에게 최대한 물어봤기 때문에 어느 정도 파악할 수 있었다. 거의 십 년 동안 아무렇지 않은 척 피파는 이거 좋아해요? 저거 좋아해요? 라는 질문을 한 번에 하나씩 슬쩍 흘려서 아저씨에게서 캐냈던 것이다. 피파가 거기에 서서 나를 향해서, 바로 나를 향해서 미소를 짓고 있었다! 하지만 일곱 시 상영작이었기 때문에 극장에 사람이 너무 많았다. 보통 사람이 많은 장소를 싫어하고 그런 곳에서는 불안감을 느끼는 내가 영화를 편안하게 보기에는 사람들이 너무 붐볐다. 게다가 영화가 이미 시작한 뒤에도 사람들이 조금씩 더 들어왔다. 하지만 나는 상관하지 않았다. 독일군이 폭격을 퍼붓는 프랑스 솜 지역의 여우 굴이라 해도 어둠 속에서 피파가 내 팔

옆에 팔을 나란히 놓고 내 옆에 앉아 있다는 사실이 제일 중요했다. 그리고 음악! 헝클어진 머리를 열광적으로 젖히면서 피아노를 치는 글렌 굴드는 넋을 잃고 숭고함에 몰두한 천사의 나라에서 온 사자였다! 나는 자신을 억누르지 못하고 피파를 계속 훔쳐보았다. 적어도 30분이 지난 다음에야 용기를 내서 제대로 고개를 돌려 피파를—화면의 빛을 하얗게 받은 옆모습을—바라봤고, 나는 끔찍하게도 그녀가 영화를 즐기고 있지 않다는 사실을 깨달았다. 피파는 지루해하고 있었다. 아니, 기분이 상했다.

나는 남은 상영 시간 내내 비참했고 영화를 거의 보지도 않았다. 아니, 영화를 보고 있었지만 전혀 다른 방식이었다. 글렌 굴드는 더 이상 무아지경에 빠진 천재, 명성의 정점에서 용감하게 연주회를 그만두고 눈 덮인 캐나다 외딴 지역으로 물러난 신비로운 사람, 외로운 사람이 아니었다. 그는 건강 강박증을 가진 은둔자, 고립된 자였다. 편집증 환자. 마약 상습 복용자. 아니, 중독자. 세균이 무서워서 장갑을 끼고 1년 내내 목도리를 둘둘 말고서 강박 충동으로 흠칫거리며 괴로워하는 편집광. 이 야행성의 구부정한 괴짜는 가장 기초적인 인간관계조차 어떻게 해야 할지 몰라서 (이제는 내게 고문처럼 느껴지는 인터뷰 중에) 녹음 기사에게 함께 변호사를 찾아가서 법적으로 형제를 맺을 수 없겠느냐고 물었다. 어둑어둑해진 케이블의 집 뒤뜰에서 상처를 낸 엄지손가락을 맞대었던 톰 케이블과 나, 더욱 이상하게는 놀이터에서 내가 보리스를 때리다가 손등 뼈에서 피가 나자 마찬가지로 피가 흐르는 자기 입에 내 손을 가져다 대었던 보리스와 나의 이야기를 비극적이고 늦된 천재의 이야기로 옮겨놓은 모습이었다.

27

"영화 보면서 기분 나빴지." 우리가 극장을 나설 때 내가 충동적으로 말했다. "미안해."

피파는 내가 자기 기분을 알아차려서 깜짝 놀란 것처럼 나를 올려다보았다. 우리는 푸르스름하고 꿈결 같은 조명이 밝혀진 세상으로 나왔다. 첫눈이 내려 12센티미터 정도 쌓여 있었다.

"싫으면 중간에 나와도 되는데."

피파는 약간 놀란 듯이 고개를 젓는 것으로 대답을 대신했다. 북극이라는 순수한 개념, 방금 본 영화 속 순수한 북극과도 같은 눈이 마술처럼 휘몰아치며 내렸다.

"음, 아니야." 피파가 머뭇거리며 말했다. "그러니까, 재미가 없었던 게 아니라—"

우리는 허우적거리며 거리를 걸었다. 둘 다 제대로 된 신발을 신고 있지 않았다. 뽀드득거리는 소리가 무척 컸다. 나는 피파가 말을 잇기를 기다리며 열심히 귀를 기울였고 피파가 미끄러지면 즉시 팔꿈치를 붙잡으려고 준비했지만, 피파는 나를 보고 이렇게 말했다. "아아, 택시 절대 안 잡히겠다, 그치?"

생각이 질주했다. 저녁은? 뭘 하지? 집에 가고 싶은 건가? 제기랄! "별로 안 멀어."

"아, 나도 알아, 하지만— 아, 저기 온다!" 피파가 외쳤다. 나는 심장이 덜컹 내려앉았지만 고맙게도 다른 사람이 택시를 잡아탔다.

"피파." 내가 말했다. 우리는 불빛이 환한 카페가 늘어선 베드퍼드가 근처에 서 있었다. "여긴 어때?"

"여기서 택시 잡자고?"

"아니, 뭐 먹자고." (배가 고플까? 아 제발, 피파가 배가 고프게 해주세요.) "아니면 술을 한잔해도 좋고."

28

어찌 된 일인지—마치 신들이 미리 정해놓은 것처럼—우리가 충동적으로 들어간 반쯤 빈 와인 바는 황금빛에 따스하고 촛불이 밝혀져 있었고, 내가 가려고 계획한 그 어떤 식당보다 훨씬, 훨씬 더 좋았다.

작은 테이블. 내 무릎이 피파의 무릎에 닿았다. 그녀도 의식하고 있을까? 나만큼 의식할까? 어른거리는 촛불이 피파의 얼굴에 피운 꽃, 그녀의 머리카락에서 번쩍이는 금속성의 불꽃, 너무나 밝아서 금방이라도 불이 붙을 것 같은 그녀의 머리카락. 모든 것이 활활 타오르고 모든 것이 달콤했다. 밥 딜런의 옛날 노래가 흘러나오고 있었다. 크리스마스가 얼마 남지 않은 좁다란 그리니치빌리지의 거리와 휘몰아치는 깃털처럼 커다란 눈송이에 더할 나위 없이 완벽하게 어울렸다. 밥 딜런의 레코드 재킷 사진처럼 여자와 팔짱을 끼고 도시의 거리를 걷고 싶은 그런 겨울날이었다. 피파가 바로 그런 소녀, 뛰어나게 예쁘지도 않고 화장도 하지 않은 얼굴에 약간 평범해 보이는 여자, 행복해지기 위해서 선택하는 그런 여자였기 때문이었다. 사실 레코드 재킷은 나름대로 행복의 이상적인 모습을 보여주었다. 추켜올린 남자의 어깨, 약간 부끄러운 듯한 여자의 미소, 어디든 원하는 곳으로 함께 걸어나갈 것만 같은 한없이 자유로운 표정. 이게 바로 그녀다! 피파다! 피파는 애정 어린 말투로 허물없이 자기 이야기를 하고 호비 아저씨와 가게에 대해서, 내 기분에 대해서, 내가 무슨 책을 읽고 무슨 음악을 듣는지에 대해서 물었다. 아주 많은 것들에 대해서 물으면서도 자기가 어떻게 사는지 나에게 이야기하고 싶은 듯했다. 춥지만 난방비가 너무 비싸서 난방을 할 수 없는 아파트, 우울한 햇빛과 축축하고 퀴퀴한 냄새, 시내 중심가에서 파는 싸구려 옷들과 미국 체인점이 너무 많아서 쇼핑몰처럼 되어버린 런던, 그녀가 먹는 약과 내가 먹는 약(우리 둘 다 외상 후 스트레스 장애

(PTSD)를 가지고 있었는데, 영국에서는 다른 이니셜로 부르고 자칫하면 퇴역 군인 병원으로 보내질 수 있다는 것 같았다), 피파가 여섯 사람과 함께 가꾸는 작은 텃밭, 남프랑스에서 밀수한 아픈 거북이들을 텃밭에 잔뜩 풀어 놓은 약간 정신 나간 영국 여자("추위와 영양실조 때문에 거북이들이 다 죽었어. 정말 잔인해. 제대로 된 먹이도 주지 않고 빵가루를 주더라고. 상상이 되니? 그래서 내가 애완동물 가게에서 거북 먹이를 사서 그 여자 몰래 줬어"). 또 피파는 개를 정말 키우고 싶지만 런던에서는 검역 때문에 키우기 힘들다고, 스위스도 마찬가지였다고, 왜 자기는 항상 이렇게 개를 키우기 힘든 곳에 살게 되는지 모르겠다고 말했다. 또 피파는 내가 최근 몇 년간 본 모습 중에 제일 좋아 보인다고, 내가 보고 싶었다고, 정말로 보고 싶었다고, 오늘은 정말 즐거운 밤이라고 했다. 우리는 몇 시간 동안이나 거기에 앉아서 소소한 이야기를 하면서 웃었지만 심각하고 진지한 이야기도 나눴다. 피파는 내 이야기를 너그럽게 잘 들어주었다(이 역시 피파의 특별한 점이었는데, 그녀는 내 이야기에 귀를 기울였고, 피파의 관심은 눈이 부실 정도였다. 다른 사람들과 이야기를 나눌 때는 피파의 반만큼이라도 내 이야기에 귀를 기울인다는 느낌을 받아본 적 없었다. 나는 피파와 함께 있으면 다른 사람이, 더 나은 사람이 된 기분이었고 다른 누구에게도 할 수 없는 이야기를 할 수 있었다. 확실히 킷시에게는 못 할 이야기였다. 킷시는 심각한 이야기가 나오면 농담을 하거나 화제를 바꾸거나 끼어들거나 가끔 안 들리는 척해서 김을 빼는 불안정한 면이 있었다). 피파와 함께 있다는 것은 순전한 기쁨이었다. 나는 매일 매 순간 피파를, 피파의 심장과 마음과 영혼과 모든 것을 사랑했다. 시간이 늦어지고 있었지만 나는 가게가 절대, 절대 문을 닫지 않기를 바랐다.

"아니, 아니야." 피파가 와인 잔 테두리를 손가락으로 쓸면서 말했다. 검지에 웰티 할아버지의 문장 반지를 낀 피파의 손이 그리는 곡선에 가슴이 뭉클했다. 피파의 얼굴을 그렇게 빤히 보면 변태 같아 보이겠지만 피파의 손은 아무리 빤히 봐도 괜찮았다. "사실 영화는 좋았어. 그리고 음악은—" 피파가 웃었다. 나에게는 음악의 기쁨이 모두 담긴 웃음소리였다. "숨도 못 쉬겠더라. 웰티 외삼촌은 글렌 굴드의 연주를 직접 본 적이 있대, 카네기홀에서. 평생 최고의 밤이었다고 하셨어. 다만—"

"다만?" 피파에게서 풍기는 와인 냄새. 입술에 묻은 붉은 와인 얼룩. 나에게는 오늘이 평생 최고의 밤이었다.

"음—" 피파가 고개를 저었다. "연주회 장면, 리허설을 하는 연습실 광경이 좀 그랬어. 왜냐면, 있잖아—" 그녀가 팔을 문지른다. "정말 정말 힘들었거든. 연습, 연습, 또 연습— 하루 여섯 시간씩 연습했어. 플루트를 든 팔이 아플 정도로 말이야. 그리고 음, 분명히 너도 많이 들었겠지만, 선생님들이나 물리치료사들은 긍정적으로 생각하라는 말을 별생각 없이 쉽게 하잖아. '오, 넌 할 수 있어!' '우린 널 믿어!' 그러면 그 말에 혹해서 열심히 연습하는 거야. 더 잘하지 못하는 건 자기 잘못이라고 생각하면서 더 열심히 연습하고—"

나는 아무 말도 하지 않았다. 호비 아저씨에게 들어서 다 알고 있었다. 아저씨는 무척 괴로워하면서 어느 정도 긴 이야기를 늘어놓았다. 마거릿 이모가 온갖 의사와 치료법이 넘쳐나는 별난 스위스 학교에 피파를 보낸 것은 완벽하게 옳은 일 같았다. 평범한 기준으로 보면 피파는 사고에서 완전히 회복되었지만 가장 정밀한 차원에서는 문제가 될 정도의 신경 손상이 약간 남아서 정교한 운동 기능에 아주 작은 결함이 있었다. 미약하지만 분명히 존재하는 결함이었다. 다른 직업이나 취미—가수, 도예가, 사육사, 외과를 제외한 모든 분야의 의사—였다면 아무런 상관도 없었을 것이다. 하지만 피파에게는 상관이 있었다.

"그리고, 글쎄, 난 집에서 음악을 많이 듣고 매일 밤 아이팟을 켜놓고 잠들지만— 마지막으로 연주회에 간 게 언제였더라?" 피파가 슬프게 말했다.

아이팟을 켜놓고 잔다고? 그럼 피파랑 그 이름도 기억 안 나는 놈이 섹스를 안 한다는 건가? "왜 연주회에 안 가는데?" 내가 나중을 위해서 방금 들은 정보를 분류해 저장하면서 말했다. "청중들이 거슬려? 사람 많은 게 싫어?"

"네가 이해할 줄 알고 있었어."

"음, 나도 권유를 받았으니까 너도 아마 권유를 받았을 텐데—"

"뭐 말이야?" 그 슬픈 미소의 매력은 무엇이었을까? 어떻게 그 매력에서 헤어 나올 수 있을까? "자낙스? 베타 차단제*? 최면?"

"전부 다."

"음— 공황 발작이라면 효과가 있겠지. 하지만 이건 공황 발작이 아니야. 후회. 슬픔. 질투— 질투가 최악이야. 내 말은— 베타라는 여자애가 있었거든. 이름도 정말 멍청하지 않아? 베타라니. 진짜 어중간한 애였어. 잘난 척하려는 건 아니지만, 걘 어렸을 때 우리 목관악기부를 거의 따라가지도 못했는데 지금은 클리블랜드 필하모닉에 들어갔거든. 난 그게 너무 기분이 나쁘지만 누구한테도 그 사실을 인정 못 하겠어. 하지만 그런 걸 고치는 약은 없잖아, 안 그래?"

"어—" 사실은 그런 약이 있었다. 애덤클레이턴파월에 사는 제롬이 그 약으로 잘나가는 사업을 하고 있었다.

"음향— 청중— 그런 것들이 내 마음속에 뭔가를 일으키는 것 같아. 그럴 때면 집에 가서 모두를 미워하면서 혼잣말을 해. 여러 사람처럼 목소리를 바꿔가며 나 자신과 다투는 거야. 그리고 며칠 동안이나 기분이 나빠. 그리고— 음, 얘기했었지? 다른 사람을 가르치는 것도 해봤는데, 나한테는 안

* beta-blocker : 교감신경 작용을 억제하는 약물로 심근 수축력을 저하시키고 혈액 박출을 억제하는 작용을 한다.

맞더라." 마거릿 이모와 웰티 외삼촌에게서 물려받은 돈이 있으니 피파는 일을 할 필요가 없었다(따라서 에버렛도 일을 하지 않았다. 내가 파악한 바에 따르면 '음악 도서관 사서'가 굉장히 놀라운 직업인 것처럼 이야기했지만 사실은 보수를 받지 않는 인턴에 가까웠고 피파가 생활비를 대고 있었다). "십 대 아이들이— 음, 난 그 아이들이 음악학교에 가려고, 아니면 여름 동안 멕시코시티 교향악단에 참가하려고 미친 듯이 노력하는 모습을 지켜보는 고문은 절대 겪고 싶지 않아. 더 어린 애들은 별로 진지하지가 않고. 난 그냥 어린애들이랑 같이 있는 게 싫어. 내가 보기엔— 너무 가볍게 생각하는 것 같아. 자신에게 주어진 기회를 허비하면서 말이야."

"음, 가르치는 건 진짜 끔찍해. 그건 나도 하기 싫을 것 같아."

"그래, 하지만—" 피파가 와인을 한 모금 꿀꺽 마신다. "내가 연주를 하지 않는다면 달리 뭘 할 수 있을까? 왜냐면, 그러니까— 나는 음악 주변을 맴돌고 있는 셈이잖아. 에버렛도 그렇고, 학교에 나가서 계속 수업도 듣고. 하지만 솔직히 말해서 런던을 그렇게까지 좋아하는 건 아니야. 어둡고 항상 비가 오고, 친구도 별로 없고, 또 가끔 밤에 아파트에 있으면 누가 우는 소리가 들려. 옆집에서 끔찍한 울음소리가 드문드문 들리는 거야. 나는— 그러니까, 넌 하고 싶은 일을 발견했잖아, 정말 잘됐다. 난 가끔 앞으로 어떻게 살아야 할까 생각하거든."

"나는—" 나는 적절한 말을 생각해내려고 필사적으로 애를 썼다. "집으로 와."

"집? 여기 말이야?"

"당연하지."

"에버렛은?"

여기에 대해서는 할 말이 없었다.

피파가 나를 비판하듯 바라보았다. "너 에버렛 진짜 싫어하지, 응?"

"음—" 거짓말을 한들 무슨 소용이 있을까? "그래."

"음— 에버렛을 잘 알게 되면 좋아할 거야. 좋은 사람이야. 아주 차분하고 침착하고— 무척 안정적이야."

나는 여기에 대해서도 할 말이 없었다. 모두 나에게는 해당되지 않는 말이었다.

"그리고 런던은— 으음, 뉴욕으로 돌아올까 생각한 적도 있어—"

"그랬어?"

"당연하지. 호비 아저씨가 너무 그리워. 정말로. 아저씨는 나랑 통화하는 요금으로 뉴욕에 아파트를 얻을 수 있을 거라고 농담을 하셔— 물론 런던까지 장거리 통화료가 1분에 5달러쯤 할 때 얘기겠지만. 아저씨는 통화할 때마다 돌아오라고 설득하시지. 음, 너도 호비 아저씨 알잖아, 절대 직접적으로 말하진 않지만 계속 넌지시 말씀하셔, 알지? 새로 나온 일자리에 대해서, 컬럼비아에 새로 나온 자리나 뭐 그런 얘기 말이야—"

"그래?"

"음— 어떤 면에서는 내가 이렇게 멀리에서 살고 있다는 게 정말 이상해. 웰티 외삼촌이 레슨이나 연주회에 데려다주었다면 집에는 항상 호비 아저씨가 계셨거든. 그런 거 있잖아, 학교 끝나고 집에 오면 아저씨가 올라와서 간식도 만들어 주고 과학 과제로 금잔화 심는 것도 도와주시고. 지금도 마찬가지야— 내가 심한 감기에 걸리잖아? 아니면 아티초크 요리법이 기억이 안 나거나 식탁보에 묻은 촛농을 어떻게 떼어내는지 모르면 어떻게 하는 줄 알아? 누구한테 전화할 것 같아? 바로 호비 아저씨야. 하지만—" 와인 때문에 피파가 흥분한 걸까? 그냥 그렇게 보인 걸까? "사실대로 말해줄까? 내가 왜 뉴욕에 안 오는지 알아? 런던에서는—" 울음을 터뜨리려는 걸까? "누구에게도 얘기할 수 없지만, 런던에서는 적어도 매 순간 그 생각이 떠오르지는 않으니까. '여긴 그 전날 집으로 가던 길이야.' '여긴 내가 웰티 외삼촌이랑 호비 아저씨랑 마지막에서 두 번째 저녁 식사를 했던 곳이야.' 적어도 거기선 그런 생각을 하지 않아. 여기서 왼쪽으로 꺾어야 할까, 오른쪽으로 꺾어야 할까? 나의 모든 운명은 전철 F선을 탈지 6호선을 탈지에 달려 있는 거야. 끔찍한 예감이지. 모든 게 겁나. 여기 돌아오면 난 열세 살로 돌아가버려— 그러니까, 좋은 쪽이 아니라 나쁜 쪽으로. 모든 게 그날에 멈춰버려. 난 심지어 성장도 멈췄어. 왜냐면, 그거 알아? 난 그 사건 이후로 1센티미터도 안 자랐으니까. 단 1센티미터도."

"딱 좋은 키야."

"음, 흔한 일이야." 피파가 나의 서툰 칭찬을 무시하며 말했다. "다쳐서 트라우마를 갖게 된 아이들— 그런 애들은 정상적으로 자라지 못하는 경우가 많아." 피파는 의식하지 못했지만 이따금 그녀의 담당 의사 카멘친트의 목소리를 냈다. 나는 그를 한 번도 만난 적 없었지만 그가 장악하는 순간, 피파가 냉정하게 거리를 두고 생각하는 순간을 느낄 수 있었다. "자원이 분산되는 거야. 성장 체계는 멈추는 거지. 우리 학교에 어떤 여자애가 있었어. 사우디 공주인데 열두 살 땐가 납치됐었대. 납치범은 처형됐지. 하지만— 난 걔가 열아홉 살 때 만났는데, 좋은 애였지만 키가 작았어. 150센티미터 정도였을 거야. 트라우마가 너무 심해서 납치당한 그날 이후로 1센티미터도 안 자란 거야."

"와아. 그 지하조직에 납치됐던 애? 걔가 같은 학교였어?"

"몽태펠리는 이상했어. 대통령궁에서 도망치다가 총에 맞은 애들이 있는가 하면 부모님이 살을 빼라고, 또는 동계 올림픽에 대비해서 훈련을 하라고 보낸 애들도 있었거든."

내가 손을 잡자 피파는 아무 말 없이 가만히 있었다. 피파는 외투를 맡기지 않고 둘둘 감고 있었다. 여름에도 반드시 긴소매를 입고 겹겹이 감싼 곤충 고치처럼 항상 스카프를 여섯 개쯤 감는 것은 그것이 망가졌다가 꿰매고 조여서 다시 살게 된 소녀를 보호하는 쿠션이기 때문이었다. 나는 왜 그렇게 몰랐을까? 영화를 보고 기분이 나빠진 것도 당연했다. 1년 내내 묵직한 외투에 폭 싸인 글렌 굴드, 쌓이는 약병들, 버려진 연주회 무대, 해가 갈수록 주변에 점점 더 높이 쌓이는 눈.

"왜냐면— 그러니까, 네가 얘기하는 거 들었어, 그러니 너도 나만큼이나 강박관념에 시달리는 거 알아. 하지만 난 그 순간을 계속 다시 겪어." 웨이트리스가 눈에 띄지 않게 피파의 잔을 한 잔 가득 채워주었는데, 피파는 따라 달라고 한 적 없었지만 잔이 채워진 것을 눈치챈 것 같지도 않았다. 나는 *아아, 정말 사랑스러운 웨이트리스야, 축복이 있을 겁니다, 놀라 자빠질 만큼 팁을 줘야겠어*, 하고 생각했다. "내가 화요일에, 아니면 목요일에 오디션을 봤더라면. 외삼촌이 가자고 할 때 미술관에 따라갔다면……. 외삼촌은 벌써 몇 주 전부터 나를 전시회에 데려가려고 했거든, 전시회가 끝나기 전에 꼭 보여주려고 하셨어……. 하지만 난 항상 다른 일이 있었지. 리 앤이랑 영화를 보러 가는 게 더 끌렸다거나 뭐 그랬지만, 리 앤은 사고 후에 흔적도 없이 사라졌지— 그 말도 안 되는 픽사 영화를 같이 본 날 이후로 한 번도 못 봤어. 작은 신호들이 수없이 많았는데 내가 그걸 무시하거나 완전히 인식하지 못했던 거야. 주의를 기울였다면 완전히 달라질 수 있었는데— 예를 들어서 외삼촌이 빨리 나가자고 했던 것도 그래. 열 번은 그만 가자고 하셨을 거야. 꼭 뭔가를 느낀 것처럼, 나쁜 일이 생기리라는 사실을 알았던 것처럼 말이야. 애초에 우리가 그날 거기 간 것도 내 탓이었어—"

"적어도 넌 학교에서 쫓겨나진 않았었잖아."

"쫓겨났었어?"

"정학이었어. 그것도 충분히 나쁘지."

"생각해보면 참 이상해— 그 일이 없었다면 어떻게 됐을까. 우리 둘 다 그날 거기 없었다면 말이야. 우린 서로 알지도 못했겠지. 그랬다면 넌 지금 뭐 하고 있었을 것 같아?"

"모르겠어." 내가 약간 놀라며 말했다. "상상도 안 가."

"그래, 하지만 어렴풋한 생각이라도 있을 거 아냐."

"난 너랑 달라. 재능이 없었어."

"취미는 뭐였어?"

"그렇게까지 흥미로운 건 없었어. 평범했지. 컴퓨터게임, 과학 소설 같은 거. 뭐가 되고 싶냐고 물으면 난 재수 없는 표정으로 블레이드러너가 되고 싶다거나 뭐 그렇게 대답했어."

"아아, 나 그 영화 완전 좋아해. 타이렐의 조카가 자주 생각나."

"무슨 뜻이야?"

"그 여자가 피아노에 놓인 사진을 보는 장면 말이야. 자신의 기억이 정말로 자기 건지 타이렐의 조카 건지 알아내려고 할 때. 나도 항상 과거를 생각하면서 신호만 찾거든. 내가 알아차렸어야 하는데 놓친 신호 말이야."

"저기, 맞아, 나도 그런 생각 많이 해. 하지만, 전조, 신호, 부분적인 지식이 논리적으로는……." 왜 피파가 곁에 있으면 한 문장도 정확하게 나오지 않을까? "……그냥 그런 말은 이상하게 들린다고 해도 되려나? 특히 다른 사람이 그렇게 말할 때 말이야. 미래를 예측하지 못한다고 자신을 탓한다?"

"음— 그럴지도 몰라. 하지만 카멘친트 선생님은 누구나 그런다고 하셨어. 사고, 참사— 재난 피해자의 75퍼센트 정도는 경고 신호가 있었는데 자기가 무시하거나 제대로 파악하지 못했다고 생각한대. 그리고 18세 이하 아이의 경우에는 그렇게 생각하는 비율이 더 높아. 하지만 그렇다고 해서 그런 신호가 없었다는 뜻은 아니잖아, 안 그래?"

"그런 건 아닐 것 같아. 지난 뒤에 생각하면 당연히 그렇게 느껴지겠지. 하지만 그건 여러 가지 수를 더하는 문제에서 맨 처음 두 개를 잘못 더해서 답을 틀리는 거랑 더 가까운 것 같아. 거꾸로 거슬러 올라가면 어디에서 실수를 했는지 알 수밖에 없어— 다른 결과가 나올 수 있었던 지점을 말이야."

"그래, 하지만 그래도 나쁜 건 마찬가지잖아, 안 그래? 실수를 알면서도, 어디서 길을 잘못 들었는지 빤히 보면서도 돌아가서 고칠 수 없다는 거 말이야. 오디션은—" 와인을 한 모금 꿀꺽 마신다. "줄리아드 예비 학교 오케스트라 오디션이었는데, 솔페주* 선생님은 차석 연주자로 뽑힐 수 있다고, 정말 잘하면 수석 연주자도 가능할지도 모른다고 하셨어. 아마 대단한 일이었을 거야. 하지만 웰티 외삼촌은—" 그래, 분명히 눈물이다, 불빛에 눈이 반짝인다. "알아, 외삼촌한테 같이 가자고 조른 게 잘못이었어. 외삼촌이 같이 갈 이유가 없었어— 외삼촌은 엄마가 살아 계실 때도 내 응석을 다 받아주셨지만 엄마가 죽고 나서는 더 그랬지. 그래, 나한테는 정말 중요한 날이었어, 하지만 외삼촌이 따라올 만큼 중요했을까? 아니야." 피파는 약간 울고 있었다. "왜냐면 난 미술관에 가고 싶지도 않았거든. 오디션을 보기 전에 외삼촌이 내가 원하는 곳에서 점심을 사줄 걸 잘 알았기 때문에 같이 가고 싶었던 거야— 그날 외삼촌은 집에 있어야 했어, 할 일이 따로 있었어. 오디션을 볼 때는 가족이 대기실에 같이 들어갈 수도 없으니까 외삼촌은 복도에서 기다려야 했을 거야—"

"할아버지도 다 알고 계셨을 거야."

피파는 내가 전혀 틀린 말을 했다는 듯이 나를 올려다보았다. 하지만 난 알았다, 내가 올바로 전달할 수만 있다면 그것이야말로 정확히 옳은 말이었다.

"할아버지는 나랑 있는 내내 네 얘기만 했어. 그리고—"

"그리고 뭐?"

* solfege : 시창력, 독보력, 청음 능력 등을 가르치는 음악 기초 교육 과정.

"아무것도 아니야!" 나는 와인 때문에, 피파 때문에, 설명할 수 없다는 사실 때문에 당황해서 눈을 감았다. "그냥— 웰티 할아버지가 이 세상에서 보낸 마지막 순간 말이야. 그때 나와 할아버지 사이의 틈은 아주, 아주 좁았어. 아니, 틈이 아예 없었어. 우리 사이에서 뭔가가 시작된 것 같았어. 진실한 것— 정말 중요한 것이 섬광처럼 번쩍인 거야. 나도 아니고 웰티 할아버지도 아니고, 우린 한 사람이었어. 우린 같은 생각이었어— 말을 할 필요도 없었어. 겨우 몇 분이었지만 몇 년이라고 해도 이상하지 않았어. 우린 아직 거기 있는지도 몰라. 그리고 으음, 이상하게 들리겠지만—" 사실 그건 완전히 정신 나간 비유, 어이없고 말도 안 되는 비유였지만 나는 하고 싶은 말을 달리 표현할 방법을 몰랐다. "너 바버라 기버리 씨 알지? 라인벡에서 전생 회귀에 대해서 세미나를 하는 사람 말이야. 부활이니 업보니 하는 그런 거. 어떤 영혼들은 여러 생에 걸쳐서 만난다고 하잖아? 잠깐만, 잠깐만." 피파의 깜짝 놀란 (그리고 약간 경계하는) 표정을 보고 내가 말했다. "바버라 씨는 나를 볼 때마다 꽉 막힌 차크라를 뚫으려면, '물라다라** 문제'를 고치려면 옴인지 룸인지를 외어야 한대. 농담이 아니야, 그게 바로 그 여자가 나한테 내린 진단이었다니까. '뿌리가 뽑히고……' '압박받은 심장……' '분열된 에너지 장……' 뭐 그러는 거야. 난 그냥 거기 서서 칵테일 한 잔 마시면서 내 일에 대해서 생각하고 있는데 그 여자가 다가와서 근본을 튼튼하게 하려면 무슨 음식을 먹어야 한다는 이야기를 마구 늘어놓은 거지……." 피파가 내 이야기를 따라오지 못하는 것이 눈에 보였다. "미안, 얘기가 조금 빗나갔지. 그냥, 음, 그런 얘기를 했었는데, 정말 거슬리더라고. 호비 아저씨가 옆에 서서 큰 잔에 스카치를 마시면서 그러셨지, '나는 어때, 바버라? 뿌리채소를 좀 먹어야 되나? 물구나무도 서고?' 그랬더니 그 여자가 아저씨 팔을 톡톡

** muladhara : 여섯 가지 차크라 중에서 모든 에너지의 근원이 되는 차크라.

두드리면서 말했어. '걱정 말아요, 제임스, 당신은 '우수한 존재'니까.'"

그러자 피파가 큰 소리로 웃었다.

"그런데 웰티 할아버지도, 웰티 할아버지도 그랬어. 우수한 존재. 그건— 농담이 아니야. 진심이야. 차원이 달라. 바버라 씨가 그런 얘기를 했었는데— 이름은 기억이 안 나는데 어떤 구루가 버마에서 그녀의 머리에 손을 얹었는데, 그 순간 지식이 머리에 가득 차더니 다른 사람이 돼서—"

"으음, 에버렛은— 그래, 에버렛은 물론 크리슈나무르티를 만난 적이 없지만—"

"그래그래." 에버렛은—그게 왜 그렇게 짜증이 나는지 나도 모를 일이었지만—무슨 구루가 영국 남부에 세운 기숙학교에, '지구 살리기'나 '타인 생각하기' 같은 수업이 있는 학교에 다녔다. "하지만 내 말은— 웰티 할아버지의 에너지, 또는 힘의 장 같은 게— 아, 정말 사기꾼처럼 들리겠지만, 달리 뭐라고 불러야 할지 모르겠어— 그게 그 순간부터 나와 함께했어. 난 할아버지를 위해서 거기 있었고 할아버지는 날 위해서 거기 있었어. 그건 영원한 거야." 나는 마음 깊이 그렇게 느꼈지만 전에는 누구에게도 말한 적이 없었다. "그러니까— 내가 할아버지를 생각하면 할아버지가 거기에 있어. 할아버지가 정말로 나와 함께 있는 거야. 무슨 뜻이냐면— 나는 호비 아저씨네 집에서 살게 되자마자 가게로 갔어. 가게가 나를 이끈 거야— 본능적인 건데, 설명을 잘 못 하겠어. 왜냐면— 내가 골동품에 관심이 있었겠어? 아니야. 내가 무슨 관심이 있었겠어? 그런데도 난 거기에 있었어. 웰티 할아버지의 물건들을 뒤져보면서. 경매 카탈로그 여백에 할아버지가 쓴 메모를 읽으면서. 할아버지의 세상, 할아버지의 것들이었어. 거기 있는 모든 것들이— 그것들이 불꽃처럼 나를 이끌었어. 내가 찾고 있었던 것도 아니야— 그게 날 찾고 있었다고 하는 게 더 맞을 거야. 그러니까, 나는 열여덟 살이 되기도 전에, 가르쳐준 사람도 없는데, 이미 다 알고 있는 것 같았어. 나 혼자 거기서 웰티 할아버지의 일을 하고 있었어. 꼭—" 나는 초조하게 다리를 꼬았다. "할아버지가 나를 너희 집으로 보낸 게 이상하다고 생각한 적 없어? 우연이겠지— 어쩌면. 하지만 난 우연 같지가 않았어. 웰티 할아버지는 내가 어떤 사람인지 꿰뚫어 보고 내가 있어야 할 곳에, 내가 같이 있어야 하는 사람들에게 보낸 것 같았어. 그래—" 나는 약간 정신을 차렸다. 너무 빨리 얘기하고 있었다. "그래. 미안. 이렇게 떠벌릴 생각은 아니었는데."

"괜찮아."

침묵. 나를 보는 피파의 시선. 하지만 킷시—그녀는 항상, 적어도 부분적으로는, 다른 곳에 가 있었고 심각한 이야기를 싫어했기 때문에 같은 상황이었다면 웨이트리스를 부르거나 분위기가 너무 과열되지 않도록 가볍거나 우스운 이야기를 생각나는 대로 내뱉었을 것이다—와 달리 피파는 내 이야기를 듣고 있었고 나와 함께 있었다. 피파가 내 상태를 보고 얼마나 슬퍼하는지 알 수 있었다. 그녀가 나를 정말 좋아하기에 더욱 깊은 슬픔이었다. 우리는 공통점이 많았고, 정신적으로도 감정적으로도 연결되어 있었다. 피파는 나와 함께하는 시간을 즐겼고, 나를 믿었고, 내가 잘되길 바랐고, 무엇보다도 내 친구가 되고 싶어 했다. 어떤 여자들은 우쭐대면서 나의 불행을 보고 즐거워했겠지만, 피파에게는 내가 자기 때문에 얼마나 망가졌는지 보는 것이 전혀 즐거운 일이 아니었다.

29

다음 날—내 약혼 파티 날이었다—이 되자 전날 밤의 친밀함은 사라지고 없었다. 남은 것은 (아침 식사를 같이 하고 복도에서 재빠른 인사를 주고받았을 뿐) 두 번 다시 피파를 독차지할 수 없다는 괴로움이었다. 우리는 어색했고, 오가다가 자꾸 부딪쳤고, 너무 큰 소리로 너무 쾌활하게 이야기를 나누었다. 나는 피파가 '에버렛'과 함께 나타나기 4개월 전 여름을, 점점 어두워지는 현관에 단둘이 앉아서 열렬하게 나누었던 대화를 (너무나도 슬프게) 떠올렸다. 우리는 ('한 쌍의 늙은 방랑자처럼') 나란히 붙어 앉아서, 무릎과 무릎이 닿은 채로, 팔과 팔이 닿은 채로, 거리의 사람들을 보며 온갖 이야기를 했다. 어린 시절에 대해서, 센트럴파크에서 아이들과 모여서 놀거나 울먼 링크에서 스케이트를 탔던 때에 대해서(그 옛날에 우리가 본 적이 있을까? 얼음 위에서 스쳐 지난 적이 있을까?), 조금 전 호비 아저씨와 TV에서 본 〈어울리지 않는 사람들〉*에 대해서, 둘 다 무척 좋아하는 마릴린 먼로('귀여운 봄날의 유령')**에 대해서, 주머니에 아무 약이나 한 움큼씩 넣어 다니던 불쌍한 몽고메리 클리프트에 대해서(나는 자세히 몰랐기 때문에 그에 대해서는 아무 말도 하지 않았다), 클라크 게이블의 죽음에 대해서, 마릴린 먼로가 얼마나 끔찍한 죄책감을 느꼈을지에 대해서, 그녀가 그의 죽음에 얼마나 책임이 있는지에 대해서 이야기했다. 어째서인지 이상하게도 이야기는 운명과 초자연적인 신비, 점에 대한 것으로 이어졌다. 태어난 날이 행운이나 불운과 관련이 있을까? 천체의 불리한 운행, 별들의 불길한 배열? 손금 보는 사람이라면 뭐라고 말할까? 손금 본 적 있어? 아니— 너는? 우리 6번가 상가의 심령 치료사한테 가봐야겠다, 보라색 등이랑 수정 구슬 있는 데 있잖아, 24시간 내내 여는 것 같던데— 아, 맞아, 그 라바 램프*** 있는 데 말이지? 미친 루마니아 여자가 문 앞에 서서 뭐라고 계속 퍼붓잖아? 우리는 서로가 거의 보이지 않을 정도로 어두워질 때까지 이야기를 했고, 그

* 아서 밀러가 각본을 쓰고 존 휴스턴이 감독한 1961년 영화로, 마릴린 먼로와 클라크 게이블, 몽고메리 클리프트가 출연했으며, 클라크 게이블은 촬영이 끝나고 이틀 후 심장마비를 일으켰고 열흘 후에 죽었다.

** 시인 이디스 시트웰은 마릴린 먼로를 이렇게 수식했다.

*** lava lamp : 맑은 액체로 채운 유리 용기 안에 색색의 왁스를 넣어서 만든 램프.

래야 할 이유가 없는데도 속삭였다. *들어갈래? 아니, 아직*. 머리 위에서 통통한 여름 달이 하얗고 순수하게 빛났다. 피파를 향한 나의 사랑은 그 정도로 순수했고, 달처럼 단순하고 꾸준했다. 하지만 우리는 결국 안으로 들어가야 했고, 그 순간 주문은 깨졌다. 밝은 복도로 들어가면 우리는 부끄러워하면서 뻣뻣하게 굴었다. 연극이 끝나서 객석의 불이 켜진 것 같았고, 우리 사이 친밀함의 본모습이 드러났다. 우리는 그저 친한 척했을 뿐이었다. 나는 몇 달 동안이나 그 순간을 되찾으려고 필사적으로 애를 썼고, 그 술집에서 한두 시간 동안 되찾을 수 있었다. 하지만 비현실적인 시간이었고 우리는 원점으로 돌아왔다. 나는 이걸로 됐다고, 몇 시간 동안 그녀를 독차지한 것으로 충분하다고 스스로를 설득하려 했다. 하지만 그것은 사실이 아니었다.

30

앤 드 라메신—킷시의 대모님—이 회원제 클럽에서 파티를 열어주기로 했는데, 호비 아저씨는 그 클럽에 들어가본 적은 없었지만 그곳의 역사(유서 깊다), 건축(뛰어나다), 회원(에런 버 부통령부터 훠턴 가문에 이르기까지 모두 일류다) 등 모르는 것이 없었다. "그리스 부흥기의 초기 양식으로는 뉴욕 주에서 제일 뛰어난 건물일 거야." 아저씨가 진심으로 기뻐하며 우리에게 가르쳐주었다. "계단에 벽난로 장식 하며— 서재에 들어가봐도 되려나? 회반죽 장식이 무척 독창적이라고, 진짜 볼만하다고 그러던데."

"몇 명이나 와?" 피파가 물었다. 그녀는 짐을 쌀 때 파티에 참석할 계획이 없었기 때문에 모르간르페이에 가서 드레스를 사야 했다.

"몇백 명 정도." 그중에서 내 손님은 아마 (피파와 호비 아저씨, 브레이스거들 씨와 드프리스 부인을 포함해서) 열다섯 명 정도일 것이고 킷시의 손님이 백 명 정도, 나머지는 킷시조차도 모르는 사람들이었다.

"거기에—" 호비 아저씨가 말했다. "시장도 오지. 상원의원도 두 명 다 오고. 그리고 모나코의 알베르 국왕도 오는 거 아닌가?"

"초대는 했는데, 설마 오겠어요."

"아, 그럼 가까운 사람들만 모이는 거구나. 가족들끼리 말이다."

"으음, 전 가서 시키는 대로만 할 거예요." 앤 드 라메신은 바버 부인의 무관심이라는 '위기'(대모님 자신의 표현이었다) 속에서 결혼식을 지휘했다. 적당한 교회와 적당한 사제를 결정한 사람도 앤 드 라메신이었고, 손님 명단(화려했다)과 좌석 표(믿을 수 없을 만큼 까다로웠다)를 짠 사람도 앤 드 라메신이었으며, 결국 반지를 놓는 쿠션부터 케이크에 이르기까지 모든 결정권이 그녀에게 있는 듯했다. 드레스 디자이너를 섭외한 사람도, 신혼여행을 위해서 생바르텔르미 섬의 별장을 제공한 사람도 앤 드 라메신이었다. 킷시는 문제가 생길 때마다 (하루에도 몇 번씩 문제가 생겼다) 그녀에게 전화했다. 그렇게 그녀는 (토디의 표현에 따르면) 결혼식 오버그루펜퓌러*로 확고하게 자리를 잡았다. 정말 우습고 기묘한 사실은, 앤 드 라메신은 나를 너무 싫어해서 차마 바라보지도 못한다는 것이었다. 나는 그녀가 자기 대녀의 짝으로 생각하는 사람과 아주 거리가 멀었다. 내 이름조차도 그녀가 입에 올리기에는 너무 천한 것 같았다. "그럼 *신랑*은 어떻게 생각해요?" "*신랑*이 조만간 손님 명단을 줄 거죠?" 분명 나 같은 사람(가구상이라니!)과의 결혼은—거의—죽음이나 다를 바 없는 운명이었다. 그러므로 성대하고 화려한 예식이 음울한 의식처럼 느껴졌다. 마치 고대 수메르 우르의 잃어버린 공주 킷시가 아름다운 옷으로 치장하고 탬버린 연주자와 하녀들의 시중을 받으며 지하 세계를 향해서 화려하게 행진하는 것 같았다.

* Obergruppenführer : 나치 친위대 대장.

31

나는 파티에서 특별히 정신을 바짝 차려야 할 이유가 없었기 때문에 출발하기 전에 조금 취해서 긴장을 풀기로 했고, 만일의 경우에 대비해서 제일 좋은 턴불앤아서 양복 주머니에 비상용 옥시콘틴을 찔러 넣었다.

클럽은 정말 아름다웠기에 나는 손님들이 밀려들어서 건축의 세세한 부분과 빽빽하게 걸린 초상화들—일부는 아주 훌륭했다—과 선반에 꽂힌 희귀본 장서를 볼 수 없다는 사실에 화가 났다. 붉은 벨벳 화환, 크리스마스 전나무 장식— 저 나무에 장식된 것이 진짜 촛불인가? 나는 계단 꼭대기에 멍하니 섰다. 사람들과 인사를 하거나 이야기를 나누는 것이 싫었다, 거기 있고 싶지 않았다.

누가 내 소매를 잡는다. "왜 그래?" 피파였다.

"뭐?" 나는 그녀와 시선을 마주칠 수 없었다.

"너무 슬퍼 보여."

"슬퍼." 내가 대답했지만 피파가 들었는지는 확실하지 않았다. 내 귀에도 잘 들리지 않았다. 바로 그 순간 호비 아저씨가—우리가 뒤처진 것을 느끼고—되돌아오면서 인파 속에서 우리를 찾아 소리쳤기 때문이었다. "아, 거기 있었구나……."

"가서 손님들 만나야지." 아저씨가 나를 살짝 찌르면서 친근하게, 아버지처럼 말했다. "다들 네가 어디 있냐고 묻잖아!" 이 낯선 사람들 가운데서 정말로 특별하거나 흥미로워 보이는 사람은 아저씨와 피파밖에 없었다. 소매가 비치는 얇은 초록색 옷을 입은 피파는 요정 같았다. 암청색 더블 단추 양복을 입고 낡았지만 아름다운 필앤코 구두를 신은 아저씨는 고상하고 멋졌다.

"전—" 내가 절망적으로 주변을 둘러보았다.

"우리 걱정은 하지 마. 나중에 찾아갈게."

"네." 내가 마음을 다잡으며 말했다. 하지만—밍크코트를 맡기러 간 드프리스 부인을 기다리면서 외투 보관소 근처에서 존 애덤스의 초상화를 감상하는 두 사람을 남겨놓고 사람들로 가득한 여러 방을 헤쳐 나갔지만—내가 알아볼 수 있는 사람은 바버 부인밖에 없었고, 나는 바버 부인을 대면할 기분이 전혀 아니었다. 하지만 내가 지나치기 전에 바버 부인이 나를 알아보고 내 소매를 붙잡았다. 바버 부인은 진라임을 들고 문간에서 살짝 물러서서 나이 많은 신사가 하는 말을 듣고 있었다. 그는 얼굴이 벌겋고 양쪽 귓가로 살짝 센 머리가 부풀어 있고 목소리가 뚜렷하고 큰 것이 음침한 요괴처럼 보였다.

"아, 메도라." 남자가 발뒤꿈치에 체중을 싣고 몸을 흔들면서 말했다. "아직도 늘 반가운 사람입니다. 정말 사랑스럽지요. 드물고 인상적인 사람이에요. 아흔 살이 다 되어가는데 말입니다! 물론 메도라가 늘 말하는 것처럼 그녀의 가족은 순수한 네덜란드 혈통이지요— 아, 하인들에게 늘 큰 소리를 치는 그녀를 부인도 보셔야 하는 건데—" 여기서 그는 혼자 신이 나서 쿡쿡 웃었다. "정말 끔찍하지만 아주 재밌기도 하죠, 적어도 제 생각에는 부인도 재밌어하실 겁니다…… 이제 그 집은 *유색* 하인을 고용할 수 없어요—요즘 그렇게 말하죠? *유색*인종—메도라는 *젊은 시절에 쓰던* 은어를 자주 쓰는 경향이 있어서 말입니다. 하인들이 그녀를 진정시키거나 욕조에 집어넣으려고 할 때면 특히 그렇죠. 마음만 먹으면 아주 힘이 넘친다는군요! 난로 부지깽이를 들고 아프리카계 미국인 청소부를 쫓아다녔다니까요. 하하하! 음…… 그러니까…… '하느님 덕분에 저렇게 안 됐다'는 거죠. 메도라는 '하늘 위의 오두막*' 세대라고 부를 만한 세대일 겁니다. 애 아버지는 버지니아에 집이 있었지요. 구칠랜드 카운티던가? 그야말로 돈을 노린 결

* 〈Cabin in the Sky〉: 모든 등장인물이 흑인인 1943년 영화로, 흑인을 묘사하는 방식에 대한 논란이 있었다.

혼이었죠. 그런데 그 아들은— 부인도 분명히 만난 적이 있겠지요? 상당히 실망스러운 자식이었어요, 안 그렇습니까? 술도 많이 마시고요. 그리고 딸은 사교계에서 좀 실패했지요. 으음, 조심스럽게 표현하자면 그렇다는 말입니다. 상당히 뚱뚱해요. 글쎄, 고양이를 모은다니까요. 메도라의 남동생 오언은— 아주아주 멋진 남자였는데 애슬레틱 사교 클럽 로커룸에서 심장마비로 죽었지요……. 거기서 좀 *은밀한 시간*을 보내다가 말입니다, 무슨 뜻인지 아시겠지요……. 오언은 멋진 사람이었지만 늘 약간 버림받은 영혼이었는데, 정신을 차리기도 전에 세상을 떠났다는 생각이 듭니다."

"시오." 내가 슬금슬금 빠져나가려 하는데 바버 부인이 갑자기 나에게 손을 내밀더니 불타는 차에 갇힌 사람이 죽기 직전에 구조대원에게 매달리는 것처럼 나를 꽉 잡았다. "시오, 해비스톡 어빙 씨랑 인사하렴."

해비스톡 어빙이 돌아서서 강렬한— 그리고 내가 보기엔 썩 기분 좋지 않은—흥미를 드러내며 나에게 시선을 고정했다. "시어도어 데커 씨군요."

"맞습니다만." 내가 흠칫 놀라 말했다.

"그렇군요." 나는 그의 시선이 점점 더 싫어졌다. "내가 당신을 안다고 하면 놀라겠지요. 으음, 당신의 존경받는 파트너 호바트 씨는 알고 있습니다. 역시 존경받는 파트너였던 블랙웰 씨도 알고요."

"그러시군요." 내가 아주 무미건조하게 말했다. 골동품 거래를 하다 보면 매일 이 남자처럼 뭔가를 암시하는 나이 많은 신사들을 대해야 했다. 바버 부인이 내 손을 놓기는커녕 더욱 꽉 쥐었다.

"해비스톡 씨는 워싱턴 어빙의 직계 자손이란다." 바버 부인이 도와주듯 말했다. "그분의 전기를 쓰고 계시지."

"아주 흥미롭군요."

"그래요, 흥미롭죠." 해비스톡이 차분하게 말했다. "현재 학계는 워싱턴 어빙을 별로 선호하지 않지만요. 변방으로 밀려났죠." 그는 이 화제가 나와서 기쁜 듯이 이렇게 말했다. "학자들은 워싱턴 어빙이 아주 미국적인 목소리는 아니라고, 약간 지나치게 코스모폴리탄적인 면이 있다고, 지나치게 유럽적이라고 하죠. 하지만 어빙은 애디슨과 스틸에게 배웠으니까 그럴 수밖에 없죠. 아무튼, 저의 유명한 선조께서 저의 일상생활을 보신다면 흡족하게 여기실 겁니다."

"일상생활이라고 하시면—"

"도서관에서 옛날 신문을 읽고 옛날 정부 기록을 연구하는 거죠."

"왜 정부 기록을 보시죠?"

그가 별거 아니라는 듯 손을 흔들었다. "나에게는 흥미로우니까요. 저와 아주 친한 친구는 그런 쪽에 관심이 더 많아서 연구를 하다가 아주 흥미로운 정보도 많이 얻곤 하지요……. 데커 씨도 아실 텐데요?"

"어느 분이신데요?"

"루셔스 리브라고 아십니까?"

이어진 침묵 속에서 사람들이 웅성거리는 소리와 잔이 쨍강대는 소리가 굉음처럼 커졌다. 마치 돌풍이 방을 휩쓸고 지나간 것 같았다.

"네, 루셔스." 재미있어하는 눈썹. 피리를 부는 듯 꽉 다문 입술. "바로 그 사람입니다. 처음 듣는 이름은 아니겠지요, 저도 압니다. 기억하시겠지만, 그에게 아주 흥미로운 이층장을 파셨더군요."

"맞습니다. 그분을 설득할 수만 있다면 정말로 되사고 싶은데 말입니다."

"오, 그러시겠지요. 하지만 루셔스는 팔고 싶어 하지 않는답니다, 그건, 그건." 그가 악의적으로 내 말을 막으며 말했다. "저라도 그럴 겁니다. 머지않아 훨씬 더 흥미로운 물건이 들어올 테니까요."

"음, 그 일이라면 모두 잊으시는 게 좋을 것 같군요." 내가 유쾌하게 말했다. 리브의 이름에 깜짝 놀란 것은 너무 반사적인 행동, 바닥에 놓인 끈이나 둘둘 말린 연장 선을 보고 아무 생각 없이 펄쩍 뛰는 것이나 마찬가지였다.

"잊으라고요?" 해비스톡이 웃음을 터뜨렸다. "오, 루셔스가 그 일을 잊을 것 같지는 않군요."

나는 미소로 대답했다. 하지만 해비스톡은 더욱 오만한 표정을 지을 뿐이었다.

"요즘은 컴퓨터로 얼마나 많은 것들을 알아낼 수 있는지, 참으로 놀랍지요." 그가 말했다.

"아, 그런가요?"

"음, 최근에 루셔스는 당신이 판매한 흥미로운 가구들에 대한 정보를 찾았습니다. 사실 구매자들은 그것이 얼마나 흥미로운 가구들인지 잘 모르는 것 같더군요. 댈러스에 '덩컨 파이프' 식탁 의자를 열두 개 판매하셨다고요?" 그가 샴페인을 홀짝이며 말했다. "휴스턴의 구매자에게는 '중요한 셰러턴' 가구를 파셨고요? 같은 물건을 로스앤젤레스에 훨씬 더 많이 파셨다고 하더군요."

나는 표정이 흔들리지 않도록 노력했다.

"'미술관급 제품'이라더군요. 물론—" 그가 바버 부인을 대화에 끌어들였다. "우리 모두 알고 있지요, 안 그렇습니까? '미술관급'이라는 건 사실 어떤 미술관을 이야기하느냐에 따라 다르다는 걸 말입니다. 하하! 그런데 루셔스는 최근에 당신이 더욱 용감하게 판매한 물건 몇 개를 추적했다고 하더군요. 명절이 끝나고 나서 텍사스로 가볼 생각이랍니다— 아!" 얼음처럼 파란 새틴 드레스를 입은 킷시가 우리에게 인사를 하러 다가오자 그가 능숙하게, 마치 춤을 추듯이 돌아섰다. "정말 반갑고 아름다운 사람이 왔네! 정말 예쁘구나." 그가 몸을 숙여 킷시에게 입 맞추며 말했다. "멋진 네 신랑과 이야기를 하고 있었단다. 정말 놀랍게도 공동의 친구가 있더라고!"

"그래요?" 킷시가 돌아서서 나를 정면으로 보면서 내 뺨에 입을 맞추었다. 그때서야 나는 킷시가 내가 올 것이라고 백 퍼센트 확신하지 못했음을 깨달았다. 나를 보고 안심하는 것이 느껴질 정도였다.

"시오랑 엄마를 붙들고 온갖 소문에 대해서 얘기하고 계셨던 거예요?" 킷시가 해비스톡을 향해 고개를 돌리며 말했다.

"오, 킷시, 짓궂기도 하지." 그가 자연스럽게 킷시의 팔짱을 끼고 반대쪽 팔을 뻗어 킷시의 손을 톡톡 두드렸다. 날씬하고 사교적이고 활기찬 청교도의 모습을 한 악마였다. "킷시, 술이 필요한 표정이구나. 나도 그러니까 우리끼리 저쪽으로 갈까?" 그가 나를 다시 흘깃 본다. "한적한 장소를 찾아서 네 약혼자에 대한 길고 재밌는 소문을 얘기해보자꾸나."

32

"아, 저 사람이 가버려서 정말 다행이야." 두 사람이 음료 테이블을 향해서 걸어가자 바버 부인이 말했다. "소소한 잡담은 너무 피곤해."

"저도요." 땀이 쏟아져 내리고 있었다. 어떻게 알아냈을까? 그가 언급한 가구들은 모두 같은 운송 회사를 통해서 보냈다. 하지만—나는 술이 절실히 필요했다—어떻게 알아낸 거지?

바버 부인이 무슨 말을 했음을 깨닫고 내가 말했다. "네?"

"그러니까, 정말 멋지지 않니? 이 굉장한 사람들을 봐, 깜짝 놀랐어." 바버 부인은 아주 단순한 차림이었다. 검정색 드레스, 검정색 구두, 근사한 눈송이 브로치. 하지만 검정색은 바버 부인에게 잘 어울리는 색이 아니었기 때문에 병들고 슬퍼서 세속을 버린 사람 같았다. "사람들이랑 어울려야 할까? 그래야겠지? 아, 세상에, 저기 앤의 남편이야. 진짜 지루한 사람이지. 내가 지금 여기가 아니라 우리 집에 있었으면 좋겠다고 말하면 너무 끔찍한 사람이 되는 걸까?"

"방금 그 사람은 누구예요?" 내가 바버 부인에게 물었다.

“해비스톡?” 바버 부인이 한 손으로 이마를 살짝 닦았다. “자기 이름을 워낙 강조해서 다행이야, 아니면 너한테 소개할 때 애먹었을 거야.”

“전 아주 친한 친구라도 되는 줄 알았죠.”

바버 부인이 불쾌하고 불안한 듯이 눈을 깜빡이는 모습을 보자 잘못된 말투를 썼다는 죄책감이 들었다.

“음.” 바버 부인이 단호하게 말했다. “아주 친근한 사람이야. 그러니까— 아주 친근하게 군다는 뜻이야. 누구한테나 저래.”

“어떻게 알게 되셨어요?”

“아— 해비스톡이 뉴욕 역사회에서 자원봉사를 하거든. 모르는 게 없고 모르는 사람이 없지. 하지만 우리끼리 얘긴데, 난 그가 절대 워싱턴 어빙의 후손이 아니라고 생각해.”

“아니에요?”

“음— 해비스톡은 아주 매력적이야. 그러니까, 그는 모르는 사람이 없지……. 그 사람 말로는 워싱턴 어빙뿐 아니라 애스터 가문과도 관련이 있다는데, 누가 틀렸다고 하겠니? 그가 친척이라고 주장하는 사람들은 다 세상을 떠났다는 점이 무척 흥미롭다고 생각하는 사람들도 있어. 그러니까, 해비스톡은 아주 유쾌해. 유쾌한 *척*을 잘하는 건지도 모르지. 나이 많은 부인들을 열심히 찾아다니는데— 음, 너도 방금 들었지? 날짜, 이름, 계보 할 것 없이 뉴욕 역사의 귀중한 정보를 아주 많이 알고 있어. 네가 오기 전까지 해비스톡은 이 거리에 있는 건물들의 역사를 하나하나 가르쳐주고 있었지. 옛날 스캔들, 1870년대에 바로 옆 주택에서 일어난 사교계의 살인 사건— 모르는 게 하나도 없어. 몇 달 전에 해비스톡은 점심 모임에 와서 프레드 애스테어에 대한 천박한 이야기로 사람들을 재밌게 해줬는데, 내가 아는 한 그 이야기는 *절대* 사실일 수가 없어. 프레드 애스테어가 뱃사람처럼 욕을 하면서 싸우고 다녔다니! 음, 너한테는 확실히 말할 수 있는데, 난 안 믿었어. 우리는 아무도 믿지 않았지. 챈스의 할머니가 할리우드에서 일하실 때 프레드 애스테어를 알았는데, 살아 있는 사람들 중에서 제일 훌륭한 사람이라고 하셨거든. 그 반대라는 말은 전혀 들어본 적 없어. 물론 옛날 스타들 중에 정말 끔찍한 사람들도 있지만, 우린 그 이야기도 다 들었어. 아." 바버 부인이 숨도 쉬지 않고 곧바로 힘들다는 듯이 덧붙였다. "정말 피곤하고 배고프구나."

"여기요." 나는 바버 부인이 안쓰러워서 빈 의자로 안내했다. "앉으세요. 먹을 걸 좀 갖다드릴까요?"

"아니, 괜찮아. 네가 옆에 있어주면 좋겠구나. 하지만 널 독차지하면 안 되겠지." 바버 부인이 자신 없이 말했다. "네가 주인공이니까."

"진짜, 1분도 안 걸릴 거예요." 내가 방을 재빨리 훑어보았다. 오르되브르가 담긴 쟁반이 돌고 있었고 옆방 테이블에 음식이 차려져 있었지만 나는 급히 호비 아저씨와 이야기를 해야 했다. "최대한 빨리 돌아올게요."

다행히도 호비 아저씨는 아주 컸기 때문에 — 누구보다도 컸다 — 아저씨를 찾는 것은 전혀 어렵지 않았다. 인파 속에 우뚝 선 안전한 등대 같았다.

"어이." 내가 아저씨에게 거의 다 갔을 때 누가 내 팔을 붙잡으며 말했다. 좀약 냄새가 나는 초록색 벨벳 재킷을 입은 플랫이었는데, 정신이 없고 불안하고 이미 반쯤 취한 것 같았다. "둘이 괜찮아?"

"뭐가?"

"너랑 키츠 말이야, 결론을 내렸어?"

나는 뭐라고 대답해야 할지 확신이 서지 않았다. 몇 초 정도 침묵이 흐른 다음 플랫이 회색빛이 도는 금발 머리카락을 한쪽 귀 뒤로 넘겼다. 분홍색 얼굴은 벌써 중년이 된 것처럼 불룩했다. 이런 생각을 한 것이 처음은 아니었지만 플랫은 성장을 거부할 수밖에 없었다는 생각, 너무 오랫동안 게으름을 피운 탓에 물려받은 특권이 마지막 하나까지 전부 사라져버렸다는 생각이 새삼 들었다. 플랫은 항상 진라임을 들고 파티장의 가장자리에서만 어슬렁거릴 것이고, 아직 대학에 다니는 동생 토디는 아이비리그 대학 학생회장이나 억만장자 자본가, 유력한 잡지 편집자 등과 어울리며 이야기를 나누리라.

플랫이 여전히 나를 보며 말했다. "내 말 좀 들어봐. 내가 상관할 일은 아니지만 너랑 키츠는……."

내가 어깨를 으쓱했다.

"톰은 키츠를 사랑하지 않아." 플랫이 충동적으로 말했다. "네가 나타난 건 킷시의 평생에서 가장 좋은 일이었어, 걔도 알아. 톰이 킷시를 어떻게 취급하는데! 으음, 앤디가 죽은 주말에 킷시가 톰이랑 같이 있었잖아? 아빠랑 전혀 안 맞는 앤디한테 아빠를 돌보라고 부탁한 그 중대한 이유, 킷시가 직접 가지 못한 중요한 이유가 바로 그거였어. 톰, 톰, 톰. 항상 톰 때문이지. 그래, 킷시는 확실히 톰이 '끝없는 사랑'이고 '유일한 사랑'이라고 말하지만 내 말을 믿어, 킷시가 모르는 곳에서는 얘기가 전혀 달라. 왜냐면 —" 플랫이 괴로워하면서 잠시 말을 멈췄다. "톰이 킷시를 어떻게 속이고 있는지 — 돈을 계속 뜯어내고, 다른 여자들이랑 어울려놓고서 거짓말을 하고 — 거기에 난 질렸어, 엄마 아빠도 마찬가지였고. 왜냐면, 기본적으로 톰에게 킷시는 돈줄이거든. 톰은 그렇게 생각해. 하지만— 왜냐고는 묻지 마, 킷시는 걔한테 미쳤었어. 완전히 돌았었어."

"지금도 그런 것 같던데."

플랫이 얼굴을 찡그렸다. "왜 그래. 킷시랑 결혼하는 사람은 너잖아."

"케이블이 결혼 같은 걸 할 사람은 아닌 것 같은데."

"음 —" 플랫이 술을 한 모금 꿀꺽 마셨다. "톰이 누구랑 결혼할지 모르지만 그 여자도 참 불쌍해. 키츠는 충동적일지 몰라도 멍청하진 않거든."

"그렇지." 킷시는 멍청한 것과는 거리가 멀었다. 어머니가 기뻐할 결혼을 하기로 했을 뿐 아니라 정말 사랑하는 사람과 자고 있었으니까.

"절대로 그 이상 발전하지는 않을 거야. 어머니 말처럼 '순전한 열병'이고 '모래로 만든 밧줄'이니까."

"킷시는 톰을 사랑한다고 했어."

"음, 여자들은 항상 거지 같은 놈을 사랑하지." 플랫은 내 말에 굳이 반박하지 않았다. "몰랐냐?"

아니. 내가 씁쓸하게 생각했다. *그건 사실이 아니야.* 그렇다면 피파가 왜 날 사랑하지 않겠는가?

"자, 너도 한 잔 마셔. 사실—" 남은 술을 꿀꺽 마신다. "나도 한 잔 더 해야겠다."

"저기, 잠깐 딴 사람이랑 할 얘기가 있어. 그리고 어머니께—" 내가 몸을 돌려 바버 부인을 앉혀드린 방향을 가리켰다. "어머니께도 술이랑 먹을 걸 갖다드려야 할 것 같은데."

"엄마." 플랫은 내가 스토브에 올려둔 주전자가 끓고 있다고 알려주기라도 한 것처럼 서둘러 걸어갔다.

33

"호비 아저씨?"

내가 소매를 잡자 아저씨는 깜짝 놀라서 얼른 돌아서며 말했다. "아무 문제 없는 거지?"

아저씨 옆에 서 있는 것만으로도, 아저씨 주변의 깨끗한 공기를 들이마시는 것만으로도 기분이 나아졌다. "아저씨." 내가 주변을 초조하게 둘러보며 말했다. "잠깐 이야기 좀—"

"아, 이 사람이 신랑인가요?" 아저씨 주변을 열심히 맴돌던 사람들 중에서 어떤 여자가 끼어들었다.

"그러네, 축하해요!" 낯선 사람들이 더 많이 몰려들었다.

"정말 젊어 보이네! 정말 젊어 보이는 청년이군요." 오십 대 중반의 금발 머리 여자가 내 손을 꽉 잡았다. "게다가 잘생겼잖아!" 그녀가 친구를 돌아본다. "왕자님이네! 기껏 스물두 살이나 됐을까?"

호비 아저씨가 점잖게 주변 사람들에게 나를 소개했다. 친절하고, 재치 있고, 서두르지 않는 아저씨는 아주 온화한 사교계 명사 같았다.

"음." 내가 주변을 돌아보며 말했다. "아저씨를 끌고 가서 죄송해요, 무례하다고 생각하지 않으셨으면 좋겠지만—"

"둘이 얘기 좀 하자고? 그러자. 실례합니다."

"호비 아저씨." 비교적 한산한 구석에 이르자마자 내가 말했다. 관자놀이의 머리카락이 땀 때문에 축축했다. "해비스톡 어빙이라는 남자 아세요?"

흐릿한 눈썹이 처졌다. "누구?" 아저씨가 이렇게 말한 다음 나를 더 자세히 보았다. "너 정말 괜찮니?"

아저씨의 말투와 표정을 보고 나는 아저씨가 나의 정신적 상태에 대해서 내 생각보다 (아저씨가 티를 낸 것보다) 더 많이 알고 있음을 깨달았다. "물론이죠." 내가 콧잔등의 안경을 올리며 말했다. "괜찮아요. 하지만— 해비스톡 어빙, 뭐 생각나는 거 없어요?"

"없는데. 생각나야 하는 거냐?"

나는 약간 더듬거리면서—술이 정말로 간절히 마시고 싶었다, 오는 길에 바에 들르지 않은 것이 너무 바보 같았다—설명했다. 내가 이야기를 할수록 아저씨의 표정은 점점 더 멍해졌다.

"음." 아저씨가 사람들의 머리를 훑어보며 말했다. "그 사람이 보이니?"

"어—" 사람들이 얼음 더미 위에 차려진 뷔페 근처로 몰려들었고, 장갑을 낀 직원들이 양동이 옆에서 굴 껍데기를 벗기고 있었다. "저기 있어요."

호비 아저씨가—안경을 안 쓰면 근시였다—눈을 두 번 깜빡이더니 가늘게 떴다. "음." 아저씨가 곧 말을 이었다. "저기 저 이렇게—" 아저씨가 양쪽 관자놀이에 양손을 대고 부푼 머리를 표시했다.

"네, 그 사람이에요."

"음." 아저씨가 거칠고 아주 자연스럽게 팔짱을 끼자 순간적으로 또 다른 호비 아저씨가, 딱 떨어지는 골동품 연구가가 아니라 아저씨가 올버니에 살 때 될 수도 있었던 경찰이나 거친 사제의 모습이 보였다.

"아세요? 누구예요?"

"아." 호비 아저씨가 불편한 듯이 가슴의 주머니를 두드리며 피울 수도 없는 담배를 찾았다.

"아세요?" 내가 더욱 다급하게 한 번 더 말했다. 해비스톡 쪽을 흘끔거리지 않을 수가 없었다. 가끔 예민한 문제에 대해서는 호비 아저씨에게서 정보를 알아내기가 어려웠다. 아저씨는 화제를 바꾸고, 입을 꾹 다물고, 모호하게 얼버무리는 경향이 있었다. 게다가 아저씨에게 뭔가를 묻기에 제일 안 좋은 장소는 상냥한 사람이 다가와서 끼어들기 쉬운 사람 많은 곳이었다.

"안다고는 못 하겠구나. 거래를 했었어. 저 사람이 여기서 뭘 하는 거지?"

"신부 측 하객이에요." 내가 말했다. 아저씨는 내 말투에 깜짝 놀란 표정을 지었다. "저 사람을 어떻게 아세요?"

아저씨가 재빨리 눈을 깜빡였다. "음." 아저씨가 약간 주저하며 말했다. "본명은 몰라. 웰티와 나는 슬론 그리스캠인 줄 알았지. 하지만 본명은—전혀 다르겠지."

"저 사람 누구예요?"

"'노커'야." 호비 아저씨가 차갑게 말했다.

"그렇군요." 심란한 침묵 끝에 내가 말했다. 골동품업계에서 노커란 나이 많은 사람들의 환심을 사서 그들의 집으로 들어가는 사기꾼이었다. 그들은 노인을 속여 귀중품을 빼돌렸고 가끔 대놓고 물건을 훔치기도 했다.

"난—" 아저씨가 발꿈치에 체중을 싣고 몸을 흔들면서 어색하게 시선을 피했다. "저 사람에게는 여기가 큰 돈벌이를 할 기회겠지, 그건 확실해. 일류 사기꾼이야— 파트너랑 둘 다. 두 사람은 악마처럼 똑똑하지."

로만 칼라를 한 대머리 남자가 환하게 미소를 지으며 우리를 향해서 걸어오고 있었다. 나는 팔짱을 끼고 그의 접근을 막으려 방향을 틀었다. 호비 아저씨가 그 사람을 보고 인사를 나누려고 얘기를 짧게 끝내지 않길 바랐다.

"루시언 레이스. 적어도 그때는 그 이름이었어. 아, 두 사람은 정말 예쁜 한 쌍이었지. 그게— 해비스톡인지 슬론인지, 아무튼 그 사람은 나이 많은 숙녀들이랑 신사들까지 잘 구슬려서 어디 사는지 알아낸 다음 지나가다 들렀다며 찾아가곤 했지……. 자선 모임이나 장례식장, 임포턴트 아메리카나 경매, 그런 데서 먹잇감을 찾았어. 아무튼—" 아저씨가 술잔을 물끄러미 바라본다. "슬론은 그의 유쾌한 친구 레이스 씨와 함께 노인들을 방문해서 정말 많은 노인들의 마음을 얻었어……. 아, 정말 끔찍했어. 보석, 그림, 손목시계, 은 제품, 손 닿는 건 뭐든지 가져갔거든. 음." 아저씨가 말투를 바꿔서 말했다. "오래전 일이야."

나는 술이 너무 마시고 싶었기 때문에 바를 계속 흘끔거리지 않을 수 없었다. 벌써 토디가 나를 가리키면서 나이 지긋한 부부에게 뭐라고 말했고, 두 사람이 기대에 찬 눈빛으로 나를 향해 미소를 지으면서 금방이라도 다가와서 인사를 할 것 같아서 나는 완고하게 돌아섰다.

"나이 많은 사람들요?" 내가 조금 더 알아내고 싶어서 호비 아저씨에게 다시 물었다.

"그래— 유감스럽지만 두 사람은 무력한 사람들을 노렸어. 자기들을 집 안에 들일 사람은 누구든지 노렸지. 대부분의 노인들은 가진 것이 많지 않았지만, 큰돈이 될 만한 게 있으면 두 사람은 보통 한 번에 싹 쓸었지— 아아, 몇 주 동안이나 과일 바구니도 보내고 비밀 이야기도 나누고 다정하게 손등을 두드리면서—"

사제인지 목사인지가 내가 대화 중인 것을 보고 친근하게 한 손을 들어 보이고는—나중에 봅시다!—인파 속으로 사라졌고, 나는 그에게 고맙다는 미소를 보냈다. 저 사람이 우리 결혼식 주례를 맡은, 이름이 뭐라고 했더라, 그 성공회 주교님인가? 아니면 앤디와 바버 씨가 죽은 후 바버 부인이 상담을 했던 성 이그나티우스 성당 신부님 중 한 명인가?

"아주아주 매끄러웠어. 가끔은 가구 감정사라고 속이고서 공짜로 감정을 해주겠다며 집 안에 발을 들였어. 또 정말 지독하게는 의식이 없어서 침대에만 누워 있는 노인들의 가족인 것처럼 간호사를 속이기도 했지. 결국은—" 호비 아저씨가 고개를 저었다. "뭐 좀 먹었니?" 아저씨가 화제를 바꿀 때 내는 특유의 목소리로 물었다.

"네." 나는 안 먹었지만 이렇게 말했다. "고마워요, 그런데 말하자면—"

"아, 잘됐다!" 다행이라는 듯한 말투. "저기 굴이랑 철갑상어 알이 있어. 게살을 넣은 요리도 정말 맛있더라. 너 오늘 점심 먹으러 안 들어왔잖아. 너 먹으라고 쇠고기 스튜랑 그린빈이랑 샐러드를 남겨놨는데 안 먹었더구나. 냉장고에 그대로 있던데—"

"아저씨랑 웰티 할아버지는 그 사람이랑 무슨 관계였어요?"

호비 아저씨가 눈을 깜빡였다. "뭐라고?" 아저씨는 딴생각을 하는 것 같았다. "아—" 그러고는 고갯짓으로 그리스캠을 가리켰다. "저 사람 말이냐?"

"네." 크리스마스를 맞이해서 환하게 꾸민 방—조명, 거울, 불을 피운 난로와 반짝이는 샹들리에—때문에 악몽처럼 사방에서 사람들이 나를 지켜보며 조여드는 듯한 끔찍한 느낌이 들었다.

"음—" 아저씨가 시선을 피했다. 철갑상어 알이 새로 나왔다. 아저씨는 벌써 뷔페를 향해 반쯤 몸을 돌렸지만, 생각을 바꾸었다. "그 남자가 보석이랑 은 제품을 잔뜩 가지고 가게로 찾아와서 팔고 싶다고 했어, 몇 년 전이었을 거야, 응. 자기 집안의 물건이라고 했지. 그런데 소금 통이 하나 있었는데, 아주 오래되고 중요한 물건이었거든. 웰티가 직접 어떤 부인에게 팔았기 때문에 잘 알았어. 웰티는 자선사업차 고서적을 수집하는 척하는 두 사람에게 그 부인이 사기를 당했다는 사실을 깨달았지. 아무튼, 웰티는 그 물건들을 맡은 다음 노부인과 경찰에 전화를 했지. 그리고 나는, 음, 내 경우는— " 아저씨가 주머니에서 리버티의 꽃무늬 손수건을 꺼내서 이마를 톡톡 닦았다. 아저씨의 목소리는 너무 작아서 거의 들리지 않을 정도였지만 나는 감히 목소리를 높여달라고 말하지 못했다. "그 사건이 일어나기 1년 반 전에 내가 어떤 남자한테서 *유품*을 샀어. 뭔가 이상하다는 걸 눈치챘어야 하는 건데. 하지만— 뭐가 이상한지 정확히 짚어낼 수가 없었어, 전혀. 이스트 80번가 근처의 새 건물이었는데— 방 한가운데 기이한 아메리카나 컬렉션이 뒤죽박죽 쌓여 있었지. 차 상자, 밴조 시계, 고래 뼈 조각상에다가 윈저 의자는 학교를 하나 세워도 될 정도로 많았지만 깔개나 소파도 없고, *먹을 데*도 *잠잘 데*도 없었어. 음, 너라면 분명히 나보다 먼저 눈치챘겠지. 유품도 아니고 친척 아주머니도 없었던 거야. 수상한 방법으로 손에 넣은 물건들을 넣어두려고 대충 빌린 아파트였던 거지. 그런데 내가 왜 속았냐면, 그 사람이 작은 가게를 하면서 나름 명성을 얻었기 때문에 나도 그 사람을 알고 있었거든. 보이는 게 가게 전부일 정도로 정말 작은 가게였어. 매디슨가에 있었고 파크-버넷 갤러리에서 별로 멀지 않았지. 미리 예약을 해야 하는 아주 예쁜 가게였어. 셰발레 골동품점. 일부는 진짜 뛰어난 프랑스 제품이었어— 내 전문 분야는 아니지만 말이야. 내가 지나갈 때는 늘 문이 닫혀 있어서 창문 안을 들여다보곤 했지. 그 사람이 유품 문제로 나에게 연락을 할 때까지는 그 가게가 누구 건지도 몰랐어."

"그래서요?" 나는 또다시 등을 돌리면서 나에게 인사를 시키려고 출판사

사장을 자랑스럽게 데리고 오는 플랫이 제발 가까이 오지 않기를 텔레파시를 보내듯이 빌었다.

"그리고—" 아저씨가 한숨을 쉬었다. "간단하게 말하자면, 결국 사건은 법정까지 갔고, 웰티와 나는 증언을 했어. 슬론—웰티는 그를 *딜라피다퇴르(dilapidateur)*[*]라고 불렀지—은 그즈음 갑자기 사라졌고 가게는 하룻밤 사이에 텅 비었어. '재단장'을 한다고 했지만 물론 다시 열리진 않았지. 하지만 레이스는 감옥에 갔을 거야."

"그게 언제예요?"

호비 아저씨가 검지를 깨물면서 생각했다. "아, 세상에, 아마도 30년? 35년 전?"

"그러고는 어떻게 됐죠?"

아저씨의 눈썹이 처졌다. "그 *사람*이 여기 있니?" 다시 사람들을 훑어본다.

"제가 보기엔 없는 것 같아요."

"머리가 여기까지 와." 호비 아저씨가 손끝으로 목덜미 아래를 가리켰다. "옷깃을 덮을 정도로, 영국 사람처럼. 어느 정도 나이 있는 영국인 말이야."

"백발이에요?"

"그땐 아니었지. 지금은 그럴지도 몰라. 그리고 이렇게—" 아저씨가 입술을 오므렸다. "입술이 작고 비열하게 생겼어."

"그 사람 맞아요."

"음—" 아저씨가 돋보기를 찾아서 주머니를 뒤졌지만 지금은 필요 없다는 사실을 곧 깨달은 것 같았다. "넌 돈을 돌려주겠다고 제안했어. 만약에 그 사람이 정말 레이스라면— 왜 이렇게 억지를 부리는지 이해가 안 가는구나. 그 사람은 절대 말썽을 일으키거나 뭔가를 요구할 수 있는 위치가 아

* 프랑스어로 횡령자라는 뜻.

니잖아, 안 그러냐?"

"그렇죠." 긴 침묵 뒤에 내가 대답했다. 너무 큰 거짓말이었기에 입 밖으로 내기도 힘들었다.

"음, 그러면 그렇게 걱정스러운 표정 짓지 마." 호비 아저씨는 드디어 대화가 끝나서 마음이 놓이는 것이 분명했다. "이런 일로 네 약혼식을 망치면 절대 안 돼. 하지만—" 아저씨가 내 어깨를 꽉 잡고 바버 부인을 찾아서 방 건너편을 보았다. "서맨사에게 꼭 경고해줘야 한다. 그런 악당은 절대 집 안에 들이면 안 돼. 무슨 이유로든 말이야. 아, 안녕하세요!" 아저씨가 돌아서다가 마침내 우리 뒤에 도착해서 기대에 찬 미소를 짓고 있던 노부부를 발견하고 말했다. "저는 제임스 호바트입니다. 신랑을 소개해드릴까요?"

34

파티는 여섯 시부터 아홉 시까지였다. 나는 미소를 지으며 땀을 흘렸고, 바를 향해서 걸어가려 했지만 계속 누가 불러 세우거나 끼어들거나 내 팔을 잡고 끌고 갔다. 눈앞의 물을 빤히 보면서 갈증으로 죽어가는 탄탈로스**가 된 기분이었다. "자, 여기 있습니다, 오늘의 주인공!" "아주 빛이 나는군!" "축하해요!" "자, 시어도어, 해리의 사촌 프랜시스한테 인사해야지— 롱스트리트 집안이랑 애버내시 집안은 아버지 쪽 친척이야. 우리 가문 중에서 보스턴 쪽에 사는 친척들인데, 챈스의 할아버지가 누구의 사촌이었냐면— 프랜시스? 아, 둘이 아는 사이야? 잘됐네! 그리고 이쪽은……. 오, 엘리자베스, 여기 있었구나, 잠깐 이쪽으로 봐볼래? 너 정말 근사해 보이는구나, 파

** Tantalos : 제우스의 아들로 신들의 비밀을 인간에게 발설한 죄로 목까지 물에 잠겨 있지만 마시려고 하면 물이 물러나버려서 마시지 못하고 과일이 열린 가지가 눈앞에 늘어져 있는데도 손을 뻗으면 올라가버려서 먹지 못하는 형벌을 받았다.

란색이 정말 잘 어울려, 자 소개할게, 이쪽은…….” 마침내 나는 술(과 음식)을 아예 포기했고—계속 바뀌면서 밀려드는 낯선 사람들 사이에 꼼짝없이 갇힌 채로—지나가던 웨이터가 들고 있는 샴페인 잔을, 또 가끔은 작은 키슈 로렌*, 철갑상어 알을 얹은 작은 블리니** 같은 오르되브르를 낚아챘다. 모르는 사람들이 계속 다가왔다가 멀어졌고, 나는 좋은 집안에서 태어나 돈도 많고 권력도 센 사람들 가운데 꼼짝도 못하고 서서 공손하게 고개를 끄덕이면서…….

(*넌 저 사람들이랑 다르다는 걸 절대 잊지 마*. 중독자 동료였던 회계부 직원은 〈인상주의와 현대 예술〉 판매전에서 중요한 고객들과 어울리고 있던 내 귀에 이렇게 속삭였었다…….)

……꼼짝없이 얼어붙어서 사진사가 다가오면 누군가와 함께 미소를 지어야 했고, 주변에서 단편적으로 들리는 골프 경기, 정치, 아이들의 스포츠, 아이들의 학교, 예르 제도와 하이애니스와 파리와 런던과 잭슨홀과 주피터에 있는 세 번째, 네 번째, 다섯 번째 집들에 대한 지루한 대화를 꼼짝없이 들어야 했다. 콜로라도의 베일에 *건물이 그렇게 가득 들어서다니* 정말 기분 나쁘지 않아? 얼마나 사랑스러운 시골 마을이었는지 기억나지?…… 시오, 스키 타러 어디로 가세요? 스키는 타세요? 음, 그러면 킷시랑 둘이서 꼭 우리 별장에 오세요, 그게 어디냐면…….

나는 호비 아저씨와 피파를 계속 찾았지만 잘 안 보였다. 킷시는 장난스럽게 사람들을 끌고 와서 나에게 소개한 다음 창틀에 앉았다가 날아가는 새처럼 재빨리 사라졌다. 고맙게도 해비스톡의 모습은 어디에서도 보이지 않았다. 드디어 주변이 조금 정리되기 시작했지만 크게 나아진 것은 아니었다. 사람들이 외투를 찾으러 가기 시작하고 웨이터들이 케이크와 디저트

* quiche lorraine : 파이 껍질에 치즈, 베이컨, 양파 등을 넣고 단맛이 없는 커스터드를 넣어 구운 것.
** blini : 크레페와 비슷한 얇은 러시아식 팬케이크.

접시를 치우기 시작하자 나는—킷시의 사촌들과 억지로 대화를 나누다가—피파가 어디 있나 싶어서 방을 둘러보았는데(사실 나는 이 방에서 유일하게 흥미롭거나 중요한 사람인 피파의 위치를 확인하려고 저녁 내내 강박적으로 빨강 머리를 찾았다), 놀랍게도 피파는 보리스와 함께 서 있었다. 두 사람은 즐겁게 대화를 나누고 있었다. 보리스는 피파에게 푹 빠져서 팔을 늘어뜨리고 불을 붙이지 않은 담배를 손가락 사이에 끼운 채 손을 흐느적거리고 있었다. 속삭임. 웃음. 지금 보리스가 피파의 귀를 무는 건가?

"실례합니다." 나는 이렇게 말하고 재빨리 방을 가로질러서 난롯가의 두 사람에게 다가갔다. 그러자 보리스와 피파가 동시에 나를 향해 돌아서서 두 팔을 내밀었다.

"왔구나!" 피파가 말했다. "네 얘기 하고 있었어!"

"포터!" 보리스가 나를 끌어안았다. 그는 자리에 어울리게 파란색 초크스트라이프*** 양복을 입고 있었지만(나는 매디슨가 랠프로런 매장을 가득 메운 돈 많은 러시아 사람들을 보면서 종종 놀랐다), 그래도 특유의 분위기를 숨길 수는 없었다. 가장자리가 거뭇한 눈 때문에 보리스는 사납고 불량해 보였고, 머리카락은 엄밀히 말해서 더럽지 않았는데도 더러운 듯한 인상을 주었다. "반갑다!"

"나도." 나는 보리스를 초대하긴 했지만 약혼 파티에 올 거라고는 전혀 기대하지 않았다. 보리스는 천성적으로 날짜나 주소, 혹은 시간 맞춰 찾아오는 것처럼 성가신 일을 기억하지 못했다. "얘 누군지 알지?" 내가 피파를 돌아보며 말했다.

"당연히 알지! 나에 대해서 모르는 게 없던데? 아주 친해졌어! 자—" 보리스가 거들먹거리면서 말했다. "잠깐 둘이서 얘기 좀 하자." 그러더니 피파

*** chalk stripe : 짙은 색 옷감에 들어간 흰색의 얇은 줄무늬.

에게 말했다. "잠깐 실례할게."

"또 비밀 얘기야?" 피파가 발레화 같은 신발로 장난스럽게 내 신발을 찼다.

"걱정 마! 꼭 다시 데려올게! 안녕!" 보리스가 키스를 날리고는 피파와 멀어지자 내 귀에 속삭였다. "정말 사랑스럽다. 아아, 나 빨강 머리 진짜 좋아하는데."

"나도 그래. 하지만 내 결혼 상대는 피파가 아니야."

"아니야?" 보리스는 놀란 것 같았다. "나한테 인사하던데! 내 이름을 부르면서! 아." 보리스가 나를 더 자세히 보면서 말했다. "얼굴 빨개졌냐? 그렇구나, 포터!" 보리스가 의기양양하게 말했다. "얼굴이 빨개졌어! 여자애처럼!"

"닥쳐." 나는 피파에게 들릴까 봐 뒤쪽을 힐끔거리면서 보리스의 입을 막았다.

"쟤가 아니라고? 귀여운 빨강 머리가 아니야? 아쉽다, 허." 보리스가 방을 둘러보았다. "그럼 누구야?"

내가 킷시를 가리켰다. "저기."

"아! 하늘색 옷 입은 여자?" 보리스가 내 팔을 다정하게 꼬집었다. "세상에, 포터! *저 여자?* 여기 있는 여자들 중에서 제일 사랑스럽잖아! 성스러워! 여신이야!" 보리스가 금방이라도 바닥에 엎드리려는 동작을 취했다.

"아니, 그러지 마—" 나는 보리스의 팔을 잡고 서둘러 일으켰다.

"천사야! 하늘에서 내려온 천사! 어린 아기의 눈물처럼 순수해! 너 같은 놈한테는 *과분*한데—"

"그래, 아마 다들 그렇게 생각할 거야."

"하지만—" 보리스가 내 보드카 잔을 가져가서 한 모금 꿀꺽 마시고 돌려주었다. "좀 차가워 보이네, 응? 난 더 따뜻한 사람이 좋아. 저 여자는— 백합 같아, 눈송이나! 그래도 둘이 있을 땐 덜 차갑겠지?"

"알면 놀랄 거야."

보리스가 눈썹을 올렸다. "아. 그리고…… 저 여자가 그때 말한……."

"응."

"인정했어?"

"응."

"그래서 옆에 안 서 있는 거구나? 열 받아서."

"뭐 그렇지."

"음." 보리스가 머리를 넘겼다. "너 당장 약혼녀한테 가서 얘기해야 돼."

"왜?"

"우리 떠나야 되니까."

"떠난다고? 왜?"

"나랑 잠깐 나가야 돼."

"왜?" 내가 방을 둘러보면서, 보리스가 피파의 곁에 있던 나를 끌고 오지 않았으면 좋았겠다고 생각하면서, 피파를 다시 찾으려고 필사적으로 애를 쓰면서 말했다. 촛불들과 피파가 아까 서 있던 주황색 벽난로 불빛을 보자 와인 바의 따스한 분위기가 떠올랐다. 그 불빛이야말로 바로 전날 밤으로, 무릎이 맞닿은 채 앉아 있던 작은 나무 테이블로, 똑같은 주황색 불빛을 담뿍 받은 그녀의 얼굴을 보던 순간으로 돌아갈 수 있는 길인 것 같았다. 내가 방을 가로질러 걸어가서 피파의 손을 붙잡아 어제의 그 순간으로 다시 끌고 갈 방법이 있어야만 했다.

보리스가 눈앞을 가린 머리를 넘겼다. "아, 왜 그래. 내 말을 들으면 진짜 기분 좋아질 거야! 그런데 집에 먼저 들러야 돼. 여권 가져와. 현금도 필요하고."

보리스의 어깨 너머로 낯설고 차가운 여자들의 차분한 얼굴이 보였다. 벽을 향해 약간 돌아선 바버 부인의 옆모습이 보였는데 아까 봤던 유쾌한 사제의 손을 꼭 붙잡고 있었다. 사제는 더 이상 유쾌한 표정이 아니었다.

"뭐야? 내 말 듣고 있어?" 보리스가 내 팔을 흔든다. 내가 본드를 불고 하늘 높이 치솟았을 때, 아무 감각도 없이 눈을 뜬 채로 침대에 누워서 천장에서 멋지게 폭발하는 파란색과 흰색을 멍하니 보고 있을 때 나를 수도 없이 땅으로 끌어내려주었던 바로 그 목소리였다.

"가자! 차에서 얘기하자. 가자. 표 사놨어—"

간다고? 내가 보리스를 보았다. 내 귀에는 그 말밖에 안 들렸다.

"설명할게. 그런 눈으로 보지 마! 다 괜찮아. 걱정할 거 없어. 하지만—먼저 가서— 며칠 동안 자리를 비울 거라고 말하고 와야 돼. 최대 사흘이면 돼. 그럼—" 까딱거리는 손짓. "가자, 가서 눈송이 아가씨한테 얘기하고 여기서 나가자. 여기선 담배 못 피우지?" 보리스가 주변을 둘러보며 말했다. "아무도 안 피우네?"

여기서 나가자. 오늘 밤 내가 들은 말 중에 제일 말이 되는 소리였다.

"너 *당장* 집으로 가야 돼." 내 시선을 끌려고 애쓰는 보리스의 모습이 익숙했다. "여권 가지러 가야지. 그리고— 돈도. 당장 쓸 수 있는 현금이 얼마나 있어?"

"음, 은행에 있는데." 내가 안경을 밀어 올리면서 말했다. 이상하게도 보리스의 말투를 들으니 정신이 돌아왔다.

"은행을 얘기하는 게 아니야. 내일을 얘기하는 것도 아니고. 지금 당장 말이야. 지금."

"하지만—"

"되찾을 수 있어, 내가 말했잖아. 여기서 이렇게 어슬렁거릴 시간 없어. 이제 가야 돼. 당장. 얼른 가봐." 보리스가 내 정강이를 친근하게 살짝 차면서 말했다.

35

"거기 있었구나, 자기." 킷시는 나에게 팔짱을 끼면서 발끝으로 서서 내 뺨에 입을 맞췄다. 킷시 주변을 맴돌던 사진사들이 이 장면을 동시에 포착했다. 한 명은 신문 사교란 기자였고 한 명은 앤 드 라메신이 고용한 사진사였다. "정말 멋지지 않아? 피곤해? 우리 가족들 때문에 너무 당황한 건 아니면 좋겠다! 아, 애니 대모님." 킷시가 앤에게 한쪽 손을 내밀었다. 그녀는 뻣뻣한 금발 머리에 뻣뻣한 태피터 드레스를 입고 있었는데, 매끈하게 다듬어진 팽팽한 얼굴과 어울리지 않게 목선은 쭈글쭈글했다. "있잖아요, 정말 천국 같았어요……. 가족사진 찍을 수 있을까요? 대모님이랑 저랑 시오, 셋이서요. 네? 우리 셋이요."

어색한 사진 촬영이 끝나고 앤 드 라메신(나를 가족 비슷한 것으로도 생각하지 않는 것이 확실했다)이 중요한 손님에게 작별 인사를 하러 가자마자 내가 초조하게 말했다. "저기, 나 가야 돼."

"하지만—" 킷시는 혼란스러워 보였다. "대모님이 예약을 해두신 것 같은데—"

"음, 네가 대신 변명 좀 해줘. 너 변명 하나는 잘하잖아?"

"시오, 제발 얄밉게 굴지 마."

"너희 *어머니*도 안 가실 거 아냐. 그건 분명하지." 아는 사람을 우연히 마주칠 일이 절대로 없는 곳이 아닌 이상 바버 부인을 레스토랑에 모시고 가는 것은 거의 불가능했다. "내가 어머니를 모시고 집으로 간다고 해. 어머니 몸이 편찮으시다고. 아니면 내가 아프다고 하든지. 상상력을 발휘해봐. 뭐든 생각날 거야."

"나 때문에 언짢아?" *언짢다*. 바버 가에서 즐겨 쓰는 표현, 어렸을 때 앤디가 쓰던 말이었다.

"언짢으냐고? 아니." 마음이 가라앉고 그 생각(케이블이랑 킷시란 말이지?)에 익숙해지자 그것은 나와 전혀 상관없는 천박한 소문처럼 느껴졌다. 킷시가 엄마의 귀걸이를 하고 있는 것이 눈에 띄었다. 이상하게도 무척 감동적이었는데, 킷시의 말처럼 전혀 어울리지 않았기 때문이었다. 나는 죄책감을 느끼면서 손을 뻗어서 귀걸이를, 그런 다음 킷시의 뺨을 만졌다.

"오오." 뒤에 서 있던 구경꾼들이 드디어 행복한 커플 사이에 애정 표현이 오가는 모습을 보고 기뻐하며 소리쳤다. 킷시는 이 기회를 놓치지 않고 내 손을 잡아서 입을 맞추었고, 그러자 셔터 소리가 또 한참 동안 울렸다.

"알겠지?" 킷시가 가까이 기대자 내가 그녀의 귓가에 대고 말했다. "누가 물어보면 출장 갔다고 해. 어떤 노부인이 물건을 보러 오라고 불렀다고."

"알았어." 이것만큼은 인정해줘야 했다, 킷시는 더없이 침착했다. "언제 돌아올 거야?"

"아, 금방 올 거야." 내가 별 설득력 없이 말했다. 지금 여기서 나가서 며칠이고 몇 달이고 계속 걸어서 멕시코의 해변, 어느 외딴 해안가까지 가서 입고 있던 옷이 다 해져 못 쓰게 될 때까지 혼자 방황하다가 의자와 탁자를 고쳐서 먹고사는 뿔테 안경을 쓴 정신 나간 외국인이 된다 해도 완벽하게 행복할 것 같았다. "잘 지내. 해비스톡이라는 사람 어머니 집에 들이지 말고."

"음— " 킷시의 목소리는 너무 낮아서 거의 들리지 않을 정도였다. "요즘 좀 성가시게 굴어. 계속 전화하고, 잠깐 들르겠다고 하고, 꽃이랑 초콜릿을 가져오고. 불쌍하게도 엄마는 전혀 만나 주지 않으시지만. 계속 거절하니까 죄책감이 좀 들어."

"음, 그럴 거 없어. 멀리해. 사기꾼이야. 그럼, 안녕." 나는 킷시의 뺨에 소리 내어 입 맞춘 다음(또 사진 찍는 소리가 났다. 사진사들이 저녁 내내 기다리던 광경이었다) 호비 아저씨에게 가서 잠시 어디 좀 다녀오겠다고 말했다(아저씨는 캔버스 바로 앞까지 얼굴을 들이밀고서 초상화를 행복하게 관찰하고 있었다).

"그래." 아저씨가 고개를 돌리며 조심스럽게 말했다. 나는 지금까지 아저씨와 함께 일하는 동안 휴가를 거의 쓰지 않았고 뉴욕을 떠난 적도 없었다. "너랑—" 아저씨가 고갯짓으로 킷시를 가리켰다.

"아니요."

"별일 없니?"

"물론이죠."

아저씨가 나를 보더니 방 저편에 있던 보리스를 보았다. 그러더니 불쑥 말했다. "알지, 필요한 게 있으면 언제든지 말만 하렴."

"네, 알겠어요." 나는 이렇게 대답하면서도 흠칫 놀랐고, 아저씨의 말이 무슨 뜻인지 혹은 어떻게 반응해야 하는지 몰랐다. "고마워요."

아저씨가 부끄러운 듯 어깨를 으쓱하더니 의식적으로 다시 초상화를 향해서 고개를 돌렸다. 보리스는 바에서 샴페인을 마시면서 남아 있던 철갑상어 알을 얹은 블리니를 먹다가 내 시선을 알아차리고 잔에 남은 술을 마저 마시더니 고갯짓으로 문을 가리켰다. *여기서 나가자!*

"그럼 나중에 봐요." 내가 호비 아저씨와 악수를 하면서(평소에는 아저씨와 악수 같은 것을 하지 않았다) 이렇게 말했고, 아저씨는 당혹스러운 듯 나를 빤히 보았다. 나는 피파에게도 인사를 하고 싶었지만 보이지 않았다. 어디 있지? 서재? 화장실? 나는 떠나기 전에 딱 한 번만이라도 피파를 꼭 봐야겠다고 생각했다. "피파 어디 있는지 아세요?" 내가 재빨리 한 바퀴 돌아본 다음 호비 아저씨에게 물었지만 아저씨는 고개를 저었다. 나는 몇 분 동안 외투 보관소 옆에 서서 피파가 돌아오기를 초조하게 기다렸지만, 결국—오르되브르를 입안 가득 넣은—보리스에게 팔이 잡혀 계단을 내려가 바깥으로 나갔다.

5부

예술은 우리가 진실로 인해 죽지 않기 위해서 존재한다.

–니체

11장
귀족의 운하

1

링컨 자동차가 블록을 돌고 있었다. 하지만 우리 앞에 차를 세운 사람은 규리가 아니라 처음 보는 사람이었고, 술 취한 사람들이 갇힌 유치장에서 누가 잘라준 듯한 머리 모양에 극지방처럼 푸르고 꿰뚫어 보는 듯한 눈을 가지고 있었다.

보리스가 러시아어로 우리를 소개했다. "*프리베트*(Privet)*! 미에냐 조부트 아나톨리*(Myenya zovut Anatoly)." 남자가 이렇게 말하면서 우크라이나의 부활절 달걀처럼 남색 왕관과 폭발하는 별이 희미하게 새겨진 손을 내밀었다.

"아나톨리?" 내가 경계하며 말했다. "*오치엔 프리야트노*(Ochyen' priyatno)*." 러시아어가 줄줄이 쏟아져 나왔지만 나는 하나도 이해할 수 없었기에 절망적으로 보리스를 보았다.

"아나톨리는—" 보리스가 유쾌하게 말했다. "영어를 한마디도 못 해. 그렇

* '만나서 반갑습니다'라는 뜻.

지, 톨리?"

그러자 아나톨리가 백미러로 우리를 진지하게 보면서 또 무슨 말을 했다. 나는 손가락 관절의 문신이 교도소와 관련된 의미라고 어느 정도 확신했다. 띠 모양 문신은 선고받은 형, 복역 기간을 나타냈고 나무의 나이테처럼 점차적으로 새겨진 것이었다.

"너 러시아어 잘한대." 보리스가 역설적으로 말했다. "예의 바르고 교육을 잘 받았대."

"규리는 어디 있어?"

"아— 어제 비행기로 갔어." 보리스는 이렇게 말하고는 양복 안주머니를 뒤졌다.

"갔다고? 어딜?"

"안트베르펜."

"내 그림이 거기 있어?"

"아니." 보리스가 주머니에서 종이 두 장을 꺼내 흐릿한 조명 아래에서 훑어보더니 한 장을 나에게 건넸다. "하지만 내 아파트가 안트베르펜에 있지, 차도 그렇고. 규리가 물건을 챙겨서 차를 몰고 우리를 데리러 올 거야."

종이를 불빛 가까이 대보니 출력한 전자 표였다.

확약

데커/시어도어 DL2334

출발 뉴어크 리버티 국제공항 **(EWR)** 도착 네덜란드 암스테르담 **(AMS)**

탑승 시각 **오전 12:45**

총 비행 시간 7시간 44분

"안트베르펜에서 암스테르담까지 차로 세 시간밖에 안 걸려." 보리스가 말했다. "스히폴 공항에 비슷하게 도착할 거야. 내가 너보다 한 시간 늦을 수도 있어. 미리엄한테 비행기를 따로 예매하라고 했거든. 나는 프랑크푸르트에서 환승하는 거야. 넌 직항이고."

"오늘 밤에?"

"그래. 음, 너도 알겠지만 시간이 별로 없어."

"나는 왜 가는 거야?"

"내가 도움이 필요할지도 모르는데, 이 일로 다른 사람을 데려가긴 싫으니까. 음— 규리도 가긴 하지만 미리엄한테도 여행 목적은 말 안 했어. 아, 그래, 물론 할 수도 있었지." 보리스가 내 말을 막으면서 말했다. "그냥— 아는 사람이 적을수록 좋아. 아무튼 빨리 가서 여권 챙기고 현금도 되는대로 가져와. 톨리가 뉴어크 공항까지 태워다줄 거야. 나는—" 보리스가 여행 가방을 톡톡 두드리자 나는 그제야 뒷좌석에 여행 가방이 있었다는 사실을 알아차렸다. "준비 다 됐어. 차에서 기다릴게."

"돈은?"

"되는대로."

"미리 말을 했어야지."

"그럴 필요가 없었어. 현금은—" 보리스가 담배를 찾아서 주머니를 뒤졌다. "음, 돈이 적다고 뭐라고 하진 않을게. 있는 만큼, 형편이 되는 만큼만 가져오면 돼. 왜냐면, 돈은 중요하지 않거든. 그냥 쇼하는 거야."

내가 안경을 벗어서 소매로 닦았다. "뭐라고?"

"왜냐면—" 옛날처럼 옆머리를 손마디로 쳤다. *바보*라는 뜻이었다. "그놈들한테 돈을 주긴 주겠지만, 요구한 만큼 다 주지는 않을 거야. 나한테서 훔쳐간 대가로 상을 준다고? 그럼 내킬 때마다 내 물건을 훔치고 뺏을 거 아냐. 무슨 교훈을 얻겠어? '이놈은 약해.' '이놈한테는 하고 싶은 대로 해도 돼.' 하지만—" 보리스가 다리를 꼬았다 풀었다 하면서 라이터를 찾아서 온

몸을 뒤진다. "우리가 전액을 다 줄 거라고 생각하게 만들 거야. 네가 출금기에 들러서 돈을 찾고 싶으면— 가는 길에 찾아, 아니면 공항에서 찾아도 되고. 새 지폐면 보기도 좋겠지. 원래 유럽연합 국가에는 1만 달러밖에 못 가져가지만, 나머지는 고무줄로 묶어서 내 가방에 넣어 갈게. 또—" 나에게 담배를 권한다. "돈을 너 혼자 준비하는 건 공평하지 않잖아. 내가 거기 가서 현금을 더 구해볼게. 너한테 주는 선물이야. 은행어음도 준비하고—뭐, 위조 은행어음이지만—가짜 예금 전표랑 부정수표를 준비할 거야. 카리브해 쪽 은행인데, 뭐 일단 명판에는 은행이라고 쓰여 있지. 아주 멀쩡하고 합법적으로 보이고. 그 부분이 얼마나 잘 풀릴지는 잘 모르겠어. 상황을 봐가면서 대처할 거야. 머리가 있다면 이런 거래에서 현금 대신 은행어음을 받으면 안 되지! 하지만 그놈들은 경험도 없고 필사적일 거야, 그러니까—" 보리스가 행운을 빈다는 표시로 손가락을 꼬았다. "잘될 거야. 두고 보면 알겠지!"

2

아나톨리가 블록을 도는 동안 나는 가게로 달려 들어가서 현금을 제대로 세어보지도 않고 손에 잡히는 대로 챙겼는데, 대충 1만 6천 달러 정도였다. 그런 다음 위층으로 달려가서—포퍼가 종종걸음으로 뱅뱅 돌면서 불안하게 낑낑거렸다—여권, 칫솔, 면도기, 양말, 속옷, 제일 먼저 눈에 띈 양복바지, 여분 셔츠 두 장, 스웨터 등 몇 가지를 가방에 던져 넣었다. 레드브레스트 플레이크 담배 케이스는 양말 서랍 맨 밑에 있었는데 나는 그것도 집어 들었지만 다시 떨어뜨리고 얼른 서랍을 닫았다.

내가 복도를 서둘러 달려가자 포퍼가 졸졸 따라왔다. 피파의 방문 바깥에 세워진 헌터 부츠를 보고 나는 갑자기 딱 멈춰 섰다. 마음속에서 부츠의 밝은 여름 같은 초록색이 피파와, 또 행복과 어우러졌다. 나는 가만히 서서 잠시 주저했다. 그러다 내 방으로 돌아가서 《오즈의 오즈마》 초판을 꺼내고 한 번 더 생각할 시간을 주지 않으려고 얼른 쪽지를 썼다. *조심해서 가. 사랑해. 농담 아니야.* 나는 입으로 후후 불어서 쪽지를 말려 책 사이에 끼운 다음 부츠 옆 바닥에 놓았다. 그렇게 해서 양탄자 위에 만들어진 그림(에메랄드 도시, 초록색 웰링턴 부츠, 오즈마의 색)을 보니 마치 나에게 피파가 어떤 의미인지 설명해줄 하이쿠나 완벽한 언어의 조합을 우연히 발견한 것 같았다. 나는 완벽한 정적 속에 잠시 서 있었다. 똑딱이는 시계, 가라앉은 어린 시절의 기억, 어느 여름날 우리가 함께 잔디밭을 걷는 예전의 찬란한 백일몽으로 향하는 문. 나는 굳은 결심을 하고 경매장에서 내가 피파의 이름으로 낙찰받은 목걸이를 가지러 방으로 돌아가서 검정 벨벳 상자에서 목걸이를 조심스럽게 꺼내 온 다음, 금목걸이가 빛에 반짝이도록 부츠에 걸쳐놓았다. 18세기의 토파즈 목걸이, 요정들의 여왕을 위한 목걸이였다. 펜던트에는 다이아몬드가 박힌 리본 장식과 더불어 크고 맑고 꿀처럼 노란 보석들이 장식되어 있었다. 피파의 눈 색깔과 똑같다. 나는 뒤로 돌아 벽에 걸린 피파의 사진들을 외면한 채 서둘러 계단을 내려가면서 어린 시절 남의 집 창문에 돌을 던졌을 때와 같은 공포와 희열을 느꼈다. 호비 아저씨는 저 목걸이가 정확히 얼마인지 모를 리 없었다. 하지만 피파가 목걸이를, 그리고 쪽지를 발견했을 때 나는 이미 떠나고 없으리라.

3

우리는 출발 터미널이 달랐기 때문에 아나톨리가 나를 내려주면서 헤어졌다. 유리문이 숨 가쁘게 쉭 열렸다. 나는 안으로 들어가 경비원을 지나친 다음 동트기 전 한산한 중앙 홀의 반짝이는 바닥에 서서 모니터를 확인하고 브룩스톤, 타이랙, 네이선스* 등 철문이 내려진 어두운 가게 앞을 지났다. 밝은 70년대 노래(*사랑…… 사랑이 우릴 하나로 만들어줄 거예요…… 그대여 언제나 나를 생각해요……*)가 의식 속으로 흘러 들어왔다. 가로대로 막힌 채 한 명당 의자 네 개를 차지하고 누워서 꾸벅꾸벅 조는 대학생들을 빼면 아무도 없는 쌀쌀하고 유령 같은 게이트를 지나쳐 아직까지 문이 열린 쓸쓸한 술집과 쓸쓸한 요구르트 가게를 지난 다음 쓸쓸한 면세점에 들러서 보리스가 집요하게 여러 번 말한 대로 750밀리리터짜리 보드카를 샀고("후회하느니 미리 준비하는 게 나아……. 거기 가면 국영 가게에서만 술을 팔거든……. 두 병쯤 사는 게 좋을 거야"), 그런 다음 멍한 눈빛의 외국인 가족들, 양반다리를 하고 바닥에 앉은 배낭여행객들, 이런 일에 익숙한 듯 칙칙하고 기름 낀 얼굴로 노트북을 보고 있는 사업가들이 가득한 (붐비는) 지정 게이트로 걸어갔다.

비행기는 만석이었다. 사람들이 북적이는 통로를 천천히 걸어 들어가며(이코노미 석, 다섯 번째 줄 가운데 좌석) 나는 미리엄이 어떻게 표를 구했을까 신기하게 생각했다. 다행히도 나는 너무 피곤해서 다른 생각은 할 수 없었다. 나는 좌석 벨트 표시등이 꺼지기도 전에 잠들었고—술과 저녁, 기내 영화를 모두 건너뛴 다음—햇빛 가리개가 올라가서 객실 가득 햇빛이 들어오고 승무원이 미리 포장된 아침 식사가 실린 카트를 밀며 지나갈 때가 되어서야 잠에서 깼다. 아침은 차가운 포도 한 송이, 차가운 주스, 셀로판으로 포장한 기름지고 노른자처럼 노란 크루아상과 커피 또는 차였다.

우리는 수하물 찾는 곳에서 만나기로 했다. 사업가들은 말없이 가방을 들고 흩어졌다. 회의를 하러 가는지 마케팅 계획을 세우러 가는지 애인을 만나러 가는지 누가 알겠는가? 약쟁이 아이들이 알록달록한 천 조각이 붙

* 각각 잡화점, 넥타이 브랜드, 핫도그 전문점 이름이다.

은 가방을 메고 크게 소리 지르며 자기들 것도 아닌 더플백을 낚아채려고 몸싸움을 하면서 아침에 어느 커피숍에서 마리화나를 피우는 게 좋을지 다투고 있었다.** "야, *당연히* 블루버드지—"

"아니, 잠깐만— 하를레머르스트라트 쪽인가? 아니, 진짜야, 내가 적어놨거든? 여기 메모 있어. 아니, 잠깐만, 내 말 들어, 거기 바로 가야 돼. 이름은 기억 안 나지만 문도 일찍 열고 끝내주는 *아침 메뉴*가 있다니까? 팬케이크랑 오렌지 주스랑 칵테일 아폴로 13도 있고 테이블에서 물담배도 피울 수 있어."

이들은 곧 우르르 몰려갔다. 열다섯 명에서 스무 명 정도였는데 윤기 나는 머리를 하고 배낭을 둘러메고 속 편하게 웃으면서 시내로 가는 제일 싼 방법에 대해서 이야기하고 있었다. 나는 찾을 짐도 없는데 한 시간이 훌쩍 넘도록 수하물 찾는 곳에 서서 테이프를 잔뜩 붙인 가방들이 버림받은 채 컨베이어벨트 위를 돌고 또 도는 모습을 지켜보았다. 마침내 보리스가 뒤에서 다가와 인사 대신 팔로 내 목을 조르면서 신발 뒤꿈치를 밟으려고 했다.

"가자." 보리스가 말했다. "얼굴이 말이 아니네. 뭐 좀 먹으면서 얘기하자! 규리가 밖에 차 대놨어."

4

나는 크리스마스를 맞이하여 화려하게 장식된 도시를 전혀 예상하지 못했다. 전나무 가지와 금속 조각, 가게 진열창에서 반짝이는 장식과 운하에서 부는 차갑고 거센 바람과 불꽃들과 축제 노점들과 자전거를 탄 사람들, 장난감과 색색의 사탕, 명절의 혼돈과 광채. 작은 개들, 작은 어린이들, 수다

** 마리화나 흡연이 합법인 네덜란드에는 일정량의 마리화나를 판매하는 커피숍이 있다.

떠는 사람들과 구경꾼들과 짐꾼들, 실크해트를 쓰고 군용 방한 외투를 입은 광대들과 아베르캄프의 그림처럼 크리스마스 복장을 하고 춤추는 작은 어릿광대. 나는 아직 잠이 완전히 깨지 않았기 때문에 이 모든 것이 비행기에서 잠깐 꾸었던 피파의 꿈, 하늘에는 토성처럼 고리 달린 행성이 낮고 장엄하게 떠 있고 키 큰 분수들이 있는 공원에서 피파를 발견하는 꿈보다 더욱 비현실적으로 느껴졌다.

우리는 동화에 나올 것 같은, 성으로 둘러싸이고 야외 시장이 펼쳐진 넓고 둥근 지역으로 나갔다. 잘린 전나무들에는 눈이 살짝 얼어붙어 있었고 벙어리장갑을 낀 상인들이 발을 구르고 있었다. 모든 것이 동화책에 나오는 그림 같았다. 규리가 말했다. "니워마르크트 광장이에요. 호, 호, 호."

"여긴 항상 경찰이 많아." 규리가 힘차게 모퉁이를 돌자 보리스가 문 쪽으로 미끄러지며 우울하게 말했다.

여러 가지 이유로 나는 숙소가 걱정이었고, 보리스와 규리가 불법점유 시설이나 바닥에서 자야 한다고 말하면 핑계를 대고 빠질 준비가 되어 있었다. 하지만 다행히도 미리엄이 나를 위해서 구시가지 운하 옆 호텔을 예약해두었고, 나는 호텔 방에 가방을 내려놓고 금고에 현금을 넣고 잠근 다음 거리로 나가서 보리스를 다시 만났다. 규리는 주차를 하러 가고 없었다.

보리스가 자갈 바닥에 담배를 버리고 발뒤꿈치로 비벼 껐다. "나도 오랜만에 왔어." 그가 멀쩡하게 차려입은 행인들을 평가하듯 둘러보며 이렇게 말하자 입김이 하얗게 나왔다. "안트베르펜 아파트는— 음, 내가 안트베르펜에서 지내는 건 사업 때문이야. 물론 아름다운 도시지. 바닷가의 구름도 햇빛도 그대로야. 언제 둘이 같이 가자. 근데 난 여기가 얼마나 좋은지 항상 까먹는다니까. 배고파 죽겠다. 넌 배 안 고파?" 보리스가 내 팔을 툭 치며 말했다. "조금 걸을까?"

우리는 좁은 길, 차가 다닐 수 없을 만큼 좁고 축축한 골목, 안개가 자욱하고 낡은 그림과 먼지 쌓인 도자기가 가득한 작은 황토색 가게들을 지났다. 운하의 인도교. 갈색 물과 외로운 갈색 오리. 반쯤 가라앉은 채 위아래로 둥실거리는 플라스틱 컵. 바람은 으슬으슬하고 축축했고 싸라기눈이 바람에 실려 와 콕콕 찔렀으며 주변 공간은 답답하고 눅눅했다. 나는 겨울에 운하가 얼지 않느냐고 물었다.

"맞아, 하지만—" 보리스가 코를 닦는다. "지구온난화 때문이겠지." 보리스는 어젯밤 파티에 왔던 양복과 외투 차림 그대로였는데 이 장소와 어울리지 않았지만 아주 편안해 보였다. "날씨 한번 거지 같네! 여기 들어갈까? 어때?"

운하 옆의 지저분한 술집인지 카페인지는 바다를 주제로 삼아서 칙칙한 나무판자에 노와 구명조끼를 장식한 가게였고, 대낮인데도 빨간 촛불이 낮게 타올라 황량하고 몽롱한 분위기였다. 흐릿하고 답답한 조명. 창유리 안쪽에 수증기가 맺혀 있었다. 메뉴판은 없고 뒤쪽 칠판에 음식 이름이 적혀 있었지만 나는 읽을 수 없었다. *다흐수프(dagsoep)*, *드라데스블레이스(draadjesvlees)*, *카푸케이네르스호텔(kapucijnerschotel)*, *쥐르콜스탐포트(zuurkoolstamppot)*.

"자, 내가 주문할게." 보리스가 이렇게 말하더니 놀랍게도 네덜란드어로 주문을 했다. 잠시 후 나온 것은 맥주, 빵, 소시지, 감자와 돼지고기, 사우어크라우트라는 보리스다운 식사였다. 보리스는 행복하게 지절대면서 암스테르담 시내에서 처음이자 마지막으로 자전거를 타려고 시도했던 때(완패, 재난이었다)를 회상했고, 여기는 갓 잡은 청어가 정말 맛있었는데 나라면 꼬리를 잡고 한입에 넣어버릴 테니 제철이 아닌 게 다행이라고 말했다. 하지만 나는 주변에 정신을 빼앗겨서 별로 자세히 듣지 않았고, 고통스러울 정도로 민감해진 감각을 느끼면서 포크로 으깬 감자를 뒤적였다. 이 도시의 낯선 기운이 사방에서 나를 짓눌렀다. 담배와 맥아와 육두구 냄새, 낡은 가죽 장정 책 같은 음침한 갈색의 카페 벽들, 그리고 저 너머 어둑어둑한 길들과 철썩거리는 짭짤한 물, 낮은 하늘, 침울하고 시적이고 무너지기 직전인 듯 서로 기대어 선 낡은 건물들. 물속에 잠기기 위해 찾아오는 듯한—적어도 내가 보기에는 그랬다—이 도시의 자갈길에 깔린 외로움이 느껴졌다.

볼이 빨개지고 숨을 헐떡이는 규리가 곧 합류했다. "주차가— 여긴 주차가 좀 힘들거든요. 미안해요." 그러고는 나에게 손을 내밀었다. "반가워요!" 규리가 오랫동안 만나지 못한 옛 친구처럼 따뜻하고 진심 어린 포옹을 해왔기 때문에 나는 깜짝 놀랐다. "별일 없죠?"

맥주를 두 잔째 마시던 보리스가 호르스트에 대해 이야기했다. "호르스트는 왜 암스테르담으로 이사를 하지 않는지 모르겠어." 그가 소시지 한 덩어리를 행복한 듯 깨물어 먹었다. "뉴욕에 대해서 늘 불평하거든! 이것도 싫고 저것도 싫고! 게다가—" 보리스가 흐릿한 창밖 운하를 향해 손을 흔든다. "호르스트가 좋아하는 건 여기 다 있는데 말이야. 말도 독일어랑 똑같잖아. 호르스트가 이 세상에서 정말로 행복하게 살고 싶으면 어떻게 해야 하는지 알아? 즐겁고 행복한 삶을 원하면? 2만 달러 내고 단기간에 약물중독을 치료해주는 재활원에 다시 다녀온 다음 여기로 와서 부다헤이즈*나 피우고 하루 종일 미술관이나 다니면 돼."

"호르스트는—?" 내가 두 사람을 번갈아 보았다.

"뭐?"

"네가 여기 온 거 알아?"

보리스가 맥주를 꿀꺽 마셨다. "호르스트? 아니. 몰라. 호르스트가 모든 걸 나중에 알게 되는 게 훨씬, 훨씬 편해. 왜냐면—" 손가락에 묻은 머스터드를 빨아 먹는다. "내가 의심한 대로였거든. 빌어먹을 자샤가 훔쳤어. *울리*

* Buddah Haze : 마리화나의 일종.

카의 남동생 말이야." 보리스가 다급하게 말했다. "울리카 때문에 호르스트가 곤란한 처지가 됐지. 그러니까— 나 혼자 알아서 처리하는 게 훨씬 나아, 알겠어? 내가 호르스트에게 호의를 베푸는 거야— 절대 잊지 못할 호의를 말이야."

"'처리한다'는 게 무슨 뜻이야?"

보리스가 한숨을 쉬었다. "그게 말이야—" 가게에 우리밖에 없었는데도 보리스는 주변을 둘러보면서 누가 듣고 있지 않은지 확인했다. "음, 복잡해. 사흘 걸려서 얘기할 수도 있지만 세 줄로 요약해서 말해줄 수도 있지."

"울리카는 남동생이 가져갔다는 걸 알아?"

보리스가 눈을 굴렸다. "난들 알아." 오래전에 학교가 끝나고 나서 우리 집에서 빈둥거릴 때 내가 보리스에게 가르쳐준 표현이었다. *난들 알아. 거기까지만 해*. 흐릿한 사막의 황혼, 내려진 블라인드. *마음을 먹다. 현실을 직시하자. 턱도 없어*. 보리스의 얼굴에 드리워진 똑같은 그림자. 수영장 옆 문에서 번쩍이는 황금색 빛.

"울리카한테 말했다면 자샤가 진짜 멍청한 거죠." 규리가 고민스러운 표정으로 말했다.

"울리카가 어디까지 알고 있는지는 나도 몰라. 상관없어. 지금까지 수없이 봤지만 그 여자는 호르스트보다 남동생한테 더 충실해. 보통은—" 보리스가 웨이트리스를 향해서 규리에게 맥주를 한 잔 가져다주라고 크게 손짓했다. "보통은 자샤가 당분간 얌전하게 가지고만 있을 정도의 머리는 있을 거라고 생각하겠지. 적어도 당분간은 말이야! 하지만 아냐. 자샤는 호르스트 때문에 함부르크나 프랑크푸르트에서는 감히 그걸 담보로 돈을 빌릴 수 없어. 돈을 빌리는 순간 바로 호르스트의 귀에 들어갈 테니까. 그래서 여기로 가져온 거야."

"있잖아, 누가 가지고 있는지 알면 그냥 경찰에 전화하자."

마치 내가 휘발유 한 통을 꺼내서 우리 몸에 불을 붙이자고 한 것처럼 멍한 표정과 침묵이 이어졌다.

"그러니까 내 말이 무슨 뜻이냐면—" 웨이트리스가 규리의 맥주를 가지고 와서 놓고 간 다음에도 두 사람 모두 아무 말도 하지 않았기에 내가 방어적으로 말했다. "그게 제일 안전하지 않아? 제일 쉽고? 경찰이 그림을 되찾고 너는 관련되지 않는 게 말이야."

따릉거리는 자전거 경적, 보도 위를 달각달각 지나가는 여자, 덜컹거리는 바퀴, 그 뒤에서 휘날리는 마녀 같은 검은 망토.

"왜냐면—" 내가 두 사람을 번갈아 본다. "그 그림이 지금까지 뭘 겪었는지— 뭘 겪었을지 생각해봐. 보리스, 알고 있는지 모르겠지만 그림 하나를 *운반*할 때 얼마나 주의를 기울여야 하는지 알아? 제대로 *포장*하는 것만 해도 그래. 위험 부담을 감수할 이유가 어디 있어?"

"내 말이 그 말이라니까."

"익명으로 전화를 하는 거야. 예술품 범죄 부서에. 일반 경찰이랑은 달라, 일반 경찰이랑은 아무 상관없어. 거긴 미술품밖에 신경 안 써. 그 사람들이라면 어떻게 해야 할지 알 거야."

보리스가 의자에 기대어 앉아서 주변을 둘러본 다음 나를 보았다.

"안 돼." 그가 말했다. "그건 좋은 생각이 아니야." 다섯 살짜리를 대하는 말투였다. "왜지 알아?"

"생각해봐. 그게 제일 쉬운 방법이야. 넌 아무것도 안 해도 돼."

보리스가 맥주잔을 조심스럽게 내려놓았다.

"그렇게 하면 아무런 피해 없이 그걸 되찾을 확률이 제일 높아. 또, *내가* 하면— *내가* 전화를 하면— 제길, 호비 아저씨한테 전화해달라고 부탁해도 돼." 나는 양손으로 머리를 감쌌다. "어떻게 해도 넌 위험하지 않아. 그러니까—" 나는 너무 피곤하고 혼란스러웠다. 드릴처럼 나를 쏘아보는 두 사람의 시선 때문에 생각을 할 수가 없었다. "*내가*, 아니면 너희, 음, 너희 조직이 아닌 사람이 하면—"

보리스가 웃었다. "*조직이라고?* 글쎄." 머리카락이 흘러내릴 정도로 힘차게 고개를 젓는다. "세 명은 넘으니까 조직이나 뭐 그런 이름으로 부를 수도 있겠지— 하지만 우린 그렇게 크지도 않고 그렇게 조직적이지도 않아."

"뭘 좀 먹어야죠." 긴장된 침묵이 이어지자 규리가 하나도 줄지 않은 돼지고기와 감자 접시를 보면서 나에게 말했다. "뭘 좀 먹어야 돼요." 그가 보리스에게 말했다. "먹으라고 좀 해."

"굶어 죽고 싶으면 그러라고 해. 아무튼—" 보리스가 내 접시에서 돼지고기 한 조각을 집어서 입에 넣으면서 말했다.

"전화 한 통이면 돼. 내가 할게."

"아니야." 보리스가 불쾌한 표정으로 갑자기 의자를 뒤로 밀면서 말했다. "하지 마. 안 돼, 안 돼, 꺼져. 닥쳐. *하지 마*." 내가 무슨 말을 하려고 하자 보리스가 공격적으로 턱을 들면서 말했다. 규리가 갑작스럽게 내 손목에 손을 얹었다. 내가 아주 잘 아는 촉감, 라스베이거스에서 아빠가 이게 누구 집이냐고, 누가 돈을 내느냐고 큰소리를 칠 때 느꼈던 잊어버린 언어였다.

"그리고, 그리고 말이야—" 예상과 달리 내가 아무 대답도 하지 않자 보리스가 그 틈을 타서 고압적으로 말했다. "그 말도 안 되는 '전화' 얘기는 당장 그만둬. '전화해, 전화해'라니." 대답 없는 나를 두고 보리스는 '전화'라는 말이 '유니콘'이나 '요정 나라'처럼 애들이나 하는 말도 안 되는 이야기라는 듯이 손을 저었다. "도와주려는 건 알지만, 전혀 도움이 안 되는 제안이야. 그러니까 잊어버려. '전화' 얘기는 그만둬. 아무튼." 보리스가 반쯤 빈 내 잔에 자기 맥주를 조금 부어주면서 상냥하게 말했다. "내가 설명했잖아. 자샤가 서두르고 있다니까? 그러니 생각이나 제대로 하겠어? 한 수, 두 수 앞을 생각하겠어? 아니지. 자샤는 외지 사람이야. 여기 있는 개 연줄이 걔한테는 독이야. 자샤는 돈이 필요해. 그리고 호르스트 눈에 안 띄려고 애쓰느라 갈팡질팡하다가 나한테 딱 걸린 거야."

나는 아무 말도 하지 않았다. 그냥 내가 경찰에 전화하면 된다. 보리스나 규리를 끌어들일 이유가 전혀 없었다.

"진짜 운이 좋잖아, 안 그래? 그루지야인 친구가 있는데, 돈은 진짜 많지만 호르스트 같은 사람이나 미술품 수집이랑은 거리가 멀거든. 그림 제목도 모르더라고. 그냥 새라고 그러더라— 작고 노란 새라고. 하지만 체리는 그가 그림을 봤다는 말이 정말인 것 같대. 그 친구는 부동산 쪽에서 아주 유력한 사람이거든. 여기랑 안트베르펜에서. 돈도 많고 체리한테는 아버지나 다름없는 사람이지만, 많이 배운 사람은 아니야. 무슨 말인지 알지?"

"그거 지금 어디 있대?"

보리스가 코를 힘차게 문질렀다. "몰라. 놈들이 그걸 알려주진 않겠지, 안 그래? 하지만 비탸가 그쪽에 연락해서 살 사람이 있다고 말해놨어. 곧 약속을 잡을 거야."

"어디로?"

"아직 안 정했어. 그놈들이 장소를 벌써 여섯 번은 바꿨어. 편집증이지." 보리스가 손을 머리 옆에 대고 나사를 푸는 손짓을 하며 말했다. "아마 하루 이틀 정도 기다리게 할 거야. 한 시간 전에나 알려주겠지."

"체리 말이야." 내가 말을 하다가 멈췄다. 비탸는 체리의 러시아 이름인 빅토르—영어로는 빅터—의 애칭이었지만 체리는 별명일 뿐이었고 나는 자샤에 대해서는 전혀 몰랐다. 나이도, 성도, 생김새도 전혀 몰랐고 울리카의 남동생이라는 사실밖에 몰랐다. 그리고 보리스가 대충 이야기했기 때문에 그것조차도 불확실했다.

보리스가 엄지손가락에 묻은 기름을 빨았다. "내 생각은— 네 호텔에서 거래하는 거였어. 그러니까, 미국인 거물인 네가 그림에 관심이 있다고 하는 거지. 그놈들—" 웨이트리스가 보리스의 빈 잔을 맥주가 가득한 새 잔으로 바꾸는 동안 보리스가 목소리를 낮추었고 규리는 예의 바르게 고개를 끄덕이며 몸을 숙였다. "그놈들이 네 방으로 찾아오게 할 생각이었어. 보통 그렇게 하거든. 아주 사업적으로. 그런데—" 보리스가 어깨를 살짝 으쓱했다. "그놈들은 이런 일이 처음이라 겁을 먹었어. 장소를 직접 정하고 싶대."

"그게 어딘데?"

"아직 모른다니까! 내가 방금 말 안 했냐? 계속 번복하고 있어. 기다리게 만들려는 거야. 그럼 우린 기다리면 돼. 결정권이 자기들한테 있다고 생각하게 만들어야 돼. 잠깐, 미안." 보리스가 기지개를 켜고 하품을 하더니 가장자리가 거뭇해진 눈을 손끝으로 비비며 말했다. "피곤하다! 한숨 자야겠어!" 보리스가 고개를 돌리고 규리에게 우크라이나어로 말한 다음 다시 나를 보았다. "미안." 그가 몸을 숙이고 내 어깨에 팔을 올리며 말했다. "혼자서 호텔까지 찾아갈 수 있겠어?"

나는 눈에 띄지 않게 몸을 슬쩍 떼려고 했다. "알았어. 넌 어디 있는데?"

"여자 친구 아파트— 제이데이크야."

"제이데이크 근처예요." 규리가 예의 바르고 약간 군인 같은 분위기로 단호하게 일어서며 말했다. "옛날 차이나타운이죠."

"주소가 뭔데?"

"기억 안 나. 나 알잖아, 내 머리는 주소 같은 걸 기억 못 해. 하지만—" 보리스가 자기 주머니를 톡톡 쳤다. "네 호텔은 알아."

"그래." 라스베이거스에서 우리가 어쩌다 헤어지면—훔친 상품권을 주머니 가득 넣은 채 쇼핑몰 경비원에게 쫓기면—항상 우리 집에서 만났다.

"그럼— 거기서 보자. 서로 전화번호 가지고 있잖아. 정보가 더 들어오면 전화할게. 자—" 내 뒤통수를 친다. "걱정 그만해, 포터! 그렇게 불행한 표정으로 서 있지 말라고! 져도 이기는 거고 이겨도 이기는 거야! 다 괜찮아! 돌아가는 길 알지? 이쪽으로 쭉 간 다음에 싱얼에서 왼쪽으로 가면 돼. 그래, 거기. 곧 통화하자."

5

호텔로 가다가 길을 잘못 드는 바람에 나는 유리구슬로 장식한 가게, 꿈속에나 나올 듯한 발음할 수 없는 이름의 회색 뒷골목들을 몇 시간이나 돌아다녔다. 금박을 입힌 불상과 아시아 자수, 낡은 지도, 낡은 하프시코드, 시가 같은 갈색의 몽롱한 가게들 안에서 보이는 도기와 고블릿*과 골동품 드레스덴 단지. 해가 나오자 운하 주변에 뚜렷하고 밝은 무언가가, 숨통이 트이는 듯한 반짝임이 생겨났다. 갈매기들이 돌진하며 울었다. 개 한 마리가 살아 있는 게를 입에 물고 달려갔다. 머리가 약간 어지럽고 피곤해서 나 자신과 철저히 분리되어서 조금 떨어진 채 지켜보는 느낌이었다. 나는 사탕 가게와 커피 가게, 골동품 장난감과 1800년대 델프트 타일, 낡은 거울과 풍성한 코냑 색 빛을 받아 반짝이는 은 제품, 상감 세공된 프랑스식 서랍장, 화환이 조각된 프랑스 궁정 양식 테이블과 호비 아저씨가 숨이 멎을 만큼 감탄할 베니어판 작품을 파는 가게들을 지나쳤다. 사실 꽃집과 제과점과 골동품 가게가 즐비한 안개 자욱하고 친절하고 세련된 도시 전체가 호비 아저씨를 생각나게 했다. 골동품이 잔뜩 있기 때문만이 아니라 도시 전체에 호비 아저씨처럼 건전한 분위기가 감돌아서 마치 앞치마를 맨 상인들이 바닥을 쓸고 햇살 드는 창가에서 줄무늬 고양이가 낮잠을 자는 그림책을 보는 듯했기 때문이었다.

하지만 볼거리가 너무 많아서 나는 오히려 압도되었고 지쳤고 추웠다.

* 긴 다리와 받침을 가진 잔.

결국 나는 낯선 사람들(한 팔 가득 꽃을 든 혈색 좋은 주부들, 금속 테 안경을 쓰고 담배에 찌든 히피들)에게 길을 물어 왔던 길을 되돌아서 운하 다리를 건넌 다음 동화 같은 조명이 밝혀진 좁은 거리를 지나서 호텔에 도착하자 바로 접수대에서 환전을 하고 방으로 올라가서 샤워를 했다. 곡면 유리로 만든 욕실은 사치스러운 욕조와 세면대 등이 갖춰져 있었고 아르누보 양식과 과학 소설에 등장할 법한 차갑고 둥글둥글한 미래 양식을 합쳐놓은 것 같았다. 나는 샤워를 마치고 침대에 엎드려서 잠들었다. 몇 시간 뒤 협탁 위에서 핸드폰이 뱅뱅 도는 바람에 내가 잠에서 깼다. 익숙한 소리에 나는 잠시 집인 줄로 착각했다.

"포터?"

내가 일어나 앉아서 손을 뻗어 안경을 집었다. "음—" 자기 전에 커튼을 치지 않은 탓에 어둠 속에서 운하가 천장에 비쳐 어른거렸다.

"무슨 일이야? 취했어? 설마 커피숍에 갔다 온 건 아니겠지?"

"아니야, 난—" 나는 주변을 멍하니 둘러보았다. 지붕창과 들보, 벽장과 방 안 곳곳의 사면들, 그리고—일어나서 눈을 비비며 바라본 창문 너머로—조명이 켜져서 윤곽만 보이는 운하의 다리들, 검은 수면 위에 아치를 그리는 그림자들이 보였다.

"으음, 올라갈게. 여자랑 같이 있는 건 아니지?"

6

내 방으로 오려면 승강기를 두 번이나 타야 했고 접수대에서 한참 걸어야 했는데 문 두드리는 소리가 너무 빨리 나서 나는 깜짝 놀랐다. 규리가 조심스럽게 창가로 가서 우리를 등지고 섰고 보리스가 나를 보고 말했다. "옷 입어." 나는 맨발에 호텔 가운 차림이었고 샤워를 하고 바로 잔 탓에 머리카락이 삐죽삐죽 서 있었다. "너 준비 좀 해야겠다. 가서 머리 빗고 면도해."

내가 욕실에서 나오자 (주름을 펴려고 양복을 욕실에 걸어두었었다) 보리스가 비난하듯 입을 꾹 다물더니 이렇게 말했다. "그거보다 좀 좋은 건 없냐?"

"이거 턴불앤아서 양복이야."

"그래, 근데 입고 잔 것 같잖아."

"한참 입고 있었으니까. 셔츠는 더 나은 게 있어."

"그럼 그거 입어." 보리스가 침대 발치에 서류 가방을 올려서 열었다. "돈은 여기 넣고."

내가 커프스단추를 채우면서 방으로 돌아오다가 침대 옆에서 보리스가 고개를 숙이고 권총을 열심히 조립하는 모습을 보고 방 한가운데 딱 멈춰 섰다. 보리스는 작업장에서 일할 때의 호비 아저씨처럼 맑은 눈과 유능한 모습으로 핀을 젖힌 다음 강력하고 사실적인 찰칵 소리를 내며 슬라이드를 당겼다.

"보리스." 내가 말했다. "이게 무슨 짓이야."

"진정해." 보리스가 나를 흘깃 보면서 말했다. 그는 주머니를 툭툭 치더니 탄창을 꺼내서 끼웠다. 짤깍. "네가 생각하는 그런 거 아니야. 전혀 아냐. 그냥 보여주는 거야!"

나는 아무 흔들림 없는 규리의 넓은 등을 보았다. 가끔 가게에서 커플들이 어떤 가구를 살지 말지를 두고 말다툼할 때 돌아서서 안 들리는 척하는 나의 태도와 똑같았다.

"그냥 —" 보리스가 총을 이리저리 철컥거리며 전문가처럼 점검한 다음 눈앞으로 들어 올려 조준했다. 하루 24시간 내내 흑백영화가 깜빡거리는 머릿속 깊은 곳에서 나온 듯한 초현실적인 몸짓이었다. "우린 그놈들 영역에서 만날 거야, 세 놈쯤 되지. 음, 사실 두 명뿐이야. 신경 쓸 건 두 명이라고. 이제야 하는 말이지만— 자샤가 암스테르담에 있을까 봐 약간 걱정이 었어. 그러면 내가 같이 갈 수가 없잖아. 하지만 이제 아주 완벽해, 내가 간다 이거야!"

"보리스—" 거기 서 있자니 구역질이 몰려오면서 내가 얼마나 멍청한 짓에 가담했는지 불현듯 알 것 같았다.

"걱정할 거 없어! 걱정은 내가 하고 있어. 왜냐면—" 내 어깨를 툭툭 친다. "자샤가 너무 긴장했거든. 암스테르담에 얼굴을 내밀기도 무서울 거야— 호르스트 귀에 들어갈까 봐. 그럴 만도 하지. 우리에게는 아주, 아주 좋은 소식이야."

"그래서." 보리스가 총을 찰칵 닫았다. 크롬 실버, 머큐리 블랙, 한 잔의 물에 떨어진 엔진오일 한 방울처럼 주변 공간을 음침하게 왜곡시키는 매끄러운 밀도.

"그걸 가져가겠다는 건 아니겠지." 믿을 수 없어서 침묵한 끝에 내가 말했다.

"음, 가져갈 거야. 권총집에— 총집에 넣어놓기만 할 거야. 아니, 잠깐, 잠깐." 보리스가 손바닥이 보이게 손을 들며 말했다. "말하기 전에 먼저 들어봐—" 나는 두려움 때문에 멍해져서 아무 말 없이 가만히 서 있었다. "몇 번이나 더 말해야 돼? 그냥 보여주려고 가져가는 거라니까."

"농담이지?"

"옷 입어." 보리스가 내 말을 못 들은 척 쾌활하게 말했다. "순전히 보여주기용이야. 내가 이걸 차고 있으면 걔들도 무서워서 엉뚱한 짓은 꿈도 못 꿀 거야, 됐지?" 내가 여전히 물끄러미 바라보며 서 있자 보리스가 덧붙였다. "안전 조치라니까! 왜냐면, 왜냐면." 보리스가 내 말을 막으며 말했다. "넌 부자고 우리는 경호원이니까. 걔들이 이런 걸 기대할 거라고. 아주 고상하잖아. 우리가 외투를 이렇게 움직이면—" 보리스는 겉에서는 보이지 않는 총집을 허리에 차고 있었다. "놈들이 우리를 존중하고 아무 짓도 안 할 거라고. 그냥 들어가는 게 *훨씬* 더 위험해—" 보리스가 어수룩한 소녀처럼 눈을 굴려 방을 살펴보았다.

"보리스." 핏기가 가시면서 띵해지는 기분이었다. "난 이거 못해."

"뭘 못해?" 보리스가 턱을 당기며 나를 보았다. "내가 빌어먹을 네 그림을 되찾는 동안 차에서 내려서 내 옆에 딱 5분 서 있는 것도 못하겠다는 거야, 뭐야?"

"아니, 이거 말이야." 총이 침대 위에 놓여 있었다. 시선이 저절로 그쪽을 향했다. 그것은 공기 중에서 웅웅대며 떠도는 나쁜 에너지를 전부 응결시키고 확대하는 것 같았다. "안 되겠어. 진짜로. 이건 관두자."

"관두자고?" 보리스가 얼굴을 찌푸렸다. "이러지 마! 난 너 때문에 보수도 없이 여기까지 와서 곤경에 처했어. 그런데 이제 와서—" 보리스가 한쪽 팔을 뻗었다. "결정적인 순간이 코앞인데 이제 와서 조건을 달면서, '안전하지 않다'면서 나한테 이래라저래라 하는 거야? 나 못 믿어?"

"믿어, 하지만—"

"됐어, 그럼. 이번 일만은 날 믿어줘, 제발. 넌 구매자야." 내가 아무 대답도 하지 않자 보리스가 초조하게 말했다. "그렇게 돼 있다고. 다 꾸며놨어."

"진작 의논했어야 하는 건데."

"아, 왜 이래." 보리스가 화를 내면서 침대에서 총을 집어 총집에 넣었다. "제발 반대하지 마. 이러다 늦겠어. 욕실에서 2분만 늦게 나왔어도 못 봤을 거야! 나한테 총이 있는지도 몰랐을 거야! 왜냐면— 포터, 내 말 좀 들어봐. 들어줘, 응? 어떤 식으로 할 건지 말해줄게. 거기 들어가서 5분 동안 얘기하고, 정말 얘기만 하고, 넌 그림을 되찾고 다들 만족하는 거야. 그런 다음 나와서 저녁을 먹는 거지. 알겠어?"

창가에 서 있던 규리가 다가와서 나를 위아래로 훑어보았다. 그런 다음 걱정스러운 듯 얼굴을 찌푸리면서 보리스에게 우크라이나어로 말했다. 알 수 없는 대화가 이어졌다. 그러더니 보리스가 손목시계를 풀기 시작했다.

규리가 격렬하게 고개를 저으며 뭐라 말을 했다.

"그래." 보리스가 말했다. "네 말이 맞아." 그러고는 나에게 고갯짓을 하며 말했다. "규리 거 받아."

플래티넘 롤렉스 프레지던트. 다이아몬드가 박힌 숫자판. 내가 예의 바르게 거절할 방법을 찾고 있는데 규리가 새끼손가락에 끼고 있던 커다란 베벨 세공 다이아몬드 반지까지 빼서 양 손바닥에 시계와 반지를 하나씩 올린 다음 집에서 만든 선물을 내미는 아이처럼 희망찬 표정으로 내밀었다.

"그래." 내가 머뭇거리자 보리스가 말했다. "규리 말이 맞아. 넌 부자처럼 보이지 않아. 다른 신발이 있으면 좋을 텐데." 보리스가 내 검정색 버클 달린 구두를 자세히 보면서 말했다. "뭐, 그것도 괜찮을 거야. 자, 이제 이 가방에 돈을 넣자." 지폐 뭉치가 가득한 가죽 손잡이 가방. "그런 다음 출발할 거야." 침대를 정돈하는 호텔 객실 담당처럼 능숙한 손놀림으로 재빨리 돈을 넣는다. "액면가가 큰 지폐를 위에 넣어. 이 근사한 백 달러짜리들 말이야. 아주 예쁘군."

7

거리로 나오자 크리스마스의 열기와 화려함이 느껴졌다. 검은 수면에서 그림자가 춤을 추며 반짝거렸다. 거리 위로 레이스처럼 장식된 아케이드가 늘어서 있고 운하를 오가는 배에 화환 같은 조명이 장식되어 있었다.

"아주 쉽고 편안하게 잘될 거야." 보리스가 노래를 찾아서 라디오 버튼을 딸깍딸깍 누르면서 비지스의 노래도 넘기고 네덜란드어 뉴스와 프랑스어 뉴스도 넘겼다. "그놈들 돈이 급하다는 사실에 기대를 걸고 있어. 그림을 빨리 처리할수록 호르스트와 마주칠 확률이 적어지거든. 은행 환어음이나 예금 전표를 자세히 살펴보진 않을 거야. 60만이라는 숫자만 보겠지."

나는 돈 가방을 들고 뒷자리에 혼자 앉아 있었다. ("왜냐면, 본인이 특별한 승객이라는 사실에 익숙해지셔야 하니까요, 선생님!" 규리가 빙 돌아서 뒷좌석 문을 열어주면서 말했다.)

"자— 난 그놈을 속일 거야— 예금 전표는 완전 진짜야." 보리스가 말했다. "은행 환어음도 마찬가지고. 단지 부실 은행일 뿐이지. 앵귈라 은행. 안트베르펜의 러시아인은, 여기 P. C. 호프트스트라트 거리의 러시아인도 마찬가지고, 투자하고, 돈을 세탁하고, 미술품을 사러 오지. 하! 이 은행은 6주 전만 해도 멀쩡했지만 지금은 아니야."

우리는 운하를, 물을 지났다. 거리를 내다보니 색색의 네온 천사들의 실루엣이 배의 선수상처럼 건물 꼭대기에서 몸을 내밀고 있었다. 파란 스팽글, 하얀 스팽글, 예광탄, 폭포처럼 쏟아지는 흰 조명과 크리스마스 별 장식이 빈틈없이 번쩍거렸지만 내 손가락에서 반짝이는 다이아몬드 반지만큼이나 나와는 아무 상관없었다.

"음, 너한테 해야 할 말이 있는데—" 보리스가 뒷좌석에 앉은 나와 이야기하려고 라디오에서 손을 떼고 돌아봤다. "걱정하지 말라고 말해두고 싶어. 정말 진심이야." 보리스가 미간을 좁히고 손을 내밀어 힘을 내라는 듯 내 어깨를 흔들며 말했다. "다 잘될 거야."

"식은 죽 먹기죠!" 규리가 백미러 안에서 얼굴을 빛내면서, 이 표현을 생각해낸 것에 기뻐하면서 말했다.

"계획이 있어. 무슨 계획인지 알고 싶어?"

"그렇다고 말해야겠지."

"차를 바꿔 탈 거야. 도심에서 좀 벗어난 다음에. 체리랑 만나서 *걔* 차를 타고 갈 거야."

"그리고 이 일은 아주 평화롭게 진행될 거란 말이지."

"당연하지. 왠지 알아? 너한테 돈이 있으니까! 그놈들이 원하는 건 그것뿐이야. 걔들한테는 가짜 은행 환어음으로도 충분해. 아무 일도 안 했는데 4만 달러를 번다고? 그럴 순 없지! 그런 다음 체리가 우리와 그림을 주차장에 내려주고— 우리는 빠져나오는 거야! 그리고 축하를 해야지!"

규리가 뭐라고 중얼거렸다.

"주차장 때문에 불평하는 거야. 너도 그냥 알아둬. 규리는 별로 좋은 생각이 아니래. 하지만— 내 차로 가고 싶진 않아. 주차 위반 딱지라도 떼면 큰일이니까."

"만나는 장소는 어디야?"

"음— 약간 골치 아파. 외곽으로 나갔다가 다시 들어와야 돼. 그놈들이 장소를 고집했고 체리도 찬성했어. 왜냐면— 음, 이게 나아, 진짜야. 그놈들 영역이면 최소한 경찰이 방해하지 않을 건 확실하니까."

우리는 더 한적하고 곧고 황량한 길로 들어섰다. 차가 드문드문 다녔고 가로등도 띄엄띄엄 서 있었으며 구도심의 활기찬 소란과 번쩍거림, 환하게 빛나는 장식, 그 안에 숨겨진 무늬—은 스케이트, 나무 아래에서 즐거워하는 아이들—는 사라지고 더욱 친숙한 도시의 황량함이 드러났다. 포토카도(Fotocadeau), 열쇠공 슬뢰텔클라위스(Sleutelkluis), 아라비아어 간판들, 쇼아르마(Shoarma), 탄두리 케밥. 모두 문이 닫혀 있었다.

"여기가 오버르톰이에요." 규리가 말했다. "썩 흥미롭거나 괜찮은 곳은 아니죠."

"여기가 내 친구 디마의 주차장이야. 디마가 만차 표지판을 내걸었으니까 오늘 밤에 우리를 방해할 사람은 아무도 없어. 장기 주차 구역에 댈 거야—아." 보리스가 비명을 질렀다. "*블랴드(blyad)*." 밴이 경적을 울리며 우리 앞으로 갑자기 끼어들어서 규리가 방향을 휙 틀며 브레이크를 세게 밟아야 했다.

"여기 사람들은 가끔 아무 이유도 없이 난폭하게 군다니까요." 규리가 방향 등을 켜고 주차장으로 들어가면서 우울하게 말했다.

"네 여권 줘." 보리스가 말했다.

"왜?"

"왜냐면, 돌아올 때까지 글러브박스에 넣고 잠가둘 거니까. 혹시 모르니까 여권은 안 가지고 있는 게 좋아. 내 것도 넣어둘 거야." 보리스가 자기 여권을 들어 나에게 보여주면서 말했다. "규리 것도. 규리는 미국에서 태어난 정직한 시민이지—암." 규리가 웃으면서 뭐라 말하려 했지만 보리스가 그 말을 막으며 나에게 말했다. "너한테야 다들 친절하겠지만, 난 어떤 줄 알아? 미국 여권을 손에 넣는 게 아주아주 힘들다고. 절대 잃어버리고 싶지 않아. 무슨 말인지 알지, 포터?" 보리스가 나를 바라봤다. "법적으로 네덜란드에서는 항상 신분증을 가지고 다녀야 해. 거리에서 무작위로 검문을 하고 응하지 않으면 벌을 받지. 내 말은—암스테르담이 도대체 왜 이래? 이게 무슨 경찰국가 같은 짓이야? 다른 나라도 아니고 여기서 그런 짓을 하다니, 누가 믿겠어? 난—절대 싫어. 백 년이 지나도 안 돼. 아무튼." 글러브박스를 닫고 잠갔다. "누가 우릴 세웠을 때 진짜 여권을 가지고 있는 것보다 벌금을 내든지 말을 잘해서 빠져나오는 게 나아."

8

올리브 빛 조명이 우울하게 깜빡거리는 주차장의 장기 주차 구역에는 만차 표지판이 걸려 있었지만 빈자리가 많았다. 안으로 들어가자 흰색 레인지로버 앞에서 빈둥거리던 스포츠 재킷 차림의 남자가 꺼져가는 주황색 모닥불에 담배를 던진 다음 차를 향해 다가왔다. 벗겨진 머리, 보잉 선글라스와 군인처럼 기합이 들어간 분위기 때문에 산전수전 다 겪은 조종사 출신에, 우랄산맥 시험장의 민감한 기구를 감시하는 사람 같았다.

"빅터라고 합니다." 우리가 차에서 내리자 그가 내 손을 덥석 잡으며 말했다. 그런 다음 규리와 보리스의 등을 툭 쳤다. 러시아어로 간단한 인사가 오간 후 곱슬머리에 아기 같은 얼굴을 가진 십 대 소년이 운전석에서 내리자 보리스가 그의 뺨을 탁 치고 〈멋진 배 롤리팝에서〉를 휘파람으로 흥겹게 부는 것으로 인사를 대신했다.

"여긴 셜리 T야." 보리스가 와인 따개처럼 구불거리는 소년의 머리를 헝클어트리며 내게 말했다. "셜리 템플. 우린 그렇게 불러— 왜 그럴까? 알겠어?" 그러자 소년은 어쩔 수 없다는 듯이 당황스러운 미소를 지으며 깊은 보조개를 드러냈다.*

"겉모습에 속지 마세요." 규리가 나에게 나지막이 말했다. "셜리는 아기 같아 보이지만 여기 있는 누구 못지않게 강단이 있어요."

셜리가 나를 향해 예의 바르게 고개를 끄덕인 다음—영어를 할까? 그럴 것 같지 않았다—레인지로버의 뒷문을 열어주었고, 우리—보리스, 규리, 나—가 차에 다 타는 동안 빅터 체리는 조수석에 꼿꼿하게 앉아서 우리에게 말을 건넸다.

"간단할 겁니다." 주차장을 나와서 다시 오버르톰을 향해 출발할 때 빅터가 나에게 예의 바르게 말했다. "전당포나 마찬가지예요." 가까이서 보니 꼭 다문 작은 입에 큰 얼굴이 빈틈없어 보였고 냉소적인 치밀함이 드러났기 때문에 나는 오늘 밤의 논리에, 아니 논리의 부재—자동차를 바꿔 탔고 방향도 정보도 몰랐으며 악몽처럼 낯설었다—에 대한 불안이 조금 가라앉는 기분이었다. "우리가 자샤한테 호의를 베푸는 셈이니까 우리한테 잘할 겁니다."

* 배우 셜리 템플은 아역 시절 굵은 곱슬머리와 보조개가 파인 깜찍한 외모로 미국 최고의 아역 스타라고 불릴 만큼 큰 인기를 누렸다. 〈멋진 배 롤리팝에서〉는 그녀의 대표곡이다.

길고 낮은 건물들. 불규칙적으로 나타나는 불빛들. 이 일이 진짜 일어나고 있는 것 같지 않았다, 내가 아닌 다른 사람에게 일어나는 일 같았다.

"왜냐면요, 자샤가 은행으로 걸어 들어가서 그림을 담보로 대출을 받을 수 있겠어요?" 빅터가 현학적인 말투로 말했다. "아니죠. 그럼 전당포에 가서 그림을 맡기고 돈을 빌릴 수 있을까요? 아니죠. 자샤가 그걸 훔친 상황에서 호르스트와 관련된 연줄을 통해서 그림을 담보로 돈을 빌릴 수 있어요? 아니죠. 그러니까 자샤는 내가 연결해준 수수께끼 같은 미국인, 즉 당신이 나타나서 아주 기쁠 거라고요."

"자샤는 숨을 쉬듯이 헤로인을 해요." 규리가 나에게 조용히 말했다. "돈이 조금만 생기면 시계태엽처럼 꼬박꼬박 나가서 약을 잔뜩 사죠."

빅터 체리가 안경을 고쳐 썼다. "바로 그겁니다. 자샤는 미술 애호가도 아니고 까다롭지도 않아요. 그림을 금리가 높은 신용카드처럼 생각하면서 이용하는 거죠. 당신은 투자를 하고— 자샤는 현금을 받는 겁니다. 당신이 돈을 대주고 그림을 담보로 잡고 있으면 자샤는 헤로인을 사서 반은 자기가 갖고 반은 팔 거예요. 그리고 만약 한 달 안에 자샤가 돈을 두 배로 갚지 않는다? 그러면 그림은 당신 거예요. 이미 말한 대로, 전당포나 마찬가지예요, 간단하죠."

"하지만 그렇게 간단하진 않아." 보리스가 기지개를 켜고 하품을 했다. "왜냐면 네가 사라지고 나서 은행 환어음이 부실이라는 게 밝혀질 수도 있으니까. 하지만 걔가 뭘 어쩌겠어? 호르스트한테 달려가서 도와달라고 했다간 목이 부러질 텐데."

"놈들이 약속 장소를 계속 바꿔서 오히려 잘됐어요. 좀 우습죠. 그런데 오늘이 금요일이라서 다행이에요." 빅터가 안경을 벗어서 셔츠로 닦으면서 말했다. "당신이 생각을 바꾸려는 것 같다고 넌지시 비쳤어요. 그쪽에서 자꾸 계획을 취소하고 변경해서 말이에요— 당신은 오늘에야 왔지만 놈들은 그걸 몰라요. 나는 그쪽에서 계획을 계속 변경했기 때문에 당신이 돈 가방을 들고 암스테르담에 죽치고 앉아서 소식을 기다리다가 지치고 초조해졌다고 말했어요. 돈을 은행에 다시 넣고 미국으로 돌아가려 한다고 말이죠. 그 소릴 듣고 별로 좋아하지 않더군요. 그런데—" 빅터가 고갯짓으로 가방을 가리켰다. "이제 주말이라서 은행이 닫았으니 당신은 수중에 있는 현금만 가져올 수밖에 없다 이겁니다. 음, 놈들이랑 얘기를 많이 했어요, 통화를 많이 하고 홍등가의 술집에서 한 번 만나기도 했죠. 결국 당신을 미리 만나볼 것 없이 오늘 밤에 바로 그림을 가지고 와서 교환하기로 했어요. 당신 비행기가 내일 떠난다고 했거든요. 놈들이 바보짓을 하는 바람에 이제 나머지 돈은 은행 환어음으로 받을 수밖에 없게 된 겁니다. 그건— 음, 놈들이 좋아하진 않았지만 은행 환어음을 받을 수밖에 없다고 이해했어요. 일이 더 쉬워진 거죠."

"훨씬 더 쉬워졌어." 보리스가 말했다. "은행 환어음을 준다고 하면 어떻게 받아들일지 확실하진 않았거든. 놈들이 바보짓을 하는 바람에 은행 환어음을 받게 됐다고 생각하는 게 낫지."

"장소는 어디야?"

"런치카페." 빅터는 이 말을 한 단어처럼 발음했다. "데 파르서 쿠."

"네덜란드어로 '보랏빛 소'라는 뜻이야." 보리스가 거들듯 말했다. "히피들이 모이는 장소지. 홍등가랑 가까워."

"어떤 곳인데?"

길고 황량한 거리. 문을 닫은 철물점들, 도로 한쪽에 쌓인 벽돌 더미. 어둡고 자동차가 너무 빨리 달려서 잘 보이지 않았지만 모든 것이 중요하고 아주 중대해 보였다.

"음식은 아주 끔찍해." 보리스가 말했다. "싹양배추랑 딱딱하고 오래된 밀빵 토스트를 팔지. 멋진 여자들이 올 것 같은 가게지만 사실은 나이 많고 머리가 허연 여자들이랑 뚱보들밖에 없어."

"왜 거기야?"

"저녁엔 한산한 거리니까요." 빅터 체리가 말했다. "런치카페는 영업 시간이 끝나서 문을 닫았지만 어느 정도 공개적인 장소니까 일이 걷잡을 수 없게 흘러갈 일도 없고요. 무슨 말인지 알겠죠?"

모든 곳이 낯설었다. 나는 나도 모르게 현실의 경계를 넘어 그 무엇도 말이 되지 않는 어느 황무지에 와 있었다. 꿈결 같으면서 조각조각 난 곳. 뭉쳐진 철사와 비닐 시트가 펄럭이는 잡석 더미.

보리스가 빅터에게 러시아어로 말을 하다가 내 시선을 깨닫고 나를 향해 고개를 돌렸다.

"자샤는 오늘 프랑크푸르트에 있다는 얘기 중이었어." 보리스가 말했다. "레스토랑에 모여서 얼마 전에 출소한 친구를 위해서 파티를 열어준대. 세 가지 소식통을 통해서 다 확인했고, 셜리도 확인했어. 자샤는 암스테르담을 피하는 게 똑똑한 행동이라고 생각하겠지. 오늘 밤 여기에서 일어날 일이 호르스트 귀에 들어가면 두 손을 번쩍 들고 '누구, 나? 난 아무 관계없어'라고 말할 수 있어야 하니까."

"당신." 빅터가 나에게 말했다. "당신은 뉴욕 출신이에요. 미술상이고 위조 문제로 체포된 적이 있지만 지금은 호르스트 같은 사업을 하고 있다고 말해뒀어요. 그림을 다루는 일이고, 규모는 작지만 돈은 훨씬 많다고."

"호르스트는— 아, 호르스트에게 축복이 내리길." 보리스가 말했다. "그 사람이 그렇게 마지막 한 푼까지 퍼주지만 않으면 뉴욕에서 제일가는 부자일 텐데. 항상 그랬지. 수많은 사람들을 먹여 살린다니까."

"사업하기엔 별로 안 좋지."

"그래. 하지만 친구들을 좋아하니까."

"약쟁이 박애주의자라니, 하." 빅터가 말했다. 그는 박애주의자를 조금 이상하게 발음했다. "가끔 하나씩 죽어서 다행이라니까, 아니면 그 쓰레기장에 헤로인 중독자들이 얼마나 그득하겠어. 아무튼 — 거기 가면 말을 적게 할수록 좋아요. 그놈들이 예의 바른 대화를 기대하는 건 아니니까. 이건 사업이에요. 아주 빨리 진행될 겁니다. 은행 환어음을 넘겨줘, 보리아."

보리스가 우크라이나어로 날카롭게 말했다.

"아니. 이 사람이 직접 꺼내야 돼. 이 사람 손에서 나와야 한다고."

은행 환어음과 예금 전표 모두에 파루코 프란티셱(Farruco Frantisek), 앵귈라 시티즌 은행(Citizen Bank Anguilla)이라는 말이 인쇄되어 있었다. 이것들을 보자 꿈의 궤도를 돌고 있다는 느낌이 더욱 커질 뿐이었고, 이제는 너무 빨리 돌아서 걷잡을 수 없었다.

"파루코 프란티셱? 이게 내 이름이야?" 지금 상황에서는 이것이 중요한 질문 같았다. 내가 내 몸을 벗어난 것 같았다. 적어도 어떤 지평을 지나서 정체성 같은 기본적인 사실에서 자유로워진 것 같았다.

"내가 고른 이름이 아니야. 구할 수 있는 게 그것밖에 없었어."

"내 이름을 이렇게 소개해야 하는 거야?" 서류는 뭔가 이상했다. 종이가 너무 얇고 시티즌스(Citizen's) 은행이 아니라 시티즌(Citizen) 은행이라고 찍혀 있어서 완전 가짜 같았다.

"아니, 체리가 널 소개할 거야."

파루코 프란티셱. 나는 조심스럽게 혀를 굴려 그 이름을 말해보았다. 기억하기 어려웠지만 강렬하고 낯설어서 어두운 거리와 전차 철로, 자갈길과 네온 천사들이 가득한 이 도시에서 길을 잃은 듯한 느낌과 어울렸다. 다시 오래되고 알 수 없는 구도심이었다. 운하와 자전거 보관대, 검은 물에 비쳐 흔들리는 크리스마스 조명.

"언제 말해주려고 했어?" 빅터 체리가 보리스에게 물었다. "자기 이름이 뭔진 알아야지."

"음, 이제 알았잖아."

자동차는 모르는 거리들을 지나며 가늠할 수 없을 만큼 계속 길을 꺾었고 시간이 얼마나 지났는지도 알 수 없었다. 나는 표지판을 읽거나 길을 알아두려는 노력조차 그만두었다. 주변의 모든 것—내 눈에 보이는 모든 것—중에서 유일한 길잡이는 구름 위 높이 뜬 달이었다. 밝은 보름달이었지만 이상하게도 불안정하고 중력도 사라진 듯했다. 사막에서 봤던 순수하고 나를 단단히 잡아주는 달이 아니라 마술사가 눈을 찡긋하면 튀어나오거나 어둠 속을 떠내려가 시야에서 사라지는 속임수에 더 가까웠다.

9

보랏빛 소는 차 한 대가 겨우 지나갈 정도 넓이의 인적 없는 일방통행 길가에 있었다. 저 멀리 보이는 인도네시아 식당을 제외하면 주변의 다른 가게들—약국, 제과점, 자전거 가게—은 전부 굳게 닫혀 있었다. 셜리 템플이 우리를 가게 앞에서 내려주었다. 맞은편 벽은 웃는 얼굴, 화살표, 방사능 경고 마크, 스텐실로 그린 번개와 '짜잔'이라는 단어, 공포 영화 속 피가 뚝뚝 떨어지는 글씨로 *잘해야지*라고 쓰인 그라피티로 뒤덮여 있었다.

나는 유리문을 통해 안을 들여다보았다. 카페는 길고 좁았고 얼핏 보기에는 텅 비어 보였다. 보라색 벽, 스테인드글라스 천장 등, 짝이 맞지 않는 탁자들과 유치원처럼 알록달록한 의자들, 그릴이 있는 카운터 쪽만 제외하면 어두운 조명, 저 뒤쪽에서 빛나는 불 밝힌 냉장 진열장. 시들시들한 화분들, 사인이 담긴 존 레넌과 오노 요코의 흑백사진. 힌두교 설교와 요가 수업과 다양한 전체론적 의학 요법에 대한 전단과 안내문이 지저분하게 붙은 게시판. 벽에는 타로 카드 벽화가 그려져 있고 컴퓨터로 인쇄해서 창문에 붙여둔 얇은 메뉴판에는 당근 수프, 쐐기풀 수프, 으깬 쐐기풀, 렌틸-견과류 파이 등 에버렛이 좋아할 만한 자연식품이 적혀 있었다. 별로 식욕이 돋지는 않았지만 몇 숟가락 이상 먹은 마지막 식사가 킷시의 침대에 누워서 먹은 포장 커리밖에 없다는 사실이 떠올랐다.

메뉴를 보는 내 시선을 보리스가 알아차렸다. "나도 배고파." 그가 다소 딱딱하게 말했다. "저녁은 진짜 맛있는 거 먹자. 블레이크스에서. 20분 후면 먹을 수 있어."

"넌 안 들어가?"

"아직은." 보리스는 유리문에서 보이지 않게 약간 비켜서서 거리를 둘러보았다. 셜리 템플이 차를 몰고 블록을 돌고 있었다. "여기서 나랑 얘기하고 있으면 안 돼. 빅터랑 규리랑 같이 가."

카페 유리문으로 슬며시 다가온 사람은 빼빼 마르고 수상하고 초조해 보이는 육십 대 남자로, 긴 얼굴에 괴상한 모양의 머리가 어깨 밑까지 내려왔고 1973년 〈소울 트레인〉 프로그램에서 가져온 듯한 뾰족한 청 모자를 쓰고 있었다. 그는 열쇠고리를 들고 서서 빅터와 나, 규리를 차례로 보면서 우리를 들여보낼지 말지 망설이는 것 같았다. 미간이 좁은 눈, 부석부석한 회색 눈썹과 풍성한 회색 수염 때문에 의심도 많고 나이도 많은 슈나우저 같았다. 잠시 후 그보다 훨씬 젊고 훨씬 큰 남자가 나타났다. 말레이시아인인지 인도네시아인이었는데, 규리보다도 머리 반 정도 크고 문신을 한 얼굴에다가 귀에는 굉장히 큰 다이아몬드를 달고 있었고 정수리에 검정색 상투를 틀고 있었기 때문에 《모비 딕》의 작살 던지는 사람 같았다. 《모비 딕》의 작살 던지는 사람이 벨벳 운동복 바지와 복숭아색 새틴 야구 점퍼를 입는다면 말이다.

나이 많은 마약 중독자는 핸드폰으로 통화 중이었다. 그는 우리를 은밀하게 지켜보면서 기다렸다. 그런 다음 다시 전화를 한 통 하더니 등을 돌리고 런치카페 안쪽으로 걸어가면서 신경질적인 주부처럼 뺨과 귀에 손바닥을 대고 이야기를 했고, 인도네시아인은 유리문 옆에 서서 부자연스러울 정도로 꼼짝 않고 우리를 지켜보았다. 짧은 대화가 오가더니 나이 많은 마약 중독자가 돌아와서 눈썹을 찌푸리며 어쩔 수 없다는 듯이 열쇠고리를 뒤적여 자물쇠를 열었다. 우리가 안으로 들어가자마자 남자가 양팔을 벌리면서 빅터 체리에게 불평을 쏟아냈고, 인도네시아인은 성큼성큼 걸어가서 팔짱을 끼고 벽에 기대어 서서 들었다.

분명히 뭔가 언짢은 일이 있는 듯했다. 불쾌함. 저건 어느 나라 말일까? 루마니아어? 체코어? 나는 무슨 일인지 전혀 몰랐지만 빅터 체리는 냉담하고 짜증이 난 것 같았고 나이 많고 머리가 희끗희끗한 마약 중독자는 점점 더 격앙되었다. 화가 났나? 아니다. 짜증, 실망, 아니 심지어는 구슬리는 것 같기도 했다. 남자의 말투는 점점 애걸로 변했고 그러는 내내 인도네시아인은 아나콘다처럼 불안할 정도로 아무런 움직임 없이 우리를 지켜보았다. 나는 3미터 정도 떨어진 곳에서—돈 가방을 든 규리가 나에게 너무 바짝 붙어 있었다—주변을 의식하여 멍한 표정으로 벽에 붙은 표지판과 슬로건을 살펴보는 척했다. 그린피스, 모피 없는 구역, 채식주의 지향, 천사들의 가호! 나는 위태로운 곳(히스패닉 할렘 지역의 바퀴벌레가 나오는 아파트, 세인트니컬러스 지역의 오줌 냄새 나는 계단)에서 약을 산 적이 많았기 때문에 흥미를 보이면 안 된다는 것쯤은 알았다. 내 경험에 따르면 이런 거래는 대체로 똑같았다. 편안하고 관심 없는 척하면서 꼭 필요할 때만 말하고, 말을 해야 할 경우에는 단조로운 말투로 얘기하고, 가지러 온 걸 손에 넣자마자 떠나는 것이다.

"천사들의 가호 좋아하네." 소리 없이 옆으로 다가온 보리스가 귓가에 속삭였다.

나는 아무 말도 하지 않았다. 오랜 세월이 지났지만 우리는 스피르세츠카야 선생님의 수업에서처럼 머리를 맞대고 속삭이는 버릇이 금방 다시 나왔는데, 이 상황에는 좋을 것 같지 않았다.

"우리는 시간 맞춰서 왔어." 보리스가 말했다. "그런데 상대편에서 한 명이 안 온 거야. 그래서 저 그레이트풀 데드* 같은 놈이 펄펄 뛰고 있어. 그 사람이 올 때까지 기다리래. 장소를 자꾸 바꾼 자기들 잘못인데 말이야."

"저쪽은 어떻게 되고 있는 거야?"

"비탸가 알아서 하게 놔둬." 보리스가 바닥의 바싹 마른 털 뭉치를 발로 툭툭 치면서 말했다. 나는 죽은 쥐인가 싶어서 깜짝 놀랐지만 물어뜯긴 고양이 장난감이라는 사실을 곧 깨달았다. 4인용 탁자 아래 덩어리가 지고 오줌 때문에 시커멓고 똥이 널린 고양이 화장실이 반쯤 숨겨져 있었고 그 옆 바닥에 장난감이 여러 개 흩어져 있었다.

식당을 운영할 때 손님이 밟기 쉬운 곳에 더러운 고양이 화장실을 놔두는 것이 (손님의 관심을 끌거나, 건강에 좋거나, 합법적인지는 고사하고) 과연 편리한 걸까 생각하다가 정신을 차려보니 두 사람이 대화를 멈추고 규리와 나를 향해 돌아서 있었다. 경계하면서도 기대에 찬 표정의 늙은 약쟁이가 한 발 나섰고, 그의 시선이 나를 재빨리 지나 규리가 들고 있는 가방을 향했다. 규리가 나서서 가방을 열고 공손하게 고개를 숙이면서 내려놓은 다음 노인이 살펴보도록 뒤로 물러섰다.

남자는 근시인 듯 가까이 다가가서 가방을 들여다보았다. 코에 주름이 졌다. 그는 체리를 보면서 뭐라고 불평을 했지만 체리는 아무런 감정도 드러내지 않았다. 알 수 없는 대화가 다시 한 번 오갔다. 회색 머리는 불만스러운 것 같았다. 그러더니 그가 가방을 닫고 일어서서 눈을 이리저리 굴리며 나를 보았다.

"파루코." 내가 초조하게 말했다. 성을 잊어버렸기 때문에 말할 일이 없기

* 1960년대 중후반 히피 문화를 이끈 미국의 록밴드.

만을 바랐다.

체리가 나에게 표정으로 말했다. *서류.*

“아, 맞다.” 내가 재킷 위쪽 안주머니에 손을 넣어 은행 환어음과 예금 전표를 꺼내서 자연스러워 보이기를 바라며 살펴본 다음 넘겨주었다.

*프란티섹*이었다. 하지만 내가 손을 내밀자마자 탕 소리가 나더니 순식간에 일이 벌어졌다. 돌풍이 집 안으로 불어 들어와 예상치 못한 쪽에서 문이 쾅 닫힐 때 같았다. 빅터 체리가 재빨리 회색 머리 뒤로 가서 권총 개머리판 끝으로 모자가 날아갈 정도로 세게 뒤통수를 치자 남자는 무릎이 꺾여 신음 소리를 내면서 쓰러졌다. 아직도 벽에 기대어 있던 인도네시아인은 이 광경에 나만큼이나 놀란 것 같았다. 그는 뻣뻣하게 굳었고, 시선을 교환하는 친구들처럼 그와 나의 시선이 놀라움으로 얽혔다. *뭐야?* 나는 왜 그가 벽에 붙어 서서 꼼짝도 하지 않는지 이해할 수 없었지만 뒤로 돌아서 그에게 총을 겨누고 있는 보리스와 규리를 발견하고 겁에 질렸다. 보리스는 왼손 손바닥으로 권총 개머리판을 깔끔하게 감싸고 있었고 돈 가방 때문에 한 손밖에 쓸 수 없는 규리는 문으로 뒷걸음질을 쳤다.

뒤쪽 부엌에서 누군가가 휙 움직였다. 어려 보이는 아시아계 여자— 아니, 소년이었다. 흰 피부, 멍하고 겁에 질린 채 방을 둘러보는 눈, 이카트 문양 스카프, 휘날리는 긴 머리가 순식간에 사라졌다.

“뒤에 누가 있어.” 내가 주변을, 사방을 둘러보며 얼른 말했다. 방이 놀이기구처럼 빙빙 돌고 심장이 너무 힘차게 뛰어서 나는 말을 제대로 할 수 없었다. 다른 사람이, 체리가 내 말을 들었는지 알 수 없었다. 그는 회색 머리의 청재킷 뒷덜미를 잡아당겨 목을 조르듯이 잡고 관자놀이에 총을 대고서 동유럽 어딘가의 언어로 소리를 지르면서 가게 뒤쪽으로 떠밀었고, 인도네시아인은 점잖고 조심스럽게 벽에서 떨어진 다음 아주 길게 느껴지는 시간 동안 보리스와 나를 보았다.

"비열한 놈들, 후회하게 될 거다." 그가 조용히 말했다.

"손, 손." 보리스가 매섭게 말했다. "손을 보여야지."

"무기 없어."

"아무튼, 손 들어."

"좋아." 인도네시아인이 똑같이 매서운 어조로 말했다. 그는 양손을 들고 나를 위아래로 훑어보았다. 나는 오싹함을 느끼며 깨달았다. 내 얼굴을 외우는 것이다, 데이터 파일에 이미지를 저장하는 것이다. 그런 다음 그가 보리스를 보았다.

"당신 누군지 알아." 남자가 말했다.

과일 주스 냉장고의 잠수함 같은 불빛. 들이쉬고 내쉬고, 들이쉬고 내쉬는 내 숨소리가 들렸다. 부엌에서 금속이 부딪치는 소리. 어렴풋이 들리는 비명.

"엎드리지." 보리스가 고갯짓으로 바닥을 가리키며 말했다.

인도네시아인이 순순히 무릎을 꿇고 아주 천천히 대자로 몸을 폈다. 하지만 동요한 것 같지도, 두려운 것 같지도 않았다.

"당신 알아." 그가 다시 한 번 약간 잠긴 목소리로 말했다.

시야의 가장자리에서 뭔가가 빠르게 움직였다. 너무 빨라서 나는 깜짝 놀랐다. 고양이였다. 악마처럼, 살아 있는 그림자처럼 검은 고양이. 어둠 속으로 사라지는 어둠.

"그래, 내가 누군데?"

"보리아— 출신은— 안트베르펜, 아닌가?" 무기가 없다는 말은 거짓이었다. 겨드랑이가 불룩한 것이 내 눈에도 보였다. "폴란드 놈 보리아잖아? 마리화나 약쟁이 보리아? 호르스트 친구 아닌가?"

"그렇다면 어쩔 건데?" 보리스가 쾌활하게 말했다.

남자는 말이 없었다. 보리스가 고개를 젖혀 눈을 가린 머리를 넘기면서 비웃더니 뭔가 비꼬는 말을 하려는 것 같았는데, 그때 뒤쪽에서 빅터 체리가 일회용 수갑 같은 것을 주머니에서 꺼내며 혼자 나왔다. 그가 겨드랑이에 끼고 있는 꾸러미를 보자 심장이 미친 듯이 뛰었다. 흰색 펠트로 싸서 노끈으로 묶은, 딱 맞는 크기와 두께의 꾸러미였다. 체리가 인도네시아인 옆에 무릎을 꿇고 손목에 수갑을 채웠다.

"나가." 보리스가 나에게 두 번이나 말했다. 근육이 뻣뻣하게 굳었다. 보리스가 나를 살짝 밀었다. "가! 차에 타."

나는 멍하니 주변을 둘러보았지만 문이 보이지 않았다, 문이 없었다. 하지만 다시 보니 문이 거기 있었고, 나는 급하게 나가다가 고양이 장난감을 밟고 미끄러져 넘어질 뻔했지만 그곳을 나와 도로가에서 연기를 뿜고 있는 레인지로버를 향해 걸어갔다. 규리가 가게 앞 거리에서 이제 막 오기 시작한 이슬비를 맞으면서 주변을 살피고 있었다. "타세요, 타." 그가 다급하게 말하면서 뒷좌석 문을 열고 따라오라는 손짓을 했다. 바로 그때 보리스와 빅터 체리가 식당에서 뛰쳐나왔고, 우리는 차를 타고 차분하고 별로 극적이지 않은 속도로 출발했다.

10

큰길로 다시 나왔을 때 차 안은 축하 분위기로 가득했다. 다들 웃으면서 서로 손바닥을 마주쳤지만 나는 심장이 너무 세차게 뛰어서 숨 쉬는 것도 힘들었다. "무슨 일이야?" 내가 여러 번 새된 목소리로 물었다. 나는 헐떡거리면서 다른 사람들을 번갈아 보았지만 셜리 템플을 포함한 네 명은 나를 계속 무시하면서 러시아어와 우크라이나어를 섞어서 왁자지껄하게 지껄였다. "*안글리스키(Angliyski)*!"

보리스가 나를 돌아보며 눈을 닦고 내 목에 팔을 감았다. "계획이 바뀌었어." 그가 말했다. "전부 즉석에서 일어난 일이야— 즉흥적이었다고. 하지만 진짜 잘됐잖아. 한 명이 안 오다니."

"쪽수가 부족한 놈들을 덮친 거지."

"허를 찔렀어."

"변소에서 바지를 내리고 있는데 덮친 거나 다름없어!"

"너—" 나는 말을 하기 위해서 숨을 헐떡거려야 했다. "총 안 쓸 거라고 했잖아."

"뭐, 아무도 안 다쳤잖아, 안 그래? 뭐가 달라?"

"왜 그냥 돈을 주고 나오지 않았어?"

"운이 좋았으니까!" 보리스가 두 팔을 활짝 벌렸다. "평생 한 번 있을까 말까 한 기회라고! 기회가 생겼잖아! 그놈들이 어쩌겠어? 그쪽은 두 명이고 우린 네 명인데. 머리가 있으면 우릴 들여보내지 말았어야지. 그리고— 그래, 나도 알아. 4만 달러밖에 안 되지만, 하나도 안 줘도 되는데 한 푼이라도 줄 필요가 뭐 있어? 그것도 내 물건을 훔친 대가로?" 보리스가 킬킬 웃었다. "그놈 표정 봤어? 그레이트풀 데드? 체리가 뒤통수를 때렸을 때?"

"그 늙은 염소, 불만이 뭐였는지 알아요?" 신이 난 빅터가 나에게 말했다. "유로화로 달라는 거예요! '뭐야, 달러야?'" 그의 불만스러운 표정을 흉내 냈다. "'나한테 달러를 가져온 거야?'"

"하지만 이제는 그 달러가 사무치게 아쉬울걸."

"닥치고 있을 걸 그랬다고 후회할 거야."

"자샤한테 전화해서 뭐라고 하는지 듣고 싶네."

"그놈 이름을 알면 좋을 텐데. 안 온 놈 말이야. 내가 한잔 사고 싶은데?"

"어디 있을까?"

"아마 집에서 샤워를 하고 있겠지."

"성경 공부를 하든가."

"텔레비전으로 〈크리스마스캐럴〉을 보고 있을 거야."

"아마 엉뚱한 곳에서 기다리고 있을 확률이 제일 높겠지."

"난—" 목이 너무 조여서 말을 하려면 침을 삼켜야 했다. "그 애는?"

"어?" 보슬비가 창틀을 두드렸다. 거리가 검게 반짝였다.

"무슨 애?"

"남자애. 여자앤가? 주방서 일하는 애. 나도 몰라."

"뭐?" 아직 숨이 차서 숨을 몰아쉬던 체리가 나를 보았다. "난 아무도 못 봤는데."

"나도."

"음, 난 봤어."

"어떻게 생겼는데?"

"어려." 입을 살짝 벌린 어리고 유령 같은 얼굴이 정지 화면처럼 아직도 보였다. "흰 외투를 입었고 일본인처럼 생겼어."

"진짜?" 보리스가 이상하다는 듯 말했다. "넌 보면 어디 출신인지 알아? 일본인지 중국인지 베트남인지?"

"제대로 못 봤어. 아시아계였어."

"남자야, 여자야?"

"거기 주방에서 일하는 사람은 전부 여자일 거예요." 규리가 말했다. "마크로비오틱 요리죠. 현미나 뭐 그런 거."

"난—" 이제 정말 확신이 안 섰다.

"음—" 체리가 짧게 자른 머리카락을 손으로 쓸면서 말했다. "누군지 몰라도 도망쳤다니 다행이네. 왜냐면, 내가 뒤에서 또 뭘 발견했는지 알아? 총신을 자른 모스버그 500*."

이 말에 사람들이 웃음을 터뜨리고 휘파람을 불었다.

* Mossberg 500 : 모스버그사에서 제조하는 펌프 연사식 엽총.

"제길."

"어디 있었어? 그로즈단이—?"

"아니야. 거기에—" 그가 손짓으로 줄 같은 것을 표현했다. "그걸 뭐라고 하지? 탁자 밑에 천 같은 거 걸쳐진 거 말이야. 바닥에 엎드렸을 때 우연히 봤어. 그러니까— 눈을 들었더니 바로 내 머리 위에 있더라고."

"거기 두고 온 건 아니지?"

"아니야! 평소라면 그냥 가져왔겠지만 너무 크고 빈손이 없었어. 나사를 풀어서 핀을 빼고 뒷골목에 던졌지. 또—" 그가 주머니에서 총신이 짧은 은색 권총을 꺼내서 보리스에게 넘겼다. "이것도 있었어!"

보리스가 권총을 조명에 비추어 보았다.

"숨기기 좋겠네. 작고 괜찮은데? 나팔바지 밑에 발목 총집을 차고 있었군! 안됐지만 너무 느렸어."

"일회용 수갑이라니." 규리가 약간 고개를 기울이고 나에게 말했다. "비탸는 한 수 앞서서 생각한다니까요."

"음—" 체리가 넓은 이마의 땀을 닦았다. "작고 가벼워서 갖고 다니기 편하고, 전에도 그거 덕분에 사람들을 쏠 필요가 없었던 적이 많으니까. 꼭 그래야 하는 게 아니면 누구도 해치기 싫어."

중세의 도시. 빛은 구불구불한 거리와 다리에 드리워져서 비가 뿌려진 운하를 비추며 보슬비에 녹아들었다. 끝없이 늘어선 이름 없는 가게, 반짝이는 쇼윈도, 란제리와 가터벨트, 수술 도구처럼 진열된 조리 기구, 어디를 보아도 낯선 외국어투성이였다. 스넬 베스텔런(Snel bestellen), 레트로-스테일(Retro-stijl), 쇼걸-섹스부티크(Showgirl-Sexboetiek).

"뒷문이 골목길 쪽으로 열려 있었어." 체리가 스포츠 재킷을 벗고 셜리 T가 앞좌석 밑에서 꺼내준 보드카를 병째로 벌컥벌컥 마시며 말했다. 손이 약간 떨렸고 얼굴, 특히 코가 루돌프처럼 빨갛고 눈에 띄게 번쩍거렸다. "오기로 되어 있던 세 번째 놈이 들어올 수 있게 열어놨겠지. 뒤로 들어오라고 말이야. 내가 문을 닫고 잠갔어. 그로즈단의 머리에 총을 겨누고 문을 닫아 잠그게 했지. 그놈, 아기처럼 훌쩍훌쩍 울던데?"

"모스버그 말이야." 보리스가 앞좌석에서 넘어온 병을 받으며 나에게 말했다. "진짜 위험하고 더러운 물건이야. 총신을 자르면 탄환이 아마 함부르크까지 날아갈걸. 완전 엉뚱한 데를 조준해도 한 방에 있는 사람 반은 맞힐 수 있어."

"좋은 수법이야, 안 그래?" 빅터 체리가 차분하게 말했다. "한 놈이 안 왔다는 거 말이야. '5분만 기다려줘.' '미안, 일이 꼬여서.' '금방 올 거야.' 그런데 그러는 내내 그놈은 엽총을 들고 뒤에 숨어 있는 거지. 그놈들이 생각해낸 거라면 대단한 계획이야."

"정말 그럴 생각이었는지도 몰라. 아니면 왜 뒤쪽에 총이 있었겠어?"

"우리가 아슬아슬하게 피한 것 같아, 내 생각엔 그래—"

"아까 차가 한 대 와서 서는 바람에 셜리랑 난 깜짝 놀랐어." 규리가 말했다. "다들 가게 안에 있을 때였는데, 차에서 두 명이 내리기에 우리는 큰일이 난 줄 알았지. 그런데 그냥 식당을 찾는 프랑스인들이었어—"

"—하지만 뒤에 아무도 없었잖아, 다행히. 그로즈단을 바닥에 엎드리게 한 다음에 라디에이터에 수갑으로 묶어놨어." 체리가 말했다. "아, 맞다—" 그가 펠트로 싼 꾸러미를 들었다. "우선 이거부터. 당신 거."

그가 좌석 너머 규리에게 그것을 주었고 규리는 접시를 쏟지 않게 조심조심 드는 사람처럼 손끝으로 그것을 아주 조심스럽게 받쳐서 나에게 주었다. 보리스가 술을 한 모금 마시고 손등으로 입을 닦으면서 술병을 든 손으로 기쁜 듯이 나를 툭 치고 흥얼거렸다. *축하하세 기쁜 크리스마스, 축하하세 기쁜 크리스마스.*

내 무릎 위에 놓인 꾸러미. 모서리를 손으로 따라 그려본다. 펠트가 아주 얇았기 때문에 그림이 맞다는 것이 손끝에서 바로 느껴졌다. 질감과 무게가 완벽했다.

"봐." 보리스가 고개를 끄덕이며 말했다. "열어보는 게 좋겠어, 시민론 책이 아닌지 확인하라고! 이거 어디 있었어?" 내가 끈을 더듬기 시작할 때 보리스가 체리에게 물었다.

"작고 더러운 빗자루 장에. 거지 같은 플라스틱 서류 가방 안에 들어 있더라. 그로즈단이 바로 가르쳐줬어. 좀 개길지도 모른다고 생각했는데 머리에 총을 대니까 바로 불더라고. 사방에 마리화나 케이크가 널려 있는데 총을 맞고 죽다니 말도 안 되지."

"포터." 보리스가 내 주의를 끌려고 애쓰면서 말했다. 그러고는 다시 한 번 불렀다. "포터."

"응?"

보리스가 서류 가방을 들었다. "여기 이 4만 달러는 규리랑 셜리 T 줄 거야. 주머니 좀 채워줘야지. 일을 해줬으니까. 이 두 사람 덕에 자샤에게 네 물건을 훔친 대가를 한 푼도 줄 필요가 없었잖아. 그리고 비탸—" 보리스가 손을 뻗어 그의 손을 꽉 쥐었다. "이제 우리는 동등한 정도가 아니야. 내가 오히려 빚을 졌어."

"아니, 내가 너한테 진 빚은 절대 갚을 수 없을 거야, 보리아."

"잊어버려. 아무것도 아냐."

"아무것도 아니라고? 아무것도 아니야? 그렇지 않아, 보리아, 내가 지금 이 순간 목숨을 부지하고 있는 건 전부 네 덕분이야, 내가 죽는 날까지 항상 그럴 거야……."

그의 이야기는 흥미로웠다. 내가 알아들을 수만 있었다면 말이다. 어떤 사람이 정확히 뭔지 모르겠지만 아주 심각한 범죄의 범인으로 체리를 지목했는데, 사실 체리는 범인이 아니었고 아무런 상관도 없었으며 아주 무고했다. 남자는 형량을 줄이려고 그렇게 말했고 체리가 자기 윗사람을 불지 않는다면 ("현명한 행동이 아니야, 살고 싶다면 말이지") 못해도 10년 형은 받았을 텐데 보리스가 구해주었다. 보석으로 풀려나 안트베르펜에 있던 놈을 보리스가 쫓아갔던 것이다. 보리스의 활약은 무척 복잡하고 흥미로웠고, 체리는 약간 훌쩍거리고 목멘 소리로 더 많은 이야기를 했다. 방화니 피바다니 전기톱이라는 말도 나오는 것 같았지만 그때쯤 되자 나는 한마디도 듣고 있지 않았다. 드디어 끈을 다 풀어서 가로등과 축축한 비가 내 그림 위로, 내 〈황금방울새〉 위로 비치고 있었기 때문이었다. 나는 분명하게, 한 점 의심 없이, 그림을 돌려 뒷면을 보기도 전에 알았다, 그림은 진짜였다.

"봤어?" 보리스가 한창 열을 올리던 비탸의 말을 끊고 말했다. "괜찮아 보이네, 그래, 너의 *졸로타이아 프티차(zolotaia ptitsa)*. 우리가 해결할 거라고 했잖아, 응?"

나는 믿을 수가 없어서 그리스도의 손바닥을 만지는 의심 많은 도마처럼 나무판 모서리를 손끝으로 만졌다. 가구상이라면 누구나—그리고 이 문제에 대해서라면 성 도마도—알겠지만, 시각보다 촉각을 속이는 것이 더 어려웠다. 이렇게나 오랜 세월이 지났지만 내 손은 그림을 아주 뚜렷이 기억했기 때문에 손가락이 즉시 나무판 아래쪽 못 자국을 향해서, 그림이 술집 간판으로 쓰일 때(아주 예전에 그랬다고 한다) 못 박혀 있던 작은 자국으로, 어두운 색으로 칠한 모이통 부분이라서 아무도 모르는 그곳으로 향했다.

"죽은 거 아냐?" 빅터 체리가 말했다.

"그런가 봐." 보리스가 팔꿈치로 내 갈비뼈를 찔렀다. "뭐라고 좀 해봐."

하지만 나는 말을 할 수 없었다. 진짜였다, 어둠 속에서도 알 수 있었다. 날개와 깃털 쪽에 붓 꽁지로 긁어서 살짝 솟은 노란 물감. 왼쪽 위 모서리에 전에 없던 갈라진 부분이 하나 생겼지만 2밀리미터도 안 되는 작은 자국이었고 나머지는 완벽했다. 나는 달라졌지만 그림은 달라지지 않았다. 그림

위에서 빛이 줄무늬를 이루며 어른거리자 나는 이 그림에 비하면 내 삶은 아무 방향도 없는 순간적인 에너지의 분출, 번쩍이며 지나가는 가로등만큼이나 무작위적으로 지직거리는 생물학적 잡음에 불과하다는 생각이 들어서 구역질이 났다.

"아, 정말 아름다워요." 오른쪽에 앉은 규리가 몸을 숙여 그림을 보면서 상냥하게 말했다. "정말 순수해요! 데이지처럼. 무슨 뜻인지 알겠죠?" 내가 아무 대답도 하지 않자 규리가 나를 쿡쿡 찌르며 말했다. "들판에 혼자 피는 평범한 꽃 말이에요. 이건 꼭—" 규리가 *그게 바로 여기 있잖아요! 놀라워요!*라는 손짓을 했다. "무슨 말인지 알겠죠?" 규리가 다시 나를 쿡쿡 찌르며 물었지만 나는 아직 너무 멍해서 대답할 수 없었다.

그동안 보리스는 반은 영어, 반은 러시아어로 비타에게 *프티차*를 비롯해 내가 제대로 알아듣지 못하는 뭔가에 대해서, 엄마와 아기와 사랑스러운 사랑에 대해서 중얼거리고 있었다. "아직도 경찰한테 전화할 걸 그랬다 싶냐?" 보리스는 어렸을 때처럼 내 어깨에 손을 올리고 머리를 가까이 대고서 말했다.

"*아직* 전화할 수 있어요." 규리가 하하하 웃으면서, 내 팔을 치면서 말했다.

"그래, 포터! 전화할까? 싫어? 이제 더 이상 좋은 생각 같지 않지, 어?" 보리스가 눈썹을 올리고 나를 지나 규리를 보면서 말했다.

11

우리가 주차장으로 돌아와서 차에서 내릴 때 다들 여전히 기분이 좋아서 웃으면서 각종 언어로 오늘의 습격에 대해 이런저런 이야기를 하고 있었다. 나만 빼고 말이다. 나는 아직도 충격에서 헤어나지 못해서 멍했고, 아직도 어둠 속에서 누가 재빨리 달리거나 갑작스럽게 움직이는 것 같은 생각이 드는 데다가 너무 놀라서 한마디도 할 수 없었다.

"얘 좀 봐." 보리스가 하던 말을 멈추고 내 팔을 두드리며 말했다. "평생 최고의 오럴 섹스를 받은 표정이잖아."

셜리 템플까지 모두 나를 보고 웃고 있었다. 작은 도형이 끝없이 분열되는 프랙털 구조처럼 웃음소리가 타일 벽에 부딪쳐서 되튀며 끝없이 이어졌고, 세상이 거대한 풍선처럼 점점 부풀고 커져서 별을 향해 굽이치며 둥둥 떠갔다. 나 역시 웃고 있었지만 충격으로 아직도 온몸이 떨렸기 때문에 내가 왜 웃는지도 정확히 몰랐다.

보리스가 담배에 불을 붙였다. 바닥 조명 때문에 얼굴이 초록색이었다. "그거 다시 싸." 그가 그림을 고갯짓으로 가리키며 부드럽게 말했다. "호텔 금고에 넣고 나면 진짜 오럴 섹스를 시켜줄게."

규리가 얼굴을 찌푸렸다. "식사부터 하는 줄 알았는데?"

"맞아. 배고파 죽겠어. 저녁부터 먹고 하지 뭐."

"블레이크스에서 만날까?" 체리가 레인지로버 조수석 문을 열면서 말했다. "그럼, 한 시간 뒤에?"

"좋아."

"이 꼴로 가기는 싫거든." 체리가 땀 때문에 비칠 정도로 젖어서 목에 달라붙은 셔츠 목깃을 잡아당기며 말했다. "코냑을 마실 수 있겠군. 백 유로 정도 하는 걸로. 지금이라면 1리터도 마실 수 있을 것 같아. 셜리— 규리—" 그가 우크라이나어로 뭐라고 말했다.

"뭐라고 했냐면—" 왁자지껄한 웃음이 터지자 보리스가 설명했다. "셜리랑 규리한테 오늘 저녁을 사래. 저 돈으로 말이야—" 규리가 의기양양하게 가방을 들었다.

그런 다음 침묵이 흘렀다. 규리는 곤란해 보였다. 그가 셜리 템플에게 뭐라고 말하자 셜리는—규리를 보고 웃느라 깊은 복숭앗빛 보조개를 만들며

—됐다는 손짓을 했다. 규리가 가방을 주려고 했지만 셜리는 손을 저었고 규리가 한 번 더 내밀자 눈을 굴렸다.

"*네 시에이차스*(Ne syeiychas)." 빅터 체리가 성가시다는 듯이 말했다. "지금 말고. 나중에 나눠."

"아, 좀." 규리가 가방을 한 번 더 내밀며 말했다.

"아, 왜 그래. 나중에 나눠, 아니면 우리 밤새 여기서 못 나가."

야 호추 츠토-비 시를리 프리냘라 에토(Ya khochu chto-by Shirli prinyala eto). 규리가 말했다. 평범한 문장이었고 발음이 아주 분명했기 때문에 러시아어 실력이 형편없는 나조차도 알아들을 수 있었다. *난 셜리가 가졌으면 좋겠어.*

"절대 안 돼!" 셜리가 영어로 말했다. 그는 수업 시간에 나온 문제의 답을 아는 것이 자랑스러운 아이처럼 참지 못하고 나를 흘깃 보면서 내가 자기 말을 들었는지 확인했다.

"왜 그래." 보리스가 허리에 양손을 얹고 화를 내며 옆을 보았다. "누구 차에 싣고 가는지가 중요해? 너희들 중 한 명이 그거 갖고 튈 거야? 아니잖아. 우린 다 친구야. 어떻게 할래?" 보리스가 말했지만 두 사람 다 움직이지 않았다. "디마가 발견하게 여기 바닥에 놔둘까? 한 명이 결정해, 제발."

긴 침묵이 흘렀다. 규리가 계속 고집을 부리자 팔짱을 끼고 서 있던 셜리가 단호하게 고개를 젓더니 걱정스러운 표정으로 보리스에게 뭐라고 물었다.

"그래그래. 난 괜찮아." 보리스가 서둘러 말했다. "그렇게 해." 그가 규리에게 말했다. "너희 셋이 같이 가."

"진짜?"

"그래. 다들 오늘 밤에 일은 충분히 했잖아."

"운전할 수 있겠어?"

"아니." 보리스가 말했다. "우리 둘이서 걸어갈 거야! 당연하지." 규리가 반대하려고 하자 보리스가 그의 말을 막으면서 말했다. “우리가 알아서 할 수 있어, 가.” 그런 다음 모두들 웃었고, 비탸와 셜리와 규리는 우리에게 손을 흔들어 인사(*다바예*(Davaye)*!*)를 하고는 레인지로버를 타고 경사로를 올라 다시 오버르톰을 향해 사라졌다.

12

“아, 대단한 밤이었어.” 보리스가 배를 긁으며 말했다. “배고파 죽겠네! 나가자. 그런데—” 보리스가 눈썹을 찌푸리고 멀어지는 레인지로버를 돌아보며 말했다. “음, 상관없어. 괜찮을 거야. 가까워. 호텔에서 블레이크스까지 금방 걸어갈 수 있어. 그리고 너.” 보리스가 고개를 끄덕이며 나에게 말했다. “너무 조심성이 없잖아! 다시 묶어야지! 끈도 없이 그냥 싸서 다니면 안 돼.”

“그래.” 내가 말했다. “맞아.” 나는 차 앞쪽으로 가서 자동차 후드에 그림을 올리고 주머니에 넣어둔 끈을 찾으려고 뒤적거렸다.

“봐도 돼?” 보리스가 뒤에서 다가오며 말했다.

내가 펠트를 젖혔다. 우리는 예수 탄생화 구석에 서 있는 플랑드르의 무명 귀족처럼 잠시 어색하게 서 있었다.

“고생이 많았지만—” 보리스가 담배에 불을 붙이고 그림을 피해 옆으로 연기를 내뿜었다. “보람이 있네, 그렇지?”

“응.” 내가 말했다. 예배 중에 들썩거리는 소년들처럼 우리의 목소리는 장난스러우면서도 조용했다.

“내가 누구보다도 오래 가지고 있었어.” 보리스가 말했다. “날짜로만 따지면 말이야.” 그런 다음 말투가, 목소리가 바뀌었다. “알아둬— 생각 있으면 언제든지 이걸로 돈을 벌게 해줄게. 딱 한 건만 하는 거야, 그림도 되찾을 수 있어.”

하지만 나는 고개를 저을 뿐이었다. 내 느낌을 말로 설명할 수는 없었지만, 그것은 여러 해 전 웰티가 나와, 또 내가 웰티와 미술관에서 공유했던 심오하고 근본적인 감정이었다.

"농담이야. 음— 뭐, 일종의 농담. 아무튼 진짜—" 보리스가 손등 뼈를 내 소매에 비비며 말했다. "네 거야. 문제도 없고 아주 깨끗해. 잠깐 가지고 있으면서 실컷 본 다음에 미술관에 돌려주면 되겠네?"

나는 아무 말도 하지 않았다. 난 벌써 어떻게 해야 그림을 이 나라에서 가지고 나갈 수 있을까 생각하고 있었다.

"자, 이제 싸. 여기서 나가야 돼. 나중에 실컷 보고. 아, 이리 줘." 보리스가 서툰 내 손에서 끈을 낚아챘다. 나는 여전히 끈을 더듬거리면서 끝부분을 찾고 있었다. "야, 내가 할게. 이러다 밤새겠다."

13

보리스가 그림을 싸서 묶은 다음 겨드랑이에 끼고—담배의 마지막 한 모금을 길게 빤 다음—돌아서서 운전석에 타려고 하는데 우리 뒤쪽에서 미국인의 친근하고 심상한 목소리가 들렸다. "메리 크리스마스."

나는 뒤로 돌았다. 총 세 명이었다. 느릿느릿 움직이는 중년 남자 두 명은 우리의 부탁이라도 들어주러 왔다는 듯한 분위기를 풍기며 약간 멍한 표정으로 걸어오고 있었고—그들은 내가 아니라 보리스에게 말을 걸었는데, 보리스를 만나서 기쁜 것 같았다—그들 앞에서 약간 경쾌하게 걷는 사람은 바로 조금 전에 본 아시아계 소년이었다. 앞섶이 비대칭을 이루는 그의 두툼한 흰색 양모 외투는 주방에서 일하는 사람이 입을 만한 것이 절대 아니었다. 소년은 덜덜 떨고 있었고 무서워서 입술이 새파랬다. 무기는 없었다. 보기엔 그랬다. 그건 다행이었는데, 다른 두 남자—덩치가 크고 아주 사무적이었다—에게서 제일 눈에 띄는 것은 싸구려 형광등 불빛 밑에서 퍼렇게 번쩍이는 금속 단총이었기 때문이다. 나는 아직도 상황을 이해하지 못했다. 친근한 목소리 때문에 어리둥절했다. 나는 두 사람이 소년을 잡아서 데려왔다고 생각했다. 하지만 보리스를 보니 아주 조용하고 분필처럼 창백했다.

"너한테 이런 짓을 하게 되다니, 미안하네." 미국인이 보리스에게 말했지만 전혀 미안한 목소리가 아니었고 오히려 기쁜 것 같았다. 지루한 표정에 어깨가 넓은 남자는 회색 외투를 입고 있었고, 나이는 많았지만 뭔가 심술 난 통통한 아이 같은 분위기가 있었다. 그는 지나치게 익은 과일처럼 물러 보였고 흰 손과 회사 임원처럼 부드럽고 온화한 분위기를 가지고 있었다.

보리스는 담배를 입에 문 채 얼어붙었다. "마틴."

"그래, 어이!" 마틴이 상냥하게 말했고, 다른 남자—회색빛 금발에 북유럽신화에 나오는 인물처럼 이목구비가 뚜렷하고 피코트를 입은 불량배—가 곧장 보리스에게 다가와서 허리를 더듬더니 총을 빼앗아서 마틴에게 넘겼다. 나는 혼란스러워서 흰 외투를 입은 소년을 보았지만 그는 망치로 머리를 맞은 것 같은 표정이었고 나만큼이나 이 상황이 재미있지도 기분 좋지도 않은 것 같았다.

"너한테는 참 엿 같은 일이겠지." 마틴이 말했다. "그래도 어쩔 수 없어." 낮은 목소리는 아프리카 독사 같은 눈과 정반대였다. "어이, 나도 엿 같아. 프리츠랑 핌네 집에 있었는데, 나올 예정은 없었단 말이야. 날씨가 엉망이잖아, 응? 화이트 크리스마스는 어디로 간 거야?"

"네가 여기서 뭐 하는 거야?" 보리스가 말했다. 지나치게 침착했지만 나는 보리스가 이렇게 겁에 질린 모습은 처음 보았다.

"뭐 하는 거 같아?" 익살스러운 어깻짓. "나도 너만큼 놀랐어, 그런다고 뭐가 달라지는지 모르겠지만 말이야. 자샤가 호르스트에게 전화할 배짱이 있을 거라고는 생각도 못 했겠지. 하지만 이 난리가 났는데 달리 누구한테 전화를 하겠어? 그거 줘 봐." 마틴이 총을 철컥거리면서 부드럽게 말했다. 그가 보리스에게 총을 겨누고서 보리스가 들고 있는 펠트 꾸러미를 가리키고 있음을 깨닫자 공포가 밀려왔다. "왜 이래. 그거 이리 줘."

"싫어." 보리스가 고개를 저어 눈앞을 가린 머리카락을 치우며 날카롭게 말했다.

마틴이 멍하니 눈을 깜빡였다. "뭐라고?"

"*싫어.*"

"뭐?" 마틴이 웃었다. "*싫어?* 장난해?"

"보리스! 줘버려!" 내가 더듬더듬 말했다. 나는 겁에 질려 얼어붙었다. 프리츠라는 남자가 보리스의 관자놀이에 권총을 겨누고 머리카락을 잡아서 뒤로 홱 잡아당기자 보리스가 신음했다.

"그러니까." 마틴이 동료에게 하듯이 *어이, 러시아 놈들은 참— 제정신이 아니야, 그렇지?*라고 말하는 시선으로 나를 흘깃 보면서 우호적으로 말했다. "왜 이래." 그가 보리스에게 말했다. "그거 좀 줘봐."

프리츠가 머리카락을 한 번 더 잡아당기자 보리스가 한 번 더 신음 소리를 내더니 차 너머로 나에게 너무나도 명확한 표정을 지어 보였다. 나는 보리스가 소리 내어 말한 것처럼 정확하게 이해했다. 우리가 가게에서 물건을 훔칠 때부터 썼던 다급하고 아주 명확한 눈짓이었다. *도망쳐, 포터. 가라고.*

"보리스." 내가 믿을 수 없어서 잠시 침묵한 뒤 말했다. "제발, 그냥 줘." 하지만 보리스는 프리츠가 총을 턱 밑으로 난폭하게 들이밀자 다시 한 번 절망적으로 신음할 뿐이었고, 결국 마틴이 다가와서 그림을 빼앗았다.

"아주 멋져. 고마워." 마틴이 총을 겨드랑이에 끼우고 멍하게 말하더니 보리스가 깐깐하게 매듭지어 묶은 끈을 더듬더듬 풀기 시작했다. "좋아." 그의 손가락이 제대로 움직이지 않았다. 나는 마틴이 그림을 뺏으러 다가왔을 때 가까이에서 보았기 때문에 그 이유를 알았다. 그는 한없이 약에 취한 상태였다. "아무튼—" 마틴이 소외된 친구들을 끼워주려는 사람처럼 뒤를 흘깃 보더니 다시 멍하니 어깨를 으쓱했다. "미안하다. 걔들 저쪽으로 데려가, 프리츠." 여전히 끈을 풀려고 애쓰던 마틴이 그늘이 져서 다른 곳보다 더 어둡고 지하 감옥 같은 차고 구석을 향해 고갯짓을 했다. 프리츠가 보리스에게서 몸을 조금 돌려서 총을 든 손으로 나에게 손짓을 할 때—*이리 와, 이리 와, 너도*—나는 공포로 차갑게 질린 채 보리스가 이들을 본 순간부터 벌어질 줄 알고 있었던 일이 벌어지려 한다는 사실을 깨달았다. 그리고 왜 나에게 도망가라고, 적어도 도망가려는 시도라도 하라고 했는지 깨달았다.

프리츠가 총으로 나에게 손짓을 하는 1초도 안 되는 틈에 보리스가 사라졌고 담배가 불꽃을 뿌리며 날아갔다. 프리츠가 비명을 지르며 자기 뺨을 때리더니 담배꽁초가 들어간 목깃을 움켜쥐고 비틀거리며 물러났다. 그 순간 마틴—내 바로 맞은편에서 그림에 정신이 팔려 있었다—이 고개를 들었고 내가 차 지붕 너머로 그를 멍하니 보고 있는데 오른쪽에서 그 소리, 세 발의 빠른 총소리가 들려서 우리 둘 다 재빨리 옆을 보았다. 네 발째 소리(나는 움찔 눈을 감았다)와 함께 따뜻한 피가 자동차 지붕 너머에서 내 얼굴로 튀었고, 내가 다시 눈을 뜨자 겁에 질린 아시아계 소년이 푸주한의 앞치마처럼 피가 스민 자기 몸을 더듬으면서 뒷걸음질을 치고 있었으며, 보리스의 머리가 있었던 곳에는 **베탈라우토마트 옵**(Beetaalautomaat op)이라는 불 켜진 간판만 보였다. 차 밑에서 피가 콸콸 쏟아지고 있었다. 보리스는 팔꿈치로 몸을 지탱하고 땅바닥에 엎드린 채 일어서려고 몸부림을 쳤다. 나는 보리스가 다쳤는지 무사한지 전혀 알 수 없었지만 도와주려고 아무 생각 없이 반대편으로 뛰어간 것이 분명했다. 정신을 차려보니 나는 자동차 반대편에서 보리스를 일으키려 애쓰고 있었고, 사방이 피바다였으며, 프리츠는 머리 옆쪽에 야구공만 한 구멍이 난 채 자동차 위에 쓰러져 있었고, 내가 바닥에 놓인 프리츠의 총을 본 순간 보리스가 날카롭게 소리를 질렀고, 소매에 묻은 피를 보고 눈빛이 날카로워진 마틴은 자기 팔을 잡고 총을 집으려 하고 있었다.

그 일은 일어나기도 전에 일어났다. DVD의 건너뛰기 기능처럼 나는 시간을 뛰어넘어 내던져졌다. 내가 바닥에서 권총을 집어 든 기억은 전혀 없었지만 팔이 번쩍 들릴 만큼 강력한 반동만은 기억났다. 나는 반동을 느낀 다음에야 빵 소리를 들었고, 탄피가 날아와서 내 얼굴을 때렸으며, 나는 소음 때문에 눈을 반쯤 감고 다시 한 번 총을 쏘았고, 총을 쏠 때마다 팔이 흔들렸고, 방아쇠는 무거운 빗장을 당길 때처럼 완고하게 저항했고, 자동차 유리 파편이 튀고 팔 하나 정도의 거리 앞으로 마틴이 다가왔고, 안전유리가 깨지고 콘크리트 덩어리가 사방으로 튀었고, 나는 마틴의 어깨를 맞혔고, 부드러운 회색 천이 거뭇하게 젖어 검은 얼룩이 퍼졌고, 폭약 냄새와 귀가 멀 듯한 울림이 내 두개골 속 깊이 파고들어 고막을 울리는 진짜 소리라기보다 내 마음속에 벽이 쿵 떨어져서 어린 시절 나를 괴롭혔던 내면의 어둠 속으로 다시 몰아가는 것 같았고, 마틴의 독사 같은 눈이 내 눈과 마주쳤고, 내가 다시 총을 쏘아 그의 눈 위를 맞히자 마틴이 자동차 지붕에 총을 받친 채 앞으로 고꾸라졌고, 붉은색이 확 퍼지자 나는 움찔했고, 그런 다음 뒤쪽 어딘가에서 콘크리트를 탁탁 박차며 달려가는 소리가 들렸고, 소년이, 흰 외투가, 겨드랑이에 그림을 끼고 출구 경사로를 달려가고 있었고, 그가 경사로를 달려올라 거리로 나갔고, 타일을 깐 공간에 메아리가 울렸고, 내가 그를 쐈던가. 왠지 전혀 다른 순간이 되어서 차에서 고개를 돌리고 양손으로 무릎을 짚고서 몸을 숙였고, 총이 바닥에 떨어졌고, 떨어지는 소리가 났지만 나는 총을 떨어뜨린 기억이 없었고, 총은 바닥에서 찰캉거리고 또 찰캉거렸고, 여전히 귀에서 메아리가 들리고 팔에서 총의 진동이 느껴졌고, 프리츠의 피가 내 혀를 감고 기어오르는 것 같았다.

어둠 속에서 달려가는 발소리가 들렸고, 나는 다시 아무것도 보이지도 않고 움직일 수도 없었고, 무엇을 보아도 가장자리가 까맣게 보였고, 나는 쓰러지지 않으면서도 쓰러지고 있었고, 어째선지 무릎 사이에 머리를 묻고 낮은 타일 벽에 앉아서 신발 사이 반짝거리는 에폭시 콘크리트 바닥의 선명하게 붉은 침을, 혹은 토사물을 내려다보고 있었고, 보리스가, 헐떡거리면서 숨도 쉬지 못하는 피투성이 보리스가 다시 달려왔고, 그의 목소리는 몇백만 킬로미터나 멀리에서 들려오는 것 같았다. 포터, 괜찮아? 가버렸어, 못 잡았어, 가버렸어.

나는 손바닥으로 얼굴을 쓸어내린 다음 손에 묻은 붉은 자국을 보았다. 보리스는 아직 약간 다급한 목소리로 무슨 말을 하고 있었고, 보리스가 내 어깨를 흔들고 있는데도 방음유리 너머로 보이는 입 모양과 알 수 없는 말로밖에 느껴지지 않았다. 발사된 총에서 피어오른 연기는 이상하게도 뇌우가 치는 맨해튼의 냄새, 도시의 젖은 보도가 풍기는 짙은 암모니아 냄새와 똑같은 냄새가 났다. 하늘색 미니의 차문에 지빠귀 알 같은 얼룩이 생겼다. 더 가까이 있는 보리스의 차 아래쪽에서 소름끼치는 검정색이, 폭이 1미터 정도 되는 반들반들한 새틴 같은 웅덩이가 점점 넓게 퍼지면서 아메바처럼 조금씩 다가왔고, 나는 얼마나 지나야 저게 내 신발에 닿을까, 그러면 나는 어떻게 해야 할까 생각했다.

보리스가 주먹으로 내 옆머리를 세게 때렸지만 화가 나서 그런 것은 아니었다. 아무 감정도 없고 열의도 없는 주먹이었다. 꼭 심폐 소생술이라도 하는 것 같았다.

"얼른." 보리스가 말했다. "안경 써." 그가 짧게 고개를 끄덕이며 말했다.

안경—피로 물들었지만 부서지지는 않았다—은 내 발 옆에 떨어져 있었다. 나는 안경이 언제 떨어졌는지 기억이 나지 않았다.

보리스가 직접 안경을 집어서 소매로 닦아서 나에게 주었다.

“자, 가자.” 보리스가 내 팔을 잡고 일으키며 말했다. 침착하고 달래는 듯한 목소리였지만 보리스는 피투성이였고 떨리는 손이 느껴졌다. “다 끝났어. 네가 우릴 구했어.” 총소리로 인한 이명 때문에 귓가에서 메뚜기 떼가 우는 것 같았다. “잘했어. 자— 이쪽으로. 서둘러.”

보리스는 어둡고 문이 잠긴 유리 사무실 뒤로 나를 데리고 갔다. 낙타털 외투에 피가 묻어 있었다. 보리스는 외투 보관소 직원처럼 내 외투를 벗긴 다음 뒤집어서 콘크리트 기둥에 걸쳤다.

“이건 버려야겠다.” 보리스가 격하게 몸을 떨면서 말했다. “셔츠도. 지금은 말고— 나중에. 자.” 문을 열고 나를 떠밀며 들어와서 불을 켰다. “어서.”

축축한 욕실이었고 소변기 냄새 제거제와 오줌 냄새가 났다. 개수대는 없었고 수도꼭지와 바닥의 배수구 외에는 아무것도 없었다.

“빨리빨리.” 보리스가 물을 제일 세게 틀면서 말했다. “말끔하게 안 씻어도 돼. 그냥— 앗!” 보리스가 얼굴을 찌푸리며 수도꼭지 밑에 머리를 대고 얼굴에 물을 뿌리면서 손바닥으로 문질러 씻는데—

“너, 팔.” 내가 말했다. 보리스는 팔을 이상하게 잡고 있었다.

“그래그래—” 차가운 물을 사방으로 튀기면서 숨을 쉬려고 고개를 든다. “그놈이 내 팔을 맞혔는데, 많이 다치진 않았어. 그냥 약간— 아, 제길—” 침을 뱉으며 식식거린다. “네 말을 들었어야 했는데. 네가 말했잖아! 네가 그랬지, 보리스, 뒤에 누가 있어! 부엌에! 그런데 내가 네 말을 들었어? 신경이나 썼어? 아니지. 그 조그만 빌어먹을 놈— 그 중국 놈이 자샤 애인이었어! 우, 구, 뭐더라, 이름이 기억 안 나네. 아아—” 보리스가 다시 수도꼭지 밑에 머리를 밀어 넣고 무어라 중얼거렸고, 물줄기가 얼굴을 따라 흘러내렸다. “—으으! 네가 우릴 구했어, 포터. 둘 다 죽을 줄 알았는데…….”

보리스가 수도꼭지에서 물러나 맑은 물이 뚝뚝 떨어지는 환하고 벌건 얼굴을 양손으로 문질렀다. “됐다.” 보리스가 눈가의 물을 훔쳐서 털고 물이 콸

콸 쏟아지는 수도꼭지 앞으로 나를 끌었다. "이제 너 씻어. 머리를 넣어— 그래그래, 차갑지!" 내가 움찔하자 나를 밀어 넣었다. "미안! 알아! 손, 얼굴—"

얼음처럼 차가운 물이 콧속으로 들어와서 숨이 막힐 것 같았다. 이렇게 차가운 느낌은 처음이었지만 정신이 좀 돌아왔다.

"빨리빨리." 보리스가 나를 끌면서 말했다. "양복은— 검은색이군— 티 안 나겠다. 셔츠는 어쩔 수 없으니까 깃을 세워. 자, 내가 해줄게. 차에 목도리 있지? 목에 두를 수 있어? 아니, 아냐— 관둬—" 내가 덜덜 떨면서 외투로 손을 뻗었다. 추워서 이빨이 덜덜 부딪쳤고 상체는 완전히 젖었다. "음, 입어라, 얼어 죽겠다. 대신 뒤집어 입어."

"네 팔." 보리스의 외투는 검은색이었고 불빛이 어두웠지만 위팔에 총알이 스치면서 탄 부분과 피가 끈적끈적하게 묻은 검정 양모를 알아볼 수 있었다.

"잊어버려. 아무것도 아냐. 제길, 포터—" 보리스가 다시 차를 향해 걸어갔는데 거의 뛰다시피 했기 때문에 나는 보리스를 잃어버릴까 봐, 혼자 남겨질까 봐 겁에 질려서 서둘러 쫓아갔다. "마틴! 그 새끼는 당뇨가 심하거든. 그래서 나는 몇 년 동안이나 마틴이 얼른 죽었으면 좋겠다고 생각했는데. 그레이트풀 데드, 그 자식한테도 고맙다고 해야겠네!" 보리스가 권총을 주머니에 넣은 다음 손수건을 넣는 양복 윗주머니에서 흰 가루가 든 봉투를 꺼내서 열더니 바닥에 가루를 뿌렸다.

"됐다." 보리스가 비틀비틀 뒷걸음질을 치면서 손을 털었다. 얼굴이 재처럼 창백했고 동공은 고정되어 있었으며 나를 올려다볼 때도 나를 보는 것 같지 않았다. "이것만 쫓겠지. 마틴도 가지고 있을걸, 약에 완전 취했던데. 너도 눈치챘지? 그래서 그렇게 느렸던 거야— 프리츠도 그렇고. 전화가 올 줄 몰랐겠지— 오늘 밤에 일을 하게 될 줄은 몰랐을 거야. *세상에*—" 눈을 질끈 감는다. "운이 좋았어." 땀을 뻘뻘 흘리면서 죽은 듯이 창백한 모습으로 이마를 닦는다. "마틴은 날 알아, 뭘 가지고 다니는지 알지. 총이 하나 더 있을 줄 몰랐을 거야. 그리고 너— 놈들은 너를 전혀 계산에 넣지 않았어. 자, 차에 타." 보리스가 말했다. "아니, 아니야—" 보리스가 내 팔을 잡았다. 나는 몽유병자처럼 보리스를 따라서 운전석 쪽으로 가고 있었다. "여기 말고, 엉망이네. 아—" 보리스가 딱 멈춰 섰고, 깜빡거리는 푸른빛 속에서 영원과도 같은 시간이 흘렀다. 마침내 보리스가 비틀비틀 바닥에서 자기 총을 집어서 주머니에서 꺼낸 천으로 깨끗하게 닦은 다음 천으로 감싼 채 들고서 조심스럽게 바닥에 떨어뜨렸다.

"휴." 보리스가 숨을 돌리려고 애쓰며 말했다. "이러면 혼란스럽겠지. 몇 년씩이나 추적할 거야." 보리스가 한 손으로 다친 팔을 잡고 멈춰 섰다. 그가 나를 위아래로 훑어보았다. "운전할 수 있겠어?"

나는 대답할 수 없었다. 멍하고 어지럽고 떨렸다. 충돌이 일어난 순간에 멈춰진 후 내 심장은 강하고 날카롭게, 가슴 가운데를 때리는 주먹처럼 고통스럽게 뛰고 있었다.

보리스가 재빨리 고개를 흔들며 쯧쯧 혀를 찼다. "반대쪽으로 가." 보리스가 말했지만 내 발이 제멋대로 움직여 그를 따라갔다. "아니, 아니라니까—" 보리스가 나를 다시 끌고 가서 조수석 문을 열고 살짝 밀었다.

푹 젖었다. 떨고 있었다. 속이 안 좋았다. 바닥에 스티모롤 껌 한 통과 프랑크푸르트, 오펜바흐, 하나우 도로 지도책이 있었다.

보리스가 차 주변을 빙 돌면서 확인한 다음 조심스럽게 운전석으로 돌아가서—피를 밟지 않으려고 피하느라 약간 비틀거렸다—운전석에 앉고는 양손으로 운전대를 잡고 심호흡을 했다.

"좋아." 보리스가 긴 한숨을 내쉬면서 임무를 맡아 곧 이륙하려는 비행기 조종사처럼 혼잣말을 했다. "벨트부터 매야지. 너도 매. 브레이크 등은 들어오나? 미등은?" 보리스가 주머니를 톡톡 치고 좌석을 세운 다음 히터를 제일 세게 틀었다. "기름은 가득 있어— 좋아. 좌석도 따뜻하고— 몸이 좀 녹을 거야. 누가 우릴 세우면 안 되는데." 보리스가 설명했다. "나 운전 못하거든."

가죽 좌석이 끽끽거리는 소리, 젖은 내 소매에서 물이 떨어지는 소리, 온갖 소리가 나지막하게 났다.

"운전을 못한다고?" 강렬하게 울리는 침묵 속에서 내가 말했다.

"음, 할 수야 있지." 보리스가 방어적으로 말했다. "해봤어. 난—" 차에 시동을 걸고 좌석에 팔을 걸친 다음 후진한다. "음, 내가 기사를 왜 쓸 거 같냐? 그 정도로 고급이라서? 아니야. 나는 어—" 집게손가락을 편다. "음주운전으로 걸렸어."

차가 출발했고 나는 쓰러져 있는 피투성이 덩어리를 보지 않으려고 눈을 감았다.

"그러니까, 봐봐, 경찰이 차를 세우면 내 기록을 알아보겠지. 그러니까 경찰한테 걸리면 안 돼." 머릿속의 강렬한 웅웅거림 때문에 보리스의 말이 거의 들리지 않았다. "네가 도와줘야 돼. 그러니까— 표지판 잘 보고 내가 버스 전용차선으로 들어가지 않게 가르쳐줘. 여긴 자전거도로가 빨간색인데, 거기로 다니면 안 되니까 그것도 가르쳐주고."

우리는 오버르톰에서 다시 암스테르담을 향했다. 열쇠공 슬뢰텔클라위스, 바카튀러스(Vacatures), 디히탈 프린턴(Digitaal Printen), 하이 텔레콤(Haji Telecom), 온베페르크트 헤니턴(Onbeperkt Genieten), 아라비아 문자들, 줄무늬처럼 지나가는 조명, 전부 악몽 같았다. 나는 이 빌어먹을 도로에서 결코 벗어나지 못할 것 같았다.

"이런, 속도를 줄이는 게 좋겠어." 보리스가 침울하게 말했다. 생기가 없고 몹시 지쳐 보였다. "*트라예크트콘트롤러*(Trajectcontrole). 표지판을 알려달라니까." 내 소맷부리의 핏자국. 아주아주 큰 핏방울들.

"트라예크트콘트롤러는 과속 여부를 경찰한테 알려주는 기계가 있다는 뜻이야. 경찰은 대부분 평범해 보이는 차를 타고 다니면서 가끔 잠시 따라오다가 차를 세우는데, 다행이야, 오늘 이쪽 길에는 차가 별로 없네. 주말인데다가 크리스마스라서 그렇겠지. 이 동네가 크리스마스를 즐길 만한 데는 아니거든. 조금 전에 어떻게 된 건지는 알지?" 보리스가 숨을 헐떡거리고 코를 세게 문지르며 말했다.

"아니." 내가 아닌 다른 사람이 말하고 있었다.

"음— 호르스트야. 둘 다 호르스트 부하거든. 호르스트가 암스테르담에 급한 일이 생겼을 때 전화할 수 있는 유일한 사람은 프리츠밖에 없지만, 마틴은— 젠장." 보리스는 아주 빠르고 괴상하게 말하고 있었다. 너무 서둘러서 말이 채 나오지도 않았고 눈은 생기 없이 멍하니 앞을 보고 있었다. "마틴이 암스테르담에 있을 줄 누가 알았겠어? 호르스트랑 마틴이 어디서 만났는지 알아?" 보리스가 나를 흘깃 보면서 말했다. "정신병원에서! 캘리포니아의 비싼 정신병원에서 말이야! 호르스트는 거길 '호텔 캘리포니아'라고 불렀지! 아직 가족들이 호르스트를 돌볼 때였어. 호르스트는 재활 때문에 입원한 거지만 마틴은 진짜, 정말로 미친놈이라서 간 거야. 눈을 찌르는 그런 정신병자 말이야. 난 마틴이 정말 말로 할 수 없는 짓을 하는 것도 봤어. 나는—"

"네 팔." 많이 아픈 것이 분명했다. 보리스의 눈에 고이는 눈물이 보였다.

보리스가 인상을 썼다. "아니야. 아무것도 아냐. 아무렇지도 않아. 아야." 보리스는 내가 핸드폰 충전기 전선을 팔에 감을 수 있도록 팔꿈치를 들면서 말했다. 나는 전선을 세게 잡아당겨 상처 위로 두 번 감은 다음 최대한 단단히 묶었다. "똑똑하네. 좋은 방법이야. 고맙다! 그래도, 진짜 그럴 필요 없어. 그냥 까진 거야— 멍이나 좀 들겠지. 외투가 두꺼워서 다행이야! 세척하고— 항생제랑 진통제나 좀 먹으면 괜찮을 거야. 난—" 몸서리치는 깊은 한숨. "규리랑 체리를 찾아야 돼. 곧장 블레이크스로 갔으면 좋을 텐데. 디마— 디마한테도 귀띔해줘야지, 주차장이 엉망이 됐으니까. 짜증 날 거야— 경찰이 오겠지, 아주 골치야— 하지만 우발적인 사건처럼 보일 거야. 디마가 이 일에 엮일 근거는 전혀 없어."

전조등이 우리를 계속 훑으며 지나갔다. 귓가에서 맥박이 뛰었다. 도로에 차는 많지 않았지만 나는 차가 지나갈 때마다 움찔했다.

보리스가 신음을 하며 손바닥으로 얼굴을 쓸었다. 그리고 화가 난 것처럼 아주 빠르게 뭐라고 말했다. "뭐?"

"엉망진창이라고. 아직 생각 중이야." 스타카토의 갈라진 목소리. "그런 생각이 들어서— 내 생각이 틀렸을지도 몰라, 과대망상일지도 몰라— 하지만, 어쩌면 호르스트는 다 알고 있었던 거 아닐까? 자샤가 그림을 훔친 거 말이야. 그런데 자샤가 호르스트 몰래 독일에서 그림을 빼내서 그걸로 돈을 빌리려고 한 거지. 그러다가 일이 잘못되니까— 자샤는 겁에 질렸을 거고— 호르스트 말고 누구한테 전화를 할 수 있겠어? 물론 내 생각일 뿐이야, 호르스트는 몰랐을 수도 있어. 자샤가 경솔하고 멍청하게 굴지만 않았으면 호르스트는 절대 몰랐을 거야— 제기랄, 이 빌어먹을 놈의 순환로." 보리스가 갑자기 말했다. 우리는 오버르톰을 벗어난 다음 빙빙 돌고 있었다. "어느 방향이지? 내비게이션 좀 켜봐."

"난—" 내가 내비게이션을 만지작거렸지만 들리는 말을 이해할 수 없었고 메뉴도 읽을 수 없었다. 헤회헌, 플라츠(Geheugen, Plaats). 다이얼을 돌리니 메뉴가 떴다. *헤바리어르드, 아흐테르흐론드*(Gevarieerd, Achtergrond).

"아, 모르겠다. 이쪽으로 가보자. 이런, 막혔잖아." 보리스가 약간 너무 급하게, 되는대로 차를 꺾었다. "너 참 배짱 좋더라, 포터. 프리츠는— 걔는 완전 제정신이 아니었어, 거의 꾸벅거리더라고. 하지만 마틴은, 제기랄. 그런데 네가 나선 거야— 그렇게 용감하게 돌아 나오다니. 만세! 난 네가 있다는 걸 생각도 못 했어. 하지만 네가 거기 있었지! 총 같은 건 만져본 적도 없다고?"

"응." 검고 축축한 거리.

"음, 하나 얘기해줄까? 웃길지도 몰라. 그래도— 칭찬이야. 너 꼭 계집애처럼 총 쏘더라. 그게 왜 칭찬인지 알아? 왜냐면 말이야—" 보리스가 들뜨고 흥분한 여자 같은 목소리로 말했다. "만약에 총을 안 쏴본 남자랑 총을 안 쏴본 여자가 위협적인 상황에 처하잖아? 보보가 자주 하던 이야긴데, 여자가 상대를 쓰러뜨릴 확률이 훨씬 높대. 남자들은 대부분 어떤 줄 알아? 영화도 많이 봤겠다, 터프해 보이고 싶기도 하겠다, 너무 초조해서 총을 지나치게 빨리 쏘는 거야— 제기랄." 보리스가 브레이크를 급하게 밟았다.

"왜?"

"이러면 안 되는데."

"뭐가 안 돼?"

"도로가 폐쇄됐어." 보리스는 급히 차를 돌려 왔던 길을 돌아갔다.

공사. 울타리 뒤쪽에 세워진 불도저와 창문에 비닐 방수포를 친 텅 빈 건물. 파이프 더미, 시멘트 블록, 네덜란드어 그라피티.

"이제 어떻게 해?" 가로등이 하나도 없는 듯한 다른 길로 들어선 이후 멍한 침묵이 흐르자 내가 말했다.

"음— 여기는 다리가 없어. 막다른 길이야, 그러니까……."

"아니, 우리 이제 어떻게 할 거냐고?"

"뭘?"

"난—" 이가 심하게 덜그럭거려서 말도 잘 나오지 않았다. "보리스, 우리 망했어."

"아니야! 그렇지 않아. 그로즈단이 갖고 있던 총—" 보리스가 외투 주머니를 어색하게 두드렸다. "이건 운하에 버릴 거야. 이걸로 그로즈단을 찾아내지 못하면 나도 찾아낼 수 없어. 우리는 그 사건이랑 절대로 연결되지 않을 거야. 왜냐면 내 총은 깨끗하거든. 일련번호도 없고. 자동차 타이어도 새 거야! 내가 차를 갖다주면 규리가 오늘 밤에 타이어를 갈 거야. 여기 봐." 보리스가 말했다. 내가 아무 대답도 하지 않자 한 번 더 말했다. "걱정 마! 우린 안전해! 다시 말해줄까? 안. 전. 해." (그는 손가락을 꼽아가면서 말했다.)

도로의 움푹 팬 부분을 지날 때 나는 흠칫하면서 무의식적으로, 깜짝 놀라서, 자동적으로 양손을 들어 얼굴을 가렸다.

"무엇보다도 왜 안전한지 알아? 우린 오랜 친구니까— 서로를 믿으니까. 그리고— 아 제기랄, 경찰이다. 속도 줄일게."

나는 신발을 물끄러미 봤다. 신발 신발 신발. 몇 시간 전 이것을 신을 때에는 아직 아무도 죽이지 않았었다는 생각밖에 안 들었다.

"왜냐면— 포터, 포터, 생각해봐. 잠깐 내 말 좀 들어봐, 제발. 내가 낯선 사람이었으면— 네가 알지도 못하고 믿지도 못하는 사람이었다면 어땠겠어? 아까 그 주차장에서 생판 모르는 사람이랑 같이 차를 타고 나왔다면? 그럼 네 삶은 그 낯선 사람한테 영원히 매이는 거야. 네가 살아 있는 한 그 사람을 아주아주 조심해야 되겠지."

차가운 손, 차가운 발. 스낵바, 슈퍼마켓, 조명을 받은 과일과 과자 더미들, 베르코프 헤스타르트(Verkoop Gestart)!

"네 목숨이— 네 자유가 낯선 사람의 의리에 달려 있으면? 그럼 어떻겠어? 그래. 걱정되지. 절대적으로. 정말 큰 곤경에 처할 거야. 하지만— 이 일은 우리밖에 몰라. 규리도 몰라!"

나는 말을 할 수가 없었고, 힘차게 고개를 저으면서 숨을 가다듬으려고 애썼다.

"또 누가 있어? 그 중국 놈?" 보리스가 역겹다는 소리를 냈다. "누구한테 말하겠어? 갠 미성년자에다가 합법적인 체류자도 아니야. 네덜란드어도 제대로 못 한다고."

"보리스." 내가 몸을 조금 숙였다. 기절할 것 같았다. "그놈이 그림을 가져갔어."

"아." 보리스가 고통스럽게 얼굴을 찌푸렸다. "안됐지만 그건 끝난 것 같아."

"뭐?"

"어쩌면 영원한 끝일지도 몰라. 진짜 마음이 안 좋다— 가슴이 아파. 왜냐면, 이런 말은 하기 싫지만— 우인지, 구인지 아무튼 그놈은 아까 그 장면을 봤으니까— 자기 생각만 할 거야. 죽을 만큼 무섭겠지! 사람들이 죽었잖아! 강제 추방될지도 모르고! 엮이고 싶지 않을 거야. 그림은 잊어버려. 걘 그림의 진짜 가치도 몰라. 그리고 경찰이랑 문제라도 생기면 어쩌겠어? 단 하루라도 감옥에 들어가느니 뭘 택하겠어? 그놈은 그림을 없애고 싶다는 생각밖에 없을 거야. 그러니까—" 보리스가 멍하니 어깨를 으쓱했다. "그 개똥 같은 자식이 무사히 도망치기만을 바라자고. 그렇지 않으면 *프티차*는 운하에 처박힐 거야— 태울지도 모르고."

주차된 자동차들 후드 위에서 반짝이는 가로등. 나는 육체가 없는 것 같았다, 나 자신과 단절된 것 같았다. 어떻게 하면 다시 내 몸 속으로 돌아간 기분이 들지 상상도 할 수 없었다. 우리는 구시가지로 돌아왔다. 덜걱거리는 자갈길, 아에르트 판 데르 네르의 그림에서 빠져나온 듯한 단색에 양옆에서 17세기가 짓누르는 듯한 밤 풍경, 검은 운하 물 위에서 춤추는 은화들.

"아우, 여기도 막혔네." 보리스가 갑자기 차를 세우고 신음하면서 후진했다. "다른 길을 찾아야겠어."

"여기가 어딘지는 알아?"

"응— 당연하지." 보리스가 경쾌하게 말했는데, 상황과 동떨어져서 왠지 무서웠다. "저기 저게 네 호텔 쪽 운하야. 헤렌흐라흐트.*"

"어느 운하?"

"암스테르담은 돌아다니기 좋은 도시야." 보리스가 내 말을 못 들은 척 말했다. "구시가지에서는 운하만 따라가면 되거든— 아, 제기랄, 여기도 막혔잖아."

다채로운 명암. 기이할 만큼 활기찬 어둠. 종루 위에 뜬 유령 같은 작은 달은 너무나 작아서 다른 행성의 달인 듯 부옇고 신비로웠고 구름은 아주 옅은 파란색과 갈색으로 물들어 오싹한 느낌이었다.

"걱정 마. 늘 이래. 항상 뭔가를 짓고 있다니까. 공사 때문에 온통 엉망이야. 이게 전부— 아마 새로운 지하철 노선이나 뭐 그런 거 때문일 거야. 다들 귀찮아하지. 전부 사기라고 하는 사람들도 있고, 그래그래. 어느 도시나 다 똑같아, 안 그래?" 보리스는 목소리가 너무 흐릿해서 술에 취한 사람 같았다. "어딜 가나 도로 공사 중이고, 정치가들은 돈을 벌고, 응? 그래서 다들 자전거를 타고 다니는 거야, 그게 더 빠르니까. 다만, 미안하지만, 난 어디서든 크리스마스 일주일 전에는 자전거를 안 타. 아, 안 돼—" 좁은 다리에 차들이 잔뜩 늘어서 있었다. "움직이긴 하냐?"

"난—" 우리는 보행자용 다리에서 멈췄다. 비가 뿌려진 창에 선홍색 물방울들이 눈에 보였다. 겨우 30센티미터도 떨어지지 않은 곳에서 사람들이 걸어 다니고 있었다.

"네가 내려서 좀 봐. 아, 잠깐." 내가 몸을 추스르기도 전에 보리스가 조바심을 내더니 차를 세우고 먼저 내렸다. 나는 전조등 불빛을 받은 보리스의 등을 보았다. 소용돌이치는 배기가스 가운데에서 격식을 차려 일부러 꾸민 듯한 모습이었다.

* Herengracht : 암스테르담의 주요 세 운하 중 첫 번째 운하를 가리키는 말로, 그대로 해석하면 '귀족의 운하'라는 뜻이다.

"밴 때문이야." 보리스가 다시 차에 타며 말했다. 문을 쾅 닫았다. 심호흡을 하고 다시 운전대에 양팔을 얹었다.

"뭐 하는데?" 나는 지나가던 사람이 차에 묻은 핏자국을 보고 달려와서 차창을 두드리고 문을 활짝 열지 않을까 생각하며 겁에 질려서 이쪽저쪽을 살폈다.

"내가 어떻게 알아? 이 빌어먹을 도시에는 차가 너무 많아. 봐." 보리스가 말했다. 그는 앞차의 타는 듯한 붉은 미등 불빛을 받아 창백해 보였고 땀을 흘리고 있었다. 다른 차들이 와서 뒤에 서는 바람에 우리는 갇혔다. "여기서 얼마나 기다려야 할지 몰라. 호텔에서 몇 블록밖에 안 되니까 넌 내려서 걸어가는 게 낫겠다."

"난—" 창틀에서 떨어지는 물방울이 이렇게 빨갛게 보이는 건 앞차의 미등 때문일까?

보리스가 초조하게 손을 흔들었다. "포터, 그냥 가." 그가 말했다. "저 앞에 밴이 왜 저러는지 모르겠어. 교통경찰이 올지도 몰라. 지금은 우리 둘이 갈라지는 게 더 나아. 헤렌흐라흐트— 찾기 쉬워. 암스테르담 운하는 전부 원형이야, 알지? 저 길로 가면 돼—" 보리스가 방향을 가리켰다. "찾을 수 있을 거야."

"너, 팔은?"

"아무렇지도 않아! 외투를 뜯어서 보여줄 수도 있지만 귀찮아서 참는다. 이제 가. 난 체리랑 통화해야 돼." 주머니에서 핸드폰을 꺼낸다. "당분간 암스테르담을 떠나야 할 수도 있어—"

"뭐?"

"—당분간 연락이 안 돼도 걱정하지 마, 네가 어디 있는지 내가 알잖아. 나한테 전화하거나 연락하지 않는 게 좋겠어. 최대한 빨리 올게. 아무 문제 없을 거야. 가— 가서 씻고— 목도리 바짝 올려서 두르고— 곧 통화하자.

그렇게 창백하고 아픈 표정 짓지 마! 좀 있어? 뭐 필요해?"

"뭐?"

보리스가 주머니를 뒤적였다. "자, 이거 받아." 도장 자국이 번진 글라신지(紙) 봉투. "너무 많이 하지 마, 순도가 진짜 높아. 성냥 머리만큼만 해, 그 이상은 안 돼. 자고 일어나면 좀 괜찮을 거야. 잊지 마—" 보리스가 어딘가로 전화를 건다. 나는 보리스의 힘겨운 숨소리를 예리하게 의식했다. "목도리 바짝 올려 두르고 최대한 어두운 길로 가. 자!" 내가 여전히 가만히 앉아 있자 보리스가 소리를 질렀다. 그 소리가 너무 커서 다리의 보도를 걷던 남자가 돌아보았다. "서둘러! *체리*—" 보리스는 눈에 띄게 안심하여 좌석에 털썩 기대더니 우크라이나어로 거칠게 이야기하기 시작했다. 나는 차에서 내려서—끔찍한 기분으로 가만히 멈춰 선 자동차들의 무시무시한 전조등 불빛에 노출된 채—우리가 왔던 길을 되짚어 다리를 건넜다. 내가 마지막으로 본 보리스의 모습은 통화를 하면서 창문을 내리고 몸을 내밀어 자욱한 자동차 배기가스 속에서 앞쪽에 멈춰 선 밴에 무슨 일이 일어나고 있는지 살펴보는 모습이었다.

14

그 후 호텔을 찾아서 둥그런 운하를 방황하던 한 시간, 혹은 몇 시간은 내 평생 어느 때 못지않게 비참했는데, 그것은 뭔가 시사하는 바가 있었다. 기온은 뚝 떨어지고 머리는 축축했으며 옷은 흠뻑 젖었고 추워서 이가 덜덜 떨렸다. 모든 거리가 똑같아 보일 만큼 어두웠지만 내가 방금 죽인 사람의 피가 묻은 옷을 입고 돌아다닐 만큼 어둡지는 않았다. 나는 이상하리만치 당당하게 들리는 발소리를 내며 어두운 거리를 빠르게 걸었지만 악몽 속에서 벌거벗고 돌아다니는 것처럼 불안하고 사람들 눈에 띄는 느낌이었고, 가로등을 피하면서 뒤집어 입은 외투가 완벽하게 정상적이라고, 이상한 건 하나도 없다고 스스로를 설득하려 했지만 점점 자신이 없어졌다. 거리에 사람들이 있었지만 많지는 않았다. 나는 알아보는 사람이 있을까 봐 걱정이 돼서 안경을 벗었다. 경험상 나의 가장 눈에 띄는 특징, 사람들이 제일 처음 알아보고 기억하는 것이 안경이라는 사실을 알았기 때문이다. 안경을 벗으면 길을 찾는 데는 도움이 되지 않았지만 안전하게 숨어 있다는 말도 안 되는 느낌이 들었다. 읽을 수 없는 표지판과 어둠 속에서 동동 떠다니는 흐릿하고 둥근 가로등 불빛, 희미한 자동차 불빛과 크리스마스를 축하하는 예광탄, 추적자들이 초점이 맞지 않는 렌즈로 보고 있는 느낌.

그래서 어떻게 되었냐면, 호텔을 몇 블록 지나쳐버렸다. 게다가 나는 정해진 시간이 지난 후에는 초인종을 눌러야 들어갈 수 있는 유럽의 호텔에 익숙하지 않았던 탓에, 재채기를 해대고 뼛속까지 추위를 느끼며 철벅철벅 걸어서 마침내 호텔에 도착한 다음에도 잠긴 유리문 손잡이를 좀비처럼 철컥거렸다. 멍하니 메트로놈처럼 똑같은 자세로, 같은 리듬으로, 손잡이를 밀었다 당겼다 밀었다 당겼다 하면서도 추위에 얼이 빠져 내가 왜 안으로 들어가지 못하는지도 몰랐다. 유리문 너머로 로비 끝의 매끈한 검은색 접수대가 흐릿하게 보였지만 비어 있었다.

잠시 후 안쪽에서 검은 양복 차림의 깔끔한 검은 머리 남자가 놀란 눈으로 서둘러 나왔다. 그와 나의 시선이 만나서 무시무시한 섬광이 번쩍이자 나는 내가 어떤 몰골일지 깨달았다. 남자가 시선을 피하더니 열쇠를 더듬거렸다.

"죄송합니다, 손님, 열한 시가 넘으면 문을 잠그거든요." 그가 여전히 시선을 피하며 말했다. "고객의 안전을 위해서죠."

"갑자기 비를 만나서요."

"그렇군요, 손님." 나는 그가 동전만 한 갈색 핏자국이 튄 셔츠 소맷부리를 보고 있음을 깨달았다. "필요하시다면, 접수대에 우산이 준비되어 있습니다."

"고맙습니다." 그런 다음 실없이 덧붙였다. "초콜릿 소스를 흘려서요."

"아, 그러시군요. 필요하시면 세탁을 맡겨 얼룩을 빼드리겠습니다."

"그거 잘됐네요." 나한테서 그 냄새가, 피 냄새가 나지 않을까? 난방이 켜진 로비에서 나는 그 냄새를, 녹과 소금 같은 냄새를 풍기고 있었다. "제일 좋아하는 셔츠거든요. 프로피테롤*을 먹다가 그만." *닥쳐*, *닥치라고*. "그래도 맛은 있더군요."

"다행이네요. 필요하시면 내일 레스토랑에 예약을 해드리겠습니다."

"고마워요." 입안에서 피 맛이 나고 사방에서 피 냄새와 맛이 느껴졌다. 나는 남자가 냄새를 나만큼 강하게 느끼지 않기만을 바랐다. "그거 좋네요."

"손님?" 내가 승강기 쪽으로 걸어가자 그가 말했다.

"네?"

"열쇠가 필요하지 않으십니까?" 남자가 데스크 뒤로 가서 분류함에서 열쇠를 골랐다. "27호 맞으시죠?"

"맞아요." 나는 남자가 내 호실을 말해줘서 다행이라고 생각하면서도 나를 보자마자 알았다는 사실을 경계했다.

"안녕히 주무십시오, 손님. 즐거운 시간 보내시길 바랍니다."

승강기를 한 번 갈아탔다. 붉은 양탄자가 깔린 끝없는 복도. 나는 방으로 들어가자마자 책상 위 램프, 침대 램프, 번쩍이는 샹들리에 할 것 없이 불을 전부 켰다. 그런 다음 외투를 바닥에 떨어뜨리고 곧장 샤워실로 가서 쇠스랑을 든 사람들 앞에 선 프랑켄슈타인의 괴물처럼 비틀거리면서 피 묻은 셔츠를 벗었다. 나는 끈적거리는 옷을 전부 벗어서 욕조에 던지고 물을 최

* profiterole : 속에 크림을 넣고 위에 초콜릿을 얹은 슈크림.

대한 뜨겁고 세게 틀었다. 발밑에서 분홍색 시냇물이 흘렀다. 나는 백합향 샤워 젤로 몸에서 장례식 화환 같은 냄새가 날 때까지, 피부가 화끈거릴 때까지 몸을 문질렀다.

셔츠는 가망이 없었다. 한참 빨았는데도 목 쪽에 길쭉한 갈색 얼룩이 지워지지 않고 물결무늬와 반점이 되었다. 나는 욕조에 셔츠를 담가놓고 목도리와 재킷을 살펴보았다. 피가 스몄지만 어두운 색이라서 잘 보이지 않았다. 그런 다음 나는 최대한 조심스럽게 외투를 뒤집었다(왜 남색 외투가 아니라 낙타털 외투를 파티에 입고 갔을까?). 한쪽 깃은 괜찮았지만 한쪽은 상태가 아주 나빴다. 와인처럼 짙은 색 자국이 뭔가를 말하는 듯 생생했기 때문에 총을 쏠 때의 에너지가 다시 한 번 느껴졌다. 반동, 폭발, 핏방울의 궤적. 나는 수도꼭지 밑에 외투를 대충 놓고 샴푸를 짠 다음 장 속에 들어 있던 구두용 솔로 문지르고 또 문질렀다. 샴푸를 다 쓰고 샤워 젤까지 다 떨어지자 나는 동화 속에 나오는 무력한 하인처럼 날이 밝기 전까지 불가능한 일을 끝내지 않으면 죽을 운명인 사람처럼 얼룩에 비누를 문지른 다음 더 비볐다. 손이 지쳐서 덜덜 떨렸다. 그런 다음 칫솔과 치약을 가져와서 써봤더니 신기하게도 다른 것들보다 더 효과가 있었지만 완전히 지워지지는 않았다.

결국 나는 쓸데없는 짓을 다 포기하고 외투의 물이 빠지도록 욕조에 걸어두었다. 푹 젖은 파블리콥스키 씨의 유령 같았다. 나는 수건에 피가 묻지 않도록 주의했다. 화장지를 뭉쳐서 타일의 핏빛 얼룩과 물방울을 힘들게 닦으면서 중간 중간 변기에 휴지를 넣고 물을 내렸다. 그런 다음 타일 틈새를 칫솔로 닦았다. 아주 새하얬다. 거울이 번쩍거렸다. 여기저기 비치는 고독한 모습. 나는 마지막 분홍빛 얼룩이 사라지고 난 후에도 계속해서 내가 더럽힌 탓에 여전히 수상해 보이는 붉은빛이 나는 수건을 헹구고 다시 빨았다. 그러고는 녹초가 된 몸으로 견디기 힘들 정도의 뜨거운 물로 샤워를 하면서 머리끝부터 발끝까지 다시 한 번 박박 문질렀고, 비누를 머리에 북북 문지르자 비누 거품이 눈으로 흘러 들어와서 눈물이 흘렀다.

15

나는 커다란 초인종 소리에 깨어 불에 덴 것처럼 벌떡 일어났다. 몇 시인지도 몰랐다. 시트는 구깃구깃하고 땀에 흠뻑 젖어 있었고, 빛을 완전히 차단하는 블라인드가 내려져 있었기 때문에 지금이 몇 시인지도, 낮인지 밤인지도 몰랐다. 아직 잠이 덜 깼다. 나는 가운을 입고 문에 체인을 건 다음 살며시 열면서 말했다. "보리스?"

제복을 입은 매끈한 얼굴의 여자다. "세탁물 주세요, 손님."

"네?"

"접수대에서 보냈어요. 오늘 아침에 세탁물을 가지러 와달라고 하셨다던데요."

"어—" 나는 문손잡이를 내려다보았다. 어떻게 그런 일을 겪고도 *깨우지 마시오* 팻말을 내걸지 않았을까? "잠깐만요."

나는 가방에서 앤의 파티에 입고 갔던 셔츠를, 보리스가 그로즈단을 만나러 가기에는 어울리지 않는다고 했던 셔츠를 꺼냈다. "여기요." 나는 문 사이로 셔츠를 건넸다. 그런 다음. "잠깐만요."

양복 재킷. 목도리. 둘 다 검정색이다. 맡겨도 될까? 둘 다 엉망이었고 만지면 축축했지만 책상 램프를 켜고 자세히 살펴보니— 안경을 끼고 옷을 코앞까지 갖다 대고서 호비 아저씨에게 훈련을 받은 눈으로 살폈다— 핏자국은 보이지 않았다. 분홍색이 묻어나는지 보려고 하얀 티슈로 여러 군데를 눌러보았다. 묻어나긴 했지만 아주 연했다.

여자는 아직도 기다리고 있었고 서둘러야 한다는 것이 어떤 면에서는 다행이었다. 빨리 결정해야 한다, 주저할 시간이 없다. 나는 주머니에서 지갑, 약혼 파티(내가 견디기 힘든 시간을 선사한 이 파티에 감사하게 될 줄 누가 알았을까)에 가기 전에 주머니에 넣었던, 축축하지만 놀랍게도 무사한 옥시콘틴, 보리스가 준 글라신지 봉투를 꺼낸 다음 양복과 목도리도 여자에게 주었다.

문을 닫자 안도감이 밀려왔다. 하지만 30초도 지나지 않아 걱정이 스멀스멀 올라와 속삭이기 시작했고, 비명을 지르는 것처럼 점점 커졌다. 즉각적인 결정이라니. 미쳤군. 무슨 생각이었을까?

나는 누웠다. 다시 일어났다. 그리고 다시 누워서 잠들려고 애썼다. 그러다가 결국 침대에 일어나 앉아서 꿈결처럼 서두르면서 나 자신을 억누르지 못하고 어느새 접수대에 전화를 걸고 있었다.

"네, 데커 씨, 무얼 도와드릴까요?"

"어—" 눈을 질끈 감았다. 왜 호텔비를 신용카드로 지불했을까? "궁금한 게 있는데요, 방금 양복 드라이클리닝을 맡겼는데, 아직 안 나갔나 해서요."

"네?"

"세탁을 외부에 맡깁니까, 아니면 호텔에서 직접 합니까?"

"외부에 맡깁니다, 손님. 저희 거래 업체는 아주 믿음직합니다."

"양복이 나갔는지 확인할 수 있을까요? 오늘 밤 행사에 필요한데, 깜빡했네요."

"확인해보겠습니다. 잠시 기다려주세요."

나는 절망에 빠져서 침대 옆 탁자에 놓인 헤로인 봉투를 물끄러미 보면서 기다렸다. 봉투에는 무지개색 해골과 애프터파티라는 말이 찍혀 있었다. 곧 데스크 직원이 돌아왔다. "몇 시에 필요하시죠, 손님?"

"좀 이른 시간에 필요한데요."

"죄송하지만 벌써 나갔네요. 트럭이 막 떠났답니다. 하지만 저희 호텔 드라이클리닝은 당일 서비스입니다. 오후 다섯 시까지는 꼭 받으실 수 있습니다." 침묵이 뒤따르자 그가 물었다. "그 밖에 다른 문의 사항이 있습니까, 손님?"

16

보리스가 약에 대해서 한 말은 옳았다. 순도가 얼마나 높았는지, 평범한 양만으로도 나는 완전히 취해서 쓰러졌고 얼마인지 모르는 시간 동안 기분 좋게 죽음의 문턱을 오갔다. 여러 도시들, 여러 세기들. 나는 블라인드를 내린 채 느릿느릿 흐르는 즐거운 순간들, 공허하고 흐릿한 꿈들과 점차 커지는 어둠, 얀 베닉스의 멋진 사냥 전리품 그림들과 같은 정적, 깃털에 핏자국이 묻은 채 거꾸로 매달린 죽은 새들 사이를 넘나들었고, 희미하게 남아 있는 의식 속에서 죽음의 비밀스러운 위대함을, 모든 인간이 죽을 때까지 알 수 없는 모든 지식을 이해한 기분이었다. 고통도 공포도 없이 더없이 초연하게 죽음의 배에 황제처럼 누워 광대한 곳으로 멀리 저 멀리 흘러가면서, 사랑과 두려움과 슬픔과 죽음이라는 사소한 모든 인간사에서 벗어나서 해안가에서 종종걸음을 치는 사람들을 지켜보았다.

몇 시간 후 초인종 소리가 꿈속으로 쳐들어왔을 때는 몇백 년이나 지난 것 같았지만 나는 조금도 두렵지 않았다. 나는 온화하게 일어나서 기분 좋게 흐느적거리며 가구에 조금씩 기대어 걸어가서 문 앞에 선 여자에게 미소를 지었다. 금발에 수줍음이 많은 듯한 여자가 비닐로 싼 옷을 내밀었다.

"세탁물입니다, 데커 씨." 모든 네덜란드인들이 그렇듯이 (적어도 내가 보기에는 그랬다) 여자는 내 성을 드프리스 부인의 옛 지인 데카 미트퍼드의 '데카'처럼 발음했다. "죄송합니다."

"네?"

"불편을 끼쳐드린 것이 아니어야 할 텐데요." 사랑스러워! 저 파란 눈! 억양이 매력적이었다.

"뭐가요?"

"오후 다섯 시까지 드리겠다고 약속드렸잖아요. 요금은 청구하지 않을 거래요."

"아, 괜찮아요." 나는 팁을 줘야 하나 생각하다가 돈을 주려면, 돈을 세려면, 생각을 너무 많이 해야 한다는 사실을 깨달았다. 그런 다음—문을 닫고 옷을 침대 발치에 떨어뜨리고 비틀비틀 협탁으로 걸어가면서—규리의 시계를 보았다. 6시 20분. 나는 미소를 지었다. 약 덕분에 얼굴을 긁으며 걱정할 필요가 없었다. 한 시간 20분의 고뇌를 던 것이다! 흥분해서 접수대에 전화를 걸어대지도 않고! 아래층에 경찰이 왔다고 상상하지도 않고! 베다*의 평온함이 나를 가득 채웠다. 걱정이라니! 그건 너무 시간 낭비다. 성전은 모두 옳았다. 확실히 '걱정'은 원시적이고 영적으로 미숙하다는 표시였다. 생각에 잠긴 중국 현자에 대한 예이츠의 시구가 뭐더라? 모든 것이 무너지고, 다시 지어진다. 노인의 번쩍이는 눈. 이것이 지혜다. 사람들은 몇 세기 동안이나 분노하고 울고 물건을 파괴하고 보잘것없는 자신의 삶에 통곡했지만, 그게 다 무슨 소용인가? 그 모든 쓸데없는 슬픔이 무슨 소용이지? *들판의 백합을 보라*. 걱정할 필요가 어디 있는가? 감각을 가진 존재인 우리 인간은 우리에게 주어진 아주 짧은 시간 동안 행복하게 지내기 위해서 이 세상에 보내진 것이 아닌가?

절대적으로 그렇다. 그러므로 나는 객실관리부에서 문틈으로 밀어 넣은 미리 인쇄된 무뚝뚝한 쪽지(*고객님, 객실을 청소해드리고자 했으나 들어갈 수 없어서……*)를 보고도 안달하지 않았고, 어마어마한 양의 흠뻑 젖은 수

* 브라만교의 성전(聖典).

건을 양팔 가득 안고 아주 기쁨 마음으로 과감히 목욕 가운 차림으로 복도로 나가서 객실 담당자를 불러 세웠다. 외투의 물기를 짜내려고 수건을 덮고 누르는 바람에 방에 있는 수건이란 수건은 전부 젖었는데, 수건에 분홍색 얼룩이 군데군데 있었지만 나는 미처 보지 못했다. 새 수건요? 물론이죠! 아, 열쇠를 잊고 나오셨나요, 손님? 문이 잠겼어요? 잠시만요, 다시 들어가게 해드릴까요? 그런 다음 나는 한 번 더 생각해보지도 않고 룸서비스를 주문했고, 급사가 방으로 들어와서 테이블을 *침대 바로 앞*까지 끌고 오는 것을 넓은 마음으로 허락했다(토마토 수프, 샐러드, 클럽 샌드위치, 감자칩이었는데 약 30분 후에 대부분 다 토해냈다. 세상에서 가장 행복한 구토였다. 나는 너무 재미있어서 웃음을 터뜨렸다. 와아! 평생 최고의 약이야!). 나도 알았다, 난 아팠다. 영하 17도의 날씨에 젖은 옷을 입고 몇 시간 동안이나 돌아다닌 덕분에 열이 펄펄 끓고 오한이 들었지만 나는 그 모든 것과 아주 동떨어진 기분이었기에 전혀 신경 쓰지 않았다. 인간의 몸은 잘못되기 쉽고 질병에 걸리기 쉽다. 병, 고통. 사람들은 왜 그런 걸 가지고 그렇게 난리일까? 나는 여행 가방에 든 옷(셔츠 두 장, 스웨터, 여분 바지, 양말 두 켤레)을 전부 꺼내 입고 앉아서 미니바에 있던 코카콜라를 홀짝홀짝 마시면서—아직 약에서 깨는 중이었다—세공하지 않은 다이아몬드, 반짝이는 검은 벌레들이 나오는 생생한 백일몽을 들락날락거렸는데, 특히 앤디가 나오는 생생한 꿈을 꾸었다. 앤디는 흠뻑 젖어서 철벅거리는 테니스화를 신고 물 자국을 내면서 방으로 들어왔는데, 어딘가 어색하고 이상하고 약간 정신이 다른 데 팔린 것 같았다. 뭐 해 시오?

아무것도 넌?

아무것도 아 키츠랑 결혼한다는 얘기 들었어 아빠가 말해줬어

잘됐네

그래 잘됐네 하지만 우리는 못 가 아빠가 요트 클럽 행사가 있대

어 아쉽다

그런 다음 나와 앤디는 어딘가로 같이 갔는데, 우리는 무거운 여행 가방을 들고 배에 타서 운하를 지나고 있었고, 앤디는 절대 싫어 배 안 탈 거야라고 말했고, 나는 그래 이해해라고 말하고 나사를 하나하나 풀어서 배를 해체하고 조각을 내서 여행 가방에 넣었고, 우리 두 사람은 돛이랑 그런 것들을 전부 가지고 육지로 갔다. 계획이 있었다. 그냥 운하만 따라가는 것이었다. 운하가 가고 싶은 곳으로, 아니면 출발한 원점으로 인도해줄 테니까, 하지만 배를 해체하는 것은 탁자나 의자를 분해하는 것과는 달라서 내가 생각했던 것보다 큰일이었고, 조각이 너무 커서 가방에 들어가지 않았고, 나는 커다란 프로펠러를 옷이랑 같이 가방에 넣으려고 애를 썼고, 지루해진 앤디는 한쪽 옆으로 가더니 마음에 들지 않게 생긴 누군가와 체스를 두었고, 음 미리 계획을 세울 수 없으면 즉석에서 상황을 봐서 해야 돼라고 말하고

17

나는 고개를 홱 들면서 잠에서 깼다. 속이 좋지 않고 살갗 아래에서 개미들이 기어 다니는 것처럼 가려웠다. 몸에서 약이 빠져나가자 두 배로 커진 공포가 다시 밀려왔다. 나는 병이 난 것이 분명했다. 열이 펄펄 끓고 땀이 나는 것을 보면 더 이상 부인할 수 없었다. 나는 욕실로 비틀비틀 걸어가서 한 번 더 토한 다음 (이번에는 약에 취해서 재밌는 구토가 아니라 평범하고 비참한 구토였다) 방으로 돌아와서 비닐에 싸여 침대 발치에 놓인 양복과 목도리를 보고 덜덜 떨면서 정말 운이 좋다고 생각했다. 결국 아무 문제도 없었지만(정말 그럴까?) 잘못될 수도 있었다.

나는 양복과 목도리의 비닐을 서툴게 벗기고—배에 탄 것처럼 발밑의 바

닥이 흔들려서 어지러웠기 때문에 벽을 짚고 몸을 추슬러야 했다—안경을 쓴 다음 침대에 앉아서 옷을 살펴보았다. 천이 좀 낡은 것 같았지만 그것만 빼면 괜찮아 보였다. 하지만 잘 분간이 되지 않았다. 천이 짙은 색이었기 때문에 얼룩이 보이는 것도 같고 안 보이는 것도 같았다. 눈이 아직 제대로 보이지 않았다. 어쩌면 속임수일지도 모른다. 로비에 내려가면 경찰들이 나를 기다리고 있을지도 모른다. 하지만, 아니—나는 그 생각을 물리쳤다—말도 안 된다. 의심스러운 점이 있었으면 옷을 돌려주지 않았을 것이다, 안 그런가? 적어도 옷을 깨끗하게 세탁하고 다림질까지 해서 돌려주지는 않았을 것이다.

나는 아직도 세상과 조금 동떨어져 있었다, 나 자신이 아니었다. 어째선지 돛단배와 관련된 꿈이 호텔 방으로 스며들어서 이곳은 호텔 방이면서 배의 선실이기도 했다. 벽장(침대 위와 경사진 벽면 아래 설치되어 있었다)은 접시 머리 황동 나사로 깔끔하게 고정되어 있었고 에나멜을 칠해서 번쩍이는 것이 꼭 선실 같았다. 선박 객실의 목공품, 흔들리는 갑판, 바깥에서 철썩이는 운하의 검은 물. 환각이 닻을 올리고 둥실둥실 흘러갔다. 바깥은 안개가 짙고 바람 한 점 없었으며, 초췌한 잿빛 가로등 불빛이 넓게 퍼지면서 고요하게 들어왔는데, 연무처럼 부드럽고 희미했다.

따끔따끔 살갗에 불이 붙은 것 같았다. 구역질과 머리가 깨질 듯한 두통. 순도 높은 약일수록 깰 때 더욱 큰 정신적, 육체적 고통이 뒤따랐다. 나는 마틴의 이마에서 두툼한 덩어리가 뿜어져 나오던 순간으로 돌아갔는데, 이번에는 더욱 생생해서 마치 그 안으로 들어간 것처럼 맥박이, 뿜어져 나오는 피가 너무나도 생생하게 느껴졌다. 더 나쁜 것은, 온몸이 얼어붙을 것 같은 생각은, 그림이 사라졌다는 사실이었다. 피 묻은 외투, 달아나는 소년의 발소리. 암흑. 재앙. 육체에 갇힌 인간에게 자비는 없다. 우리는 이 세상에 잠깐 살면서 약간의 소란을 피운 다음 죽어서 땅 속에서 쓰레기처럼 썩는다. 시간은 모든 인간을 아주 빠르게 파괴한다. 하지만 죽음을 모르는 물건을 망가뜨리거나 잃는 것—시간보다 더 강력한 연결 고리를 끊는 것—은 독특한 형이상학적인 단절, 놀랄 만큼 새로운 절망이었다.

에어컨을 튼 한밤중에 바카라 테이블에 앉아 있는 아빠. *모든 일에는 항상 더 많은 것이, 숨겨진 차원이 있어.* 더 암울한 분위기와 모습을 띠는 행운. 별점을 치고, 시간을 두고 기다리다가 수성이 역행하면 큰돈을 걸고, 인간이 알 수 없는 지식을 구한다. 아빠의 행운의 색은 검정색, 행운의 숫자는 9였다. 카드 한 장씩 더 돌려요. *세상에는 어떤 패턴이 있고 우리는 그 일부야.* 하지만 패턴이라는 것을 아주 깊이 파고들면(아빠는 굳이 그런 수고를 하지 않은 것이 분명했다) 빛이었던 것, 혹은 우리가 빛이라고 생각했던 모든 것을 무너뜨릴 만큼 암울한 공허함에 닿을 뿐이다.

12장
집결 지점

1

그때부터 크리스마스까지의 며칠은 기억이 흐릿하다. 아프기도 했고 독방에 감금된 것이나 마찬가지여서 곧 시간의 흐름을 놓쳤기 때문이었다. 나는 *깨우지 마시오*라는 팻말을 내건 채 방에만 있었다. 텔레비전은—거짓일지언정 일상적인 분위기를 만들어주는 대신—더욱 혼란스럽고 뒤죽박죽이어서 논리도 구조도 없고 다음 프로그램이 무엇인지 짐작도 할 수 없었다. 뭐든 나올 수 있었다. 네덜란드어 〈세서미 스트리트〉, 책상 앞에 앉아서 이야기를 나누는 네덜란드인들, 책상 앞에 앉아서 이야기를 나누는 더 많은 네덜란드인들. 스카이 뉴스와 CNN, BBC가 나왔지만 지역 뉴스는 영어로 나오지 않았는데(중요한 뉴스, 나 혹은 주차장과 관련된 뉴스는 없었다) 한 번은 채널을 돌리다가 본 옛날 미국 경찰 드라마에서 스물다섯 살 때의 아빠를 발견하고 깜짝 놀랐다. 아빠가 맡았던 대사 없는 수많은 역할 중 하나였다. 아빠는 기자회견장에서 선거에 출마한 후보자 뒤를 맴돌면서 공약에 고개를 끄덕이는 아첨꾼 역할이었는데, 어느 기이한 순간 아빠가 카메라로 흘깃 시선을 돌려서 대양을 지나고 시간을 뛰어넘어 나를 보았다. 이것은 겹겹의 역설이 담긴 묘한 순간이었고, 나는 공포에 질려 입을 떡 벌렸다. 우리는 머리 모양이 다르고 아빠 쪽이 더 건장했지만(당시 아빠는 체육관에 다니면서 웨이트트레이닝으로 몸집을 키웠다) 쌍둥이라고 해도 될 정도였다. 하지만 가장 큰 충격은 아빠가 아주 정직해 보인다는 점이었다. 이미 (1985년쯤) 범죄도 저지르고 알코올중독이 시작된 시절의 아빠였는데 말이다. 아빠의 얼굴에는 그 성격도 미래도 드러나지 않았다. 오히려 아빠는 단호하고, 배려심 많고, 확실함과 유망함의 표본인 사람처럼 보였다.

그 이후로 나는 텔레비전을 꺼버렸다. 나와 현실의 주된 접점은 룸서비스로 점차 축소되었는데, 나는 급사가 굼뜨고 졸린 제일 어두운 새벽에만 룸서비스를 시켰다. "아뇨, 네덜란드 신문으로 주세요." 네덜란드어를 하는 급사가 네덜란드 롤빵과 커피, 햄과 달걀, 요리사가 추천하는 모둠 네덜란드 치즈와 함께 〈인터내셔널 헤럴드 트리뷴〉을 가져오자 내가 그에게 (영어로) 말했지만, 급사는 계속 그 신문만 가지고 왔기 때문에 나는 해가 뜨기 전에 뒤쪽 계단을 통해서 신문을 가지러 아래층으로 내려갔다. 편리하게도 신문은 층계참 바로 옆 테이블에 펼쳐져 있었으므로 접수대 앞을 지나갈 필요는 없었다.

블루덴드(*bloedend*). *모르드*(*Moord*). 아침 아홉 시는 되어야 해가 뜨는 것 같았지만 해가 떠도 여전히 흐릿하고 음산했고, 독일 오페라 무대효과처럼 낮고 미약하고 연옥 같은 빛을 비췄다. 내가 외투 옷깃을 빨 때 썼던 치약에 과산화수소나 혹은 그 비슷한 표백 성분이 들어 있었는지 문질러 빤 부분이 내 손만 한 크기로 허옇게 탈색되었다. 흐릿한 가장자리에 프리츠의 뇌수가 어른거리는 것 같았다. 오후 세 시 반이면 빛이 사라지기 시작했고 다섯 시면 완전히 어두워졌다. 어두워진 후에 거리에 사람이 많지 않으면 나는 외투 옷깃을 세우고 목도리를 바짝 두르고—주의 깊게 고개를

푹 숙이고—어둠에 몸을 숨긴 채 호텔에서 몇백 미터 떨어진 곳의 아시아인이 운영하는 작은 마켓에 가서 남은 유로화로 포장된 샌드위치, 사과, 새 칫솔, 기침약과 아스피린과 맥주 등을 샀다. *이스 알레스*(*Is alles*)*?* 늙은 여자가 어설프게 들리는 네덜란드어로 말했다. 그녀는 내가 낸 동전을 화가 날 정도로 천천히 셌다. 짤랑, 짤랑, 짤랑. 신용카드가 있었지만 나는 쓰지 않기로 했다. 내가 만든 또 하나의 임의적인 규칙이었다. 사실 그런 경계심은 전혀 말이 되지 않았다. 누굴 속일 수 있을까? 이미 호텔에서 카드를 사용했는데 편의점에서 샌드위치 몇 개 사는 게 무슨 대수일까?

판단력이 흐려진 것은 두렵기 때문이기도 했고 아프기 때문이기도 했다. 기침인지 오한인지가 아직 말끔히 낫지 않았다. 매 시간 기침이 더 심해지고 폐가 더욱 아픈 것 같았다. 네덜란드인의 깔끔함, 네덜란드의 청소 용품에 대한 소문은 사실이었다. 가게에는 한 번도 본 적 없는 물건들이 어리둥절할 만큼 잔뜩 모여 있었고, 나는 눈 덮인 산을 배경으로 눈처럼 흰 백조가 그려진 상표가 붙어 있고 뒤쪽에 독극물이라는 뜻의 해골과 뼈다귀 표시가 붙은 병을 들고 방으로 돌아왔다. 하지만 세제는 셔츠의 줄무늬가 없어질 정도로는 강력했지만 목깃의 얼룩을 뺄 만큼은 강력하지 않았기 때문에 간처럼 검붉은 얼룩은 옅어져서 담자균이 퍼진 듯 층층이 불길한 윤곽을 이루었다. 나는 눈물을 줄줄 흘리면서 네 번째인가 다섯 번째로 셔츠를 헹군 다음 둘둘 말아 비닐봉지에 넣어서 높다란 벽장 깊숙이 밀어 넣었다. 추 역할을 할 만한 것이 없었으므로 운하에 던지면 뜰 것이고, 바깥으로 가지고 나가서 쓰레기통에 버리는 것은 두려웠다. 누군가의 눈에 띄어서 잡힐지도 모른다. 원래 그런 식으로 잡히는 것이다. 나는 꿈속에서 아는 사실처럼 그 사실을 비이성적이지만 마음 깊이 받아들이고 있었다.

잠시. 잠시란 어느 정도일까? 보리스는 약혼 파티에서 길어야 사흘이라고 말했다. 하지만 그때는 프리츠와 마틴을 계산에 넣지 않았다.

가게 진열창에 장식된 종과 화환, 별, 금박을 입히고 리본을 단 호두. 호텔 안내서에 적힌 것처럼 라디에이터 손잡이를 반시계 방향으로 돌려도 고열로 인한 통증과 오한에 도움이 될 만큼 따뜻해지지 않았기 때문에 밤이면 나는 양말을 신고 얼룩덜룩한 외투와 폴로넥 스웨터를 입고 덧이불까지 덮고 잤다. 하얀 거위 털, 백조. 방에서는 싸구려 자쿠지 같은 표백제 냄새가 났다. 복도에서 객실 담당 종업원이 그 냄새를 맡았을까? 미술품 절도로는 10년 이상의 형을 받지 않겠지만 나는 마틴을 죽임으로써 국경을 넘어 다른 나라로 들어간 셈이었다. 편도였고, 돌아갈 길은 없었다.

하지만 나는 마틴의 죽음을 생각하는, 혹은 그 생각을 회피하는 괜찮은 방법을 찾았다. 그 행위로 인해서, 그 행위의 영구성으로 인해서 나는 전혀 다른 세계에 내던져졌고 사실상 모든 의미에서 이미 죽었다. 모든 것을 지나쳐 바다로 둥둥 떠가는 유빙 위에서 육지를 보는 듯한 느낌이 들었다. 이미 일어난 일은 되돌릴 수 없다. 나는 끝났다.

하지만 그건 괜찮았다. 나는 세상에 별로 중요한 존재가 아니었고 마틴도 마찬가지였다. 우리는 쉽게 잊혔다. 그것이 최소한의 사회적, 도덕적 교훈이었다. 하지만 앞으로 예상할 수 있는 기간 동안—역사가 기록되는 한, 만년설이 녹고 암스테르담 거리가 물에 휩쓸릴 때까지—사람들은 그림을 기억하고 애도할 것이다. 파르테논의 지붕을 날린 터키인들의 이름을 누가 아는가, 누가 신경 쓰는가? 아프가니스탄 바미안의 불상을 파괴하라고 명령한 이슬람 율법학자들은? 하지만 그들이 죽었든 살았든 그들의 행위는 그대로다. 그것은 최악의 불멸이었다. 의도적이든 그렇지 않든 나는 세상의 마음속 불을 하나 껐다.

천재불가항력. 보험회사는 너무나 무작위적이고 불가사의해서 달리 짐작할 수 없는 재난을 그렇게 부른다. 확률도 확률이지만 어떤 사건은 통계에서 너무나 크게 벗어나 보험회사마저도 초자연적인 것을 끌어들여 그런

사건을 설명하려 한다. 아빠는 어느 날 해 질 녘에 수영장 가에 앉아서 모기를 쫓으려고 바이스로이 담배를 연달아 피우면서 *썩어빠진 운*이라고 슬픈 듯이 말했다. 아빠가 엄마의 죽음에 대해서, 왜 나쁜 일들이 생기는지, 어째서 내가, 어째서 엄마가 잘못된 시간에 잘못된 장소에 있었는지 나에게 설명해주려고 노력했던 드문 순간이었다. 백만 명 중에서 한 명이 당할까 말까 한 우연이었다고 말했다. 그것은 회피나 변명이 아니라—아빠의 분위기를 보고 나는 알 수 있었다—굳은 신념이자 아빠가 나에게 줄 수 있는 최고의 대답이었다. 그것은 *알라가 그렇게 쓰셨다*라거나 *그것은 주님의 뜻이다*와 맞먹는 말이었고 아빠가 아는 가장 위대한 신에게, 즉 운명에게 진심으로 고개를 숙이는 것이었다.

아빠가 내 입장이었다면. 나는 웃음이 나올 것만 같았다. 아빠가 어딘가에 숨어서 너무 눈에 띄게 서성거리면서 함정에 빠져 방황하는 모습이, 팔리 그레인저가 연기했던 누명을 쓰고 감옥에 갇힌 경찰을 흉내 내며 멜로드라마 같은 곤경을 즐기는 모습이 눈에 선했다. 하지만 아빠가 카드를 뒤집을 때처럼 아무렇게나 꼬이고 역전되는 나의 고생담을 들으면서 매료되는 모습도 쉽게 상상이 갔다. 비통하게 고개를 젓는 모습이 눈에 선했다. *별자리가 안 좋아. 여기에는 어떤 형태가, 더 큰 패턴이 있어. 그냥 꾸며낸 이야기라면 진짜 대단한데?* 아빠는 숫자 점인지 뭐 그런 것을 끌어들이고, 전갈자리 책을 들여다보고, 동전을 던지고, 별자리를 살필 것이다. 아빠에 대해서 뭐라고 하든, 일관적인 세계관이 없다고 말할 수는 없었다.

크리스마스 때문에 호텔이 붐비기 시작했다. 커플들. 복도에서 군인 특유의 감정 없는 어조로 이야기하는 미군들의 목소리가 들려왔는데, 목소리만 들어도 계급과 권위가 느껴졌다. 나는 열이 펄펄 끓어서 약을 먹고 침대에 누워 눈 오는 산에 대해서, 뉴스 영화에서 보았던 베르히테스가덴의 순수하고 무시무시한 산 풍경에 대해서, 또 이와 교차되는 내 책상 위 유화 속의 무시무시한 바람에 대해서, 검은 바다에 홀로 있는 뒤집힌 작은 돛단배에 대해서 생각했다.

아빠 : 내가 말할 때는 그 리모컨 내려놔.

아빠 : 음, 나라면 재난이라기보다는 실패라고 하겠어.

아빠 : 오드리, 꼭 애랑 같이 식사를 해야 돼? 저녁마다 같이 식탁에 앉혀야겠어? 알라메다한테 내가 오기 전에 먼저 먹이라고 하면 안 돼?

우노, 전투함, 매직 스크린, 4 만들기*. 크리스마스 양말에 들어 있던 초록색 군인 모형들과 소름끼치는 고무 곤충 모형들.

바버 씨 : 두 개의 깃발 신호. 빅터, 도움이 필요함. 에코, 우현으로 항로 변경 중**.

7번가의 아파트. 비가 와서 우중충한 날. 장난감 하모니카를 단조롭게 불고 또 불었던 수많은 시간들.

월요일, 아니 어쩌면 화요일이 되자 나는 마침내 암막 블라인드를 올릴 용기를 그러모았지만, 너무 늦은 오후라 해가 지고 있었고 방송국 직원이 호텔 앞 거리에서 크리스마스를 맞이해 놀러 온 여행객들을 불러 세우고 있었다. 영국인 목소리, 미국인 목소리. 성 니콜라스 교회의 크리스마스 연주회, 올리볼런***을 파는 노점상. "자전거에 치일 뻔했지만, 그거 말고는 재밌었습니다." 가슴이 아팠다. 나는 암막 블라인드를 다시 내리고 뜨거운 물로 샤워를 하면서 살갗이 따가울 때까지 물을 맞으며 서 있었다. 불이 밝혀진 레스토랑, 캐시미어 외투와 손으로 짠 묵직한 스웨터와 내가 짐을 쌀 때 무시했던 온갖 따뜻한 옷들이 진열된 아름다운 가게로 인해 온 동네가 동화처럼 반짝거렸다. 하지만 나는 출입 금지 테이프를 친 주차장 사진이 1면에

* 모두 장난감이나 게임의 이름이다.

** 빅터와 에코는 국제 해양 깃발 신호에서 V와 E의 명칭이다.

*** oliebollen : 일종의 도넛 같은 네덜란드 전통 음식이며 주로 연말에 먹는다.

실린 네덜란드어 신문 때문에 해가 뜨기 전부터 고뇌하고 있었으므로 감히 커피 한 주전자도 시킬 수 없었다.

신문은 침대 저쪽 바닥에 절대 가고 싶지 않은 끔찍한 곳의 지도처럼 펼쳐져 있었다. 나는 계속 졸거나 곁에 있지도 않은 사람들과 열띤 대화를 나누는 상상을 하는 사이사이에 신문을 보면서 영어와 어원이 같은 네덜란드어를 열심히 찾았지만 거의 없는 데다가 너무 띄엄띄엄 있었기 때문에 뜻이 연결되지 않았다. *아메리칸 도드 앙에트로펀*(*Amerikaan dood aangetroffen*). 헤로인(Heroïn), 코카인(Cocaïn). *모르드*(*Moord*)라면 사망자 수? 신랄하다? 소름끼친다? 살인?* *드루흐스헤렐라테르더 크리미날리테이트*(*Drugsgerelateerde criminaliteit*). 프리츠 알팅크는 암스테르담 사람이고 맥케이 피들러 마틴은 로스앤젤레스 사람이다. *블루더흐*(*Bloedig*)라면 피투성이? *스호텐비셀링*(*Schotenwisseling*)이 무슨 말인지야 모르지만 *스호텐*(*schoten*)이라면 총이랑 관련된 뜻일까? *데저 모르던 크바먼 알스 엔 스호크 보르*(*Deze moorden kwamen als en schok voor*). 도대체 무슨 말이지?

보리스. 나는 창가로 가서 섰다가 다시 돌아왔다. 다리 위에서 헤어질 때 나는 정신이 없었지만 전화를 하지 말라고 했던 보리스의 말은 기억났다. 우리는 아주 다급하게 헤어졌는데도 보리스는 그 부분을 고집스레 강조했다. 연락을 기다려야 하는 이유를 들었는지도 확실하지 않았지만, 어쨌든 이제는 그것이 중요한 문제인지 아닌지도 확신할 수 없었다. 보리스는 또 별로 다치지 않았다고 아주 분명하게 말했는데, 혹은 적어도 나는 줄곧 그랬다고 생각했는데, 폭격처럼 나를 덮치는 그날 밤의 수많은 원치 않는 기억들 중에서도 나트륨등 불빛 아래 보리스의 외투 팔 부분에 난 불탄 구멍과 끈적거리는 검은 양모가 계속 어른거렸다. 내 생각에는 교통경찰이 다

* 영어로는 모두 '모르드'와 비슷한 단어들이다.

리에서 보리스의 차를 세웠다가 무면허라서 끌고 간 것 같았다. 그건 분명히 짜증 나는 전개였지만 내가 생각할 수 있는 다른 가능성들보다는 훨씬 나았다.

트베이 도던 베이 블루더헤(Twee doden bij bloedige)……. 끝이 없었다. 기사가 계속 나왔다. 다음 날에도 그다음 날에도 네덜란드 전통 아침 식사와 함께 오버르톰의 살인 사건에 대한 기사가 계속 나왔다. 기사의 양은 더 적었지만 정보는 더 많았다. *트비 도델레이커 슬라흐토퍼르스*(Twee dodelijke slachtoffers). *노흐 에인 오프 메이르 베트로케넌*(Nog een of meer betrokkenen). *바펭에벨드 인 네덜란드*(Wapengeweld in Nederland). 프리츠의 사진, 네덜란드 이름을 가진 남자들의 사진과 전혀 읽을 수 없는 조금 긴 기사. *도델레이커 스히트파르테이 노흐 오노프헤헬더르드*(Dodelijke schietpartij nog onopgehelderd)……. 마약—보리스가 주의를 돌리려고 파놓은 함정—은 더 이상 언급되지 않고 사건을 보는 각도가 바뀌어서 걱정스러웠다. 내가 벌인 일이 세상에 알려져서 암스테르담의 모든 사람들이 기사를 읽으면서 내 것이 아닌 언어로 그 이야기를 하고 있었다.

〈헤럴드 트리뷴〉에 크게 실린 티파니 광고. 시간을 초월하는 아름다움과 장인의 솜씨. 티파니에서 즐거운 크리스마스를 기원합니다.

아빠는 우연이 속임수를 쓴다고 자주 말하면서 세상이 돌아가는 시스템에 대해서, 세상에 만연한 좌절에 대해서 이야기했다.

보리스는 어디 있을까? 나는 고열로 인한 몽롱함 속에서 보리스라면 예상치 못한 순간에 나타날 가능성이 아주 높다는 생각을 하면서 기운을 내려고, 혹은 적어도 주의를 돌리려고 애썼지만 소용없었다. 보리스는 손가락을 우두둑 꺾으면서 나타나 여자아이들을 깜짝 놀라게 했다. 또 주에서 영어 능력 시험을 실시했을 때는 30분 늦게 나타나서 잠긴 강화 유리문 너머로 이상하다는 표정을 지어서 아이들이 와 하고 웃었다. 집으로 가는 길에 내가 표준화 시험에 대해서 설명하려 하자 보리스는 경멸스럽다는 목소리로 *하, 우리의 밝은 미래를 위해서란 말이지*라고 말했다.

꿈속에서 나는 꼭 가야 할 곳이 있었지만 갈 수가 없었다. 뭔가가 자꾸 내가 가지 못하도록 방해했다.

우리가 출국하기 전에 보리스가 문자메시지로 전화번호를 보내주었다. 나는 보리스에게 메시지를 보내는 것이 두려웠지만 (보리스의 상황도 모르고 문자를 통해서 나까지 추적당할지도 모르기 때문이었다) 불가피한 상황이 되면 보리스에게 연락을 할 수 있다고 끊임없이 되새겼다. 게다가 보리스는 내가 어디 있는지 안다. 하지만 시간이 흘러서 밤이 되면 나는 침대에 누워서 나 자신과 말다툼을 하며 잠을 이루지 못했다. 지독한 권태가 이어지고 만약 이렇다면, 만약 저렇다면, 안 될 게 뭐야, 라는 생각이 자꾸 들었다. 결국 혼란에 빠진 어느 순간에 나는—밤새도록 켜두는 등불이 타오르고 있었고 나는 꿈에서 아직 깨지 않아서 정신이 없었다—결국 협탁에 놓아둔 전화기로 손을 뻗어서 생각을 고쳐먹을 시간이 생기기 전에 얼른 메시지를 보내버렸다. 어디야?

그 후 두세 시간 동안 나는 걷잡을 수 없는 근심에 휩싸여서 빛도 없는데 팔로 얼굴을 가리고 누워 있었다. 불행히도 새벽쯤 땀에 흠뻑 젖은 채 잠에서 깨어보니 전화기를 깜빡 잊고 켜두는 바람에 배터리가 다 닳아서 꺼져 있었다. 나는 접수대에 연락을 해서 충전기를 대여해주는지 물어보는 것이 꺼려져서 몇 시간 동안이나 망설였지만 결국 오후가 되자 무릎을 꿇었다.

"물론이지요, 손님." 접수대 직원이 나를 보지도 않고 말했다. "미국이죠?"

나는 다행이라고 생각하면서 너무 서두르지 않으려고 애쓰며 걸어 올라왔다. 전화기가 낡아서 너무 느렸다. 나는 충전기에 꽂고 잠시 서서 애플 로고가 뜨기를 기다리다 지쳐 미니바에서 술을 한 잔 마시고 돌아와서 전화기를 물끄러미 바라보았다. 마침내 잠금 화면이 떴다. 장난삼아 스캔한 옛날 학교 사진이었는데, 페널티킥을 차느라 공중에 붕 뜬 열 살짜리 킷시의 모습이 그렇게 반가울 수가 없었다. 하지만 비밀번호를 입력하려고 하자 화면이 꺼지더니 10초 정도 쉬익 소리가 나면서 회색과 검정색 줄이 뜬 다음 화면이 깨졌고, 슬픈 표정의 아이콘이 뜨고 기분 나쁘게 웅웅거린 다음 화면이 꺼져서 새까매졌다.

오후 4시 15분. 운하 건너 뾰족한 종탑들 위의 하늘이 군청색으로 물들고 있었다. 나는 충전기 전선을 손에 들고 침대에 기대어 양탄자에 앉아 있었다. 충전기를 방에 있는 모든 소켓에 차례대로 두 번씩 꽂아보았다. 또 전화기를 백번은 켰다 껐다 하면서 전화기가 켜져 있는데 화면만 안 나오나 싶어서 불빛에 비춰 보기도 하고, 초기화하려고도 해보았지만 전화기는 맛이 가버렸다. 아무런 변화도 없이 차갑고 검은 화면이 계속되었다. 완전히 죽었다. 합선된 것이 분명했다. 주차장에 갔던 날 전화기가 젖었는데—주머니에서 꺼냈을 때 화면에 물기가 있었다—일이 분 지나서야 켜지긴 했지만 충전기에 꽂기 전까지는 멀쩡하게 작동하는 것 같았다. 다른 건 전부 집에 있는 노트북에 저장되어 있었지만 정말로 필요한 딱 한 가지가 없었다. 바로 공항으로 가는 길에 보리스가 문자메시지로 보내준 전화번호였다.

천장에 운하가 어른어른 비쳤다. 바깥 어딘가에서 종으로 연주하는 크리스마스 곡이 작게 들려왔고 캐럴을 부르는 사람들이 음정이 맞지 않는 노래를 불렀다. *오 타넨바움, 오 타넨바움, 비 트로이 진트 다이네 블라터*(O Tannenbaum, O Tannenbaum, wie treu sind deine Blatter).

집으로 돌아갈 비행기 표가 없었다. 하지만 신용카드가 있다. 공항까지 택시를 타고 가면 된다. *공항까지 택시를 타면 돼*. 내가 스스로에게 말했다. 스히폴 공항. 제일 빨리 출발하는 비행기를 타는 거야. 뉴어크 케네디 공항까지. 돈은 있어. 나는 아이처럼 혼잣말을 하고 있었다. 킷시는 도대체 어디 있을까. 내가 아는 바로는 햄프턴스에 있을 것이다. 하지만 바버 부인의 비서 재닛(바버 부인은 이제 비서의 도움이 필요한 일이 하나도 없었지만 재닛은 여전히 비서로 일했다)은 크리스마스이브에도 몇 시간만 주면 행선지가 어디든 비행기 표를 구해줄 수 있는 그런 사람이었다.

재닛. 재닛을 생각하자 이상하게도 마음이 놓였다. 나름대로 효율적인 어법을 가진 재닛, 뚱뚱하고 장밋빛 뺨에 분홍색 양털 스웨터와 마드라스 체크무늬 옷을 입은 재닛, 부셰의 그림에 나오는 요정에게 제이크루* 옷을 입혀놓은 듯한 재닛, 무슨 말에든 *아주 멋져요!*라고 대답하는 재닛, *재닛*이라고 적힌 분홍색 머그잔에 커피를 마시는 재닛.

제대로 생각을 할 수 있다는 사실에 마음이 놓였다. 내가 여기서 기다린다고 해서 보리스에게든 누구에게든 무슨 도움이 되겠어? 차갑고 축축한 도시, 읽을 수 없는 언어. 고열과 기침. 갇혀 있는 듯한 악몽 같은 느낌. 나는 보리스를 두고, 보리스가 무사한지 확인도 못 한 채 떠나고 싶지는 않았다. 쓰러진 전우를 버려둔 채 어디를 향하는지도 모르고 달려가는 전쟁 영화 속 주인공처럼 혼란스러웠다. 하지만 동시에 나는 암스테르담을 너무나 떠나고 싶었다. 뉴어크에 내리자마자 무릎을 꿇고 중앙 홀 바닥에 이마를 대는 모습이 상상될 정도였다.

전화번호부. 연필과 종이. 나를 본 사람은 딱 세 명이었다. 인도네시아인, 그로즈단 그리고 아시아계 소년. 마틴과 프리츠의 동료들이 암스테르담에서 나를 찾고 있을 가능성은 있었지만(그것은 암스테르담을 떠나야 하는 또 다른 이유였다), 경찰이 나를 찾고 있다고 생각할 이유는 전혀 없었다. 내 여권이 규제를 받을 이유가 없다.

바로 그 순간 나는 움찔했다. 얼굴을 한 대 맞은 것 같았다. 왠지는 모르겠지만 나는 여권이 호텔 1층에, 체크인 할 때 제출한 곳에 있다고 생각했

* J. Crew : 미국의 의류 브랜드.

다. 하지만 사실 보리스가 내 여권을 받아서 글러브박스에 넣고 잠근 후 나는 여권에 대해서 한 번도 생각하지 않았던 것이다.

나는 아주아주 침착하게 전화번호부를 내려놓은 다음 누가 봐도 이상하지 않게, 열심히 뒤적인 것처럼 보이지 않게 꾸몄다. 평범한 상황이었다면 아주 간단했을 것이다. 주소를 찾고 사무실을 찾아서 어떻게 갈지 파악한다. 줄을 선다. 내 차례를 기다린다. 예의 바르고 인내심 있게 설명한다. 신용카드도 있고 사진이 부착된 신분증도 있다. 호비 아저씨한테 말해서 출생증명서를 팩스로 받을 수도 있다. 나는 언젠가 저녁 식사를 하는 자리에서 토디 바버가 했던 이야기를 기억해내려고 초조하게 애를 썼다. 여권을 잃어버리는 바람에(이탈리아였나? 스페인?) 신원을 증명할 증인을 직접 데려가야 했다는 이야기였다.

멍든 것처럼 검은 하늘. 미국은 이른 시간이다. 호비 아저씨는 점심시간이라 잠시 일을 멈추고 제퍼슨 마켓으로 걸어갈 것이고, 어쩌면 크리스마스 점심 만찬을 위해서 장을 보고 있을지도 모른다. 피파는 아직 캘리포니아에 있을까? 나는 피파가 호텔 침대에서 뒤척이면서 잠이 덜 깬 채 전화기로 손을 뻗어서 눈도 뜨지 않고 시오, 너니? 무슨 일이야? 라고 말하는 모습을 상상했다.

누가 우릴 세우면 벌금을 내든지 말을 잘해서 빠져나오는 게 나아.

구역질이 났다. 영사관(이나 그 비슷한 곳)에 가서 면담을 하고 서류 작업을 하는 것이 지금 내게는 정말 너무나 불필요한 수고였다. 나는 보리스를 얼마 동안 기다릴지 기한을 정하지 않았지만 호텔 방에 단 1분이라도 더 갇혀서 자꾸 시야 밖에서 사람 그림자를 느끼며 앉아 있는 것보다는 무슨 행동—무작위적인 행동, 말도 안 되는 행동, 병에 갇혀 윙윙거리는 벌레처럼 무의미한 행동이라도 좋았다—이라도 하는 게 나을 것 같았다.

〈헤럴드 트리뷴〉에 실린 또 다른 티파니 광고가 크리스마스 인사를 전하고 있었다. 맞은편 페이지에 실린 디지털카메라 광고에는 예술적인 분위기를 내려고 휘갈겨 쓴 글과 호안 미로의 서명이 실려 있었다.

우리는 어떤 그림을 일주일 동안 보고 나서
평생 떠올리지 않을 수도 있지만
어떤 그림을 잠깐 보고 평생 생각할 수도 있다.

센트랄 스타티온*. 국경을 넘을 때도 여권을 검사하지 않는 유럽연합. 무슨 기차든 타고 어디든 갈 수 있다. 나는 목적지도 없이 유럽을 뱅뱅 돌아다니는 내 모습을 그려보았다. 라인 폭포, 티롤 고개, 영화에서 본 듯한 터널과 눈보라.

때로는 사소한 패를 잘 이용하는 게 중요해. 아빠가 소파에서 반쯤 잠든 채 졸린 목소리로 말하던 기억이 떠올랐다.

나는 전화기를 물끄러미 보면서 열 때문에 어지러운 머리로 가만히 앉아서 생각을 하려고 애썼다. 점심을 먹을 때 보리스는 암스테르담에서 기차를 타고 안트베르펜으로 가자고 이야기했었고(프랑크푸르트도 가자고 했지만 나는 독일은 근처에도 가고 싶지 않았다) 파리에 가는 이야기도 했다. 파리 영사관으로 가서 여권 재발급을 신청하면 마틴 사건에 연루될 가능성이 적어질지도 모른다. 하지만 중국 소년이 목격했다는 것은 피할 수 없는 사실이었다. 내 생각이 맞다면 나는 유럽의 모든 경찰 컴퓨터에 등록되어 있을 것이다.

나는 욕실로 가서 세수를 했다. 거울이 너무 많았다. 나는 수도꼭지를 잠그고 수건을 꺼내서 얼굴을 닦았다. 하나씩 하나씩 순서대로 하자. 항상 기

* Centraal Station : 중앙역.

분이 우울해지고 두려움이 밀려오기 시작하는 일몰 직후였다. 물 한 잔. 열을 내리기 위해서 아스피린도. 열도 항상 어두워진 다음에 오르기 시작했다. 단순한 행동. 나는 기운을 내려고 애쓰는 중이었고, 스스로도 그 사실을 알았다. 나는 보리스가 어떤 죄로 영장이 발부되었는지 모르면서도 체포되었을까 봐 걱정스러웠지만 자샤의 동료들이 사람을 보내서 보리스를 쫓고 있을지도 모른다는 걱정이 더 컸다. 하지만 그것 역시 지금의 내가 고민하기는 너무 버거운 생각이었다.

2

다음 날—크리스마스이브였다—나는 어마어마한 룸서비스를 시켜서 꾸역꾸역 먹었다. *오버르톰*이나 *모르드* 같은 단어를 한 번만 더 보면 해야 할 일을 할 수 없을 것 같아서 신문은 치워버렸다. 나는 멍하니 아침을 먹고 일주일 치 신문을 모아서 둘둘 만 다음 침대를 빙 돌아 쓰레기통에 넣었다. 그러고는 벽장에서 얼룩덜룩 표백된 셔츠가 담긴 봉지를 꺼내서 단단히 묶여 있는지 확인하고 나서 아시아인이 운영하는 가게에서 가져온 또 다른 봉지에 넣었다(쉽게 들고 다니기 위해서, 또 도움이 될 만한 벽돌이 눈에 띌 경우를 대비해서 이건 묶지 않았다). 나는 외투 옷깃을 세우고 그 위에 목도리를 둘러 묶은 다음 객실 담당 종업원이 볼 수 있게 팻말을 돌려놓고 호텔을 나섰다.

날씨가 형편없어서 오히려 다행이었다. 축축한 진눈깨비가 비스듬히 날리면서 운하에 내렸다. 나는 추위에 떨고 재채기를 하면서 비참한 기분으로 25분 정도 걷다가 자동차도 지나가는 사람도 없고 가게도 없고 바람 때문에 덧문을 꽉 닫아서 아무것도 안 보일 것 같은 집들만 늘어선 어느 외딴 모퉁이에서 쓰레기통을 발견했다.

나는 셔츠를 얼른 쓰레기통에 집어넣은 다음 계속 걸었다. 이가 덜덜 떨렸지만 갑자기 활기가 넘쳐서 네다섯 블록을 아주 빠르게 지났다. 발이 축축하게 젖었다. 자갈길을 걷기에는 신발 밑창이 너무 얇았고 나는 정말 추웠다. 쓰레기를 언제 수거해 갈까? 상관없다.

다만—나는 생각을 떨치려고 고개를 저었다—아시아 마켓이 마음에 걸렸다. 비닐봉지에 가게 이름이 적혀 있었던 것이다. 가게는 호텔에서 겨우 몇 블록밖에 떨어져 있지 않았다. 하지만 그건 너무나 말도 안 되는 생각이었기에 나는 이성적으로 반박하려 애썼다. 누가 나를 봤겠어? 아무도 못 봤어.

찰리, 괜찮다. 델타, 힘들게 운항 중이다.*

그만둬. 그만둬. 돌이킬 수 없어.

나는 택시 정류장이 어디인지 몰라서 20분 정도 정처 없이 터덜터덜 걸어가다가 택시를 발견했다. "센트랄 스타티온." 내가 터키인 택시 기사에게 말했다.

하지만 옛날 뉴스 영화에 나올 법한 낡은 회색 거리들을 지나서 택시 기사가 나를 내려주었을 때 정면에서 본 건물 모습이 미술관에 더 가까워 보였기 때문에 나는 기사가 착각한 것이 아닐까 잠깐 생각했다. 박공과 탑, 네덜란드 빅토리아 양식이 잔뜩 섞인 붉은 벽돌 건물이었다. 나는 어슬렁어슬렁 건물로 걸어 들어가서 크리스마스를 맞이해서 여행을 가려는 사람들 중 하나로 보이려고 최선을 다하면서, 시선을 돌리는 곳마다 경찰이 있는 것 같았지만 무시했다. 위대한 민주주의 세상에 다시 한 번 휩싸이자 나는 당황스럽고 불안했다. 할아버지 할머니 들, 학생들, 지친 젊은 부부들, 배낭을 끌고 다니는 어린아이들. 쇼핑백과 스타벅스 컵, 여행 가방 바퀴가 달그락거리는 소리, 그린피스 서명 운동을 하는 십 대 아이들. 사람들의 소음 속

* 찰리와 델타는 국제 해양 깃발 신호에서 C와 D의 명칭이다.

으로 다시 돌아온 것이다. 오후에 파리행 열차가 있었지만 나는 마지막 열차를 타고 싶었다.

줄은 신문 가판대까지 끝없이 늘어서 있었다. 마침내 창구에 도착하자 직원이 말했다. "오늘 저녁 말씀이신가요?" 직원은 뚱뚱하고 살결이 흰 중년 여성으로, 가슴이 베개 같았고 이류 풍속화에 나오는 여자 포주처럼 기계적으로 친절해 보였다.

"맞아요." 내 느낌만큼 아파 보이지 않기를 바라며 내가 말했다.

"몇 장요?" 그녀가 나를 보지도 않고 말했다.

"한 장만요."

"알겠습니다. 여권 주세요."

"그게 어—" 아파서 목소리가 허스키했다. 나는 마음을 가다듬었다. 물어보지 않기를 바랐는데. "아, 죄송합니다, 안 가지고 왔어요. 호텔 금고에 넣어놨는데— 하지만—" 뉴욕 주 신분증과 신용카드, 사회보장 카드를 꺼내서 창구로 밀어 넣었다. "여기요."

"여행하시려면 여권이 필요해요."

"아, 당연하죠." 정확히 알고 있는 것처럼 들리도록 최선을 다했다. "가는 건 오늘 밤이에요. 보세요—" 짐이 없다는 뜻으로 내 발치의 텅 빈 바닥을 가리켰다. "여자 친구를 배웅하러 온 김에 미리 줄을 서서 표를 사놓자 싶어서요."

"음—" 직원이 화면을 흘깃 보았다. "시간은 아직 많아요. 기다렸다가 오늘 저녁에 다시 와서 사시는 게 좋겠어요."

"그렇죠—" 재채기를 하지 않으려고 코를 막았다. "하지만 지금 사고 싶은데요."

"죄송하지만 그건 안 됩니다."

"부탁이에요. 저에게는 진짜 큰 도움이 될 거예요. 45분이나 줄을 서서 기다렸는데 밤에 다시 오면 줄을 또 얼마나 오래 서야 할지 모르잖아요." 나는 기차를 타고 유럽 전역을 여행한 피파에게 들었기 때문에 기차에서는 여권을 확인하지 않는다고 확신했다. "지금 표를 사두고 저녁에는 볼일을 보고 싶어서 그래요."

직원이 내 얼굴을 빤히 보았다. 그러고는 신분증을 들고 사진을 보더니 다시 나를 보았다.

"보세요." 직원이 망설이기에, 적어도 망설이는 것 같기에 내가 말했다. "저 맞잖아요. 이름도 있고, 사회보장 카드도 있어요— 여기요." 내가 주머니에서 펜과 종이를 꺼내면서 말했다. "서명도 보여드릴게요."

직원은 두 서명을 나란히 놓고 비교했다. 그런 다음 다시 나를 보고 신분증을 보았다. 그러더니 갑자기 결심을 한 것 같았다. "이 서류는 받을 수 없습니다." 그녀는 창구를 통해서 카드들을 나에게 돌려줬다.

"왜 안 되죠?"

내 뒤의 줄이 길어지고 있었다.

"왜요?" 내가 다시 말했다. "합법적인 거예요. 미국에서 비행기를 탈 때 여권 대신 사용하는 거라고요. 서명이 똑같잖아요." 내가 말했지만 직원은 대답하지 않았다. "모르시겠어요?"

"죄송합니다."

"그럼 당신 말은—" 내 목소리에서 절망이 느껴졌다. 그녀가 할 말이 있으면 해보라는 듯이 공격적인 시선으로 나를 마주 보았다. "밤에 다시 와서 다시 줄을 서야 한다는 말입니까?"

"죄송합니다, 손님. 도와드릴 수가 없습니다. 다음 분." 직원이 내 어깨 너머로 다음 승객을 보면서 말했다.

내가 사람들을 밀고 부딪치며 멀어질 때 누군가가 뒤에서 말했다. "저기요. 저기요?"

처음에는 티켓 창구에서 있었던 일 때문에 정신이 멍해서 환청이 들리는 줄 알았다. 하지만 불안한 마음으로 돌아보자 눈가가 분홍색이고 머리를 민 페렛같이 생긴 십 대가 커다란 스니커즈를 신고 발끝으로 서서 폴짝폴짝 뛰는 모습이 보였다. 이쪽저쪽을 재빨리 살피는 시선을 보고 나는 그가 여권을 팔겠다고 제안하는 게 아닌가 싶었지만 그 아이는 내 쪽으로 몸을 숙이고 이렇게 말했다. "그러지 마세요."

"네?" 내가 1.5미터 정도 뒤에 서 있는 여자 경관을 흘깃 보면서 자신 없이 말했다.

"그러니까, 제 경우에는 여권을 가지고 있을 때는 백번을 왔다 갔다 해도 한 번도 검사를 안 했는데, 딱 한 번 여권이 없었을 때 어떻게 됐는지 아세요? 프랑스로 가는 중이었거든요? 프랑스 이민국 유치장에 가두더라고요. 열두 시간 동안 쓰레기 같은 대접을 받으면서 쓰레기 같은 음식을 먹었는데, 정말 끔찍했어요. 유치장은 끔찍하게 더럽고. 내 말 믿으세요, 서류를 제대로 갖추는 게 좋아요. 그래야 문제가 없어요."

"아, 그렇군요." 내가 말했다. 나는 외투 차림으로 땀을 뻘뻘 흘리고 있었지만 감히 단추를 풀 수가 없었다. 목도리도 풀 수 없었다.

더위. 두통. 나는 소년을 두고 멀어지면서 나를 태울 듯이 바라보는 보안 카메라의 성난 시선을 느꼈다. 나는 주변을 의식하는 것처럼 보이지 않으려고 애를 쓰면서 열 때문에 멍해서 둥둥 떠다니듯 사람들 사이를 누비며 걸었고 주머니에 넣어둔 미국 영사관 전화번호를 꼭 쥐었다.

공중전화를 찾는 데 시간이 조금 걸렸다. 역 반대편 끝의 불량한 십 대 아이들이 부족 회의를 하는 사람들처럼 바닥에 둘러앉아 있는 곳까지 가야 했던 것이다. 그리고 전화 거는 법을 알아내는 데에는 훨씬 더 긴 시간이 걸렸다.

쾌활한 네덜란드어가 줄줄 쏟아지더니 미국인의 기분 좋은 목소리가 인사를 건넸다. 네덜란드 미국 영사관에 전화하신 것을 환영합니다, 영어로 계속하시겠습니까? 그런 다음 더 많은 메뉴와 선택 번호들이 등장했다. 1번 혹은 2번을 눌러주십시오, 상담원이 받을 때까지 기다려주십시오. 나는 끈기 있게 지시를 따르면서 바깥의 사람들을 멍하니 보다가 사람들에게 얼굴을 보이는 것이 별로 좋은 생각이 아니라는 사실을 깨닫고 벽을 향해 돌아섰다. 전화벨이 너무 오래 울려서 생각이 안개 속으로 흩어지기 시작할 때 갑자기 딸깍 소리가 나더니 산타크루즈 해변에서 들릴 것만 같은 편안한 미국인의 목소리가 들렸다. "안녕하세요, 네덜란드 미국 영사관입니다, 무엇을 도와드릴까요?"

"안녕하세요?" 내가 안심하며 말했다. "저는—" 가명을 대고 필요한 정보만 알아낼까 하는 생각도 들었지만 너무 어지럽고 지쳐서 그럴 수가 없었다. "문제가 좀 생겼어요. 시어도어 데커라고 하는데 여권을 도둑맞았어요."

"아, 정말 힘드시겠어요." 여자가 뭔가를 입력하고 있는지 수화기 저편에서 키보드 소리가 들렸다. 배경에서 크리스마스 음악이 흐르고 있었다. "1년 중에서 하필 이때 여권을 잃어버리다니— 다들 여행을 떠나는 시기인데 말이에요. 당국에 신고는 하셨나요?"

"네?"

"여권을 도둑맞았다 하셨죠? 즉시 신고하셔야 하거든요. 경찰한테 바로 알리셔야 해요."

"전—" 나 자신을 저주했다. 왜 도둑맞았다고 말했을까? "아니, 죄송합니다. 어떻게 된 거냐면, 지금 중앙역이거든요." 내가 주변을 둘러보았다. "공중전화로 전화를 걸고 있는데, 솔직히 도둑맞은 게 확실하지는 않아요, 주머니에서 빠진 것 같아요."

"음—" 다시 키보드 소리. "분실이든 도난이든 경찰에 신고하셔야 해요."

"예, 그런데 기차를 타려던 참이었는데 태워주질 않아요. 오늘 밤까지 파리에 가야 하는데."

"잠시만 기다리세요." 기차역에 사람이 너무 많고 난방에 셌기 때문에 축축한 양모와 눅눅한 사람들 냄새가 끔찍하게 피어올랐다. 그녀는 금방 돌아왔다. "그럼— 정보를 좀 여쭤볼게요—"

이름. 생년월일. 여권 발급 날짜와 발급 도시. 외투 때문에 땀이 났다. 사방에 축축하게 숨을 내쉬는 사람들이 가득했다.

"시민권을 입증할 서류가 있나요?" 그녀가 말했다.

"죄송하지만—"

"만료 여권이나 출생 혹은 귀화 증명서요."

"사회보장 카드가 있어요. 뉴욕 주에서 발급받은 신분증도 있고요. 출생증명서를 팩스로 받을 수도 있어요."

"아, 잘됐네요. 그 정도면 충분해요."

정말? 나는 미동도 없이 서 있었다. 이게 다야?

"컴퓨터 사용 가능하세요?"

"음—" 호텔 컴퓨터? "네."

"그럼—" 그녀가 인터넷 주소를 하나 알려주었다. "여권 분실 및 도난 진술서를 다운로드 받은 다음 출력, 작성해서 가져오세요. 저희 사무실로요. 레이크스뮈세윔 근처예요. 위치 아세요?"

나는 갑자기 마음이 푹 놓여서 가만히 선 채로 사람들이 만들어내는 소음에 휩싸여 몽롱한 상태에 빠져들었다.

"그럼— 필요한 서류를 알려드릴게요." 캘리포니아 여자가 말했다. 그녀의 힘찬 목소리가 열로 인한 색색의 환상에서 나를 다시 불러냈다. "진술서와 팩스로 받은 서류. 흰색 배경의 가로세로 5센티미터 사진 두 장. 아, 경찰신고서 가져오는 것도 잊지 마시고요."

"네?" 내가 깜짝 놀라서 말했다.

"말씀드린 것처럼 여권을 분실하거나 도난당한 경우에는 경찰에 신고하셔야 하거든요?"

"전—" 나는 아랍 여자들이 베일을 쓰고 발끝까지 새까만 차림으로 말없이 지나가는 기이한 모습을 바라봤다. "그럴 시간이 없을 것 같은데요."

"무슨 뜻이죠?"

"오늘 당장 미국으로 간다는 건 아니고요. 그냥—" 정신을 차리기까지 시간이 조금 걸렸다. 기침 때문에 눈에 눈물이 고였다. "파리행 기차가 두 시간 뒤에 출발해요. 그러니까 제 말은— 어떻게 해야 할지 모르겠어요. 서류를 다 갖추고 경찰서까지 갈 시간이 있을지 모르겠네요."

"으음." 애석한 듯한 목소리. "저기, 사실은 저희 사무실이 45분 후에 닫거든요."

"네?"

"오늘은 좀 일찍 닫아요. 크리스마스이브잖아요. 그리고 내일이랑 주말까지 쉬고요. 다음 주 월요일 오전 여덟 시 반에 열어요."

"*월요일*이라고요?"

"으음, 죄송해요." 그녀가 말했다. 체념한 목소리였다. "절차가 있어서요."

"하지만 긴급 상황이라고요!" 아파서 목소리가 삐걱거렸다.

"긴급 상황이라고요? 가족 문제인가요, 의료 문제인가요?"

"전—"

"드물지만 시간 외 지원을 제공하는 경우도 있습니다." 그녀는 더 이상 친절하지 않았다. 정해진 매뉴얼을 서둘러 읽고 있었다. 전화를 연결하는 라디오 프로그램처럼 뒤쪽에서 다른 전화벨 소리가 들렸다. "하지만 생사가 달린 급박한 경우에만 해당되고, 여권 면제 증서를 발급하기 전에 저희 쪽 직원이 정말 긴급한 일인지 판단해서 결정해야 합니다. 따라서 사망이나 치명적인 질병 때문에 오늘 오후에 파리까지 가셔야 한다면, 그리고 의사나 성직자, 혹은 장례 책임자의 진술서 등 중요한 긴급 상황을 입증하는 정보를 제공하시면—"

"저는—" 월요일이라고? 제길! 경찰 신고서는 생각도 하기 싫었다. "저기, 죄송하지만 잠깐 제 말 좀 들어보세요—" 그녀는 통화를 끝내려 애쓰고 있었다.

"네. 28일 월요일까지 다 준비하시면 됩니다. 신청이 접수되면 최대한 빨리 처리해드릴게요— 죄송하지만 잠시 기다려주시겠어요?" 딸깍. 그녀의 목소리가 희미하게 들렸다. "안녕하세요, 네덜란드 미 영사관입니다. 잠시만 기다려주시겠어요?" 즉시 전화가 또 울린다. 딸깍. "안녕하세요, 네덜란드 미 영사관입니다. 잠시 기다려주시겠어요?"

"얼마나 빨리 되죠?" 그녀가 다시 내 전화를 받자 내가 말했다.

"아, 신청을 접수하시면 업무일로 최대 열흘 내에 처리해드릴 거예요. 음—보통은 7일 이내에 해결할 수 있도록 최대한 서두르거든요. 하지만 연말이라서요. 이해하시죠? 일이 좀 밀려 있고, 새해까지는 근무시간이 불규칙해요. 그러면— 아, 죄송해요." 멍한 침묵이 이어지자 그녀가 덧붙였다. "시간이 조금 걸릴 수도 있어요. 짜증 나는 소식이죠, 저도 알아요."

"그럼 전 어떻게 하죠?"

"여행객 보조 서비스가 필요하신가요?"

"그게 뭔지 모르겠는데요." 땀이 미친 듯이 흘렀다. 사람들의 체취로 고약한 냄새를 풍기는 뜨거운 공기 때문에 숨을 쉬는 것도 힘들었다.

"송금 서비스나 임시 체류 서비스 같은 거요."

"그럼 집에 가려면 어떻게 해야 하죠?"

"파리 주민이세요?"

"아니, 미국요."

"음, 임시 여권은— 미국에 입국하시려면 칩이 필요한데 임시 여권에는 칩이 없어요. 그러니 빨리 들어가실 수 있는 방법이 있을지 정말 모르겠네요—" 따르릉 따르릉, 따르릉 따르릉. "잠시만요, 끊지 말고 기다려 주시겠어요?" 그런 다음 다시. "제 이름은 홀리예요. 네덜란드에 체류하시는 동안 다른 문제가 생기거나 도움이 필요할 경우에 대비해서 내선 번호를 알려드릴까요?"

3

이유는 모르겠지만 열은 해 질 무렵 제일 높았다. 하지만 추운 곳에 너무 오래 서 있었더니 열이 불규칙하게 치솟았는데, 높은 건물 위에서 무거운 물체를 영차영차 끌어올릴 때처럼 간헐적으로 점점 심해지는 느낌이었기 때문에 호텔로 걸어 돌아가면서 나는 내가 왜 움직이고 있는지, 또는 내가 왜 쓰러지지 않았는지, 또 어떻게 해서 앞으로 나아가고 있는지 몰랐다. 붕 떠서 미끄러지듯 나아가는 듯 무의식이 비 오는 운하 옆길로 나를 데려갔고, 내가 육체에서 벗어나 저 높이 올라가서 나 자신을 내려다보고 있는 듯한 느낌이 들었다. 역에서 택시를 타지 않은 것은 실수였다. 쓰레기통에 버린 비닐봉지와 매표소 직원의 반짝이는 분홍색 얼굴, 손에 피를 묻히고 눈물을 글썽이는 보리스가 외투의 불탄 부분을 부여잡고 있는 모습이 계속 눈앞에 어른거렸다. 바람은 으르렁거리고 머리는 타는 듯이 뜨거웠고, 나는 팔꿈치에서 불규칙적으로 느껴지는 간질 발작 같은 음산한 떨림 때문에 흠칫거렸다. 검은 물방울들, 잘못된 출발 지점. 아무도 없었다. 아주 가끔 이슬비 속에서 자전거를 타고서 등을 구부리고 지나가는 흐릿한 사람들을 제외하면, 거리에는 아무도 없었다.

머리가 무겁고 목이 따가웠다. 마침내 거리에서 택시를 발견한 것은 이미 호텔까지 몇 분밖에 남지 않았을 때였다. 추위가 뼛속까지 스며들어서 나는 덜덜 떨면서 위층으로 올라갔다. 청소가 되어 있고 쿠앵트로 리큐르까지 모조리 마셔버린 바에 술이 다시 채워져 있다는 점 하나는 좋았다.

나는 진 작은 병 두 개를 다 꺼내서 뜨거운 물과 섞은 다음 창가의 브로케이드 의자에 앉아서 유리잔을 흔들면서 미끄러지듯 흐르는 시간을 가만히 지켜보았다. 깨어 있다고 할 수도 없고 반쯤 꿈을 꾸는 상태였다. 평행사변형 모양의 장엄한 겨울 햇빛이 이쪽 벽에서 저쪽 벽으로 옮겨 가더니 양탄자 위로 떨어져 점차 가늘어지다가 마침내 사라졌고, 저녁 시간이 되었다. 배가 아프고 화가 치밀어 목이 쓰렸지만 나는 어둠 속에 계속 앉아 있었다. 내가 그 생각을 해본 적 없는 것은 아니었고, 그것도 여러 번, 훨씬 덜 힘든 상황에서였다. 종종 충동이 나를 예측할 수 없을 만큼 심하게 뒤흔들었다. 결코 떠나지 않는 독약 같은 속삭임이 어떤 날에는 겨우 들릴락 말락 맴돌았지만 어떤 날에는 통제할 수 없을 만큼 커져서 무시무시한 공상이 발작처럼 떠올랐는데, 정확한 원인은 알 수 없었지만 가끔 재미없는 영화를 보거나 우울한 디너파티에 참석하는 것만으로도 시작될 수 있었다. 그럴 때면 잠깐의 권태와 긴 고통, 순간의 공황과 영원한 실의가 갑자기 몰려와서 창백하고 황량한 불빛을 내며 타올랐기 때문에 나는 절대적인 절망에 빠져서 맑은 머리로 지난날을 돌이켜 보면서 이 세상과 이 세상의 모든 것이 엉망진창이라서 참을 수도 되돌릴 수도 없다는 사실을, 또 좋은 것이나 괜찮은 것은 하나도 없다는 사실을 정말로 실감할 수 있었다. 그것은 견딜 수 없는 영혼의 폐소공포증이었다. 창문도 없고 나갈 방법이 없는 방, 파도처럼 밀려오는 수치심과 공포, *날 가만 내버려둬*, 대리석 바닥 위에 죽어 있는 엄마, *그만해 그만해*, 승강기에서 택시에서 큰 소리로 중얼중얼 혼잣말을 하는 나. *날 가만 내버려둬*, *죽고 싶어*. 이 차갑고 냉철하고 자기 파괴적인 분노 때문에 정말 어찌할 바를 몰라 위층으로 올라가서 가지고 있는 술과 약을 닥치는 대로 전부 삼킨 적도 한두 번이 아니었지만 약에 대한 내성과 서투름 때문에 실패했고, 불쾌한 놀라움 속에 정신을 차리면서도 나는 호비 아저씨가 나를 발견하지 않아서 다행이라고 생각했다.

검은 새들. 에흐베르트 판 데르 풀의 그림에서 빠져나온 듯한 불길한 납빛 하늘. 나는 자리에서 일어나 책상 램프를 켜고 오줌 같은 색의 약한 불빛 속에서 비틀거렸다. 기다릴 수도 있고 도망칠 수도 있다. 하지만 그것은 선택이라기보다는 상황을 견디는 방책이었다. 뱀 우리 안에 든 쥐처럼 종종거리고 얼어붙은 것처럼 가만히 있어 봤자 불안을 연장시킬 뿐이었다. 세 번째 선택도 있다. 여러 가지 이유에서 나는 미국 시민인데 중대한 살인 사건을 저질렀으며 자수하고 싶다는 메시지를 남기면 근무 시간이 아니더라도 영사관 직원이 아주 빨리 연락해올 것이라는 느낌이 들었다.

반항. 공허하고 헛되고 견딜 수 없는 삶. 내가 삶에 충실해야 할 이유가 뭘까? 하나도 없다. 운명을 먼저 한 방 먹이면 어떨까? 책을 불 속에 내던지고 끝장내면 어떨까? 현재의 공포는 끝이 보이지 않았고, 내 안에서 비롯된 공포만이 아니라 외부적이고 경험적인 공포들이 줄지어 서서 기다리고 있었다. 약은 충분히 있으므로(봉투 안을 보니 반 이상 남아 있었다) 약을 두껍게 늘어놓고 흡입한 다음 행복하게 쓰러질 수도 있었다. 고결한 어둠, 별들의 폭발.

하지만 죽음을 확신할 만큼 충분하지는 않았다. 몇 시간 동안 망각에 빠졌다가 여전히 새장 속에 갇힌 채 깨어날 뿐이라면 약을 낭비하고 싶지 않았다(운이 더 나쁘면 여권도 없이 네덜란드 병원에서 깰 수도 있었다). 하지만 이제 내성이 약해졌으므로 우선 술을 마시고 기분 좋게 취한 다음 비상 약품과 섞어서 먹으면 삶을 끝낼 수 있을 것이라는 상당한 확신이 있었다.

미니바에 차가운 화이트 와인이 있다. 안 될 게 뭐야? 나는 남은 진을 다 마신 다음 기쁜 마음으로 단호하게 와인을 땄다. 배가 고팠다. 크래커와 칵테일 스낵이 다시 채워져 있었지만 빈속이면 효과가 더 좋을 것이다.

정말로 마음이 놓였다. 조용한 작별. 모든 것을 내던지는 완벽하고도 완벽한 기쁨. 나는 라디오에서 클래식 방송을 찾아서 튼 다음—선율이라기보다는 유령의 말처럼 음산한 전례용 크리스마스 그레고리오 성가였다—목욕을 할까 생각했다.

하지만 목욕은 나중에 해도 된다. 나는 책상을 열어서 펜과 종이가 든 폴더를 찾았다. 대성당의 회색 돌, 단조 6음 음계. 렉스 비르기눔 아마토르 성가. 몸에서 끓어오르는 열과 바깥에서 철썩이는 운하 사이에서 주변 공간이 무언가에 홀린 듯 이중적인 장소로, 호텔 방이자 부드럽게 출렁이는 배의 객실로 조용히 바뀌었다. 익사. 어렸을 때 앤디는 화성에서 온 소년처럼 괴상한 목소리를 내면서 학습 채널에서 들었다며 마리아가 선원들을 보호했다고, 로사리오가 우리를 보호하는 것 중 하나가 결코 물에 빠져 죽지 않게 하는 것이라고 말했다. 마리아 스텔라 마리스. 바다의 별 마리아.

나는 호비 아저씨가 검정색 양복을 입고 자정미사를 보러 가서 신도석에 무릎을 꿇은 모습을 떠올려보았다. 금박은 자연스럽게 닳는다. 서랍장 문에, 책상 경첩 뚜껑에는 작은 흠집이 난 경우가 많다.

적당한 주인을 찾으려고 애쓰는 물건들. 물건은 어떤 면에서 인간 같았다. 물건은 교활하기도 하고, 정직하기도 하고, 의심이 많기도 하고, 착하기도 했다.

정말 깜짝 놀랄 만한 가구는 갑자기 나타나지 않는다.

호텔에서 제공하는 펜은 좀 더 나은 펜이 있으면 좋겠다는 생각이 들 정도로 별로였지만 종이는 크림색에다가 두꺼웠다. 편지 네 통. 호비 아저씨와 바버 부인에게 보내는 편지가 가장 길겠지. 누구보다도 두 사람이 설명을 들을 자격이 있기 때문이기도 하고, 또 내 죽음에 정말로 신경을 쓸 사람이 두 사람밖에 없기 때문이기도 했다. 하지만 킷시에게도 편지를 써서 그녀의 잘못이 아니라고 알려줄 것이다. 피파에게 보낼 편지는 제일 짧겠지.

나는 피파를 얼마나 사랑하는지 알려주고 싶었고 나를 사랑하지 않는 것은 전혀 잘못이 아님을 알려주고 싶었다.

하지만 그렇게 쓰지는 않을 것이다. 내가 피파에게 던지고 싶은 것은 독이 묻은 화살이 아니라 장미 꽃잎이었다. 중요한 것은, 더욱 명백한 사실은 피하면서 피파 덕분에 얼마나 행복했는지 간략하게 설명하는 것이었다.

눈을 감자 높은 열 때문에 아주 날카로운 기억이 섬광처럼 터졌다. 아주 세밀하고 복잡한 감정이 담긴 기억들이 정글에서 예광탄을 터뜨린 것처럼 요란하게 번쩍였다. 우리가 예전에 살던 7번가 아파트의 창살 달린 창문으로 들어오던 하프 줄 같은 빛. 까끌까끌한 사이잘 매트와 내가 바닥에서 놀면 매트가 내 손과 무릎에 남기던 발갛고 올록볼록한 자국. 항상 만져보고 싶었던, 치마가 반짝거리는 엄마의 귤색 파티복. 커다란 유리그릇에 플랜틴 바나나를 으깨는 가정부 알라메다. *네, 선장님*이라고 경례한 다음 자기 아파트의 음산한 복도를 비틀비틀 걸어가던 앤디.

엄숙하고 이 세상의 것 같지 않은 중세의 목소리들. 꾸밈없는 노래의 인력.

나는 사실 기분이 나쁘지 않았다, 그게 중요했다. 오히려 치과 의사가 조명 밑에서 고개를 숙이고 마지막으로 남은 제일 까다로운 치아 뿌리를 보면서 거의 다 됐다고 말할 때와 같은 기분이었다.

12월 24일

킷시에게

정말 미안해. 하지만 꼭 알아줘, 이 일은 너나 너희 가족이랑 아무 상관 없어. 어머니에게는 더 자세한 편지를 보내겠지만, 그 전에 우리 사이에 있었던 그 어떤 일도 내 행동에 영향을 미치지 않았다고, 특히 최근에 있었던 일 때문이 아니라고 너에게 확실히 알려주고 싶어.

나는 어째서 이렇게 딱딱한 목소리가, 부자연스러울 만큼 딱딱한 글씨체—사방에서 나를 덮치는 수많은 기억이나 환상과 어울리지 않았다—가 나오는지 몰랐다. 창유리를 두드리는 축축한 진눈깨비에는 어떤 역사적인 무게가, 굶주림과 행진하는 군대, 결코 끝나지 않는 슬픔 같은 느낌이 있었다.

너도 잘 알고 있고 나에게 직접 지적하기도 했듯이 나는 널 만나기 훨씬 전부터 문제가 많았어, 그중 어느 것도 네 탓은 아니야. 어머니께서 최근 사건들에 대해서 물어보시면 테사 마골리스에게, 아니면—이게 더 낫겠지—나를 어떻게 생각하는지 기꺼이 이야기할 에밀리에게 물어보시라고 말씀드려. 또— 전혀 상관없는 일이지만, 해비스톡 어빙은 절대, 두 번 다시 집 안에 들이지 않는 게 좋겠어.

어린 시절의 킷시. 얼굴을 가리는 가느다란 머리카락. 이 괴짜들아, 닥쳐. 그만두지 않으면 다 일러줄 거야.

마지막으로—

(이 부분에서 펜이 제자리를 맴돌았다.)

마지막으로, 파티에서 넌 정말 아름다웠다고, 우리 엄마 귀걸이를 하고 와서 난 정말 감동받았다는 말을 꼭 하고 싶어. 우리 엄마는 앤디를 정말 좋아하셨으니까 분명히 너도 무척 좋아하셨을 거야. 우리가 결혼하는 것도 좋아하셨을 거야. 잘되지 못해서 미안해. 하지만 앞으로 네가 잘 살기를 진심으로 바라고 있어. 정말로.

최고의 사랑을 보내며,

시오

봉투에 넣고 봉한 다음 주소를 써서 한쪽에 치웠다. 접수대에 우표가 있을 것이다.

호비 아저씨에게

정말 쓰기 힘든 편지네요. 이런 편지를 쓰게 되어서 죄송해요.

땀이 나다가 몸이 싸늘하게 식기를 반복했다. 시야에 자꾸 초록색 반점들이 생겼다. 열이 너무 높아서 나를 둘러싼 벽이 점점 조여 오는 것만 같았다.

제가 판매한 가짜 가구 때문은 아니에요. 아마 무슨 일인지 곧 알게 되실 거예요.

질산. 유연. 살아 있는 것들이 모두 그렇듯 시간이 지나면 가구에도 흔적과 상처가 생긴다.

눈에 보이거나 보이지 않는 시간의 영향.

어떻게 말씀드려야 할지 잘 모르겠지만, 엄마와 함께 차이나타운에서 발견했던 병든 강아지가 생각나요. 쓰레기통 두 개 사이에 누워 있던 새끼 핏불이었죠. 너럽고 냄새가 나는 데다가 빼랑 가죽밖에 없었어요. 너무 힘이 없어서 일어서지도 못했고요. 사람들은 강아지를 그냥 지나쳤어요. 나는 마음이 안 좋았는데, 엄마가 식사를 마치고 나서 가보고 강아지가 아직 있으면 집으로 데려가자고 약속했어요. 우리가 식당에서 나왔을 때 강아지는 아직도 거기 있었어요. 그래서 우린 택시를 잡았고, 제가 강아지를 안고 집으로 갔어요. 집에 도착하자 엄마는 부엌에 상자를 하나 만들어주었고, 강아지는 무척 기뻐하면서 우리 얼굴을 핥고 물을 엄청나게 마시고 우리가 사준 사료를 먹더니 전부 곧장 토해버렸어요. 음, 이야기를 짧게 줄이자면, 개는 결국 죽었어요. 우리 잘못은 아니었지만 우린 그런 것 같은 기분이었죠. 동물 병원에도 데려가고 특수 사료도 먹였지만 강아지의 병은 점점 더 깊어만 갔어요. 그때쯤 되자 엄마도 나도 강아지를 정말 좋아하게 되었어요. 엄마는 강아지를 뉴욕 동물 의료 센터의 전문가에게 다시 데려갔어요. 그러자 수의사가 말했죠. 이 개는 병—병명은 잊었어요—이 있습니다. 두 분이 발견했을 때 이미 병에 걸려 있었고, 이런 말은 듣고 싶지 않으시겠지만, 지금 당장 안락사를 시키는 것이 오히려 친절을 베푸는 겁니다.

손이 마구 움직여 종이를 채웠다. 하지만 나는 한 장을 채우고 다음 장으로 손을 뻗다가 깜짝 놀라 멈췄다. 한없이 가벼운 편지, 마지막 기회에 휘몰아치면서 미끄러지듯 써 내려가는 편지는 내가 생각했던 감동적이고 감격적인 작별 인사가 아니었다. 글씨가 여기저기서 미끄러졌고 내용은 재치 있지도, 일관적이지도, 읽기 쉽지도 않았다. 호비 아저씨에게 고맙다는 인사를 하고 내가 해야 하는 말을 전하는 더욱 간략하고 단순한 방법이 분명 있을 것이다. 아저씨가 미안하게 생각할 필요는 없다고, 아저씨는 항상 나에게 잘해주셨고, 엄마와 내가 이 새끼 핏불을 도우려고 최선을 다했던 것처럼 나를 도우려 최선을 다하셨다고 말이다. 핏불은—사실 관련이 없지는 않았지만 이야기를 너무 길게 늘어놓고 싶지 않아서 뺐는데—사랑스러웠지만 믿을 수 없을 정도로 파괴적이어서 죽기 전까지 아파트를 상당히 망가뜨리고 소파를 갈기갈기 찢었다.

감상적이고, 제멋대로고, 멋도 없다. 목구멍 안쪽이 면도날에 긁힌 것처럼 따가웠다.

소파 천이 다 뜯어졌다. 여기 봐, 나무가 좀먹었네. 큐프리놀을 칠해야겠다.

호비 아저씨의 집 위층 욕실에서 약을 너무 많이 먹은 어느 날 밤, 영영 깨지 않을 줄 알았는데 낡은 육각형 바닥 타일에 뺨을 댄 채 약에 취해서 깼을 때, 나는 다음 세상에 다녀와서 보면 단순한 흰색 가구가 갖춰진 2차 대전 이전 양식의 욕실이 얼마나 찬란해 보일 수 있는지 깨닫고 깜짝 놀랐다.

끝의 시작? 아니면 끝의 끝?

파벨하프트(Fabelhaft). 최고로 즐거운 시간.

한 번에 하나씩 하자. 아스피린. 미니바의 냉수. 아스피린을 넘기자 자갈을 삼킨 것처럼 목이 긁히고 가슴에 걸리는 바람에 나는 가슴을 쿵쿵 쳐서 내려보냈다. 술에 취해서 훨씬 더 아프고 목이 마르고 혼란스러운 기분이었고, 목에 낚싯바늘이 걸린 것 같았으며, 이상하게도 뺨에 물이 흘러내리고 숨이 막혀 쌕쌕거렸다. 그에 대한 처방으로 (왠지 괜찮을 것 같았다) 와인을 땄지만 목을 넘어가는 느낌이 꼭 테레빈유 같았고 배 속이 불타는 듯하고 면도날로 긁는 것 같았다. 목욕을 해야 할까? 아래층에 전화를 해서 뜨겁고 간단한 것을, 묽은 수프나 차를 가져다달라고 해야 할까? 아니다. 그냥 와인을 다 마시든지 아니면 바로 보드카로 넘어가야 한다. 인터넷에서 약물 과다 복용으로 자살을 시도할 경우 2퍼센트만이 성공한다는 글을 읽은 적이 있었는데, 말도 안 되게 낮은 수치 같았지만 불행히도 내 경험에 의해 증명된 사실이었다. *이제 비가 안 올 거야*. 누군가의 유서였다. *소극에 지나지 않았다*. 이건 결혼식 날 밤에 자살한 진 할로의 남편이다. 할리우드의 고전인 조지 샌더스의 유서가 최고인데, 아빠는 샌더스의 유서를 외우면서 즐겨 인용했다. *친애하는 세상이여, 나는 따분해져서 떠납니다*. 그리고, 하트 크레인이 있다. 빙 돌아 떨어지자 풍선처럼 부푸는 셔츠. *모두들*

안녕! 작별 인사를 외치고 배에서 뛰어내린다.

내 몸이 더 이상 내 것 같지 않았다. 더 이상 내 것이 아니었다. 움직이는 내 손은 나와는 별개의 존재처럼, 자기들끼리 움직이는 것 같았고, 자리에서 일어서자 마리오네트를 조종하듯이 나 자신을 펼쳐서 줄에 매달린 몸을 갑자기 일으키는 느낌이었다.

호비 아저씨는 젊은 시절에 커티삭이 하트 크레인의 술이라서 그걸 마셨다고 했다. 커티삭은 '짧은 치마'라는 뜻이다.

피아노실의 연초록색 벽, 야자수와 피스타치오 아이스크림.

얼음이 덮인 창문. 난방이 되지 않았던 어린 시절 호비 아저씨의 방.

유럽의 거장들, 그들은 결코 틀리지 않았다.

나는 무슨 생각을 했을까, 무엇을 느꼈을까?

숨을 쉴 때마다 아팠다. 협탁에 헤로인이 한 봉지 있었다. 아빠는 쇼비즈니스 지옥에 대한 지칠 줄 모르는 사랑 때문에 이 모든 장치—약, 더러운 재떨이, 술, 그 밖의 모든 것—를 마음에 들어 했겠지만 나는 옛날 라운지 가수처럼 무료로 제공되는 호텔 가운 차림으로 대자로 뻗은 채 발견되는 것을 견딜 수 없었다. 청소를 하고, 샤워를 하고, 면도를 하고, 발견될 때 너무 지저분해 보이지 않도록 양복을 입고, 맨 마지막으로, 객실 담당 종업원의 야간 업무가 끝난 뒤에 *깨우지 마시오* 팻말을 치울 것이다. 아침 일찍 발견되는 게 나을 것이다. 부패해서 냄새가 나는 상태로 발견되고 싶지는 않았다.

피파와 함께 영화를 본 밤 이후로 한평생이 지나간 것 같았다. 나는 매서운 겨울 어둠 속에서 그녀를 만나러 달려가면서 얼마나 행복했는지, 필름 포럼 앞 가로등 밑에서 그녀를 발견하고 얼마나 들떴는지, 그리고 피파가 나를 찾는 모습을 지켜보는 즐거움을 만끽하려고 모퉁이에 있었던 기억을 떠올렸다. 기대에 찬 얼굴로 사람들을 보던 피파. 그녀가 찾는 사람은 나,

바로 나였다. 한순간이나마 절대 가질 수 없는 것을 가질 수 있을지도 모른다고 믿었던 그때의 두근거리던 마음.

옷장에서 양복을 꺼냈다. 셔츠는 전부 더러웠다. 왜 세탁을 맡길 생각을 못 했을까? 축축하게 젖어서 만신창이가 된 신발이 마지막으로 전체적인 그림에 딱한 분위기를 더했다. 하지만 아니다(나는 혼란 속에서 방 한가운데에 멈춰 섰다), 시체 안치대 위의 시체처럼 옷을 완전히 갖춰 입고 신발까지 신고 누울 건가? 식은땀이 흐르고 오한이 들고 덜덜 떨리는 일련의 절차가 다시 시작됐다. 나는 앉아야 했다. 전체적인 그림을 다시 생각해야 할지도 몰랐다. 편지를 다 찢어버리고 사고처럼 보이게 만드는 것이다. 옷을 차려입어야 하는 어떤 파티에 가려고 밖으로 나가기 전에 약을 한 것처럼 보이는 게 훨씬 나을 것이다. 침대 모서리에 앉아서 약을 조금 많이 하는 바람에 폭죽이 터지는 것 같은 느낌으로 기분 좋게 무릎을 꿇었는데, 이런.

소란의 하얀 날개. 무한으로의 추락.

그때 트럼펫 소리가 들리는 바람에 나는 깜짝 놀랐다. 전례 음악이 끝나고 어울리지 않을 정도로 신나는 관현악이 나오고 있었다. 선율이 강렬하고 시끄러웠다. 마음속에서 괴로움이 끓어올랐다. 호두까기인형 모음곡. 정말 안 어울린다. 진짜 안 어울린다. 전력을 다해 연주하는 화려한 크리스마스 곡, 발랄한 오케스트라 음악, 무슨 무슨 행진곡이라니, 전혀 어울리지 않았다. 갑자기 배 속이 울렁거리더니 뭔가가 목으로 치밀어 올랐다. 레몬주를 1리터 마신 기분이었다. 쓰레기통에 다다르기도 전에 투명한 산성 액체가 올라왔다. 샛노랗게 밀려오고 또 밀려왔다.

다 끝났을 때 나는 금속 쓰레기통의 날카로운 모서리에 이마를 대고 양탄자에 앉아 있었고 경쾌한 어린이 발레 음악이 짜증 나게 깔렸다. 정말 짜증 나는 것은 술이 취한 것도 아니고 순전히 아파서 토했다는 사실이었다. 복도에서 미국인들의 시끄러운 목소리가, 커플들이 웃으며 각자의 방으로 헤어지면서 요란하게 작별 인사를 하는 소리가 들렸다. 대학 시절 친구들, 금융 분야 직업, 기업 법률 분야에서 5년 이상 근무, 가을에 1학년으로 입학하는 피오나, 오클랜디아에서는 다들 잘 지내, 아, 다들 정말 사랑해. 내가 가질 수도 있었지만 원하지 않았던 삶. 그런 생각을 마지막으로 나는 비틀비틀 일어나서 짜증 나는 음악을 끄고 부글거리는 배 속을 느끼며 다리 위에서 몸을 던지듯이 침대에 얼굴을 박고 털썩 쓰러졌고, 호텔 방의 모든 불을 환하게 켜둔 채 머리 위로 몰려드는 어둠 속으로 가라앉았다.

4

나는 어렸을 때 엄마가 죽고 나서 항상 엄마 꿈을 꾸고 싶어서 잠들 때까지 엄마의 생각을 놓지 않으려고 애썼지만 한 번도 엄마 꿈을 꾸지 못했다. 아니, 오히려 엄마의 꿈을 끊임없이 꾸었지만 엄마의 존재가 아닌 부재에 대한 꿈이었다. 엄마가 조금 전 나간 집에서 부는 산들바람, 노트에 남겨진 엄마의 필적, 엄마의 향수 냄새, 낯설고 길도 모르지만 엄마가 조금 전 지나간 거리들, 강한 햇빛이 내리쬐는 벽에 스치는 그림자. 가끔 나는 인파 속이나 멀어지는 택시에서 엄마를 보았고, 결코 따라잡을 수 없었지만 스치듯 본 엄마의 모습을 소중히 여겼다. 결국 엄마는 항상 나를 피했다. 나는 늘 엄마의 전화를 놓치거나 엄마의 전화번호를 엉뚱한 곳에 놔두었다. 또는 숨을 헐떡거리며 엄마가 있어야 할 곳으로 달려갔지만 엄마는 사라지고 없었다. 어른이 되자 이처럼 늘 아슬아슬하게 놓치는 꿈에 더 난처하고 고통스러운 괴로움이 더해졌다. 도시 반대편 끔찍한 빈민가 아파트에 엄마가 몇 년 동안이나 살고 있었는데 내가 설명할 수 없는 이유 때문에 엄마를 만나러 가거나 연락을 하지 않았다는 사실을 알게 되거나, 기억해내거나, 의외의 사람에게서 듣고 고통에 휩싸이는 것이다. 보통 나는 미친 듯이 택시를 잡거나 엄마에게 가려고 하다가 잠에서 깼다. 이런 집요한 꿈들은 반복적이고 거의 잔인할 정도였고, 호비 아저씨의 어느 고객이 생각났다. 그는 주의가 산만한 월스트리트 증권 회사원이었는데, 어떤 특정한 기분이 들면 베트남전쟁에서 경험한 세 가지 이야기를 항상 똑같은 표현과 몸짓으로 들려주고 또 들려주었다. 똑같은 장소에서 똑같이 기관총이 발사되고 똑같이 손이 잘렸다. 저녁 식사가 끝나고 술을 한잔 마실 때 그가 늘 하는 이야기를 과장되게 늘어놓으면 모두들 얼굴이 딱딱하게 굳었다. 우리는 이런 장면을 백만 번은 보았는데, (몇 년 동안 매일 밤 끝없이 엄마를 찾아 헤매는 잔인한 꿈처럼) 정확히 똑같았다. 그는 항상 같은 나무뿌리에 걸려서 비틀거리다 넘어진다. 그리고 친구인 게이지에게 때맞춰 가지 못한다. 내가 결코 엄마를 찾지 못하듯이 말이다.

하지만 그날 밤 마침내 나는 엄마를 찾았다. 아니 더 정확하게는 엄마가 나를 찾았다. 이번이 유일한 기회처럼 느껴졌지만 어쩌면 다른 밤에, 다른 꿈에서, 어쩌면 내가 죽을 때, 엄마가 그렇게 나를 찾아올지도 모른다. 하지만 다시 찾아오기를 바라는 것도 지나친 욕심이겠지. 친숙한 사람이 맞이하러 온다고 생각하면 분명 죽음(나 자신만이 아니라 웰티의 죽음, 앤디의 죽음, 일반적인 죽음도 말이다)이 덜 두려울 것이다. 나는—이 글을 쓰는 지금, 눈물이 나오려고 한다—앤디가 공포에 질린 얼굴로 자기가 알고 좋아한 사람 중에 죽은 사람은 우리 엄마밖에 없다고 얼마나 불쌍하게 말했는지를 생각한다. 그러므로 물에 빠진 앤디가 기침을 하고 침을 뱉으면서 저 세상의 해안으로 쓸려 갔을 때 그 낯선 해변에서 앤디의 옆에 무릎을 꿇고 맞이한 사람이 우리 엄마였을지도 모른다. 어쩌면 그런 희망을 입 밖에 내는 것조차 어리석을지도 모르지만, 또다시 생각해보면 그렇게 하지 않는 것은 더욱 어리석을지도 모른다.

유일한 기회든 아니든, 그것은 선물이었다. 엄마가 나를 딱 한 번만 찾아올 수 있다면, 단 한 번만 허락되는 거라면, 엄마는 중요한 때를 위해서 그 기회를 아껴둔 셈이다. 그렇게 갑작스럽게 엄마가 거기 있었다. 나는 거울 앞에 서서 거울에 비친 방을 보고 있었는데, 호비 아저씨의 가게와 무척 비슷한 곳이었다. 아니, 더 넓고 영원히 변하지 않을 것처럼 보이는 호비 아저씨의 가게로, 벽은 첼로 같은 짙은 갈색이었고 열린 창문은 훨씬 더 크고 상상할 수 없고 햇빛이 가득한 곳으로 들어가는 입구 같았다. 거울 테두리 안에 갇힌 내 뒤쪽 공간은 평범한 의미의 공간이라기보다는 완벽하게 구성된 조화, 소리와 말을 넘어 깊은 침묵에 감싸인 더 넓고 더 진짜 같은 현실이었다. 그곳에서는 모든 것이 고요하고 명확한 동시에 영화를 되감을 때처럼 쏟아진 우유가 병으로 다시 들어가고 테이블에서 뛰어내린 고양이가 다시 날아올라서 소리 없이 테이블로 올라가는 곳, 시간이 존재하지 않는, 아니 더욱 정확히 말하자면 시간이 모든 방향에서 동시에 존재하는 지점, 모든 지나간 것과 앞으로의 변화가 동시에 일어나는 곳이었다.

내가 잠깐 시선을 돌렸다가 다시 거울을 보자 내 뒤에 엄마가 서 있었다. 나는 말을 잃었다. 왠지 모르겠지만 나는 뒤를 돌아보면 안 된다는 사실을 알고 있었다. 뒤를 돌아보는 것은 그곳의 규칙을 어기는 것이었다. 그래도 엄마와 나는 서로를 보았고, 거울 속에서 우리의 시선이 얽혔으며, 내가 엄마를 보고 반가워하는 만큼 엄마도 나를 보고 반가워했다. 엄마는 진짜 엄마, 육체를 가진 존재였다. 엄마에게는 영적인 현실감이, 깊이와 정보가 있었다. 엄마가 서 있는 곳은 엄마가 온 저 너머의 공간과 나 사이의 중간 지대였다. 중요한 것은 거울 속에서 우리의 눈이 마주친 순간이었다. 놀라움과 감탄, 홍채에 검은 테가 둘러진 엄마의 아름다운 파란 눈, 밝은 빛을 받은 옅은 파란색 눈. 안녕! 자애로움, 똑똑함, 슬픔. 유머. 움직임과 정적, 정적과 변화가 존재했고, 위대한 그림이 갖는 힘과 마법이 모두 거기 있었다. 10초일 수도 있고, 영원일 수도 있었다. 모든 것이 엄마에게로 다시 순환하여 돌아갔다. 한순간에 깨달을 수도 있고, 그 속에서 영원히 살 수도 있었다. 엄마는 거울 속에만, 거울 테 안쪽의 공간에만 존재했고, 정확히 말해서 살아 있다고 할 수는 없었지만 아직 태어나지 않았기 때문에, 결코 태어나지 않을 것이기 때문에, 죽은 것도 아니었다. 그리고 이상하게도 나 역시 마찬가지였다. 나는 알았다, 엄마는 내가 알고 싶은 것(삶, 죽음, 과거, 미래)을 말해줄 수 있었다. 하지만 그것은, 모든 질문에 대한 대답은, 이미 거기에, 엄마의 미소에 담겨 있었다. 크리스마스가 되기 전, 너무 멋져서 슬쩍 흘릴 수도 없는 비밀을 가지고 있는 사람 같은 미소. *음, 조금 더 기다렸다가 어떻게 되는지 봐, 알았지?* 하지만 엄마가 말을 하려는 순간—내가 아주 잘 아는, 애정 어리면서도 화가 담긴 숨을 내뱉는 순간, 지금도 들리는 그 소리가 들리는 순간—나는 잠에서 깼다.

5

눈을 뜨니 아침이었다. 방 안의 불이란 불은 다 켜져 있었고 어떻게 들어갔는지 기억이 없었지만 나는 이불 속에 있었다. 사방의 모든 것이 아직도 엄마의 존재에 흠뻑 물들어 있었다. 모든 것이 원래보다 더 높고 더 넓고 더 깊었고, 시야가 뭔가 바뀌어서 가장자리에 무지개가 생겼다. 나는 사람들이 성인(聖人)을 보고 나면 이런 기분이겠구나, 라고 생각했던 기억이 난다. 엄마가 성인이라는 말이 아니라 엄마의 모습이 어두운 방에서 확 피어오른 불꽃처럼 놀랍고 확연했다는 뜻이다.

나는 잠이 덜 깬 채 잠옷 차림으로 침대에서 나와 꿈의 달콤함에 흠뻑 젖어서 둥둥 떠다녔다. 복도에서 들리는 아침 소음조차도 엄마의 분위기와 색을 띠었다. 아직도 반쯤 꿈을 꾸는 상태에서 열심히 귀를 기울이면 복도를 오가는 룸서비스 쟁반이 덜컹거리는 소리와 승강기 케이블이 덜걱거리는 소리, 승강기 문이 열리고 닫히는 소리—무척 도시적인 소리, 서턴플레이스와 엄마를 연상시키는 소리였다—에 가볍고 경쾌한 엄마의 발소리가 섞여 있는 것 같았다.

그러다가 꿈이 빛을 내는 생물처럼 아직까지 발산하고 있던 마지막 빛 속에 가까운 교회의 종소리가 갑자기 난폭하게 침입했다. 나는 공포에 질려 벌떡 깨어 안경을 찾았다. 오늘이 무슨 날인지 잊고 있었다. 크리스마스였다.

나는 휘청거리며 일어나서 창가로 다가갔다. 종소리, 종소리. 거리는 하얗고 아무도 없었다. 타일 지붕에 서리가 내려서 반짝거렸다. 헤렌흐라흐트에서 눈이 춤을 추며 날아다녔다. 검은 새 떼가 까옥까옥 울면서 운하 위를 날자 하늘이 소란스러워졌다. 새 떼는 지능을 가진 하나의 몸처럼 비스듬히 하강했다가 물결처럼 넘실거리며 소용돌이치듯 이리저리 날아다녔다. 새들의 움직임이 세포적 차원에서 나에게 전달되는 것 같았다. 새하얀 하늘, 소용돌이치는 눈보라, 시인들이 좋아하는 맹렬한 돌풍.

복원의 첫 번째 규칙. 되돌릴 수 없는 행동은 절대 하지 말라.

나는 샤워를 하고 면도를 하고 옷을 입었다. 그러고는 조용히 방을 치우고 짐을 쌌다. 규리가 아직 살아 있다면 반지와 시계를 돌려줘야 했는데, 나는 규리가 살아 있을지 점점 의심스러웠다. 시계만 해도 BMW 7 시리즈를 한 대 사거나 아파트 계약금을 낼 수 있을 정도의 값이 나갔다. 호비 아저씨에게 페덱스로 보내서 안전하게 보관해달라고 하고 혹시 규리가 찾아올지도 모르니 접수대에 아저씨의 연락처를 남겨 놓아야겠다.

서리 낀 창유리, 유령처럼 자갈을 덮는 눈, 깊고 말 없는 거리. 거리에는 차가 하나도 없었다. 1940년대에 1640년대를 포개놓은 것 같았다.

너무 깊이 생각하지 않는 것이 중요했다. 중요한 것은 잠에서 깬 뒤에도 나에게 남아 있는 꿈의 에너지를 이용하는 것이었다. 나는 네덜란드어를 못하므로 미국 영사관에 가서 영사관 전화로 네덜란드 경찰에 전화를 할 것이다. 어느 영사관 직원의 크리스마스를, 가족끼리의 즐거운 식사를 망치는 것이다. 하지만 나는 나 자신을 믿지 않았기에 기다릴 수는 없었다. 아래층으로 내려가서 국무부 웹사이트를 찾아서 미국 시민으로서의 권리를 알아보는 게 좋겠다. 네덜란드가 세상에서 감옥에 가기에 가장 나쁜 나라는 분명 아닐 테고, 내가 아는 이야기(호르스트와 자샤, 마틴과 프리츠, 프랑크푸르트와 암스테르담)를 다 털어놓으면 그림을 찾아낼 수 있을지도 모른다.

하지만 어떻게 될지 누가 알까. 내가 확실히 아는 것은 이제 회피는 끝났다는 사실밖에 없었다. 나는 무슨 일이 있어도 아빠처럼 차가 뒤집어지고 부딪혀 불길에 휩싸이는 순간까지 계략을 꾸미며 회피하지 않을 것이다. 나는 앞으로 나서서 내게 주어진 것을 받아들일 것이다. 그렇게 하기 위해 나는 욕실로 가서 변기에 글라신지 봉투를 넣고 내렸다.

그것으로 끝이었다. 마틴의 죽음처럼 빠르고 되돌릴 수 없었다. 아빠가 즐겨 하던 말이 뭐더라? *벌을 달게 받아라*. 하지만 아빠는 결코 그렇게 하지 않았다.

나는 방을 구석구석 돌아다니면서 해야 할 일을 다 했고, 이제 편지를 쓰는 일만 남았다. 내 글씨체만 봐도 움츠러들었다. 하지만—의식이 다시 시작하게 만들었다—나는 정말로 호비 아저씨에게 편지를 써야 했다. 술에 취해서 자기 연민에 허우적거리는 편지가 아니라 사무적인 편지를, 수표장, 원부, 은행 금고 열쇠의 위치에 대한 편지 몇 줄을 남겨야 했다. 편지에서 가구 사기를 인정하고 아저씨는 전혀 몰랐다는 사실을 분명히 밝히는 게 좋을지도 모른다. 미국 영사관에서 증인을 세우고 공증을 받을 수 있을지도 모른다. 홀리(혹은 다른 사람)가 나를 불쌍하게 여겨서 경찰에 전화를 하기 전에 사람을 불러서 처리해줄지도 모른다. 그리샤는 내가 저지른 불법행위에 연루되지 않고도 내 말을 대부분 증명할 수 있을 것이다. 우리는 그 일에 대해서 한 번도 얘기한 적이 없었고 그리샤는 나에게 한 번도 물어보지 않았지만 창고 회사에 몰래 왔다 갔다 하는 것이 적법한 절차를 거친 일이 아니라는 것 정도는 알았을 것이다.

그러면 피파와 바버 부인이 남는다. 아, 내가 피파에게 보내지 않은 편지가 얼마나 많은지! 가장 창의적인 최고의 역작은 피파와 에버렛의 끔찍한 방문 후에 쓴 것으로, *난 잠시 떠날 거야*라는, 내 생각에는 가볍지만 심금을 울리는 한 줄로 끝났다. 당시에는 잠재적인 유서로 느껴졌고 어쨌든 간결성이라는 측면에서는 작은 걸작 같았다. 하지만 불행히도 나는 약의 양을 잘못 계산해서 열두 시간 뒤 침대에 온통 토한 채 깨어났고, 오전 열 시가 되자 여전히 몸이 심하게 안 좋았지만 국세청 직원을 만나기 위해서 비틀비틀 내려갔다.

하지만 감옥에 가게 되었다는 편지는 달랐다. 쓰지 않는 게 제일 좋다. 피파는 내 정체를 꿰뚫어 보고 있었다. 나는 피파에게 줄 것이 아무것도 없었다. 나는 질병, 불안, 피파가 피하고 싶어 하는 모든 것이었다. 내가 감옥에 간다는 소식은 피파가 이미 알고 있는 사실을 확인해줄 뿐이다. 내가 피파에게 해줄 수 있는 최선은 연락을 끊는 것이다. 아빠가 엄마를 정말 사랑했다면—아빠가 예전에는 그랬다고 말한 것처럼 정말로 사랑했다면—그렇게 하지 않았을까?

그리고 바버 부인. 그것은 배의 침몰처럼 절박한 상황에서 깨닫게 되는 것, 정말 마지막 순간까지 알지 못하다가 구명보트가 내려지고 배가 불길에 휩싸일 때가 되어서야 깨닫는 아주 놀라운 사실이었다. 내가 자살을 생각하면서 정말 못 할 짓을 한다는 생각이 드는 건 바버 부인이었다.

나는 방을 나서다가—아래층에 내려가서 페덱스를 보내려면 어떻게 해야 하는지 물어보고 영사관에 전화하기 전에 국무부 웹사이트를 볼 생각이었다—딱 멈췄다. 문손잡이에 손으로 쓴 쪽지와 리본으로 묶인 작은 사탕

봉지가 매달려 있었다. 메리 크리스마스! 어디선가 사람들이 웃었고 진한 커피와 태운 설탕과 갓 구운 빵의 맛있는 냄새가 복도에 퍼졌다. 나는 아침마다 호텔 조식을 주문해서 우울하게 억지로 먹었다. 네덜란드는 커피로 유명하지 않았던가? 하지만 나는 매일 커피를 마시면서 맛도 몰랐다.

나는 사탕 주머니를 양복 주머니에 넣고 복도에 서서 심호흡을 했다. 사형수도 최후의 만찬을 선택할 수 있다. 지칠 줄 모르는 요리사이자 먹는 것을 즐기는 호비 아저씨가 저녁 식사 후 아르마냐크 브랜디를 마실 때 손님들이 임시 재떨이로 쓸 컵 받침과 빈 코담배갑을 찾으면서 한 번 이상 꺼냈던 화제였다. 아저씨에게 그것은 형이상학적인 문제, 디저트를 다 먹고 마지막으로 재스민 캐러멜 접시가 한 바퀴 돈 다음 배가 부를 때 생각해야 하는 문제였다. 마지막이 눈앞에 왔을 때, 밤이 다 저물었을 때, 눈을 감고 세상과 작별 인사를 할 때, 무엇을 선택할 것인가? 과거를 떠올리게 하는 편안한 음식? 어린 시절 일요일에 먹던 평범한 닭고기 요리? 아니면, 정반대로 마지막 사치를 누리며 꿩고기와 진들딸기, 이탈리아 알바산 흰 송로 버섯을 먹을까? 나의 경우에는 복도로 나가기 전까지는 배가 고픈 줄도 몰랐지만 속이 쓰리고 입이 씁쓸한 그 순간 내가 마지막으로 자유롭게 선택한 식사가 무엇이 될까 생각하고 있으려니 복도에 맴도는 그 달콤하고 따뜻한 냄새만큼 맛있는 냄새를 맡아본 적이 없는 것 같았다. 대륙식 아침 식사의 커피와 시나몬과 간단한 버터 롤. 나는 방으로 돌아가서 룸서비스 메뉴를 고르면서 그렇게 간단한 것이 먹고 싶다니, 식욕 자체에 대해서 식욕을 느끼다니 참 웃긴다고 생각했다.

브롤레이크 케르스트페이스트(Vrolijk kerstfeest)! 30분 후에 주방 소년이 말했다. 머리에 번쩍거리는 화환을 쓰고 한쪽 귀에 호랑가시나무 장식을 꽂은, 얀 스테인의 그림에서 바로 튀어나온 듯한 통통하고 단정치 못한 십대 소년이었다.

소년이 접시를 덮은 은 뚜껑을 과장된 몸짓으로 열었다. "크리스마스 특별 네덜란드 빵입니다." 그가 빵을 가리키며 반어적으로 말했다. "오늘만 제공되죠." 나는 샴페인 작은 병 하나, 송로 버섯을 곁들인 달걀과 철갑상어알, 과일 샐러드, 훈제 연어 한 접시, 파테* 한 조각과 소스 여섯 종류, 오이절임, 케이퍼, 향신료, 양파 절임이 포함된 '크리스마스 샴페인 조식'을 주문했다.

소년이 샴페인을 따주고 (남은 유로 대부분을 팁으로 주었다) 방을 나간 다음 커피를 따라서 신중하게 맛을 보면서 속이 괜찮을까 생각하는데 (아직 속이 메스꺼웠고 가까이에서 맡으니 커피 냄새가 썩 좋지 않았다) 전화가 울렸다.

접수대 직원이었다. "데커 씨, 메리 크리스마스." 그가 재빠르게 말했다. "죄송하지만 어떤 분이 찾아오셔서 올라가고 있습니다. 여기서 막으려고 했는데—"

"뭐라고요?" 나는 얼어붙었다. 입으로 가져가던 컵이 딱 멈췄다.

"지금 올라가고 계십니다. 막으려고 했어요. 기다리라고 했는데 듣질 않아서요. 그러니까— 다른 직원이 기다려달라고 했거든요. 그런데 데커 씨에게 연락을 하기도 전에 가버려서—"

"아." 방을 둘러본다. 굳은 결심은 순식간에 사라져버렸다.

"다른 직원이 —" 옆에서 숨죽인 목소리가 들린다. "다른 직원이 방금 계단으로 쫓아갔습니다— 너무 갑작스러운 일이라, 우선 알려드리려고—"

"이름을 말했습니까?" 내가 창가로 가서 의자로 창문을 깰 수 있을까 생각하면서 물었다. 내 방은 3.5미터 남짓으로 별로 높지 않았기 때문에 뛰어내릴 만했다.

* 고기나 생선을 다져서 만든 반죽이 들어간 빵.

"아니, 안 남기셨습니다." 말이 아주 빨라진다. "저희는— 그러니까 그분이 너무 완고하셔서— 어떻게 하기도 전에 가버리셨는데—"

복도가 소란스럽다. 누군가가 네덜란드어로 소리친다.

"—이해하시겠지만 오늘 아침엔 일손이 좀 부족해서요—"

문을 단호하게 쿵쿵 두드리는 소리가 들리자 마틴의 이마에서 피가 끝없이 뿜어져 나올 때처럼 몸이 계속 흠칫거리는 바람에 커피가 쏟아졌다. 제기랄. 내가 양복과 셔츠를 내려다보면서 생각했다. 망했군. 아침 식사가 끝날 때까지 기다려주면 안 되나? 그런 다음 냅킨으로 셔츠를 닦으며, 우울한 기분으로 문을 보면서 다시 생각했다. 마틴의 부하일지도 몰라. 생각보다 빨리 끝날지도 모른다.

하지만 내가 문을 활짝 열었을 때—정말 믿을 수가 없었다—거기 서 있는 사람은 보리스였다. 옷이 구깃구깃하고 눈이 벌겋고 지쳐 보였다. 머리카락에도 외투 어깨에도 눈이 쌓여 있었다. 나는 너무 놀라서 마음이 놓이지도 않았다. "뭐야." 나를 껴안는 보리스에게 이렇게 말한 다음 단호한 표정으로 우리를 향해 성큼성큼 걸어오는 직원에게 말했다. "아니, 괜찮아요."

"봤지? 내가 왜 기다려야 돼? 왜 기다려야 되냐고?" 멈춰 서서 우리를 물끄러미 바라보는 직원을 향해 보리스가 한 팔을 휘두르며 화를 냈다. "내가 말 안 했어? 방이 어딘지 안다고 했잖아! 친구가 아니면 내가 어떻게 알겠어?" 그러고는 나에게 말했다. "왜 이렇게 난리인지 모르겠어. 말도 안 돼! 접수대 앞에 한참을 서 있었는데 아무도 없더라고. 아무도 없어! 사하라 사막이야, 아주!" (직원을 노려본다.) "기다리고 또 기다리고. 벨도 눌렀다고! 그러다가 내가 올라오려고 하니까— '잠깐만요, 기다리세요 손님—'" 아기처럼 징징거리는 말투. "'돌아오세요.' 그러고선 나를 막 쫓아오는 거야—"

"고맙습니다." 내가 직원에게, 아니 직원의 등에 대고 말했다. 직원은 놀라기도 하고 짜증이 나기도 해서 한동안 우리 두 사람을 번갈아 보다가 조용히 뒤돌아 걸어가고 있었다. "정말 고맙습니다. 진짜로요." 내가 그에게 외쳤다. 직원들이 말도 없이 위층으로 쳐들어오는 사람들을 막는다는 사실을 알아서 다행이었다.

"괜찮습니다, 손님." 굳이 뒤를 돌아보지도 않는다. "즐거운 성탄절 보내십시오."

"나 안 들여보내줄 거야?" 마침내 승강기 문이 닫히고 우리 둘이 남자 보리스가 말했다. "아니면 우리 여기 얌전히 서서 멍하니 마주 보고 있을까?" 보리스는 며칠이나 샤워를 하지 않은 것처럼 역한 냄새가 났고, 약간 막무가내이면서도 스스로 무척 흡족한 것 같았다.

"난—" 심장이 두근거리고 다시 속이 메슥거렸다. "잠깐은 괜찮아, 그래."

"잠깐이라고?" 경멸하듯 위아래로 훑어본다. "어디 갈 데라도 있어?"

"사실은, 그래."

"포터—" 가방을 내려놓으면서 반쯤 장난스럽게 손등으로 내 이마를 짚어본다. "꼴이 말이 아니다. 열 있네. 방금까지 파나마 운하라도 파던 사람 같아."

"난 멀쩡해." 내가 쌀쌀맞게 말했다.

"전혀 안 멀쩡해 보여. 얼굴이 새하얗게 질렸네. 왜 이렇게 차려입었어? 전화는 왜 안 받고? 이건 뭐야?" 보리스가 내 뒤에 차려진 룸서비스를 보고 말했다.

"먹어. 마음껏 먹어."

"네가 괜찮다면 좋지. 진짜 엄청난 일주일이었어. 밤새 운전해 왔다니까. 그것도 크리스마스이브에 말이야." 외투를 벗어서 바닥에 떨어뜨린다. "음, 솔직히 말하면 더 끔찍한 이브도 많았지만. 적어도 고속도로에 차는 없잖아. 우린 아주 형편없는 휴게소에 차를 세웠어, 문을 연 데가 거기밖에 없었거든. 주유소랑, 머스터드를 뿌린 소시지가 다였지. 평소에는 소시지 좋아하지만 세상에, 속이—" 보리스가 바에서 잔을 가지고 와서 샴페인을 따랐다.

"그런데 넌 여기서 말이야." 손을 내젓는다. "아주 편안하게 지내셨구먼. 사치스럽고 안락하게 말이야." 보리스가 발로 차서 신발을 벗고 양말까지 젖은 발을 흔들었다. "세상에, 발가락이 얼어붙었어. 거리가 아주 질척질척해— 눈이 다 녹았어." 의자를 당긴다. "같이 앉자. 뭐 좀 먹어. 타이밍이 아주 좋은데." 보리스가 보온 그릇 뚜껑을 열고 송로 버섯을 곁들인 달걀 요리의 냄새를 맡았다. "맛있겠다! 아직 뜨겁네! 뭐야, 그게 뭔데?" 내가 외투 주머니에서 규리의 시계와 반지를 꺼내서 건네자 보리스가 말했다. "아, 그래! 까먹고 있었네. 신경 쓰지 마. 직접 돌려주면 돼."

"아니, 네가 대신 돌려줘."

"음, 규리한테 전화해야겠다. 다섯 명이서 먹어도 되겠네. 전화를 해서—" 보리스가 샴페인을 눈높이로 들고 문제투성이 재무 서류를 찬찬히 보는 것처럼 얼마나 있는지 보았다. "전화해서 이거 하나 더 시키지, 큰 걸로 한 병, 아니면 두 병도 괜찮고. 그리고 커피나 차를 좀 가져오라고 할까? 난—" 의자를 당겨 앉는다. "배고파 죽겠어! 내가 규리한테 전화할게—" 훈제 연어 한 조각을 집어 들고 입에 넣어 삼킨 다음 주머니에서 핸드폰을 꺼낸다. "규리한테 차는 아무 데나 버리고 걸어오라고 할게, 어때?"

"좋아." 보리스를 보자 내 안의 무언가가 죽었다. 어렸을 때 한참 동안 집에 혼자 있다가 열쇠로 현관문을 여는 소리에 나도 모르게 안도감을 느꼈지만 아빠라는 사실을 깨닫자마자 심장이 쿵 내려앉을 때와 거의 똑같았다.

"왜 그래?" 보리스가 소리를 내며 손가락을 쪽쪽 빨았다. "규리가 오는 게 싫어? 나 때문에 밤새 운전했는데? 잠도 못 잤어. 그러니까 최소한 아침이라도 줘야지." 보리스는 벌써 달걀 요리를 먹기 시작했다. "많은 일이 있었어."

"나한테도 많은 일이 있었어."

"너 어디 가?"

"먹고 싶은 거 다 시켜." 주머니에서 카드 키를 꺼내서 보리스에게 건넨다. "한도 없애놓을게. 방값에 달아놔."

"포터—" 보리스가 냅킨을 내던지고 나를 따라오다가 중간에 멈추더니 놀랍게도 껄껄 웃었다. "가, 그럼. 새로운 친구를 만나는지 새로운 일을 하는지 모르겠지만, 그게 그렇게 중요하면 말이야!"

"많은 일이 있었어."

"음—" 보리스가 자부심을 드러내며 말한다. "너한테 무슨 일이 있었는지 모르지만 나한테 일어난 일이 적어도 5천 배는 더 큰일이었을걸. 진짜 엄청난 일주일이었어. 책이라도 써야 한다니까. 네가 호텔에서 호사스럽게 즐기는 동안 나는—" 한 발 나서서 내 소매를 잡는다. "잠깐만." 전화가 울렸다. 보리스는 반쯤 돌아서서 우크라이나어로 빠르게 말하다가 내가 문밖으로 나가는 것을 보고 갑작스럽게 말을 끊고 전화를 끊었다.

"포터." 보리스가 내 어깨를 잡고 강렬한 시선으로 내 눈을 보더니 다시 방으로 데리고 들어온 다음 한 발로 문을 차서 닫았다. "도대체 무슨 일이야? 너 〈좀비의 밤〉에 나오는 사람 같아. 우리가 좋아하던 영화 그거 뭐더라? 흑백영화였는데. 〈살아 있는 시체들〉 말고 그 시적인 영화 있잖아—"

"〈나는 좀비와 함께 걸었다〉. 발 루튼이 제작한 영화."

"맞아. 그거야. 앉아봐. 네덜란드 마리화나는 아주아주 강력해. 아무리 마리화나에 익숙하다고 해도, 너한테 미리 경고를 했어야 하는 건데—"

"마리화나 안 피웠어."

"—왜냐면, 스무 살 땐가 내가 처음 여기 왔을 때, 그땐 거의 매일 마리화나를 엄청 피웠기 때문에 뭐든 괜찮을 줄 알았거든. 그런데 세상에. 내 잘못이었지, 커피숍 주인한테 재수 없게 굴면서 '제일 센 걸로 주세요'라고 했거든. 그런데 진짜로 제일 센 걸 준 거야! 딱 세 모금 피웠는데 걷질 못하겠더라고! 서 있지도 못하고! 발을 움직이는 법이 생각이 안 나는 거야! 시야도 좁아지고, 근육도 내 맘대로 안 움직이고. 현실에서 완전히 멀어진 거야!" 보리스는 나를 침대로 데려간 다음 내 옆에 앉아서 어깨에 팔을 둘렀다. "그러니까 내 말은, 너도 나 알잖아. 절대 그럴 리가 없는데! 전력 질주를 한 것처럼 심장이 빨리 뛰어서 가만히 앉아서, 내가 어디 있는지도 모르겠고, 완전히 암흑 속이었어! 혼자 조금 훌쩍거리면서 마음속으로 신에게 말했지, '내가 무슨 짓을 한 거죠.' '내가 왜 이런 꼴을 당해야 하죠.' 거기서 어떻게 나왔는지 기억도 안 나! 끔찍한 악몽 같았다니까. 겨우 마리화나인데! 마리화나! 젤리처럼 휘청거리는 다리로 밖으로 나와서 담 광장 근처 자전거 보관대에 딱 달라붙어 있었지. 차들이 보도 위로 올라와서 나를 덮치는 줄 알았어. 결국 요르단에 있는 여자 친구 아파트로 찾아가서 물도 안 받은 욕조에 오랫동안 누워 있었어. 그래서—" 보리스는 커피가 튄 내 셔츠를 의심스러운 눈으로 보았다.

"마리화나 안 피웠다니까."

"알아, 아까 말했잖아! 그냥 얘기한 거야. 네가 재밌어할 것 같아서. 음—창피할 거 없어." 보리스가 말했다. "아무튼." 이어진 침묵은 끝이 없었다. "깜빡 했네— 깜빡했어." 보리스가 생수를 따라주었다. "그 후에 어떻게 됐는지 알아? 담 광장에서 어슬렁거리고 나서? 사흘이나 아팠어. 여자 친구가 말했지. '보리스, 나가자. 여기 누워서 주말을 다 낭비할 순 없어.' 그래서 반 고흐 미술관에 갔다가 다 토했잖아. 대단하지 않냐."

차가운 물이 따가운 목을 넘어가자 소름이 돋고 몸에 새겨진 어린 시절 기억이 떠올랐다. 고통스러운 사막의 햇빛, 고통스러운 오후의 숙취, 에어컨 냉기 속에서 덜덜 부딪히는 이. 그때 보리스와 나는 몸이 너무 안 좋아서 계속 구역질을 했고, 구역질 때문에 웃었고, 그래서 더 심하게 구역질을 했다. 그런 다음 내 방에서 오래된 크래커를 찾아서 억지로 먹었다.

"음—" 보리스가 나를 흘깃 훔쳐본다. "감기 같은 게 유행하고 있을지도 몰라. 크리스마스만 아니면 나가서 속에 도움이 될 만한 걸 사 올 텐데. 자, 여기—" 접시에 음식을 덜어서 나에게 내민다. 보리스는 얼음 통에서 샴페인 병을 꺼내서 얼마나 남았는지 다시 본 다음 반쯤 빈 내 오렌지 주스 컵(보리스가 마셨다)에 남은 술을 따랐다.

"자." 보리스가 나를 향해 샴페인 잔을 들면서 말했다. "메리 크리스마스! 오래 살자! 그리스도가 태어나셨으니 찬미하자고! 이제—" 샴페인을 꿀꺽 마시고 식탁보에 롤빵을 내려놓더니 세라믹 빵 접시에 자기가 먹을 음식을 쌓았다. "미안, 무슨 일이 있었는지 듣고 싶겠지만 배가 고파서 먼저 먹어야겠다."

파테. 철갑상어 알. 크리스마스 빵. 이런 상황인데도 나 역시 배가 고팠기 때문에 지금 이 순간과 눈앞의 음식에 감사하기로 하고 먹기 시작했다. 한동안 둘 다 아무 말도 하지 않았다.

"좀 나아?" 보리스가 나를 보면서 곧 말했다. "너 지쳤구나." 연어를 더 먹는다. "독감이 유행이야. 셜리도 걸렸어."

나는 아무 말도 하지 않았다. 보리스가 나와 함께 이 방에 있다는 사실에 이제야 적응하기 시작했다.

"네가 여자랑 나간 줄 알았어. 음— 규리랑 내가 어디 있었냐면 말이야." 내가 아무 말도 없자 보리스가 말했다. "우리는 프랑크푸르트에 갔었어. 음— 정말 정신없었어! 하지만—" 샴페인을 마저 마시고 미니바로 가서 쭈그리고 앉아 안을 들여다본다.

"내 여권 가지고 있어?"

"응, 나한테 있어. 와, 좋은 와인이 있네! 미니 앱솔루트 보드카도 잔뜩 있고."

"어디 있어?"

"아—" 레드 와인과 미니바용 작은 보드카 세 병을 겨드랑이에 끼고 성큼성큼 테이블로 돌아와서 얼음 통에 넣는다. "여기 있어." 주머니에서 여권을 꺼내 아무렇지 않게 테이블 위로 던진다. "자—" 자리에 앉는다. "건배나 할까?"

나는 침대 모서리에 꼼짝 않고 앉아 있었고 무릎 위에는 반쯤 먹은 접시가 아직 놓여 있었다. 내 여권.

이어진 긴 침묵 속에서 보리스가 식탁으로 팔을 뻗어 가운뎃손가락으로 내 샴페인 잔을 튕기자 숟가락으로 물 잔을 친 것처럼 날카롭고 맑은 챙 소리가 났다.

"잠깐 여기 좀 봐주시겠습니까?" 보리스가 비꼬며 말했다.

"뭐?"

"건배하자니까?" 나를 향해 잔을 기울인다.

나는 손으로 이마를 문질렀다. "너 지금 여기서 뭐 하는 거야?"

"어?"

"뭘 위해서 건배를 하는데?"

"크리스마스? 주님의 은총을 위해서? 그거면 되겠냐?"

우리의 침묵은 정확히 말해서 적대적이지는 않았지만 점점 더 노골적이고 수습하기 어려워졌다. 마침내 보리스가 의자에 기대어 앉아 고갯짓으로 내 잔을 가리키며 말했다. "나도 계속 부탁하기는 싫지만, 나 다 쳐다봤으면 이제—"

"언젠가는 전부 정리할 거야."

"뭐?"

"언젠가는 머릿속으로 이 모든 일을 다 정리할 거라고. 큰일이겠지. 이건 저쪽에…… 저건 이쪽에. 두 더미가 되는 거야. 세 더미가 될 수도 있고."

"포터, 포터, 포터." 애정 어린 태도로, 반쯤 나무라듯이, 몸을 숙인다. "넌 진짜 바보야. 넌 고마움도 아름다움도 몰라."

"'고마움을 모른다'고. 그걸로 건배하면 되겠네."

"뭐라고? 그때 그 행복했던 크리스마스 기억 안 나? 행복했던 옛날 말이야. 절대 돌아오지 않는 시절. 너희 아빠 말이야." 웅장하게 손을 흔든다. "레스토랑에 갔었잖아. 만찬을 즐겼지. 즐겁게 축하했잖아? 넌 마음속으로 그때의 기억을 되새기지 않아?"

"세상에."

"포터." 숨을 멈춘다. "넌 참 대단한 놈이야. 여자보다 더하다니까. '빨리빨리.' '일어나, 얼른 가자.' 내가 보낸 메시지 안 읽었어?"

"뭐?"

보리스가 잔을 향해 손을 뻗다가 딱 멈췄다. 그가 재빨리 바닥을 흘깃 보자 나는 갑자기 의자 옆에 있는 가방이 무척 의식됐다.

보리스가 즐거워하면서 엄지손톱으로 앞니 사이를 쑤셨다. "열어봐."

아침 식사의 잔해 위에서 보리스의 말이 맴돌았다. 은 식기의 돔 모양 뚜껑에 비친 뒤틀린 모습.

나는 가방을 들고 일어섰다. 내가 문 쪽으로 걸어가자 보리스의 미소가 사라졌다.

"기다려!" 그가 말했다.

"뭘 기다려?"

"안 열어봐?"

"보리스—" 나는 나 자신을 너무 잘 알았고 나를 믿지 않았기에 기다릴 수 없었다. 나는 같은 일이 두 번 일어나게 하지는 않을 것이다.

"뭐 하는 거야? 뭐 하는 거냐고?"

"이걸 아래층으로 가져갈 거야. 금고에 넣고 잠가달라고 해야지." 호텔에 금고가 있는지 확실하지 않았지만 그림을 내 근처에 두고 싶지 않았다. 모르는 사람이 가지고 있는 것이, 외투 보관소나 뭐 그런 데 두는 것이 더 안전했다. 보리스가 이 방에서 나가자마자 경찰에 바로 전화를 하겠지만 그때까지는 기다릴 것이다. 보리스를 끌어들일 이유가 없다.

"열어보지도 않았잖아! 뭔지도 모르잖아!"

"대충은 알 것 같아."

"그게 도대체 무슨 뜻이야?"

"뭔지 알 필요도 없어."

"아, 그러셔? 알아야 할걸. 네가 생각하는 게 아니거든." 보리스가 자부심을 얼핏 드러내며 덧붙였다.

"아니야?"

"아니야."

"내가 뭐라고 생각하는지 어떻게 알아?"

"당연히 알지! 그런데 네 생각이 틀렸어. 미안. 하지만—" 양손을 든다. "그거보다 훨씬 훨씬 좋은 거야."

"더 좋다고?"

"그래."

"어떻게 더 좋을 수가 있어?"

"그냥 그래. 훨씬 나아. 이 말은 믿어야 돼. 열어봐." 보리스가 퉁명스럽게 고갯짓을 하며 말했다.

"이게 뭐야?" 30초쯤 후에 내가 너무 놀라서 말했다. 나는 벽돌 같은 백 달러짜리 지폐 뭉치를 하나 집어 들고 또 하나 집어 들었다.

"그게 다가 아니야." 보리스가 손바닥으로 뒤통수를 문지른다. "일부야."

나는 돈뭉치를 보고 다시 보리스를 봤다. "뭐의 일부?"

"음—" 보리스가 싱글싱글 웃는다. "현금으로 가져오면 더 극적일 것 같았어, 맞지?"

옆방에서 코미디 프로그램에서 나오는 웃는 효과음이 작게 들렸다.

"네가 더 놀라고 더 재밌어할 줄 알았지! 그게 다가 아니라니까. 미국 화폐면 네가 가지고 돌아가기 더 편리할 거 같아서. 네가 가져온 액수에서— 조금 더 돼. 사실은 아직 돈을 받지 못했어— 돈이 하나도 안 나왔어. 하지만— 곧 나올 거야, 아마도."

"나온다고? 누가 돈을 안 줬다는 거야? 무슨 돈인데?"

"이건 내 돈이야. 진짜 내 돈. 집에 있던 금고에서 가져왔지. 돈을 가지러 안트베르펜에 갔다 왔어. 이게 더 나아— 네가 직접 열어보면 좋잖아, 응? 그것도 크리스마스 아침에. 호, 호, 호! 돈은 더 들어올 거야."

나는 고개를 돌리고 돈 더미를 앞뒤로 보았다. 시티 은행에서 바로 찾아서 띠가 둘러져 있다.

"'고마워 보리스.' '아, 별거 아냐.'" 보리스가 비꼬듯 자기 목소리로 대답한다. "'나도 기뻐.'"

돈더미. 사건과 관계없는 돈. 손 안에 빳빳하게 느껴지는 돈. 여기에는 내가 알지 못하는 어떤 명백한 의미나 감정이 있었다.

"아까 말했지만, 일부야. 2백만 유로. 달러로는 훨씬 더 많지. 그러니까— 메리 크리스마스! 너한테 주는 선물이야! 나머지는 내가 네 이름으로 스위스에 계좌를 만든 다음 통장으로 줄 수도 있어, 그렇게 하면— 뭐야?" 내가 돈다발을 넣고 가방을 닫아서 보리스에게 밀자 보리스가 거의 소스라치면서 말했다. "아니야! 네 거라니까!"

"난 싫어."

"네가 몰라서 그래! 설명할게, 들어봐."

"싫다고 했어."

"포터—" 팔짱을 끼고 차가운 시선으로 나를 본다. 폴란드 술집에서 나를 보던 눈빛이다. "내가 아니라 딴 사람 같으면 껄껄 웃으면서 나가서 다시는 돌아오지 않았을 거야."

"넌 왜 안 그러는데?"

"나는—" 이유를 잊은 것처럼 방을 둘러본다. "왜 안 그러는지 말해주지! 옛정을 생각해서 그런다. 넌 나를 범죄자 취급했지만. 또 너한테 보상하고 싶기도 하고—"

"뭘 보상해?"

"뭐라고?"

"정확히 뭘 보상한다는 거야? 설명 좀 해줄래? 이 빌어먹을 돈은 대체 어디서 났어? 이 돈이 어떻게 일을 바로잡는다는 거야?"

"음, 사실은 말이야, 그렇게 성급하게—"

"돈은 필요 없어!" 나는 반쯤 소리를 지르고 있었다. "내게 필요한 건 그림이야! 그림 어디 있어?"

"그렇게 서두르지 말고 잠깐 기다리면—"

"이 돈은 뭐 때문에 주는 거야? 어디서 났어? 정확한 출처가 어디야? 빌 게이츠가 줬어? 산타클로스? 이빨 요정?"

"그렇게 과장하지 마, 너희 아빠 같잖아."

"어디 있어? 어떻게 했어? 없어졌지, 응? 바꿨어? 팔았어?"

"아니야, 물론 난— 야—" 서둘러 의자를 뒤로 물린다. "세상에, 포터, 진정해. 당연히 안 팔았지. 내가 왜 그런 짓을 해?"

"나야 모르지! 내가 어떻게 알아? 이게 다 뭐 때문인데? 이게 무슨 소용인데? 애초에 내가 왜 너랑 여기 온 거야? 왜 날 끌고 왔어? 살인을 돕게 하려고? 그런 거야?"

"난 평생 누구도 죽인 적 없어." 보리스가 도도하게 말했다.

"아, 세상에. 진짜 그렇게 말한 거야? 웃어야 하나? 내가 제대로 들은 거 맞아? 평생—"

"그건 정당방위였지. 너도 알잖아. 내가 재미로 사람을 죽이고 다니는 건 아니지만 불가피한 경우에는 기꺼이 방어할 거야." 보리스가 내 말을 막으며 고압적으로 말했다. "네가 마틴한테 한 것도 마찬가지야. 안 그랬으면 난 여기 없을 거고 너도 마찬가지일 거야—"

"부탁 하나만 들어줄래? 그 입 안 다물 거면? 잠깐 저쪽으로 가서 좀 서 있을래? 지금은 정말 너 보고 싶지 않아."

"—마틴 말인데, 경찰이 알았다면 너한테 훈장을 줄걸. 마틴 때문에 지금 이 세상에 없는 수많은 무고한 사람들도 그랬을 거야. 마틴은—"

"아니면, 그래, 좀 꺼져줄래? 그게 낫겠다."

"마틴은 악마였어. 인간이 아니야. 마틴의 잘못만은 아니지. 그렇게 태어났거든. 감정이 없어, 알아? 마틴은 총을 쏘는 것보다 더한 일도 했어, 내가 알아. 물론 *우리*한테는 아니었지만." 보리스는 마치 그것이 모든 오해의 시발점이라는 듯이 황급히 손을 저었다. "우리는 아마 예의상 총으로 쏘아 죽였을 거야, 나쁜 짓은 안 하고. 하지만— 마틴이 좋은 사람이었을까? 제대로 된 인간이었을까? 아니야. 그렇지 않았어. 프리츠도 모범적인 사람은 아니었지. 그러니까— 네가 느끼는 후회랑 고통은— 다른 관점에서 봐야 해. 더 고귀한 선(善)을 위한 영웅적인 행동이라고 생각해야 돼. 너 그렇게 인생을 항상 어둡게 보면 안 돼, 안 좋다니까."

"하나만 물어도 돼?"

"뭐든지."

"그림은 어디 있어?"

"있잖아—" 보리스가 한숨을 쉬고 시선을 돌렸다. "이게 최선이었어. 네가 얼마나 그걸 갖고 싶었는지 알아. 하지만 그게 없다고 이렇게까지 화낼 줄은 몰랐어."

"그냥 어디 있는지 말해주면 안 돼?"

"포터—" 가슴에 손을 얹는다. "이렇게까지 화를 내다니 나도 미안해. 이럴 줄은 몰랐어. 하지만 어쨌든 계속 가지고 있을 생각은 아니라고 했잖아. 돌려줄 거였잖아." 내가 계속 물끄러미 바라보자 보리스가 덧붙였다. "네가 그렇게 말 안 했어?"

"어떻게 이게 올바른 일이라는 거야?"

"음, 말해줄게! 잠깐만 닥치고 내 말을 들으면 말이야! 그렇게 입에 거품을 물고 고함을 지르면서 우리의 크리스마스를 망치는 대신!"

"무슨 말을 하는 거야?"

"멍청한 놈." 손등 뼈로 관자놀이를 톡톡 친다. "이 돈이 어디서 났을 거 같아?"

"내가 그걸 어떻게 알아?"

"이거 보상금이야!"

"보상금?"

"그래! 그림을 무사히 돌려준 보상금!"

잠시 시간이 걸렸다. 나는 서 있었다. 앉아야 했다.

"화났어?" 보리스가 조심스럽게 말했다.

복도에서 사람들의 목소리가 들린다. 동으로 만든 전등갓에 흐릿한 겨울 햇빛이 반짝인다.

"좋아할 줄 알았는데. 아니야?"

하지만 아직 말을 할 만큼 회복되지 않았다. 나는 너무 놀라서 멍하니 바라볼 수밖에 없었다.

내 표정을 보고 보리스가 고개를 흔들어 머리카락을 넘기며 웃었다. "실마리를 준 건 너야. 그게 얼마나 괜찮은 생각인지는 몰랐겠지만! 넌 진짜 천재야! 내가 생각해냈으면 좋았을걸. '미술품 담당 경찰한테 전화해, 미술품 담당 경찰한테 전화하라고.' 음— 그땐 말도 안 된다고 생각했지! 아주 솔직히 말하면, 이 문제에 대해서는 네가 약간 제정신이 아니라고 생각했어. 하지만 그러고 나서—" 보리스가 어깨를 으쓱했다. "너도 너무나 잘 알지만, 불행한 일들이 생겼잖아. 다리에서 너랑 헤어진 다음 체리랑 통화를 했어. 어떻게 할까, 어떻게 할까, 둘이서 안절부절못하다가 정보를 좀 캐봤는데—" 나를 향해 잔을 든다. "음, 알고 보니 천재적인 생각이었어! 내가 왜 널 의심했을까? 왜? 이 일은 전부 다 네 머리에서 나온 건데 말이야! 내가 알래스카에서 주유소까지 8킬로미터나 걸어가서 네슬레 바나 훔치는 동안— 그런데 널 봐. 천재야! 내가 왜 널 의심했을까? 왜냐면— 곰곰이 생각해보니까—" 양팔을 번쩍 든다. "네 말이 맞았어. 누가 생각이나 했겠어? 저 밖으로 나가면 네 그림의 보상금이 수백만 달러나 된다니! 그림을 줄 필요도 없어! 그림을 되찾을 수 있는 정보만 줘도 된다니까! 아무것도 묻지도 않고! 깨끗하고 깔끔한 현금을—"

바깥 창가에 눈이 흩날리고 있었다. 옆방에서 누가 심하게 기침을 하거나 심하게 웃고 있었지만 어느 쪽인지 알 수 없었다.

"담보로 맡겼다 찾았다, 맡겼다 찾았다, 지금까지 계속 그랬는데 말이야. 진짜 멍청한 짓이야. 불편하고 위험하잖아. 이제 와서 스스로에게 물어보는 거야. 난 귀찮게 왜 그랬을까? 요구하기만 하면 이 합법적인 돈을 바로 받을 수 있는데? 왜냐면— 네 말이 맞았어— 그 사람들한테는 아주 사무적인 일이더라고. 아무것도 묻지 않아. 그 사람들이 신경 쓰는 건 그림을 되찾는 것밖에 없었어." 보리스가 담배에 불을 붙인 다음 성냥을 물 잔에 떨어뜨려 꺼뜨렸다. "그림은 나도 못 봤어. 봤으면 좋았을 텐데— 하지만 근처에서 어슬렁거리는 건 별로 좋은 생각이 아닌 것 같아서. 독일 특수 경찰이 출동했지! 방탄조끼에 총을 들고. 다 내려놔! 엎드려! 엄청난 소동이라서 거리에 구경꾼들이 잔뜩 모여들었어! 아, 자샤 표정을 봤으면 진짜 좋았을 텐데!"

"네가 경찰에 전화했어?"

"직접 한 건 아니야! 내 친구 디마 있잖아— 디마는 자기 주차장에서 총싸움이 난 것 때문에 독일놈들한테 완전 화가 났어. 디마한테는 좋을 것 하나 없는 큰 골칫거리였지. 봐—" 보리스는 초조하게 다리를 꼬고 연기를 잔뜩 내뿜었다. "걔들이 그림을 어디에 놔뒀는지 짐작 가는 데가 있었어. 프랑크푸르트에 아파트가 하나 있거든. 자샤의 옛날 여자 친구 아파트였는데, 거기다 물건을 보관하거든. 하지만 난 절대 못 들어가, 여섯 명쯤 데려가도 안 돼. 열쇠, 경보기, 카메라, 비밀번호까지 있으니까. 유일한 문제는—" 하품을 하면서 손등으로 입을 닦는다. "아니, 두 가지 문제가 있었어. 하나는 경찰이 아파트를 수색할 만한 이유가 있어야 한다는 거야. 그냥 전화를 해서 도둑이 누구라고 말하는 것만으로는, 이름 없는 시민의 제보만으로는 안 돼. 두 번째 문제는— 정확한 주소가 기억이 안 난다는 거였어. 아주아주 비밀스러웠거든. 난 딱 한 번 가봤는데, 늦은 밤이었고 상태도 별로 안 좋았어. 어느 동네인지는 대충 알았는데……. 예전에는 불법점거 지역이었는데 지금은 아주 좋아졌지……. 규리를 시켜서 그 동네를 몇 바퀴나 돌았어. 진짜 한참 걸리더라. 결국 한 줄로 좁히긴 했는데 어느 집인지 백 퍼센트 확실하진 않았어. 그래서 내가 차에서 내려서 직접 걸어 다녀봤지. 거리에 나가는 게 진짜 무섭더라, 누가 날 볼지도 모르니까 말이야. 하지만 차에서 내려서 내 두 발로 걸었다고. 눈은 반쯤 감고서. 계단이 몇 단이었는지 기억해내려고 스스로 약간 최면을 걸었다니까. 몸으로 느껴보려고. 아무튼— 얘기가 너무 앞서 갔네. 디마는—" 보리스는 식탁보 위의 빵을 부지런히 집어 들었다. "디마의 사촌의 처형이, 사실 전 처형이지만 아무튼, 네덜란드인이랑 결혼을 해서 안톤이라는 아들이 있거든— 스물한두 살쯤인데 아주 깨끗하고, 성이 판 덴 브링크야— 안톤은 네덜란드 시민이고 네덜란드어를 하니까 그것도 우리한텐 도움이 됐지. 안톤은—" 롤을 조금씩 먹다가 얼굴을 찌푸리더니 이 사이로 호밀 씨를 뱉는다. "안톤은 부자들이 자주 오는 술집에서 일해, P. C. 호프트스트라트 거리 너머 화려한 암스테르담이지. 구찌 거리, 카르티에 거리 말이야. 좋은 애야. 영어도 하고, 네덜란드어도 하고, 러시아어도 한두 마디 정도는 할 수 있어. 아무튼 디마가 안톤을 시켜서 경찰에 전화해서 독일인 두 명을 봤다고 신고를 했어. 한 사람은 자샤와 딱 맞아떨어지는 인상착의로 설명했지— 할머니 같은 안경에 〈초원의 집〉에 나올 것 같은 셔츠, 손에는 부족민 같은 문신이 있는데 우리가 사진을 줬기 때문에 안톤이 문신 모양을 정확하게 그릴 수 있었지. 아무튼, 안톤이 도난 미술품 전담 경찰한테 전화를 해서 자기가 일하는 술집에서 독일 사람들이 거나하게 취해서 말싸움을 하다가 화도 나고 기분이 상해서 뭘 놓고 갔다고 했지. 그게 뭔지 알아? 서류철이야! 물론 우리가 만든 거였지. 원래는 핸드폰으로 하려고 했어, 손을 좀 봐서 말이야. 그런데 우리 중 누구도 추적을 완전히 피할 수 있을 만큼 컴퓨터광은 아니니까. 그래서— 내가 사진을 몇 장 인쇄했지……. 너한테 보여준 사진이랑 내가 어쩌다 전화기에 저장해놓은 사진들……. 날짜를 인증할 수 있게 비교적 최근에 발행된 신문이랑 새를 같이 찍은 사진 말이야. 무슨 말인지 알지? 2년 전 신문이었지만 상관없었어. 안톤은 이 서류철을 의자 밑에서 발견한 거야, 마이애미 사건과 관련된 다른 서류들이랑 말이야. 그림이 예전에 목격된 장소를 보여주는 거지. 거기다가 편리하게도 프랑크푸르트 주소가 같이 들어 있는 거야, 자샤 이름도 물론 들어 있고. 이게 다 미리엄 생각이었어, 미리엄의 공은 인정해줘야 돼. 미국에 돌아가면 네가 거하게 한잔 사. 미국에서 몇 가지를 페덱스로 받았는데— 아주아주 설득력이 있는 자료가 됐지. 자샤의 이름도 있고, 또—"

"자샤는 감옥 갔어?"

"당연하지." 보리스가 씩 웃었다. "우리는 몸값을 받고, 미술관은 그림을 받고, 경찰은 사건을 종결하고, 보험회사는 돈을 돌려받고, 대중은 교양을 쌓고, 모두가 이기는 게임이지."

"몸값이라고?"

"음, 보상금이든 몸값이든, 부르고 싶은 대로 불러."

"돈은 누가 내는데?"

"나도 몰라." 보리스가 성가시다는 몸짓을 했다. "미술관이든 정부든 일반 시민이든. 그게 중요해?"

"나한테는 중요해."

"음, 그럴 거 없어. 입 다물고 고마워하면 돼. 왜냐면 말이야." 보리스가 턱을 들고 내 말을 막으며 말했다. "그거 알아, 시오? 그거 아냐고. 맞혀봐! 우리가 얼마나 운이 좋았는지 맞혀봐! 거기 네 방울새만 있었던 게 아니야, 누가 알았겠어? 다른 도난 미술품들도 많았대!"

"뭐?"

"스물네 점 이상이라니까! 몇 점은 도난당한 지 진짜 오래된 거래! 그리고 — 다 네 그림만큼 사랑스럽거나 아름답지는 않지만. 사실 대부분이 안 그래. 내 개인적인 생각이지만. 그런데 그중에 큰 보상금이 걸려 있는 그림도 네다섯 점 있었어 — 그것도 네 그림보다 큰 보상금이 말이야. 게다가 별로 안 유명한 그림들, 죽은 오리나, 얼굴이 통통한 남자의 지루한 초상화 같은 것들에도 적지만 보상금이 걸려 있었어 — 5만, 10만, 뭐 그런 식으로. 누가 생각이나 했겠어? '그림을 되찾는 데 도움이 되는 정보라니.' 그 돈을 다 더한 거야. 그리고 정말 그랬으면 좋겠는데 —" 보리스가 다소 진지하게 말했다. "그러니까 너도 날 용서해줄 수 있지?"

"뭐?"

"왜냐면 — 사람들 말이, '역사상 최고의 미술품 회수'래. 네가 그 사실을 알고 기뻐하면 좋겠다고 생각했는데 — 뭐, 안 기쁠지도 모르지, 누가 알겠어. 하지만 난 그러길 바랐어. 미술관에 걸려 있던 걸작들이 대중에게 돌아간 거야! 문화적 보물이 대중에게 돌아왔다고! 정말 기쁜 일 아니야? 천사들도 노래할 거야! 하지만 네가 아니었으면 그 어떤 일도 일어나지 않았을 거야."

나는 놀라서 아무 말 없이 앉아 있었다.

"물론 말이야." 보리스가 침대 위에 열려 있는 가방을 고갯짓으로 가리키며 덧붙였다. "저게 다가 아니야. 미리엄과 체리와 규리에게 좋은 크리스마스 선물도 줘야지. 그리고 들어올 돈 총액에서 안톤과 디마에게 30퍼센트를 줬어. 각각 15퍼센트씩. 사실 일은 안톤이 다 했으니까 걔가 20, 디마가 10을 가져야 한다는 게 내 생각이지만. 그래도 안톤에게는 큰돈이라서 진짜 좋아하고 있어."

"다른 그림들도 되찾았단 말이지. 내 것만이 아니라."

"그래, 내가 방금 말하는 거 못 들었어?"

"다른 그림 뭐?"

"아, 진짜 유명한 그림들이래! 몇 년 동안이나 행방을 알 수 없었대!"

"예를 들어서—"

보리스가 귀찮다는 듯한 소리를 냈다. "아, 이름은 몰라. 알잖아, 나한테 그런 거 물어보면 안 되는 거. 현대미술 몇 점은 아주 중요하고 비싼 거래. 다들 엄청 흥분했지만 나는 솔직히 뭐가 그렇게 대단한지 모르겠어. 유치원생 그림 같은 게 왜 그렇게 비싼 거야? '보기 싫은 얼룩', '꼬이고 꼬인 검정색 막대기'라고 하면 딱 되겠던데. 하지만— 역사적으로 대단한 그림도 많아. 하나는 렘브란트였어."

"호수 풍경이야?"

"아니야— 어두운 방에 모인 사람들 그림이야. 약간 지루하지. 하지만 해변을 그린 멋진 반 고흐 작품도 있어. 그리고 또……. 아, 모르겠다……. 흔한 거 있잖아, 성모 마리아랑 예수님이랑 천사들 많이 나오는 거. 조각도 있더라. 아시아 미술품도 있고. 나한테는 아무런 가치도 없어 보였지만 엄청나다는 것 같아." 보리스가 힘차게 담배를 비벼 껐다. "그러고 보니 생각났는데, 걔 도망갔어."

"누구?"

"자샤 중국 애인." 보리스가 미니바로 가서 코르크 따개와 잔 두 개를 들고 돌아왔다. "경찰이 갔을 때 아파트에 없었대, 운이 좋았지. 그리고 머리가 있으면—사실 똑똑한 놈이거든—돌아오지 않겠지." 보리스가 손가락을 꼬아서 보여준다.* "다른 부자 놈을 찾아서 벗겨 먹겠지. 원래 그런 애니까. 뭐 그것도 괜찮은 일이야. 아무튼—" 입술을 깨물며 코르크를 당긴다. 뽁! "내가 그 생각을 좀 빨리했으면 좋았을걸! 이렇게 쉽게 거액의 수표가 들어오다니! 합법적인 보상금이라니! 몇 년 동안이나 사방으로 튀는 공을 잡으려고 쫓아다닐 게 아니었는데 말이야." 보리스가 코르크 따개를 똑딱똑딱 흔들며 말했다. "왔다 갔다, 왔다 갔다. 아주 피가 말랐다니까! 지금까지 계속 골칫거리였는데, 정부가 코앞에서 이렇게 쉽게 돈을 주고 있었다니! 들어봐—" 팔을 뻗어 레드 와인을 요란하게 따라준다. "어떻게 보면 호르스트는 이 문제가 이렇게 결론 난 걸 너만큼 좋아할지도 몰라. 호르스트는 누구나 그렇듯 돈 버는 걸 좋아하지만 죄책감을 느끼거든. 공익이니 문화유산이니 뭐니 하면서 말이야."

"호르스트가 이번 일에 얼마나 연관되어 있는지 모르겠어."

"그래, 나도 몰라. 평생 모르겠지." 보리스가 단호하게 말했다. "아주 조심스럽고 예의 바르게 굴고 있어. 그래, 맞아, 맞아—" 초조한 듯 와인을 급하게 마신다. "그래, 난 호르스트한테 화가 났어, 약간이지만. 이제 예전만큼은 못 믿을지도 몰라. 사실은 별로 안 믿었는지도 모르고. 하지만— 호르스

* '행운을 빈다'는 뜻의 손짓.

트 말로는 우리가 가져간 줄 알았으면 마틴을 보내지 않았을 거래. 뭐, 사실일지도 모르지. '절대 아냐, 보리스— 절대로 안 보냈을 거야.' 하지만 누가 알겠어? 아주 솔직히 말해서—우리끼리 얘기지만—호르스트가 체면을 구기지 않으려고 그렇게 말하는 걸지도 몰라. 마틴과 프리츠가 실패했으니 호르스트가 어쩌겠어? 우아하게 물러설 수밖에 없지. 모르는 일이라고 잡아떼는 수밖에 없다니까. 하지만 꼭 그렇다는 건 아니야." 보리스가 말했다. "내 이론일 뿐이야. 호르스트는 호르스트대로 얘기가 다르지."

"그 이야기라는 건—?"

"호르스트 말로는—" 보리스가 한숨을 쉬었다. "호르스트는 우리가 그림을 가로챈 다음에 자샤가 난데없이 전화해서 도와달라고 할 때까지 자샤가 그림을 가져간 줄 전혀 몰랐대. 마틴이 여기 온 건 순전히 우연이고— 휴가를 보내려고 LA에서 왔대. 약쟁이들이 암스테르담에서 크리스마스 휴가를 보내는 건 꽤 흔한 일이거든. 그리고 맞아, 그 부분은—" 보리스가 눈을 비볐다. "음, 그 부분은 호르스트 말이 사실인 것 같아. 자샤가 전화해서 깜짝 놀랐다는 거 말이야. 호르스트의 자비를 구하면서. 자세히 얘기할 시간이 없었겠지. 얼른 움직여야 했으니까. 우리였다는 걸 호르스트가 어떻게 알았겠어? 자샤는 암스테르담에 있지도 않았고— 전부 그 중국 놈한테 들은 건데 그놈은 독일어를 잘 못하거든— 호르스트는 한 다리 더 건너서 들었지. 잘 보면 앞뒤가 다 맞아. 그러니까—" 보리스가 어깨를 으쓱했다.

"뭐?"

"호르스트는 그림이 암스테르담에 있다는 걸 전혀 몰랐을 거야, 자샤가 그림을 담보로 돈을 빌리려 했다는 것도 그렇고. 우리가 뺏은 다음 자샤가 겁에 질려 전화할 때까지 몰랐겠지. 그건 믿어. 하지만 호르스트가 애초에 자샤랑 짜고 그림을 프랑크푸르트로 빼돌리지 않았을까? 마이애미에서 거래가 잘못된 척 꾸며서? 그럴 가능성도 있어. 호르스트는 그 그림을 아주아주 좋아했거든. *아주* 많이. 내가 말했지? 그림을 바로 알아봤다고? 보자마자 알더라니까? 화가 이름이랑 전부 다 말이야."

"세상에서 제일 유명한 그림에 속하잖아."

"음—" 보리스가 어깨를 으쓱했다. "뭐, 내가 말했듯이 호르스트는 많이 배웠으니까. 아름다운 작품들을 보면서 자랐지. 호르스트는 내가 서류철을 꾸며냈다는 사실을 몰라. 알면 안 좋아할 거야. 하지만—" 보리스가 큰 소리로 웃었다. "호르스트가 그런 생각을 할 수 있었겠어? 아닐걸. 지금까지 내내 보상금이 거기 있었는데! 공짜에 합법적으로 말이야! 태양처럼 바로 눈앞에서 반짝이고 있었는데! 알아, 나도 그 생각은 못 했을 거야— 이전에는 말이야. 온 세상이 기뻐하고 있어! 사라진 걸작들을 되찾다니! 안톤은 엄청난 영웅이 돼서 사진도 찍히고 스카이 뉴스에도 나온다니까! 어젯밤 기자회견에서 엄청난 갈채를 받았어! 다들 안톤을 좋아하지— 몇 년 전에 비행기를 강에 착륙시켜서 승객을 모두 살린 사람처럼 말이야, 기억나? 하지만 내 마음속에서 사람들의 박수를 받는 사람은 안톤이 아니야— 사실은 너야."

나는 보리스에게 할 말이 너무 많았지만 아무 말도 할 수 없었다. 아주 막연한 고마움을 느낄 뿐이었다. 나는 가방에서 돈다발을 꺼내보면서 생각했다. 어쩌면, 어쩌면 행운은 불행과 마찬가지로 시간이 지나야 실감이 나는지도 모른다. 처음에는 아무 느낌도 없다. 감정은 나중에 찾아온다.

"꽤 괜찮지, 응?" 보리스는 내가 정신을 차리자 확실히 안심한 듯했다. "기뻐?"

"보리스, 이거 반은 네 거야."

"내 말 믿어, 난 내가 알아서 해. 당분간 하기 싫은 일은 안 해도 될 만큼 돈은 충분해. 누가 알겠어— 스톡홀름에서 술집을 할지도 몰라. 안 할 수도 있고. 좀 지루하잖아. 하지만 넌— 그건 다 네 거야! 그리고 더 들어올 거야.

너희 아빠가 우리한테 5백 달러씩 줬던 거 기억나? 너무 좋아서 날아다녔잖아! 정말 엄청난 돈이었어! 그때 나한테 어떤 의미였겠어? 거의 항상 배가 고프고, 슬프고 외로웠는데. 내 이름으로 된 건 하나도 없고. 나한테는 엄청난 돈이었어! 그렇게 큰돈을 본 건 처음이었지! 그리고 너—" 보리스의 코가 점점 빨개졌다. 나는 보리스가 재채기를 할 줄 알았다. "넌 늘 착하고 관대해서 가진 걸 전부 나랑 나눴지. 그런데— 내가 어떻게 했지?"

"아, 보리스, 그러지 마." 나는 마음이 불편했다.

"네 물건을 훔쳤어— 그게 내가 한 짓이야." 보리스의 눈에서 술기운이 반짝였다. "네가 제일 소중히 여기는 걸 훔쳤어. 넌 내가 잘되기만을 바랐는데 난 어떻게 그렇게 나쁜 짓을 할 수 있었을까?"

"그만해. 아니— 진짜 그만해." 보리스가 우는 것을 보고 내가 말했다.

"내가 무슨 말을 하겠냐? 왜 그걸 가져갔냐고 물었지? 내가 뭐라고 대답하겠어? 다만— 모든 일은 겉으로 보이는 거랑 달라— 좋기만 한 일도 나쁘기만 한 일도 없어. 그렇다면 훨씬 쉽겠지. 너희 아빠도……. 나한테 먹을 것도 주고, 이야기도 나누고, 시간도 같이 보내고, 자기 집에 들여보내주고, 옷도 주고……. 넌 아빠를 정말 싫어했지만 너희 아빠는 어떤 면에서는 좋은 사람이었어."

"나라면 좋은 사람이라고는 안 할 거야."

"음, 나한테는 그래."

"아마 그런 사람은 너밖에 없을걸. 네가 틀렸어."

"봐. 난 너보다 마음이 넓어." 의견 차이가 생길 것 같자 보리스가 기운이 나서 코를 훌쩍이고 눈물을 삼켰다. "넌 항상 잰드라를—그리고 너희 아빠를—사악하고 나쁜 사람으로 만들려고 해. 그리고 맞아……. 너희 아빠는 나빴어……. 무책임하고…… 어린애 같았지. 기백이 대단했어. 그래서 정말 힘드셨던 거야! 너희 아빠는 다른 사람보다 자신에게 더 큰 상처를 줬어.

그리고 맞아—" 보리스가 반박하려는 내 말을 막으면서 연극조로 말했다. "그래, 너희 아빠는 네 돈을 훔쳤어, 아니, 훔치려고 했어, 나도 알아. 하지만 그거 알아? 나도 네 걸 훔쳤지만 아무 일 없이 넘어갔잖아. 어느 쪽이 더 나쁜 거냐? 왜냐면, 분명히 말해두지만—" 발가락으로 가방을 쿡쿡 찌른다. "세상은 우리가 아는 것보다, 우리가 말할 수 있는 것보다 훨씬 더 이상하니까. 네가 어떻게 생각하는지, 어떻게 생각하는 걸 좋아하는지 나도 알아, 하지만 이거야말로 네가 항상 원하는 것처럼 순전한 '선'이나 순전한 '악'으로 결론지을 수 없는 하나의 예일지도 몰라— 그러니까, 네가 말한 두 개의 더미처럼 말이야. 나쁜 건 저쪽, 좋은 건 이쪽이라고? 그렇게 단순하지 않을 수도 있어. 왜냐면— 밤새 차를 타고 여기 오는 내내 크리스마스 조명이 비추는 고속도로를 달리면서, 부끄러움 없이 너한테 말할 수 있어, 나는 숨이 막히는 것 같았어. 왜냐면, 그 성경 이야기를 떠올리지 않을 수가 없었거든. 있잖아, 청지기가 과부한테서 얼마 안 되는 돈을 훔쳐서 멀리 도망쳤다가 그 돈을 현명하게 투자해서 몇천 배나 되는 돈을 과부한테 돌려주잖아? 그러니까 과부가 기뻐하며 청지기를 용서하고, 둘이서 통통한 송아지를 잡아서 축하하잖아?"

"음, 여러 가지 이야기가 섞인 것 같은데."

"아주 오래전에 폴란드의 성경 학교에서 들은 이야기야. 아무튼. 왜냐면, 내가 하고 싶은 말은—어젯밤에 안트베르펜에서 차를 타고 오면서 생각했던 건—선한 행동이 항상 선을 낳는 건 아니고, 악한 행동이 항상 악에서 나오는 건 아니야, 안 그래? 현명하고 선한 사람도 모든 행동의 결말을 알 수는 없어. 무시무시하지! 《백치》에 나오는 미시킨 공작 기억나?"

"나 지금 진짜 지적인 얘기를 할 기분은 아닌데."

"알아, 알아, 그래도 내 말 좀 들어봐. 너 《백치》 읽었지? 그래. 음, 《백치》는 나에게 아주 불편한 책이야. 사실, 그게 너무 불편해서 그 뒤로 소설은

《여자를 증오한 남자들》 같은 것밖에 안 읽었어. 왜냐면—" 내가 끼어들려고 애썼지만 소용없었다. "음, 네 생각은 나중에 듣고, 내가 왜 그 책이 불편했는지 먼저 말해줄게. 왜냐면 미시킨 공작의 행동이 전부 선하고…… 이기적이지도 않고…… 뭐 그랬기 때문이야. 미시킨 공작은 모든 사람을 이해하면서 동정적으로 대했는데 그런 선한 행동의 결과가 뭐야? 살인이야! 재난이지! 난 그것에 대해서 정말 많이 생각했어. 밤에 잠도 못 자면서 생각했다고! 왜냐면— 왜? 어떻게 그럴 수가 있지? 나는 내가 잘못 이해한 줄 알고 그 책을 한 세 번쯤 읽었어. 미시킨은 친절하고, 모두를 사랑하고, 다정하고, 항상 용서하고, 잘못된 행동은 절대 안 해— 하지만 나쁜 사람들을 믿고, 잘못된 결정을 하고, 주변의 모든 사람들에게 상처를 주잖아. 이 책에는 아주 음울한 메시지가 있어. '뭐 하러 착하게 사는가'라는 거지. 하지만—그게 바로 어젯밤에 차를 타고 올 때 나를 사로잡은 생각인데, 만약에—사실은 그보다 더 복잡하다면? 그 반대도 마찬가지로 진실이라면? 봐봐, 가끔 선한 행동에서 악이 비롯될 수 있다면— 악한 행동에서 악만 나올 수 있다고 어디에 나와 있어? 어쩌면 가끔은— 틀린 길이 바른 길 아닐까? 우리가 잘못된 길을 택해도 원하는 곳으로 갈 수 있는 게 아닐까? 아니면, 반대로 생각하면, 가끔은 모든 걸 잘못해도 결국 괜찮아질 수 있는 게 아닐까?"

"네 말의 요점을 잘 모르겠는데."

"음— 난 개인적으로 너처럼 '선'과 '악' 사이에 뚜렷한 선을 그은 적이 없다는 건 말해둬야겠지. 내 경험으로는 선이 틀린 적도 많아. 선과 악은 따로 떨어져 있는 게 아니야. 하나가 없으면 다른 하나는 존재할 수 없어. 사랑하는 마음으로 행동하면서 내가 아는 최선을 다하면 된다고 생각해. 하지만 넌— 판단에 둘러싸여서 항상 과거를 후회하고, 자신을 저주하고, 자신을 탓하고, '만약에 이랬다면.' '만약에 저랬다면.' 묻지. '삶은 잔인해.' '그냥 죽었으면 더 좋았을걸 그랬어.' 음— 이렇게 생각해봐. 신이 볼 때 너의 모든 행동과 선택이 선하든 악하든 아무 차이가 없다면? 패턴이 미리 정해져 있다면? 아니, 아니야— 기다려봐— 이건 고민해볼 만한 문제야. 우리의 악함과 실수가 우리 운명을 결정하고 우리가 선에 다가가게 만든다면? 만약에 어떤 사람들은 그런 길을 통해서만 그곳에 도달할 수 있다면?"

"어디에 도달해?"

"못 알아들을 만도 하지. 내가 말하는 '신'은 그냥 우리가 판독할 수 없는 장기적인 패턴이야. 거대하고 천천히 움직이는 기상 체계 같은 거지, 저 멀리서 우리를 향해 다가오면서 무작위로 바람을 일으키는—" 보리스가 웅변을 하듯이 유창하게 말하면서 바람에 흔들리는 나뭇잎을 표현하려는 것처럼 공중에서 손을 흔들었다. "하지만— 어쩌면 그게 그렇게 무작위적이지는 않을지도 몰라."

"미안하지만 네 말의 요점을 진짜 모르겠어."

"요점은 필요 없어. 요점은, 네가 말하는 그 요점이라는 건 너무 거대해서 우리가 볼 수도, 파악할 수도 없을지 모른다는 거야. 왜냐면—" 박쥐 날개 같은 눈썹이 위로 치솟는다. "음, 네가 미술관에서 그림을 가지고 나오지 않았다면, 또 자샤가 그걸 훔치지 않았다면, 그리고 내가 보상금을 받으려고 하지 않았다면— 그러면 이번에 발견된 그 수많은 그림들을 아직 되찾지 못했을 거 아니야? 어쩌면 영원히 되찾지 못했을지도 몰라. 갈색 종이에 싸인 채 처박혀 있는 거지. 아직 그 아파트에 갇혀 있는 거 아닐까? 봐주는 사람도 없이? 세상에서 자취를 감추고 외롭게 갇혀 있는 거야. 어쩌면 다른 그림들을 찾기 위해서 하나가 사라져야 했던 거 아닐까?"

"그건 '신의 섭리'보다 '무자비한 아이러니'에 더 가까운 거 같은데?"

"그래— 하지만 꼭 이름을 붙여야 할 이유가 뭐야? 그 둘이 똑같은 것일 수는 없어?"

우리는 서로 마주 보았다. 그리고 보리스의 수많은 눈에 띄는 결점에도 불구하고 내가 처음 만난 순간부터 보리스를 좋아하고 함께 있으면 행복했던 이유는 보리스가 절대 두려워하지 않기 때문일지도 모른다는 생각이 들었다. 세상을 그토록 열정적으로 경멸하면서도 어린 시절 보리스가 '지구별'이라고 부르던 것에 그토록 별나고 굳건한 믿음을 가지고서 세상을 자유롭게 살아가는 사람은 자주 만날 수 있는 게 아니다.

"그럼—" 보리스가 남은 와인을 마신 다음 더 따랐다. "그래, 그 대단한 볼일은 뭐야?"

"뭐가?"

"아까 엄청 서둘렀잖아. 여기 조금 더 있지그래."

"여기?"

"아니— 진짜 *여기*가 아니라— 암스테르담도 아니고— 우리가 이 도시를 떠나는 게 좋겠다는 네 생각에는 나도 동의해. 그리고 난 뭐 한동안 안 돌아가도 괜찮아. 그러니까 나랑 지내면서 좀 쉬다가 돌아가는 게 어떠냐고. 나랑 안트베르펜에 가자. 우리 집도 보고! 내 친구들도 만나! 네 여자 문제는 좀 제쳐두고 말이야."

"아니, 집에 갈 거야."

"언제?"

"가능하다면 오늘."

"그렇게 빨리? 안 돼! 안트베르펜에 가자! 진짜 죽여주는 서비스가 있는데, 홍등가 같은 건 아니야. 이틀 전에 미리 전화해두면 2천 유로에 여자 두 명을 붙여줘. 뭐든지 다 둘이지. 규리가 우리를 태워줄 거야. 내가 앞자리에 앉을 테니까 넌 뒷자리에서 좀 자. 어떻게 할래?"

"실은, 날 공항에 내려주면 좋겠다고 생각했는데."

"실은, 안 그러는 게 좋겠다. 내가 비행기 표 파는 사람이라면 너 안 태워주겠다. 조류독감이나 사스에 걸린 사람 같아." 보리스는 흠뻑 젖은 신발 끈을 풀고서 발을 억지로 끼워 넣고 있었다. "어어! 좀 가르쳐줘라. 왜—" 엉망이 된 신발을 든다. "일주일 만에 망가뜨릴 거면서 난 왜 이렇게 비싼 이탈리아제 가죽 구두를 샀을까? 옛날 사막에서 신던 부츠—그거 기억나지?—빨리 도망치는 데는 그게 더 좋은데! 창밖으로 뛰어내리기도 좋고! 몇 년이나 신었었지! 양복이랑 전혀 안 어울려도 괜찮아. 그런 부츠를 찾아서 앞으로 평생 신을 거야." 보리스가 시계를 보면서 얼굴을 찌푸렸다. "규리는 어디 간 거야? 크리스마스 날에 주차하는 게 그렇게 힘든가?"

"전화했어?"

보리스가 머리를 탁 쳤다. "아니, 까먹었다. 제길! 아침 벌써 먹었을 거야. 아니면 차에서 얼어 죽을 것처럼 덜덜 떨고 있든가." 남은 와인을 마시고 작은 보드카 병을 주머니에 넣는다. "짐 쌌어? 그래? 잘됐네. 그럼 가면 되겠다." 나는 보리스가 남은 빵과 치즈를 천으로 된 냅킨에 싸는 것을 눈치챘다. "내려가서 계산하자. 그런데—" 보리스가 침대 위에 놓인 얼룩진 외투를 마음에 들지 않는다는 듯이 보았다. "저거 진짜 버려야 돼."

"어떻게 버려?"

보리스가 창밖의 탁한 운하를 고갯짓으로 가리켰다.

"정말—?"

"안 될 게 뭐야? 운하에 외투를 던지면 안 된다는 법은 없잖아, 안 그래?"

"아마 있을걸."

"음— 누가 알겠어. 널리 시행되는 법은 아닐 거야. 청소부 파업 때 운하에 쓰레기가 얼마나 많이 떠다녔는지 너도 봤어야 되는 건데. 술 취한 미국인들이 토도 하고, 별게 다 떠다녔다니까. 하지만—" 창밖을 흘깃 본다. "나도 같은 생각이야. 훤한 대낮에 버리는 건 별로 안 좋겠다. 트렁크에 넣어서 안트베르펜으로 가지고 가서 소각로에 넣으면 되겠다. 내 아파트 진짜 마음에 들 거야." 전화기를 꺼내서 어딘가로 전화한다. "예술가의 다락방이지,

예술가는 없지만! 나가서 가게 문 열면 외투 새로 사자."

6

이틀 후 나는 벌건 눈으로 미국으로 돌아와서 (안트베르펜에서 복싱데이*를 보냈는데, 파티나 에스코트 서비스는커녕 깡통 수프를 먹고 페니실린 주사를 맞고 보리스의 소파에 누워서 옛날 영화를 몇 편 봤다) 아침 여덟 시에 호비 아저씨의 집에 도착했다. 숨을 내쉬자 입김이 하얀 구름처럼 뭉게뭉게 나왔다. 발삼 나무 판이 깔린 현관으로 들어가서 거무스름하고 이제 선물도 거의 놓여 있지 않은 크리스마스트리가 있는 응접실을 지나서 집 안쪽으로 가자 호비 아저씨가 퉁퉁 붓고 졸린 눈으로 목욕 가운에 슬리퍼를 신고 부엌 사다리에 서서 크리스마스 점심 때 사용한 수프 접시와 펀치 볼을 정리해 넣고 있었다. "안녕." 나는 여행 가방을 떨어뜨린 다음—내 다리 사이를 오가며 눈에 띄게 쇠약한 느낌으로 8자를 그리며 인사하는 팝칙에게 정신을 빼앗겼다—사다리에서 내려오는 아저씨를 흘깃 보다가 아저씨가 굳은 표정을 짓고 있음을 깨달았다. 표정은 심란했지만 단단히 방어적인 미소를 짓고 있었다.

"아저씨는 잘 지내셨어요?" 나는 팝칙을 보다가 몸을 펴고 새로 산 외투를 벗어서 부엌 의자에 걸쳤다. "무슨 일 있어요?"

"별로." 아저씨는 나를 보지도 않았다.

"메리 크리스마스! 음— 조금 늦었지만요. 크리스마스는 어땠어요?"

"괜찮았어. 너는?" 아저씨가 몇 초 후 뻣뻣하게 물었다.

"사실 그렇게 나쁘지는 않았어요." 아저씨가 아무 말도 없었기 때문에 내

* boxing day : 크리스마스 다음 날로, 영국, 캐나다 등에서는 휴일로 지낸다.

가 덧붙였다. "암스테르담에 갔었어요."

"아, 그래? 좋았겠네." 아저씨는 딴생각을 하는 듯 집중하고 있지 않았다.

"점심 모임은 어땠어요?" 조심스러운 침묵이 흐른 뒤 내가 물었다.

"아, 아주 좋았어. 진눈깨비가 좀 왔지만 그것만 빼면 좋은 모임이었어." 아저씨는 부엌 사다리를 접으려고 애썼지만 마음대로 안 됐다. "트리 밑에 네 선물도 몇 개 있어, 열어보고 싶으면 열어봐."

"고마워요. 오늘 밤에 열어볼게요. 좀 지쳐서요. 도와드릴까요?" 내가 한 발 나서며 말했다.

"아니, 아니. 괜찮아." 목소리가 뭔가 이상했다. "다 했어."

"알았어요." 아저씨가 내가 준 선물에 대해서 이야기하지 않는 것이 이상했다. 어린이 자수 견본 작품으로, 덩굴로 장식한 알파벳과 숫자, 가축을 단순하게 표현한 털실 자수였는데, *매리 스터트번트의 자수 견본, 1779년, 11살*이라고 적혀 있었다. 안 열어보셨나? 벼룩시장에서 폴리에스터로 만든 할머니 바지가 가득한 상자를 뒤져서 찾아낸 것이었다. 벼룩시장치고는 별로 싸지 않은 4백 달러였지만 아메리카나 경매에서 비슷한 물건이 열 배 정도 가격에 팔리는 것을 본 적이 있었다. 나는 침묵 속에서 기계적으로 움직이는 아저씨를 보았다. 아저씨는 뱅뱅 돌면서 냉장고 문을 열었다가 아무것도 꺼내지도 않고 그냥 닫고는 차를 끓이려고 주전자에 물을 채웠는데, 그러는 내내 자기 일에만 몰두하며 나를 보지 않았다.

"호비 아저씨, 무슨 일이에요?" 내가 마침내 말했다.

"아무 일도 없어." 아저씨는 숟가락을 찾으면서 엉뚱한 서랍을 열었다.

"왜 그러세요, 나랑 얘기하기 싫으세요?"

아저씨가 고개를 돌려 나를 보았다. 눈에서 망설이는 빛이 번득이더니 아저씨가 다시 스토브를 향해 돌아서서 불쑥 말했다. "피파한테 그 목걸이를 줘선 안 되는 거였어."

"네?" 내가 깜짝 놀라서 말했다. "피파 화났어요?"

"난—" 아저씨가 바닥을 보며 고개를 저었다. "네가 무슨 일을 겪고 있는지 난 모르겠다. 이젠 어떻게 생각해야 할지 모르겠어. 괜히 트집이나 잡고 싶진 않아." 내가 꼼짝 없이 앉아 있자 아저씨가 말했다. "정말이야. 사실 그 얘기는 하고 싶지 않아. 하지만—" 아저씨는 적당한 말을 찾는 것 같았다. "당혹스럽고 부적절하다는 걸 모르겠니? 피파에게 3만 달러짜리 목걸이를 주는 게? 그것도 네 약혼 파티 날 밤에? 그걸 피파 신발에다 걸어놓는다고? 피파 방 앞에?"

"3만 달러 아니에요."

"아니, 장담하지만 소매로 샀으면 7만 5천 달러는 줬겠지. 게다가, 또 하나—" 아저씨가 갑자기 의자를 꺼내서 앉았다. "아, 어떻게 해야 될지 모르겠다." 아저씨가 비참하게 말했다. "어떻게 말을 꺼내야 할지도 모르겠어."

"네?"

"제발 그 일들이 너랑 아무 상관없다고 말해주렴."

"그 일들이라고요?" 내가 조심스럽게 말했다.

"음." 부엌 라디오의 아침 클래식 방송에서 명상적인 피아노 소나타가 흘러나왔다. "크리스마스 이틀 전에 루셔스 리브가 아주 인상적인 방문을 했다."

곧장 추락하는 느낌이 들었다, 아주 빠르고 길었다.

"그 사람이 기상천외한 비난을 하더구나. 예상을 훌쩍 넘는 비난을 말이야." 호비 아저씨가 엄지와 검지로 꼬집듯이 자기 눈을 감기면서 잠시 앉아 있었다. "다른 문제는 잠시 제쳐두자. 아니, 아니." 내가 말을 하려 하자 아저씨가 손을 저어 내 말을 막으며 말했다. "중요한 얘기부터 해야지. 가구 말이다."

우리 둘 사이에 견딜 수 없는 침묵이 흘렀다.

"네가 나한테 의논하기 쉽지 않았다는 건 알아, 내 잘못이지. 그리고 네가 그런 입장에 처하게 만든 게 나라는 것도 알아. 하지만—" 아저씨가 주변을 둘러보았다. "2백만 달러라니, 시오!"

"제 말을 들어보세요, 말 좀 하게 해주세요—"

"적어놨어야 하는 건데— 그 사람이 복사본을 가지고 있었어, 선적 서류였지. 우리가 절대 팔지 않은, 절대 팔아서는 안 되는 가구들 말이야. 임포턴트 아메리카나 수준이지만 결코 존재하지 않는 가구. 머릿속으로 계산이 안 돼서 어느 순간부터는 더 이상 세지도 않았어. 열 점도 넘는다니! 그 정도일 줄은 생각도 못 했어. 그런데 넌 물건을 심으려 한다고 나한테 거짓말을 했지. 그 사람이 원하는 건 절대 그게 아니었는데."

"호비 아저씨? 아저씨, 들어보세요." 아저씨는 나를 보면서도 보고 있지 않았다. "이렇게 되어서 정말 죄송해요. 먼저 제가 일을 바로잡고 싶었어요— 이제 괜찮아요, 네? 이제 전부 되살 수 있어요, 막대 하나까지 전부 다요."

하지만 아저씨는 안심한다기보다 고개만 저을 뿐이었다. "정말 끔찍하다, 시오. 어떻게 이런 일이 일어나게 놔둘 수 있었을까?"

내가 조금만 덜 동요했다면 아저씨의 죄는 나와 내 말을 믿은 것밖에 없다고 못을 박았겠지만 아저씨가 정말 너무나 당황한 것 같아서 나는 어떤 말도 할 수 없었다.

"어쩌다가 이렇게까지 됐을까? 어떻게 내가 모를 수가 있지? 그 사람은—" 호비 아저씨가 시선을 돌리더니 믿을 수 없다는 듯 재빨리 고개를 저었다. "네 글씨였다, 시오. 네 서명이고. 덩컨 파이프 테이블……. 셰러턴 식탁 의자……. 캘리포니아로 보낸 셰러턴 소파……. 그 소파를 만든 사람은 바로 나야, 시오, 이 두 손으로 만들었다고. 너도 내가 만드는 거 봤잖아, 저기 저 그리스티즈 슈퍼 쇼핑백이 셰러턴이 아닌 것처럼 그것도 전혀 셰러턴이 아니야. 틀은 완전 새거고 팔걸이도 새거야. 본품은 다리 두 개밖에 없었어, 내가 새 다리 만드는 거 너도 바로 옆에 서서 봤잖니—"

"죄송해요, 호비 아저씨— 국세청에서 매일 전화가 오고— 어떻게 해야 할지 몰랐어요—"

"그래, 나도 안다." 하지만 이렇게 말하는 순간에도 아저씨의 눈에는 의문이 어려 있었다. "소년 십자군이나 다름없었지. 단지—" 아저씨가 의자에 기대어 앉더니 눈을 굴려 천장을 보았다. "왜 그만두지 않았니? 왜 계속한 거야? 우린 있지도 않은 돈을 계속 쓴 거잖아! 그것도 어마어마하게 써버렸어! 몇 년이나 계속! 만약에 우리가 이 일을 다 해결할 수 있다고 해도— 물론 너도 잘 알듯이 해결할 수도 없겠지만 말이야—"

"호비 아저씨, 우선, 제가 이 일을 해결할 수 있어요, 그리고 또— " 나는 아직 잠이 깨지 않아서 커피를 마시고 싶었지만 스토브에는 커피가 없었고 지금 일어나서 커피를 만들 수도 없었다. "또, 으음, 괜찮다고 말하고 싶지는 않아요. 절대 괜찮은 일이 아니니까요. 전 단지 곤경을 넘기고 부채를 조금 정리하려던 거였어요. 어쩌다 이렇게 걷잡을 수 없는 지경으로 만들었는지 모르겠어요. 하지만— 아니, 아니, 들어보세요." 내가 다급하게 말했다. 아저씨가 점차 멀어지는 것이, 집중력이 사라지는 것이 눈에 보였다. 엄마가 억지로 자리에 앉아서 아빠의 복잡하고 말도 안 되는 거짓말을 들어야 할 때의 모습과 비슷했다. "그 사람이 뭐라고 했는지 모르겠지만, 이제 돈이 생겼어요. 괜찮아요. 네?"

"돈이 어디서 났는지 감히 묻지도 못하겠구나." 그런 다음 아저씨가 슬픈 표정으로 의자에 기대어 앉았다. "진짜 어디 갔다 온 거니? 물어봐도 된다면 말이다."

내가 다리를 꼬았다가 풀었다 다시 꼬고 손으로 얼굴을 문질렀다. "암스테르담요."

"왜 암스테르담이냐?" 내가 우물쭈물 대답하려고 할 때 아저씨가 말했다. "돌아오지 않을 줄 알았다."

"호비 아저씨 — " 수치심이 불타올랐다. 나는 항상 아저씨에게 이중적인 나 자신을 숨기면서 더 낫고 더 뛰어난 모습만 보여주려고 애를 썼고, 부끄럽고 엉성한 자신을 필사적으로 숨기려고 했다. 사기꾼에다가 겁쟁이, 거짓말쟁이에 협잡꾼—

"왜 돌아왔니?" 호비 아저씨가 빠르게, 비참하게, 입 밖으로 그 말을 뱉어버리고 싶다는 생각밖에 없는 사람처럼 말했다. 아저씨가 무척 흥분한 모습으로 일어나서 서성이기 시작했고 굽 없는 구두가 바닥을 탁탁 때렸다. "우리가 본 게 네 마지막 모습인 줄 알았다. 어젯밤 내내, 아니 지난 며칠 내내 밤마다 잠도 못 자고 누워서 어떻게 해야 할까 생각했다. 조난, 재난이었다. 온통 도난당한 그림 뉴스뿐이었고. 참 대단한 크리스마스였지. 그런데 넌— 어디에도 없었어. 전화도 안 받고— 네가 어디 있는지 아는 사람은 하나도 없고—"

"아, 세상에." 내가 정말 깜짝 놀라서 말했다. "죄송해요. 제 말 좀 들어보세요." 아저씨는 입술을 얇게 꾹 다물고 내가 하려는 말을 듣지 않으려는 것처럼, 들어도 소용없다는 것처럼 고개를 저었다. "가구 문제 때문에 걱정하시는 거라면—"

"가구?" 차분하고 관대하고 융화적인 호비 아저씨가 폭발 직전의 보일러처럼 덜컹거렸다. "누가 가구 얘기래? 리브라는 사람은 네가 도망쳤다고, 급하게 달아났다고 했지만 — " 아저씨는 눈을 재빨리 깜빡이면서, 마음을 가다듬으려고 애쓰며 서 있었다. "난 그 말을 안 믿었다, 믿을 수가 없었어. 훨씬 더 나쁜 일일까 봐 두려웠어." 내가 아무 말도 하지 않자 아저씨가 반쯤 화를 내며 말했다. "무슨 말인지 알겠지? 내가 뭐라고 생각해야 했겠니? 파티에서 네가 갑자기 사라지고……. 피파랑 난, 넌 상상도 못 할 거야, 파티 여주인이랑 서로 얼굴을 붉혔지. '신랑은 어디 있죠?' 흠, 넌 갑자기 떠났고 우리는 애프터파티에도 초대를 못 받아서 집으로 걸어왔는데— 와보니 문이 잠겨 있지도 않고, 열려 있는 거나 다름없고, 현금 서랍은 엉망진창으로 뒤집어져 있고, 내 기분이 어땠겠니……. 네가 피파한테 남긴 목걸이랑 이상한 쪽지는 말할 것도 없고, 피파도 나만큼이나 걱정이 돼서—"

"그랬어요?

"당연히 그랬지!" 한 팔을 내두른다. 아저씨는 거의 고함을 치고 있었다. "우리가 어떻게 생각했겠니? 그런데 또 끔찍하게도 리브라는 사람이 찾아왔지. 파이 껍질을 한창 만들고 있었는데— 아, 나가지 말았어야 하는 건데 모이라인 줄 알고— 난 아침 아홉 시에 온몸에 밀가루를 묻히고 그 사람 앞에 입을 떡 벌리고 서 있었다— 시오, 왜 그런 짓을 했니?" 아저씨가 절망적으로 말했다.

나는 아저씨의 말이 무슨 뜻인지 몰랐기 때문에 —난 너무나 많은 일을 저질렀다—고개를 저으며 시선을 피할 수밖에 없었다.

"정말 터무니가 없었어— 내가 어떻게 그 말을 믿을 수 있었겠니? 사실은 안 믿었어. 왜냐면 난 이해했다." 내가 아무 대답도 하지 않자 아저씨가 말했다. "봐라, 가구 일은 이해했어. 넌 해야 할 일을 한 거야. 진짜다, 난 고맙게 생각하고 있어. 네가 아니었으면 난 어디 직원으로 일하면서 초라하고 작은 원룸에서 살고 있을 거야. 하지만—" 목욕 가운 주머니에 두 손을 찔러 넣는다. "그 허튼소리는 다 뭐냐? 당연히 그 얘기가 네가 사라진 것과 맞아떨어지는 게 아닌가 생각하지 않을 수가 없었지. 게다가 넌 말 한마디 없이 친구랑 사라졌는데— 이런 말 하기는 싫지만, 네 친구는 아주 매력적이긴 하다만 감옥에 한두 번은 갔다 온 것처럼 보이던데—"

"호비 아저씨—"

"아아, 리브. 그 사람 말을 네가 들었어야 하는 건데." 아저씨는 에너지가 고갈된 것 같았다. 지치고 좌절한 모습이었다. "늙은 뱀 같으니. 그리고— 그 문제는 꼭 물어보고 싶은데— 미술품 절도라니 무슨 말이냐? 나는 분명하게 네 편을 들었다. 네가 다른 건 몰라도— 그런 짓은 하지 않았을 거라고 굳게 믿었어. 그런데 사흘도 안 지나서 무슨 뉴스가 나왔니? 무슨 그림이라고? 게다가 다른 그림은 또 얼마나 많았니? 그 사람 말이 사실이었니?" 내가 여전히 아무 대답도 하지 않자 호비 아저씨가 말했다. "네가 한 짓이니?"

"네. 음, 아니 제 말은, 엄밀히 말하면 아니에요."

"시오."

"설명할 수 있어요."

"그럼 제발 설명해봐라." 아저씨가 손바닥 끝으로 눈을 비비며 말했다.

"앉으세요."

"난—" 아저씨가 절망적인 표정으로 주변을 둘러보았다. 마치 나와 함께 식탁 앞에 앉으면 결심이 무너질까 봐 두려워하는 것 같았다.

"아니, 앉으셔야 돼요. 이야기가 길어요. 최대한 짧게 할게요."

7

아저씨는 아무 말도 하지 않았다. 전화도 받지 않았다. 나는 피곤에 푹 절었고 비행기를 타고 오느라 몸이 쑤셨지만 시체 두 구의 이야기를 뺀 나머지 이야기를 최대한 열심히 했다. 짧은 문장으로 사실만을 말했고 정당화하거나 설명하려 하지 않았다. 내가 이야기를 끝냈을 때 아저씨는 가만히 앉아 있었다. 나는 아저씨의 침묵에 동요했다. 부엌에서 들려오는 낡은 냉장고의 단조로운 소리 외에는 아무 소리도 없었다. 마침내 아저씨가 뒤로 기대어 앉아서 팔짱을 꼈다.

"가끔은 일이 정말 이상하게 돌아가지, 안 그러니?" 아저씨가 말했다.

나는 무슨 말을 해야 할지 몰랐기 때문에 아무 말도 하지 않았다.

"내 말은 그저—" 눈을 문지른다. "나이가 들면서 이해하게 돼. 시간이란 참 얼마나 웃긴지. 심술궂은 장난과 놀라운 일들이 얼마나 많은지."

내 귀에는 *심술궂은 장난*이라는 말밖에 들리지 않았다, 아니 그 말밖에 이해가 되지 않았다. 그런 다음 아저씨가 갑자기 벌떡 일어났다. 195센티미터나 되는 아저씨가 엄하게 유감스럽다는 자세를 취했다, 아니 적어도 내 눈에는 그렇게 보였다. 마치 순찰을 도는 경찰이나 나를 술집 밖으로 쫓아내려는 경비원 같았다.

"제가 나갈게요." 내가 말했다.

아저씨가 눈을 빠르게 깜빡였다. "뭐라고?"

"총액에 해당하는 수표를 써드릴게요. 현금으로 바꿔도 된다고 말씀드릴 때까지 가지고 계세요, 그것만 부탁드릴게요. 전 아저씨에게 해를 끼칠 생각은 전혀 없었어요, 맹세해요."

아저씨가 예전처럼 손을 힘차게 흔들면서 내 말을 막았다. "아니, 아니야. 여기서 기다려봐. 보여줄 게 있다."

아저씨가 일어나서 응접실로 삐걱삐걱 걸어갔다. 그런 다음 한참 후에야 너덜너덜한 사진첩을 가지고 돌아왔다. 호비 아저씨가 자리에 앉았다. 아저씨는 사진첩을 몇 장 넘기다가 어떤 페이지에 이르자 맞은편에 앉은 내 앞으로 내밀었다. "거기 봐." 아저씨가 말했다.

낡은 스냅사진이었다. 작고 뾰족하고 새를 연상시키는 소년이 화려한 벨 에포크 양식의 방에서 피아노 옆에 서서 미소를 짓고 있었다. 파리보다는 카이로 같았다. 짝을 이룬 장식용 화분, 수많은 프랑스 청동 제품들, 작은 그림들. 나는 그중 하나—유리병에 꽂힌 꽃—가 마네의 작품이라는 것을 어렴풋이 알아보았다. 하지만 움직이던 내 시선이 액자 한두 개 위의 훨씬 더 익숙한 그림에 멈췄다.

물론 그것은 복제품이었다. 하지만 그것은 색이 바랜 낡은 사진 속에서도 홀로 이상하게 현대적인 빛을 빛내고 있었다.

"미술가가 그린 복제품이지." 호비 아저씨가 말했다. "마네도 마찬가지야. 특별할 건 없어, 하지만—" 식탁 위에 양손을 포갠다. "그 그림들은 웰티의 어린 시절에 큰 부분을 차지했어. 가장 행복했던 때였지, 병이 나기 전이었는데— 외아들인 데다가 하인들이 오냐오냐하면서 귀여워했지. 발코니에는 무화과나무와 귤나무와 재스민 꽃이 있고— 웰티는 프랑스어뿐만 아니라 아랍어도 했어, 너도 알지? 그리고—" 호비 아저씨가 팔짱을 단단히 끼고 검지로 입술을 톡톡 쳤다. "웰티는 자주 말했어, 정말 위대한 그림은 복제품을 통해서도 깊이 있게 알 수 있다고, 그 안으로 들어갈 수 있다고. 프루스트의 소설에도 나오잖아— 감기에 걸린 오데트가 문을 열었을 때 표정은 뿌루퉁하고 머리카락은 지저분하게 헝클어지고 피부는 얼룩덜룩했는데, 그 순간까지는 오데트에게 별로 신경을 쓰지 않았던 스완은 그 순간 그녀가 보티첼리의 약간 손상된 프레스코화의 소녀와 비슷해 보여서 사랑에 빠지지. 사실 프루스트는 보티첼리의 작품을 복제품으로밖에 보지 못했어. 시스티나 성당에 있는 원작은 한 번도 못 봤지. 하지만 그럼에도 불구하고— 어떤 면에서는 소설 전체가 그 순간에 대한 거야. 그리고 손상된 것이 매력의 일부지, 그림의 얼룩덜룩한 뺨 말이다. 프루스트는 복제품을 통해서 진짜 그림을 다시 꿈꾸고, 그걸로 현실을 다시 만들고, 거기서 자신만의 것을 끌어내 세상에 내놓을 수 있었어. 왜냐면— 원작이든 복제품이든 선의 미는 같으니까. 제록스 복사기에 백번을 넣어도 상관없어."

"그렇죠." 내가 말했다. 하지만 나는 그림이 아니라 호비 아저씨의 체인질링들을 생각하고 있었다. 아저씨의 손길을 거쳐 다듬어지고 되살아나서 순수한, 최상의 시간을 지나온 것처럼 보이는 가구들, 평생 헤플화이트나 셰러턴을 본 적도, 생각해본 적도 없는 사람도 헤플화이트나 셰러턴을 사랑하게 만드는 복제품들.

"음— 난 혼잣말이나 하는 늙은 모방자에 지나지 않아. 피카소의 말 알지? '모자란 예술가는 베끼고, 좋은 예술가는 훔친다.' 그런데도 정말 위대한 작품을 보면 전선 끝을 잡았을 때처럼 충격이 느껴져. 그걸 얼마나 자주 잡았는지는, 그 전에 얼마나 많은 사람이 잡았는지는 중요하지 않아. 그건 똑같은 전선이야. 저 높은 곳에서 떨어진, 변함없이 똑같은 충격을 주는 전선. 그리고 이 복제품들은—" 식탁 위에 손을 포갠 채 몸을 숙인다. "웰티가 자라는 내내 함께했던 이 복제품들은 카이로의 집에 불이 나서 없어졌어. 사실대로 말하자면 웰티는 불이 나기 훨씬 전에, 불구가 되어서 미국으로 보내졌을 때 이미 잃었지만. 하지만— 음, 웰티도 우리와 똑같은 인간이었기 때문에 물건에 애착을 느꼈어. 웰티가 보기에 그 그림들은 성격도 있고 영혼도 있었어. 웰티는 삶의 모든 것을 거의 다 잃었지만 그림들만은 결코 잃지 않았지. 원본은 저 바깥 세상에 있으니까. 웰티는 그림을 보려고 몇 번이나 여행을 다녔지— 사실, 볼티모어에서 전시회가 열렸을 때 우리는 웰티의 마네를 보려고 기차를 타고 거기까지 갔어. 여러 해 전, 피파의 엄마가 아직 살아 있을 때였지. 웰티에게는 상당한 힘든 여행이었지만 자기가 오르세 미술관에 두 번 다시는 갈 수 없다는 사실을 알고 있었거든. 웰티가 피파와 함께 네덜란드 회화전에 간 날 있잖아? 웰티가 특별히 피파에게 보여주려고 데려간 그림이 뭔지 아니?"

사진의 흥미로운 점은 무릎을 붙이고 서 있는 이 약하고 작은 소년—세일러복 차림으로 순수하고 사랑스러운 미소를 짓는 소년—이 내 손을 꽉 잡고 죽어가던 노인이라는 사실이었다. 같은 영혼, 다른 육체의 두 사람이 겹쳐졌다. 소년의 머리 위 그 그림은 모든 것이 달려 있는 정점이었다. 꿈과 징조, 과거와 미래, 행운과 운명. 단 하나의 의미가 아니었다. 수많은 의미가 존재했다. 그것은 계속해서 확장하고, 확장하고, 확장하는 수수께끼였다.

호비 아저씨가 목을 가다듬었다. "뭐 물어봐도 되니?"

"물론이죠."

"어떻게 보관했니?"

"베갯잇에요."

"면으로 된 거?

"음— 퍼케일도 면인가요?"

"패드도 없이? 보호 장구 하나도 없이?"

"네, 그냥 종이랑 테이프로 쌌어요." 아저씨의 눈이 깜짝 놀라 멍해졌다.

"글라신지랑 비닐 포장재를 썼어야지!"

"이젠 알아요."

"미안하다." 아저씨가 얼굴을 찡그리며 관자놀이에 손을 댄다. "아직도 이 상황을 이해하려고 애쓰는 중이라서. 그림을 가지고 비행기를 탄 거니? 콘티넨털 항공에서 가방 검사를 거치고?"

"말씀드렸잖아요. 그때 전 열세 살이었어요."

"왜 그냥 나한테 말하지 않았니? 말할 수 있었잖아." 아저씨의 말에 나는 고개를 저었다.

"아, 물론이죠." 좀 빠르다 싶게 대답했다. 하지만 당시의 고립감과 공포심이 아직도 기억났다. 사회복지 서비스에 대한 끊임없는 두려움, 잠기지 않는 내 방의 짙은 비누 냄새, 멀리 보내질까 봐 두려움에 떨면서 브레이스거들 씨를 기다렸던 회색 로비의 강렬한 한기.

"내가 무슨 방법을 찾아냈을 텐데. 물론 네가 노숙자 같은 모습으로 여기 나타났을 때…… 음, 내 말에 기분이 상하지 않으면 좋겠지만, 그 변호사도 — 으음, 너도 나만큼 잘 알잖아, 상황이 상황이니만큼 변호사는 무척 초조했고, 널 여기서 빼내려고 안달이었지. 나는 또 나대로, 오랜 친구들 여럿이 '제임스, 당신한테는 절대 무리야……'라고 말했고. 음, 친구들이 왜 그렇게 말했는지 너도 이해할 수 있지?" 아저씨가 내 표정을 보고 얼른 덧붙였다.

"아, 물론이죠, 당연해요." 보겔 씨 부부, 그로스먼 씨 부부, 밀드버거 씨 부부는 늘 예의 바르지만 항상 '호비는 안 그래도 할 일이 너무 많아'라는 생각을 (적어도 나에게는) 말없이 전했다.

"어떤 면에서는 미친 짓이었어. 사람들 눈에 어떻게 보였을지 알아. 하지만— 음— 그건 아주 뚜렷한 메시지 같았어, 웰티가 널 여기로 보냈고, 그리고 넌 작은 곤충처럼 이 집으로 돌아오고 또 돌아왔지." 아저씨는 한없이 걱정스러운 표정이 조금 더 심해져서 눈썹을 찡그리고 잠시 생각에 잠겼다. "좀 서툴지만 내가 하고 싶은 말을 해볼게. 엄마가 돌아가셨던 그 끔찍하고 더딘 여름에 난 걷고 또 걸었어. 가끔은 올버니부터 트로이까지 걸었지. 비가 내리면 철물점 차양 밑에 서 있었어. 엄마가 없는 집으로 돌아가지 않을 수만 있다면 뭐든 좋았어. 유령처럼 떠돌아다녔지. 나는 쫓겨날 때까지 도서관에 앉아 있다가 워터블리트 버스를 타고 가서 조금 더 돌아다녔어. 열두 살이었지만 어른만큼 덩치가 커서 사람들은 내가 부랑자인 줄 알았고, 가정주부들은 빗자루를 들고 나와서 나를 쫓아냈지. 그러다가 드 페이스터 부인의 집까지 가게 된 거야. 내가 현관 앞에 앉아 있는데 드 페이스터 부인이 문을 열고 말했지. 목마르겠구나, 잠깐 들어올래? 초상화, 미니어처, 무슨 고모니 무슨 삼촌이니 하는 은판 사진들. 지하로 내려가는 나선 계단. 거기가 내 구명보트였던 거야. 내가 찾아냈지. 그 집에 있을 때면 지금이 1909년이 아니라는 사실을 깨닫기 위해서 가끔 자신을 꼬집어야 했어. 내가 지금까지 본 제일 아름다운 미국 골동품 가구 중 일부는 그 집에서 본 거야. 그리고 세상에, 티파니 잔은 또 어떻고. 티파니가 이렇게 특별해지기 전, 사람들이 티파니에 관심을 쏟기 전 물건이었어. 도시에서는 티파니에 이미 비싼 가격을 매기고 있었겠지만 북부의 중고 가게에 가면 거의 거저나 다름없는 가격으로 살 수 있었지. 얼마 안 지나서 나는 그런 중고 가게를 혼자서 어슬렁거리기 시작했어. 하지만 그건— 그 집 물건들은 전부 드 페이스터 부인의 집안에서 전해 내려오는 것들이었어. 한 점 한 점 다 사연이 있었지. 부인은 몇 시에 어느 위치에 서야 각각의 물건을 제일 좋은 조명에서 볼 수 있는지 즐거운 듯 가르쳐주었지. 햇빛이 집 안을 빙 도는 늦은 오후에—" 아저씨가 손가락을 펼쳤다. *펑, 펑!* "길게 연결된 폭죽처럼 하나씩 하나씩 팍팍 터졌어." 의자에 앉은 나는 호비 아저씨가 만든 노아의 방주를 뚜렷이 볼 수 있었다. 코끼리, 얼룩말부터 맨 뒤에서 쫓아오는 토끼와 쥐까지 동물들은 둘씩 짝을 지어 행진하고 있었다. 처음 이 집에 왔던 오후부터 놓여 있던 암호 메시지였다. 천창을 따라서 흘러내리는 빗물, 구원받기 위해서 부엌 카운터 위에 줄지어 선 소박한 동물들. 위대한 후견인이자 위대한 보호자인 노아.

"그리고—" 아저씨가 커피를 타려고 일어섰다. "평생 *물건*에 그렇게 신경을 쓰며 산다는 건 너무 천할지도 모르지만—"

"누가 그래요?"

"음—" 스토브에서 돌아선다. "저 밑에서 아픈 어린이를 위한 병원을 운영하는 것도 아니잖니, 그렇게 생각해봐. 낡은 탁자와 의자 더미를 고치는 게 얼마나 고귀하겠니? 영혼이나 좀먹겠지. 난 유산을 정말 많이 봐왔기 때문에 잘 알아. 우상숭배! 물건에 너무 신경을 쓰면 망가질 수도 있어. 하지만— 어떤 물건을 좋아하면 그 물건은 생명을 갖게 돼, 안 그러니? 물건들—아름다운 물건들—이 우리로 하여금 더욱 큰 아름다움을 알게 해주는 거 아닐까? 처음으로 마음을 활짝 열고서 평생 쫓아다니게 만드는, 혹은 적어도 어떤 식으로든 되찾으려고 애쓰게 만드는 그런 이미지들 말이야. 그러니까, 내 말은— 낡은 물건을 고치고, 보존하고, 돌보는 건— 어떤 면에서는 합리적인 근거가 없는 일이야—"

"제가 좋아하는 그 어떤 것도 '합리적인 근거'는 없어요."

"음, 그래, 나도 마찬가지야." 아저씨가 이성적으로 말했다. "하지만 말이다." 커피 단지를 가까이에서 들여다보며 숟가락으로 퍼서 주전자에 담는다. "음, 잘 표현은 못 하겠지만 여기서, 내 입장에서 보면 그건 어떤 자극 같아, 안 그러니?"

"뭐라고요?"

아저씨가 웃었다. "뭐라고 해야 되지? 위대한 그림들— 사람들은 그걸 보려고 몰려들어. 그림이 사람들을 끌어모으고, 커피 잔이나 마우스 패드, 모든 물건에 끝없이 복제되지. 나도 마찬가지지만 누구나 평생 아주 열심히 미술관을 다닐 수 있어, 터벅터벅 걸어 다니면서 모든 작품을 즐긴 다음 밖으로 나가서 점심을 먹는 거지. 그런데—" 식탁 건너편으로 돌아가서 다시 앉는다. "어떤 그림이 정말로 마음을 움직여서 우리가 보고 생각하고 느끼는 방식을 완전히 바꾸면 '아, 난 이 그림이 보편적이기 때문에 좋아'라고 생각하지 않아. 그건 사람이 어떤 예술 작품을 좋아하게 되는 이유가 아니야. 그걸 좋아하게 만드는 건 좁은 통로에서 들려오는 비밀스러운 속삭임이지. *쉿, 그래, 너. 얘야. 그래, 너.*" 손가락 끝이 빛바랜 사진 위로 미끄러진다. 만지지 않는 듯 만지는 복원가의 손길, 표면과 검지 사이에 제병*만큼 얇은 틈이 있다. "아주 사사롭게 마음을 건드리는 거야. 너의 꿈, 웰티의 꿈, 페르메이르의 꿈. 네가 보는 그림은 내가 보는 그림과 달라. 미술 책은 그걸 또 다른 위치에 놓고, 미술관 기념품 가게에서 카드를 사는 여자는 또 전혀 다른 걸 보겠지. 우리와 다른 시대의 사람들—4백 년 전에 살던 사람들, 4백 년 후에 살 사람들—은 말할 것도 없고. 그 누구에게도 절대 같은 느낌으로 다가가지 않을 테고, 대부분의 사람들은 별로 심오한 느낌을 받지 않겠지, 정말로 위대한 그림은 아주 유동적이어서 여러 각도에서 사람들의

* 성찬식에 쓰는 아주 얇은 빵.

정신과 마음속으로 스며들지, 독특하고 아주 특정한 방식으로 말이야. *네 거야, 네 거. 난 널 위해서 그려졌어*. 그리고— 아, 나도 모르겠다, 내 얘기가 너무 산만해지면 말려라……." 아저씨가 손으로 이마를 쓸어 올렸다. "웰티는 운명적인 물건에 대해서 이야기하곤 했어. 미술상과 골동품상은 모두 그런 걸 알아보지. 들어오고 또 들어오는 물건들. 파는 사람이 아닌 다른 누군가에게 그건 단순한 물건이 아닐 거야. 어떤 도시고, 어떤 색깔이고, 하루 중 어느 순간이지. 사람의 운명이 걸리는 못 같은 거야."

"꼭 우리 아빠처럼 말씀하시네요."

"음— 표현을 바꿔보자. 우연이란 신이 자신을 드러내지 않는 방법일 뿐이라고 말한 게 누구지?"

"이제 진짜 우리 아빠 같아요."

"노름꾼이라고 해서 다른 사람들보다 삶을 모른다고 누가 말하겠니? 모든 게 도박과 비슷하지 않겠니? 가끔은 요상한 뒷문으로 좋은 게 들어올 수도 있지 않겠어?"

8

그렇다. 나는 그럴 수 있다고 생각한다. 혹은, 아빠가 즐겨 쓰던 또 다른 반어적인 명언을 인용하자면, 때로는 이기기 위해서 져야 한다.

이제 거의 1년이 지났다. 나는 거의 계속 여행을 다니면서 11개월의 대부분을 공항 라운지와 호텔 방처럼 스쳐 가는 장소를 오가며 '이착륙과 활주 시에는 컵 받침을 접어놓으십시오'라는 문구, 플라스틱 접시와 상어 아가미 같은 객실 통풍구를 통해 들어오는 퀴퀴한 냄새와 함께 보냈다. 아직 추수감사절도 되지 않았지만 벌써 여기저기서 조명을 밝히고 공항 스타벅스에서는 빈스 과랄디의 〈타넨바움〉이나 콜트레인의 〈그린슬리브스〉처럼 듣기 편한 크리스마스 음악이 흘러나오고 있다. 나는 정말 수많은 생각(예를 들면 무엇을 위해 살아야 할까? 무엇을 위해 죽어야 할까? 목표로 삼기에 한심한 것은 무엇일까?)을 하게 되었고, 그중에서도 특히 호비 아저씨의 말에 대해서 많이 생각했다. 마음을 두드리고 꽃처럼 피어나게 만드는 그 이미지들, 평생 찾아다녀도 결코 발견하지 못하는 훨씬 훨씬 더 큰 아름다움을 보여주는 이미지들.

길에서 혼자 시간을 보내는 것이 나는 좋았다. 혼자 조용히 돌아다니면서 아직도 세상에 돌아다니고 있는 가짜 가구를 다시 사들이는 데에 1년이 걸렸다. 나는 이렇게 까다로운 일은 직접 하는 것이 가장 좋다는 것을 알게 되었다. 한 달에 서너 번 뉴저지와 오이스터베이와 프로비던스와 뉴케이넌에, 그리고 더 멀리는 마이애미, 휴스턴, 댈러스, 샬러츠빌, 애틀랜타까지 갔다. 나는 얼이라는 자동차 부품 거물의 아내인 내 사랑스러운 고객 민디의 초대를 받아 당구장과 '남성 전용 술집'(영국 태생의 믿을 만한 바텐더가 있었다), 맞춤 표적 시스템이 있는 실내 사격장까지 갖추어 새로 지은 산호석 성의 손님방에서 아주 편안한 사흘을 보냈다. IT와 헤지 펀드 쪽 고객들은 안티과 섬과 멕시코, 바하마, 몬테카를로, 프랑스의 쥐앙레팽, 포르투갈의 신트라처럼—적어도 나에게는—이국적인 곳에 별장을 가지고 있었고, 수영장 옆에서는 흰 양산이 돛처럼 펄럭이고 야자수와 용설란이 자라는 테라스 정원에서 흥미로운 지역 와인과 칵테일을 즐겼다. 도착하기까지는 일종의 중유(中有) 상태가 되었다. 나는 음산한 굉음 속을 날아다니면서 물방울이 튄 창밖을 보며 햇살의 사다리를 타고 높이 올랐다가 비구름과 비와 함께 내려와서 에스컬레이터를 타고 아래로 아래로 내려가 수화물 찾는 곳에 모여든 수많은 얼굴들 사이로, 일종의 으스스한 내세, 지상과 지상이 아닌 곳 사이, 세상과 세상이 아닌 곳 사이의 공간, 아주 잘 닦인 바닥과 성당처럼 메아리가 울리는 높다란 유리 지붕과 천편일률적인 중앙홀 불빛, 내가 속하고 싶지도 않고 사실상 속하지도 않은 군중 속으로 추락했다. 나는 이미 죽은 사람처럼 그들과는 다른 기분이었고 실제로도 달랐다. 집단 심리에 빠졌다가 벗어났다가 하면서 대량으로 찍어낸 플라스틱 의자에서 낮잠을 자고 번쩍거리는 면세점 복도를 돌아다니는 것에는 몽롱한 즐거움이 있었고, 목적지에 도착하면 물론 다들 무척 친절하게 대해주었다. 실내 테니스장과 개인 해변을 거쳐서—보나르와 뷔야르의 작품에 감탄하고 수영장 가에서 가벼운 점심을 먹고 그 모든 의무적인 여정을 끝내고 나면—두둑한 수표를 써주고 다시 한참 가난해져서 택시를 타고 호텔로 돌아왔다.

거대한 전환. 어떻게 설명해야 할지 모르겠다. 원하는 것과 원하지 않는 것, 좋아하는 것과 좋아하지 않는 것 사이.

물론 그 이상이기도 하다. 충격과 아우라. 모든 것이 더 강하고 더 밝아지고 나는 표현할 수 없는 무언가의 경계에 있는 기분이다. 기내 잡지에 실린 암호 메시지. 에너지 장. 엄격한 관리. 전기, 색채, 광채. 모든 것이 다른 무언가를 가리키는 이정표이다. 나는 프롬나드 데 장글레 쪽으로 발코니가 난 니스의 쌀쌀한 비스킷 색 호텔 방 침대에 누워서 미닫이 창유리에 비친 구름을 보면서 슬픔조차도 행복할 수 있다는 것에, 바닥 전체에 깔린 양탄자와 비더마이어 양식을 흉내 낸 가구와 카날 플뤼스 채널에서 작게 흘러나오는 프랑스 아나운서의 목소리가 그토록 필요하고 옳게 느껴질 수 있다는 사실에 감탄했다.

나는 금방 잊을 수도 있었지만 잊지 않았다. 그것은 소리굽쇠의 웅웅거림과 비슷했다. 그냥 거기에 존재했다. 그것은 항상 나와 함께 있다.

백색 소음, 기계적인 굉음. 공항 탑승구의 쨍한 백열광. 하지만 이처럼 영혼이 없고 봉쇄된 장소들에도 의미가 담뿍 들어 있었기에 그 의미들이 반짝이며 큰 소리로 울렸다. 〈스카이몰〉 카탈로그. 휴대용 스테레오 시스템. 드램뷰이 리큐르와 탱커레이 진과 샤넬 No. 5가 늘어선 거울 달린 복도들.

나는 여행 가방과 배낭을 들고 비행기에서 내리려고 느릿느릿 움직이는 다른 승객들의 표정 없는 얼굴을 보면서 아름다움은 현실의 결을 바꾼다는 호비 아저씨의 말을 생각했다. 그리고 순전한 아름다움을 좇는 것은 함정이며 씁쓸함과 슬픔으로 빠지는 지름길이고, 아름다움은 더욱 의미 있는 것과 결합되어야 한다는 더욱 진부한 지혜에 대해서도 계속 생각했다.

하지만 의미 있는 것이란 무엇일까? 나는 왜 이렇게 만들어졌을까? 왜 나는 잘못된 것에만 관심이 가고 올바른 것은 전혀 신경 쓰지 않을까? 또는, 달리 표현하자면 나는 어째서 내가 사랑하거나 관심을 갖는 모든 것이 환상이라는 사실을 빤히 보면서도 어쨌든 나만은 그 매력 속에서 거짓을 위해 살 가치가 있다고 생각하는 걸까?

크나큰 슬픔, 내가 이제야 이해하기 시작한 슬픔은 우리는 자신의 마음을 선택할 수 없다는 것이다. 우리는 자신에게 좋은 것을, 또는 다른 사람에게 좋은 것을 억지로 원할 수가 없다. 우리는 우리가 어떤 사람인지 선택할 수 없다.

무엇을 해야 할지 모를 때 어떻게 해야 할까? 스스로에게 무엇이 옳은지 어떻게 알까? 우리는 반박의 여지없는 상투적인 문화를 어린 시절부터 계속 주입받는다. 윌리엄 블레이크부터 레이디 가가까지, 장 자크 루소부터 잘랄라딘 무함마드 루미까지, 〈토스카〉부터 〈로저스 씨의 동네〉*까지 — 상류층부터 하류층까지 — 이상하게도 똑같이 받아들여지는 메시지를 전한다. 정신과 의사와 진로 상담사, 디즈니 만화의 공주들은 모두 답을 안다. "너 자신을 잃지 마." "네 마음을 따라가렴."

하지만 내가 정말로 누군가에게 물어보고 싶은 것은, 신뢰할 수 없는 마음을 가진 사람은 어떻게 해야 하느냐는 것이다. 이해할 수 없는 어떤 이유

* 1960년대부터 방송된 미국의 어린이 프로그램.

로 내 마음이 형언할 수 없는 흐릿한 빛을 내며 건강과 가정, 시민으로서의 의무, 강력한 사회적 관계와 흔히 미덕이라 여겨지는 것을 멀리하고 파괴와 자기희생, 재난이라는 아름다운 불꽃을 향해 다가가도록 의도적으로 이끈다면 어떻게 해야 할까? 킷시가 옳았을까? 마음 가장 깊은 곳의 목소리가 모닥불로 곧장 뛰어들라고 노래하고 구슬리면 어떻게 할까, 돌아서는 게 나을까? 귀를 밀랍으로 막아버리고? 마음이 외치는 비뚤어진 영광을 모두 무시하고? 기준을 향해서, 합리적인 근무시간과 정기적인 건강검진, 안정적인 관계와 꾸준한 승진, 일요일의 브런치와 〈뉴욕 타임스〉, 어쨌든 더 나은 사람이 될 것을 약속하는 그 모든 것을 향해 당신을 충실하게 이끄는 과정에 자신을 맞추고? 아니면—보리스처럼—껄껄 웃으면서 내 이름을 부르는 거룩한 분노에 앞뒤 없이 뛰어드는 것이 더 나을까?

이 세상의 위엄이 중요한 게 아니라 이 세상에서 위엄을 지키는 것, 세상이 이해하지 못하는 위엄을 지키는 것이 중요하다. 사람들과는 전혀 다른 자신을 처음으로 흘깃 보고, 그 속에서 스스로를 꽃피우고 꽃피우는 것.

내가 원하지 않는 나. 스스로 어쩔 수 없는 마음.

약혼은 깨지지 않았지만, 어쨌거나 공식적으로는 그랬지만, 나는—바버가의 우아하고 공기보다 가벼운 태도에서 — 그 누구도 나를 무언가에 매어두려 하지 않는다는 사실을 깨달았다. 완벽했다. 아무 말도 나오지 않았고 지금도 마찬가지다. 저녁 식사에 초대를 받아서 가면 (사실 뉴욕에 있을 때면 자주 초대를 받았다) 무척 유쾌하고 가벼운 분위기였고 심지어는 수다스럽기까지 했으며 친밀하고 우아했지만 전혀 개인적이지 않았다. 나는 (거의) 가족 같은 대우를 받았고 언제 찾아가도 환영받았다. 나는 바버 부인을 설득해 조금씩 아파트 밖으로 함께 나갈 수 있었다. 우리는 피에르에서 점심을 먹거나 한두 번은 경매장에 가는 등 바깥에서 즐거운 오후 시간을 보냈다. 그리고 토디는 전혀 무분별해 보이지 않으면서도 대수롭지 않은 듯이, 거의 우연인 것처럼 아주 좋은 의사의 이름을 입 밖에 냈는데, 나에게 그런 의사가 필요할지도 모른다는 암시를 한 것도 아니었다.

[피파는 오즈 책은 가져갔지만 목걸이는 남겨두었고 편지도 한 장 있었는데, 내가 너무 서둘러 봉투를 뜯다가 편지를 말 그대로 반으로 찢었다. 무릎을 꿇고 편지를 맞춰보자 요점은 이랬다. 너를 만나서 아주 좋았고, 뉴욕에서 함께 보낸 시간을 무척 소중하게 여기고 있어, 나를 위해서 이토록 아름다운 목걸이를 고를 사람이 세상에 어디 있겠어? 목걸이는 완벽해, 아니 완벽한 것 이상이야, 하지만 이걸 받을 수는 없어, 너무 과분해, 미안해, 하지만—경솔한 말이라면 용서해줘—내가 널 사랑하지 않는다고 생각하면 안 돼, 왜냐면 난 널 사랑하니까, 널 사랑하니까. (날 사랑한다고? 나는 당황했다.) 다만 너무 복잡한 문제야, 나만이 아니라 너를 생각했을 때도 그래. 우리는 같은 일을 너무나 많이 겪었기 때문에 너와 나는, 우리는, 끔찍할 정도로 비슷해, 너무 비슷해. 우리 둘 다 너무 어린 나이에 너무 심한 고통을, 대부분의 사람들은 이해할 수도 없고 이해하지도 않는 방식으로, 폭력적이고 치유할 수 없는 방식으로 겪었으니까 좀…… 위태롭지 않을까? 자기 보호의 차원에서? 서로에게 지나치게 의존하는 두 사람, 허약하고 자살 충동을 느끼는 두 사람이라니. 내가 지금 잘 지내지 못한다는 뜻은 아니야, 왜냐면 잘 지내고 있으니까. 하지만 우리 같은 경우에는 모든 것이 순식간에 바뀔 수 있잖아, 안 그래? 전복, 가파른 내리막길, 위험하지 않을까? 우리의 결점과 약점은 너무나 똑같고, 한 사람이 다른 사람을 순식간에 끌어내릴 수 있잖아? 이 말이 잠시 공중을 맴돌았지만 나는 곧, 상당히 놀라면서, 피파의 말뜻을 이해했다. (피파는 그렇게 많이 다치고 다리가 망가지고 수술을 여러 번 받았는데도 일찍 알아채지 못한 내가 너무 바보 같다. 사랑스럽게 느릿느릿 끄는 목소리, 사랑스럽게 느릿느릿 끄는 발걸음, 자신을 끌어안는 팔과 창백한 안색, 목도리와 스웨터와 겹겹이 껴입는 옷, 느리고 졸린

듯한 미소. 피파 자체가, 꿈결 같은 어린 시절의 그녀 자체가 숭고함이자 재난이었고, 내가 지금껏 쫓아다닌 모르핀 막대사탕이었다.)

그러나 이 글을 읽는 사람이라면 (읽을 사람이 있다면 말이다) 잘 알겠지만 나는 '끌려 내려간다'는 생각이 전혀 무섭지 않았다. 내가 다른 사람을 같이 끌고 내려가고 싶다는 것은 아니지만— *내가* 바뀔 수는 없을까? *내가* 강한 사람이 될 수는 없을까? 안 될 게 뭐지?]

[두 여자 중에서 네가 원하는 여자를 가질 수 있어. 안트베르펜의 보리스의 집 소파에 같이 앉아서 〈킬 빌〉을 보고 있을 때 보리스가 피스타치오를 어금니로 깨물어 까면서 말했다.

아니, 안 돼.

왜 안 되는데? 나라면 눈송이 쪽을 고를 텐데. 근데 넌 다른 애가 좋잖아, 왜 안 돼?

남자 친구가 있으니까?

그래서? 보리스가 말했다.

게다가 같이 살고 있고?

그래서?

나도 그렇게 생각했다. 그래서? 내가 런던으로 가면? 그러면?

그것은 내 평생 가장 말이 되는 질문, 또는 완전히 파국적인 질문이었다.]

이상하지만 나는 피파가 언젠가 이 글을 읽을 거라는 생각을 가지고 이 모든 이야기를 썼다. 하지만 물론 피파는 읽지 않을 것이다. 물론 아무도 읽지 않을 것이다. 나는 이 글을 기억에 의존해서 쓴 것이 아니다. 아주 오래전 영어 선생님이 주신 여러 권의 빈 공책이 시작이었다. 열세 살에 시작해서 불규칙적이나마 평생 간직한 이 습관은 엄마에게 보내는 형식적이면서도 묘하게 친밀한 편지로 시작했다. 길고, 강박적이고, 향수가 듬뿍 담긴 편지, 살아서 내 소식을 불안하게 기다리는 엄마에게 쓴 편지들. 내가 어디에 '머물고' (절대 살고 있는 것이 아니었다) 있는지, '함께 지내는' 사람들은 어떤지, 내가 뭘 먹고 마시고 입는지, 텔레비전에서 무엇을 보았는지, 어떤 책을 읽고 어떤 게임을 했고 어떤 영화를 봤는지, 바버 가족들이 어떤 행동과 어떤 말을 했는지, 아빠와 잰드라가 어떤 행동과 어떤 말을 했는지 속속들이 자세하게 설명하는 편지들. 이러한 편지들(날짜를 적고 서명까지 해서 언제든지 공책에서 찢어내 부칠 준비가 되어 있었다) 외에 중간 중간 '난 모두가 싫어, 죽고 싶어'라고 불행을 토로하기도 했고, 몇 달에 걸쳐서 한두 가지 내용을 뚝뚝 끊어지도록 휘갈겨 쓴 부분—B의 집, 사흘 동안 학교를 안 갔고 벌써 금요일이다, 하이쿠로 표현한 내 인생, 나는 반 좀비 상태다, 아, 어젯밤에 우리는 완전 취해서 나는 거의 기절했다, 우리는 거짓말쟁이의 주사위*라는 게임을 하고 저녁으로 콘플레이크와 구강 청결제를 먹었다—도 있었다.

나는 뉴욕으로 돌아온 뒤에도 계속 썼다. "이곳은 왜 내 기억보다 훨씬 더 추울까, 이 멍청하고 빌어먹을 책상 램프는 왜 이렇게 나를 슬프게 만들까?" 나는 숨 막히는 디너파티를 설명하고 대화를 기록하고 꿈을 적었다. 또 호비 아저씨가 가게 계단 밑 작업실에서 가르쳐준 내용을 신중하게 적어두었다.

18세기 마호가니는 호두나무보다 짝을 맞추기 쉽다
—색이 짙은 나무일수록 눈을 더 잘 속인다
인공적으로 만들면—너무 균일하다!

1. 책장의 경우 자주 만지고 청소한 아래쪽 칸에는 마모가 드러나지만

* Liar's Dice : 서로 상대방에게 보이지 않고 주사위를 굴려 서로 속이는 보드게임.

위쪽 칸에는 드러나지 않는다

2. 잠금장치가 있는 가구는 열쇠 구멍 밑에 파인 자국이나 긁힌 자국이 있는지 살펴야 하는데, 열쇠고리에 매달린 열쇠로 자물쇠를 여느라 남은 열쇠들이 부딪쳤을 가능성이 크다

이러한 기록 중간 중간에 임포턴트 아메리카나 판매전의 경매 결과 기록("77번 품목 흑단 착색 장식 볼록거울 7천 5백 달러")과—점점 더 늘어나는—불길한 도표와 표가 있었는데, 당시 나는 모르는 사람이 공책을 보면 무슨 뜻인지 모를 거라 생각했지만 사실은 아주 빤히 보였다.

12월 1~8	320.5mg
12월 9~15	202.5mg
12월 16~22	171.5mg
12월 23~30	420.5mg

……이러한 매일매일의 기록 곳곳에 스며든 채 가끔 슬며시 모습을 드러내는 그것은 나에게만 보이는 비밀이었다. 그것은 어둠 속에서 피어나며 이름은 한 번도 언급되지 않았다.

왜냐하면, 만약 우리를 정의하는 것이 우리가 세상에 보여주는 얼굴이 아니라 우리의 비밀이라면, 그렇다면 나를 삶의 표면 위로 떠오르게 하고 나 스스로 내가 누구인지 깨닫게 하는 비밀은 바로 그 그림이었다. 그림은 거기에, 내가 쓴 공책의 모든 페이지에 존재하지 않으면서도 존재했다. 꿈과 마술, 마술과 망상. '통일장이론'.* 비밀에 관한 비밀.

* 지금까지 알려진 자연계의 네 가지 힘 중력, 전자기력, 강력, 약력을 하나로 통일하려는 이론으로, 이것이 완성되면 자연과 우주의 근원을 설명할 수 있을 것이라고 생각된다.

[그 조그만 녀석 말이야. 안트베르펜으로 가는 차 안에서 보리스가 말했다. 화가가 정말로 그 녀석을 보고 그렸다는 거 너도 알지? 그 새를 상상해서 그린 게 아니잖아, 응? 벽에 사슬로 매인 진짜 새야. 난 그 녀석이 다른 황금방울새 열두 마리랑 섞여 있어도 문제없이 찾을 수 있어.]

보리스의 말이 맞았다. 나도 마찬가지였다. 시간을 거슬러 올라갈 수 있다면 나는 당장 그 사슬을 풀어줄 것이고, 나의 그림이 결코 그려지지 않는다 해도 조금도 신경 쓰지 않을 것이다.

하지만 사실 문제는 그것보다 더 복잡했다. 파브리티우스가 〈황금방울새〉를 그린 이유를 누가 알까? 작고 독창적인 이 걸작, 비슷한 것들 중에서 가장 독특한 이 그림을 말이다. 파브리티우스는 젊고 유명했다. 그에게는 유력한 후원자들이 있었다(하지만 불행히도 파브리티우스가 후원자들을 위해 그린 작품은 하나도 남아 있지 않다). 우리는 파브리티우스를 생각할 때 젊은 렘브란트처럼 상상할 것이다. 굵직한 주문이 밀려들어오고, 화실에는 보석과 전투용 도끼, 고블릿과 모피, 레오파드 가죽과 맞춤 갑옷이 널려 있고, 모든 세속적인 힘과 슬픔이 번득인다. 그런데 왜 이런 주제를 선택했을까? 외로운 애완용 새라니? 그 시대의 특징과도 전혀 관련이 없었다. 당시의 그림에 등장하는 동물은 주로 사체, 호화로운 전리품, 높다랗게 쌓여서 식탁으로 갈 운명을 기다리는 축 늘어진 산토끼와 생선과 가금류가 아니었던가? 그림 속의 벽은 단순하고—태피스트리나 사냥용 뿔피리도, 무대 장식도 없다—일부러 자기 이름과 제작연도를 눈에 띄게 새겨 넣었다는 사실이 나는 왜 그렇게 중요하게 여겨질까? 파브리티우스는 그림을 그린 1654년에 자신이 죽으리라는 사실을 알 수 없었을 텐데 말이다(아니면, 알았을까?). 전율을 일으키는 전조가 느껴진다. 어쩌면 이 작고 신비로운 작품이 그 자신이 죽은 후에도 길이길이 남겨질 정말 몇 안 되는 작품 중 하나라는 느낌이 들었을지도 모른다. 이 그림의 이례성이 모든 면에서 나를 사로잡았다. 왜 더 전형적인 그림이 아닐까? 왜 바다 풍경이나 풍경화, 역사화, 어느 중요한 인물이 주문한 초상화, 술집에 모인 술꾼처럼 하층민들의 삶을 담은 그림이나 튤립 한 다발이 아니라 이 외롭고 자그마한 포로였을까? 왜 홰에 사슬로 매인 포로였을까? 파브리티우스가 이 작은 대상을 선택함으로써 우리에게 무슨 말을 하려고 했는지 누가 알까? 이 작은 생물을 내놓은 것이 무슨 의미일까? 위대한 그림은 모두 사실은 자화상이라는 말이 진실이라면, 파브리티우스는 스스로에 대해서 어떤 말을 하고 있는 것일까? 동시대의 거장들이 압도적으로 위대하다고 생각했던 화가, 너무 젊은 나이로 너무 오래전에 죽은 화가, 우리는 거의 아무것도 알 수 없는 화가에 대해서. 화가로서의 자신에 대해서. 파브리티우스는 많은 이야기를 하고 있다. 그가 그린 선이 말을 하고 있다. 실팍한 날개, 물감을 긁어서 표현한 솜털. 빠른 붓놀림, 흔들림 없는 손, 두껍게 칠해지는 물감이 눈에 선했다. 하지만 대담하고 두터운 붓 자국뿐만 아니라 너무나 사랑스럽게 칠해서 대조적으로 부드럽게, 심지어는 장난처럼 보이는 반투명한 부분도 있다. 그의 붓털이 지나간 자국 아래로 물감 밑의 층이 그대로 보인다. 파브리티우스는 우리가 보송보송한 가슴 털을, 그 부드러움과 질감을, 청동 홰에 감긴 작은 발톱의 연약함을 보기 원한다.

하지만 이 그림이 파브리티우스 자신에 대해서는 무슨 말을 하고 있을까? 종교적인 것도, 낭만적인 것도, 가족에 대한 헌신 같은 것도 아니다. 시민에 대한 외경이나 경력에 대한 야망이나 부와 권력에 대한 존경심도 아니다. 이 그림에는 작은 심장박동과 외로움, 햇살처럼 빛나는 벽, 달아날 수 없다는 느낌밖에 없다. 움직이지 않는 시간, 시간이라 부를 수 없는 시간. 그리고 빛의 한가운데 갇혀서 꼼짝도 하지 않는 자그마한 죄수. 존 사전트*

* John Sargent : 미국의 초상화가.

에 대한 글을 떠올려본다. 사전트는 초상화를 그릴 때 항상 앞에 앉아 있는 사람 안에서 동물을 찾았다고 한다(나는 그 사실을 알고 나자 사전트의 그림을 볼 때마다 그러한 경향을 찾아보았는데, 모든 작품에 있었다 — 여우처럼 긴 코와 뾰족한 귀를 가진 사전트의 상속녀, 토끼 같은 이빨을 가진 지식인들과 사자 같은 대실업가, 통통하고 올빼미 같은 얼굴을 가진 아이들). 그리고 이 충실한 초상화에서, 이 방울새 안에서 인간을 보지 않기는 힘들었다. 존엄하지만 연약한 인간. 다른 포로를 바라보는 또 하나의 포로.

하지만 파브리티우스의 의도가 무엇이었는지 누가 알까? 남아 있는 작품이 부족하기 때문에 추측하기도 힘들다. 새는 우리를 보고 있다. 이상화되거나 인간화된 모습이 아니다. 새 그대로의 모습이다. 무척 경계하면서 체념하고 있다. 교훈도 이야기도 없다. 어떤 결의도 없다. 화가와 포로가 된 새 사이에, 그가 남긴 새의 기록과 몇 세기나 지난 후 우리가 경험하는 새 사이에 갑절의 심연이 존재할 뿐이다.

그렇다, 학자들은 혁신적인 붓놀림과 빛의 이용에, 역사적 영향과 네덜란드 미술사에서 이 작품이 갖는 독특한 중요성에 관심이 있을지도 모른다. 하지만 나는 아니다. 오래전에 엄마가, 어린 시절 커맨치 카운티 도서관에서 빌린 책에서 본 것만으로도 이 그림을 사랑했던 엄마가 말했던 것처럼, 중요성은 중요하지 않다. 역사적 중요성이 그림을 죽인다. 새와 화가, 그림과 감상자 사이의 메울 수 없는 간극을 건너 나를 부르는 소리가, 호비 아저씨가 말했던 것처럼 통로에서 수백 년의 시간을 넘어 들려오는 *쉿* 소리가 너무나 잘 들린다. 정말로 아주 개인적이고 구체적인 부름이다. 가까이에서 보면 햇살을 받은 공기에서, 우리가 볼 수 있도록 화가가 허락한 붓 자국에서, 있는 그대로의 모습—손으로 칠한 염료의 번쩍임, 붓털이 지나간 자국—이 보였고, 멀리서 보면 기적이, 또는 호르스트가 표현한 것처럼 장난스러움이 보였다. 하지만 사실 이 그림은 두 가지 다이다. 그림은 그림이면서 깃털과 뼈이기도 한 일종의 실체 변화*다. 현실이 이상을 물리치는 곳, 농담이 진지해지고 진지한 것이 농담이 되는 곳이다. 모든 관념과 그 반대가 똑같이 진실이 되는 마법의 지점이다.

그리고 나는 고통에 대한 더 큰 진실이 이 그림에 담겨 있기를, 또는 적어도 그에 대해 내가 이해하는 바가 담겨 있기를 바란다. 비록 나에게 중요한 진실은 내가 이해하지 못하는, 이해할 수 없는 것들뿐이라는 사실을 알게 되었지만 말이다. 수수께끼 같고, 모호하고, 설명할 수 없는 것들. 이야기에 들어맞지 않는 것, 이야기가 없는 것. 거의 존재하지 않는 듯한 사슬의 환한 반짝임. 노란 벽에 비치는 햇볕 한 조각. 살아 있는 모든 존재를 서로 단절시키는 외로움. 기쁨과 떼어놓을 수 없는 슬픔.

바로 이 황금방울새가 (다른 그 어떤 새도 아니고 오직 이 새가) 잡히거나 잡힌 채로 태어나지 않았다면, 파브리티우스가 볼 수 있는 어느 집에 장식되어 있지 않았다면 어땠을까? 이 새는 왜 자신이 그토록 불행하게 살아야 하는지, (내가 상상하기로는) 소음에 깜짝 놀라고, 연기와 멍멍 짖는 개들, 음식을 만드는 냄새에 괴로워하면서, 술주정뱅이와 어린애 들에게 놀림을 당하면서, 더없이 짧은 사슬에 묶여 날지도 못하면서 살아야 하는지 이해할 수 없었을 것이다. 하지만 어린아이라도 이 새의 존엄성을, 아주 자그마한 용감함을, 솜털과 연약한 뼈를 볼 수 있다. 두려워하지 않고, 절망조차 하지 않고 꾸준히 자기 자리를 지키는 새. 세상에서 물러나기를 거부하는 새.

그러다 보니 나는 점차 물러나기를 거부하는 것에 집착하게 되었다. 나는 다른 사람이 뭐라고 하든, 아무리 자주, 아무리 솜씨 좋게 말해도 신경 쓰지 않는다. 그 누구라 해도 삶이 근사하고 보람 있는 선물이라고 나를 설

* 미사 때 사용되는 빵과 와인의 외형적 속성은 그대로 남고 실체는 변해서 그리스도의 살과 피로 바뀐다는 교리.

득할 수 없을 것이다. 왜냐하면, 진실은 이렇다. 삶은 재앙이다. 존재의 근본적인 진실—여기저기 돌아다니면서 먹을 것을 구하거나 친구를 찾는 등 인간의 모든 행동의 근본적인 진실—은 재앙이다. 누구나 이야기하는 말도 안 되는《우리 동네》**류의 이야기는, 새로운 아기의 기적 같은 탄생, 소박한 꽃이 피어나는 기쁨, '너무나 근사해서 이해할 수 없는 인생', 등등은 잊어버리자. 내가 보기에는 이 개똥밭에 태어나느니 아예 태어나지 않는 것이 낫다. 나는 죽을 때까지, 고마운 줄도 모르는 염세주의자로 쓰러지고 몸이 약해져서 말도 할 수 없을 때까지 이 말을 끈질기게 되풀이할 것이다. 모든 것을 삼키는 병상, 죽음, 상심이라는 싱크홀. 해방될 수도, 항소할 수도 없고, 잰드라가 즐겨 쓰던 표현을 인용하자면 "다시 하기"도 없으며, 늙고 잃는 것 말고는 앞으로 나아갈 길도 없고 죽음 외에는 달아날 길도 없다. ["고객 센터!" 어느 날 오후 보리스의 집에서 시간을 보내다가 각자의 어머니라는 약간 형이상학적인 주제에 대해서 이야기를 나눌 때 보리스가 이렇게 말한 기억이 난다. 우리 엄마들은—천사들, 여신들은—왜 죽어야 했을까? 끔찍한 우리 아버지들은 지치지도 않고 건강하게 잘 살면서 큰 대자로 뻗어서 술이나 마시며 그럭저럭 살아가는데, 비틀비틀 주변을 망치며 살아가는데 말이다. "잘못 데려간 거야! 실수였어! 너무 불공평해! 이 거지 같은 세상에서 누구한테 불만을 얘기해야 하지? 담당이 누구야?"]

또한—이렇게 쓸데없는 생각을 계속하는 것이 우스꽝스러울지도 모르지만 아무도 이 글을 보지 않을 테니 상관없다—모든 인간이, 심지어는 가장 행복한 인간들도 끔찍한 끝을 맞이한다는 사실을, 모두 결국에는 전부 잃는다는 사실을 알면서도 이렇게 잔인한 게임을 즐겁게 한다는 것이 말이 되는 일일까?

** 손턴 와일더의 희곡.

이 모든 것에 의미를 부여하려고 애쓰는 것은 정말로 이상해 보인다. 패턴이 보이는 것은 내가 너무 오랫동안 바라보고 있었기 때문인지도 모른다. 하지만 그러고 보면, 보리스의 말을 빌리자면, 내가 패턴을 보는 것은 그 패턴이 정말 존재하기 때문일지도 모른다.

어떤 면에서 나는 이해하기 위해서 이 글을 써왔다. 하지만 또 다른 면에서 보면 나는 이해하고 싶지 않다, 이해하려고 노력하고 싶지도 않다. 이해하려고 노력함으로써 사실을 배신할 수도 있기 때문이다. 내가 정말 확실히 말할 수 있는 것은, 나는 미래의 수수께끼를 이렇게까지 생생하게 느껴본 적이 없다는 것뿐이다. 모래시계가 다 끝나가는 느낌, 급속히 오르는 시간의 열. 알 수 없는 힘, 선택하지도 의도하지도 않은 힘. 나는 너무 오래 여행을 다니면서 날도 밝지 않은 낯선 도시의 호텔과 길에 너무 오래 머물렀기 때문에 뼈에서, 몸에서, 제트기의 진동이 느껴지고 비행기에서 내린 후에도 시간대와 대륙을 넘나드는 느낌이 한참 동안 지속되어 또 다른 호텔 접수대 앞에서 비틀거릴 때까지 이어진다. 안녕하세요, 저는 에마/셀리나/찰리/도미닉이라고 합니다, 어디어디에 오신 것을 환영합니다! 지친 미소를 짓고, 떨리는 손으로 서명을 하고, 또 다른 암막 블라인드를 내리고, 또 다른 낯선 침대에 누우면 또 다른 낯선 방이 내 주변에서 흔들거린다. 구름과 그림자, 환희에 가까운 구역질, 이미 죽어서 천국에 간 듯한 기분.

어젯밤만 해도 여행과 뱀, 줄무늬에 독이 있고 화살 같은 머리를 가진 뱀에 관한 꿈을 꾸었는데, 뱀이 꽤 가까이 있었지만 나는 전혀 무섭지 않았다. 어디선가 들은 말이 머릿속에 떠올랐다. *네가 곁에 있어 우리는 죽음을 잊는다.* 이것은 미니바가 밝게 빛나고 복도에서 외국인의 목소리들이 들리는 그늘진 호텔 방들에서, 세상과 세상의 경계가 흐릿해지는 곳에서 떠오른 교훈이다.

그리고 내 변화의 정점이자 중간 기착지이며 나에게는 바울의 다마스쿠스*나 마찬가지였던 암스테르담 체류 이후 나는 항상 호텔의 덧없는 분위기에 무척 감동했다. 〈여행과 여가〉 잡지 속 평범한 의미에서가 아니라 초월적인 것과 맞닿은 열정이라는 의미에서 말이다. 10월에, 죽은 자들의 날 직전에, 나는 바람에 날리는 커튼처럼 복도가 구불구불하고 모든 방에 꽃 이름이 붙어 있는 멕시코의 바닷가 호텔에 묵고 있었다. 진달래실, 동백실, 협죽도실. 풍요롭고 화려한 호텔, 영원으로 이어지는 듯한 경쾌한 복도와 색이 전부 다른 호텔 방문들. 작약, 등나무, 장미, 시계초. 누가 알까? 어쩌면 여행의 끝에서 우리를 기다리는 것은 이런 모습일지도 모른다. 우리가 문으로 들어가서 직접 발견하는 순간까지는 상상도 할 수 없는 장엄함, 신께서 마침내 우리 눈을 가리던 손을 거두고 '보아라!'라고 말할 때 깜짝 놀라며 직접 바라보는 풍경.

[끊을 생각은 해봤어? 안트베르펜에서 프랭크 카프라의 영화 〈멋진 인생〉을 보다가 주인공이 도나 리드와 달밤에 산책을 하는 지루한 부분이 나올 때 보리스가 숟가락과 스포이트로 '팝'이라고 부르는 약을 섞는 모습을 보면서 내가 물었다.

좀 봐줘라! 팔 아프다고! 보리스는 깊이 파고들어 가장자리가 검게 변한 피투성이 상처를 이미 보여주었다. 크리스마스에 총을 맞았는데 가만히 앉아서 아스피린이나 먹고 싶은지 *네가* 한번 당해보든가!

그래, 하지만 그런 식으로 하는 건 미친 짓이야.

음—믿든 말든—나한테는 별거 아니야. 특수한 경우에만 한다고.

전에도 들어본 말 같은데.

음, 맞아! 그래도 아직 중독된 수준은 아니야. 나는 삼사 년 동안 가끔씩

* 바울은 그리스도교도들을 박해하러 다마스쿠스에 갔다가 성스러운 예수를 보고 뉘우쳤다는 이야기가 전해진다.

즐기면서 멀쩡한 사람들도 봤어. 가끔, 한 달에 두세 번 정도만 하면 괜찮아. 보리스가 음침하게 덧붙였다. 찻숟가락에서 텔레비전 화면의 파란빛이 번쩍거렸다. 그러니까, 나는 알코올중독이야. 벌써 고장 날 건 고장 났다고. 난 죽을 때까지 술주정뱅이일 거야. 다른 걸로 죽지 않는다면—커피 테이블에 놓인 평범한 러시아 술병을 고갯짓으로 가리킨다—저것 때문에 죽을 거야. 너, 주사는 안 맞아봤다고 했지?

내 말 믿어, 그냥 약만으로도 고생했다니까.

음, 크나큰 낙인인 데다 무섭지, 나도 알아. 난— 솔직히 평소에는 코로 하는 게 더 좋아— 돌아다니다가 클럽이든 레스토랑이든 화장실에 숨어서 얼른 마시는 게 더 빠르고 쉽지. 이런 식으로 하면— 항상 간절히 원하게 돼. 나는 침대에 누워서 죽어갈 때도 간절히 원할 거야. 아예 시작하지 않는 게 나아. 하지만— 웬 멍청한 자식이 파이프로 코카인을 피우면서 주사는 정말 불결하고 위험하니까 절대 쓰지 않을 거라고 말하는 걸 보면 진짜 화가 나. 자기들은 대단히 똑똑한 것처럼 말이야.

왜 시작했어?

누군 이유가 있어서 시작하냐? 여자가 떠나서! 그때 만나던 여자가 말이야. 아주 나쁘고 자기 파괴적인 짓을 하고 싶더라고, 하. 바라던 대로 됐지.

운동부 티셔츠를 입은 지미 스튜어트. 은빛 달, 떨리는 목소리. 버펄로 아가씨 오늘 밤 나와주세요, 나와주세요.*

그럼 왜 안 끊어? 내가 말했다.

왜 끊어야 되는데?

이유를 진짜 말해줘야 알아?

알아, 그런데 끊고 싶지 않다면?

* 영화 〈멋진 인생〉의 한 장면.

끊을 수 있으면 왜 안 끊어?

칼로 흥한 자는 칼로 망하는 거지. 보리스가 소매를 걷고 전문가용 같은 의료용 압박대의 버튼을 턱으로 누르면서 재빨리 말했다.]

정말 끔찍하지만, 나는 이해한다. 우리는 무엇을 원하고 무엇을 원하지 않을지 선택할 수 없다. 그것은 쓸쓸하고 힘든 진실이다. 가끔 우리는 어떤 것이 우리를 죽음으로 내몰리라는 사실을 알면서도 그것을 원한다. 우리는 스스로에게서 달아날 수 없다. (아빠를 위해서 한 가지 말해두자면, 아빠는 적어도 분별 있는 것—엄마, 서류 가방, 나—을 원하려고 노력했다. 건잡을 수 없게 되어서 그것들로부터 도망치기 전까지는 말이다.)

나는 환영 뒤에 진실이 있다고 정말 믿고 싶지만, 결국 환영 너머에 진실은 없다고 믿게 되었다. 왜냐하면, 마음이 현실을 내모는 지점과 현실 사이에는 중간 지대가 있기 때문이다. 그곳은 아름다움이 만들어지는 곳, 두 가지 다른 면이 뒤섞이고 흐릿해져서 삶이 주지 못하는 것을 제공하는 무지개의 가장자리 같은 곳이다. 바로 모든 예술이, 모든 마술이 존재하는 공간이다.

그리고 나는 모든 사랑이 존재하는 곳이라 주장하고 싶다. 혹은, 더욱 정확하게 말하자면, 이 중간 지대는 사랑의 근본적인 어긋남을 설명한다. 가까이서 보면 검은 외투와 대비되는 주근깨 박힌 손, 옆으로 넘어지는 종이 개구리가 보이지만 한 발 물러서면 환상이 다시 끼어든다. 실제보다 더 실제 같고 결코 죽지 않는 환상. 피파의 존재 자체가 그러한 것들—사랑과 사랑이 아닌 것, 그곳과 그곳이 아닌 것—의 놀이다. 벽에 걸린 사진들, 소파 아래에서 나온 동그랗게 말린 양말 한 짝. 내가 손을 뻗어 피파의 머리카락에 붙은 보풀을 떼어내자 그녀가 웃으면서 내 손길에 몸을 움츠리던 순간. 음악이 음과 음 사이의 공간이듯이, 별들이 아름다운 것은 그들 사이의 공간 때문이듯이, 태양이 특정한 각도로 빗방울에 닿아서 하늘에 색을 내뿜는 프리즘을 드리우듯이, 내가 존재하는 공간, 계속 존재하고 싶고 솔직히 말하면 그곳에서 죽고 싶은 공간은 바로 이 중간 지대, 절망과 순전한 '다름'이 만나서 숭고함을 만들어내는 곳이다.

내가 이 글을 이런 식으로 쓴 것은 그렇기 때문이다. 중간 지대에 들어서야만, 진실과 진실이 아닌 것 사이에 존재하는 색색의 경계에 발을 들여야만 이 세상에 살면서 이 글을 쓰는 것을 견딜 수 있기 때문이다.

우리에게 혼잣말하는 법을 가르쳐주는 것은 무엇이든 중요하다. 우리가 절망 속에서 스스로에게 노래하도록 가르치는 것은 무엇이든 중요하다. 하지만 그림은 또한 우리가 시간을 초월하여 대화를 나눌 수 있음을 나에게 가르쳐주었다. 나는 당신에게, 존재하지 않는 나의 독자에게 아주 진지하고 다급하게 할 말이 있는 듯한 기분, 내가 당신과 같은 방에 있는 것처럼 급히 말을 해야 하는 기분이다. 삶은—그것이 무엇이든—짧다고 말이다. 운명은 잔인하지만 제멋대로는 아니라고. 자연(즉, 죽음)이 항상 이기지만 그렇다고 우리가 그 앞에서 고개를 숙이고 굽실거려야 한다는 뜻은 아니라고. 우리가 이 세상을 살아가는 것이 항상 기쁘지만은 않다고 할지라도, 어쨌든 삶에 몰두하는 것, 눈과 마음을 열고서 세상을, 이 개똥밭을 똑바로 헤쳐나가는 것이 우리의 과제라고.

그리고 우리가 죽어갈 때, 우리가 유기체에서 생겨나 굴욕적이게도 다시 유기체로 돌아갈 때, 죽음이 건드릴 수 없는 것을 사랑하는 것은 영광이고 특권이다. 지금까지 이 그림에 재앙과 망각이 뒤따랐다면— 사랑도 마찬가지였다. 사랑이 불멸인 한 (그것은 불멸이다) 나는 그러한 불멸성에서 밝게 빛나는, 변치 않는 작은 부분을 차지하는 것이다. 그것은 존재하며, 계속 존재하고 있다. 아름다운 것들을 사랑하고, 돌보고, 불 속에서 구해내고, 사라졌을 때는 찾으려 애쓰고, 보존하고, 구하려고 노력하면서 그 아름다운 것들을 문자 그대로 손에서 손으로 전달하고 시간의 폐허 속에서 다음 세대를 향해, 또 그다음 세대를 향해 큰 소리로 멋지게 노래를 불러온 사람들의 역사에 나 자신의 사랑을 더한다.

값을 매길 수 없을 만큼 귀중한 그림을 둘러싼 스릴러, 테러 공격으로 고아가 된 소년의 성장담, 어린 시절부터 이어진 가슴 아픈 사랑 이야기……. 1992년에 《비밀의 계절》로 성공적으로 데뷔한 도나 타트가 (과작(寡作)으로 유명한 만큼) 두 번째 작품 이후 10여 년 만에 내놓은 세 번째 소설에 대해서 말할 수 있는 방법은 여러 가지이지만 책을 덮었을 때 가장 오래 맴도는 생각은 그림을 비롯한 '인공물'의 의미일 것이다.

열세 살 소년 시오는 엄마와 함께 뉴욕 메트로폴리탄 미술관에 우연히 들어갔다가 예기치 않은 테러의 희생자가 되어 엄마를 잃고, 기묘한 노인의 간청에 따라 작은 그림을 하나 가지고 나온다. 사실상 고아가 된 시오는 파크가에 있는 친구 앤디의 집으로, 갑자기 다시 등장한 아버지를 따라서 라스베이거스로, 또 다시 뉴욕으로 옮겨 다니면서 매서운 우연과 운명을 경험하고, 그러는 동안 미술관에서 가지고 나온 그림은 죄책감이자 위안으로 항상 곁에 존재한다.

시오에게 그림은 고뇌의 원천이자 굴속 같은 삶을 살게 하는 비밀이지만 동시에 거의 유일하게 변함없이 위안을 주는 존재이기도 하다. 함께 미술 작품을 관람하던 시오의 어머니는 사람이 죽는 것은 당연하지만 "물건이 사라지는 건 참 가슴 아프다"고, "우리가 과거에서 뭔가를 구해내는 것 자체가 기적"이라고 말한다. 그녀의 이 말은 소설을 관통한다. 건물 수리에 반대하다가 병이 재발한 앤디의 아버지, 엄마와 함께 살던 낡은 아파트를 우연히 다시 찾았다가 재건축되는 모습을 보고 충격을 받는 시오, 낡고 부서진 고가구에 대한 애정 때문에 사업과는 상관없는 '체인질링' 가구를 만들어내는 고가구 수리공 호비 아저씨 등 소설 곳곳에 인공물의 의미에 대한 작은 장치들이 숨어 있다.

우리는 그림에서, 건축에서, 고가구에서 무엇을 볼까? 오랜 시간을 견딘 인공물을 보는 순간 그것이 뿜는 아우라에 압도되는 것은 흔한 경험이다. 그것은 아마도 피할 수도 예상할 수도 없는 우연에 지배당하며 변하지 않는 것은 아무것도 없는 세상에서 변함없이 긴 시간을 견딘 존재에 대한 경외감일 것이다. 우리는 긴 시간을 견딘 인공물에서 경이로움과 깨달음을 얻는다. 변하지 않는 것은 변한다는 사실밖에 없는 인간이기에 부침으로 가득한 삶에서 일정하게 그 자리를 지키는 인공물의 견고한 물질성을 보며 경탄하고 위안을 얻지 않을 수 없다. 그러므로 시오는 "그림으로 인해 덜 유한하고 덜 평범한 사람이 되었다"고 생각한다.

또한 그림 속에 그려진 새가 있다. 홰에 사슬로 묶인 작은 새를 보면서 시오는 삶은 짧고 운명은 잔인하지만 긴 세월 우여곡절을 겪은 이 그림에 재앙과 망각만이 아니라 사랑이라는 불멸성이 뒤따랐음을, 그리고 그림을 사랑한 자신 역시 그러한 불멸성의 한 부분임을 깨닫는다. 작가는 "존재의 근본적인 진실은 재앙"이라는 사실을 깨닫고 인정한 사람만이 충실한 삶을 살 수 있다고 말하는 듯하다. 그렇기 때문에 이 기나긴 책을 덮을 때 우리는 지금까지 나약하고 어리석은 선택만을 계속하던 시오가 이제부터는 절망 속에서도 노래하며 유한한 삶 속에서 현명한 선택을 하리라 기대할 수 있다.

허진

황금방울새 2

1판 1쇄 발행 2015년 6월 23일
1판 11쇄 발행 2025년 1월 13일

지은이 · 도나 타트
옮긴이 · 허진
펴낸이 · 주연선

(주)은행나무
04035 서울특별시 마포구 양화로11길 54
전화 · 02)3143-0651~3 | 팩스 · 02)3143-0654
신고번호 · 제 1997-000168호(1997. 12. 12)
www.ehbook.co.kr
ehbook@ehbook.co.kr

ISBN 978-89-5660-878-5 04840
ISBN 978-89-5660-876-1 (세트)